한국 고전시가의 지속과 변모

## 김문기(金文基)

경북 문경 출생. 경북대학교 대학원에서 1983년에 "서민가사 연구"로 문학박사 학위를 받았다. 40년 동안 경북대학교 교수로 재직하면서 주로 한국고전시가와 한국한문학 연구에 힘썼다. 특히 근래 20년 동안에는 동학과 구곡문화 연구에 매진하고 있으며 이들을 세계기록유산과 세계문화유산으로 등재시키려는 노력을 하고 있다. 저서로는 『서민가사 연구』(1983), 『조선조 시가한역의 양상과 기법』(2005), 『문경의 구곡원림과 구곡시가』(2005), 『경북의 구곡문화』(2008), 『경북의 구곡문화Ⅱ』(2012), 『대구의 구곡문화』(2014) 등이 있고, 역서로는 『국역 노계집』(2001), 『국역 상주동학경전』(2008) 등이 있으며 편저로는 『조선의 명풍수』(2001), 『주해 상주동학가사 1, 2, 3, 4』(2009), 『시조·가사 한역자료총서』(총9권, 2010) 등이 있다. 그 동안 경상북도 문화재위원, 경북대학교 도서관장 겸 기록관장, 퇴계연구소장, 한국어문학회장, 국어교육학회장 등을 역임하였고, 현재 경북대학교 국어교육과 교수로서 사단법인 상주동학문화재단 이사장을 맡고 있다.

# 한국 고전시가의 지속과 변모

초판 1쇄 인쇄 | 2015년 7월 10일
초판 1쇄 발행 | 2015년 7월 17일

지은이 | 김문기
펴낸이 | 지현구
펴낸곳 | 태학사
등   록 | 제406-2006-00008호
주   소 | 경기도 파주시 광인사길 223
전   화 | 마케팅부 (031)955-7580~82   편집부 (031)955-7585~89
전   송 | (031)955-0910
전자우편 | thaehak4@chol.com
홈페이지 | www.thaehaksa.com

ISBN 978-89-5966-707-9   93810

# 한국 고전시가의
# 지속과 변모

김문기 지음

태학사

# 머리말

올해 2015년은 내가 대학 교수가 된 지 40년째가 되는 해이자 정년퇴임을 하는 해이기도 하다. 멋모르고 모교의 교수로 불려 왔다가 남다른 성과도 거두지 못하고 자리를 떠나게 되니 후회막급일 뿐이다.

정년퇴임을 맞이하여 그래도 한국시가사에 한 뼘이라도 보탬이 되는 일을 해 놓고 그만두고 싶다는 만용이 불현 듯 일어나서 틈틈이 뿌린 씨앗이 있다면 거두어 볼까하여 점검을 해보니 역시 성에 차지 않았고 무슨 그림을 그리기가 쉽지 않았다. 젊었을 때에 한국 가사문학사를 쓰고 싶은 작은 소망을 가지고 있었기 때문에 갑자기 한국시가의 변모 양상을 정리해 보고 싶다는 생각이 들었다. 그래서 그동안 이루어 놓은 성과가 미흡하기는 하지마는 한국시가의 '지속과 변모'라는 두 측면을 염두에 두고 사적으로 정리하기로 하였다.

제1부 총론에서는 한국시가 논의의 기본이라 할 수 있는 한국문학의 갈래 문제와 한국시가문학의 사적 흐름에 대해 논하였고, 제2부에서 제6부까지는 총론에서 제시한 한국 시가사의 시대구분 기준에 따라 향가시대의 시가문학, 속악가사시대의 시가문학, 사대부시가 전성시대의 시가문학, 서민시가 흥성시대의 시가문학, 전환기의 시가문학 등으로 나누어 논하였다. 제2부에서는 향가의 갈래와 '삼구육명'의 의미, 최치원의 사산비명 등 향가와 신라 한시의 문체 변모에 대해 중점적으로 다루었고, 제3부에서는 고려 속가의 형성과정과 경기체가의 변천과정을 주로 논하였다. 제4부에서는 용비어천가를 비롯한 선초의 악장과 구곡가계시가의

형성과 전개 문제를, 제5장에서는 노계와 송강의 가사와 판본 문제, 한역 시가의 전개, 서민가사의 미의식에 대해 중점적으로 논의하였다. 마지막 제6부에서는 의병문학의 형성과 전개, 상주 동학가사의 판본 문제에 대해 논의를 폈다.

이러한 논의를 통하여 한국 고전시가의 전통적인 요소와 지속적인 핵심은 무엇이며 후대적인 변모는 어떻게 왜 이루어졌는지에 대한 해답을 찾고자 노력하였다. 그러나 종합적인 결론의 도출에 이르지 못하고 단편적인 논의로 그치게 됨으로써 결과적으로 호랑이를 그리려다가 고양이를 그린 꼴이 아닌가 생각되어 부끄럽기 그지없다.

또한 지면 관계로 경기체가의 작품론과 가사문학 발생론 및 작품론, 서민가사에 대한 논의, 한역 시조, 가사, 구곡시 등의 작품론을 실을 수가 없었다. 본 저서에서 제외한 이러한 논의들은 『서민가사연구』, 『시가 한역의 양상과 기법』, 『경북의 구곡문화』 등 기존의 저서에 반영시켜 놓았기에 그나마 다행으로 여긴다.

각 부별로 보완해야 할 분야가 많이 있었으나 시간이 촉박하여 더 이상 진척을 시키지 못하였다. 특히 제4부에서 시조의 형식 논의와 사설시조의 미학에 대해 평소의 견해를 정리하여 논할 계획이었으나 실행하지 못하여 매우 아쉽게 생각한다.

아무튼 엉성하고 체계적이지 못한 원고와 기존 논문을 바탕으로 책제에 알맞게 체제를 맞추는 일과 한자 표기를 한글로 바꾸는 일, 전산 작업과 교정 등 어려운 작업을 도맡아 본 저서 간행의 일을 주도한 최형우 군에게 감사의 뜻을 전하고 출판계의 사정이 어려운데도 불구하고 흔쾌히 이 책을 출간해 준 태학사 지현구 사장님께 심심한 사의를 표한다.

2015년 6월
복현동 고전시가 연구실에서   김문기 씀

# 차례

머리말  *5*


## 제1부 총론

제1장 한국문학의 갈래 ················································ *13*

제2장 한국 고전시가의 사적 전개 ······························ *25*

   1. 詩歌 發生과 고대시가 ········································ *25*

   2. 鄕歌文學 시대: 삼국시대 ~ 고려 숙종 ············ *27*

   3. 俗樂歌詞 시대: 고려 예종 ~ 고려 말 ··············· *31*

   4. 士大夫詩歌의 全盛 시대: 선초 ~ 숙종 전 ········ *35*

   5. 庶民詩歌의 興盛 시대: 숙종 이후 ~ 19세기 중엽 ········· *38*

   6. 轉換期의 시가문학: 19세기 후기 ~ 해방 전 ········ *41*


## 제2부 鄕歌時代의 시가문학

제1장 향가의 갈래 ····················································· *45*

   1. 신라시가의 全貌 ··············································· *47*

   2. 향가의 갈래 ···················································· *62*

제2장 '삼구육명'의 의미 ············································· *69*

   1. 최행귀 '譯歌序文'의 분석 ·································· *71*

   2. '三句六名'의 해석 ············································ *74*

   3. 작품을 통한 재해석 ·········································· *80*

제3장 사산비명의 구성과 문체 ···································· *84*

   1. 사산비명의 찬술 동기와 과정 ··························· *86*

2. 사산비명의 구성과 내용 ················· 96

3. 사산비명의 문체 분석 ················· 120


## 제3부 俗樂歌詞 時代의 시가문학

### 제1장 고려 속가의 형성 과정과 변모 양상 ················· 135

1. 俗謠와 俗歌 ················· 136

2. 고려 속가의 형성 과정 ················· 138

3. 俗謠의 궁중 俗歌로의 變貌 양상 ················· 143

4. 조선조 악장으로의 변모 양상 ················· 156

### 제2장 경기체가의 형성과 변모 ················· 162

1. 명칭 ················· 163

2. 형식 ················· 167

3. 작자 ················· 176

4. 형성 및 변천과정 ················· 178

### 제3장 불교계 경기체가의 불경 수용 양상 ················· 187

1. 불교계 경기체가의 개관 ················· 188

2. 작품에 나타난 정토사상 ················· 208

3. 불경의 수용과 굴절 양상 ················· 212


## 제4부 士大夫詩歌 全盛時代의 시가문학

### 제1장 선초 송도시의 성격 ················· 223

1. 명칭의 검토 ················· 223

2. 창작 목적과 창작 규준 ················· 225

3. 작자의 특성 ················· 231

4. 송도의 내용 ················· 234

5. 형식 ················· 237

6. 시대적 분포 ················· 239

7. 시대적 배경 ·················· 241

제2장 용비어천가의 구조 ·················· 245
　1. 내용 구조 ·················· 247
　2. 형식 구조 ·················· 263
　3. 철학적 구조 ·················· 280

제3장 율곡 이이의 사상과 시가문학 ·················· 284
　1. 율곡 사상의 계통과 학적 태도 ·················· 284
　2. 율곡 理氣觀의 특성 ·················· 289
　3. 율곡의 시가문학 ·················· 296

제4장 한거십팔곡과 독락팔곡의 구성 ·················· 312
　1. 處士文學 - 조선 전기 문학의 핵심 ·················· 313
　2. 삶과 문학활동 ·················· 316
　3. 閒居十八曲의 구성과 작품세계 ·················· 324
　4. 獨樂八曲과 시가관 ·················· 332

제5장 구곡가계 시가의 계보와 전개 양상 ·················· 342
　1. 구곡가계 시가의 연원과 유형 ·················· 345
　2. 구곡가계 시가의 계보와 작품 ·················· 355
　3. 구곡가계 시가의 사적 전개양상 ·················· 374


제5부 庶民詩歌 興盛時代의 시가문학

제1장 소유정가의 특징과 가치 ·················· 383
　1. 소유정가의 작자 문제 ·················· 385
　2. 소유정가의 특징 ·················· 387
　3. 소유정가의 가치 ·················· 388

제2장 송강의 가집 판본 및 책판 ·················· 390
　1. 송강가사 판본의 종류와 간행 과정 ·················· 391
　2. 각 판본의 특징과 판본간의 차이 ·················· 403

제3장 조선조 한역시가의 한역기법과 전개양상 ·························412

　1. 시가 한역의 기법과 표현상의 특징 ·························413

　2. 한역시가의 사적전개 ·······································434

제4장 십이가사의 한역양상과 그 의미 ·························439

　1. 12가사의 한역 현황 ·······································442

　2. 12가사의 작품별 한역 양상 ·······························451

　3. 12가사 한역의 의미 ·······································463

제5장 서민가사의 표현과 미의식의 특성 ·························467

　1. 표현상의 특성 ·············································468

　2. 미의식의 특성 ·············································484

# 제6부 轉換期의 시가문학

제1장 의병가사와 의병한시 ···································497

　1. 의병문학의 형성 ···········································499

　2. 의병가사 ·················································502

　3. 의병한시 ·················································516

제2장 정용기의 의병활동과 창의가사 ·························532

　1. 정용기의 의병활동과 항일정신 ·····························533

　2. 정용기의 창의가사 ·········································539

　3. 창의가사 3편의 특징과 의의 ·····························549

제3장 상주 동학교와 동학가사 책판 및 판본 ·················552

　1. 상주 동학교와 동학가사 ····································553

　2. 상주 동학가사 책판 및 판본의 현황과 특징 ·················576

　3. 상주 동학가사 책판 및 판본의 가치와 의의 ·················586

찾아보기　589

# 제1부

# 총 론

# 제1장 한국문학의 갈래

'갈래'란 종래 학계에서 두루 써오던 '장르'를 이르는 용어로서 문학의
종류를 뜻한다. '장르'란 프랑스어 genre에서 온 것인데, 본디 라틴어
genus에서 유래된 말이다. 원래 생물학에서 동식물의 분류와 체계를 세
우는 데 사용하던 용어였으나, 문학에 원용되면서 문학의 종류를 뜻하게
되었다. 종래, 문학의 종류를 뜻하는 우리말 용어로 '文體' '部門' '樣式'
'形態' 등이 쓰였었다. 우리나라에서 예로부터 쓰이던 용어로는 '문체'가
있는데, 『東文選』에서는 이를 辭·賦·詩·詔勅·敎 등 48종으로 나
누고 있다. 그러나 이러한 구분은 한문학에만 쓰일 뿐 오늘날의 문학 갈
래론과는 맞지 않는다. 그리고 '문체'라는 말은 오늘날 의미 변화를 거쳐
'스타일'이라는 뜻으로 쓰이고 있다. 조윤제는 갈래의 상위개념을 '부문',
하위개념을 '유형' 또는 '형태'라 했는데, 이러한 용어는 현재 두루 쓰이
지 못하고 있으며, 고정옥 등은 '형태',[2] 장덕순 등은 '양식'[3]이라는 말을
썼으나 이 용어들은 문학의 '형식'과 거의 유사한 개념을 가지고 있기
때문에 문학의 종류를 뜻하는 용어로서는 적당하지 못하다. 그래서 종래

---

1  趙潤濟, 國文學槪論, 東國文化社, 1955.
2  高晶玉, 國文學槪論, 우리어문학회, 1949.
   李能雨, 入門을 위한 國文學槪論, 以文堂, 1955.
   金東旭, 國文學槪說, 民衆書館, 1962.
   李秉岐, 國文學槪論, 一志社, 1965.
3  張德順, 國文學通論, 新丘文化社, 1960.
   金允植, 韓國近代文學의 理解, 一志社, 1973.

주로 사용해 오던 '장르'란 외래어 대신 '문학의 종류'란 개념을 가장 잘 나타내주는 '갈래'란 용어는 이미 몇몇 학자에 의해 쓰인 바 있다.[4]

그런데 '갈래'에는 類概念으로 쓰이는 '큰 갈래(Gattung)'와 種概念으로 쓰이는 '작은 갈래(Art)'가 있다. 큰 갈래는 일반적으로 시대와 지역에 구애됨이 없이 공통되게 나타나는 것이고, 작은 갈래는, 시대와 지역의 영향을 받은 큰 갈래가 변형된 형태로 나타나는 것이다. 이 두 차원을 혼동하면 체계적인 갈래구분은 이루어질 수 없다. 체계적이고 합리적인 갈래구분이 되지 않고 인습과 관례에 따른다면 문학의 구조와 체계를 깊이 있게 이해하려는 갈래론 자체의 의미는 사라지고 만다. 그러므로 국문학의 갈래구분에서는 문학 일반 및 국문학에 두루 적용될 수 있는 큰 갈래의 체계를 먼저 수립해야 하고, 국문학이 지닌 특수한 성질을 감안한 작은 갈래의 설정이 뒤따라야 할 것이다.

국문학 갈래론은 국문학 연구의 그 어느 분야보다도 혼란이 심하였다. 이렇게 된 것은 갈래구분에 대한 체계적인 이론이 부족했기 때문이며, 한편으로는 국문학의 몇몇 作品群이 지닌 특수성 때문이었다고도 볼 수 있다. 그러나 1960년대 후반부터 조동일에 의해 체계적인 갈래론이 전개됨으로써[5] 국문학 갈래론은 획기적인 새로운 차원에 접어들게 되었다. 그러면, 지금까지 제기된 국문학 갈래론을 정리하고 각 갈래론의 문제점을 검토해 보기로 한다.

---

4 김수업, 배달문학의 길잡이, 금화출판사, 1978.
　趙東一, 문학연구의 방법, 知識産業社, 1980.
　_____, "문학사의 이해와 새로운 관점", 마당, 1981. 9.
5 趙東一, "歌辭의 장르 규정", 語文學 21, 韓國語文學會, 1969.
　_____, 敍事民謠研究, 啓明大 출판부, 1970.
　_____, "假傳體의 장르 규정", 藏菴池憲英先華甲紀念論叢, 1971.
　_____, "18~19世紀 國文學의 장르體系", 古典文學研究, 韓國古典文學研究會, 1971.
　_____, "景幾體歌의 장르적 성격", 學術院論文集, 1976.
　_____, "韓國小說의 理解", 知識産業社, 1977.
　_____ · 金興圭編, 판소리의 이해, 創作과 批評社, 1978.

1. **시가·산문의 2갈래설** : 이병기는 국문학을 시가문학과 산문문학으로 크게 갈래짓고, 시가문학은 다시 잡가·향가·시조·별곡체·가사·악장·극가로 구분했으며 산문문학은 설화·소설·내간·일기·기행·잡문 등으로 구분했다.[6] 구분의 원리로서 '시가는 운율이 있고 정형이고 표현이며, 산문은 운율이 없고 散形이고 서술임'을 제시하였다. 그러나 결과적으로는 운율 여부에 따라 갈래를 구분하고 말았기 때문에 국문학의 유기적인 체계를 보여주는 갈래론에 이르지 못하고 율격론에 머문 감이 있다.

김기동은 이병기의 갈래론을 계승하여 '율문 장르군'과 '산문 장르군'으로 나누었다. '율문 장르군'은 시적 장르와 극적 장르로 나누고, 시적 장르에는 향가·속요·별곡·시조·가사·송시·신시가 있으며, 극적 장르에는 판소리가 있다고 했다. 또한 '산문 장르군'은 소설 장르·희곡 장르·수필 장르·평론 장르로 구분했다.[7] 형식에 따라 구분하다 보니, 다 같은 극갈래인 극적 장르(판소리)와 희곡 장르가 하나는 '율문 장르군'에 속하게 되고, 다른 하나는 '산문 장르군'에 속하는 모순이 생기게 되었다. '극적 장르(판소리)'를 율문 장르군에 소속시킨다면 판소리계 소설도 율문 장르군에 소속시켜야 할 것이다. 김준영도 이병기의 2갈래설을 따르고 있다.[8]

2. **시가·가사·문필의 3갈래설** : 조윤제는 『조선시가사강』에서 시가·산문 2분설을 택하였으나, 『한국시가의 연구』에서는 '가사문학도 조선문학의 특수성을 잊어버리고 그냥 형식론에 끌리어 詩니 혹은 歌니 하고 규정하여 버릴 수는 없을 것'이라 전제하고, 가사는 형식상 시가이지만 내용상으로는 문필이기 때문에 독립된 갈래로 보아야 한다고 주

6 李秉岐, 國文學槪論, 一志社, 1965.
7 金起東, 國文學槪論, 精研社, 1969.
8 金俊榮, 國文學槪論, 螢雪出版社, 1976.

장하였다.[9] 시가・가사・문필이라는 3분설이 나옴으로써 갈래론이 비로소 형식론을 떠나 새로운 국면에 접어들게 되었다. 그러나, 조윤제의 3분설은 형식과 내용이라는 두 가지의 구분 기준을 적용함으로써 교차분류가 되고 말았고, 시가와 문필의 개념규정이 모호함으로써 그 外延 또한 불분명하게 되었다.

   3. **시・소설・수필의 3갈래설** : 이능우는 가사를 수필로 보고서 시・소설・수필이라는 3분설을 내세웠다.[10] 이능우가 말하는 수필은 시・소설・희곡 등 픽션적인 것을 제외한 문예작품을 총칭하는 것으로, 일기・기행・편지문・만필 등과 가사를 뜻한다. 이처럼 수필 갈래를 설정한 것은 조윤제의 체계를 계승 변형한 것인데, 희곡을 제외한 것은 큰 결함이라 하겠다. 한편, 이능우는 『국문학의 형태』에서 수필 대신 '만록'이라는 갈래를 설정하였다.[11]

   4. **시가・가사・소설・희곡의 4갈래설** : 조윤제는 '문필'을 다시 소설과 희곡으로 구분하여 국문학의 큰 갈래를 시가・가사・소설・희곡으로 나누었다.[12] 이 네 갈래를 4대부문이라 하고, 부수적인 부문으로 평론과 잡문을 들었다. 개념이 모호하던 '문필'을 소설・희곡・평론・잡문으로 나누어 보다 명확히 했으나, 소설과 희곡은 '4대부문'에, 평론과 잡문은 '부수부문'에 소속시켜 다른 차원으로 취급한 점이 특이하다. '부수부문'이라 했지만, 문학인 이상 어디에 소속시키거나 아니면 독립된 갈래로 인정했어야 보다 포괄적인 갈래체계가 되었을 것이다. 그리고 '가사'라는 큰 갈래가 작은 갈래 자체가 되고, '소설'이란 큰 갈래 속에 '소설'

---

9 趙潤濟, 韓國詩歌의 硏究, 乙酉文化社, 1948.
10 李能雨, 入門을 위한 國文學槪論, 以文堂, 1955.
11 李能雨, "國文學의 形態," 自由文學, 1985, 8.
12 趙潤濟, 國文學槪論, 東國文化社, 1955.

이란 작은 갈래가 포함된다는 것은 갈래론의 근본 뜻에 어긋나고 있다.

$$
\text{4대부문}
\begin{cases}
\text{시가 : 향가 · 장가 · 경기체가 · 시조} \\
\text{가사 : 가사} \\
\text{소설 : 신화 · 전설 · 설화 · 소설} \\
\text{희곡 : 가면극 · 인형극 · 창극}
\end{cases}
$$

부수부문 : 평론 · 잡문

**5. 서정 · 서사 · 극의 3갈래설** : 장덕순은 큰 갈래와 작은 갈래의 개념을 명확히 인식하고 서구의 갈래론을 원용하여 서정적 양식, 서사적 양식, 극적 양식으로 구분하여 국문학 갈래를 체계화시키려 하였다.[13]

첫째, 서정적 양식 : 고대가요 · 향가 · 고려가요 · 시조 · 가사(주관적 서정적 가사) · 잡가

둘째, 서사적 양식 : 설화(신화 · 민담 · 전설) · 소설(전기적 소설 · 서사시) · 수필(일기 · 내간 · 기행 · 잡필 · 객관적 서사적 가사)

셋째, 극적 양식 : 가면극 · 인형극 · 창극

가사를 양분하여, 주관적 서정적 가사는 서정갈래에 넣고 객관적 서사적 가사는 서사갈래에 넣은 점이 특이하고, 일기 · 내간 · 기행 · 잡필과 객관적 서사적 가사를 묶어 수필이라 하고서 이를 서사갈래에 소속시킨 것이 또한 주목된다. '수필문학은 엄밀한 의미에서 서사적 양식은 아니다'[14]라고 스스로 말하면서 일기 · 서간 · 기행 · 평민가사 같은 데 다소

---

13 張德順, 國文學通論, 新丘文化社, 1960.
14 張德順, 國文學通論, 新丘文化社, 1960.

스토리가 개재되어 있다[15]고 하여 수필을 편의상 일괄적으로 서사갈래에 넣었다는 것은 논리상 타당성이 없다. 가사도 서정적인 것과 서사적인 것으로 2분될 수 있을지 의문이다. 그러나 서정·서사·극이라는 큰 갈래를 설정함으로써 국문학의 갈래론은 새로운 국면에 접어들게 되었다.

한편, 김윤식은 문학의 큰 갈래를 '기본형', 작은 갈래를 '변종형'이라 하고, 변종형을 다시 편의상 서구문학에서의 변종을 '변종 1형', 비서구권 문학에서 전개된 각국의 변종을 '지방성 장르(vernacular genre)' 또는 '변종 2형'이라 하였다. 변종 2형에 속하는 국문학의 갈래를 다음과 같이 서정양식·서사양식·희곡양식으로 3분하였다.[16]

> 첫째, 서정양식 : 향가·민요·시조·경기체가·가사·판소리·개화가
> 사·근대시·현대시
> 둘째, 서사양식 : 민담·설화·신화·고대소설·개화기소설·현대소설
> 셋째, 극양식 : 인형극·가면극·신파극·근대극

수필은 구분에서 제외했는데, 왜 제외했으며, 이를 넣는다면 무슨 갈래에 넣어야 하는지 의문이다. 그리고 늘 문제가 되어왔던 가사와 판소리를 서정갈래에 넣은 것이 특이하다.

6. **서정·교술·서사·희곡의 4갈래설** : 조동일은 서정·서사·희곡이라는 종래의 3대갈래에 '교술'을 추가하여 서정·교술·서사·희곡이라는 4갈래설을 주장하였다. 그는 갈래구분의 기준을 전환표현의 방식과, 인식과 행동의 주체인 자아와 그 대상인 세계의 대립 양상에 두었다. 전환표현의 방식에 따르면 서정은 비특정 전환표현, 교술은 비전환표현,

---

15 張德順, 國文學通論, 新丘文化社, 1960.
16 金允植, 韓國近代文學의 理解, 一志社, 1973.

서사는 불완전 특정 전환표현, 희곡은 완전 특정 전환표현이라 했다. 그리고 자아와 세계의 대립양상에 따라 서정은 작품외적 세계의 개입이 없이 이루어지는 세계의 자아화이고, 교술은 작품외적 세계의 개입으로 이루어지는 자아의 세계화이며, 서사는 작품외적 자아의 개입으로 이루어지는 자아와 세계의 대결이고, 희곡은 작품외적 자아의 개입이 없이 이루어지는 자아와 세계의 대결이라 했다.

이러한 견해에 따라 국문학의 갈래를 다음과 같이 구분하였다.

> 첫째, 서정 : 서정민요·고대가요·향가·고려속요·시조·잡가·신체시·현대시
> 둘째, 교술 : 교술민요·경기체가·악장·가사·창가·가전체·몽유록·수필·서간·일기·기행·비평
> 셋째, 서사 : 서사민요·서사무가·판소리·신화·전설·민담·소설
> 넷째, 희곡 : 가면극·인형극·창극·신파극·현대극

종래 관습적으로 개념화되어 오던 갈래구분과 서구의 갈래이론을 벗어나 국문학의 갈래구분을 체계적으로 시도한 것이다. 이 4갈래설은 우선 이론상으로 볼 때, 3갈래설에서 처리하기 곤란했던 가사와 수필, 기타 산문들이 교술갈래에 포괄적으로 수용될 수 있다는 장점을 지니고 있다. 그리고 지금까지, 서정·서사·희곡에 대한 여러 가지 정의가 자아와 세계의 대결 양상으로 파악한 4갈래설의 개념규정에 포함되어 명확히 설명된다. 즉, 서정의 주관적인 성격은 세계의 자아화를 의미하고, 서사의 객관적 성격은 작품외적 세계의 개입에 따른 자아와 세계의 대결을 이르는 것이다. 희곡의 주객합일적 성격은 작품내적 자아와 작품내적 세계만으로 이루어진다는 점에서 서정과 같고, 자아와 세계의 대결로 이루어진다는 점에서는 서사와 같다는 것을 뜻한다. 서사와 희곡의 특징으로 지적되는 사건은 바로 이러한 자아와 세계의 대결을 뜻한다. 그리고 서

사의 특징으로 지적되는 서술자의 개입은 작품외적 자아의 개입을 의미하고 희곡의 특징으로 지적되는 무대상연은 희곡이 작품외적 자아의 개입이 없는 자아와 세계의 대결이기 때문에 무대상연을 통하여 전달하지 않을 수 없음을 지적한 것이라 볼 수 있다. 이런 점에서 이 4갈래설은 그 어느 갈래론보다도 체계적이고 설득력 있는 이론이라 할 수 있다.

그러나 문제점이 전혀 없다고는 볼 수 없다. 우선 갈래구분의 기초가 되고 있는 자아와 세계라는 용어의 개념이 과연 대립의 체계로 문학작품 속에서 이해될 수 있으며, 가사와 경기체가 등을 자아의 세계화라 볼 수 있을까 하는 의문이다. 김학성은, 일반적으로 시에 있어서 세계라는 개념은 한 개인의 의식 속에 비친 전체로서의 우주를 포함한 경험의 대상을 뜻한다[17]고 볼 때, 이러한 경험의 대상을 파악하는 의식의 주체를 자아라 한다면 시가는 본질적으로 경험의 대상에 대한 미의식의 선택에 의한 표현이므로 세계의 자아화이지 시가에 있어서 자아의 세계화란 있을 수 없다고 주장하였다.[18] 예컨대, '元淳文 仁老詩 公老四六……'도 그 자체로서는 세계의 객관성을 그대로 유지하고 있는 듯하지만 '위 試場ㅅ景 긔 엇더ᄒ니잇고' 이하로 이어지면서 그러한 세계의 객관성을 자아의 미적 감각에 의해 변형시켜 미적 구조물로 형상화시키고 있으므로 '자아의 세계화'가 아니라 '세계의 자아화'라는 것이다. 한 작품의 이해나 해명은 그 작품의 총체적 의미에서 규명되어야 하는 것이지 작품의 어느 특정 부분만을 놓고 전체의 현상인 양 확대해석해서는 안 된다는 것이다. 그리고 가사작품에서도 선택된 세계는 결코 작품외적 세계에 대한 단순한 지식의 나열이 아니라 세계를 바라보는 그들 나름의 미의식의 선택에 의해 구조된 세계의 자아화라는 것이다. 경기체가나 가사가 '자아의 세계화'냐, '세계의 자아화'냐에 대해서는 앞으로 전작품의 면밀한 분석을 통

---

17 朴異汶, 詩와 科學, 一潮閣, 1976.
18 金學成, 韓國古典文學의 硏究, 圓光大 출판부, 1980.

하여 종합적인 결론을 얻어야 할 것으로 본다. 이밖에 교술갈래설의 일반화에 관해 다소 문제점이 지적되고 있는 만큼[19] 사실의 체계화를 위해 한층 더 많은 자료를 통한 논증으로써 보완해야 할 것이다.

 7. 노래문학·이야기문학·놀이문학·기타 문학의 4갈래설 : 김수업은 문학 일반의 갈래를 고려하면서 국문학의 특수성을 잘 드러내기 위하여 서구문학의 큰 갈래인 서정문학·서사문학·희곡문학을 순수 우리말 용어를 써서 '노래문학'이야기문학'놀이문학'으로 바꾸고, 이 3갈래에 속하지 않는 일기·수필·문학비평을 하나의 큰 갈래로 설정하였다.[20] 물론 노래문학·이야기문학·놀이문학이라는 용어를 서정·서사·희곡과 꼭 일치하는 개념으로 쓴 것은 아니다. 노래문학은 '마음속에 생겨나서 나타내고 싶은 생각이나 느낌을 제 목소리 그대로 제 입을 통하여 자기의 것으로 토로해 내는 문학'이라 했고, '이야기문학'은 '마음속에 생겨나서 나타내고 싶은 생각이나 느낌을 마치 자기의 것이 아니고 남의 이야기인 것처럼 꾸며서 자기는 단순한 전달자에 지나지 않는 듯이 표현하는 문학'이라 했다. 그리고 '놀이문학'은 '마음속에 생겨나서 나타내고 싶은 생각이나 느낌을 남에게 시켜서 남들의 입으로 마치 그들 스스로의 것인 양 토로하게 하는 문학'이라 했고, 넷째 갈래의 문학은 '위의 세 갈래에 들지 않는 모든 문학을 다 싸잡아 넣은 것'이라 규정했다. 이 갈래론은 어떤 원리나 기준에 따라가기보다 국문학 현실에 확고한 바탕을 두고 문학 일반의 갈래론에 의지하여 설정한 것이다. 이 4갈래설은 넷째 갈래를 국문학의 큰 갈래의 하나로 설정함으로써 갈래 상호간 대립적이거나 체계적인 관계를 가지지 못하게 되었다. 넷째 갈래가 나머지 세 갈

---

19 金炳國, "國文學原論에 의한 冒險", 현상과인식, 1977, 여름호.
　李相澤, "當爲와 現像의 거리", 創作과 批評, 1977, 가을호.
　金炳國, "장르論的 관심과 歌辭의 文學性", 현상과인식, 1977, 겨울호.
20 김수업, 배달문학의 길잡이, 금화출판사, 1978.

래와 유기적인 관계를 가질 수 있도록 체계화하고 넷째 갈래를 나타내는 갈래 이름도 찾아야 이 4갈래설은 존립의 타당성을 확보하게 될 것이다.

　위에서 검토한 국문학 갈래론의 문제점을 바탕으로 해서 볼 때, 갈래 구분은 구분 그 자체에 목적이 있는 것이 아니라, 유사한 특징을 가진 작품들을 한데 묶어 갈래를 지움으로써 문학의 질서와 작품의 구조를 보다 깊이 있게 이해하고 체계화하려는 데 목적이 있다. 그러므로 갈래론의 출발은 작품적 사실에 투철해야 하며 체계적인 갈래구분을 하기 위해서는 갈래구분의 기준, 곧 구분원리가 합리적으로 모색되어야 한다는 것이다. 합리적인 구분원리의 모색은 문학의 보편성과 특수성을 고려하여 큰 갈래의 구분에는 문학 일반에 두루 적용되는 원리 설정이 필요하고, 작은 갈래의 구분에는 지역과 시대의 특수성에 적합한 원리를 찾아야 할 것이다. 이런 점에서 볼 때, 국문학 갈래론은 국문학 현실에 기반을 두고 큰 갈래를 체계화하는 데 더욱 논의를 활발히 해야 할 것이다. 앞에서 살펴본 바와 같이 국문학 갈래론은 참으로 분분했으나 확고한 체계는 수립되지 못하였다.

　현재, 국문학 갈래론으로 주목받고 있고 논의대상이 되어 있는 것은 서정·서사·희곡의 3갈래설과 서정·교술·서사·희곡의 4갈래설이다. 이 두 설의 논쟁은 교술갈래 설정의 필요성 여부에 있다. 즉, 교술은 서정의 한 갈래인가, 아니면 서정과는 구별되는 별개의 갈래인가 하는 문제와 수필·일기·기행 등의 산문은 문학의 범위에 넣어야 할 것인가, 제외해야 할 것인가 하는 문제이다. 만약 3갈래설을 택하려면 가사·경기체가·창가 등을 서정갈래에 넣을 수 있는 이론적 근거를 모색해야 한다. 그리고, 수필·기행·일기문 등을 문학의 범위에 포함시킨다면 어느 갈래에 소속시켜야 할 것인가를 분명히 해야 하고, 문학의 범위에서 제외시킨다면 이들의 비문학성을 명확히 설명해야 할 것이다. 아마도 이 두 가지 요건을 충족시키려면 혼합갈래를 인정하든가, 아니면 시타이거

(E. Staiger)처럼 '서정적인 것''서사적인 것''극적인 것'[21] 등으로 다소 포괄적인 갈래구분을 시도해야 할 것이다.

4갈래설은 수필·기행·일기 등을 포괄할 수 있으며, 경기체가·가사·창가 등도 '자아의 세계화'라 본다면 교술갈래에 포함시킬 수 있으므로 3갈래설에서 문제가 되던 것들이 일단은 해결된 듯이 보인다. 이런 점에서, 조동일의 4갈래설은 3갈래설보다 편리하고 합리적인 것 같다. 그러나, 이 4갈래설은 자아와 세계 및 교술갈래의 개념 등에 다소의 문제점이 없지 않다.[22] 무엇보다도 경기체가나 가사를 '자아의 세계화'로 볼 수 있느냐 하는 문제이다. 앞으로 4갈래설이 폭넓은 인정을 받기 위해서는 교술갈래에 속하는 작품들에 대한 면밀한 분석으로 '자아의 세계화'란 이들의 작품적 질서를 찾아서 이들이 분명히 교술갈래임을 명시해야 할 것이다. 만약, 이들이 오히려 '세계의 자아화'라 밝혀진다면 경기체가, 가사 및 창가의 갈래 소속은 제고돼야 할 것이다. 그러나 이들이 비록 서정갈래에 속한다 할지라도 교술갈래는 그대로 존속시키는 것이 좋을 듯하다. 교술갈래는 수필·기행·일기를 비롯하여 한국 한문학의 많은 부분을 차지하고 있는 기사문·철리문 등을 포괄할 수 있기 때문이다. 그리고 갈래소속이 불분명한, 이중적인 성격을 지닌 작품은 소위 '명사적인 용어와 형용사적인 용어'를 써서 갈래 소속과 이차적 특징을 명확히 해줌으로써 교술갈래의 문제점을 해소할 수도 있을 것이다.[23] 앞으로, 이 방향의 체계화와 심화에 중점이 두어져야 할 것이다. 4갈래설은 교술갈래의 해명이 보다 명확히 된다면 국문학 갈래구분에 가장 합리적

21 E. Staiger, *Grundbergriffe der Poetik*, Zürich: Atlantis, 1946.
22 金炳國, "國文學原論에 의한 險", 현상과 인식, 1977, 여름호.
_____, "장르論的 관심과 歌辭의 文學性", 현상과 인식, 1977, 겨울호.
李相澤, "當爲와 現像의 거리", 創作과批評, 1977, 가을호.
23 趙東一, 우리 문학과의 만남, 弘盛社, 1978.
_____, 문학연구의 방법, 知識産業社, 1980.
_____, "문학사의 이해와 새로운 관점", 마당, 1981, 9.

이고도 체계적인 이론이 될 것이다.

그리고 큰 갈래의 설정이 완결될 때, 경우에 따라 완결되지 못한다 할지라도 작은 갈래에 대한 갈래적 성격규명에 보다 역점을 두어 작은 갈래의 체계화에도 힘써야 할 것이다. 역사적 인습적 갈래의식에서 벗어나 문학적 측면에서 재정리해야 할 것이다.[24] 특히, 한국한문학의 갈래구분도 한글문학에 포괄시켜 체계화해야 할 것이다.

---

24 金文基, "鮮初 頌禱詩의 性格 考察", 朝鮮前期의 言語와 文學, 韓國語文學會, 1978.

# 제2장 한국 고전시가의 사적 전개

한국 고전시가의 사적 전개양상을 장르체계, 담당층, 가악의 변모 등을 기준으로 하여 시가의 발생과 고대시가, 향가문학 시대, 속악가사 시대, 사대부시가의 전성시대, 서민시가의 흥성시대, 전환기시가 시대 등으로 시대 구분하여 검토해 보기로 한다. 향가문학 시대는 삼국시대로부터 고려 예종 11년(1116) 송나라 대성악이 전래되기 전까지, 속악가사 시대는 대성악 전래 이후부터 고려 말까지로 잡았다. 사대부시가의 전성시대는 조선조 초기부터 현종 때까지, 서민시가의 흥성시대는 삭대엽이 발달한 숙종 이후부터 1860년 동학가사가 나타나기 전까지로 잡았으며 전환기시가 시대는 동학가사로부터 3.1 운동 전까지로 하였다. 3.1운동 이후부터는 근대문학 시대로 보았다.

## 1. 詩歌 發生과 고대시가

우리 인류가 언어로써 의사를 소통하고 감정을 표현할 수 있었던 구석기 시대부터 原詩歌(proto - song)는 존재했다고 볼 수 있다. 물론 이 원시가는 동굴의 벽화와 같이 수렵을 위한 주술의 수단이었다.

우리 민족은 신석기시대의 즐문토기를 사용한 고아시아족이며 언어로 볼 때는 알타이어족의 한 갈래로서 이들이 남부 시베리아와 몽고를 거쳐 만주와 한반도 일대에 들어와 목축과 농업을 기반으로 우수한 문화를 이룩하였다. 이들은 원주민을 정복하고 중국민족과 투쟁하면서 집단의 안녕과 풍농을 기원하는 祭天儀式을 거행하였는데 이 때 굿을 하면서 노래 부르고 춤추는 원시종합예술의 형태인 민요무용(ballad dance)이 행하여졌다. 이 민요무용에서 노래와 춤이 분화됨으로써 우리 시가가 발생하게 되었다.

집단 舞謠에서 발생된 우리 시가문학의 초기 형태는 노동요였다고 생각된다. 그러나 원주민을 정복하는 과정에서 생긴 전쟁영웅에 대한 서사시가 주로 노래 불렸을 것 같다. 제천의식은 국가적인 행사로 발전되어 국중대회가 열리게 되었는데 이때에 조상신의 신이한 행적이나 나라를 세운 부족영웅의 시련과 탁월한 능력 등을 서사시로 노래하였다고 본다. 이러한 제천의식과 국중대회가 삼국 초기까지 어느 정도 이어졌다는 것을 『삼국지』 위지 동이전과 『후한서』 동이열전에 나타난 부여의 迎鼓, 고구려의 東盟, 濊의 舞天 등을 통하여 확인할 수 있다.

건국서사시가 주로 노래 불렸던 때는 주술적, 신화적 세계관이 지배하고 자아와 세계의 동질성이 유지되던 신화시대였으나 본격적인 청동기 시대에 접어들면서 정착농경 사회가 이루어짐으로써 종교적 신관념이 형성되면서 주술, 신화적 질서가 흔들리게 되었고, 차츰 〈구지가〉와 같은 주술, 종교적인 노래가 나타나게 되었다. 가락국기 전체를 건국서사시라 보고 그 중 맞이 절차의 절정에 해당하는 대목만을 노래로 나타낸 것이 〈구지가〉라고 볼 수도 있으나 이 〈구지가〉는 주술적 위협의 대상이 주술적 해결의 능력을 지닌 신이 아니라 신의 매개자라는 점에서 주술적, 종교적 노래라 하겠다. 그리고 청동기 문화의 발달과 함께 초경험적 세계에 비해 경험적 세계가 중시됨으로써 현실의 경험적 공간에서 일어나는 인간의 삶의 문제를 노래하게 되었는데 이것이 바로 〈공무도하가〉이다. 〈공무도하가〉는 초월적 세계관을 지닌 백수광부의 초월적 죽음에 대한 경험적 세계관을 가진 아내의 슬픔을 노래한 민요라 하겠다.

철기 문화가 보급된 부족국가 시대가 되면 우리 시가는 제의적 성격에서 벗어나 개인 서정시적 성격을 띠게 되었다. 기원전 1세기경에 지어진 〈황조가〉는 민족국가의 형성과 함께 한국시가의 역사성과 개별성을 획득한 본격적인 개인 창작의 서정시이다. 물론 이 노래는 표면적으로는 유리왕의 두 계실인 禾姫와 雉姫의 갈등에 고민하는 사랑의 노래이지만 이면에는 수렵민 중심의 외래세력과 농경민 중심의 토착세력 간의 다툼에서 일어나는 정치적인 고민을 토로하고 있기 때문에 사회적 성격이 강하다는 특징이 있다.

## 2. 鄕歌文學 시대: 삼국시대~고려 숙종

삼국시대는 한자가 전래되어 기록문학 시대가 열리기는 했으나 지배 계층에게만 활용되었을 뿐이고, 서민들에게는 보급되지 못했기 때문에 향가를 제외하고는 삼국시대 노래들의 구체적인 실상을 알 수 없다.

고구려는 중국대륙과 직접 맞닿아 있어 이들과 끊임없이 싸우면서 씩씩한 기상을 키워왔을 것이므로 웅혼한 서사시들이 많이 불렸을 것이나 이에 관해 기록된 문헌이 거의 없어 확인할 길이 없다. 다만 『고려사』의 악지 삼국 속악조에 고구려의 노래로 〈내원성〉 〈연양〉 〈명주〉 등 3편이 소개되어 있는데 그 유래만 적어 놓았기 때문에 가사는 물론이고 작자, 창작연대 등을 알 수 없다. 〈내원성〉은 오랑캐가 귀순해 오면 이 성에 머무르게 하고 노래를 지어 기념했다고 하므로 왕의 치적을 찬양한 노래이거나 군사들의 전승가일 가능성이 많다. 〈연양〉은 기록으로 볼 때, 신세를 한탄한 노동요 같고 〈명주〉는 연정을 노래한 민요라 짐작된다.

백제는 남서 해안을 끼고 평야지대에 자리를 잡았기 때문에 온화한 기후와 비옥한 풍토로 인하여 향가 못지않은 서정문학이 발달했을 것으로 짐작된다. "무리지어 노래하고 춤추며 … 손발이 서로 응하여 그 節奏

는 중국의 鐸舞와 같았다"는 삼국지 위지 동이전 마한조의 기록을 통해 서도 후대에 가악이 아주 발달되었으리라 본다. 고려사 악지에 〈선운산〉 〈무등산〉 〈방등산〉 〈정읍〉 〈지리산〉 등 5편이 전하는데 작자가 장사인 의 처, 장일현인의 처, 구례현의 여인, 정읍인의 처 등으로 되어 있을 뿐 만 아니라 노래의 유래로 볼 때, 여인들의 사랑과 한을 노래한 것 같다. 대개 산이나 고장의 이름을 따온 것으로 보아 역시 민요화 된 것으로 보인다.

신라는 유리왕 5년(28)에 왕이 국내를 순행하다가 굶주려 얼어 죽어 가는 노파를 발견하고 환과고독자와 구차한 이를 급양케 했고 이해에 민 속이 환강하여 처음으로 〈도솔가〉를 지었다고 한다. 이것이 가악의 시 초라고 했으니 이는 처음으로 제작한 공식적인 궁중가악으로서 악장의 성격을 가진 초기의 향가가 아닌가 생각된다.

향가는 신라노래를 두루 통칭한 것이 아니라 일정한 양식과 세련된 가락을 갖춘 노래라고 볼 수 있다. 이는 삼국유사 도솔가조에 "신라인들 이 향가를 숭상한지 오래되었다(羅人尙鄕歌尙矣)"하고 향가가 "천지와 귀신을 감동시킨 것이 한두 번이 아니다(往往能感動天地鬼神者非一)"라 고 했음을 보아서도 알 수 있다. 진성여왕 2년(888)에 편찬되었다고 하 는 三代目에는 다양한 향가들이 많이 실려 있었을 터이나 전하지 아니하 여 향가의 전모를 파악할 수 없으며, 따라서 현전하는 향가 작품만을 가 지고 향가의 갈래나 전개과정을 논하기란 쉽지 않다. 다만 4구체, 8구체, 10구체 등 3가지 형태의 향가가 존재하는데 4구체는 민요체의 짧은 향가 이고 8구체 향가는 4구체 향가를 연첩한 형태라 할 수 있으며(삼국유사 에 더러 '長歌'라고 이르기도 했다) 10구체는 전대절과 후소절을 갖추고 후소절 앞에 감탄사가 오는, 세련된 양식의 향가이므로 이 10구체 향가 를 사뇌가라 한다.

3대 유리왕 때부터 16대 흘해왕 때까지는 연회시에 喜樂으로서 4구체 의 짧은 향가가 주로 쓰인 것 같다. 유리왕대의 〈도솔가〉, 〈회소곡〉 등이 이에 해당하는데 이때의 향가들은 삼국사기 악지에 보이는 〈사내악〉과 군악으로 보이는 〈덕사내〉, 〈석남사내〉, 〈사내기물악〉 등의 사뇌악에 실려 노래 불린 것 같다. 그리고 이 시기의 향가는 치리가적인 성격을 가진 노래로서 〈회소곡〉에 쓰인 '會蘇 會蘇(아소 아소)'와 같은 嗟辭가 쓰였으리라 본다. 〈도솔가〉에 "嗟辭詞腦格이 있다"(삼국사기)는 것은 가사에 감탄구가 쓰였으며 사뇌가와 비슷한 선율을 지니고 있다는 것을 지적한 것으로 보인다.

17대 내물왕 때부터 삼국통일 전까지는 타국과의 무수한 전쟁에서 전사한 화랑이나 장군을 애도하거나 찬양하는 노래가 많이 불렸는데 대개 8구체 향가인 듯하다. 26대 진평왕 때 장군 해론이 백제군을 공격하다가 전사하자 "모든 사람들이 애도하여 장가를 지어 조의를 표했다"고 하고 19대 눌지왕이 왜국에 인질로 잡혀갔다 돌아온 미사흔을 맞아서 〈우식곡〉을 지었으며 24대 진흥왕대의 미실은 사랑하는 애인인 5세 풍월주 사다함이 가야국 정벌을 위해 출정할 때 〈석별가〉를 지어 전송하였다.(필사본 〈화랑세기〉)

| 風只吹留如 | ㅂㄹ미 부루(로)다(부로더) |
| 久爲都郞前希吹莫遣 | 오래 都郞 알픠 불디말고 |
| 浪只打如 | 믌겨리 티다(더) |
| 久爲都浪前打莫遣 | 오래 都郞 알픠 티디 말고 |
| 早早歸良來良 | 일일 도라오라 |
| 更逢叱那抱遣見遣 | 다시 맛나 안고 보고 |
| 此好郞耶執音乎手乙 | 이 됴흔 郞야 자본몬 소늘 |
| 忍麻等尸理良奴 | 차마 들리려노(돌리려노)  −김완진 해독 |

29대 무열왕 때 화랑 김흠운이 백제군과 싸우다가 전사하자 당시 사람들이 〈양산가〉를 지어 추도했다고 하며 26대 진평왕 때는 실혜가

관직을 빼앗기고 시골로 추방되자 장가를 지었다고 한다. 이 노래들은 8구체 향가이거나 4구체를 반복한 연장체 향가로 볼 수 있다. 이들 노래는 향찰체로 정착되어 전하지 못하기 때문에 그 실상을 정확히 파악할 수 없으나 창작 시기가 다소 후대이기는 하지만 현전하는 8구체 향가가 추도와 찬양의 노래임을 볼 때도 이 시기 노래의 성격과 특징을 확인할 수 있다.

6세기 이후부터는 〈서동요〉〈풍요〉〈헌화가〉, 월명사의 〈도솔가〉등 향찰체로 정착된 4구체 향가가 나타나게 되었는데 〈서동요〉와 〈풍요〉는 원래 민요이던 것이 향가로 불린 것이며 〈헌화가〉와 〈도솔가〉도 창작된 향가이다.

7세기 후반, 삼국통일 이후부터는 10구체 사뇌가가 형성되어 유행하게 되었고, 고려 전기까지 지속적으로 창작되었다. 사뇌가의 작자는 주로 화랑들 중의 雲上人들과 이들이 거느리던 낭도승 또는 화랑과 관련된 인물이라는 사실이 필사본 〈화랑세기〉의하여 확인되고 있다. 사뇌가 중에서 불찬가류는 물론 불교 승려들이 지었다. 〈도솔가〉와 〈제망매가〉를 지은 월명사와, 〈안민가〉와 〈찬기파랑가〉를 지은 충담사, 〈모죽지랑가〉를 지은 득오는 낭도승이었고 〈원가〉를 지은 신충, 〈신공사뇌가〉를 지었다는 원성왕, 〈앵무가〉를 지었다는 흥덕왕은 모두 화랑과 직접 관련이 있는 인물이거나 왕이다. 이에 비해 〈원왕생가〉를 지은 광덕, 〈도천수대비가〉를 지은 희명, 〈우적가〉를 지은 영재는 불교도이거나 승려들이다.

고려가 건국된 이후에도 사뇌가는 창작되어 고려 전기까지 이어졌다. 이 시대에는 화랑제도가 신라의 멸망과 함께 없어졌기 때문에 담당층이 승려나 왕, 신하에 이르기까지 다양화되었다. 광종 18년(967) 경에 균여대사는 사뇌가 11수를 짓고 최행귀는 이를 게송으로 번역하였다. 8대 현종은 불행히 세상을 떠난 부모를 추모하기 위하여 1021년에 현화사를 창건하고 낙성식장에서 향풍체가를 지었으며 신하 11명은 경찬하는 사뇌가[慶讚詩腦歌]를 지어 바쳤다.(玄化寺碑陰記) 이로 보아 당시에 향가가 널리 유행되었음을 알 수 있다. 예종은 1120년에 팔관회에서 신숭겸, 김락 두 개국공신을 추모하는 〈도이장가〉를 지었는데 이 노래는 4구체 향가를 연첩한 8구체 향가이다. 이는 신라가 삼국을 통일하기 전에 전쟁터에서 죽은 화랑이나 낭도들을 추도하기 위해 지었던 4구체를 연첩한 8구체 향가의 전통을 이은 것이라 할 수 있다. 그리고 고려 의종 10년(1156) 경에 정서는 〈정과정곡〉을 지었는데 향찰체로 정착되지는 못하였으나 이는 10구체 사뇌가의 잔영이라 하겠다. 이 노래는 이제현의 소악부에 한역되어 실려 있고, 고려 궁중 속악으로 채택되어 악학궤범에 실려 전하게 되었다. 이와 같이 향가는 고려 전기까지 주된 갈래로서 면면히 지속되었던 것이다.

## 3. 俗樂歌詞 시대: 고려 예종~고려 말

신라 때부터 고려 숙종 때까지는 당악을 받아들여 속악과 함께 궁중음악으로 사용해 왔다. 그러나 문종 27년(1072) 팔관회 때에 포구락, 구장기 등의 송나라 악곡을 쓴 바가 있고, 예종 9년에는 송나라로부터 장고, 북, 징, 매구와 같은 악기를 들여왔으며 예종 11년(1116)에 대성악을 도입함으로써 예종 대에는 아악을 비롯한 속악까지도 송악 위주로 정비되었다. 고려의 속악은 송악으로 바뀌거나 송악의 절대적인 영향을 받아 개편되었다고 볼 수 있다. 속악가사는 송악의 가사인 宋詞의 연장체 형식과 연정, 이별의 한, 傷懷와 같은 내용적 측면의 영향과 함께 신라시대로부터 고려 전기까지 주로 사용해 왔던 현악기에 비해 새로 도입된 징, 매구 같은 타악기가 불러일으키는 흥분되는 분위기 조성에 힘입어 형성되었다고 할 수 있다. 그리고 고려 중엽 이후 원나라에 복속되던 때에 散曲이 들어와 더욱 영향을 미쳤으리라 생각한다.

현재 전해지고 있는 고려가요는 궁중 속악으로 사용되었던 속악가사

밖에 없다. 고려 때에는 이 속악가사 외에 고려인들의 노래가 여러 가지 있었을 것이다. 그런데 궁중의 속악가사를 고려속요라 하여 이를 고려인들이 널리 불렀던 노래라고 생각해서는 안 된다. 궁중 밖의 민중들이 부른 노래들의 실상은 기록이 미비하여 자세히 알 수 없고, 궁중 속악가사를 통하여 미루어 짐작할 수 있을 뿐이다. 이 속악가사도 조선조 성종조 전후에 정착된 것이기 때문에 많은 변개가 이루어졌을 것이므로 고려가요의 참된 실상을 밝히기란 쉽지 않다. 속요는 기류들이 시정의 유흥 공간에서 향유하던 속된 노래요 곡을 수반하지 않는 '소리'라 할 수 있으므로 고려 궁중의 속악가사는 '고려속가'라고 불러야 한다.

청산별곡류의 속요와 함께 경기체가인 한림별곡도 궁중속악으로 사용되었기 때문에 악장가사와 고려사 악지 속악조에 실려 있으나 서로 다른 갈래이므로 나누어 살펴보기로 한다.

현전 속가 20편(〈나례가〉 등 무가 6편 포함)을 가지고 고려시대 가요의 원래의 모습, 갈래 체계와 그 특징을 찾는다는 것은 매우 어려운 일이지만 속가의 형성과정을 통하여 어느 정도 알아 볼 수 있다.

고려 전기에는 삼국의 민요나 당시의 민요(사모곡, 가시리 등), 사뇌가(정과정곡)를 그대로 속악가사로 채택하여 사용한 듯하다. 그러나 대성악이 들어온 이후에는 당시의 민요(유구곡, 상저가)와 당시 유행하던, 기녀와 유녀 같은 시정인의 속요를 채택하여 당시의 속악에 맞추어 그대로 쓰거나(청산별곡) 아니면 다소 첨삭 혹은 편장하는 방법으로 개작하기도 하고(동동, 정석가, 만전춘별사) 여음을 삽입하거나(쌍화점, 이상곡) 두 노래를 합가하기도(서경별곡)하여 연장체의 긴노래를 만들었을 것이다. 이렇게 된 이유는 송악의 영향으로 길어진 새로운 연장형 속가에 맞추기 위함이었고, 13세기 후반 원의 지배 시에 들어온 원의 산곡 영향으로 노래와 춤과 놀이가 복합된 俗樂呈才가 발달했기 때문이다. 그런데 이런 속가들에 여음이 많이 쓰이고 연장체로 길어지며, 편장이나 합가가 이루어진다든가 내용이 사랑이나 이별의 한을 주로 노래하고, 문답체의 가사가 쓰인 것은 송사로 된 송악이나 元 산곡의 영향이라고 할 수 있으나 후렴과 같은 음악적인 요소를 제외한 본사만을 두고 본다면 노래의 한 장은 주로 4구(행)의 민요형이고, 3음보격이 우세한데 이런 것들은 향가의 전통을 계승한 것이다. 4구체를 연첩한 8구체 향가와 普賢十願歌에서 이런 전통을 찾을 수 있고, 후소절 앞에 감탄사가 오는 특징도 10구체 사뇌가에서 찾을 수 있기 때문에 고려속가는 宋樂(宋詞)이나 元 散曲의 직접적 영향으로 이루어졌다고 할 수 없고, 속악가사화 되는 과정에 이들의 간접적인 영향을 받았다고 할 수 있다.

〈나례가〉〈삼성대왕〉〈대국〉〈대왕반〉〈성황반〉〈내당〉 등 6편은 시용향악보 말미에 가사가 실려 있는데 무가인 듯하나 확실한 내용은 알 수 없고, 〈처용가〉는 속악정재로서 연희의 성격이 강하지마는 궁중 나례 때 부른 무가로 볼 수 있다.

그런데 이제현(1287~1367)과 민사평(1295~1359)이 각기 11편과 6편의 소악부를 남겨 영성한 고려노래를 이해하는데 크게 도움을 주고 있다. 이들 소악부는 우리의 민요나 속요를 한시로 번역한 것으로서 속악가사와 관계가 깊다. 이제현의 소악부 중에서 8편과 민사평의 소악부 중에서 3편은 고려사 악지 속악조와 악장가사 등의 속가를 번역한 것이고 나머지는 현전하지 않는 제주도의 민요나 민간의 속요를 번역한 것인데 같은 노래라도 고려사 악지의 내용과 달리 남녀상열지사를 왜곡시키지 않고 그대로 표현했기 때문에 고려사를 편찬한 유학자들에 의하여 잘못 소개되었던 내용을 바로잡을 수 있게 되었고 불완전하나마 가사 부전 속요의 면모를 전해주고 있다는 의의를 지니고 있다. 이를 통하여 민간의 속요들이 존재했다는 사실과 여말의 유학자들이 우리 노래의 가치를 인정하고 한시로 번역하여 향유하면서 길이 전하려 했음을 알 수 있다.

고려속가는 조선조에 들어와서도 궁중속악으로 불렸으나 사대부들의 기호에 맞지 않았기 때문에 남녀상열지사라 매도되어 없어지거나 개찬됨으로써 차츰 송축적인 악장으로 대체되었다.

무신란 이후 등장한 신흥사대부들에 의하여 새로 만들어진 노래가 경기체가이다. 고종 3년(1216) 경에 한림제유들에 의하여 〈한림별곡〉이 창작되었는데 이 노래는 당시의 최고 문인들이 그들의 삶에 대한 자부심과 도도한 흥취를 속악에 맞추어 돌아가며 1곡씩 부르다가 만들어진 것 같다. 한문 어구가 많이 섞인 것은 그들의 한문 쓰는 버릇과 송사의 영향 때문인 듯하고 마지막 장이 음사로 이루어진 것은 한림별곡이 유흥을 목적으로 지어졌음을 알 수 있다. 실제로 이 노래는 악장가사와 고려사 악지 속악조에 실려 있고 형식적인 면에서 여타 속가와 아주 유사하다. 전대절과 후소절로 되어 있고 앞부분은 3음보격, 뒷부분은 4음보격이며 결사부분에 감탄사가 오는 등 전통적인 우리 노래의 특징을 그대로 답습하고 있다. 그러나 사물이나 사실을 나열하면서 감흥을 찾고 있다는 점에서 서정적인 속요와는 달리 교술성이 짙은 노래이다. 1세기 정도 후에 안축(1287~1348)이 〈관동별곡〉과 〈죽계별곡〉을 지었다. 〈관동별곡〉은 안축이 충숙왕 15년(1328)부터 이듬해까지 강릉의 존무사가 되어 관동지방을 순시하면서 그곳의 경치와 감흥을 9장으로 읊은 것이며 〈죽계별곡〉은 그가 만년에 자기의 고향 순흥이 왕의 태를 갈무리한 곳이라 이를 찬양하고, 절경을 찾아다니며 기생들과 더불어 즐겁게 노니는 자신의 모습을 5장으로 읊은 것이다. 이 두 노래에는 사대부의 자기 과시와 득의에 찬 모습, 기녀들과의 방탕한 놀음의 모습이 드러나 있다.

고려 때의 경기체가로는 〈한림별곡〉과 안축의 노래 2편이 전부인데 이 노래들은 형식이나 내용적 측면에서 조선조에 들어서도 계속 창작된 경기체가의 전범이 되었다.

고려 말에는 신흥사대부들인 우탁, 이조년, 이존오, 이색 등의 시조 작품이 전하고 이방원의 〈하여가〉에 대한 정몽주의 〈단심가〉가 전하는 것으로 보아 단가라고 하는 시조가 이 시대에 사대부들의 새로운 문학 갈래로 형성되었다. 이때의 시조들은 늙음을 한탄하거나 망해가는 나라를 걱정하는 심정, 정치적인 갈등을 토로함으로써 서정시로시의 자리를 굳히게 되었다.

한편, 고려 말경에 승려들에 의하여 가사가 발생하게 되었다. 나옹화상(1320~1376)의 〈서왕가〉〈심우가〉〈낙도가〉 등이 전하기는 하나 후대의 위작일 가능성도 지적되었지만 이두체로 기록된 〈승원가〉가 발굴됨으로써 신빙할 수 있게 되었다. 가사가 가르치고 설득하는데 적합한 갈래이기 때문에 여말에 불교 포교용으로 가사가 발생될 수 있는 소지는 충분했다고 본다. 가사는 조선조에 접어들어 시조와 함께 전형적인 사대부 문학이 되었던 것이다.


## 4. 士大夫詩歌의 全盛 시대: 선초~숙종 전

조선조 개국으로부터 數大葉이 발달하기 시작한 숙종조 이전까지는 유장한 리듬의 中大葉이 유행하던 때였고, 성리학이 꽃을 피운 시기였기 때문에 사대부들의 시가인 악장, 경기체가, 시조, 가사가 한껏 발달하여 절정에 이른 시기였다.

유교를 통치이념으로 내세운 신흥사대부들은 조선왕조의 창업을 정당화하고 새 왕조의 무궁한 번성을 빌기 위해 악장의 제작에 힘을 썼다. 정도전에 의하여 〈납씨가〉〈궁수분〉〈정동방곡〉〈문덕곡〉〈신도가〉 등이 지어졌고, 이어서 권근의 〈천감〉〈화산〉〈상대별곡〉, 하륜의 〈근천정〉〈수명명〉, 변계량의 〈하황은곡〉〈화산별곡〉, 윤회의 〈봉황음〉 등이 제작되었다. 주로 한시와 초사체로 되어 있거나 경기체가나 고려속가, 한시에 토를 단 형태를 취하고 있다. 그러나 〈신도가〉와 〈감군은〉은 우리말 노래의 모습을 갖추었다고 할 수 있다. 조선조 궁중에서는 頌禱의 가사를 새로 짓기는 하였으나 악곡은 쉽게 바꿀 수 없었기 때문에 고려의 속악이 비속하다고 비난하면서도 그대로 사용하였다. 한시나 초사체의 악장은 아악으로 쓰였고, 경기체가나 한시에 토를 달거나 우리말로 된 노래들은 고려의 속악 곡에 실려 궁중 연회나 집회 시에 사용되었다.

훈민정음이 창제 되자 즉시 125장으로 된 〈용비어천가〉를 지어 악장을 집대성하였는데, 이는 〈여민락〉〈치화평〉〈취풍형〉 등의 노래로 궁중에서 불렸으며 불완전하나마 서사적인 형태를 취하고 있다. 같은 형식으로 된 약 580장 정도의 〈월인천강지곡〉이 창제됨으로써 악장은 절정에 달하였다가 성종 조에 조선조가 터전을 확고히 하자 송도의 노래는 쇠퇴하였다.

경기체가는 고려 후기에 발생된 시가 갈래이지만 조선조 선조 때까지 지속적으로 발달된 사대부 시가이다. 유흥성이 강한 장르적 성격을 지닌 경기체가는 작자가 궁중에서 벼슬하면서 지을 때에는 공동적인 흥취를 읊었고, 벼슬에서 떠나 있을 때에는 개인 흥취를 읊었다. 조선 초기의 경기체가는 주로 악장으로 창작되었기 때문에 공동적인 흥취를 읊게 되었다. 권근의 〈상대별곡〉에서는 사헌부의 위의와 관원들의 자부심을, 변계량의 〈화산별곡〉은 서울의 수려함과 태평성대를 노래하였으며 예조에서 지은 〈가성덕〉은 왕조의 안정과 번영을, 〈오륜곡〉과 〈연형제곡〉은 오륜과 형제우애의 중요함을 읊었다. 그러나 유영의 〈구월산별곡〉, 정극인의 〈불우헌곡〉은 만년에 향리에서 즐겁게 노니는 흥취와 임금의 은택을 노래했고, 김구의 〈화전별곡〉은 귀양 가서 산수간 풍류를 즐기는 흥취를 읊었다.

경기체가는 불교계에도 파급되어 의상화상은 〈서방가〉를, 기화는 〈미타찬〉〈안양찬〉〈미타경찬〉을, 말계지은은 〈기우목동가〉를 지어 포교의 수단으로 삼았다.

경기체가는 세조 때까지는 어느 정도 형식을 엄격히 유지하였으나 성종조 이후부터는 형식에 변화가 상당히 초래되었고, 중종조 주세붕의 〈태평곡〉〈도동곡〉〈육현가〉〈엄연곡〉과 권호문의 〈독락팔곡〉에 이르면 형식이 거의 파괴되어 가사체에 가까워졌을 뿐만 아니라 이시기에 이르러 경기체가는 흥기하는 정서를 구체적으로 표현하고자 하는 사대부들의 욕구를 만족시킬 수 없었기 때문에 16세기 말엽에 막을 내리게 되었다.

시조는 조선조에 들어와서 가사와 함께 시가문학의 쌍벽을 이루게 되었다. 개국 초기에는 고려의 유신들은 회고가를, 신흥관료들은 송축과 호기로운 노래를 읊었다. 특히 맹사성은 〈강호사시가〉를 지어 자연과의 친화와 정치생활의 즐거움을 토로 하였다. 조선조가 안착되고 성리학이 발달하게 되자 처사문인, 도학자들에 의해 강호생활의 즐거움을 노래하는 강호가도가 형성되었다. 조식, 성혼, 이현보와 같은 처사문인들은 자연에 동화되어 유유자적한 삶을 누리면서 자연의 관조를 통하여 天理를 깨닫고자 하는 유교적 세계관을 시조로 읊었다. 한편 서원을 처음 세운 주세붕은 〈오륜가〉를 비롯한 훈민시조를 지어 인륜도덕을 강조하였다. 이황은 〈도산십이곡〉을 지어 은거구도의 정신과 유학자의 온유돈후한 삶의 경지를 표현하였고, 이이는 〈고산구곡가〉를 지어 자연의 아름다움을 도학과 조화시키려고 하였다. 그리고 호남가단을 이끈 송순과 정철은 문인의 풍류정신을 생동감 있게 표현하였으며 각기 〈훈민가〉를 지어 유교적 생활철학과 이상을 실현시키고자 하였다. 한편 황진이, 계랑, 홍랑 등 기녀들은 순수한 우리말을 탁월하게 구사하여 사랑과 이별의 한을 빼어난 문학적 기교로 노래함으로써 시조의 문학성을 한껏 발휘했을 뿐만 아니라 시조의 작자층을 확대하는 데 크게 기여하였다.

임·병 양란 이후, 고응척은 〈대학곡〉 28수, 장경세는 〈강호연군가〉 13수, 김득연은 〈산중잡곡〉 49수 등 성현의 가르침이나 향촌생활의 즐거움을 연시조 형태로 읊었으며 이덕일, 강복중, 정훈 등은 국란후의 당파싸움이나 국정의 혼란상을 비판하는 시조를 지었다. 한편 신흠은 전원생활의 멋을 섬세한 묘사로 격조 높게 토로하였다. 사대부의 시조문학은 전란후의 위기를 유교정신의 재무장으로 극복하려는 박인로의 도학풍 시조를 거쳐 윤선도에 이르러 그 절정에 달하였다. 윤선도는 뛰어난 시적 감각으로 자연과 인간의 조화로운 삶을 유감없이 표현하였다. 특히 〈어부사시사〉 40수는 정치적인 포부와 배를 타고 노는 감흥을 바라다 보이는 경치에 투영시켜 묘사함으로써 시조의 묘미와 격조를 더한층 높였다.

가사는 조선조에 접어들면서 사대부들의 기호에 적합하여 크게 유행하였다. 정극인의 〈상춘곡〉에서 형식의 완성을 이룩한 가사문학은 본격적으로 성장, 발전하여 임란을 전후하여 사대부 가사의 꽃을 피웠다. 성리학의 발달과 함께 유교적 이념과 강호생활의 즐거움을 노래한 가사들이 주류를 형성하면서 한편으로는 정치적 패배에 따르는 울분과 변명을 토로한 가사들이 많이 창작되었다. 조식의 〈권선지로가〉, 이황의 〈도덕가〉, 이이의 〈자경별곡〉 등은 유교 도덕과 교훈을 읊은 것이며 이서의 〈낙지가〉, 송순의 〈면앙정가〉, 정철의 〈성산별곡〉, 차천로의 〈강촌별곡〉 등은 자연의 관조를 통해 도를 구하는 유자적 삶의 즐거움을 서술하였다. 한편 정철의 〈사미인곡〉과 〈속미인곡〉은 사랑하는 님에 의탁하여 임금을 그리워하는 심정을, 조위의 〈만분가〉는 적소에서의 회한과 충성심을 읊었는데 이들은 각기 연군가사와 유배가사의 전형이 되었다.

임란 이후, 가사문학은 작가의식의 변모가 일어나 박인로의 〈누항사〉, 최현의 〈용사음〉, 정훈의 〈탄궁가〉 등에서는 피폐한 사회상과 생활고를 토로하고 사회현실을 비판하였다.

그리고 형식면에서도 2음보를 기저율격으로 하는 6음보격, 감탄낙구의 성격을 띤 隻辭의 삽입에 따른 5음보격이 나타나는 등 다소의 변화가 초래되기 시작하였다. 숙종조 전까지 가사는 대체로 唱으로 노래 불리다가 숙종 이후부터는 음영화 되었다.


## 5. 庶民詩歌의 興盛 시대: 숙종 이후~19세기 중엽

숙종 이후, 서민들의 기호에 적합한 음악인 삭대엽이 발달하고 양반 사대부들의 기호에 적합한 중대엽이 쇠퇴함으로써 서민시가가 흥성하게 되었다. 숙종 때 신성이 편한 玄琴新證假令에는 삭대엽이 크게 확대되어 있는데, 이는 음악이 더욱 촉급하게 변모한 것으로 볼 수 있으며 영조조 김천택의 청구영언에 이르러서는 삭대엽에 소용, 언롱, 농, 편낙, 편삭대엽, 속당대엽 등이 나타나 더욱 촉급한 편으로 기울어졌다.

이와 같이 음악이 촉급해지고 서민의식의 성장으로 사설시조, 서민가사, 잡가, 판소리단가 등 서민 대중의 노래문학이 급속도로 증폭되었던 것이다. 가곡에 얹혀 불리던 시조는 시조창으로 불리게 되었고 가사는 창곡화하여 교방이나 민속으로 흘러가거나 장편화 되어 창을 잃고 음영화 되었다.

사설시조의 초기 작품으로 정철의 〈장진주사〉를 들 수 있고, 고응척, 강복중, 백수회 등의 시조 중에서도 사설시조로 볼 수 있는 작품이 있기는 하지만 시조 형식의 정형성과 내용의 관념성에 반발하여 나타난 사설시조가 하나의 갈래로 자리 잡은 것은 17세기 중엽 이후라고 하겠다. 영조 4년(1728)에 김천택이 편찬한 진본청구영언에는 '만횡청류'라고 하는 사설시조가 116수나 실려 있는 것을 볼 때, 그 당시 유행하던 노래중에서는 사설시조가 가장 대표적인 노래였음을 알 수 있고, 만횡청류서에 "그 유래가 오래되었다(其流來也已久)"고 했음을 감안해 볼 때 이러한 추정이 가능하다. 사설시조는 하층인의 현실적인 경험을 바탕으로 한 구체적인 사물의 나열과 비속한 언어의 남용 등으로 소박성을 면치 못한 면도 있으나 해학적인 표현과 풍자, 기발한 비유로 서민의 생활상과 정감을 자유롭게 표출함으로써 근대 서정시에 접근하는 면모를 드러내었다. 사설시조는 남녀 간의 애정을 주로 노래했으나 담당층의 확대로 농사꾼이나 장사꾼의 세계상을 토로하는 등 다양화되었다. 그리고 19세기 후반부터 중인 가객층의 적극적인 참여로 사설시조의 세태적, 희화적 특성은 감소하고 차츰 평시조의 미의식에 접근해 갔다.

가사도 17세기 말엽부터 향유층이 확대되어 서민가사가 주류를 형성하였다. 〈갑민가〉〈합강정가〉 등은 가혹한 징세와 관료들의 부정, 부패를 폭로, 비판하였고 〈과부가〉 〈노처녀가〉 등에서는 기존관념에 도전하고 인간의 본능적인 욕구를 토로했으며 〈규수상사곡〉 〈단장이별곡〉 등에서는 부부간 이별후의 상사의 정이나 부부가 아닌 남녀의 연정을 사실적으로 묘사하고 있다. 특히 전문소리꾼들에 의하여 가창된 가창서민가사들은 음보율에 가감이 생기고 음수율이 다양해지게 되었다.

이 시기에 직업적인 소리꾼들에 의하여 잡가가 유행하였다. 잡가는 가창가사와 관련이 깊은데, 더벅머리 삼패, 사계축, 기생, 광대 등 지체가 낮은 소리꾼들이 부르는 노래로서 음악적인 면에서 다소 잡스런 노래이다. 가사가 민요와 교섭함으로써 생겨난 잡가는 분절되거나 후렴을 가지는 것이 특징인데 내용은 사랑과 인생무상, 취락 등이 대부분이다. 이러한 잡가는 길이가 짧아지면서 전환기에 창가로 바뀌게 되었다.

18세기 이후 부녀자들이 향유하는 규방가사가 나타나게 되었다. 허초희(1563~1589)가 지었다는 〈규원가〉와 〈봉선화가〉가 있으나 작자가 확실하지 않으며 초기 작품으로는 영조 22년 (1746)에 전의 이씨가 지은 〈절명사〉가 있고, 이중실의 아내 안동 권씨가 지은 〈반조화전가〉, 유사춘의 아내 연안 이씨가 정조 18년(1794)에 지은 〈쌍벽가〉와 1800년에 지은 〈부여노정기〉가 있다. 규방가사는 시집살이에 필요한 교훈을 읊은 계녀가와 신세를 한탄한 탄식가가 주류를 이루고 있다. 영남 남인집안 부녀자들을 중심으로 발달한 규방가사는 충청도와 전라도에도 전파되었고 서민부녀자들에게까지 향유층이 확대되었다.

사대부 시조의 경우, 위백규는 〈농가구장〉을 지어 농민의 처지와 현실을 노래했고, 권섭과 이정보는 풍속의 묘사와 통속적인 사랑을 시조로 읊었으며 또한 작자층의 확대로 기녀들의 수작시조가 유행하는 등 사대부 시조는 크게 변모하였다.

사대부 가사의 경우, 은일가사, 유배가사, 기행가사가 지속적으로 지어졌으며 김인겸의 〈일동장유가〉, 한산거사의 〈한양가〉 등 사실적인 장편가사가 나타나게 되었다.

## 6. 轉換期의 시가문학: 19세기 후기~해방 전

1860년에 최제우가 득도하면서 지은 동학가사로부터 민중의 각성과 만민평등사상이 나타나기 시작했고, 차츰 지배체제를 부정하고 민족을 수호하려는 근대적인 민족의식이 형성되기 시작했으므로 1860년부터 3.1 운동 전까지는 근대문학으로 전환되는 과도기라 할 수 있다. 이때 나타난 시가들은 동학가사, 의병가사, 개화가사, 창가, 신체시 등인데 동학가사와 의병가사는 고전가사체를 이은 것이고 개화가사, 창가, 신체시 등은 현대시로 넘어가는 과도기적인 갈래이다.

최제우가 지은 용담유사의 가사는 〈용담가〉〈안심가〉〈교훈가〉 등 9편인데 자신의 득도과정을 읊고 현실에 대한 각성과 만민평등의 의지, 외세에 대한 저항의식을 고취하였다. 후에 남접 교주 김주희는 100여 편의 동학가사를 지었는데 서민적 취향이 넘치기는 하나 교리를 관념적으로 표현하고 있으며, 김중건은 동시대에 동학을 이어받았으나 새 신앙인 元宗을 개창하고 1913년 만주로 망명하여 수천편의 노래를 지었다고 하는데 현재 87편 800여수의 노래가 전하고 있다. 대체로 가사형식을 취하고 있으나 후렴이 달린 것도 있는데 주로 민중들이 투쟁의 주체가 되어 일본제국주의를 쳐부수고 민족해방을 위해 투쟁해야 함을 고취하였다.

개화가사는 독립신문, 대한매일신문, 황성신문 등 개화기의 신문이나 잡지에 실린, 개화문제를 읊은 가사를 말하는데 4.4조로서 분연체로 되어 있고 반복구 또는 후렴이 있다는 것이 그 특징이다. 독립신문에 실린 가사는 개화기 지식인의 입장에서 쓴 것으로 자주독립과 개화사상을 고취하였고, 대한매일신보에 실린 가사는 주로 민중의 입장에서 쓴 것으로서 무비판적인 신문화 수용을 반대하는 경향을 드러내었다.

의병가사는 1895년에 윤희순이 처음으로 〈안사람 의병가〉, 〈애달픈 노래〉 등을 지은 후, 유홍석의 〈고병정가〉 등이 창작되어 총 19편이 전하고 있다. 의병에 참가할 것을 권유하거나 합심하여 의병을 물리치자고 호소하고 있으며, 특히 신태식의 〈신의관창의가〉는 의병투쟁의 체험을 읊은 장편 서사시적 성격을 띠고 있는데 의병장으로서 죽음을 초월한 기개, 전쟁터의 살벌함과 위기감을 실감나게 묘사하였다.

　창가는 서양악곡에 맞추어 가창하기 위해 1906년경부터 지어진 노래로서 그 율조는 대체 3음보격으로 분연되어 있고, 7. 5조, 8. 5조, 6. 5조 등 다양하다. 초기에는 추상적인 개화사상을 고취한 것이 많았으나 차츰 개인적인 정서를 노래하게 되었고 각급 학교의 교가로 유행되었다.

　신체시는 창가의 율격적 정형성을 깨고 자유로운 리듬을 시험해 본 시형으로서 1908년 최남선이 지은 〈해에게서 소년에게〉를 시작으로 〈구작삼편〉〈꽃두고〉 등이 이어졌다. 그러나 각 연, 각 행의 글자 수가 일정하여 정형적인 율격의 잔재가 남아 있으며 주재가 주로 자주독립, 남녀평등, 신교육 등 계몽성을 탈피하지 못함으로써 자유시에 이르지 못하였다.

# 제2부

# 鄕歌時代의 시가문학

# 제1장 향가의 갈래

　향가 25수는 신라 천년의 역사에 비해 볼 때, 양적으로 너무나 보잘
것 없다. 唐 이전까지의 수많은 한시와 일본의 萬葉集에 전해지는 4,500
여 수의 和歌에 비해 볼 때, 더욱 그러하다. 그러나 수적으로 빈약하기
때문에 한층 소중한 지도 모르는 이 문화유산은 반 세기동안 다각도로
연구되어 1,000여 편의 논저를 남기게 되었고, 따라서 차츰 그 성격과
특징이 규명되고 있다. 그동안 향가의 해독을 비롯하여 갈래, 형태, 사상
등에 대한 논의가 집중적으로 이루어졌으며 수사나 미의식까지도 검토
되기에 이르렀다. 향가의 해독은 소창진평과 양주동을 비롯한 많은 국어
학자들에 의해 꾸준히 연구되어 왔으나 아직까지 완독되지 못하고 있는
실정이다. 초기에는 고대 및 중세의 문헌어를 중심으로 해독을 시도해
왔으나 차츰 경상도 방언을 토대로 하여 재해독이 시도되었다. 그러나
이 두 방법이 모두 한계점이 있기 때문에 비교언어학적 방법에 의하여
신라어 재구를 통해 향가를 새로이 해독해 보려는 움직임이 일고 있다.
이처럼 해독이 완결되지 못한 상황에서 향가의 형식과 내용을 연구하는
그 자체가 한갓 徒勞에 지나지 않을지도 모른다. 그러나 향가의 해독이
완결되지 못하였다하여 귀중한 국문학 유산을 방치할 수는 없었기 때문
에 주어진 여건과 형편 속에서나마 부단히 연구를 수행하여 향가에 대한
오늘의 업적을 이루게 되었던 것이다.
　향가 갈래론은 '향가'란 용어의 개념 설정부터 논란이 되어왔고, 따라
서 갈래[장르] 용어로서의 적합성 여부가 문제되었다. 아직까지 이 문제

는 해결을 보지 못하고 있다.

향가 형태론은 균여전의 "三句六名"이란 근거에 힘입어 가장 활발히 논의되고 언급되었다. 그러나 향가(정확히 말하면 '사뇌가')라는 시가현실을 무시하고 어구해석에 집착한 나머지 근시안적이고 불합리한 주장을 하기도 하고, 시조 등 다른 시가 형식에 의한 선입견으로 인하여 유추적인 해석을 내리기도 하여 이견만 늘게 되었다. 향가의 형태론이 그 전체구조의 율격에 관한 논의에 이르지 못하고 항상 句數論에 머무르고 있는 것은 향가의 해독이 완전하지 못하여 향가 그 자체의 율격과 구조분석을 명확히 할 수 없기 때문이기도 하지만, 한편으로는 "삼구육명"이란 최행귀의 말을 너무 과신하여 이의 해명에만 집착하고 있기 때문이다. 향가의 형식은 향가 자체의 구조분석을 기본으로 하고, "삼구육명"이라고 한 최행귀의 진의를 참조, 현대적인 율격론에 입각하여 규정지어야 할 것이다.

향가에 투영된 사상이나 내용에 대한 연구는 주로 불교나 샤머니즘과의 관계에 관심을 보이고 있다. 미륵사상, 정토사상 등 구체적인 불교사상이 어느 노래에 어떻게 소재화되고 있으며 샤머니즘이 노래의 배경으로 어떻게 작용하고 있는가 하는 등 배경론에 머무르고 있다.

지금까지 언급한 바와 같이 향가 연구는 다방면으로 많이 이루어졌으나 자료 자체의 빈약과 연구태도 및 방법상의 문제로 괄목할 만한 성과를 이루지 못하고 있다.

이글은 위에서 지적한 문제점들을 생각하면서 향가의 갈래와 형식에 관해 관견을 펴보고자 한다. '향가'란 말이 쓰인 기본 자료들을 면밀히 검토하여 '향가'가 갈래 개념으로는 부적당함을 밝히고, 신라 고유노래의 갈래와 현황에 대해 살펴보기로 한다. 여기에서는 지면 관계상 일차적으로 향가의 갈래에 대해서만 살펴보기로 한다.

## 1. 신라시가의 全貌

### 1.1. 신라시가의 현황

삼국유사 소재 14수의 사뇌가와 균여 작 〈普賢十種願王歌〉 11수가 신라시가의 전부인 양 생각하기 쉽다. 그 결과 '신라시가는 곧 향가'를 뜻하게 되고, '향가는 곧 25수'라는 등식화의 경향이 없지 않다. 이러한 발상은 신라시가의 갈래론에 악영향을 미쳐 향가의 개념 설정 및 형식론에 혼란을 야기 시켰다. 한 시대에는 하나의 갈래[장르]만 존재해야 한다는 시가관은 불식되어야 한다. 어느 시대, 어느 지역이든 다양한 형태의 시가가 존재한다는 보편성을 인식해야 한다. 다만, 여러 형태 중에서 당대인의 기호에 맞아 세력을 얻을 때, 그것이 주된 갈래가 되는 것이다. 이 주류적인 형태도 그 시대의 다양한 시가갈래 중의 하나라는 것을 생각하지 않으면, 부분이 마치 전부인 것처럼 확대 해석하는 오류를 범하게 된다. 소위 4구체, 8구체, 10구체 향가만을 신라시가의 전부라 생각하는 것이 이러한 오류의 실례라 하겠다.

그러면 이러한 오류를 범하지 않고 향가, 나아가 사뇌가의 참 모습을 밝히기 위해 우선 먼저 신라시가의 현황을 살펴보고자 한다.

신라시가는 순우리말 가요와 漢詩(偈頌 포함) 및 佛歌(梵唄)로 크게 나누어 볼 수 있다. 그런데 순수 범패는 다소 불렸으리라 짐작은 되나 얼마나, 어떻게 불렸는지 알 수 없으므로 이곳에선 논의하지 않기로 한다. 신라는 일찍이 한문화를 수입하고 견당 유학생을 주축으로 중국과 문화교류를 활발히 했을 뿐 아니라 눌지왕 때 들어 온 불교가 법흥왕 때 공인되어 국교화 됐기 때문에 신라 때에는 한시와 게송이 많이 지어졌다고 본다. 예상만큼은 많이 전해지지 않고 있으나 동문선에 다소 전하고 있다. 고운 최치원은 동문선에 29수[1]나 되는 한시를 남기고 있으며 최광유, 박인범, 최승우 등도 한시 10수씩[2]을 역시 동문선에 남기고 있

다. 그외, 왕거인의 〈憤怨詩〉가 삼국유사, 해동역사. 대동시선, 동국여지
승람 등에 전하고 있다.[3] 그외 부운은 〈四浮詩〉를 남기고 있고, 혜초는
〈往五天竺國傳〉에 오언 4수를, 金地藏은 〈浮雲送童子下山〉 시를 남기고
있다. 게송은 蛇福의 〈葬母偈〉, 원효의 〈篇尾述偈〉, 浮雲의 〈歸依偈〉,
부설, 영조, 영희의 〈養眞偈〉, 登雲의 〈覺破三生偈〉가 전해지고 있다.[4]
이외에도 많은 한시가 창작되었으리라 생각된다.

우리말 가요에는 어떤 것이 있을까? 현전하는 것은 25수의 향가밖에
없으므로 각종 문헌을 통하여 짐작할 수밖에 없다. A.D 888년에 각간
위홍과 대구화상에 의해서 삼대목이 편찬되었다는 사실을 통하여 신라
가요가 풍성했음을 알 수 있다. 아마도 이 삼대목에는 사뇌가를 위시한
다양한 형태의 시가들이 실려 있었을 것이나 전해지지 않으니 신라 가요
의 전모를 살피는 데는 별 도움이 되지 못한다. 그러나 삼국유사, 삼국사
기, 고려사, 신증동국여지승람, 대동운부군옥 등에 失傳歌謠의 이름과

---

**1** 東文選에는 〈寓興〉〈蜀葵花〉〈江南女〉〈古意〉 등 五言古詩 4수, 〈長安旅舍與于愼微接
隣〉〈贈雲門蘭若智光上人〉〈題雲峯寺〉〈旅遊唐城賭先生樂官〉 등 五言律詩 4수, 〈登
潤州慈和寺上房〉〈秋日再經吁哈縣寄李長官〉〈送吳進士巒歸江南〉〈春曉偶書〉〈暮春卽事
和顧雲友使〉〈陳情上太尉〉〈和張進士喬村居病中見寄〉〈酬楊瞻秀才〉〈野燒〉 등 七言律
詩 9수, 〈秋夜雨中〉〈郵亭夜雨〉 등 五言絶句 2수, 〈途中作〉〈饒州鄱陽亭〉〈山陽與鄕友
話別〉〈題芋江驛亭〉〈春日邀知友不至 因寄絶句〉〈留別西京金少尹峻〉〈贈金川寺主〉〈贈
梓谷蘭若獨居僧〉〈黃山江臨鏡臺〉〈題伽倻山讀書堂〉 등 七言絶句 10수가 전한다. 한편,
국역 孤雲先生文集에는 五絶 2수, 五律 5수, 五古 4수, 七絶 13수, 七律 12수, 七言聯句
外 4수, 鄕樂雜詠所收 七絶 五首 등 총 45수가 실려 있다(최준옥 역, 국역孤雲先生文集,
학예사, 1972).

**2** 崔匡裕는 〈御溝〉〈長安春日有感〉〈庭梅〉〈送鄕人及第還國〉〈郊居呈知己〉〈細雨〉〈早
行〉〈鷺鷥〉〈商山路作〉〈憶江南李處士居〉 등 七言律詩 10수, 朴仁範은 〈送儼上人歸乾竺
國〉〈江行呈張峻秀才〉〈馬嵬懷古〉〈寄香巖山睿上人〉〈早秋書情〉〈涇州龍朔寺閣兼東雲
樓上人〉〈上殷員外〉〈贈田校書〉〈上傳員外〉〈九成宮懷古〉 등 七言律詩 10수, 崔承祐는
〈鏡湖〉〈獻新除中書李舍人〉〈送曹進士松入羅浮〉〈春日送韋太尉自西川除淮南〉〈關中送
陳策先輩赴邠州幕〉〈職薛華端〉〈讀姚卿雲傳〉〈憶江西舊遊因寄知己〉〈別〉〈鄴下和李秀
才與鏡〉 등 七言律詩 10수를 東文選에 남기고 있다.

**3** 燕丹泣血虹穿日 都鄒含悲夏落霜
今我失途還似舊 皇天何事不垂祥(三國遺事 권2, 眞聖女大王 居陀知條)

**4** 池俊模, "新羅漢文學史", 新羅伽倻文化 4, 嶺南大 新羅伽倻文化研究所, 1975.
尹榮玉, 新羅詩歌의 硏究, 螢雪出版社, 1981. pp.306-313.

---

내용 또는 배경설화가 전하기 때문에 이를 통하여 신라 가요의 모습을 어느 정도나마 짐작할 수 있다.

## 1.2. 문헌을 통해 본 실전가요의 성격

그러면 실전가요의 내용 및 성격을 문헌별로 검토해 보기로 한다. 동일한 가요가 여러 곳에 전하는 것은 어느 한 문헌에 소속시켜 논하여 중복을 피하기로 한다.

### (1) 삼국유사 소재 실전가요

삼국유사에는 海歌, 身空詞腦歌, 鸚鵡歌, 玄琴抱曲, 大道曲, 問群曲, 都波歌, 黍離歌, 沒柯斧歌, 無旱歌, 簡子歌, 散花歌, 勿稽子歌 등의 실전가요가 소개되어 있고, 부대설화나 漢譯歌가 실려 있어 노래의 내용과 성격을 짐작할 수 있다.

### ① 해가

성덕왕 때 순정공이 강릉태수로 부임하는 도중, 임해정에서 晝饍할 때에 해룡이 수로 부인을 바다 속으로 끌고 들어갔기 때문에 공이 한 노인의 말대로 衆人을 모아 노래를 지어 불러 부인을 찾을 수 있었다는 것이다. 이때 부른 노래가 '해가'이다. 이 노래의 내용이 칠언4구의 한시로 전해지고 있는데, 구지가의 구조와 비슷하다. 이 해가의 부대 설화와 시의 내용으로 볼 때, 주술적인 무가의 일종이라 본다. 김열규 교수는 "海歌詞는 구지가를 특수한 경우에 대처하여 변용한 패러디라고도 생각할 수 있다"[5]고 하고, 해가가 익사한 사람을 위한 초혼굿의 자취를 지니고 있다고 보았다.

---

5 김열규, "鄕歌의 文學的 研究一斑", 國文學論文集 I, 民衆書館, 1977.

② 신공사뇌가

원성대왕이 왕위에 오른 경위를 얘기한 다음, "대왕이 진실로 궁달의 변을 알았으므로 신공사뇌가가 있다"고만 했기 때문에 노래의 내용은 확실히 알 수 없으나 원성대왕의 지감을 찬양한 사뇌가라고 생각된다. 찬기파랑사뇌가와 비슷한 성격의 노래일 것이다. 윤영옥 교수는 '북천신에게 密祀할 때 불려진 노래'[6]로 보았다.

③ 앵무가

짝 잃은 숫 앵무새가 거울속의 그림자를 보고 짝을 얻은 줄 알고 거울을 쫓다가 그림자임을 알고 슬피 울다 죽었는데, 흥덕왕이 이를 보고 읊은 노래라고 한다. 왕 자신이 왕비를 잃고, 잊지 못하여 슬퍼하며 즐거워하지 않으므로 군신들이 왕비를 맞을 것을 청하니 "隻鳥가 짝을 잃고 슬퍼하는데 어찌 사람으로 배필을 잃었다하여 참지 못하고 다시 아내를 맞을 것이냐?"하며 듣지 않았다는 삼국사기의 기록으로 볼 때, 이 앵무가는 왕비에 대한 그리움과 자신의 외로움을 읊은 서정가요라 하겠다.

④ 현금포곡, 대도곡, 문군곡

국선 요원랑, 예흔랑, 숙종랑 등이 金蘭지방을 유람하다가 임금을 위하여 나라 다스리는 뜻을 3수의 노래로 읊고, 이를 대구화상에게 보내어 노래케 한 것이 이 세 노래라고 한다. 세 화랑이 가사를 짓고, 삼대목의 편찬자인 대구화상이 작곡한 것으로 보아 안민가와 비슷한 사뇌가일 것이라 생각한다.

⑤ 도파가

나라가 장차 망할 것을 예언한 노래이니, 도참적인 민요라 하겠다.

---

6 尹榮玉, 앞의 책, p.267.

⑥ 서리가

神會가 外署를 파하고 돌아와서 도성 경주가 황폐하게 된 것을 보고 망국의 슬픔을 노래한 서정가요이다.


⑦ 몰가부가

원효가 춘의가 동하여 거리에서 몰가부가를 노래 불렀더니 태종이 그 뜻을 알아차리고 요석공주와 인연을 맺게 하여 설총을 낳게 되었다는 것이다. '누가 자루 없는 도끼를 빌려주려나. 나는 하늘 받칠 기둥을 마련하려는데'라고 원효가 노래 불렀다 하나, 이는 원효의 파계를 풍자한 동요로 봐야 할 것이다.


⑧ 무애가

원효가 파계한 이후, 스스로 소성거사라 자호하고 박을 가지고 춤추며 이 노래를 불렀다 한다. '무애'란 말이 화엄경의 '一切無寻人 一道出生死'에서 따온 것이고, 원효 자신이 「華嚴經疏」를 찬하였으며 '그 가사에는 불가의 말이 많이 쓰여져 있고 방언이 섞여 있다'[7]는 고려사 악지의 내용으로 보아 화엄경의 내용을 주로 담은 우리말로 된 불교가요로서 속가화된 것으로 보여진다.


⑨ 간자가

釋 心地가, 속리산의 深公이 진표율사의 佛骨簡子를 전하는 과정법회에 참여하여 二簡子를 얻어 돌아오니 악신이 한 선자를 데리고 마중 나왔는데, 심지가 신성한 간자를 봉안할 땅을 지정하려고 신과 더불어 산꼭대기에 올라가 서로 향하여 던지니 간자가 바람에 날려갔다. 그때 신

---

7 無寻之戱 出自西域 其歌詞 多用佛家語 且雜以方言 難於編錄 姑存節奏 以備當時所用之樂(高麗史 권71 志第25 樂2)

이 "礙嵓遠退砥平兮 落葉飛散生明兮 覓得佛骨簡子兮 邀於淨處投誠兮"라는 내용의 노래를 불렀다고 한다. 이는 길지택정을 원하는 주술적 무가로 보인다.

⑩ 산화가

일연은 "명사의 도솔가를 세상에서는 산화가라고 부르는데 마땅히 도솔가라 불러야 한다"고 지적하고, '산화가는 글이 번다하여 싣지 않는다'고 했다. 양주동 박사는 "산화가는 短長二歌가 있었다"[8]고 하여 도솔가가 짧은 산화가인데 비해 이 산화가는 장가형으로 보았다. 김종우 교수는 "월명사의 〈도솔가〉는 낭·불 쌍융의 과정에서 이룩된 가요로서 그 歌意 속에는 위와 같이 불교적 색채가 번득이는 가요이고, 이와는 달리 산화가는 순불교적인 가요이었다"[9]고 했다. 한편 서수생박사는 "散花落(三說)歌詠을 하는 면에선 도솔가나 산화가가 동일한 산화가로 귀일되지만 향가로 부르면 도솔가가 되고 게송으로 부르면 산화가가 된다"[10]고 하였다. 어쨌든 산화가는 불교가요임에는 틀림없다.

⑪ 물계자가

물계자는 전쟁에서 일등의 공을 세웠으나 태자와 주위 사람들의 시기를 받아 포상 받지 못하자 스스로 충효의 도를 잃었음을 부끄러워하고 입산하여 대나무의 性病을 슬퍼하며 그에 기탁하여 이 노래를 불렀다고 한다. 세상의 모순과 마음의 갈등을 노래한 서정가요라 본다.

(2) 삼국사기 소재 실전가요

삼국사기에는 실전가요로 兜率歌, 會蘇曲, 憂息曲, 奚論歌, 陽山歌, 實

---

8 梁柱東, 古歌研究, 一潮閣, 1970, pp.524-525.
9 金鍾宇, 鄉歌文學論, 親學社, 1971, p.46.
10 徐首生, "兜率歌의 性格과 詞腦歌", 東洋文化研究 권1, 慶北大東洋文化研究所, 1974.

兮歌, 確樂 등 23수의 노래이름이 전한다. 그 노래의 성격과 내용을 간략히 알아보기로 한다.

### ① 도솔가

유리왕이 즉위 5년에 老幼를 잘 보살피고 鰥寡孤獨者와 老病者를 부양하여 민속이 환강하므로 도솔가를 지어 부르니 가악의 시초였다고 한다. 삼국유사에는 '始作兜率歌 有嗟辭詞腦格'[11]이라 했다. 이 도솔가의 성격에 대한 논란은 그 어느 노래보다 심하였다. '가악의 시초'란 무엇을 뜻하며 '有嗟辭詞腦格'이란 어떤 형태를 이른 것인가에 대한 논의가 많았다. 그러나 뚜렷한 결론을 얻지 못하고 있다. 도솔가를 '가악'이란 점에서 하나의 갈래[장르]로 삼으려는 견해가 많으나 '嗟辭詞腦格'이 있다는 점에 유의한다면 차사의 내용과 사뇌가의 가락을 지닌 하나의 악곡이라고 볼 수 있기 때문에 독립된 하나의 갈래로 보기는 어려울 것이다. '악의 시초'란 처음 제정된 궁중 악장으로 봐야 할 것이다.

### ② 회소곡

六部의 여자들이 두 패로 나뉘어 8월 15일까지 績麻 시합을 하여 진 쪽에서는 음식을 마련, 이긴 편에 사례하고 춤과 노래와 놀이를 하였는데, 이 가배 때 진 편이 춤추며 탄식한 '회소회소' 하는 소리를 인연하여 회소곡이 지어졌다고 한다.[12] 이 노래는 집단노동요라 볼 수 있다.

---

11 三國遺事 권1, 紀異 第一, 弩禮王條.
12 金宗直은 東都樂府에서 '會蘇曲'이라 題하고 다음과 같이 읊었다.
　　會蘇曲會蘇曲(회소곡, 회소곡)
　　西風吹廣庭(서풍이 넓은 뜰에 부니)
　　明月滿華室(명월이 화려한 집에 가득하네)
　　王姬厭坐理繰車(왕회가 위에 앉아 물레 돌리니)
　　六部女兒多如族簇(육부 여아들 대떨기 같이 많네)
　　爾筥旣盈我筐空(네 광주린 찼는데 내 광주린 비었구나)
　　爾酒挪揄笑相謔(술 놓고 야유하며 웃으며 익살부리네)
　　一婦嘆千室勸(한 여인 탄식하니 천집이 권장되고)

③ 우식곡

박제상이 왜국에 볼모잡힌 왕제 미사흔을 목숨을 바쳐 구하자 왕이 춤추며 그 뜻을 기린 노래이다. 이러한 내용이 증보문헌비고에도 실려 있다.[13] 이 노래는 형제애와 화목을 내용으로 한 일종의 속가라 생각된다.

④ 해론가

해론이 아버지인 讚德의 원수를 갚고자 홀로 적진에 뛰어들어 싸우다 전사하자 진평왕이 슬퍼하며 吊慰한 장가이다. 해론의 용감함과 무공을 찬양한 속가라 하겠다.

⑤ 양산가

김흠운이 郞幢大監이 되어 변경을 침범하는 백제군 토벌에 나섰는데, 양산 싸움에서 백제군의 기습을 받아 용감히 싸우다 전사하자 사람들이 이 소식을 듣고 양산가를 지어 부르며 슬퍼했다고 한다. 김흠운의 무공을 찬양한 속가로 보인다.

⑥ 실혜가

실혜는 성품이 강직하여 동료인 진제에게 참소를 당하여 벼슬을 삭탈당하고 황벽한 시골로 쫓겨 갔으나 원망하지 않고 장가를 불러 그 뜻을 표했다고 한다. 생의 갈등과 사회의 모순을 풍자한 속가일 것이다.

⑦ 대악

백결선생은 喜怒悲歡과 불평한 일을 거문고로써 선위했는데, 어느 세

---

坐令四方勤杼抽(앉아서 이웃들에 길쌈을 부지런히 하게 하네)
嘉俳縱失閨中儀(가배가 비록 규중예의 잃었으나)
猶勝跋河爭嚆嚆(오히려 발하 다투어 학학함보다 낫네)
(佔畢齋詩集 권3,東都樂府, 新增東國輿 地勝覽 권21, 慶州府)
**13** 增補文獻備考 樂考 17.

모에 이웃집의 떡 방아 소리를 듣고 아내가 걱정하므로 거문고로써 떡방아 찧는 소리를 내었더니, 이것이 세상에 전하여 대악이 되었다고 한다. 음악에 따른 노래도 있었을 것으로 보이는데, 이는 민요화되어 조선 때까지 전하게 된 것 같다. 이 노래는 노동요의 하나라 본다. 점필재시집과 신증동국여지승람에 김종직의 시 '碓樂'[14]이 전하고 있다.

⑧ 도령가, 간인 등

삼국사기 잡지 악조에는 徒領歌, 竿引 등 17개 악이 소개되어 있고 각종 곡명들이 실려 있는데, 김동욱 교수는 간인, 捺絃引 등은 창작가요로, 于勒十二曲 등은 군악, 또는 예능요로 보고 있다.[15] 악조에 실린 악명을 적어 보면 다음과 같다.

　　會樂 及辛熱樂(儒理王時作也)

　　突阿樂 (脫解王時作也)

　　枝兒樂 (婆娑王時作也)

　　思內(一作詩惱)樂(奈解王時作也)

　　茄舞 (奈密王時作也)

　　憂息樂(訥祇王時作也)

---

14 懸鶉衣兮黎羹椀(누더니 옷이며 명아주풀 국이라도)
　　榮期之樂足飽煖(榮啓期의 낙으로 배부르고 따뜻하네)
　　糟妻糟妻莫謾憂(조강지처 조강지처 만홀히 근심말게)
　　富貴在天那可求(부귀는 하늘에 달렸으니 어찌 구해서 되리오)
　　曲肱而寢至有味(팔 베고 잠을 자도 지극한 맛있으니 )
　　梁鴻孟光眞好逑(양홍과 맹광은 진실로 좋은 짝일레)
　　東家舂黍稻(동쪽 집에서는 기장과 벼를 찧고)
　　西家杵搗寒襖(서쪽 집에서는 겨울 옷을 다듬이질 하네)
　　東家西家砧杵聲(동쪽집 서쪽집의 방아소리 다듬이 소리는)
　　辛歲資贏復贏(해 넘길 꺼리가 풍족한데)
　　儂家窖乏甃石(우리집 움속엔 곡식이 없고)
　　儂家箱無足帛(우리집 상자엔 비단도 없네)

15 김동욱, "鄕歌의 下位장르", 新羅時代의 言語와 文學, 螢雪出版社, 1974.

確樂 (慈悲王時人百結先生作也)

竿引(智大路王時人川上郁皆子作也)

美知樂 (法興王時作也)

徒領歌(眞興王時作也)

捺紃引(眞平王時人淡水作也)

思內奇物樂(原郞徒作也)

內知(日上郡樂也)

白實(押梁郡樂也)

德思內(河西郡樂也)

石南思內(道同伐郡樂也)

祀中(北隈郡樂也)[16]


## (3) 고려사 악지 소재 실전가요

고려사 악지에는 신라악으로 〈동경〉 2편, 〈목주〉〈여나산〉〈장한성〉
〈이견대〉 등이 실려 있다. 이외 백제악으로 실어 놓은 〈방등산〉, 고구려
악으로 실어 놓은 〈명주〉, 고려악으로 실어 놓은 〈무애〉〈한송정〉 등도
신라노래로 볼 수 있다. 이 노래들의 내용과 성격을 검토해 보기로 한다.


### ① 동경가

고려사 악지에는 〈동경〉이 2수 소개되어 있는데, 둘째 〈동경〉은 "안
강이 계림부의 속현이므로 〈동경〉이라 부르게 됐다"고 했으며 대동운부
군옥에는〈안강곡〉이라 했고, 증보문헌비고에는 〈안강가〉라 하였으므로
둘째 노래는 〈안강가〉라 부르고자 한다.[17] 〈동경가〉는 신라의 정치와 교
화가 잘 펴져서 봉황이 날아오는 등 상서가 자주 나타나므로 백성들이

---

16 三國史記 권32, 雜志第一, 樂條.
17 尹榮玉, 앞의 책, p.278 참조.

이를 찬미한 노래다. 신증동국여지승람에는 "鳳生岩은 남산에 있는데, 신라의 정치와 교화가 순미하여 봉이 바위에서 울었으므로 이로써 바위 이름을 지었고, 국인이 노래를 지어 찬미했다."[18]고 되어 있다. 격양가와 같은 성격을 지닌 민요라 볼 수 있다.

### ② 안강가

신하와 아들이 임금과 아비에게나, 卑少者가 尊長者에게나, 아내가 남편에게나 다 통하는 송도의 노래라 한다. 대동운부군옥에서는 〈안강곡〉이라 제목하고 〈東都頌禱之歌〉[19]라 했으며, 증보문헌비고에서는 〈안강가〉라 제하목고 '東京 頌禱之辭上'[20]이라 했다. 고려사 악지에는 歌題가 〈동경〉이라 되어 있으나 증보문헌비고의 제목을 따서 〈안강가〉라 했다. 이 노래 제목은 또한 내용과도 부합되기 때문이다. 송도를 내용으로 한 악장으로서 연향에 쓰인 노래로 보인다.

### ③ 목주가

목주의 一女가 아비와 후모를 섬겼는데, 아비가 후처에게 혹하여 내쫓으므로 산중으로 들어가 노파에 의해 양육되어 그 아들과 혼인하여 잘 살게 되자, 가난한 부모를 모셔다가 극진히 봉양했으나 기뻐하지 아니하므로 이 노래를 지어 불렀다는 것이다. 이병기 교수는 사모곡이 바로 이 목주가라고 주장하고 있다.[21] 충남지방의 민요라 하겠다.

---

18 鳳生岩在南山 新羅政化醇美 鳳鳴于岩因爲名 國人作歌美之(新增東國輿地勝覽 권21, 慶州府續).

19 樂府有安康曲 東都頌禱之歌也 臣子之於君父 卑少之於尊長 婦之於夫通用之 所謂安康卽 東京屬縣也 亦名東京 統於文也(大東韻府群玉 권6)

20 安康歌一篇 東京頌禱之辭 臣子之於君父 卑少之於尊長 婦之於夫 通用之樂歌(增補文獻備考 권246, 藝文考 歌曲類條).

21 이병기·백철, 國文學全史, 新丘文化社, 1970, pp.70-71.

④ 여나산가

과거 응시자나 합격자를 축하하기 위해 부른 축가이다. 科試를 관장하는 사람은 잔치를 차리고 먼저 이 노래를 불렀다고 하니 일종의 의식요라 하겠다.

⑤ 장한성가

장한성을 회복하고 그 공을 기린 민요로 보인다.

⑥ 이견대가

왕 부자가 오랫동안 만나지 못하다가 만나게 되어 대를 구축하고 상봉을 기뻐하며 노래를 지어 불렀다고 한다. 왕과 왕자가 헤어졌다 만난 사실로는 눌지왕이 박제상의 도움으로 볼모잡힌 왕제 미사흔을 다시 만나게 된 예가 있으나, 이 〈이견대가〉와 관계가 없는 듯하다. 눌지왕은 또한 이견대를 세운 바도 없기 때문에 더욱 〈이견대가〉와는 관계 지을 수 없을 것 같다. 신증동국지승람의 "신문왕이 유명을 받들어 문무왕을 동해 수중에 장사지내고 장후에 추모하여 대를 세우고 바라보았더니 대룡이 해중에서 나타나므로 대명을 이견대라 했다"[22] 는 내용으로 볼 때, 이견대를 세운 이는 신문왕인데, 신문왕은 왕자와 오래 헤어졌다 만난 바가 없기 때문에 신문왕이 지은 노래라고도 보기 어렵다. 고려사 이견대가 기록이 '世傳'에 의한 것이기 때문에 '왕자 부자가 헤어졌다 상봉했다'는 것은 이견대 구축 사실에 수식적으로 덧붙은 것으로 볼 수 있으므로 이 노래는 신문왕이 지은 노래라고 볼 수도 있으나, 이견대 축성과 연관되어 형성된 민요라고 보는 것이 옳을 것이다.

---

22 世傳 倭國數侵新羅 文武王患之誓 死爲龍 護邦國而禁冠盜 將募遺命 葬我于東海濱水中 神文王 從之 葬後追慕築臺望之 有大龍見于海中 因名曰利見臺(新增東國輿地勝覽 권21, 慶州條).

⑦ 방등산가

이 노래는 백제의 속악으로 실려 있으나 신라 말년의 어지러운 사회를 풍자한 것이므로 신라 노래로 다룬다. 사회상을 풍자한 민요라 본다.

⑧ 명주가

이 노래는 고구려 속악으로 실려 있으나 "명주는 신라 시에 두었기 때문에 신라 악부에 소속시켜야 한다"[23]는 증보문헌비고의 지적과 김선풍 교수의 연구[24]에 의하면 신라 노래로 볼 수 있다. 처음에는 구애의 시로 창작되었겠으나 민요화 했으리라 본다.

⑨ 한송정가

이 노래는 고려속악으로 실려 있으나 김동욱 교수에 의하면 이 해시 내용과 淸脾錄의 관계기록[25]으로 볼 때 신라 왕조나 고려초의 사뇌가라는 것이다.[26] 고려사에 소개된 것은 한시로 번역될 때, 앞부분 몇 구만 초역한 것으로 보고 있다.

(4) 증보문헌비고 소재 실전가요

증보문헌비고 樂考에는 동경가, 회소곡, 이견대가, 목주가, 확악, 방등산가, 여나산가, 장한성가, 달도곡, 치술령곡, 우식곡, 명주곡, 번화곡 등의 가명이 실려 있고, 藝文考에는 이들 외에 안강가가 소개되어 있다. 이곳에서는 타 문헌에 실린 것은 제외하고 달도곡과 치술령곡에 대해서만 살펴보기로 한다.

---

23 且溟州乃新羅時置 非句麗時名 則溟州曲當屬新羅樂府(增補文獻備考 권14, 興地考).
24 金善豊, 韓國詩歌의 민속학적 硏究, 형설출판사, 1977, p.143.
25 高麗張廷祐 又名晋山 其時樂府有寒松亭曲(淸脾錄).
26 金東旭, 韓國歌謠의 硏究, 乙酉文化社, 1976, pp.164-165.

① 달도곡

소지왕 때 射琴匣 異事와 龍馬鼠逐의 변이 있었기 때문에 정월의 上辰, 上亥, 上子, 上午 등 4일을 '怛忉'라 하여 忌했다고 하고 동도악부에 단초곡이 있다고 했다. 동도악부의 달도가는 김종직의 시이기 때문에 신라 노래 여부가 의심스러우나[27] 동도악부란 제하의 시이고 관계설화까지 소개하고 있으므로[28] 그때까지 전해오던 노래를 시화했거나 아니면 〈달도가〉가 있었다는 얘기에 의해 삼국유사의 내용을 소재로 하여 읊었다고 볼 수 있어 신라 노래로 취급한다. 의식요이거나 呪歌라고 본다.

그런데『동도악부』제하의 김종직이 지은 달도가는 다음과 같다.

怛忉復怛忉(놀라고 놀라고 슬프고 슬프다)
大家幾不保(임금께서 하마트면 保身못할 뻔 했네)
流蘇帳裏玄鶴倒(구슬발 장막속에 거문고 거꾸러지니)
怛忉怛忉(슬프고 놀랍고 슬프고 놀랍다)
神物不告知奈何(神物이 알리지 않았다면 어찌 됐으리오)
神物告兮基圖大(神物의 알림이여, 나라운수 대통하네)[29]


② 치술령곡

박제상이 왜국에 사신 가서 돌아오지 않으므로 그 처가 슬픔과 괴로움을 이기지 못하여 치술령에 올라가 왜국을 바라보고 통곡하다가 죽어 치술령 신모가 되었다고 하고 동도악부에 치술령곡이 있다고 했다. 동도악부의 치술령곡은 김종직의 시이긴 하나 달도곡 경우처럼 생각해 볼 때, 신라의 민요로 볼 수 있다.

그런데 김종직의 치술령가는 다음과 같다.

---

27 尹榮玉, 앞의 책, p.254 참조.
28 佔畢齋詩集 권3, 詩, 東都樂府 참조.
29 佔畢齋詩集 권3, 詩, 東都樂府 및 新增東國輿地勝覽 권21, 慶州府, 七敎 참조.

鵄述嶺頭望日本(치술령 마루에서 일본을 바라보니)

粘天鯨海無涯岸(고래는 하늘닿고 바다는 끝없네)

良人去時但搖手(낭군 가실 맨 손만 혼들었더니)

生歟死歟音耗斷(살았는지 죽었는지 소식 없네)

音耗斷長別離(소식 없이 영원히 이별하니)

死生寧有相見時(죽었던 살았던 어찌 만남이 있으리)

呼天便化武昌石(하늘 향해 부르짖다 武昌의 돌 되었으니)

烈氣千載于空碧(매운 절개 천추에 길이 빛나리)[30]


## (5) 대동운부군옥 소재 실전가요

대동집부군옥에는 안강곡, 천관원가, 실혜가, 번화곡이 전하는데 실혜가는 삼국사기 소재 실전가요에서, 안강곡은 고려사 소재 실전가요에서 다루었다. 천관원가는 신증동국여지승람에서 다루기로 하고 여기선 번화곡에 관해서만 살펴보기로 한다.

번화곡은 경애왕이 포석정에서 놀 때, 미인으로 하여금 奏케 한 것인데, 가락이 悽咽하여 식자들은 玉樹後庭花에 비기었다고 한다. 망국의 비애를 담은 속가로 보인다. 노래 내용은 다음과 같다.


祇國實際兮二時東(님의 동산은 실제로 두절 동쪽인데)

兩松相依兮蘿洞中(두 솔은 蘿洞中에 서로 의지해)

回首一望兮花滿塢(돌아오니 언덕엔 꽃이 가득한데)

細霧輕雲兮並濛濃(가는 안개 가벼운 구름 몽롱할 뿐이네)[31]


---

30 佔畢齋詩集 권3, 詩, 東都樂府 참조.

31 新增東國輿地勝覽 권21, 慶州府 天官寺.

(6) 신증동국여지승람 소재 실전가요

　신증동국여지승람에는 이견대가, 방등산가, 여나산, 천관원가 등에 관한 기록이 있는데, 이견대가, 방등산가, 나산은 이미 다루었기에 이곳에서는 천관원가만 살펴본다.

　천관원가는 유신공이 어머니의 꾸중을 듣고 다시는 天官을 찾지 않으므로 천관이 怨詞 일곡을 지어 불렀다고 한다. 이 천관원가는 속가로 볼 수 있다.


## 2. 향가의 갈래

### 2.1. 향가의 개념

　향가의 개념에 대해선 그동안 논란이 많았으나 아직까지 하나의 귀결점을 찾지 못하고 있다. 향가의 개념 규정은 크게 두 가지로 대립되어 있으니, 하나는 '향가'를 갈래 개념으로 파악하려는 견해요, 다른 하나는 갈래 개념으로 파악하지 않고 편의상의 명칭으로 보려는 견해다. 전자의 경우는 이병기,[32] 장덕순[33] 교수의 견해가 대표적이며, 후자의 경우는 지헌영,[34] 정병욱,[35] 김동욱[36]의 견해가 대표적이다. 저자는 후자의 견해에 좌단하면서 삼국유사, 삼국사기, 균여전에 쓰인 '향가'란 말의 검토와 신라가요(실전가요 포함)의 실상을 토대로 향가의 개념을 규정지어 보려고 한다. 그런데, '향가'라는 말은 삼국유사에 5번, 삼국사기에 1번, 균여전

---

**32** 李秉岐, 國文學槪論, 一志社, 1961, pp.108-109.

**33** 張德順, 國文學通論, 新丘文化社, 1960, pp.89-93.

**34** 池憲英, "次將伊遣에 對하여", 최현배 선생 환갑기념 논문집, 사상계사, 1954.

**35** 鄭炳昱, "鄕歌의 歷史的 形態考", 國文學散藁, 新丘文化社, 1959.

**36** 金東旭, 國文學槪說, 민중서관, 1967, pp.30-31.

에 1번 쓰였을 뿐이다.

① 臣僧但屬於國仙之徒 只解鄕歌 不閑聲梵(三國遺事 권5, 感通第七月明師 兜率歌)
② 王曰旣卜緣僧雖用鄕歌可也明乃作兜率歌賦之(同上)
③ 明又嘗爲亡妹營齋作鄕歌祭之忽有驚颷吹紙錢飛擧向西而沒(同上)
④ 羅人尙鄕歌者尙矣 盖詩頌之類歟(同上)
⑤ 釋永才性滑稽不累於物善鄕歌(三國遺事 권5, 避隱第八 永才遇賊)
⑥ 仍命與大矩和尙修集鄕歌謂之三代目(三國史記 권11, 眞聖王二年)
⑦ 夫如是則八九行之唐序義廣文豐十一首之鄕歌詞淸句麗(均如傳 第八譯歌現德分者)―〈以上 傍點: 筆者〉

'향가'란 우선 위에 쓰인 용례로 보아 한시나 범패에 대가 되는 '우리나라의 노래'라 볼 수 있다. ①과 ②에 쓰인 '향가'는 분명히 '聲梵'에 대가 되는 말로, ③에서 ⑥까지의 '鄕歌'는 한시 또는 梵唄(聲梵)에 대가 되는 말로, ⑦에서는 唐序에 대가 되는 말로 쓰였다. 이렇게 볼 때 ③에서 ⑦까지의 '鄕歌'는 '歌'로 대치해도 의미전달에 별무리가 없을 것이다. '향가' 대신 '歌'라 한 예는 모죽지랑가, 도천수관음가, 혜성가, 원가, 우적가 등에서 볼 수 있다.

初得烏谷慕郎而作歌(三國遺事 紀異第二 孝昭王代竹旨郎)
詣芬皇寺左殿北壁畵千手大悲前令兒作歌(三國遺事 塔像第四 芬皇寺千手大悲盲兒得眼)
欲罷其行時天師作歌歌之(感通第七 融天師 慧星歌)
忠怨而作歌帖於栢樹樹忽黃悴(三國遺事 信忠掛冠)
賊素聞其名乃命□□□作歌(避隱第八 永才遇賊)―〈以上 傍點: 筆者〉

물론 '鄕歌'라 할 때의 '鄕'의 뜻은 '唐'의 대로 쓰인 '우리나라' 라는 말이다. 이는 균여전에 서 확인할 수 있다. 균여전 '第八譯歌現德分者'의 최행귀 서문에는 '鄕語'는 '唐辭'에, '鄕謠'는 '唐什'에, 鄕札은 '唐文'에, '鄕歌'는 '唐序'에, '鄕士'는 '唐人'에 대칭되어 '鄕'은 '唐'에 모두 대어로 쓰였다.[37] 이 '鄕'은 중국에 대한 '우리나라'의 겸칭이라 하겠다. 이러한 사실을 통해 볼 때 '향가'란 '우리나라의 노래' 또는 '우리말로 된 노래'라 풀이 된다. 그런데 삼국유사나 삼국사기에 쓰인 '우리나라[鄕]'은 신라를 뜻하고 있다. 경덕왕과 월명사의 대화중에 쓰인 '향가'의 '향'은 신라임을 분명히 확인해 주고 있다. 그리고 '신라의 노래' 아닌 다른 '우리나라의 노래'를 두고서 향가라 지칭한 예를 어느 문헌에서도 찾아 볼 수 없다. 그렇다면, '향가'는 '신라의 노래', '신라말로 된 노래'라 해야 할 것이다. 「균여전」에 쓰인 '향가' 라는 말도 이 규정에 위배 되지는 않는다. 최행귀가 보현시원가를 한역하고 서문을 쓴 것이 송력 8년, A.D 967년 (고려 광종 18)이니 고려 건국 후 30년 밖에 되지 않았으며 균여대사는 신라와 고려 兩朝에 걸친 인물[38]이기 때문이다. 그리고, 보현시원가는 그 형식이 신라의 여타 사뇌가와 같으므로 '신라의 노래 '로 취급할 수 있다.[39] 그래서 향가에는 고려 때 의 향찰체로 된 사뇌가체도 포함된다고 볼 수 있다. 결국, 향가는 '신라의 노래'로서 신라시대에 창작되고 불려진 모든 우리

---

37 詩搏唐辭 磨琢於五言七字
　　歌排鄕語 切鹿於三句六名
　　我邦之才子名公 解吟唐什
　　彼士之鴻儒頌德 莫解鄕謠
　　唐文如帝網交羅 我邦易讀
　　鄕札似梵書連布 彼士難詰
　　八九行之唐序 義廣文豊
　　十一首之鄕歌 詞淸句麗
　　唐人見處 於序外以難詳
　　鄕士聞時 就歌中而易誦(以上 傍點: 筆者)

38 均如大師는 天祐 14년, A. D 923年(新羅 景明王 7)에 나서 A. D 973(高麗 光宗 24)에 입적했다.

39 鄭炳昱, 앞의 논문.

고유의 시가와 고려시대의 향찰체로 기록된 사뇌가체 시가를 지칭한다고 봐야한다. '향가'라는 어구 해석에만 얽매여 신라, 고려,조선 세 왕조의 '우리 말 노래'로 보는 것[40]은 별로 도움 되는 일이 아니라 본다.

## 2.2. 향가의 갈래

향가를 '신라의 노래'라고 그 내포를 규정할 때 외연은 어떠할까? 모든 가요들의 시·공간상의 보편성 문제를 생각해 보지 않을 수 없다. 어느 시대, 어느 지역을 막론하고 시가의 형태는 다양하게 존재한다는 사실이다. 다소 세력의 우열은 있을지 모르나 유일한 형태만 있으리는 법은 없다. 다시 말하면, 어느 시대, 어느 지역이든 보편적 형태, 보편적 율격이 있는가 하면 개성적 형태, 개성적 율격이 있다는 것이다. 이러한 발상을 신라 가요에도 적용시켜 본다면, 신라시대에도 사뇌가 외의 다양한 형태의 가요를 생각할 수 있다. 우리는 이미 '실전가요'의 검토에서 신라 노래의 다양한 형태를 확인한 바 있다. 이렇게 다양한 신라 노래를 어떻게 갈래지울 것인가?

우선, 가장 먼저 생각할 수 있는 것이 사뇌가 갈래이다. 사뇌가란 소위 4구체, 8구체, 10구체 향가라고 하는 25수의 현전 신라 노래를 말한다. 종래 신라 노래를 다양하게 파악하고 사뇌가를 그 하위 갈래로 본 바가 없지 않으나[41] 흔히 현전 25수만을 향가로 보아왔다. 사뇌가란 용어를 쓰더라도 4구체는 민요 또는 민요격으로 보고, 8·10(11)구체를 사뇌가 혹은 사뇌격으로 봐서 향가의 범주를 25수에 국한시켰던 것이다. 그러나 향가는 신라노래 전체를 지칭하는 용어가 되므로 25수의 소위 향가를 다른 용어로 대체 시켜야 하겠다. 그리고 4구체가 민요에서 나왔다 하더

---

40 琴基昌, "鄕歌의 槪念에 對한 管見", 語文學 37, 1978.
41 지헌영, "鄕歌의 解讀 및 해석에 대하여", 한국어문학회 전국대회 발표요지, 1974.
    김동욱, 國文學槪說, 민중서관, 1967, pp.30-32.

라도 이미 일정한 형식으로 정착되었기 때문에 민요와는 구별되어야 한다. 이렇게 볼 때, 25수의 향가를 하나의 갈래[장르]로 취급할 수 있다. '사뇌가'란 말은 삼국유사, 삼국사기, 균여전, 현화사비음기 등에 두루 나타나고 '사뇌'란 하나의 격식을 암시해 주고 있으므로 현전 25수의 향가는 '사뇌가'로 부르는 것이 좋을 것 같다.

① 始作兜率歌有嗟辭詞腦格(三國遺事 권1, 第三孥禮王)

② 朕嘗聞師讚耆婆郎詞腦歌其意甚高(三國遺事 권2, 景德王 忠談師 表fll 大德)

③ 大王誠知窮達之變故有身空詞腦歌(三國遺事 권2, 元聖大王)

④ 思內一作詩惱奈解王時作也(三國史記 권32, 雜志第一 樂)

⑤ 思內奇物樂原郎徒作也(同上)

⑥ 德思內河西郡樂也(同上)

⑦ 石南思內道同伐郡樂也(同上)

⑧ 思內舞監三人琴尺一人舞尺二人(同上)

⑨ 哀莊王八年奏樂始奏思內琴(同上)

⑩ 師之外學閑於詞腦依普賢十種願王著歌十一章(均如傳 第七歌行化世分者)

⑪ 夫詞腦者世人戲樂之具(同上)

⑫ 十一首之鄕歌詞淸句麗其爲作也號稱詞腦(均如傳 第八譯歌現德分者)

⑬ 宋朝君臣見之曰此詞腦歌主眞一佛世出(同上)

⑭ 聖上乃御製依鄕風體歌遂宣許臣下獻慶賛詩腦者亦有十一人(玄化寺碑陰記) - 〈以上 傍點: 筆者〉

위의 기록중 ① '嗟辭詞腦格이 있다'는 말은 도솔가가 차사사뇌의 격식, 즉 사뇌가의 율격, 사뇌가 가락을 갖고 있다는 뜻이 되겠다. 이로 볼 때, 사뇌가는 일정한 격식, 일정한 율격을 가진 노래임을 알 수 있다. 그리고 ②, ③, ⑥, ⑦, ⑭에서는 "○○○사뇌가" 또는 "○○사뇌"라 하여 "사뇌가" 또 "사뇌"앞에 冠頭語를 붙여 놓았는데, 이는 노래의 내용이나 성격을 나타내 주는 것이라 보이므로 앞부분은 노래의 내용, 뒷부분은 노래의 형식을 의미한다고 볼 수 있다. 특히 ⑫를 주목해 볼 만하다. "그 지음에 사뇌라 부른다"함은 "일정한 격식에 맞추어 지으면 사뇌라 부른다"고 해석되므로 사뇌가는 일정한 격식을 가진 노래라고 하는 것을 알 수 있다. 이러한 문헌의 기록을 통해서 뿐만 아니라 사뇌가의 생성과정을 보아서도 사뇌가는 일정한 격식의 노래체임을 알 수 있다. 사뇌가는 경주 동쪽 사뇌야(사릿들)지방에 유포되던 노래가 발전하여 생성되었다[42]는 것이 거의 정설화 되어 있다. 그렇다면 사뇌가는 사뇌야 지방의 민요에서 4구체가 발생하여 이것이 변형되어 8구체,10구체가 생성되었다고 볼 수 있다. 이렇게 볼 때, 소위 4구체, 8구체, 10구체 사뇌가는 동일한 율격을 지닌 하나의 노래갈래로 취급해야 한다. 이 4구체, 8구체, 10구체가 동일 율격을 지녔다는 것은 後稿에서 자세히 밝혀질 것이다.

다음으로 생각할 수 있는 것이 민요이다. 민요는 모든 시가형태를 창출하는 기반인 만큼 신라시대에도 각양의 민요가 존재했으리라 본다. 앞장에서 살펴 본 실전가요 중, 都波歌, 沒柯斧歌, 碓樂, 東京歌, 木州歌, 長漢城歌, 利見臺歌, 方等山歌, 溟州歌, 鵄述嶺歌 등은 민요로 보이는데 이외에도 다양한 형태의 많은 민요들이 있었으리라고 생각된다. 그러나 민요는 어디까지나 민요일 뿐이므로 유형화된 시가를 민요라 하거나 또는, 막연히 민요체라 할 수는 없다. 민요의 세 가지 기본형식[43] 중, 어느 한 형식을 택하거나 혹은 변형시켜 하나의 시가형을 형성했다면, 이는 벌써 민요가 아니요, 새로운 하나의 시가체라고 봐야 한다. 소위 민요체 혹은 민요라고 하는 4구체 사뇌가의 경우가 이러하다. 4구체로 양식화된

---

42 정병욱, "鄕歌의 歷史的 形態考" 國文學散藁, 新丘文化社, 1959.
　　김동욱, 앞의 책, p.20.
43 조동일, "민요의 형식을 통해 본 시가사의 전개", 白江 徐首生博士還甲紀念論叢 韓國詩歌研究, 형설출판사, 1981.

이 노래는 하나의 시가체를 이루었기 때문에 이미 민요가 아닌 것이다.

다음은 무가갈래를 들 수 있다. 고대일수록 샤머니즘이 민중생활과 깊이 관련되어 있으며 따라서 巫의 역할도 컸던 것이다. 신라시대에도 무가가 많았으리라 짐작되고 실전 가요중 해가, 간자가, 달도가 등은 무가로 보인다. 무가는 지헌영 교수와 김동욱 교수가 말하는 '祭神歌'에 해당한다고 볼 수 있다.

마지막으로 俗歌를 들 수 있다. 속가는 민요와 대립되는 개념으로 전문가에 의해서 가창된 노래이다. 어느 시대나 속가는 있기 마련이나, 문헌상의 기록으로 볼 때, 신라시대에도 속가가 많이 있었는 듯하다. 삼국사기 악지에 의하면 신라시대도 음악서가 있고 笳尺, 舞尺, 歌尺, 琴尺 등의 악공들이 있어 가·무·악을 전문적으로 담당한 것 같다. 이들은 의식 외에 연향 시에도 큰 역할을 했을 것이다. 연향 시에는 많은 속가들이 불렸을 것이다. 그리고 궁중 밖에도 전문적인 가창자들이 있어 속가를 불렀으리라 본다. 실전노래들 중 '장가'라 하는 것과 연향가가 이 속가에 속한다고 볼 수 있다. 실전가요 중, 장가로는 실혜가, 해론가가 있고, 연향가로 보이는 것은 우식가, 번화곡, 안강가, 양산가 등이 있다.

이와 같이 향가는 사뇌가, 민요, 무가, 속가 등의 하위 갈래로 나눌 수 있는데 이를 도표화 하면 다음과 같다.

| 신라시가 | 향가 | 사뇌가 |
|  |  | 무가 |
|  |  | 민요 |
|  |  | 속가 |
|  | 한시(게송 포함) | |
|  | 불가(범패) | |

# 제2장 '삼구육명'의 의미

　향가에 대한 연구는 어느 국문학 갈래보다도 활발히 이루어져, 1890 년대 이후 현재까지 1300여 편의 논문과 200여 종의 관계저서 및 자료가 나오게 되었다.[1] 그 동안, 향가의 해독을 비롯하여 갈래, 형태, 사상 등에 대한 논의가 집중적으로 전개되었고 수사나 미의식까지도 검토하기에 이르렀다.

　특히, 향가의 형식에 관해서도 많은 논의가 있었는데, 章句論이 대부분이었다. 분절을 중심으로 펼친 장구론은 향가의 대체적인 구조를 파악하는 데는 공헌하였지만 그 가락[律格]을 밝히는 데는 별로 이바지하지 못하였다. 그러나, '三句六名'에 대한 관심이 일고부터 향가의 형식에 대한 연구가 활발히 전개되고 있으며 그 가락에 대한 연구도 이어지고 있다. 향가의 해독이 완벽히 이루어졌다면 향가의 가락은 작품 분석을 통하여 파악할 수 있겠지만, 해독이 완결되지 못한 현재의 상태에서는 '삼구육명'의 해명을 통해 그 가락을 찾는 것이 향가의 구조를 파악하는 첩경이라 아니 할 수 없다.

　그리하여, 이 글에서는 균여전에 인용된 崔行歸의 '譯歌序文'을 면밀히 분석하여 '삼구육명'의 의미를 규명하고, 나아가 현대시적 관점에서 재해석함으로써 향가의 가락을 찾아보고자 한다.

---

1 『국어국문학』 제89호(1983. 5. 31. 발간)의 자료란에 실린 「향가관계 연구논저목록」 (1890~1982. 12. 31.)에는 내외에서 발표된 논문이 1308편, 저서 및 자료가 245종 소개되어 있다.

‘삼구육명’에 대한 기왕의 견해들은 크게 두 가지로 나누어지는데, 하나는 향가 1수의 전체구조로 파악한 것이고, 다른 하나는 1행의 구조로 파악한 것이다. 전자의 경우로서, 李鐸[2], 李相善[3]은 ‘三聯 六單語’로, 池憲英,[4] 兪昌均,[5] 琴基昌[6]은 ‘三章六句’로, 洪在烋[7]는 ‘三聯六句’로, 金完鎭[8]은 ‘第1.3.7句를 6字’로, 成昊慶[9]은 ‘10句體는 3章, 4句體는 各行 6字’로 楊熙喆[10]은 ‘三句와 六明의 佛敎用語’로, 鄭昌一[11]은 ‘三句는 句身形, 六名는 六釋이라는 佛敎用語’로 파악하였다. 후자의 경우, 李秉岐[12]는 ‘三字六字’로, 徐首生[13]은 ‘三言六言’으로 李根榮[14]은 ‘一歌句는 3句, 3句는 6名’으로, 김수업[15]은 ‘3음보 6자’로, 呂增東[16]은 ‘제3구가 6뜻덩이’로 보았다.

이와 같이, ‘삼구육명’에 대한 연구가 많았지만, 대체로 字句 해석에만 너무 집착하거나 아니면 ‘삼장육구’라는, 우리 시가 전체에 일관되는 원리를 미리 세워두고서 그 선입견에 입각함으로써 ‘삼구육명’의 본의를 제대로 파악하지 못한 것 같다.

이 글에서는 기왕의 제설을 일일이 검토, 비판하는 대신 저자의 관견

2 이탁, 국문학 논고, 정음사, 1958, pp.310-315.

3 김상선, 한국시가 형태론, 일조각, 1979, pp.53-56.

4 지헌영, “次肹伊遣에 대하여”, 崔鉉培先生 還甲紀念論文集, 사상계사, 1954.

5 유창균, “한국시가 형식의 기조”, 가람 李秉岐博士 頌壽論文集, 동간행위원회, 1966.

6 금기창, “삼구육명에 대하여”, 국어국문학 79・80, 국어국문학회, 1979.

7 홍재휴, “삼구육명고”, 국어국문학 78, 국어국문학회, 1978.

8 김완진, “삼구육명에 대한 가설”, 문학과 언어, 탑출판사, 1979.

9 성호경, “삼구육명에 대한 고찰”, 국어국문학 86, 국어국문학회, 1981.

10 양희철, “삼구육명에 관한 검시”, 국어국문학 88, 국어국문학회, 1982.

11 정창일, “삼구육명에 대하여(1)” 국어국문학 88, 국어국문학회, 1982.
_____, “삼구육명에 대하여(2) - 삼국유사를 중심으로”, 한국언어문학 21, 한국언어문학회, 1982.

12 이병기, 국문학개론, 일지사, 1961, p.109.

13 서수생, “大華嚴首座圓通兩重大師均如傳小攷”, 한국시가연구, 형설출판사, 1970.

14 이근영, “향가 곧 사뇌가의 형식” 한글 13권 21호, 1949.

15 김수업, “삼구육명에 대하여”, 국어국문학 68・69, 국어국문학회, 1975.

16 여증동, “신라노래 연구”, 어문학 35, 한국어문학회, 1976.

을 밝힘으로써 번거로움을 들고자 한다.


## 1. 최행귀 '譯歌序文'의 분석

최행귀가 '삼구육명'이란 말을 어떤 뜻으로 썼는지를 알아보기 위해 균여전의 '第八譯歌現德分者'에 실린 최행귀의 역서를 분석해 보기로 한다. 우선, 역서의 요지를 보면 다음과 같다.

① 중국이나 우리나라나 게송과 歌詩를 많이 지었는데, 모두 오묘한 진리를 읊은 것이다. ―(기)

② 그러나, 음성과 문자의 차이로 우리나라 사람은 중국의 한시를 이해하지만 중국인은 우리나라 노래를 이해하지 못한다. ―(승)

③ 그런데, 화엄의 수좌로서 구법과 교화에 크게 공헌한 균여대사가 중생을 제도코자 詞淸句麗한 普賢十願歌를 지었다. ―(전)

④ 그래서, 중국인도 이 위대한 普賢十願歌를 알 수 있도록 하기 위해서 한시 게송으로 번역하게 되었다. ―(결)


기, 승, 전, 결의 논법으로 짜여진 이 서문 중, 승사인 ②의 글에 普賢十願歌를 번역하지 않을 수 없는 사정이 잘 나타나 있다. 이곳에서 최행귀는 우리나라와 중국의 음성, 문자, 시가 형식상의 차이점을 진술해 놓았다. 이 부분을 특히 면밀히 검토해 볼 필요가 있다. 원문을 제시하고, 우리말로 옮기면 다음과 같다.

然而詩構唐辭 磨琢於五言七字 歌排鄕語 切磋於三句六名 論聲則隔若參商 東西異辨 據理則敵如矛楯 强弱難分 雖云對衒詞鋒 足認同歸義海 各得其所 于何不臧 而所恨者 我邦之才子名公 解吟唐什 彼土之鴻儒碩德 莫解鄕謠 矧

復唐文如帝網交羅 我邦易讀 鄕札似梵書連布 彼土難諳 使梁宋珠璣 數托東流之水 秦韓錦繡 希隨西傳之星 其在局通 亦堪嗟痛 庸詎非魯文宣欲居於此地 未之竈頭 薛翰林强變於斯文 煩成鼠尾之所致者歟[17]

그러나, 한시는 중국말을 엮되 5言 7字에 맞추어 다듬고, 향가는 우리 말을 배열하되 3句 6 名에 맞추어 다듬는다. 소리를 논하면 參星과 商星 같이 차이가 나 東西로 달리 나누어지고, 이치를 따진다면 창과 방패처럼 서로 맞서 우열을 분간하기 어렵다. 文의 우수함을 서로 자랑하나 德의 바다로 함께 돌아감을 능히 인정할 수 있고, 각기 그 뜻하는 바를 얻으니 어찌 훌륭하지 않는 것이 있으랴? 다만, 한스러운 것은 우리나라의 才子, 名公은 중국의 한시를 이 해하고 읊을 수 있지만 중국의 鴻儒, 碩德은 향가를 알지 못함이다. 하물며, 중국의 시는 帝網처럼 잘 짜여 저 우리나라 사람도 쉽게 읽지마는 鄕札로 된 우리노래는 梵書를 이어 펴놓은 것 같아서 중국 사람들이 읽기가 어렵기 때문에, 梁나라와 宋나라의 주옥같은 작품은 자주 우리나라로 흘러들어 왔지만, 우리의 비단 같은 문장은 중국으로 전해짐이 드물었으니, 그들의 국한되거나 통하게 됨을 한탄치 않을 수 없다. 이는 孔子가 우리나라에 살려고 했으나 미처 이르지 못했고, 설총이 經書를 우리말로 바꾸려 했으나 큰 성과를 거두지 못했기 때문이 아니겠는가?

위의 글에서 최행귀가 말하려는 요지를 四六騈儷體의 특징을 살려 적출, 분석해 보면,

①
詩構唐辭 磨琢於五言七字
歌排鄕語 切磋於三句六名

---

17 赫連挺, 大華嚴首座圓通兩重大師均如傳, 경북대 대학원 영인본, 1954, 5장.

② 論聲則隔若參商 東西易辨

③ 據理則敵如矛楯 強弱難分
　　對衒詞鋒 足認同歸義海 各得其所 于何不臧

④ 我邦之才子各公 解吟吟唐什
　　彼土之鴻儒碩德 莫解鄉謠

⑤ 唐文如帝網交羅 我邦易讀
　　鄕札似梵書連布 彼土難諳

와 같이 된다. ①에서는 한시와 향가의 구성의 차이, 즉 가락[律格]의 차이를 지적하였고, ②에서는 詩行 구성의 방법이 다른 원인을 중국말과 우리말의 차이에서 찾고 있다. 한시와 향가가 같은 내용을 읊으면서도 작시방법이 틀리는 것은 두 언어의 음성적 특징이 판이하기 때문이라고 보았다. 이러한 지적은 최행귀가 벌써 중국말과 우리말이 근본적으로 성격이 다른 언어임을 자각했다는 증거이다. ③은 한시와 우리 노래가 음성적 차이에 의하여 구성이 다르고 표현이 다르지만 그 내용의 우수성과 효능은 같다는 것이다. 최행귀의 자부심과 自主思想이 드러나 있다. ④는, 우리나라 사람은 한시를 알고 읊을 수 있지만 중국인은 우리의 노래를 알지도 부르지도 못한다는 것이다. 이것이 한스럽다고 했다. 바로 譯歌의 동기가 되고 있다. ⑤는 ④의 원인을 밝힌 것이다. 한시는 정교하게 짜여져서 우리나라 사람이 쉽게 읽지마는 향찰체로 씌어진 우리 노래는 범서를 늘어놓은 듯이 되어 있어 중국인들이 알기 어렵다는 것이다. 이것은 중국어가 고립어이기 때문에 한 자 한 자가 뜻을 지녀 단어의 역할을 함으로 한시의 해독이 쉽지만, 우리말은 교착어이기 때문에 이를 향찰체로 써 놓았을 때 한 자, 한 자가 뜻을 지니지 못하고 몇 자가 모여 단어를 이룸으로써 그 뜻을 나타내므로 규칙적이지 못하여 중국인들이 잘 이해하지 못한다는 것이다. 다시 말하면, 한시에 쓰인 한자는 표의문자이기 때문에 한 자, 한 자가 뜻 그대로 발음되므로 글자와 소리와 의미가 완전 일치되나 향찰은 글자와 소리, 글자와 의미가 일치하지 않으므로 중국인이 알기 어렵다는 것이다. 매우 정확한 원인 규명으로 본다. 언어와 시가에 대한 최행귀의 이처럼 예리하고도 깊은 통찰을 미루어 생각해 볼 때, ①에서 지적한, 한시와 향가의 시행을 짜는 기준을 달리 보았으리라는 것은 쉽게 짐작할 수 있다. 즉, 한시의 구성은 字數가 기준이 되지마는 향가는 자수가 기준이 될 수 없다는 것을 시사하고 있다.

## 2. '三句六名'의 해석

이러한 '역가서문'의 정신에 유의하면서 최행귀가 말한 '삼구육명'의 전후 문장을 면밀히 분석, 그 진의를 파악해 보기로 한다.

> (가) 詩構唐辭 磨琢於五言 七字
>            ⓐ    ⓑ
>
> (나) 歌排鄉語 切磋於三句 六名
>            ㉠    ㉡

우선, 앞에서도 보았듯이 철저히 사육변려체로 되어 있음에 유의해야 한다. 사육변려체는 4자와 6자를 교체시켜 가며 對句를 이루는데, 대구[18]에는 言對, 事對, 反對, 正對 등이 있어서 내용이 같더라도 동일한 字를

---

18 '對句'에 대해 「文心雕龍」에서는 言對, 事對, 反對, 正對의 4대를 들고 있으나, 「二中歷」에서는 平對, 奇對, 同對, 異對, 字對, 聲對, 正對, 側對 등 8대를 들고 있고, 「詩苑類格」에서는 正名對, 同類對, 連珠對, 雙聲對, 疊韻對, 雙擬對 등 6대와 的名對, 異類對, 雙聲尉, 疊韻對, 聯綿對, 雙擬對, 回文對, 隔句對 등 8대를 들고 있다. 한편, 「文鏡秘府論」에는 的名對, 隔句對, 雙擬對, 聯綿對, 互成對, 異類對, 賦體對, 雙聲對, 疊韻對, 回文對, 意對, 平對, 奇對, 同對, 字對, 聲對, 側對, 隣近對, 交絡對, 當句對, 含鏡對, 背體對, 偏對, 雙對, 虛實對, 假對, 切側對, 疊韻側對, 總不對 등 29대를 들어 있으며, 「詩法詳論」에는 流水對, 層拆對, 句中對, 背面對, 分裝對, 借句對, 倒裝對, 反裝對, 折腰對, 走馬對, 實眼對, 虛眼對, 雙眼對, 寔字對, 虛字對, 寄健對, 錯踪對, 連珠對, 人物對, 鳥獸對, 花木對, 數目對, 功變對, 情景對, 懷古對, 三折對, 就句對 등 27대를 들고 있다.

쓰지 않는 것이 특징이다. 위에서 (가)는 한시의 작법 기준을 말했고, (나)는 향가의 작법 기준을 말했는데, 對句 (가)와 (나)의 대비를 통하여 '삼구육명'의 의미를 다음과 같이 추론해 볼 수 있다.

1) (가)의 ⓐ,ⓑ는 각기 한시 1행의 자수, 즉, 한 행의 구조를 뜻했으므로 (나)의 ㉠,㉡도 각기 향가 한 행의 구조를 뜻했을 것이다.

2) (가)의 ⓐ는 5言 漢詩 한 행의 형식, ⓑ는 7언 한시 한 행의 형식이므로 ⓐ와 ⓑ는 두 가지의 다른 詩形의 형식을 말한 것이다. 따라서 (나)의 ㉠과 ㉡도 두 가지의 다른 노래 형식(또는 가락)을 나타내는 것이라 볼 수 있다.

3) ⓐ의 '言'과 ⓑ의 '字'는 같은 단위의 다른 표현이므로 ㉠의 '句'와 ㉡의 '名'도 같은 단위의 다른 표현일 것이다.

위의 추론은 필연성은 없으나 개연성은 충분하다. 최행귀가 翰林學士, 內議承旨, 知制誥를 지낸 최고의 식자로서 한시나 게송에 능통할 뿐 아니라, '역가서문'에서 본 바와 같이 예리한 통찰력과 높은 안목을 갖고 있다는 사실로 미루어 볼 때, 一字 一句도 소홀히 말했다고 볼 수 없기 때문이다. 특히, 이 서문의 대구는 대부분 正對[19]를 이루고 있으므로 위의 대구 (가), (나)도 구체적 사실이 서로 다를 뿐, 전체가 가리키는 내용은 같다고 볼 수 있기 때문이다.

'삼구육명'은 최행귀가 본 향가의 형식(또는 가락)이므로 '삼구육명'의 해명은 아무래도 최행귀의 글에서부터 근거를 두고 행하지 않을 수 없다. 이렇게 하여 도출된 결과가 만약 향가의 실상과 맞지 않다면 최행귀

---

19 「문심조룡」에 "正對는 사실은 다르나 뜻은 공통되는 것(正對者事異意同者也)"이라 했다.(문심조룡 권7 麗辭 35) 예컨대 정대는 '五言'과 '七字'가 각기 1행의 율격을 뜻한다면, '三句'와 '六名'도 각기 1행의 율격을 뜻하지만(내용은 같지만), 한시의 경우 五言, 七字이고, 우리 노래는 三句, 六名으로 구체적인 사실은 다르다는 것이다.

가 향가의 형식을 잘못 이해했거나, 아니면 향가의 실상 파악이 잘못 되었거나(예컨대, 해독이 잘못된 경우) 둘 중, 그 어느 하나일 것이다. 왜냐하면 최행귀의 발언도 한 개인의 견해이므로 절대적인 것이라고는 할 수 없기 때문이다. 그러나, 최행귀는 향가 창작 당시의 인물이고, 향가에 대한 가치를 높이 평가하여 漢譯까지 했던 당대의 식견 높은 학자였기 때문에 그의 지적은 신빙성이 높다고 보지 않을 수 없다.

그러면, 위에서 제시한 세 가지 추론의 검토를 통해서 '삼구육명'의 의미를 해명해 보기로 한다.

첫째, '三句'와 '六名'은 각기 다른 시형의 가락을 나타내는 말일까 하는 문제이다. 한시의 경우, 絶句, 律詩, 排律, 古詩 등이 있고, 이들은 다시 각기 오언시와 칠언시로 나눌 수 있다. 동일한 시형의 경우, 예컨대, 절구나 율시에 있어서 1行(句)의 자수가 서로 다를 뿐 다른 작법은 비슷하기 때문에 五言과 七言(字)을 기준으로 세웠을 것이다. 이렇게 오언이나 칠언을 형식의 기준으로 삼은 것은 동일한 시형, 즉 같은 행수의 시일 경우를 전제로 해서 말한 것이다. 행수가 같은 시일 경우, 오언과 칠언의 차이는 시행을 이루는 자수 외에 상호 장단 관계도 나타내 주므로 오행시는 단형으로, 칠언시는 장형으로 파악했을지도 모른다. 이리하여, 동일한 시행으로 된 장단 두 형의 자수를 제시하게 되었을 것이다 향가의 경우, 소위 4구체, 8구체, 10구체 등 3형이 있다는 것은 주지의 사실이다. 종래, 흔히들 '삼구육명'은 보현시원가의 역서에 나오는 말이므로 의례히 소위 10구체 향가만의 시 형식을 뜻하는 것으로 해석해 왔다. 그러나 최행귀의 서문에서 '歌'라는 것은 한시에 대해 향찰체로 된 향가 전체를 일컫는 말이므로 '삼구육명'은 소위 4, 8, 10구체 향가 전체에 적용시켜 해석해야 할 것이다. 그렇다면, '삼구육명'은 '三句'와 '六名'이 각기 다른 시형의 형식 즉 서로 다른 형식의 1행의 가락을 나타낸다고 볼 수밖에 없다. 자연 '三句'는 단형의 가락을, '六名'은 장형의 가락을 나타낸다고 할 수 있다. 이렇게 볼 때 추론 1)과 2)는 타당성이 있다.

둘째, 추론 3)에서 제시한 '句=名'일 수 있는 근거는 무엇이며, 이들은 무엇을 뜻하는 단위인가가 문제이다. 위에서 논한 추론 1), 2)의 타당성을 인정한다면 이 문제도 쉽게 풀린다. '三句'와 '六名'이 서로 다른 시형의 가락을 뜻할 때, '句'와 '名'은 가락을 나타내는 같은 단위로 보지 않을 수 없다. '三句'와 '六名'은 1행을 이루는 가락의 차이를 보여 주려는 것이므로 '句'와 '名'이 서로 다른 단위라면 아무런 의의도 없을 것이기 때문이다. 변별력은 '三'과 '六'에 있지, '句'와 '名'에 있는 것이 아니라고 본다. 그렇다면, '句'와 '名'을 같은 뜻으로 볼 수 있는 근거와 이들이 무엇을 나타내는 단위인지 알아보자.

'句'는 그대로 句로 보되 '3句가 1詩行'을 이루어야 하므로 이 '句'는 '마디[20]를 나타내는 단위로 볼 수 있다.[21] 즉, 시조를 '3章 12句'로 보는 경우[22]의 '句', 가사 1행(줄)을 4句로 파악할 때 쓰는 '句'[23]와 같다고 본다. '名'은 廣韻에 '名字也'라 하고, 辭源에 '文字也'라 하므로 흔히들 '글자'의 뜻으로 생각해 왔다. 그러나, 周禮秋官大行人의 '諭書名' 주에 '書名書之字也 古曰名'이라 되어 있고, 周禮春官大宗白內史의 '掌書名於四方' 주에는 '古曰名 今曰字 滋益而名 故更曰字 又名字'라 했으며, 儀禮聘禮記의 '百名以上書於策' 주에는 '名書文也 今謂之字'라 되어 있으니, 여기서 말하는 '字'라 하는 것은 '책이름(書名)'을 뜻하는 것이다. 그러므로, '字'를 '글자자(字)'로 볼 것이 아니라 본명대신 쓰는 '字'(별명)와 같이 생각해야

---

20 말의 마디, 즉 '말마디'를 뜻한다. 시행을 이루는 말마디이므로 단어나 어절에 해당한다고 볼 수 있다.

21 『詩傳』의 關雎疎에 '句者聯字分彊所以局言者也('句'라는 것은 자를 이어 分彊함이니 말을 구획짓는 것이라)' 했으니 '구'는 '말의 마디'라 할 수 있다.

22 李殷相, "時調短型芻議",동아일보, 1928년 4월 18일~25일 게재.
　조윤제, "시조자수고", 신흥 4, 1930.
　_____, 국문학개설, 동국문화사, 1955, p.111.

23 이때의 '구'는 말의 '마디'를 뜻하므로, 종래 향가의 형식을 4구체, 8구체, 10구체라 할 때의 구와는 서로 개념이 다른 율격 단위이다. 다시 말하면, '三句六名'에 쓰인 '句'는 시행을 이루는 '말마디'를 뜻하는 단위인 데 비해 소위 4구체 향가, 8구체 향가, 10구체 향가라 할 때 쓰인 '句'는 하나의 시행에 해당하는 단위라 볼 수 있다.

한다. 따라서, '字'는 '글귀(句)'의 뜻으로 볼 수 있으니, '名'은 '句'와 같은 것이다.

금기창 교수는 '名'과 '字'의 상관관계를 다음과 같이 지적하였다.

> 公州는 백제 시대 熊津이라 했는데 이는 우리말 고마나루를 한역한 것이
> 다. 日本 書記에는 '久麻那利' 혹은 '久麻怒利城'라 기록되어 있는데, 이
> <small>クマナリ</small>              <small>クマヌリサン</small>
> 는 모두 '고마나루, 고마城'을 寫音한 것이다. 표기문자가 없었을 때의 우리
> 말 지명인 '고마나루'는 '名'에 해당하는 것이요, 표기문자가 제정되어 '久麻
> 那利'또는 '久麻怒利城'이라고 寫音表記된 것이 '字'라 할 수 있다. 따라서
> '古曰名名曰字'인 것이다. 三句六字의 '字'의 의미는 唐詩에 있어서 五言七
> 字의 '字'의 의미와는 근본적으로 다르다. 五言七字의 '字'의 의미는 '글자
> 자'이지만 三句六字의 '字'의 의미는 최치원의 字는 孤雲이요, 금의의 字는
> 節之라는 것과 같은 의미의 字이다. 즉 글자 하나 하나를 뜻하는 것이 아니
> 라 글귀 '句'를 뜻하는 字이다.[24]

이와 같이 볼 때, '삼구육명'의 '句'와 '名'은 '句=名'이라 할 수 있고, '句'를 '마디'로 보았듯이 '名'도 '마디'로 볼 수 있다. 결국, '三句六名'은 '三句六句' 즉, '3마디'와 '6마디'라고 해명할 수 있다. 이리하여, 추론 3)도 합당한 것으로 판명되었다.

그러면, '三句'와 '六名', 즉 '3마디'와 '6마디'는 무엇을 뜻하는 것일까? 추론 1), 2)를 바탕으로 한 첫 번째 논증에서 '三句'와 '六句'는 각기 다른 시형 1행의 가락을 나타낸다고 했다. 그러므로, '三句' 즉 '3마디'와 '六名' 즉 '6마디'는 다른 시형 1행의 가락을 의미한다고 볼 수 있다. 그렇다면, '3마디'와 '6마디'는 향가 중에서 어떤 시형을 말하는 것일까? '3마디'와 '6마디'는 1행을 이루는 마디의 수이므로 자연 '3마디'는 단형의 가락이고

---

24 앞의 주 6) 참조.

'6마디'는 장형의 가락임을 쉽게 짐작할 수 있다. 그러니, '3마디'는 종래 이른바 4구체 향가의 가락이고 '6마디'는 8구체 향가의 가락이라 볼 수 있다. 이렇게 보는 것은 한시의 경우와 같이 두 시형의 행수가 같다는 것을 전제로 하여 파악했으리라 생각하기 때문이다. 만약, 시의 行詩가 같다고 할 경우, '3마디'가 소위 4구체 향가의 가락이라면 '6마디'는 당연히 그 배인 8구체 향가의 가락이라 볼 수 있기 때문이다. 그렇다면, 왜 10구체 향가의 가락은 지적하지 않았을까? 이것은 아마 최행귀가 10구체 향가는 8구체 향가의 변형으로 생각하여 6마디 가락에 속하는 것으로 보았을 지도 모른다. 왜냐하면, 10구체는 8구체 향가에 후구 1행(6마디)이 덧붙은 것으로 볼 수 있기 때문이다. 그러나 한편으로 최행귀는 10구체 향가를 8구체의 변형으로 보지 않고 10구체 향가가 1行이 길긴 하나 다같이 6마디 가락으로 되어 있으므로 '6名' 즉 6마디(句)를 8구체와 10구체 향가의 공통된 가락으로 보았을 가능성도 없지 않다. 어쨌든 최행귀는 4구체 향가는 3구, 즉 '3마디' 가락을 가지는 것으로 보았고, 8구체 향가와 10구체 향가는 6구, 즉 '6마디'가락을 가진다고 보았음에 틀림없다. 최행귀가 파악한 향가의 가락을 圖示하면 다음과 같다.

3마디 노래  
(3句형)  
소위 4구체 향가  
　　　── ── ── (3마디)  
　　　── ── ── (3마디)  
　　　── ── ── (3마디)  
　　　── ── ── (3마디)

6마디 노래 I  
(6句형 I)  
소위 8구체 향가  
　── ── ── ── ── ── (6마디)  
　── ── ── ── ── ── (6마디)  
　── ── ── ── ── ── (6마디)  
　── ── ── ── ── ── (6마디)

```
                          ─── ─── ─── ─── ─── ───  (6마디)
6마디 노래 Ⅱ          ─── ─── ─── ─── ─── ───  (6마디)
(6句형 Ⅱ)            ─── ─── ─── ─── ─── ───  (6마디)
소위 10구체 향가     ─── ─── ─── ─── ─── ───  (6마디)
                          ─── ─── ─── ─── ─── ───  (6마디)
```

## 3. 작품을 통한 재해석

앞에서 '三句六名'은 '三句(3마디)'와 '六句(6마디)'로 밝혀졌고, '三句'는 소위 4구체 향가의 가락이고 '六句'는 소위 8, 10구체 향가의 가락임이 드러났다. 그런데, 이러한 가락의 파악은 최행귀가 4구체와 10구체 향가의 行數가 같다는 것을 전제로 하여 이룩된 것이므로, 이를 현대시적 관점에서 재해석하여 향가의 가락을 모색해야 하겠다. 그런데 삼구육명의 '句(마디)'는 시조의 형식을 '3장 12구'라 할 때의 '句', 가사 1행을 4구로 볼 때의 '구'와 같으므로 이는 시행의 직접 구성단위인 '음보(foot)'로 볼 수 있다. 그렇다면, '3구(3마디)'는 3음보라 할 수 있고, 6구(6마디)는 '3句 둘(3구×2)' 즉, '3음보 둘로 파악할 수 있다. 향가의 가락은 시형의 長短에 관계없이 같다고 봐야 하기 때문이다.

그렇다면 소위 4구체 향가는 3음보격 4행시, 8구체는 3음보격 8행시, 10구체는 3음보격 10 행시라 규정할 수 있다. 가락 파악의 결과, 종래의 이른바 4구체 향가는 4행시, 8구체 향가는 8행시, 10구체 향가는 10행시가 되어 향가의 분절수와 행의 수가 일치되었다. 그러나, 현재 小倉進平이나 양주동이 해놓은 향가 분절이 곧바로 향가의 행구분이라고는 볼 수 없다. 앞으로 3음보격 가락을 염두에 두고 해독을 새로이 시도한다면 다소의 변동이 있으리라 짐작된다. 그리고 小倉進平 이래 향가의 분절수에 따라 붙인 4구체 향가, 8구체 향가, 10구체 향가라고 하는 것은 가락의식

없이 붙여진 명칭이므로, 앞으로는 '4行 鄕歌', '8行 鄕歌', '10行 鄕歌'라고 부르는 것이 좋을 듯하다.

결국, 향가의 가락은 3음보격이고, 따라서 4행 향가는 3음보격 4행시, 8행 향가는 3음보격 8행시, 10행 향가는 3음보격 10행시라 할 수 있다.

그러면, 이러한 향가의 가락을 실제 작품에 적용시켜 볼 때, 합당한지를 검토해 보기로 한다. 4행 향가 중에서 〈獻花歌〉, 8행 향가 중에서 〈處容歌〉, 10행 향가 중에서 〈慧星歌〉를 택하여 3음보격을 적용시켜 율독해 보면 다음과 같다. 양주동[25] (가)와 김완진[26] (나)의 해독을 자료로 삼는다.

〈헌화가〉

(가) 딛배 바회 ス히

자브온손 암쇼 노히시고

나홀 안디 붓ㅎ리샤돈

곶홀 것가 받즈보리이다.

(나) 지뵈 바회 ス식

자브몬손 암쇼 노히시고

나룰 안디 붓그리샤돈

고줄 것거 바도림다.


〈처용가〉

(가) 시블　　볼긔　　드래

밤드리　노니　　다가

드러ᅀᅡ　자리　　보곤

25 양주동, 고가연구, 일조각, 1970.
26 김완진, 향가 신해독법 연구, 서울대학교출판부, 1980.

가ᄅ리　네히　　어라

　　　둘흔　　내해　　엇고

　　　둘흔　　뉘해　　언고

　　　본ᄃᆡ　내해다　마ᄅᆞᄂᆞᆫ

　　　아ᅀᅡ놀　엇디　　ᄒᆞ릿고

(나)　東京　　ᄇᆞᆯ기　　드라라

　　　밤드리　노니　　다가

　　　드러ᅀᅡ　자리　　보곤

　　　가로리　네히　　러라

　　　두ᄇᆞᄅᆞᆫ　내해　　엇고

　　　두ᄇᆞᄅᆞᆫ　누기　　핸고

　　　본ᄃᆡ　　내해다　마ᄅᆞᄂᆞᆫ

　　　아ᅀᅡ놀　엇디　　ᄒᆞ릿고


〈혜성가〉

(가)　녜ᄉᆡᆺ　ᄆᆞᆶ乙　乾達婆ᄋᆡ

　　　노론　잣ᄒᆞᆯ란　ᄇᆞ라고

　　　예ᄉ　군두　옷다

　　　燧슬얀　乙　이슈라

　　　三花ᄋᆡ　오롬보샤올　듣고

　　　ᄃᆞᆯ두　ᄇᆞ즈리　혀렬바애

　　　길ᄠᅳᆯ　별　ᄇᆞ라고

　　　彗星여　술ᄫᆞ여　사ᄅᆞ미잇다

　　　아으　ᄃᆞᆯ아래　ᄡᅥ갯더라

　　　이어우　므슴ㅅ彗ㅅ　기이실꼬

(나)　녀리실　ᄆᆞᆶ乙　乾達婆ᄋᆡ

　　　노론　자ᄉᆞᆯ랑　바라고

여릿 軍도 왯다
홰팃얀 어여 수프리야
三花이 오롬보시올 듣고
드라라도 그르그ㅅ」 자자렬바애
길쁠 벼리 ㅂ라고
彗星이여 술봐녀 사르미잇다
아야 드라라 떠갯드야
이예버믈 므슴ㅅ慧ㅅ 다모닛고


  〈헌화가〉와 〈혜성가〉의 일부에 字餘가 나타날 뿐, 거의 완전하게 3음
보격 가락을 지니고 있음을 알 수 있다. 이와 같이 현재의 향가 해독을
자료로 하여 율독해 보면 대부분 3음보격이 되지만, 향가가 歌詞 위주로
창작된 것이 아니고, 노래로 행해졌던 만큼 字餘, 字不足, 減音步, 過音步
등은 있기 마련이다. 부분적으로 벗어나는 것은 노래 전체의 가락으로
볼 때 별 문제가 되지 않는다. 앞으로 3음보격을 전제로 하여 향가의 재
해독이 필요하다고 믿는다.

# 제3장 사산비명의 구성과 문체


신라시대의 현전 기록문학은 향가를 제외하고는 한문학 뿐인데, 신라의 한문학은 바로 최치원의 문학을 지칭한다고 해도 과언이 아니다. 한시의 경우 崔匡裕, 朴仁範, 崔承祐의 시 10수씩이 동문지에, 王居仁의 「憤怨詩」가 三國遺事, 海東繹史, 大東詩選, 東國輿地勝覽 등에, 慧超의 오언 4수가 「往五天竺國傳」에 전하여지고, 釋 浮雲의 「四浮詩」와 金地藏의 「送童子下山」 시가 남아있으며, 게송으로 蛇福의 「葬母偈」, 원효의 「篇尾述偈」 浮雪의 「歸衣偈」, 浮雪·靈照·靈熙의 「養眞偈」, 登雲의 「覺破三生偈」가 전해지고 있지만 최치원의 한시가 아니라면 너무나 영성하다고 하지 않을 수 없다. 문장의 경우 元驗, 太賢, 明晶, 義寂, 圓測, 璟興 등 人釋들의 글이 전하고 있으나 대개 불교 관계 論釋일 뿐이다.

그런데, 최치원은 현재 100여 수의 한시와 350여 편의 산문[1]을 남기고 있으니, 해동한문학의 初祖達摩[2] 또는 開山初祖[3]니, 동방의 文宗[4]이니 하는 것도 지나친 말이 아니다.

물론, 최치원의 현전 시문은 그의 저술 중 극히 일부분에 지나지 않는

---

1 桂苑筆耕, 東文選, 芝峯類說, 三國史記, 崔文昌侯全集(成均館大 大東文化研究院編, 1968), 孤雲先生文集, 小華詩評, 新增東國輿地勝覽, 四山碑銘 등 참조
2 惟北學 崔阿湌一人 爲東方初祖達摩(申青泉, 與任和仲書).
3 功高初祖始開山(申緯,東人論詩絶句)
4 我國之通中國 遠自檀君箕子而文獻盖蔑蔑 隋唐以來……雖在簡冊 率皆寂寞 不足下乘 而至于唐侍御史 崔致遠 文體大備 遂爲東方文學之祖(小華詩評).
致遠孤雲 有破天荒之大功 故東方學者 皆以爲宗(白雲小說).

다. 桂苑筆耕 自序에 의 하면 고운이 입당하여 빈공과에 급제할 때까지 6년간 지은 시, 부 등이 상자에 가득했으나 自貶하여 모두 폐기해 버렸고, 그 후 私試今體 5수 1권, 5言 7言 今體詩 1백수 1권, 雜詩賦 30수 1권, 中山覆簣集 1부 5권, 桂苑筆耕集 1부 20권을 저술하였다. 특히 계원필경은 高騈의 筆硯을 맡은 후 4년 간 용심하여 지은 1만여 수 중에서 精選한 것[5]이라 하니 입당 후 귀국 전까지 얼마나 많은 시문을 저작했는가를 쉽게 짐작케 한다. 그리고 新唐書 藝文志에는 "계원필경 20권과 사륙집 1권 및 문집 30권이 또 세상에 행한다"[6] 고 했으므로 귀국 후에 도 수많은 시문을 지었으나 대부분 逸失되어 전모를 얻어 볼 수 없게 되었을 뿐이니, 고운의 厖大한 저술활동에 대해 놀라지 않을 수 없다. 이러한 양적인 면에서의 탁월한 저술활동 못지않게 고운은 질적인 면에서도 내외에 높이 평가받았었다.

최치원이 찬한 이 四山碑銘의 비의 크기가 한국 최대의 것이고 竪碑歷史가 국내 현존 비중 最古에 속한다는 사실 외에도 고운의 작품 중 창작연대를 확실히 알 수 있는 것이라는 점에서 聖住寺朗慧和尙白月葆光塔碑는 국보 제8호로, 雙谿寺眞鑑禪師大空塔碑는 국보 제47호로, 鳳巖寺智證大師寂照塔碑는 국보 제315호로 일찍이 지정되어 있다.

이처럼 사상사적으로는 물론 국문학사적, 문화사적으로 귀중한 사산비명에 대한 학계의 관심이 너무나 적다는 감을 금할 수 없다.

이러한 사산비명에 대한 전반적이고도 본격적인 연구를 위해서는 먼저 보존실태를 파악하는 것이 급선무라 생각된다. 해방 전후에 조사된

---

5 臣 崔致遠 進所著雜詩賦 及表奏集 二十八卷 具錄如後 私試今體五首一卷 五言七言今體詩共一百一首一卷 雜詩賦共三十首一卷 中山覆簣集一部五卷 桂苑筆耕集一部二十卷 右臣自年十二……此時 諷詠情性 寓物名篇 曰賦曰詩 幾溢箱篋 但以童子篆刻 壯夫所黜 及忝得魚 皆爲棄物……蒙高侍中 專委筆硯 軍書輻至 竭力抵當 四年用心 萬有餘首 然淘之汰之 十無一二 敢比被沙見寶 粗勝毀瓦畵墁 遂勒成桂苑筆耕二十卷(桂苑筆耕集序)

6 新唐書 藝文志云 崔致遠 四六集一一卷 桂苑筆耕二十卷 注云 崔致遠 高麗人 賓貢及第爲高騈從事 其名聞上國如此 又有文集三十卷 行於世(三國史記 崔致遠傳)

상황이 國寶圖錄이나 문화재소개에 간단히 언급되어 있거나 미술사 분야에서 大崇福寺碑片 등에 관해 부분적으로 논의된 것이 있는 형편이다. 투영된 사상이나 내용분석에 앞서 비 자체에 대한 기초조사가 한번쯤은 명확히 이루어져야 하고, 이러한 현황보고를 바탕으로 하여 비문에 대한 본격적인 논의가 수행되어야 할 것이다.

## 1. 사산비명의 찬술 동기와 과정

고운은 귀국 후에 정치참여에의 길이 막힘으로써 끝내 太守職을 포기하고 입산하여 승려인 母兄 賢俊과 定玄師와 함께 道友를 맺고 여생을 보냈을 뿐 아니라 사산비명을 비롯한 많은 불교관계 저작을 남겼지만 유교사상을 버리지 않은 유자라 할 수 있다. 특히, 사산비명에는 불교에 대한 해박한 견해를 펼치고 있으며 계원필경에는 불교 뿐 아니라 도교에 대한 깊은 이해가 나타나 있는데, 이는 당나라 유학시절에 닦은 불교나 도교에 대한 지식을 펴고 佛·道의 의의를 각각 인정한다는 것이지 고운의 사상이 불교나 도교로 전환되었다고는 볼 수 없다. 인간이 다양한 사상을 가지기는 어려우며 복합된 사상을 가졌다는 것은 뚜렷한 사상을 갖고 있지 않다는 결과가 되고 만다. 고운은 항상 儒者임을 자칭하거나 儒道에 힘쓰고 이를 준수한다고 하였다.

顧腐儒之今作也 (朗慧和尙碑銘)

至己巳歲 有國民媒儒道 嫁帝鄕 而名掛輪中 職攀柱下者 曰崔致遠(智證大師碑銘)

伏蒙將軍念以來自異鄕 勤於儒道(桂苑筆耕集 卷十九, 與客將書)

所以未竟宦塗 但尊儒道(桂苑筆耕集 卷十七, 再獻啓)

某玄菟微儒(桂苑筆耕集 卷十九, 謝元郎中書)

그리고 그는 孔子와 顔子 등 성현의 언행을 늘 규범으로 삼았고 요순 시대를 이상사회로 생각했으며 仁과 禮를 강조하였다.[7]

　　每嘗窺顔冉之墻(桂苑筆耕集 卷十, 獻詩啓).

　　伏惟感慰 昔子貢曰 夫子之文章 可得而聞 夫子之言性與天道 不可得而聞
也(桂苑筆耕集 卷十九, 賀徐禮部尙書別紙).

　　仲尼云寬則得衆 信則任人焉(桂苑筆耕集 卷十四, 呂用之兼管山陽都知兵
馬使).

　　人能弘道 賢臣以致堯舜爲先(桂苑筆耕集 卷十九, 與金部郎中別紙).

　　必可驅堯舜而殿禹湯 苑五岳而池四海 盛矣美矣(桂苑筆耕集 卷一, 賀通和
南蠻表).

　　得非尼父所謂無憂者 其惟文王 父作之 子述之者耶(大崇福寺碑).

　　臣子之所以立身者 以孝以忠 愼終如始(桂苑筆耕集 卷四, 奏請從事官狀).

　　仁以推濟衆之誠 孝以擧尊親之典(大崇福寺碑銘).


그런데 고운은 불교나 도교에 대하여 귀의한다든가 하는 마음의 所之
를 나타내지 않았다. 불교나 도교에 대해 식견이 풍부하고 이해가 깊다
고 하여 佛·道의 사상이 있다고 결코 말할 수 없다.

그렇다면, 왜 고운이 사산비명을 찬술하게 되었는가 하는 의문이 생긴
다. 그래서 이 장에서는 사산비명의 찬술동기와 과정, 네 비의 銘文 창작
의 시기와 경위에 대해 논하고자 한다.

신라는 하대에 이르면서 정치, 사회, 경제, 사상 등 모든 면에서 큰
변화를 겪게 되었다.

정치적인 면에서는 정치의 불안과 함께 골품제의 모순을 타파하려는
움직임이 일어나게 되었다. 왕권의 약화로 惠恭王 때는 大恭의 난을 비

---

7 金輻頓, "孤雲 崔致遠의 思想研究", 고려대 석사논문, 1980.

롯한 96角干의 난이 이어졌고, 그 뒤에 金良相, 金憲昌, 金祐徵, 張保皐 등에 의한 왕위쟁탈전이 전개되었으니, 이는 바로 골품제에 대한 도전이었다. 그리고 진골 자체 내에서도 갈등이 심화되어 축출이나 강등 현상이 일어났고 육두품 이하는 고위관직에 나아갈 수 없었기 때문에 골품제의 모순을 극복하려는 노력이 적극화되었는데, 이들이 택한 방법은 당나라 유학이었다.

신라는 선덕여왕 9년(640)이후 당과의 정치적 교섭으로 왕자로써 宿衛를 삼아 唐廷에 侍留케 하고 학생을 당 국학에 입학시켜 수업케 했는데, 기간은 10년이고 비용은 양국 공동부담이었으니 이른바 관비유학생이었다. 宿衛는 원칙적으로 왕족의 자제를 파견하였으나 숙위학생은 하대로 내려오면서 가까운 왕족 중에서 선발하되 그의 문장력, 문필력을 위주로 뽑은 것 같다. 빈공과 설치 이전까지는 숙위학생 현황을 알 수 없고, 빈공과 설치 이후 과거에 합격하여 문명을 날린 사람은 東文選[8]과 東史綱目[9]에 의하면 58인이었다. 이들 중에는 김씨와 최씨가 가장 많았는데 거의가 육두품 출신이었다. 한편 이들 육두품들은 재당시절에 신라 求法僧들과 교류를 가졌으며 특히, 선종과의 관계를 가졌는데 聖住寺의 朗慧和尙이 바로 육두품 출신이었다. 그러나 신라의 집권 귀족들은 당의 문물을 체득한 당대의 최고 지식층인 이들 육두품 계열의 유학생들에게 문호를 개방하지 아니 하고 주로 천문, 기술 등의 잡직에 이용하였고 외교사절이나 말단의 외직에 임명했기 때문에 반사회적이고 반신라적인 비판세력이 되었던 것이다.[10]

---

8 唐長慶初 有金雲卿者 始以新羅賓 題名杜師禮牓由此以至天祐終 凡登賓貢科者五十有八人 五代梁唐 又三十有二人 盖除渤海數人 餘盡東土(東文選 권84, 送奉使李中父還朝序).

9 金雲卿始登賓貢科 所謂賓貢者 每月別試 附名榜尾 自雲卿後 至唐末 登科者五十八人 五代梁唐之際 亦至三十二人 其表知名者 有崔利貞·金叔貞·朴季業·金允夫·金立之·朴亮之·李同·崔霙·金茂先·楊穎·崔渙·崔匡裕·崔致遠·崔愼之·金紹遊·朴仁範·金渥·崔承祐·金文蔚 等 皆達于成才而仁範以詩鳴 渥以禮稱 致遠愼之承祐 其尤著者也 又有元傑·王巨仁·金垂訓等 併以文章著名 而史佚不傳也(東史綱目 권5 上, 眞聖女王 己酉 三年條).

사회 · 경제적으로는 왕위쟁탈전의 전개와 귀족간의 마찰로 왕권이 더욱 약해지고 중앙통제력이 줄어들자 지방의 호족 및 사원 세력을 중심으로 한 해상, 군진세력 및 초적이 跋扈하였고 가혹한 부세에 반발하는 농민 봉기가 이어졌다. 특히, 각처의 호족들은 성주나 장군 혹은 심지어 왕으로 칭하고 각처의 실질적인 지배자로서 농민을 지배하며 지방의 행정과 경제를 전단하였다.[11] 이들 호족들은 광대한 농장을 비롯한 물질적 기반과 사병이란 군사적 기반을 갖고 있었지만, 그들 자신의 지위를 정당화시킬 정신적 귀의처는 없었다. 그래서 그들은 정신적 후원자를 중앙왕실과 교종을 대신할 선종에서 찾아서 이들과도 관계를 가졌다.

사상적인 면에서도 변화가 초래되었으니, 중앙왕권과 결탁된 五敎(교종)가 권위를 잃게 됨으로써 선종이 거두었다. 신라중대의 화엄교학, 유식학, 계율학, 정토교학, 천태교학 등 교학불교는 왕실과 귀족 중심으로 성행하였으나 시간이 흐를수록 왕실불교 · 귀족불교로서의 화엄은 초월적인 교의의 전개에 따라 일반서민과 유리도가 심해지고 나아가 공허한 學解的 煩鎖에 빠져들게 되었다. 하대의 혼란기에 접어들자 화엄은 사회적 기반을 잃어버리게 되었고 화엄으로 대표되던 교학불교 시대는 종말을 고하게 되었던 것이다. 이러한 교학불교를 그 素地 기반부터 뒤흔들어 놓으면서 등장한 것이 '不立文字 敎外別傳 直指人心 見性成佛'을 부르짖고 나온 선종이었다. 선종은 정치 · 사회적으로는 武烈王의 직계손이 집권하게 되고 왕실의 전제권이 무너지고 난 뒤 육두품족이 새로 대두되는 憲德王과 興德王에 이르러서 일어나게 되었다. 이러한 신기운에서 馬祖 道一의 高弟 西堂 智藏으로부터 남종선의 心印을 얻어 귀국한 道義와 洪陟이 나오면서 그 후 계속 입당승들이 귀국하여 소위 禪宗九山派를 성립시켰던 것이다. 그런데, 이들 선종구산파의 창시자들은 비진골

---

10 申瀅植, "宿衛學生考", 歷史敎育 11 · 12, 1969.
11 金光洙, "羅末麗初의 豪族과 官班", 韓國史硏究 23, 1979.
    尹熙勉, "新羅下代의 城主將軍", 韓國史硏究 39, 1982 참조.

인 육두품 이하의 신분이었으며 사회적 기반 또한 왕실이나 중앙귀족이 아닌 지방 세력이었다. 이러한 진골족의 몰락자나 육두품 이하의 출신자들이 선종의 승려가 되어 같은 신분의 지방 세력을 그 사회적 기반으로 하면서 막대한 田莊과 田丁을 소유하고 고리대업까지 행함으로써 각처에서 커다란 지방사원의 莊園을 형성하게 되었다.[12]

선종의 불교사원이 거대한 物力과 人力을 지닌 집단이기 때문에 호족들은 자기세력기반 내에 위치한 불교세력과 협력하지 않을 수 없었다. 더구나 선종의 입장에서도 호족들의 보호와 협조 없이는 그 세력을 보존할 수 없었기 때문에 상보적 입장에서 밀착되었던 것이다. 더욱 兩者의 신분이 거의 진골에서 몰락한 육두품 계열이기에 신분적 결속은 이들을 밀접하게 연결시켜 주었다. 특히, 장군을 칭하면서 자기 세력을 확장하는 무사적 성격은 복잡한 계율과 교리를 강조한 교종보다는 수심과 직관 위주의 실천철학을 내세운 선종과 결탁하는 것은 당연하였고, 또한 禪師들의 정신적 지원을 얻음으로써 실력자로서의 지위를 보장 받기를 원했던 것이다.[13]

이와 같이 빈공과 출신 숙위학생과 선종과 호족들 사이에는 상호 결속과 협력을 다져 왔는데, 최치원이 사산비명을 찬술한 동기도 바로 이런 관계에서 찾을 수 있다

승려의 碑로서 제일 오래된 것은 阿道碑[14]라 할 수 있으나 비가 현존하지 않고 건립연대도 확실하지 않기 때문에 현전하는 비를 중심으로 볼 때 승려들의 비가 일반적으로 널리 세워지게 된 것은 9세기부터인 것 같다. 800~808년에 高仙寺誓幢和尙碑가 세워졌고 813년에는 斷俗寺神行禪師碑가, 844년에는 興法寺廉巨和尙碑가, 872년에는 大安寺寂忍禪師照輪淸淨塔碑가, 884년에는 寶林寺普照禪師彰聖塔碑가, 886년에는 沙林

---

12 崔柄憲, "禪宗九山의 成立과 下代佛教", 韓國史研究 7, 1972.
13 申瀅植, 新羅史, 이화여자대학교 출판부, 1985, pp.235-236 참조.
14 三國遺事 권3, 興法 第三 阿道基羅條 참조.

寺弘覺禪師碑가 세워졌는데[15] 이 비들은 모두 사산비명보다 앞서 세워진 것들이다. 이처럼 9세기 이후 일반화된 승려들의 비는 거의가 선사의 탑비였으니[16] 이는 각처의 禪門들이 그들의 세력을 확장하고 기존의 지위를 확보하기 위해 호족의 절대적인 지원을 받아 고승들의 비를 다투어 건립하였기 때문이다. 경제적인 부담은 사원 자체의 재력에 의하거나 호족들의 喜捨로 충당함으로써 왕실의 영향권에서 벗어나게 되므로 왕실에서는 호족들과 결탁하는 선문을 회유하기 위해 선사들의 비문을 王命撰의 형식을 취하도록 했던 것이다. 최치원이 사산비명을 奉敎撰한 것도 이런 시각에서 이해해야 하겠다. 羅末麗初 선사들의 비명은 최치원을 비롯하여 崔仁滾, 崔愼之, 朴仁範, 崔光胤 등 빈공과 출신 숙위학생들에 의해 대부분 찬술되었는데, 이는 이들의 문명도 문명이려니와 당대 엘리트들과의 유대강화를 통한 세력의 확장을 꾀한 선문들의 의도적인 노력의 결과였다고 할 수 있다. 빈공과 출신인 이들 엘리트들도 선승들과 교우관계가 있었을 뿐 아니라 진골에 도전하고 반발하는 공동의식과 유대감에 의해 선문의 요구에 적극 호응했다고 볼 수 있다. 결국, 최치원은 이러한 당시의 상황과 여건에 의하여 사산비명을 짓게 되었다고 본다.

그러면, 다음으로 사산비명의 찬술과정을 살펴보기로 한다. 우선 사산비의 건립연대를 알아보면 다음과 같다.

雙谿寺眞鑑禪師大空塔碑…… 新羅 眞聖女王 元年 丁未(887 A.D.)

聖住寺朗慧和尙白月葆光塔碑……新羅 眞聖女王 四年 庚戌(890 A.D.)

初月山大崇福寺碑……新羅 眞聖女王 十年 丙辰(896 A.D.)

鳳巖寺智證大師寂照塔碑……新羅 景明王 八年 甲申(924 A.D.)

---

15 許興植, "古代篇", 韓國金石遺文, 亞細亞文化社, 1984, 참조.
16 孤雲은 智證大師碑銘에서 "況復國重佛書 家藏僧史 法碣相望 禪碑最多"라 지적하였다.

이 비의 건립연대와 비명의 찬술연대는 일치한다고 볼 수 없다. 그렇다면 네 비의 찬술연대와 비 건립과의 관계 및 과정을 推察해 보기로 한다.

眞鑑禪師碑는 라말 명승 慧昭의 탑비인데, 혜소는 哀莊王 5년(804)에 입당, 興德王 5년(830) 귀국하여 역대 왕들의 추앙을 받다가 文聖王 12년(850)에 입적하였다. 그는 옥천사(雙谿寺)에 육조 혜능의 影堂을 세우고 철저히 선을 내세워 실천함으로써 혜능을 연상케 했으나 독립된 선파를 세우지는 못했는데, 고려에 와서 曦陽山派의 조사로 추존된 고승이었다.[17] 헌강왕은 선사의 시호를 '眞鑑禪師'라 하고 塔號를 '大空靈塔'이라 했으며, 886년 8월 定康王이 즉위하여 최치원에게 비명을 짓게 했었다.

> 今上이 이어 즉위하니 臣에게 命해 이르기를 "禪師는 行蹟으로 나타났고 너는 글로써 出身했으니 마땅히 銘을 지어라"하셨다. 致遠이 손을 들어 절한 후 '네네'하고 대답했다.[18]

조선조 영조 원년(1725)에 목판에 移刻된 이 비의 비문에는 "光啓三年七月日建"이라고 건립연대를 밝히고 있는데, 정강왕은 즉위 2년 5월부터 병들어 7월 5일에 돌아갔으므로 비의 건립연대는 진성여왕 원년 丁未(887)가 옳다. 大東金石書에도 "唐僖宗光啓三年丁未年 新羅眞聖女王元年也"라고 밝히고 있다. 그리고 비명의 찬술은 최치원이 정강왕으로부터 명을 지으라는 하명을 즉위 원년 말경에 받아서(즉위가 8월이므로) 정강왕 2년에 완성한 것으로 보인다. 그리고 이 비명에 관직표시를 "前西國都統巡官侍御史 內供奉 賜紫金魚袋"라 했는데, 이때 고운은 실제 태산군 태수로 있었지만 자신은 현직 지방 관직보다는 紫金魚袋까지 받은 중국

---

17 靜眞大師圓悟塔碑銘 참조.
18 今上繼興……申命下臣曰 師以行顯 汝以文進 宜爲銘 致遠拜手曰 唯唯(眞鑑禪師大空塔碑銘).

관직을 더 영광스럽게 여겼기 때문이다.

朗慧和尙碑는 무열왕의 8세손인 無染(金仁問의 후손인 範淸의 아들)의 탑비인데, 무염은 애장왕 2년(801)에 출생하여 일찍이 입당, 문성왕 7년(845)에 귀국하여 聖住山派의 開山祖가 되었고 眞聖王 2년(888)에 입적한 고승이었다. 왕은 곧 '大朗慧'란 시호를 내리고 塔號를 '白月葆光'이라 하였으며 최치원을 불러 명을 짓게 하였다.[19] 무염화상의 비는 이미 2基가 있었기 때문에 고운은 이중을 피하려고 하였다. 즉 金立之가 찬한 '聖住寺碑'에는 입당 및 귀국과정, 戒行의 품부와 禪定에 超悟한 인연, 公卿과 守宰들의 歸仰하는 마음, 法堂과 影堂의 개창 사실 등이 자세히 쓰여져 있고, 헌강대왕이 친히 찬술한 '深妙寺碑'에는 선사의 德化와 위력을 잘 기록해 놓았기 때문에[20] 上足 芯蕊가 대작을 만들어 줄 것을 부탁했으나 고운은 명백한 중요 사실만을 쓰기로 했는데 결과적으로는 대작이 되고 말았다.

이 낭혜화상비는 비명에 선사의 입적사 기록에 이어 "越二年攻石卦層塚"이라 했으므로 진성여왕 4년(890)에 건립된 것으로 추정되는데 朗慧가 진성여왕 2년(888) 11월 22일 입적했으므로 왕이 문인들의 주청을 받아 최치원에게 명의 찬술을 하교한 것은 진성여왕 3년(889)쯤 된 듯하니, 고운은 이 비명을 진성여왕 3년(889)이나 4년(890)에 지은 것 같다.

이 비에서도 그의 관직을 "淮南入本國 送國信詔書等使 前東面都統巡官 承務侍郎侍御史 內供奉 賜紫金魚袋"라 했고, 본문 중에서도 "桂苑行人侍御史"라고 하여 당의 관직을 쓰고 있는데, 이 때 고운은 틀림없이 태산군 태수나 부성군 태수로 在宦中이었을 것인데도 신라의 관직명을 쓰지 않은 것은 현직에 대한 불만이 컸기 때문이라 할 수 있고 한편으로

---

19 旋命王孫夏官二卿禹珪 召桂苑行人侍御史崔致遠 至蓬萊宮 因得立琪樹上瑤墀 跪啐命珠箔外 上曰 …… 若宜銘國師以報之(朗慧和尙碑銘).

20 見大師 西遊東反之歲年 稟戒悟禪之因緣 公卿守宰之歸仰 像殿影堂之開創 故翰林金立之所撰聖住寺碑 叙之詳矣 爲佛爲孫之德化 爲君爲師之聲價 鎭俗降魔之威力 鵬顯鶴歸之動息 贈太傅獻康大 王親製深妙寺碑 錄之備矣(朗慧和尙白月葆光塔碑銘).

역시 당직을 자랑스럽게 여긴 때문이 아닌가 생각된다.

初月山大崇福寺碑는 鵠寺의 유래와 이건, 개명한 숭복사의 건립과정을 밝힌 것이다. 원래 곡사는 元聖王母인 소문왕후의 외삼촌이고 왕비인 숙정왕후의 외조부되는 金元郎이 세운 절인데 원성왕의 因山을 풍수지리설에 의하여 이 절에 경영하고 절을 현재의 월성군 외동면 말방리의 숭복사지로 옮겼던 것이다. 경문왕이 즉위한 후, 이 절을 개건하였고 헌강왕은 寺名을 大崇福으로 고치고 최치원에게 비명을 짓도록 명했었다.

고운이 비명의 찬술을 하교받은 것은 慶曆 丙午年(886) 봄,[21] 즉 헌강왕 12년이요 정강왕 원년 봄이었다. 그런데, 헌강왕은 886년 7월에 돌아 갔으므로 이 '병오 봄'은 '헌강왕 12년 봄'이었다. 고운은 비명의 찬술에 곧 착수하지 못하고 정강왕대(1년)를 지나 진성여왕이 즉위하고 나서 곧 짓게 되었다. 비명 중에 "높이 月姉妹에 의해 길이 동해에 비추는 광채가 발했다.(高憑月姉妹 永流東海之光)"거나 "꽃다운 坤德을 체득하였고 아름다운 天倫을 계승하였다.(體英坤德 續懿天倫)"는 칭송이 있는 것을 볼 때, 비명의 찬술 시기는 진성여왕 즉위초임을 알 수 있다. 그리고 경주박물관에 소장된 숭복사비 片에「尊諡惠成大王」이라는 문구[22]가 보이는데, 혜성대왕은 魏弘의 시호이므로 비명의 찬술은 위홍이 死去한 진성여왕 2년(888) 이후에 이루어졌다고 할 수 있으니[23] 결국 숭복사비명은 진성여왕 2~3년에 지어진 것 같다.

智證大師碑는 曦陽山派의 開山祖가 된 道憲의 탑비인데, 道憲은 헌덕왕 16년(824)에 출생하여 입당하지 않고 四祖 道信의 법통과 神秀의 북종선을 아울러 이은 혜은으로부터 선풍을 이어받아 희양선문을 개창하였다. 헌강왕 8년(882)에 입적하자 왕은 시호를 '智證大師', 탑호를 '寂照'

---

21 慶曆景午(卽丙午年也 丙字高宗之諱 故改爲景)年春 顧謂下臣曰……名一稱而上下皆得 爾宜撰銘(大崇福寺碑銘).

22 黃壽永, 韓國金石遺文, 一志社, 1976, p.78.

23 裵淵亨, "崔致遠의〈四山碑銘〉의 文學的 考究", 東岳漢文學論集 1, 1983.

라 내리고 최치원으로 하여금 비명을 짓게 하였다.[24] "深喜東還"이라 한 것을 보면 왕이 비명의 찬술을 하교한 것은 고운이 귀국했던 헌강왕 11년(885)인 것 같다. 고운은 이듬해 헌강왕이 승하하게 되어 이 비명을 짓지 못하고 있다가 문인 爽英의 독촉을 받기도 하는 등 상당히 오랫동안 지체하여 진성여왕 7년(893)에 가서야 완성한 것 같다.

바야흐로 재주를 부릴 생각을 하고 있던 차에 갑자기 憲康王이 승하하심을 만나게 되었다. …… 때를 탄식한 즉 이슬이 지나가고 서리가 오니 문득 근심에 귀밑이 훌쭉해졌으며 道를 말한 즉 하늘처럼 높고 땅처럼 두터우니 겨우 뻣뻣하여진 붓털을 적실뿐이었다. 장차 汗漫한 놀음에 화합하려고 비로소 崆峒의 아름다운 자취를 서술한다. 門人 爽英이 와서 글을 재촉하였다.[25]

그런데 비의 건립은 무슨 사정이 있었던지 "龍德四年歲次甲申六月 日竟建"이라는 비음기 후미의 기록으로 볼 때 景明王 8년(924)에 이루어졌다. 이때 고운이 생존했다면 69세일 것이나 비명의 관직 표시로 볼 때, 이 비는 고운 사후에 건립된 것 같다. 고운은 비문의 본문 중에서 입당하여 과거에 급제하고 柱下史에 등용되어 문명을 날리고 조서를 받들고 금의환국한 것을 자랑스럽게 여겼으면서도 비명 제하에 절대 밝히지 않던 신라관직을 밝히고 있기 때문이다. 고운의 사후에 비가 세워지게 되자 관직만을 당시의 입장에서 고친 것으로 보인다.[26]

그리고 이 비명은 분황사 僧 慧江이 83세 때 글씨를 쓰고 글자를 새겼다는 점이 특이하다.

---

24 上命信臣淸愼陶竹楊 授門入狀 錫手教曰 縷褐東師 始悲西化 繡衣西使 深喜東還 不朽之爲 有緣而至 無悋外孫之作 將酬大師之德(智證大師寂照塔碑銘).

25 方思運斧 遽値號弓……嘆時則露往霜來遽凋愁鬢 談道則天高地厚 僅腐頑毫 將諧汗漫之遊 始述崆峒之美 有門人爽英 來趣受辛(智證大師寂照塔碑銘).

26 入朝賀正 兼延奉 皇華等使 朝淸大夫 前守兵部侍郎 充瑞書院學士 賜紫金魚袋(智證大師寂照塔碑銘).

이상에서 살펴본 찬술과정을 종합해 보면 고운은 眞鑑禪師大空塔碑銘, 大崇福寺碑銘, 朗慧和尙白月葆光塔碑銘, 智證大師寂照塔碑銘의 차례로 사산비명을 지은 것 같다.

그런데 사산비명의 명문이 실려 전하는 자료로는 朗慧和尙碑 木版覆刻本(규장각본)과 眞鑑禪師碑 木版覆刻本(寶蓮閣印行), 고운선생문집 및 금석문집에 실린 것 등이 있으나 그밖에는 거의가 필사본 주석서이다. 광해군 때 鐵面老人(법명 海岸 ; 1567～?)이란 분이 제일 처음 사산비명을 주석하여 승려들의 교재로 삼은 이후, 蒙菴이 1783년에 주석본을 내었다. 그리고 有一(1720～1799)의 주석본이 있는데, 내용상으로 볼 때 蒙菴本과 같기 때문에 유일이 바로 몽암인 것 같다. 또한 각안(1820～1890)이 주석한 「四山碑銘」이 있고 홍경모의 주석본이 있었다 하며(奎章閣本 「文昌集」이 洪本인 듯함) 최근에는 石顚 朴漢永이 「精校 四山碑銘註解」란 精註本을 만들었다. 현재는 이러한 주석서들이 「文昌集」(규장각본), 「四碣」(고대도서관본), 「桂苑遺香」(崔完洙소장본, 서울대 문리대 국사연구실 刊), 「四山碑銘」(동국대도서관본), 「海雲碑銘」(성균관대도서관본), 「孤雲集」(동국대도서관본) 등의 표제로 전해지고 있다.[27]

이 글에서는 성균관대학교 대동문화연구원에서 간행한 崔文昌侯全集을 주된 텍스트로 삼았다.


## 2. 사산비명의 구성과 내용

하, 은, 주 3대를 비롯한 고대의 제왕들은 器, 鏡, 鼎, 尊, 彛, 鼓 등의 금석에 銘을 새겨 鑑戒로 삼았는데 글을 새긴 器物을 碑라 하고 새겨진

---

27 崔南善, 朝鮮常識問答 續篇 "제40 金石" 항과 許興植의 鳳岩寺 智證大師碑 草稿本 등 참조.

글을 銘이라 했다. 명을 차츰 돌에 새기게 되었고 내용은 사적을 기록하거나 업적을 찬양하는 것이 되었다. 그리고 제왕의 공적을 찬양하거나 종묘에 세워졌던 비가 개인 묘지에도 세워지게 되었다. 또한 비문 짓는 제도가 序와 銘으로 나누어져 서의 부분은 전기이고 비의 본문은 명이 되었다.[28] 그러나 후대로 내려오면서 서에 해당하는 전기가 길어지게 되고 찬양하는 명은 짧은 운문이 되었다. 따라서 비문은 '碑銘幷序'의 형식을 취하게 되었고, 비명은 자연 碑銘幷序를 뜻하게 되었다.

그러므로 여기서 말하는 사산비명도 사산비명병서를 가리킨다.

## 2.1. 진감선사비명의 구성과 내용

이 비명의 원명은 「有唐新羅國故雙谿寺敎諡眞鑑禪師大空塔碑銘幷序」인데 이 碑題 다음에 撰者와 書者를 밝히고, 비의 본문인 서문과 명을 쓴 다음, 끝에 竪碑 연월과 刻字名을 써놓았다.

그러면, 이 비명의 본문 구성을 알아본 후, 그 구성의 단계에 따라 내용을 분석해 보고자 한다.

먼저 이 진감선사비명은 文義와 서술방식에 따라 다음과 같이 4단으로 나눌 수 있다

제1단 서론

---

28 昔帝軒刻輿几以弼違 大禹勒筍簾而招諫 成湯盤盂著日新之規 武王戶席題必戒之訓 周公愼言於金人 仲尼革容於欹器 則先聖鑒戒 其來久矣 故銘者名也 觀器必也正名 審用貴乎盛德 蓋臧武仲之論銘也 曰天子令德 諸侯計功 大夫稱伐 夏鑄九牧之金鼎 周勒肅愼之楛矢 令德之事也 呂望銘功於昆吾 仲山鏤績於庸器 計功之義也 魏顆紀勳於景鐘 孔悝表勒于衛鼎 稱伐之類也 若乃飛廉有石槨之錫 靈公有蒿里之諡 銘發幽石 吁可怪矣 趙靈勒跡於番吾 秦昭刻博於華山 夸誕示後 吁可笑也 詳觀衆例銘義見矣……夫屬文之體 資乎史才 其序則傳 其文則銘 標序盛德必見淸風之華 昭紀鴻懿 必見峻偉之烈 此碑之制也 夫碑實銘器 銘實碑文 因器立名 事光於誄 是以勒石讚勳者 入銘之域 樹碑述亡者 同誄之區焉(劉勰, 文心雕龍 銘箴 11 및 誄碑 12 참조).

夫道不遠人　人無異國～廣耀五鄉　豈異人哉　禪師是也

제2단 생애와 공덕

禪師法諱慧照　俗姓崔氏～豈非以聲聞度之之化乎

제3단 비명의 찬술과정

禪師泥洹　當文聖大王之朝～謹札銘云

제4단 명사

杜口禪那　歸心佛陀～天依拂石　永耀松門

위의 4단 구성은 형식화하면 제1단은 起詞에 해당하고, 제2단은 承詞, 제3단은 轉詞, 제4단은 結詞에 해당한다고 할 수 있다. 이 글에서는 형식 논리를 떠나서 실질적으로 내용을 분석하고 이해하는데 기여할 수 있도록 文義 중심으로 그 구성을 파악하였다.

序論에서는 진감선사가 중국으로부터 선도를 전하여 나라를 빛낸 인물임을 드러내려고 하였다. 이를 위해서 선사가 입당 수학하는 과정의 어려움과 歸國傳道의 성과를 은유적으로 비추고 선도 곧 불교가 유교와 더불어 진리와 도에 이름에 있어서는 동일함을 여러 가지 비유를 통하여 강조하고 있다. 입당하여 수학하는 과정의 어려움을 "목숨은 조각배에 부쳤고 마음은 보배의 고장으로 향했다(命寄刳木 心懸寶洲)"든지 "옥을 캐는 자는 곤륜산의 높음을 꺼리지 아니 하고 구슬을 찾고자 하는 자는 용이 잠든 물속의 깊은 곳을 피하지 아니 하는 것과 같다(猶采玉者不憚 崑丘之峻 探珠者不辭驪壑之深)"라 했다. 傳道의 성과를 "지혜의 횃불을 얻어 빛이 오승에 통하고 맛있는 음식을 얻어 육경에 배불렀다(得慧炬則 光融五乘 嘉肴則味妖飫六籍)"고 은유법을 써서 표현하고 있다. 그리고 儒, 佛이 道에 이르는 바가 같다는 것을 "여래와 주공·공자가 출발은 비록 다를지라도 돌아가는 바는 한가지다(如來之與周孔 發致雖殊 所歸 一揆)"라고 한 慧遠의 설을 인용하여 강조하고 있다. 여기서 우리는 진감 선사의 종교관과 사상의 일단을 엿볼 수 있다.

제2단에서는 선사의 생애와 공덕을 자세히 서술하고 있다. 선사의 法
諱는 慧照, 속성은 최씨, 아버지는 창원, 어머니는 고씨라 하고 선대는
漢族이라고 밝히고 있다. 여기서 당시 육두품 이하들이 계급적 열등감을
극복하고자 先系를 중국과 연관시키려는 풍조가 있었음을 엿볼 수 있다.
그리고 중이 나타나 "내가 어머니의 아들이 되기 원하여 유리 항아리로
징표를 삼았다"고 한 태몽을 통해 출생의 신이함과 7~8세 때 벌써 "잎
을 태워서 향을 삼고 꽃을 따서 공양을 삼기도 하고 서쪽을 향해 꿇어
앉아 해가 질 때까지 꼼짝도 하지 않았다"고 하여 출가의 行과 善根이
깊음을 강조하고 있다. 선사는 가난하여 생선장수도 하여 부모를 효성으
로 봉양하다가 입당, 神監大師로부터 心印과 戒를 받고 동방의 성인이요
黑頭陀라 지목되었으므로 漆道人의 후신이라 했다. 810년에 구족계를
琉璃壇 곁에서 얻음으로써 태몽이 실현되었고 道義와 사방 유람하며 불
도를 증득하다가 종남산에 들어가 만길 봉우리에 올라가 솔씨를 따먹기
도 하며, 止觀 3년 함곡관에서 짚신을 삼아 보시하기 3년 등의 고행을
마치고 귀국했더니 흥덕대왕이 친히 마중 나왔다고 했다. 상주 露岳山
장백사에 머물다가 호랑이를 타고 花開谷에 이르러 三法和尙의 절터에
절을 새로 짓게 되었고, 838년에 閔哀王이 특별히 기원해 줄 것을 청했
으나 사양하자 定과 慧가 원만하다고 하여 왕은 慧照라 호를 내리고, 황
룡사로 적을 옮기라 했으나 굽히지 않았다 한다. 奇境인 남령의 기슭에
옥천사를 지었는데, 曹溪의 玄孫인 禪師는 "만법이 다 공이니 내 가려
한다. 한 마음이 근본이니 너희는 힘써라(萬法皆空 吾將行矣 一心爲本
汝等勉之)"라 하고, 탑을 세우지 말고 銘을 짓지 말라고 당부하면서 열반
에 드니 報年이 77, 積夏가 44였다. 이때 하늘에서 바람과 우뢰가 갑자
기 일어나고 호랑이는 슬피 울부짖고 삼나무와 잣나무는 변하여 시들기
시작하더니 이윽고 紫雲이 하늘에 자욱하고 공중에서 손가락 퉁기는 소
리가 났으니 이는 聖者의 靈感으로 冥冥中 應함이라 하늘과 사람이 함께
애도하였다는 것이다. 선사의 성품은 散하지도 樸하지도 않았으며 말에

꾸밈이 없었고 헌 옷과 거친 밥을 꺼리지 않았음을 여러 가지 사례를 들어 설명하고 있다. 그리고 선사는 범패를 잘 불러 노래를 통해 중생 제도하는 교화를 널리 폈다고 한다. 일생동안 修禪과 중생제도에만 힘쓴 선사의 공덕을 적절한 비유와 실례를 들어 서술하고 있다.

제3단에서는 碑銘의 찬술과정을 자세히 밝히고 있다. 선사가 입적하자 문성대왕은 청정한 시호를 내리려 하다가 遺戒를 듣고 그만두었는데, 12년이 지나 一吉干 등 문인들이 師의 높은 공덕의 자취를 잊어버릴까 염려하여 비 세울 것을 주청했더니 헌강대왕이 眞鑑禪師라 追諡하고 塔號를 大空靈塔이라 하여 篆字의 새김을 허락했다고 하였다. 遺訓을 어겼다고 비방하는 이가 있자 고운은 "이름이 저절로 드러난 것은 定力의 餘報이니 재처럼 사라지고 번개처럼 끊어지게 하기보다는 할 수 있는 일을 할 수 있는 때에 해서 명성을 大千世界에 떨치도록 하는 것이 낫지 않겠는가?(不近名而名彰 盖定力之餘報 與其灰滅電絶 曷若爲可爲於可爲之時 使聲震大千之界)"하고 반문하며 竪碑하여 선사의 업적을 드러냄이 옳다고 하였다. 정강왕이 즉위하여 옥천사라 부르는 절이 근처에 또 하나 더 있으므로 구별코자 쌍계사란 題號를 내리고 고운에게 비명의 찬술을 명하자 "몸은 兩役을 겸하고 힘은 五能을 본받으려 한다(敢身從兩役 力效五能)"하여 자신이 유자면서 佛의 역을 하게 되어 鼯鼠의 다섯 가지 능함을 흉내내려 한다고 겸사하였다. 여기에서도 고운은 근본은 유자임을 밝히고 있다. 이렇게 진감선사비명은 정강왕 때 찬술했음을 시사했다.

제4단은 銘詞로서 結詞의 구실을 하고 있는데, 40구의 4언고시체로 된 게송이다. 앞에서 서술한 내용을 게송으로써 요약하여 표현하였다

|  |  |
|---|---|
| 杜口禪那 歸心佛陀 | 말 없는 禪으로써 불타에 귀심하여 |
| 根熟菩薩 弘之靡它 | 근숙한 보살이 이 道를 넓혔네. |
| 猛探虎窟 遠泛鯨波 | 담 크게도 호굴 더듬어 경파를 넘어가서 |
| 去傳秘印 來化斯羅 | 秘印을 전해 받아 신라를 교화했네. |

尋幽選勝　卜築岩磴　빼어난 勝地 찾아 바위등에 절을 짓고

水月澄懷　雲泉寄興　물과 달에 마음 닦고 샘 구름에 흥 부쳤네

山與性寂　谷與梵應　산과 性은 적연하고 골에는 온통 범패 소리

觸境無閡　息機是證　닿는 곳 막힘없고 機心 끊어 證得이라.

道贊五朝　威催衆妖　道로써 五王돕고 위엄으로 妖鬼눌러

默垂玆蔭　顯拒嘉招　자비음덕 드리워서 임금 부름 물리쳤네.

海自飄蕩　山何動謠　바다야 표랑한들 山은 어찌 동요할까?

無思無慮　匪鄭匪雕　무사무려하여 다듬지도 꾸미지도 않네.


이는 銘의 앞부분인데, 게송이니만큼 표현은 간명하지만 선사의 수학 과정과 공덕을 포괄적으로 빗대어 드러내고 있다. 그리고 이 명은 換韻 式을 취하고 있는데 특히 8구를 1解로 하는 逐解換韻法을 쓰고 있다. 제 1해는 운자가 那, 它, 他, 波, 羅로서 下平聲 五歌韻, 제2해는 운자가 勝, 證, 興, 應, 證으로서 去聲 25徑韻, 제3해는 운자가 朝, 妖, 招, 謠, 雕로서 下平聲 二蕭韻, 제4해는 운자가 味, 備, 致, 秀, 重, 悴로서 去聲 四寘通 韻, 제5해는 운자가 存, 謙, 恩, 根, 門으로서 上平聲 二十三元韻으로 되 어 있고, 운도 平仄을 호용하여 생동감을 주고 있다.

이상에서 보았듯이 진감선사비명은 구성 및 그 전개가 아주 논리적이 고 적절한 비유와 적확한 표현으로 이루어져 있어 고운의 叡智와 뛰어난 문장력에 감탄하지 않을 수 없으며 銘詞의 간명함이 더욱 이 비명을 돋 보이게 하고 있다. 후대 비명의 전범이 된 듯하다

## 2.2. 낭혜화상비명의 구성과 내용

이 비명의 원명은 「有唐新羅國兩朝國師教諡大朗慧和尙白月葆光塔碑 銘幷序」인데 이 碑題 아래 撰者가 밝혀져 있고 비의 본문인 序文과 銘이 있으며 끝에 書者名이 쓰여 있다. 그런데 이 낭혜화상비명의 본문은 다

음과 같이 3단으로 구성되어 있다.

제1단 비명의 찬술과정

　　帝唐揃亂以武功～自許窺一斑於班史然於是乎 管述曰

제2단 행적과 덕화

　　光盛且實而有暉八紘之質者～扣寂爲銘其詞曰

제3단 명사

　　可道爲常道如穿衃上露～鷄峰待彌勒 長在東鷄林


위의 3단 구성은 실제로 제1단은 서론의 성격을, 제2단은 본론, 제3단은 결론의 성격을 띠고 있다. 그러면, 각 단별로 내용을 검토해 보기로 한다.

제1단은 낭혜화상의 入寂事, 諡號 및 塔號를 받게 된 과정, 고운이 비명을 찬술하게 된 과정을 서술하고 있다.

대사의 입적사에 대해서는 진성왕 2년(888) 11월 22일 未時에 입적한 후, 3일이 지나도 변치 않고 생시와 같았고 왕이 驛使를 시켜 글로 吊喪하고 곡식으로 부의했음을 내세워 사후의 신이함과 왕의 특별대우를 강조하고 있다.

그리고 보살계 제자들로서 무주도독인 蘇判 鎰과 집사시랑 寬柔와 패강 도호 咸雄과 전주별가 英雄등은 문인인 昭顯 釋通玄 釋愼符 등과 더불어 의논, 贈諡와 銘塔 내려줄 것을 청하자 왕은 "故聖住大師는 정말 한 부처님이 세상에 나온 것이라(故聖住大師眞一佛出世)"라 하고 '大朗慧'라 追諡하고 '白月葆光'이라 塔號를 내리면서 고운에게 국사의 銘을 받들어 왕은을 갚으라"고 하였다. 그러나 고운은 적은 재주, 즉 有爲로 한량없는 행실 즉 禪實을 기록하는 것이 마치 "약한 수레에 무거운 짐을 실은 것 같고 짧은 줄의 두레박으로 깊은 우물물을 퍼내려는 것 같다(弱輬載重 短綆汲深)"고 사양했으나 임금의 간곡한 하교를 받고 대사의 문제자들이 바친 行狀을 받아 비명의 찬술을 허락했다는 것이다. 고운은 비명의 찬술에 앞서 口學과 心學과의 관계에 대해 심각히 고민했었다.

　　다시 생각해 보니 唐나라에 들어가 유학하기는 그와 내가 함께 했건마는 스승된 이는 어떤 사람이며 일꾼된 이는 어떤 사람인가? 어찌하여 心學한 이는 높고 口學한 이는 수고로울까? 고로 옛 군자는 배우는 바를 신중히 했었다. 그러나 心學한 사람은 德을 세웠을 것이고, 口學한 사람은 말을 세웠을 것이니 저 德이란 것도 어쩌면 말을 빌어서만 일컬어질 것이고 이 말이란 것도 德에 기대어야 썩지 않을 것이니 서로 조화를 이룬다면 心이 능히 옛부터 오늘날에 보여줄 것이요, 썩지 않는다면 口도 또한 옛 사람에게 부끄러움이 없을 것이다.[29]

　　心學하는 사람 즉 수도하여 덕행이 높은 선승이나, 口學 즉 학문과 지식을 연마하여 문장이 빼어난 문인은 각자 소중함과 가치를 지니면서 또한 心學과 口學은 상보적 관계에 있다는 결론을 얻고 비로소 비명 찬술에 임하게 되었던 것이다. 여기에서 고운이 문장가로서의 자부심이 대단했음을 알 수 있다. 이미 金立之가 찬한 성주사 사적비에 대사의 법당이나 영당 개창을 중심으로 한 업적이 자상히 서술되어 있고 헌강대왕이 찬한 深妙寺碑에 대사의 德化와 사적이 잘 갖추어 기록되어 있으므로[30] 대사 열반 때에 나가는 것과 임금이 牽觀波의 이름을 존중하는 것만 드러내려 했는데, 대사의 上足인 芯襒가 와서 절묘한 좋은 글월로 써 달라고 재촉하면서 "金立之가 찬한 비는 세운지가 오래되어 대사의 수십 년

---

29　復惟之 西學也彼此俱爲之 而爲師者何人 爲役者何人 豈心學者高 口學者勞耶 故古之君子愼所學 抑心學者立德 口學者立言 則彼也或憑言而可稱 是言也或倚德而不朽 可稱則心能遠示乎來者不朽則口亦無慚乎昔人(朗慧和尙碑銘).

30　見大師西逸東返之歲年 稟戒悟禪之因緣 公卿守宰之歸仰 像殿影堂之開創 故翰林郎金立之所撰聖住寺碑 叙之詳矣 爲佛爲孫之德化 爲君爲師之聲價 鎭俗降魔之威力 鵬顯鶴歸之動息 贈太傳獻康大王親製深妙寺碑 錄之備矣(朗慧和尙碑銘).

남긴 아름다운 업적이 빠져 있고, 太傅王이 지은 비문에는 특별한 예우만 나타냈을 뿐이니 마땅히 널리 기록하고 갖추어 말하여 자못 후생이 '무섭게' 여기도록 지어서 비롯을 더듬고 종말까지 미치게 해 달라"[31]고 부탁을 했으나 생사간의 사적 중 명백한 것이 많으니 그 중에서 후학에 도움이 될 것만 서술한다고 하여 학자적 양심과 선비 정신을 드러내 주고 있다.

제2단은 대사의 생애와 덕화를 기술한 것으로 비명의 본론이 되고 있으니 이를 요약하면 다음과 같다.

대사의 法諱는 無染이니 달마조사의 10세손이고 속성은 김씨니 무열왕의 8대손이다.

大父는 周川인데 품은 진골이고 位는 韓粲이요 高祖 曾祖는 출장입상하였으며 부 範淸은 육두품인 得難으로 만년에 검술에 종사했다. 母는 화씨인데 꿈에 垂臂天이 연꽃을 주는 것을 보고 잉태하여, 胡道人이 자칭 법장이라 하면서 十護充胎敎를 주던 13달 만에 대사를 낳았다. 대사는 어렸을 때부터 걸을 때나 앉을 때나 합장하거나 가부좌하였고 놀 때에는 항상 불상과 불탑을 그리고 쌓았다. 9비에 입학하게 되어 一覽輒記하니 모두들 海東神童이라 했다. 12세 되던 선덕왕 5년(784)에 출가, 五石寺(현 浮石寺)에 들어 중이 되었는데 불경의 해설에 정통했다. 처음에 法性禪師를 스승으로 섬기다가 澄大德에게서 화엄경을 배웠으나 청출어람이라 국사의 瑞節入唐 船便과 正朝使인 왕자 昕의 배를 이용하여 입당하였다. 大興城 至相寺에 이르러 雜花에 대해 한 노인이 "멀리 여러 물건을 취하려 하는 것이 네게 있는 부처를 알아내는 것과 어느 것이 나을까?(遠欲取諸物 孰與認而佛)"하는 말을 듣고 크게 깨달은 대사는 불광사의 如滿과 마곡사의 寶徹和尙에게 도를 물었다. 如滿은 "다른 날에 중국

31 立之碑 立之久矣 尙闕數十年遺美 太傅王神筆所記 盖顯示殊遇云爾……宜廣記而備言之 殆胎厥可畏 俾原始要終(朗慧和尙碑銘).

이 禪을 잃어버리게 되면 장차 東夷에게 묻게 될 것(他日中國失禪 將問之東夷耶)"라 했고 寶徹은 "이제 印을 주어 東土의 禪侯로 으뜸가게 하노라(今授印焉 俾冠禪侯于東土)"라 했었다. 會昌 5년(845)에 황제의 명으로 沙汰를 당하여 귀국하자 왕자 昕이 山中宰相처럼 되어 있어서 서로 만나게 되었다. 昕은 "절 하나가 熊川 坤隅에 있으니 이는 나의 조상 임해공이 封받은 곳인데, 화재로 金田이 반쯤 재가 되었으므로 대사가 가서 재건해 달라"고 권하므로 太中初年에 나가 이 절을 중건하니 "道는 크게 행하게 되고 절은 크게 번창하였다(道大行 寺大成)." 그러자 문성대왕이 하교를 내려 위로하고 寺名을 '烏合寺'(또는 烏會寺)에서 '聖住寺'라 바꾸어 大興輪寺에 등록시켰다. 이어 憲安王은 제자의 예를 폈고 士流는 대사문을 모르면 부끄러운 일로 여겼으며 한 번 뵙기만 하면 포악한 자도 선량하게 되었다. 경문왕은 항상 대사에게 자문을 구했으며 대왕 13년(872)에는 대사를 궁중으로 모셔 국사로 삼았다. 임금의 물음에 답하다가 궁중으로부터 도망했으나 왕의 권유로 深妙寺에 거처하며 보수하여 화성처럼 만들었고, 경문왕이 몸이 불편하게 되자 입궐하여 위로한 후에 "能官人"을 당부하고 다시 성주사로 들어갔다. 헌강왕이 즉위하여 부르매 나아가니 先朝때의 예보다 더하였다. 정강왕이 즉위하여 대사를 두 조정에서 총애하였던 예우를 행하려 했으나 늙고 병들었다하여 사양하였다. 대사가 허리가 아프다는 소문을 들은 왕은 國醫를 보내 치료했으나 대사는 "講하기를 힘써라"하고 입적하였다. 대사의 성품은 공손하면서 신중하여 말에 和氣를 잃지 않았다. "佛祖도 일찍이 진흙을 파서 이긴 일이 있거든 나는 잠깐이라도 편히 앉았겠는가?"하고 식수를 운반하거나 섶나무를 지고 오는 등 몸의 수고로움을 아끼지 않았다. 門弟子도 이름을 들어 지적할 수 있는 사람이 2,000여 명이요, 道場에 자리 잡고 있는 이는 僧亮, 普信, 詢乂, 僧光 등이고, 諸孫도 번창했다. 생애와 덕화를 서술하는데 있어 구체적인 예를 많이 들어 대사가 일생동안 돈독한 불심으로 나라를 교화시키고 백성들로 하여금 내면적인 덕을 닦게

한, 오백년 만에 나타나는 天出의 응험으로 승화시켰다.

제2단의 내용을 통하여 낭혜화상의 생애와 선학은 물론이고 그 시대의 사회상, 선종과 왕실과의 관계, 선종과 육두품 지식인 특히 빈공과출신 유학생과의 관계를 알 수 있고 나아가 낭혜의 선사상까지도 짐작할 수 있다.

제3단은 결론에 해당하는 銘詞이다. 대사의 행적과 덕화를 칭송한 오언고시체로 된 게송이다.

| | |
|---|---|
| 是道澹無味 | 禪道는 담담하여 맛은 없지만 |
| 然須强飮食 | 모름지기 힘써서 마셔야 하네. |
| 他酌不吾醉 | 남이 마신다고 내 취하지 아니하고 |
| 他飧不吾飽 | 남이 먹는다고 내 배 부르지 않네. |
| 誡衆黜心何 | 경계하되 黜心은 어떻게 하오 |
| 糖名復粃利 | 名利를 糖粃로 알아야 하네. |
| 勸俗篩身何 | 속인에게 몸가짐을 권하기로는 |
| 甲仁復胄義 | 仁義를 甲胄로 삼아야 하네. |
| 汲引無棄遺 | 뭇사람 인도하여 버리지 않아 |
| 其實天人師 | 진실로 天人의 스승이로세. |

이는 명사의 후반 일부분으로 대사의 가르침과 덕화를 읊은 것인데 게송의 일종이기 때문에 추상적인 표현으로 되어 있으나 대사의 덕화가 높고 큼을 충분히 짐작케 한다.

그런데, 이 명사는 총 76구로 되어 있는데, 첫 4구는 서사이고 본사는 8구씩 1解를 이루고 있다. 각 해의 범위와 구수, 운자는 다음과 같다.

序詞 : 可道爲常道 如穿岫上露 (2句)〈上聲十九皓通韻〉

　　　 卽佛爲眞佛 如攬水中月 (2句)〈入聲二物通讀〉

第1解 :　道常得佛眞　　～　窾木浮鯨津 (8句)　〈上平聲二十眞韻〉

第2解 :　觀光堯日下　　～　目鏡燭桃野 (8句)　〈上聲二十一馬韻〉

第3解 :　旣得鳳來儀　　～　岩徑難容錐 (8句)　〈上平聲四支韻〉

第4解 :　我非待三顧　　～　雲歸海山暮 (8句)　〈去聲七遇韻〉

第5解 :　來貴乎業龍　　～　至極何異同 (8句)　〈上平聲一東通韻〉

第6解 :　是道澹無味　　～　甲仁復冑義 (8句)　〈去聲四眞通韻〉

第7解 :　汲引無棄遺　　～　今古所共悲 (8句)　〈上平聲四支韻〉

第8解 :　甃石復刊石　　～　猶如今示昔 (8句)　〈入聲十一陌通韻〉

第9解 :　君恩千載深　　～　將在東鷄林 (8句)　〈下平聲十二侵韻〉


　명사의 내용을 살펴보면 서사에서는 道와 佛의 무상성을, 제1해에서
는 생장과 입당과정을, 제2해에서는 수학 및 귀국과정을, 제3해에서는
성주사의 중건과 수도를, 제4해에서는 두 임금과 온 나라가 교화에 젖었
음을, 제5해에서는 궁중에 3번 왕래했음을, 제6해에서는 대사의 가르침
과 덕화의 위대함을, 제7해에서는 입적의 슬픔을, 제8해에서는 비탑을
세워 행적을 기리게 됨을 읊어 칭송하고 있으며 제9해에서는 대사의 덕
화가 신라와 함께 영원하길 기원하고 있다


## 2.3. 지증대사비명의 구성과 내용

　이 비명의 원명은 「大唐新羅國故曦陽山鳳巖寺敎諡智證大師寂照之塔
碑銘幷序」이고, 碑題 다음 撰者를 밝히고 본문인 비의 서문과 비명을 쓴
후에 끝에 書者, 院主 및 都唯那, 竪碑年月을 밝히고 있다.

　이 지증대사비명은 文義와 서술방식에 따라 구성을 분석하면 다음과
같이 4단으로 나누어진다.

제1단 불법의 東傳과정과 지증의 禪統

     序曰五常分位配動方者曰仁～畢萬之後於斯驗矣

제2단 六異, 六是 및 입적

     其世緣則王都人～莽而遂窆于曦野 其詞曰

제3단 명사

     麟聖依仁乃據德～來向山中看篆刻

제4단 비명의 찬술과정(陰記)

     太傅王馳醫門疾～庶幾騰日域高譚

그런데, 이 비문의 구성은 그 순서가 다른 일반 비문들과 다르다. 대개 일반 비문들의 구성은 비문의 銘詞가 제일 뒤에 가는 것이 상례이다. 그러나 이 비문에서는 명사가 비명 찬술과정의 앞에 들어가 있다. 이것은 아마 비명찬술 당시에는 일반 비문들처럼 명사가 제일 뒤에 있었겠으나 비석에 새길 때에 비문이 길기 때문에 그 얼굴이라 할 수 있는, 가장 중요한 명사를 비의 후면으로 보낼 수 없다고 생각하여 비명의 '찬술과정'을 陰記로 처리했다고 볼 수 있다. 결국 찬자의 찬술 순서와 다르게 비문에 수록되었다고 생각된다. 문집이나 주석본에는 비음기의 竪碑과정을 입적사 다음에 싣고 명사를 마지막에 싣고 있으니 이것이 고운이 찬술한 본래의 순서가 아닌가 생각된다. 고운이 찬술한 본래의 지증대사비명의 구성은 다음과 같다고 생각한다.

제1단 불교의 東傳과정과 지증의 禪統

     序曰五常分位配動方者曰仁～畢萬之後於斯驗矣

제2단 六異와 六是

     其世緣則王都人～用捨之是六焉

제3단 입적과 비명의 찬술과정

     至冬杪旣望之二日～庶幾騰日域高譚 其詞曰

제4단 명사

麟聖依仁乃據德~來向山中看篆刻

이 순서에 따르면 지증대사비명도 起, 承, 轉, 結의 4분법을 취한다고 볼 수 있으니 진감선사비명의 구성과 같다. 그러면, 고운이 찬술한 본래의 순서대로 그 구성 단계에 따라 내용을 분석해 보기로 한다.

제1단은 불교의 전래과정, 선법의 東傳, 지증대사의 禪統 등 세 가지로 나누어 신라 불교사가 서술되어 있다.

고운은 불교가 우리나라에 전래된 과정을 백제, 고구려, 신라의 순으로 보고 있다.

옛날 東國이 정립된 때를 당하여 백제는 蘇塗의 의식이 있었으니 옛날 한무제가 甘泉宮에서 禮拜드린 것과 같았고, 그 후 서진의 曇始가 처음 貊國에 간 것은 迦葉摩騰이 한에 들어온 것 같으며 고구려의 阿度가 신라에 건너온 것은 康會가 남방 오나라에 간 것과 같았으니 이때가 곧 양나라 무제가 동태사에서 궁으로 돌아온 지 1년만이요 우리 법흥왕이 율령을 제정한지 8년 만이었다.[32]

고운은 고구려에는 이미 소수림왕 2년(372)에 불교가 공인되었다는 사실을 모르고 梁 고승전에 동진의 孝武帝 太元 末年경 曇始가 경율 수십 부를 가지고 요동에 와서 宣化하다가 돌아갔다는 기사에 따른 것 같고, 신라에 불교가 전래된 것을 阿度가 신라에 온 법흥왕 14년으로 보고 있는데, 이것도 해동고승전의 기록에 따른 것 같다. 최치원이 불교의 전래가 율령반포 후 8년만인 것을 특기하고 있는 점은 당시의 신라인들이

---

**32** 昔當東表鼎峙之秋 有百濟蘇塗之儀 若甘泉金人之祀 厥後西晉曇始始之貊 如攝騰東入 句麗阿度 度于我 如康會南行 時乃梁菩薩帝 反東泰一春 我法興王 制律條八載也(智證大師碑銘).

율령반포를 전후한 법흥왕 시대의 정치적인 변혁을 대단히 중시하고, 나아가 그러한 정치적인 변혁을 새로운 사상체계로서의 불교의 전래(사실은 공인)와 결부시켜 하나의 시기로 구분하고 있었던 것이라 본다.[33] 그후, 신라 불교의 전파과정을 이차돈의 순교, 진흥왕이 말년에 삭발하고 중이 된 사실, 신라의 승려가 입당 수학하고 중국 승려들이 신라에 오는 등 승려교류, 사찰의 건립 등으로 설명하고 이렇게 신라에 불교가 흥성하여 삼국의 통일이 이루어졌다고 보고 있다. 新羅統三 이후 소승불교가 먼저 들어오고 대승불교가 뒤에 들어와서 불교의 교학과 계율이 성행하게 되었다고 설명하고 있다.[34]

이어서 선종의 東傳에 대해 道義와 洪陟을 전래의 선구자로 들고 있다. 長慶(821~824) 초년에 중 道義가 입당하여 馬祖道一의 문중에서 3大士의 한 사람이었던 智藏으로부터 心印을 받고 돌아와 선법을 펴니 모두들 '魔語'라 하므로 北山北 즉 설악산에 은둔하여 버렸으나 "겨울 산봉우리에 빼어나고 定林에서 꽃다움으로 그 덕을 사모하여 모여든 사람이 산에 가득했다"[35]고 한다. 이는 곧 道義가 心印을 廉居和尙에게 전하고 염거는 다시 普照禪師 體澄에게 전하여 선풍을 크게 일으켜 그 문하에 英惠, 淸奐, 義車, 邇微 등 800여 인이 나와 선종구산파의 하나인 迦智山派를 이루었음을 말하는 것이다. 그리고 흥덕왕이 왕위를 계승하고 宣康太子가 金憲昌의 반란을 진압한 후, 개혁정치를 실시할 때 洪陟大師가 지장으로부터 心印을 받아와 남악, 즉 지리산에 머무르면서 왕의 귀의를 받는 등 선풍을 크게 일으켜 선종이 교종을 압도하게 되었다[36]고 고운은

---

33 崔柄憲, 앞의 논문.

34 昔之叢爾三國 今也壯哉一家 鴈利雲排 將無隙地 鯨枿雷振 不遠諸天 漸染有餘 幽求不斁 其敎之興也 昆婆娑先至 則四郡馳四諦之輪 摩訶衍後來 則一國耀一乘之鏡 然能義龍雲躍 律虎風騰 洶學海之波濤 蔚鷄林之柯葉(智證大師碑銘).

35 洎長慶初 有僧道義 西泛睹西堂之奧 智光佯智藏而還 始語玄契者 縛猿心護奔北之短 矜鶢翼翾圖 南之高 旣醉於誦言 競嗤爲魔語 是用韜光廡下 斂跡壺中 罷思東海東終遁北山北 豈大易之无悶 中庸之不悔者耶 然秀冬嶺 芳定林 蟻慕者彌山 鷹化者幽谷 道不可廢 時然後行(同上).

보고 있다.

道義와 洪陟에 이어 많은 승려들이 입당 求法하였는데 그 중에는 중국에 귀화하여 돌아오지 않는 이도 있었고 귀국하여 각 곳에서 開山하는 자도 많았다고 하였다.

이후에 술잔이 물결을 다르듯이 求法僧의 선박이 왕래하고 所示의 방편이 眞道에 융합하였으니 너의 祖僧은 생각지 않겠는가? 무리들의 번성함이 있다. 혹은 칼이 연평진에 용으로 변해 들어가듯 중국에 들어가 돌아오지 않고 혹은 구슬이 合浦로 다시 돌아오듯 입당 求法하여 돌아왔으니 巨擘者는 손가락을 꼽아 셀만하다. 중국에 귀화한 사람은 靜衆寺의 無相, 常山慧覺, 益州金, 鎭州金 등이고 귀국한 사람은 앞에서 말한 道義(迦智山 開祖), 洪陟(實相山 開祖)과 태안사의 慧徹國師(桐裏山 開祖), 慧目山의 玄昱(鳳林山 開祖), 智力門, 雙谿寺의 慧阪, 新興彦, 涌岩體, 珠丘休, 雙峯山의 道允(獅子山 開祖), 崛山寺의 梵日(闍崛山 開祖), 兩朝國師인 聖住寺의 無染(聖住山 開祖) 등은 菩提의 宗으로서 덕의 후함은 중생의 아비가 되고 도의 존귀함은 왕에게 스승이 된 자들이었으니 옛말에 이름을 피해도 이름이 나를 따르고 명성을 피해도 명성이 따른다는 이들이었다. 그리하여 교화는 중생에게 덮이었고 자취는 비석에 전하였으며 좋은 형제와 자손이 있어 선종을 雞林에 떼어나게 하고 교종을 동방에 흐르게 하였다.[37]

---

36 及興德大王纂戎 宜康太子監撫 去邪醫國 樂善肥家 有洪陟大師 去西堂證心 來南岳休足 驚冕陳 順風之請 龍樓慶開霧之期 顯示密傳 朝凡暮聖 變非蔚也 興且勃焉 試較其宗趣 則修乎修沒修 證乎 證沒證 其靜也山立 其動也谷應 無爲之益 不爭而勝 於是乎 東人方寸 地靈矣 能以彰利 利海外 不言 其所利 大矣哉(同上).

37 爾後觴騫河筌融道 無念爾前 寔繁有徒 或劍化延津 或珠還合浦 爲巨擘者 可屈指焉 西化 則靜衆無相 常山慧覺 益州金 鎭州金者 是也 東歸則前所叙北山義 南岳陟 而降太安徹國 師慧目 育智力門 雙溪昭 新興彦 涌岩體 珠丘休 雙峰雲 孤山日 兩朝國師 聖住染爲菩提 宗 德之厚爲父衆生 道之尊爲師王者 古所謂逃名名我隨 避聲聲我追者 故得皆化被恒沙 蹟傳豊石 有令兄弟 宜爾子孫 俾定林標秀於鷄林 慧水安流於鰈水矣(同上).

다음으로 지증대사의 禪統에 대해 서술하고 있는데, 먼저 다른 선종의 開山祖들은 모두 入唐求法했으나 대사만은 입당하지 않고 국내에서 대도를 깨쳤음을 높이 찬양하였다. 대사는 梵體大德에게서 蒙昧를 깨우치고 瓊儀律師로부터 구족계를 받고 慧隱嚴君에게서 禪理를 탐구하고 楊孚令子에게 도를 전수했다고 한다. 대사의 法胤은 五世父가 四祖道信이고 雙峯四祖의 제자는 法朗이며 孫弟子는 信行이요 증손제자는 遵範이요 현손제자는 慧隱이요 말손제자가 智證大師라[38] 하였다.

이상의 찬술내용은 지증대사의 선통을 밝히는 정도가 아니라 신라 선종사의 아주 귀중한 사료라 생각된다.

제2단은 六異와 六是를 서술한 것이니 이는 지증대사 생애 중에 일어난 여섯 가지의 기이한 일과 여섯 가지의 올바른 행실을 특기한 것이다. 六異는 ①탄생의 기이 ②宿習의 기이 ③孝感의 기이 ④勵心의 기이 ⑤律身의 기이 ⑥垂訓의 기이 등 여섯 가지 奇異事를 뜻하고, 六是는 ①行藏의 옳음 ②報恩의 옳음 ③檀拾의 옳음 ④善心開發의 옳음 ⑤출처의 옳음 ⑥用捨의 옳음 등 여섯 가지의 올바른 행실을 말한다. 이를 차례로 살펴보면 다음과 같다.

대사의 속성은 김씨고 호는 道憲이요 자는 智詵이다. 부는 贊瓖, 모는 이씨였으니 키는 8척이었고 얼굴은 1척 정도였으며 의상은 존엄했고 말은 웅장하고 통원하여 위엄이 있었지만 사납지는 아니했다. 俗壽 59, 법랍이 43인 대사의 생애 중에서 우선 여섯 가지의 기이한 일이 있었다. 그 첫째 기이한 것은 대사가 태어날 때 모친의 꿈에 巨人이 나타나 고하기를 "나는 옛날에 勝見佛의 말세에 중이 되었는데 성을 낸 까닭으로 龍報에 떨어졌으나 업보가 이미 끝났으니 법손이 될 것이므로 묘연에 의탁

---

38 別有不戶不牖而見大道 不山不海而得上寶 恬然息意 澹乎忘味 彼岸也不行而至 此土也不嚴而治 七賢執取譬 十住難定位者 賢溪山智證大師其人也 始大成也 發蒙于梵體大德 稟具于瓊儀律師 終上達也 探玄于慧隱嚴君 受黙于楊孚令子 法胤 唐四祖 爲五世父 東漸于海 遡流數之 雙峯子法朗 孫愼行 曾孫遵範 玄孫慧隱 末孫大師也(同上).

하여 자비스러운 교화를 弘布하기 원한다.(初母夢 一巨人告曰僕昔勝見佛 季世爲桑門 以嗔恚 故久墮龍報 報旣矣 當爲法孫 故托妙緣 願弘慈化)"는 꿈을 꾸고 대사를 잉태하여 400일이 지나 4월 8일에 탄생시켰다는 것이다. 그리고 아이가 태어난 지 수일에 먹지 않고 울었는데 한 도인의 말에 따라 葷菜와 날고기를 끊으니 아무 탈이 없게 되어 양육하는 사람으로 하여금 더욱 삼가게 하고 고기 먹는 사람으로 하여금 부끄러움을 품게 한 것이 둘째 기이한 일이었다. 셋째는 부처님이 출가할 때 성을 넘고 간 것처럼 사도 도망하여 출가했고 모친의 痼疾이 낫지 않아 부처님께 귀의하여 낫게 함으로써 맹목적으로 자식을 사랑하는 慈親으로 하여금 사랑하는 마음을 끊어 버리게 하였으니 이것이 효도로 감동시킨 기이한 일이다. 넷째는 강단에서 소매 속에 神光이 선명함을 깨달아 구슬을 얻었는데 굶주려 울부짖는 자로 하여금 배부르게 하고 취해서 넘어진 자로 하여금 깨어나게 했으니 이것이 마음을 힘쓰게 한 네 번째 기이한 일이었다. 다섯째는 夏安居를 마친 밤의 꿈에 보현보살이 나타나 "고행을 실행하기는 어렵지만 이를 행하면 반드시 성공할 것이다"라고 했는데 꿈을 깨니 가려움증이 생겨 피부에 도장이 새겨졌으므로 다시는 명주옷과 솜옷을 입지 않았으며 노끈과 가는 실을 사용하지 않고 삼과 닥나무를 사용하였고 양가죽으로 만든 신을 사용하지 않음으로써 솜옷과 亂麻를 입는 자로 하여금 눈을 뜨게 하고 명주옷을 입는 자로 하여금 낯이 뜨겁게 했으니 이것이 律身의 기이함이었다. 여섯째는 후진 가르치기를 사양했으나 산중에서 어떤 나무꾼이 "先覺이 後覺을 깨닫게 하는데 幻身을 아낄 필요가 있는가?" 하고 사라지므로 깨닫고 後進 가르치기에 힘썼고 후에 다른 곳에 집을 짓고 "매어 있지 않는 것이 본래의 생각이었으니 능히 옮기는 것이 귀중하다"라 하여 글만 보는 이로 하여금 날마다 3가지를 반성케 하고 선실을 짓는 사람으로 하여금 아홉 가지를 생각하게 하였으니 이것이 교훈을 드리운 기이한 일이었다.

여섯 가지 옳은 일은 첫째, 경문왕이 대사를 王京의 岩居에 머물기를 청했으나 이를 거절하고 端儀長翁主가 대사에 귀의하여 封邑 관할인 賢溪山安樂寺에 주지되기를 청하자 허락하고 거주한즉 이는 교화하여 산을 좋아하는 사람으로 하여금 더욱 고요하게 하고 땅을 가지는 사람으로 하여금 생각을 더욱 삼가하게 했으니 바로 도를 행하고 물러가서 숨는 것의 옳음이었다. 둘째, 대사를 승적에 넣어 중이 되게 한 金凝動에게 丈六玄金像을 주조, 황금을 발라서 절을 지키고 冥路를 인도하는데 쓰도록 佛로 보답했는데 이는 은혜를 베푸는 자로 하여금 독실하게 하고 義를 갚는 사람으로 하여금 따르게 했으니 바로 은혜의 보답을 알게 한 옳음이었다. 셋째는 檀越公主가 농장과 노비문서를 喜捨했는데, 대사는 왕의 허락을 받아 절에 예속시켰으니, 이것은 밖으로는 군신의 益地를 돕고 안으로는 부모가 하늘에서 태어나게 하는데 기여하였으며 선을 베푸는 자로 하여금 인을 일으키게 하고 歌人을 상주는 자로 하여금 허물을 고치게 하였으므로 단월의 희사함이 옳았다는 것이다. 넷째 옳음은 心忠이란 이가 "제자의 남은 땅이 曦陽山腹의 鳳岩 龍谷에 있는데, 地境이 괴이하여 사람의 눈을 끄니 선찰을 세우기 바랍니다.'하니 대사가 지세를 살펴보니 산이 사방에 병풍처럼 둘리어 붉은 봉황의 날개가 구름을 치고 올라가는 듯하고 물이 백 겹으로 띠처럼 둘리어 이무기의 허리가 돌에 엎드려 있는 듯하여 "이 땅을 얻게 된 것은 어찌 하늘의 도움이 아니겠는가? 승려의 거처가 되지 않으면 도적의 소굴이 될 것이다.'라고 하였다. 헌강왕 7년(881)에 敎를 내려 봉암이라 하고 대사가 가서 교화함에 山백성으로 野寇된 자가 처음엔 화륜에 항거했으나 교화에 감화되었으니 邪心을 제어하고 선심을 개발한 것이다. 다섯째는 헌강왕의 부름을 받고 입궐하여 달그림자가 玉沼의 복판에 임한 것을 보고 "金波 이것이 靈知니 그 나머지는 할 말이 없습니다."하니 임금은 대사를 忘言師로 삼고 머물러 주기를 청했으나 대사는 "새를 새로서 기르시면 은혜가 헤 아릴 수 없을 것입니다."하고 떠났으니 이것이 나아가서 교화하고 물러가서 도를 닦는 옳음이었다. 그리고 여섯째는 대사가 세상에 나가 있을 때에는 말과 소를 이용하지 않았고 산에서는 水雪이 길을 막으매 임금이 步興를 내렸으나 타지 않았고 병으로 석장을 짚고도 일어날 수 없게 되자 이것을 이용했는데, 이는 병을 근심하는 사람으로 하여금 괴로움을 구제케 하고 어진 사람을 존경하는 사람으로 하여금 偏執을 버리게 하였으니 사용하고 버림의 옳음이었다.

이상과 같은 六異와 六是를 통하여 대사의 인격과 덕망을 드러내고 있다.

제3단에서는 비명찬술의 과정을 밝히고 있다. 헌강왕 8년(882) 12월 18일 대사가 가부좌하여 대화하다가 입적하자 왕은 金立言에게 명하여 제자들을 위로하고 시호를 '智證大師' 탑호를 '寂照'라 내리고 탑비건립을 허락, 행장을 아뢰게 하니 문인 性蠲, 敏休, 楊孚, 繼徽 등 鳳尾를 얻은 자들이 묵은 사적을 모아 바치므로 고운으로 하여금 비명을 짓도록 명했다고 한다. 찬술에 임하려던 차에 헌강왕이 승하하여 중단했다가 문인 爽英이 와서 재촉하여 비명을 짓게 되었다고 한다.

제4단은 銘詞이니 7언고시 44구로 된 게송이다. 비명 서문에서 서술한 것과 같이 불교의 東傳과 선법의 전래를 읊고, 대사의 행적과 선업을 찬양하고 있다.

| | |
|---|---|
| 北山義與南岳陟 | 북산의 道義와 남악의 洪陟은 |
| 垂鵠翅與展鵬翼 | 鴻鵠의 쭉지 드리고 大鵬의 날개 폈네. |
| 海外時來道難抑 | 해외에서 돌아오니 도는 꺾기 어렵고 |
| 遠派禪河無擁塞 | 멀리 뻗은 禪統은 막힘이 없네. |
| 蓬托麻中能自直 | 다북쑥은 삼대 기대 스스로 곧았고 |
| 珠探衣內體傍貳 | 옷 속에서 구슬 찾아 딴 곳에서 찾을 것 없네. |
| 湛若賢溪善知識 | 맑기가 賢溪같은 우리 善知識 |
| 十二因緣非虛飾 | 열두 가지 인연이 허식이 아니로세. |
| 何用攀經兼拊杙 | 무엇하러 드림줄 잡고 말뚝에 매달리며 |

何用砥筆及含墨　무엇하러 붓을 씻어 먹물 머금을까?

彼既遠學來哺匐　저는 이미 멀리 배워 고생해 돌아 왔으나

我能静坐降魔賊　나는 능히 정좌하여 마적을 물리쳤네.


이것은 선학의 전래함과 지증대사가 유학가지 않고 선문을 열었음과 六異와 六是 등 이적의 선업을 찬양한 것이다. 44구 全銘詞가 一韻到底格 每句韻으로 되어 있다. 운자는 德, 黑, 式, 力, 域, 國, 側, 特, 職, 色, 城, 淢, 息, 惑, 測, 極, 得, 嘿, 陟, 翼, 抑, 塞, 直, 貳, 識, 飾, 杙, 墨, 匐, 賊, 植, 稿, 億, 北, 葍, 稷, 拭, 栻, 棘, 埴, 勒, 織, 食, 刻 등 40자인데, 入聲十三職韻이다. 이 명사에는 强韻이 사용된 점이 특이하다.


## 2.4. 숭복사비명의 구성과 내용


이 비명의 원문은 「有唐新羅國初月山大崇福寺碑銘幷序」이고, 碑題 다음 바로 비의 본문인 序와 銘이 나오고 끝에 書刻者名이 나온다.

사적비명인 이 숭복사비명의 구성은 다음과 같이 4단으로 이루어져 있다.


제1단 신라불법의 홍성

　　臣聞 王者之基～衆妙之妙 何名可名

제2단 鵠寺의 유래와 숭복사의 改建과정

　　金城之离 日觀之麓～父作之 子述之者耶

제3단 비명의 찬술과정

　　慶曆景午年春 顧謂下臣曰～追蹤華而獻銘曰

제4단 명사

　　迦衛慈王 嵎夷太陽～鮨墊雖渴 龜珉不朽

물론, 이 4단 구성은 起, 承, 轉, 結의 4분법을 취하고 있다.

각 단의 내용을 분석해 보면 다음과 같다.

제1단에서는 우선 유교의 인과 효가 중요하지만 뭇 중생을 미혹한 데서 건져주고 높으신 혼령을 항상 즐거운 곳에 받드는 것이 제일이니 이것이 바로 불법이라고 전제하고 신라에는 군신, 士庶 모두 불교에 귀의하여 가는 곳마다 塔廟를 많이 세워 兜率天에 부끄럽지 않다고 하였다.

> 임금과 신하는 뜻을 三歸에 밝히고 관료와 서민은 정성을 六度에 기울이며 國城에까지도 아낌이 없어서 능히 塔廟를 서로 바라볼 정도로 많이 세웠으니 비록 贍部洲의 해변에 있지만 어찌 兜率天에 부끄러우리. 뭇 미묘하고도 미묘한 것을 어찌 다 말할까?[39]

제2단에서는 옛 절인 鵠寺의 유래와 새 절인 숭복사 개건과정을 자세히 밝히고 있다. 요지는 다음과 같다.

경주 남쪽 初月山 기슭에 있는 숭복사는 경문왕이 왕위를 계승하던 첫 해에 원성왕의 園陵을 받들고 명복을 빌기 위해 세운 절이다. 원성왕 모인 昭文王后의 외삼촌이고 왕비인 숙정왕후의 외조부되는 波珍湌 金元良이 옛 절을 지었는데 鵠狀의 바위가 있어 사명을 鵠寺라고 했었다. 원성왕이 돌아가자 이 산이 원성왕의 因山이 되어 이 절에 비전을 봉안하고 절을 옮기게 되었다. 그 후 72년 9朝를 지나 여러 번 넘어져도 중수하지 못했더니 경문왕이 즉위하여 원성왕의 夢感을 얻어서 이 절에서 강회를 열고 농한기에 종실의 端元, 敏榮, 裕榮 등 三良에게 명하여 석문의 二傑 즉 賢諒과 神解에게 맡겨 개건케 하였다. 그리고 헌강왕은 中和 乙巳년(885) 가을에 교지를 내려 곡사를 大崇福寺로 고치도록 했었다.[40]

---

39 君臣鏡志於三歸 士庶翹誠於六度 至乃國城無惜 能令塔廟相望 雖在贍部洲海邊 寧慚都史多天上 衆妙之妙何可名(崇福寺碑銘).

40 中和 乙巳年秋 敎曰善繼其志 善述其事 永錫爾類 在我而已 先朝所建鵠寺 宜易榜爲大崇

한편, 개건한 숭복사의 규모가 雄偉했을 뿐만 아니라 정교한 솜씨로 꾸미고 아로새겼음을 서술하고 있다.

이에 점치고 택일하여 큰 규모를 마련하며 흙을 조화하고 금을 만들어 부으며 미묘한 솜씨를 발휘 하여 구름사다리엔 僊材로써 험한 데 얹어 놓았고 서리 바름엔 蠖의 백토에 향을 이겨 넣으며 바위 산발을 깎아 담을 돋우고 시내 흐름을 메워 창호를 높게 하며 거칠은 섬돌을 금테 장식한 섬돌로 바꾸고 낮은 행랑을 옥으로 조각한 행랑으로 만들었다. 겹겹인 전당엔 용이 서렸는데 복판에 昆盧遮那를 주인으로 모시고 층층인 누각엔 봉항이 우뚝 졌는데 위를 修多羅로 이름하였다. 고래등같은 집마루를 높이 설치하고 鸞 새 그린 난간을 마주올렸다. 천정의 우물 반자는 꽃을 포개어 수놓았고 柱頭 는 서로 끼어서 두가지로 가새목을 내어 날개를 솟구쳐 날아갈 듯 하니 보는 이는 누구나 눈이 아찔하리라. 그 외에 더 높이고 고쳐지은 것은 부처님 모신 법당과 스님들이 거처할 蓮房이며 공양하는 식당과 음식 만드는 공수 간이었다. 더욱 공교로운 솜씨를 다하여 아로새기고 다듬었으며 정력을 기울여 채색하고 단청하였으니 암굴과 골짜기도 따라 맑으며 연기와 놀이 서로 찬란하다.[41]

제3단에서는 숭복사비명의 찬술과정을 서술하고 있는데, 고운은 정강왕 원년 봄에 숭복사비명의 찬술을 하명받았다고 밝히고 있다.

慶曆 병오년 봄에 하신을 보시고 이르기를 「禮에서 이르지 아니했더냐?

福寺(同上).

41 於是占星揆日 廣拓宏規 合土範金 爭呈妙技 雪梯而僊材架險 霜塗而蠖堊黏香 劚品麓而 培垣 壓溪流而敞戶 易荒階以釦砌 變卑廡以瑉廊 複殿龍盤 中以盧舍那爲主 層樓鳳跱 上 以修多羅爲名 高設鯨桴 對標鷺檻 綺井華攢而鞶鞶 繡楣枝擁而杈枒 翥翼如飛 回眸必眩 其以增嵩而改作者 有若睟容別室 圓頂蓮房 搞食膡堂 晨炊藤彩舍 加以雕鐫磐巧 彩腹窮 精 嚴洞共淸 烟霞相煥(同上).

銘이란 스스로 이름 함이니 그 선조의 덕을 칭송하고 후세에까지 밝게 나타내는 것이 효자 효손의 마음이라 하였다. 선조께서 절을 세울 때 큰 서원을 발하셨는데 金純行이 그대의 아버지 肩逸과 함께 이 일에 종사하였다. 명이 한번 거행되면 위아래가 모두 상득하리니 그대는 마땅히 명을 지으라」하셨다.[42]

여기에서 고운의 부친 肩逸이 숭복사 건립에 큰 역할을 했음을 알 수 있다. 비명찬술 중에 정강왕이 돌아가고 진성여왕이 왕위를 계승하게 되었다는 기록까지는 있으나 언제 비명을 완성했는지에 대해서는 언급이 없다.

제4단은 銘詞로서 숭복사의 이건과 개건의 사실을 읊고 숭복사의 위용과 원성왕과 경문왕을 비롯한 헌강왕, 정강왕, 진성여왕 등 숭복사 창건과 개건에 관련된 역대 왕들의 덕업을 칭송하고 있다. 4언고시체로 된게송인데 총 64구로 되어 있다.

| | | |
|---|---|---|
| 蜃緋龍輴 | 山園保眞 | 신불과 용순으로 산원에서 진체보존. |
| 幽堂闢隧 | 聳塔遷隣 | 유당에 묘길 열어 높은 탑 곁에 옮겨 |
| 萬歲哀禮 | 千生淨因 | 만세의 애모禮度 千生의 청전터전. |
| 金田厚利 | 玉葉長春 | 금밭의 厚利와 옥잎사귀 긴 봄이라. |
| 孝孫淵懿 | 昭感天地 | 효손은 아름다워 천지를 감명시켰네. |
| 鳳翥龍躍 | 金圭合瑞 | 봉나르고 옹이 뛰어 金圭가 玉瑞에 합했네. |
| 包靈不昧 | 徼福斯至 | 神靈빌어 흐리지 않고 복맞아 이르렀네. |
| 欲報之德 | 尅隆法事 | 그 덕을 갚으려고 法事높이 받드셨네. |

---

42 慶曆景午年春 顧謂下臣曰 禮不云乎 銘者自名也 以稱其先祖之德 而明著之後世 此孝子孝孫之心也 先朝締構之初 發大誓願 金純行與若父肩逸 嘗從事於斯矣 銘一稱而上下皆得爾宜譔銘(同上).

이는 銘詞의 중간부분으로 경문왕이 鵠寺를 원성왕의 園陵으로 만들고 이 절을 옮겨서 중건, 대숭복사를 이루게 된 공덕을 칭송하고 있다.

그리고 이 명사는 8구를 1解로 하는 逐解換韻法을 취하고 있는데, 제1해는 운자가 王, 陽, 方, 昌, 裝으로서 下平聲七陽韻을 썼고, 제2해는 운자가 祖, 禹, 土, 母, 浦로서 上聲七廣韻을, 제3해는 운자가 鶉, 眞, 隣, 因, 春으로서 上平聲十一眞韻을, 제4해는 운자가 懿, 地, 瑞, 至, 事로서 去聲四寘韻을, 제5해는 운자가 工, 宮, 虹, 融으로서 上平聲一東韻을, 제6해는, 灑, 瀉, 夜, 下로서 上聲二十一馬通韻을, 제7해는 운자가 德, 國, 力, 食, 極으로서 入聲十三職讀을, 제8해는 운자가 后, 友, 首, 肘, 朽로서 上聲二十五有韻을 쓰고 있다.


## 3. 사산비명의 문체 분석

고운이 쓴 사산비명은 전형적인 四六駢儷文이다. 그런데 변려문은 한대의 揚雄, 司馬相如, 張衡, 蔡邕 등이 대구를 중요시한 데서 그 연원을 찾을 수 있겠으나 본격적인 변려문은 魏·晉 시대에 형성되었고 남북조시대에 와서 그 전성기를 맞이하게 되었다. 그러나 中唐 때에 와서는 韓退之와 柳宗元에 의한 고문운동에 따라 다소 綏縮되었다가 晩唐 때에는 공문서에는 물론 과거문으로 쓰이게 되어 다시 활기를 띠게 되었다. 고운은 변려문이 유행하던 晩唐期에 유학을 하게 되었고, 科擧공부에 전념했기 때문에 변려문을 힘써 익혔을 뿐만 아니라 高駢의 종사관이 된 후에도 변려체의 문장이 사용되는 공문서를 전담했으므로 자연 공문서는 물론이고 일반 다른 문장들도 변려체로 쓰게 되었던 것이다. 이리하여 귀국 후에 쓴 사산비명도 변려체로 이루어지게 되었다고 볼 수 있다.

변려체 문장의 세 가지 특성은 ① 어구면에서는 對偶와「四六」이고 ② 語音면에서는「平相對」이며, ③ 用辭면에서는 用典과 修飾이다.[43]

이 글에서는 사산비명의 문체상 특징을 ① 對偶와 四六, ② 用典과 修飾으로 나누어 살펴보고자 한다.

### 3.1. 對偶와 西六

두 마리의 말이 나란히 달리는 것을 '騈'이라 하고, 두 사람이 함께 있는 것을 '偶'라고 하니, '騈偶'란 '짝'을 이룬다는 뜻이다. 그리고 이 騈偶는 '對仗' 또는 '對偶'라고도 하는데, 변려문은 일반적으로 대우 즉, 평행하는 두 구가 짝을 이루어 나가는 것이다. 대우에 기본적으로 요구되는 것은 句 구조의 상호대칭이지만 더 나아가서는 上下聯 내부의 句法과 구조도 일치하기를 요구한다. 또한, 초기의 변려문은 일반적으로 對만 이루면 되었기 때문에 同字對도 피하지 않았으나 후기의 변려문은 동자대를 피하고 정교함을 추구하였다. 그래서 대우를 聯綿對, 雙聲對, 疊韻對 등 20~30류로 나누기도 하나 여기에서는 쌍구대와 격구대, 正對와 反對를 중심으로 살펴보기로 한다.

그리고 변려문은 대체 4자구와 6자구로 이루어지는데, 유종원은 乞巧文에서 "4자구와 6자구를 나란히 짝하여 주옥같은 글을 이룬다.(騈四儷六 錦心繡口)"고 특징을 말하였다. 그래서 변려문은 만당 때는 물론이고 송·명대에는 四六이라 했고 청대에 이르러서 비로소 변려문이라 했다. 위·진시대의 변려문은 그 문장의 글자 수에 엄격한 제한이 없었으나 흔히 4자구를 많이 썼고, 齊梁시대 이후에는 四六의 격식이 완전히 형성되었던 것이다. 그런데, 四六의 기본구조로는 ① 4·4 ② 6·6 ③ 4·4·4·4 ④ 4·6·4·6 ⑤ 6·4·6·4 등 5가지가 있다. 그러나 때로는 3자구나 5자구로 변하기도 하고, 7자구나 8자구로 늘어나기도 한다.

진감선사비명에는 단순한 4·4구를 제외하고 완전한 대우구가 27회

---

43 王力 主編, 古代漢語, 中文出版社, 1967, p.1223.

사용되었는데 이 중 4·4 대우가 14회, 6·6대우가 5회, 5·5대우가 4회,
4·4·4·4대우가 2회, 7·7대우가 2회 쓰였으며, 그 외에 6·6·6·6
대우, 3·6·3·6대우가 1회씩 사용되었다. 27회의 대우구 중에는 正對
로 된 것이 20회, 反對로 된 것이 6회였다. 그리고, 쌍구대가 21회였고,
격구대가 5회였다. 이 중 몇 가지 경우만 택하여 분석해 보기로 한다.

(1)  命寄刳木 心縣寶洲

(2)  孔發其端 釋窮其致

(3)  競使千門入善 能令一國興仁

(4)  慧炬則光融五乘 嘉肴則味飫六籍

(5)  國主之外護 門人之大願

(6) { 清眼界者 隔江遠岳

　　 爽耳根著 迸石飛湍

(7) { 采玉者 不憚崑丘之峻

　　 探珠者 不辭驪壑之深

(8) { (或有)以胡香爲贈者 則以互載糖灰 不爲丸而焫之(曰) 吾不識是何臭
　　 虔心而己

　　 (後有)以漢茗爲供者 則以薪爨石釜 不爲屑而煮之(曰) 吾不識是何味
　　 濡服而己

守眞忤俗皆此類也.

위의  대우구  (1)~(5)은  쌍구대이고,  (6)~(8)은  격구대이다.  그리
고 대우구 (2)는 反對이고 다른 것은 모두 正對이다.
그런데 '正對'란 사실이 다르면서도 내용이 공통되는 것이요, '反對'란
서로 대립되는 내용이 하나의 취지로 귀착하는 것을 말한다.[44] 위의 대우

---

44 反對者 理殊趣合者也 正對者 事異義同者也(劉勰, 文心雕龍, 麗辭 35).

구 (2)에서 '孔'과 '釋', '發'과 '窮', '端'과 致'는 서로 대립되는 말이지만 두 구는 '지극한 道'라는 동일한 취지로 귀착하므로 '反對'를 이루고 있는데, 이는 만들기 어려운 대구이다. 변려문 대우구의 리듬은, 4자구는 대개 「2·2」이고, 6자구는 「3·3」 또는 「2·4」인데 「3·3」 구식은 「3·1·2」로 나눌 수도 있고, 「2·4」 구식은 「2·2·2」로 나눌 수도 있다. 5자구의 리듬은 「2·1·2」 혹은 「1·4」이고 7자구의 리듬은 「3·4」, 「3·1·3」, 「2·5」, 「4·1·2」, 「2·3·2」 등이다.[45] 위의 진감선사비명의 대우구 중에서 (1)과 (2)의 리듬은 「2·2」이고, (3)은 「2·2·2」, (4)는 「2·3·2」, (5)는 「2·1·2」, (6)은 「2·2」, (7)의 6자구는 「2·4」, (8)의 6자구는 「3·3」, 「2·2·2」, 「3·3」, 「3·3」, 4자구는 「2·2」이다.

한편, 변려문 대우구의 平仄은 반드시 '平對仄' 또는 '仄對平'이어야 한다. 평측을 엄격히 지켜야 할 곳은 節秦點이다. 위의 진감선사비명의 대우구 중에서 (1)은 '平-仄' 對를, (2)는 '仄-平'對를, (3)은 '仄-平 -仄'對를, (4)는 '仄-平-仄-平' 對를, (5)는 '仄-平'對를, (6)은 '仄-平-仄' 對를, (7)도 '仄-平-仄' 對를, (8)은 '平-仄' '仄-平' 對를 이루고 있다.

낭혜화상비명에는 40여 회의 대우구가 사용되었는데, 4·4대우가 7회, 7·7대우 4회, 5·5대우 4회, 8·8대우 3회, 6·6대우 2회, 3·6·3·6대우가 2회, 5·5·5·5대우가 2회 쓰였으며, 그 외에도 6·4·6·4, 4·4·4·4·4·4, 3·7·3·7, 4·5·4·5, 4·6·4·4·6·4대우도 쓰였다. 이 중에는 격구대가 13회였고 그외 구는 모두 쌍구대였으며, '反對'가 12회였고, 그 밖의 구들은 모두 '正對'였다.

그러면 낭혜화상비명에 사용된 대우구 중에서 대표적인 몇 예를 들어 분석해 보기로 한다.


(1) 弱轅載重 短綆汲深

---

45 王力 主編, 위의 책, p.1232.

(2) 山林何親　城市何疎

(3) 魚非緣木可求　兎非守株可待

(4) 天鍾斯二餘慶　岳降于一靈性

(5) 魚腹中幸得說身　龍頷下庶幾攎手

(6) 昔文考爲捨瑟之賢　今寡人朶避席之子

(7) ⎧口嚼古賢書　耳飫國師行⎫
　　⎨　　　　　　　　　　　　　⎬宜廣記而備言之
　　⎩面飲今君命　目醉門生狀⎭


이 대우구 중에서 (1)～(6)은 쌍구대이고 (7)은 격구대이다. 그리고, (1), (3), (6), (7)은 '正對'이고 (2), (4), (5)는 反對이다.

지증대사비명에는 130여 회 대우구가 사용되었는데, 4·4대우가 50회, 5·5대우가 22회, 6·6대우와 7·7대우가 각 12회, 4·4·4대우가 9회, 8·8대우가 4회, 3·3대우가 3회 쓰였고, 그 외에 4·6·4·6, 3·4·3·4, 4·7·4·7, 4·5, 6·6·4·4, 3·3·3·3, 4·7·7·4·7·7, 4·4·4·4, 5·3·5·3, 3·3·4·4, 6·4·6·4, 6·7·6·7대우가 1회씩 사용되었다. 이 중 28회가 '反對'이고 나머지는 '正對'이며 12회가 격구대이고 나머지는 쌍구대이다.

지증대사비명 중에서 竪碑과정을 밝힌 부분의 대우관계를 분석해 보면 다음과 같다.


授門人將 錫手教曰 (1){縷褐東師 始悲西化 / 繡衣西使 深喜東還}不朽之爲 有緣而至 (2) {無悟外孫之作 將酬大師之德}臣也 (3) {雖東箭非木 而南冠多幸} (4) {方思運斧 遽値號弓}況復 (5) {國重佛書 家藏僧使} (6) {法碣相望 禪碑最多} (7){遍覽色絲 試搜錦頌}則見 (8) {無去無來之說 競抱斗量 / 不生不滅之談 動論車載} (9) {曾無魯史新意 不用周公舊章} (10) {是知石不能言 益驗道之云遠} 惟懍 (11) {師化去早 臣歸來遲} (12) {蝙蠡字誰告前因 逍遙義不聞眞訣} (13) {每憂傷手 莫悟申拳} 嘆時則露往霜來[46]

위 비명의 대우구 중에서 (1), (4), (5), (6), (7), (11), (13)은 4·4대우이고 나머지 (2)와 (9), (10)은 6·6, (3)은 5·5, (8)은 6·4, (12)는 7·7 대우이다. 그리고 (1)만 격구대이고 나머지는 모두 쌍구대이며, (1), (11), (12)는 '反對'이고 나머지는 '正對'이다. 이를 통해 지증대사비명에 쓰인 대우구의 특징을 이해할 수 있으며 나아가 孤雲文의 문체 특징도 짐작해 볼 수 있다.

숭복사비명에는 120여 회의 대우구가 사용되었는데, 4·4대우가 61회로 단연 많았으며, 7·7대우가 27회, 6·6대우가 17회, 3·3대우가 6회, 5·5대우가 5회, 7·4·7·4대우가 4회, 4·7·4·7대우가 3회, 8·8대우가 3회, 4·4·4·4대우가 2회 사용되었다. 이 외에도 7·7·7·7, 5·7·5·7, 6·4·6·4, 7·7·4·4, 4·3·4·3, 7·3·7·3, 4·3·4·3, 4·5·4·5대우 등이 1회씩 쓰였다. 그리고 이 중 9회가 격구대이고 나머지는 쌍구대이며 18회가 反對일 뿐 나머지는 모두 正對였다.

그러면, 숭복사비명 중에서 숭복사를 이건하는 과정을 밝힌 부분의 대우관계를 분석해 보기로 한다.

(1) ｛宜聞龜筮協從 可見龍神歡喜｝ (2) ｛遂遷精舍 爰創玄宮｝ (3) ｛兩役庀徒 百工藏事｝ 其改創紺宇則 (4) ｛有緣之衆 相率而來｝ (5) ｛張袂不風 植錐無地｝ (6) ｛霧市奔趨於五里 雪山和會於一時｝ 至於 (7) ｛撤互抽椽 奉經戴像｝ (8) ｛迭相授受 競以誠成｝ (9) ｛役夫之跬步不移 釋子之宴居已就｝[47]

위 비명의 대우구 중에서 (2)~(5), (7), (8)은 4·4대우이고 (6)과 (9)는 7·7대우, (1)은 6·6대우이다. 모두 쌍구대로 되어있으며, (7)과 (9)는 '反對'이고 나머지는 '正對'이다. 단 (4)는 '正對'라기보다는 단순히 리

46 崔文昌侯全集, pp.193-194.
47 崔文昌侯全集, p.147.

듬을 맞추는 '言對'라 하겠다.

이상의 분석을 통하여, 사산비명에는 4·4조 및 6·6조의 대우구가 많으며 쌍구대와 정대가 많았으나 구사하기 힘든 '반대'도 상당수 있음을 알 수 있다.

결국, 사산비명이 아주 정교한 사륙변려체로 짜여져 있음을 쉽게 推察할 수 있다.

### 3.2. 用典과 修飾

用典과 修飾은 변려문에 있어 수사의 방법으로 널리 쓰여 왔다. 특히, 용전의 경우 先秦시대에는 말이나 이야기를 인용한 것이 많았으나 魏晉 후에는 변려문이 점차 用典을 통하여 다듬어졌고 博雅한 내용으로 그 특징을 나타내어서 전고 투성이가 됨으로써 용전이 언어표현의 큰 특징이 되었던 것이다. 용전의 목적이 "문장 밖에서 사실을 끌어와 그 글의 뜻을 증명하고 옛 것을 빌어서 현재의 뜻을 증명하려는 것"[48]이나 가장 중요한 것은 문장을 委婉, 含蓄, 典雅, 精煉하게 만들기 위한 것이다. 그리고 용전의 방법으로는 대우구를 만들 때 필요한 故事, 故言을 잘라 모으는 剪截하는 방법과 발췌한 고사, 고어를 改譯하여 자신의 글 내용에 부합하도록 하는 융화의 방법이 있다. 특히, 변려문에 있어서의 용전은 대개 正用에 의하고 있으나 자주 예외적인 反用도 쓰이고 있는데, 정용은 비유와 암시의 작용을 하는 데 비해, 반용은 대비하여 돋보이게 하는 효과가 있다.[49]

고운은 그의 文, 특히 사산비명에서 儒, 佛, 仙 등 광범위한 분야에 걸쳐 수많은 典故를 적절히 구사하여 浩汗하면서도 효과적인 문장을 펼

---

48 事類者 蓋文章之外 據事以類義 援古以證今者也(劉勰, 文心雕龍 事類 38 참조).
49 王力 主編, 앞의 책, p.1237.

치고 있다. 용전하는 세 가지 방법 즉 ① 출전을 밝히면서 원문을 구체적
으로 인용하는 방법 ② 전절하는 방법 ③ 융화하는 방법에 따라 사산비
명에 쓰인 용전을 분석해 보고자 한다.

사산비명의 서문 중에 출전을 밝히면서 원문을 구체적으로 인용한 예
를 몇 가지만 적출하면 다음과 같다.

(1) 禮所謂 言豈一端而已 〈진감선사비명〉

(2) 昔尼父謂門弟子曰 予欲無言 天何言哉 〈진감선사비명〉

(3) 西漢書留侯尻云 良所與上 從容言天下事甚衆 非天下所以存亡故不著
〈낭혜화상비명〉

(4) 麟史 不云乎 公侯之子孫 必復其始 〈낭혜화상비명〉

(5) 豈大易之无悶 中庸之不悔者耶 〈지증대사비명〉

(6) 無念爾祖 詩寧忘乎 〈숭복사비명〉

(7) 得非尼父所謂 無憂者其惟文王 父作之 子述之者耶 〈숭복사비명〉

이런 방법을 많이 사용하지는 않았으나 적소에 적절히 인용하여 신뢰
감을 주는 효과를 얻고 있다. 제일 많이 사용한 방법이 전절이고 그 다음
이 융화인데 지면 관계상 모두 다 적출하여 분석할 수 없기 때문에 각
비명에서 전절과 융화에 해당하는 문장을 하나씩만 골라 분석해 보면 다
음과 같다.

(1) 今上繼興 塡箎相應 〈진감선사비명〉

(2) 月敵三十夫 藍茜沮本色 〈낭혜화상비명〉

(3) 懸鏡秦宮之事跡 昭昭焉如揚合璧 苟非三尺喙 〈지증대사비명〉

(4) 粤若稽古寺之濫觴 審新刹之覆簣 〈숭복사비명〉

(5) 至今東國 習魚山之妙者 競如掩鼻 〈진감선사비명〉

(6) 夜繩易惑 空縷難分 〈낭혜화상비명〉

(7) 靉靆誰告前因 逍遙義不聞眞訣〈지증대사비명〉

(8) 歲久而永懷耕象 時和而罷問喘牛 〈숭복사비명〉(이상 방점-저자)


위의 (1)~(4)는 전절의 예인데, (1)의 '塤篪'는 詩傳 小雅장의 "伯氏吹
塤 仲氏吹篪"에서 따온 것으로 '兄弟'를 뜻하며 (2)의 '藍茜'는 淮南子의
"靑出於藍而靑於藍 絳生於茜而絳於茜"에서 따온 것인데 '제자가 스승보
다 낫다'는 의미로 사용되었다. (3)의 '合璧'은 古詩 "日月如合璧 五星如
連珠"에서 절취한 것으로 日月과 같이 '명백함'을 뜻하고 '三尺喙'은 莊子
의 "孔子曰願有三尺喙"에서 따온 것인데 '善辯家'의 의미로 쓰였다. 그리
고 (4)의 '濫觴'은 詩傳의 "三江浩浩 其源濫觴"에서 취한 것으로 '事之始'
의 뜻으로, '覆簣'는 孟子에 나오는 "爲山九仞 功虧一簣 若盡一簣則是覆
也"에서 따온 것으로 '事之終'의 뜻으로 쓰였다.

한편 (5)의 '魚山'은 魏의 조식이 魚山에서 놀다가 바위 골짜기에서 誦
經하는 소리가 흘러나오는 것을 듣고 감동되어 그 곡조에 따라 범패를
지었다는 고사에서 이끌어와 '梵唄'의 뜻으로 쓰고 있고, '掩鼻'는 진나라
때 謝安이라는 귀인이 洛生詠이라는 가곡을 즐겨 불렀는데 그는 코 먹은
소리를 하였으므로 당시 사람들이 그 음성을 모방하느라고 손으로 코를
가리고 코 먹은 소리를 내었다는 고사에서 '模倣'이라는 의미로 이 글을
쓴 것이다. (2)의 '夜繩'은 '밤새 새끼를 의심하여 진짜 뱀으로 여긴다.'는
것으로 偏計된 執情을 뜻하는데 小乘法의 執有를 가리킨 것이고 '空縷'는
옛날에 지극히 우매한 사람이 織師에게 가서 細布를 구하므로 아주 가는
실을 보여주었더니 그 우매한 사람이 "거칠다"고 하자 織師가 그의 분별
력 없음을 알아차리고 공중을 가리키며 "이 실은 어떤가" 하니 우매한
사람이 "어찌 보이지 않습니까" 하므로 織師가 "가늘기 때문에 보이지
않는다. 만약 보이는 것이라면 이는 거친 것이다"라고 말했다는 고사에
서 이끌어 온 것으로 大乘法의 玄空을 가리킨 것이다. 그리고 (3)의 '靉
靆'는 한 비구가 법화경을 익히는데 항상 「애체(靉靆)」 두 글자를 잊어버

리므로 그 스승이 "네가 전생에 가졌던 법화경의 이 두 글자가 좀이 먹었었기 때문에 항상 잊는다"고 말했다는 法華靈驗傳에 나오는 고사를 이끌어 쓴 것이며 (4)의 '耕象'은 옛날 순임금이 歷山에서 밭을 갈 때에 코끼리로 갈았다고 전하는데 여기서는 경문왕이 왕위를 전수받은 것을 순이요에게 왕위를 받은 것에 비유한 것이고, '喘牛'는 한나라 때 丙吉이라는 良宰相이 길가에 죽은 사람을 보고도 묻지 않다가 소가 헐떡이는 것을 보고는 물었는데, 이는 죄인을 벌주는 것은 獄吏의 할 일이고 음양을 다스리고 四時에 순응하는 것은 승상이 해야 할 임무이기 때문이었다는 고사에서 이끌어 쓴 것이다.

(1)~(4)까지의 '전절'과 (5)~(7)까지의 '융화'가 모두 '正用'으로 되어 있으나 다만 (8)의 뒷부분인 '時和而罷問喘牛'는 '反用'으로 사용되었다.

그러면 용전의 빈도를 알아보기 위해 숭복사비명 중의 일부분을 摘記하여 用典관계를 검토해 보기로 한다.

莫不體無偏於夏範① 遵不置於周詩② 聿修芟秕稗③之譏 克祀潔蘋蘩④之薦 俾惠渥均儒於庶彙 德馨高達於穹文 勞心而扇喝⑤ 泣辜⑥ 莫非拯羣品於大迷之域⑦ 竭力而配天饗帝 莫非奉尊靈於常樂之鄉 是知敦睦九親⑧ 實惟紹隆三寶

위의 ①은 夏禹氏의 궤범이며 또한 尚書의 편명이니, 이는 洪範을 뜻한다. 이는 箕子가 夏禹의 법을 받아 洪範을 역설하였는데 "치우침이 없고 편당이 없어야 왕도가 평탄하다"고 했다는 것을 이끌어 쓴 것이고 ②는 詩傳의 '孝子不匱 永錫爾類'의 내용을 전용한 것이다. ③은 "오곡은 아름다운 종자이지만 익지 못하면 피[秕稗] 따위만 못하므로 仁도 또한 성숙해짐이 있어야 한다"는 孟子의 말에서 이끌어와 '政事의 不明'이란 뜻으로 사용하였고 ④는 詩傳의 采蘋采蘩章의 내용, 즉 그 당시 남쪽 나라들이 주문왕의 덕화를 입어 제후의 부인들이 정성을 다하여 蘋蘩을 캐어 제사를 받들었다는 것을 전용한 것이다. ⑤는 "夏禹가 열병 걸린 사람에게 부채질 했다"는 帝王世紀의 기록을 이끌어 쓴 것이고 ⑥은 夏禹가 죄인을 보고 수레에서 내려 울었다는 故實을 전용한 것이다. 그리고 ⑦은 번뇌 무명에 얽매여 크게 미혹한 중생을 지혜와 설법으로 건져 준 석가의 事蹟을 가리킨 것이고 ⑧은 堯典의 '九族旣睦'에서 따온 것이다.

이상에서 살펴 본 바와 같이 고운의 사산비명에는 용전이 아주 많으나 주로 전절과 융화의 방법을 통하여 天衣無縫으로 정교히 사용하여 委婉과 함축, 전아와 정련의 효과를 크게 거두고 있다. 그리고 수식도, 변려문의 한 특징인데, 이는 문사를 화려하게 장식함을 추구하는 것이다. 劉勰은 文心雕龍에서 수식의 방법으로 색채를 통한 形體文飾, 음률을 통한 聲音文飾, 정서를 통한 感性的 文飾 등 3가지를 들고 있다.[50] 그러나 가장 보편적이고 많이 쓰이는 수식방법은 색채를 위시한 화려한 어구를 통한 수식이라 할 수 있다. 색깔, 황금과 주옥, 신비스런 새[靈禽], 진귀한 짐승[奇獸], 향기로운 꽃[香花], 기이한 풀[異草] 등의 어구가 변려문에는 많이 쓰이고 있는데, 특히 六朝 때의 많은 변려체 문에는 색채에 관한 어휘가 전문의 글자 수의 10분의 1이상을 차지하고 있다.[51]

고운의 사산비명에도 수식이 많음을 볼 수 있다. 사산비명에 쓰인 수식의 예를 숭복사비명의 한 부분을 통해 살펴보면,

미묘한 솜씨(妙技), 구름사다리(雲梯), 서리빛 바름(霜塗), 옥 행랑(珂廊), 용의 스림(龍盤), 고래 등 같은 집마루(鯨桴), 鷺鳥 그림 같은 난간(畵檻), 옥같은 찰간(玉刹), 봉래 바다의 달(蓬溟之月), 수놓은 주두(繡栭), 아리따운 단청(彩腹), 서리같은 연꽃(霜蓮), 금방울(金鈴), 봉뫼부리(鳳岡),

---

**50** 劉勰, 文心雕龍 권7, 情采 31.

**51** 王力 主編, 앞의 책, p.1238.

메기산(鯷山)

등과 같이 華美한 言辭들이 수식어로 쓰였다. 이러한 수식은 은유와 상징 등 詩經의 '比'적 수사법과 어울려 더욱 함축적이고 전아한 문장을 이루고 있다.

제3부

# 俗樂歌詞 時代의 시가문학

# 제1장 고려 속가의 형성 과정과 변모 양상

　　고려의 가요는 상층문화를 대변하는 翰林別曲類와 하층문화를 대변하
는 靑山別曲類로 갈래를 나누어 볼 수 있는데,[1] 전자는 '景幾體' '景幾體
歌' '別曲' '別曲體' '別曲體歌' '景幾何如歌' '景幾何如體歌' '景幾體別曲'[2]
으로 불리고, 후자는 '高麗歌謠(麗謠)' '高麗俗謠' '高麗歌詞' '長歌' '別曲'
'俗謠(古俗謠)' '俗歌(古俗歌)' '高麗俗歌' '俗樂歌詞' 등[3]으로 불리고 있다.
전자의 경우는 '경기체가'란 명칭이 대세인 듯하나, 후자의 경우는 '속요'
또는 '속가'란 명칭을 주로 쓰는데 그 개념을 혼동하여 사용하는 예가 허
다하다.

　　이글에서는 속요와 속가의 개념을 규정하고 속가의 형성과정과 그 변
모양상에 대하여 논하여 보기로 한다.

---

1　鄭炳昱, "別曲의 歷史的 形態考", 思想界 18, 1955.
2　安自山은 '景幾體'로, 趙潤濟, 李明九, 張德順, 李能雨, 趙東一, 金學成, 金興圭, 金文基는
　'景幾體歌'로, 權相老, 金台俊, 鄭炳昱, 金東旭, 金起東은 '別曲'으로, 梁柱東, 李秉岐, 徐
　首生은 '別曲體'로, 金蒼圭는 '別曲體歌'로, 李明善은 '景幾何如歌'로, 高品玉은 '景幾何如
　體歌'로, 朴晟義는 '景幾體別曲'으로 불렀다.
3　梁柱東, 李能雨는 '高麗歌謠' 또는 '麗謠'로, 金興圭는 '高麗俗謠'로, 權相老, 具滋均(金亨
　容), 金東旭는 '高麗歌詞'로, 趙潤濟는 '長歌'로, 李秉岐, 鄭炳昱은 '別曲'으로, 崔東元,
　金起東, 朴焌圭는 '古俗謠' 또는 '俗謠'로, 金俊榮은 '俗歌'로, 金文基는 '高麗俗歌'로, 趙
　東一은 '俗樂歌詞'로 불렀다.

## 1. 俗謠와 俗歌

속요와 속가는 다르다. 속요는 악기의 반주 없이 부르는 聲樂으로서 민요적인 성격의 노래이고, 속가는 궁중의 俗樂으로 쓰이던 樂歌로서 악기의 반주를 동반하는 일종의 器樂曲이다. 악장가사, 악학궤범, 시용향악보 등에 국문으로 전하고 있는 14가지의 고려 노래는 '俗謠'가 아니라 궁중 속악으로 쓰였고 일정한 악곡이 있었기 때문에 분명히 '俗歌'이다. 궁중의 속악으로 쓰이던 속가는 고려시대에만 존재했다고 볼 수 없으므로 '고려 속가'라 하는 것이 옳다. 삼국시대에도 궁중 속악은 있었고, 조선시대에도 속악은 궁중의 연향 때에 주로 쓰였기 때문이다.

그렇다면 속요는 민요이거나 내용이 저속한 민요일까? 그렇지 않다. 민요와 속요는 분명히 다르다.

민요는 농어민을 비롯한 기층민들이 삶의 애환을 노래한 것으로 내용이 지극히 단순하고 소박하며 일정한 악곡이 없고 기악의 반주가 수반되지 않는 吟詠式 聲樂인 반면에 속요는 市井의 유흥공간에서 기생, 유녀 등 妓類들이 주로 상층 계급인 귀족계층을 대상으로 하여 직업적으로 부른, 다소 전문성을 띤 노래라 할 수 있다. 따라서 속요는 협소한 유흥공간 속에서 악기의 반주 없이 장고나 북장단, 혹은 젓가락 장단에 의해 리듬만 맞추어 노래했다고 본다. 따라서 속요는 유흥의 분위기 상승에 적합한 사랑, 이별, 원망 등의 주제가 대세를 이루었을 것이고, 민요 사설의 표현 방식이 은근하고 다소 점잖은 데 비하여 속요의 사설은 보다 노골적이고 적극적일 뿐만 아니라 상당히 논리성을 띠게 되었다고 볼 수 있다.

고려시대에는 개성을 중심으로 한 큰 城邑에 시정의 유흥 공간이 형성되었을 가능성이 있으며 이곳을 중심으로 기류들에 의하여 속요가 불리게 되었고 이 속요들이 민중들에게 유행되어 노래 불리게 되었다고 본다.

고려 속요의 존재를 확인 할 수 있는 근거는 益齋 李齊賢과 及庵 閔思平의 小樂府 제작 동기와 그들의 소악부 작품에서 찾을 수 있다.

전에 곽충룡을 만났더니 그가 말하기를, "급암이 소악부에 화답하고자 했으나 동일한 사실에 대해 말이 중복될 듯하여 답하지 못한다고 합니다." 라고 하였다. 나는 말하기를, "유우석이 죽지사를 지었으매 그것은 모두 기주와 삼협 지방의 남녀상열지사였고, 소동파는 娥皇과 女英・屈原・楚懷王・項羽의 일을 엮어 長歌를 지었으니, 그게 어찌 前人을 답습한 것이리오. 급암은 別曲 중에서 마음에 느낌이 있는 것을 골라 번역하여 新詞를 지으면 될 것이오."라고 하였다. 이제 소악부 두 수를 지어 급암이 화답하기를 재촉한다.[4]

소악부는 당시에 서민 대중들에게 유행하던 우리 민족 고유의 노래를 七言絶句와 같은 짧은 漢詩體로 번역한 시를 이르는데 익재의 소악부 前篇 9편 뒤에 붙은, 위의 跋文 중에서 익재는 급암에게 '너무 주저하지 말고 당시에 유행하는 別曲 중에서 마음에 와 닿는 것이 있으면 이를 한시로 번역하면 곧 소악부가 된다'고 조언하였다. 이때 '別曲'이라 한 것은 분명 '경기체가'나 '궁중 속가'를 뜻하는 것이 아니기 때문에 이는 바로 '俗謠'를 뜻한다고 볼 수 있다. 이러한 언급을 통하여 익재와 급암이 살던 당시에 '속요'가 유행되었다는 사실을 확인할 수 있다.

그리고 익재와 급암이 한역한 소악부의 내용을 검토해 보면, 급암의 소악부는 男女相悅이나 相思가 많은데 비해 익재의 소악부는 은유적 표현을 통한 現實批判과 觀風察俗的인 것이 대부분이다. 따라서 남녀상열이나 현실비판적이고 관풍찰속적인 노래는 민요라기 보다는 俗謠的인

---

4 昨見郭翀龍 言及庵欲和小樂府 以其事一而語重 故未也 僕謂劉賓客作竹枝歌 皆夔峽間男女相悅之辭 東坡則用二妃屈子懷王項羽事 綴爲長歌 夫豈襲前人乎 及庵取別曲之感於意者 飜爲新詞可也 作二篇挑之(益齋亂藁 권4, 小樂府)

성격의 노래라고 볼 수 있다. 이와 같이 소악부의 내용으로 볼 때도 소악부 창작 당시에 속요가 유행되었음을 짐작할 수 있다.


## 2. 고려 속가의 형성 과정

고려 때에 궁중 俗樂으로 쓰였던 고려 俗歌가 실려 전하는 문헌은 ① 樂章歌詞, 樂學軌範, 時用鄕樂譜 등 3대 歌集, ②고려사 樂志, ③大樂後譜, ④李衡祥의 樂學便考 ⑤이제현의 『益齋亂藁』와 민사평의 『及庵先生詩集』이다. 『增補文獻備考』 樂考와 象緯考, 『高麗史』 世家와 列傳, 『國通鑑』 『世宗實錄』 등에도 몇몇 노래 명칭이 전하기는 하지만 이들이 궁중 속악에 얹혀 불렸는지 알 수 없기 때문에 이는 제외한다.

고려 속가는 3가지의 형태로 나누어볼 수 있는데, 첫째는 위의 자료 ①③④에 전하는 國文 俗歌 14편, 둘째는 시용향악보에 전하는 巫歌系 국문 속가 11편,[5] 셋째는 ②와 ⑤를 통하여 노래의 가사는 전하지 않지만 작자나 주제, 내용, 특징 등을 알 수 있는 속가이다.

첫 번째 형태에 속하는 작품은 〈동동〉〈정읍사〉〈처용가〉〈정과정(삼진작)〉〈정석가〉〈청산별곡〉〈서경별곡〉〈사모곡〉〈쌍화점〉〈이상곡〉〈가시리〉〈만전춘별사〉〈유구곡〉〈상저가〉 등이다. 이 중에서 〈동동〉〈정읍사〉〈사모곡〉〈가시리〉〈유구곡〉〈상저가〉 등은 다소의 異說은 있으나 세시 달거리 민요, 지방 민요, 夫婦愛謠, 離別謠, 思親謠 등의 성격을 지니면서 비교적 짧은 형태이거나 짧은 형태의 반복(〈동동〉〈가시리〉)이라 할 수 있기 때문에 민요가 궁중 속악으로 채택된 속가라고 볼 수 있고, 나머지 〈청산별곡〉〈정석가〉〈처용가〉〈삼진작(정과정)〉〈서경별곡〉〈쌍화점〉〈이상곡〉〈만전춘별사〉 등은 남녀상열, 상사, 연

---

5 景印 時用鄕樂譜, 연세대학교 동방학연구소편, 1954, 45~84장 참조.

군, 流亡 등의 주제를 가지면서 한층 논리적인 구성과 세련된 표현이 두드러지고, 개인 창작인 〈정과정〉을 제외하고는 연장이거나 다소 긴 형태를 띠고 있기 때문에 이들은 속요에서 궁중 속가로 채택된 경우라 할수 있다.

두 번째 형태는 민간의 巫歌系 노래가 궁중의 儺禮 행사에 채택된 예라고 볼 수 있는데 이들 〈城皇飯〉〈內堂〉〈大王飯〉〈雜處容〉〈三城大王〉〈軍馬大王〉〈大國一〉〈大國二〉〈大國三〉〈九天〉〈別大王〉 등은 속악에 얹혀 궁중 나례를 위시한 무속의례에 주로 불린 특수한 노래라 할 수 있기 때문에 속가에서 제외해도 무방할 것으로 본다.

세 번째 형태에 속하는 노래는 31편인데 "動動과 西京 이하 24편은모두 俚語를 썼다"[6]라고 했으므로 俚語體 俗歌는 24편이라는 설[7]과 26편이라 설[8]이 있으나 각 노래의 내용과 편찬 의도로 볼 때, 이어로 된 노래는 〈동동〉과 〈서경〉을 합하여 24편이라고 봄이 옳다. 〈三藏〉과 〈蛇龍〉은 七言漢詩와 五言漢詩를 실어 놓았기 때문에 정인지 등의 고려사 악지서술의 태도나 서술방법으로 볼 때, 순 漢詩體의 新聲으로 개작된 속가로 볼 수 있기 때문이다.[9]

따라서 俚語體 속악은 〈動動〉〈西京〉〈大同江〉〈五冠山〉〈楊州〉〈月精花〉〈長湍〉〈定山〉〈伐谷鳥〉〈元興〉〈金剛城〉,〈長生浦〉〈叢石亭〉〈居士戀〉〈處容〉〈沙里花〉〈長巖〉〈濟危寶〉〈安東紫靑〉〈松山〉〈禮成江〉〈冬栢木〉〈寒松亭〉〈鄭瓜亭〉〈三藏〉〈蛇龍〉 등 24편이고, 漢語體 속악은 〈三藏〉〈蛇龍〉〈無㝹〉〈風入松〉〈夜深詞〉〈翰林別曲〉〈紫霞

6 動動及西京以下 二十四篇 皆用俚語(高麗史, 樂志, 俗樂)

7 朴焌圭, "高麗俗樂 31篇에 대하여", 高麗歌謠硏究, 정음사, 1979.

8 崔正如, "井邑詞再考", 啓明論叢 3집, 1966.

9 金學成, "高麗歌謠의 作者層과 受容者層", 한국학보 31, 1988.
  〈삼장〉의 내용이 〈쌍화점〉 제 2장과 같고, 〈사룡〉이 시조 〈조그만 시배얌이…〉
  와 민요조의 사설시조 종장에 貫用句로 남아 있음을 볼 때, 당시 이어체 속악을 해시하
  여 새로운 속가로 만들었다고 봐야 할 것이다.

洞〉 등 7편이다.

이들 이어체 속악 중에서 〈동동〉 〈오관산〉 〈벌곡조〉 〈제위보〉 〈안동자청〉 〈사룡〉 등은 민요이던 것이 궁중 속악으로 채택되어 속가된 것이고, 〈거사련〉 〈사리화〉 〈월정화〉 〈장암〉 〈삼장〉 등은 당시의 속요가 궁중 속악으로 채택된 속가라 할 수 있다.

이들 고려사 속악조에 실린 속가에는 익재가 譯解한 소악부 11편 중에서 〈오관산〉 〈거사련〉 〈사리화〉 〈장암〉 〈제위보〉 〈한송정〉 〈정과정〉 〈삼장〉 〈사룡〉 등 9편과 급암이 譯解한 것이 6편 중에서 〈삼장〉 1편 등 총 10편이 포함되어 있다. 나머지 7편은 궁중 속악으로 채택되지 않은 것이거나 아니면 속악조에 소개된 속악과 관련을 찾지 못한 결과일 수도 있다.

결국 위의 3가지 형태로 전하고 있는 속가의 형성 과정은 무가계 속가를 제외하면 민요에서 바로 궁중 속가로 채택된 것과 민요를 기반으로 한 속요가 궁중속악으로 채택되어 속가화 된 것 두 가지로 나누어짐을 알 수 있다.

속가의 형성 과정 ┌ 민요 ──────→ 속가
                └ 민요 → 속요 → 속가

다음은 고려 속가가 언제 주로 형성되었으며 민요나 속요가 어떤 경로를 통하여 궁중으로 수용되어 속가로 변모되었는지에 대해 검토해 보기로 한다.

고려 속가는 민요나 속요가 궁중으로 수용되어 속악으로 채택된 것이기 때문에 그 작자나 창작 연대를 알 수 없다. 다만 〈오관산〉 〈벌곡조〉 〈정과정〉 〈동백목〉 〈총석정〉 〈장생포〉 등은 그 작자 내지 改編者를 알 수 있고, 〈한송정〉 〈금강성〉 〈벌곡조〉 〈정과정〉 〈쌍연곡〉 〈태평곡〉

〈삼장〉〈사룡〉〈동백목〉〈후전진작〉〈총석정〉〈장생포〉 등은 그 창작
연대를 대개 어림잡을 수 있다.

顯宗 시대(1009~1031): 〈金剛城〉(頌祝)

睿宗 시대(1105~1122): 〈伐谷鳥〉(諷諭)

毅宗 시대(1146~1170): 〈鄭瓜亭〉(戀主)

忠烈王시대(1274~1308): 〈三藏〉(相悅)〈蛇龍〉(相悅)

〈太平曲〉(頌祝)

忠肅王시대(1313~1339): 〈冬栢木〉(戀主)

忠惠王시대(1330~1344): 〈叢石亭〉(遊賞)〈長生浦〉(頌祝)

〈後殿眞勺〉(相悅)

궁중의 속악은 宴享에 주로 쓰였으므로 남녀상열지사나 군왕을 송축
하는 노래가 선호되었다고 볼 수 있다. 고려 군왕의 연대별로 속가의 분
포를 볼 때, 忠烈王 시대부터 忠惠王 시대까지, 즉 13세기 말엽부터 14세
기 중엽까지 남녀 상사나 상열의 속가가 많이 생성되었다고 볼 수 있다.
이러한 현상은 이 시기의 군왕들이 특히 퇴폐적인 宴樂을 좋아했고 嬖倖
들도 임금의 기호에 영합하여 聲色으로써 왕을 즐겁게 해 주기 위하여
힘썼다는 사실과도 부합된다.[10]

고려사 樂志 끝부분에 삼국의 속악으로 신라의 〈東京一〉〈東京二〉
〈木州〉〈余那山〉〈長漢城〉〈利見臺〉를, 백제의 〈禪雲山〉〈無等山〉
〈方等山〉〈井邑〉〈智異山〉을, 고구려의 〈來遠城〉〈延陽〉〈溟州〉를 실
어 놓았는데 이는 고려가 삼국을 통일하여 나라를 세운 뒤에 삼국의 속
악을 수용하여 궁중 속악으로 채택했다는 것이다. 이와 같이 고려 초기

---

10 辛壽康宮 王狎昵群小 嗜好宴樂 倖臣吳祈 金元祥 內僚石天補 天卿等 務以聲色容悅 (高
麗史節要 25년 5월조)
高麗忠惠王頗好淫聲 與嬖倖在後殿 作新聲淫詞 以自娛(世宗實錄 권3, 己亥 정월조)

부터 속악은 사용되었다고 볼 수 있으나 궁중 宴樂에 적합한 艶情的인 男女相悅의 속가가 본격적으로 제작된 시기는 13세기 말엽부터 14세기 중엽이라 할 수 있다.

고려 때, 민요와 속요가 어떤 경로를 통하여 궁중으로 수용되어 속가로 채택되고 제작되었는가에 대한 자세한 기록은 없다. 그러나 고려사 악지 속악조와 고려사 列傳 吳潛條, 高麗史節要 등에는, 오잠, 金元祥 등이 諸道에 幸臣을 보내어 妓女들 중에서 色藝가 빼어난 자를 뽑고 서울의 무당 및 官婢 중에 歌舞를 잘하는 자를 선발하여 궁중에 登籍하여 두고서 新聲을 가르쳤다는 기록이 나온다.

왕이 소인배들과 親狎하면서 宴樂을 좋아하니 幸臣 吳祈, 金元祥, 內僚 石天輔, 石天 卿 등이 聲色으로써 임금을 기쁘게 하려고 애썼다. 管絃坊에 太樂才人이 부족하다는 핑계로 행신을 제도로 파견하여 관기 중에 姿色과 技藝가 있는 자를 선발하고 또 성중의 官婢와 女巫 중에서 가무에 능한 자를 선발하여 궁중에 적을 두고 羅綺를 입히고 馬鬃笠을 씌워 하나의 隊를 만들어 男粧이라 하고 이 노래(三藏과 蛇龍)를 가르쳤다.[11]

州郡의 娼妓 중에서 姿色과 技藝가 있는 자를 뽑아 教坊에 채우도록 명하였다.[12]

---

11 王狃群小 好宴樂 倖臣吳祈 金元祥 內僚石天補 天卿等 務以聲色容悅 以管絃房太樂才人 爲不足 遺倖臣諸道 選官妓有姿色技藝者 又選城中官婢及 女巫善歌舞者 籍置宮中 衣羅綺 戴馬鬃笠 別作一隊 稱爲男粧 教閱此歌 與群小日夜歌舞褻慢 無復君臣之禮 供億賜與 之費 不可勝記 (高麗史 樂志 俗樂條)

吳潛初名祈 同福縣人 父璿 官至贊成事 潛忠烈朝登第 累官至承旨 王狃昵群小 好宴樂 潛與金元祥 內僚石天補 天卿等 爲嬖倖 務以聲色容悅 謂管絃坊大樂才人爲不足 分遣倖臣選諸道妓有色藝者 又選京都巫及官婢善歌舞者 籍置宮中 衣羅綺 戴馬鬃笠 別作一隊 稱爲男粧 教以新聲(高麗史, 列傳 吳潛條)

辛壽康宮 王狃昵群小 嗜好宴樂 倖臣吳祈 金元祥 內僚石天補 天卿等 務以聲色容悅 謂管 絃坊大樂才人 猶爲不足 分遣倖臣諸道 選官妓有色藝者 又選城中官婢 及女巫善歌舞者 籍置宮中 衣羅綺戴馬尾笠別作一隊 稱爲男粧 教以新聲 (高麗史節要, 25년 5월조)

이러한 기록을 통하여 볼 때, 당시 각 지방에서 불리던 民謠와 개성을 중심으로 한 市井에서 유행하던 俗謠가 기녀, 관기, 무녀 등을 통하여 궁중으로 유입되었고 이를 變俸臣들이 왕의 기호에 맞게 개작하거나 변모시켜 俗歌로 만들어 가르쳤다고 본다.

## 3. 俗謠의 궁중 俗歌로의 變貌 양상

현재 국문 가사로 전하고 있는 14편의 고려 속가는 고려 속악으로 수용되기 전의 속요의 모습도 아니고, 고려 속가로 채택되어 고려시대 宴享時에 불리던 그 형태도 아니다. 속요로부터 고려 궁중 속악으로 채택되면서 크게 한번 변모되었고, 고려조에서 조선조 악장으로 편입되면서 또 변모를 거쳐 조선조 成宗朝 전후로 당시의 궁중 노래를 정리하는 차원에서 국문 가사로 정착된 것이다. 지금 우리가 접하는 3대 歌集에 실린 국문 가사로 된 고려 속가 14편은 조선조 성종 무렵에 궁중에서 노래 불리던 바로 그 모습, 그 형태이다.

민요를 바탕으로 하여 기녀들에 의하여 속요가 형성되었다가 이들이 고려 속가로 상승할 때에 큰 변모를 겪은 것은 고려시대에 唐樂과 詞樂이 유입되고 11세기에 唐樂보才와 예종 11년(1116)에 아악인 大晟樂이 유입되면서 궁중 음악의 형태적인 변화의 물결에 휩쓸리게 되었고, 고려 성종과 현종 대에 걸친 거란의 침략, 현종 이후 여진의 침입, 고종 때부터 시작된 몽고의 침략으로 고려의 국력은 소진되고 사회는 피폐할 대로 피폐하여 민중들이 도탄에 빠져 삶을 포기할 형편에 놓임으로써 삶의 고달픔과 恨, 相思와 相悅의 노래를 부르지 않을 수 없었기 때문이다. 이성계의 역성혁명으로 조선조가 개창되어 성리학이 지배 이념이 됨으로써

---

12 命 選州郡倡妓有色藝者 充教坊(高麗史 권29, 忠烈王 5년 11월조)

궁중 유흥의 담당층과 향유층이 유학자 중심으로 변하게 되고 궁중 음악이 악장으로 정비되었기 때문에 조선으로 전승된 고려 속가도 변모되지 않을 수 없었다.

그러면 우선 먼저 속요가 고려 궁중 속악으로 수용, 채택되면서 일어난 변모 양상에 관하여 고찰해 보기로 한다.

고려는 궁중 음악을 唐樂과 鄕樂으로 나누어 이를 전담하는 大樂署(뒤에 典樂署로 바뀜)와 管絃房을 설치하였고, 아악을 전담하는 雅樂署와 技藝를 담당하는 산대색을 두어 음악과 함께 폭넓은 예술의 발전을 도모하였다. 고려시대는 당악과 함께 詞樂이 크게 유입되었고 예종 때에는 아악과 함께 태평소, 사물놀이 등 악기와 의물도 대거 유입되었다. 이 시기에 유입되어 흥성한 唐樂, 詞樂, 大晟樂 등의 궁중 음악은 그 노랫말이 대부분 宋詞의 형태를 취했기 때문에 속요가 궁중 속가로 채택되면서 이의 영향을 크게 받지 않을 수 없었다.[13] 詞는 음악과 밀접한 관계를 가져 창작할 때 일정하게 정해진 詞調에 맞추어 가사를 채워나가는 塡詞의 형태로서 聯章體를 취하며 연정, 이별, 한이나 신세타령과 같은 주제가 많았다. 고려 때의 민요나 속요가 궁중 속악으로 상승되면서 자연히 송사의 형식과 내용에 크게 영향을 받아 많은 변모를 초래하였는데, 변모 양상은 ①合歌 또는 編章 현상 ②頌禱的인 序詞 및 結詞의 추가, ③餘音과 助興句의 첨가, ④行의 반복 등 4가지로 나누어 볼 수 있다.

## 3.1. 合歌 또는 編章 현상

고려 속요가 궁중악으로 수용되면서 原歌의 순수성을 잃은 작품이 많

---

13 김택규는 외래악이 전래되었을 때, 전통 가요와의 습합과정을 "①그 가락에 알맞은 재래의 사설을 찾아 새 형태의 우리말 사설이 지어지고, ②재래의 사설과 신전의 가락이 맞지 않을 때, 그 조절을 위한 여러 가지 시도가 이루어질 것이며, ③나아가서 새로운 가락에 맞는 사설이 창작되어 정형률로서 토착화되어 갈 것이다."라고 하였다.(김택규, "별곡의 구조", 고려가요연구, 정음사, 1979, p.296.)

은데, 특히 연장체 노래로 가창, 연행될 때, 몇 개의 노래가 합성되어 하나의 속가를 형성한 경우이다. 〈서경별곡〉〈청산별곡〉〈만전춘별사〉〈쌍화점〉〈정석가〉 등은 2~3개의 노래가 합성된 속가이다.

우선 〈서경별곡〉은 음악적으로는 14연이지마는 유의미한 어구 중심으로 보면 아래와 같이 3연의 노래로 볼 수 있는데, 이 3개 연의 의미 연결이 긴밀하지 못하고 형식과 표현의 차이도 있어서 짜임이 완전하지 못하기 때문에 合歌라고 보지 않을 수 없다.

(1)  西京이 아즐가
　　　 西京이 셔울히 마르는
　　　 위 두어렁셩 두어렁셩 다링디리

　　　 닷곤디 아즐가
　　　 닷곤디 쇼셩경 고외마른
　　　 위 두어렁셩 두어렁셩 다링디리

　　　 여희므론 아즐가
　　　 여희므론 질삼뵈 브리시고
　　　 위 두어렁셩 두어렁셩 다링디리

　　　 괴시란디 아즐가
　　　 괴시란디 우러곰 좃니노이다
　　　 위 두어렁셩 두어렁셩 다링디리

(2)  구스리 아즐가
　　　 구스리 바회예 디신들
　　　 위 두어렁셩 두어렁셩 다링디리

긴히쏜 아즐가
긴힛쏜 그츠리잇가 나는
위 두어렁셩 두어렁셩 다링디리

즈믄히를 아즐가
즈믄히를 외오곰 녀신돌
위 두어렁셩 두어렁셩 다링디리

信잇돈 아즐가
긴잇돈 그츠리잇가 나는
위 두어렁셩 두어렁셩 다링디리

(3) 大同江 아즐가
大同江 너븐디 몰라셔
위 두어렁셩 두어렁셩 다링디리

빈내여 아즐가
빈내여 노훈다 샤공아
위 두어렁셩 두어렁셩 다링디리

네가시 아즐가
네가시 럼난디 몰라셔
위 두어렁셩 두어렁셩 다링디리

널비예 아즐가
널비예 연즌다 샤공아
위 두어렁셩 두어렁셩 다링디리

大同江 아즐가

大同江 건너편 고즐여

위 두어렁셩 두어렁셩 다링디리


빈타들면 아즐가

빈타들면 것고리이다 나눈

위 두어렁셩 두어렁셩 다링디리 (악장가사 소재 〈서경별곡〉)


　이 〈서경별곡〉은 제1, 2연과 제3연의 歌形이 다르다. 후렴을 제외하
면, 제1연과 제2연은 4구체로 되어 있고, 제3년은 6구체로 되어 있다.
또한 제1연과 제2연, 제2연과 제3연 사이에는 시상 전개상 의미의 괴리
가 있으며 조음소라고 볼 수 있는 '나눈'이 제1연에는 쓰이지 않고 제2연
의 제2, 4구 끝부분과 제3연 제6구의 끝에만 붙어있기 때문에 원래는 독
립된 다른 노래가 아니었을까 생각된다.

　그리고 제2연, 소위 '구슬노래'는 익재의 소악부 '纓縷辭'[14]로 한역되어
있음을 볼 때, 이 구슬노래는 익재 당시 유행하던 노래 또는 노래 구절이
라고 할 수 있다. 그렇다면 서경곡(1), 구슬사(2), 대동강곡(3) 이 3가지
의 노래가 합성되어 궁중 속가로 만들어졌다고 볼 수 있다.

　이 3가지의 노래가 합가될 때에 (1)과 (3)이 1차적으로 합성이 되고
2차적으로 (2)가 합성되었다는 주장도 있으나 단정할 수 없다. 오히려
이들 세 노래가 궁중 속악에 얹혀 불릴 때 처음부터 동시에 합성되었다
고 볼 수도 있기 때문이다. 고려사 악지에 실려 있는 〈서경〉과 〈대동강〉
은 임금에 대한 송도의 노래라고 기록되어 있어 〈서경별곡〉과는 별개의
노래로 볼 수 있으므로 〈서경별곡〉의 제1연과 제3연은 다른 노래가 아

---

**14** 縱然巖石落珠璣 纓縷固應無斷時 與郎千年相離別 一點丹心荷改移(益齋亂藁 권4, 小樂
府)

니라 西京 사람인 話者가 대동강 가에서 님과 이별하면서 부른 노래인데 제2연이 삽입되어 단지 두 노래가 합성된 노래라는 주장도 있다.[15]

한편, 노래의 내용면에서도 "각 스텐자는 물론 각 절의 想이 긴밀히 연락되어 있지 않고 너무나도 비약하는 듯한 느낌이 있어 매우 산만한 이미저리로 나타난다"[16]는 점에서도 〈서경별곡〉은 별개의 가요가 합가되었다고 볼 수 있다.

이 '구슬노래'는 〈정석가〉 제6연에도 들어가 있는데, 이 '구슬노래'를 독립된 노래로 보지 않고 하나의 노래구절로 본다면 악곡의 길이에 맞추기 위하여 〈서경별곡〉과 〈정석가〉에 編章되었다고 볼 수도 있다.

〈만전춘별사〉 또한 속요나 민요가 궁중 속악으로 채택되는 과정에서 여러 독립된 노래가 합성되었다는 점이 두드러지게 나타나는 작품이다.

    (1)   어름우희 댓닙자리 보와
          님과나와 어러주글 만뎡
          어름우희 댓닙자리 보와
          님과나와 어러주글 만뎡
          情 둔 오뉬범 더듸 새오시라 더듸 새오시라


    (2)   耿耿 孤枕上애
          어느즈미 오리오
          西窓을 여러ᄒ니
          桃花 ㅣ 發ᄒ두다
          桃花ᄂ 시름업서 笑春風ᄒᄂ다 笑春風ᄒᄂ다

---

**15** 신은경, "〈서경별곡〉과 〈정석가〉의 공통 삽입가요에 대한 일고찰", 고려가요·악장 연구, 태학사, 1997.
**16** 전규태, "서경별곡연구", 고려가요연구, 새문사, 1982.

(3) 넉시라도 님을 혼디

녀닛景 너기다니

넉시라도 님을 혼디

녀닛景 너기다니

벼기더시니 뉘러시니잇가 뉘러시니잇가


(4) 올하 올하

아련 비올하

여흘란 어듸 두고

소해 자라온다

소콧 얼면 여흘도 됴ᄒ니 여흘도 됴ᄒ니


(5) 南山애 자리보와 玉山을 벼여누어

錦繡山 니블안해 麝香 각시를 아나누어

南山애 자리보와 玉山을 벼어누어

錦繡山 니블안해 麝香 각시를 아나누어

藥든 가ᄉᆞᆷ을 맛초ᅀᆞᆸ사이다 맛초ᅀᆞᆸ사이다


(6) 아소 님하 遠代平生애 여힐술 모ᄅᆞᆸ새 (악장가사 소재 〈만전춘별
사〉)


〈만전춘별사〉는 위와 같이 6연으로 나누어 볼 수 있는데, 제1연은 민
요라 할 수 있고, 제2, 4연은 시조, 제3연은 경기체가, 제5연은 가사와
유사한 형태를 나타내고 있어[17] 이들은 각기 다른 노래였다고 볼 수 있
다. 그리고 제2연은 다른 연들과는 확연히 달리 5言 漢詩句에 토를 단

---

17 김학성, "고려시대 시가의 장르현상", 국문학의 탐구, 성균관대학출판부, 1987.

듯한 형태[18]를 취하고 있어서 형식적인 측면에서만 보더라도 〈만전춘별사〉가 합가된 노래라는 것을 쉽게 알 수 있다.

특히 제3연의 "넉시라도 님을 호더 녀닛景 너기다니 넉시라도 님을 호더 녀닛景 너기다니 벼기더시니 뉘러시니잇가 뉘러시니잇가"는 〈정과정〉의 제5, 6행 "넉시라도 님을 호더 녀져라 아으 벼기더시니 뉘러시니잇가"와 거의 동일한 표현이라 할 수 있는데 이는 〈만전춘별사〉나 〈정과정〉이 어느 한 쪽을 인용한 것이 아니라 당시에 이런 노랫구[歌句]가 유행되었기에 이를 삽입하여 編章했다고 봄이 옳을 것이다.

내용면에서 살펴보면, 연과 연 사이의 의미전개가 매끄럽지 못하고 각 연의 독자적인 뜻이 더 강하게 나타나고 있다. 즉, 각 연은 순차적인 관계를 맺고 있다기보다는 여러 양상의 사랑을 각기 보여 주기 때문에 연의 순서를 바꾸어도 큰 무리가 없을 정도이다.[19] 이는 〈만전춘별사〉가 당시 불리던 艶情的인 여러 노래를 합성하여 제작된 속가임을 반증하는 것이라 하겠다.

〈청산별곡〉은 전 8연으로 되어 있는데 앞부분 '청산노래'는 聯 간 의미와 맥락이 이어지지마는 뒷부분 '바다노래'는 여러 학자들의 해석이 있음에도 불구하고 의미 전개가 순조롭지 않다. 그리고 '청산노래'는 5연으로 되어 있는데 비하여 '바다노래'는 3연으로 되어 있어 균형이 맞지도 않다. 아마도 원래 두 노래가 궁중 속악으로 채택되면서 동일한 주제라는 점에서 하나의 노래로 합성되면서 악곡의 길이에 맞추어 再編된 듯하다.

〈쌍화점〉은 제2연에 '三藏寺'라는 절 이름이 등장하고 '드레우물', '쌍화점' 등으로 보아 몇몇 지역에서 불리던 민요가 궁중으로 유입되어 동일한 意味構造를 가진 4연으로 된 하나의 속가로 만들어진 것 같다. 특히 제2연은 고려사 악지 속악조에 한역되어 〈三藏〉[20]이라는 독립된 속가

---

18 제 2연을 한문구만 모아보면 "耿耿孤枕上 西窓桃花發 桃花笑春風"과 같이 5언 한시 3구가 된다.
19 조동일, 한국문학통사2, 지식산업사, 1983. p.147.

로 실려 있고, 급암 민사평의 소악부에도 新詞로 실려 있음[21]을 볼 때, 이 제2연은 급암 당시에 유행되던 독립된 민요이거나 속요였을 가능성이 있다.[22]

따라서 〈쌍화점〉은 독립된 原歌였던 〈삼장〉이 모태가 되어 당시의 시대상황에 맞는 내용의 노래들이 〈삼장〉의 형식과 의미구조에 맞추어 제작, 합성된 것으로 추정해 본다.

〈정석가〉는 頌禱的인 서사, 결사인 '구슬노래', 본사 4연 등 총 6연으로 구성되어 있는데 이 노래 역시 서사 노래, 본사 노래, 결사 노래 3가지가 합성된 속가라 할 수 있다. 결사의 성격을 지닌 제6연 '구슬노래'가 〈서경별곡〉 제2연에도 쓰인 것을 보면, 당시의 유행되던 '구슬노래'가 〈정석가〉와 〈서경별곡〉에 편장되었다고 볼 수도 있다.

이상에서 고려 당시에 유행되어 불리던 민요나 속요가 궁중으로 유입되어 宋樂 체제의 속악으로 제작될 때에 合家되거나 編章되는 변모가 수반되었음을 확인할 수 있다.

### 3.2. 頌禱的인 序詞 및 結詞의 추가

아무리 즐겁게 노는 연향의 자리라 하더라도 속가가 가창되고 연행되는 장소가 궁중이고 임금도 동석할 수가 있는 곳이기 때문에 임금을 송축하고 송도하는 것이 속가의 가장 중요한 요소라 하지 않을 수 없다. 그렇기 때문에 취흥을 돋우기 위하여 연정, 상열의 노래를 부를 때라도 노래의 내용이나 분위기와는 별도로 서사나 결사에 頌禱之詞를 실제로 많이 쓴 것 같다.

---

20 三藏寺裏點燈去 有社主兮執吾手 倘此言兮出社外 謂上座兮是汝어(고려사, 악지 속악조, 〈삼장〉)
21 三藏精廬去點燈 執吾纖手作頭僧 此言老出三門外 上座閑談是必應(급암시고, 소악부)
22 崔正如, 앞의 논문.

서사에 송도지사가 쓰인 예는 〈정석가〉와 〈동동〉에서, 결사에 쓰인 예는 〈만전춘별사〉에서 찾을 수 있다.

> 딩아 돌하 當今에 계샹이다
> 딩아 돌하 當今에 계샹이다
> 先王聖代예 노니으와지이다 (악장가사, 〈정석가〉 제1연)

> 德으란 곰비예 받줍고
> 福으란 림비예 받줍고
> 德이여 福이라 호놀
> 나수라 오소이다
> 아으 動動다리 (악장가사, 〈동동〉 제1연)

> 아소 님하 원대평생애 여힐술 모른옵새 (악장가사, 〈만전춘별사〉 제6연)

> 위 증즐가 대평성대 (악장가사, 〈가시리〉 중렴 및 후렴)

그런데, 唐樂呈才에서 竹竿子가 舞員들을 인도하여 입장한 후에 歌舞戱의 開場(入隊)과 收場(遣隊 또는 放隊)를 고하기 위해 군왕에게 송축의 내용을 가진 口號·致語를 가지게 되는데[23] 속가에 本詞의 주제와 다른 序詞가 붙게 된 것도 이에서 연유한 것이라고 추측하기도 한다.[24] 이러한 송도의 서사나 결사는 속가가 조선조의 악장으로 편입되면서 조선건국의 중심세력이고 악장의 창작과 향유의 주된 담당층이었던 유학자

---

23 車柱環, 高麗唐樂의 研究, 同和出版社, 1983. pp.60-64.
24 金承璨·權斗煥, 古典詩歌論, 韓國放送通信大學, 1988, p.119.

들의 구미에 맞추어 추가되었다고도 볼 수 있다. 다만, 모든 속가에 일률적으로 송도의 서사, 결사가 추가되지 않은 것을 보면 고려시대 궁중 속악으로 재편될 때에 변모된 것이라 보는 것이 타당하다고 생각한다. 이는 고려사 악지 속악조 〈動動〉註解에 "動動之戲의 歌詞에는 頌禱之詞가 많다[25]"라고 밝힌 것을 보면 더욱 그러하다.

〈가시리〉에는 송도지사가 결사로 쓰이지 않고 中餘音과 後斂으로 쓰였지만 임금에 대한 예를 표할 목적으로 쓰인 것으로 볼 수도 있다.

## 3.3. 餘音과 助興句의 첨가

민요나 속요를 수용하여 속가를 제작하는 과정에 악곡의 길이에 맞추는 방법의 하나가 새로운 餘音과 助興句를 첨가하는 일이다. 여음과 조흥구를 첨가하는 현상은 曲長辭短의 不調和를 조정하기 위한 작업으로 볼 수 있다. 고려 속가에 쓰인 여음구와 조흥구를 추출해 보면 다음과 같다.

청산별곡 : 얄리얄리 얄랑셩 얄라리 얄라
서경별곡 : 두어렁셩 두어렁셩 다링디리
동동　　 : 둥둥다리
쌍화점　 : 더러둥셩 다리러디러 다리러디러 다로러거디러 다로리
이상곡　 : 다롱디우셔 마득사리 마득너즈세 너우지
정석가　 : 딩하돌하, 나는
가시리　 : 증즐가, 나는
사모곡　 : 덩더둥셩
정읍사　 : 어강됴리, 다롱디리

---

[25] 動動之戲 其歌詞多有頌禱之詞 蓋效仙語而爲之 然詞俚不載(고려사, 악지 속악, 동동조)

상저가   : 히애, 히야애

정병욱 교수는 속가에 쓰인 이러한 여음구나 조흥구는 대개 악기의
디흡이라고 보았다.[26]

### 3.4. 行의 반복

민요나 속요가 궁중에 수용되어 속악에 얹혀 불리면서 일어난 큰 변모
의 하나는 동일한 行(line)을 반복하는 현상이다. 이 또한 속악의 악곡
형식에 맞추는 과정에서 자연스럽게 일어난 결과라고 하겠다. 曲長辭短
의 不調和를 조정하기 위한 노력의 일환이라 할 수 있다. 어구 즉 단어의
반복도 빈번히 나타나는 현상인데 이는 꼭 속가화 되면서 일어난 변모라
고 단정할 수는 없다. 민요나 속요에도 많이 쓰이는 특징의 하나이기 때
문이다.

고려 속요에서 행이 반복되는 경우를 보면 다음과 같다.

만전춘별사 : 어름 우희 댓닙자리 보와
님과 나와 어러 주글만뎡
어름 우희 댓닙자리 보와
님과 나와 어러 주글만뎡

넉시라도 님을 흔뎌
녀닛景 너기다니
넉시라도 님을 흔뎌
녀닛景 너기다니

---

26 鄭炳昱, "악기의 구음으로 본 별곡의 여음구", 고려시대의 가요문학, 새문사, 1982.

南山애 자리보와 玉山을 벼여누어
錦繡山 니블안해 麝香 각시를 아나누어
南山애 자리보와  玉山을 벼어누어
錦繡山 니블안해  麝香 각시를 아나누어

정 석 가 : 딩아 돌하 當今에 계샹이다
딩아 돌하 當今에 계샹이다

이 상 곡 : 죵죵霹靂 生 陷墮無間
고대셔 싀여딜 내모미
죵霹靂 아 生 陷墮無間
고대셔 싀여딜 내모미

사 모 곡 : 어머님ㄱ티 괴시리 업세라
아소 님하 어머님ㄱ티 괴시리 업세라

유 구 곡 : 비두로기 새논
비두로기 새논
버곡댱이샤 난 됴해
버곡댱이샤 난 됴해 (이상: 악장가사 소재분)

이렇게 동일한 行을 반복하는 것은 강조의 기능도 있기는 하지만 우리의 다른 시가문학에서는 찾아볼 수 없는 현상이다. 잡가나 서민가사에는 행의 반복이 있기는 하나, 이에서는 한 행 또는 반 행이 동일한 統辭構造나 서로 대응되는 통사구조에 의하여 竝列構造를 이루는 경우[27]가 있으

---

27 金文基, 庶民歌辭硏究, 형설출판사, 1983, p.146.

나 동일한 행을 반복하는 경우는 없다.


## 4. 조선조 악장으로의 변모 양상

불교, 도교 등의 폐단을 시정하고 성리학을 통치 이념으로 내세운 조선조의 지도층들은 예악을 완비하여 유교적 치세의 문화를 일으키려고 하였다. 정도전을 비롯한 창업 공신들은 "성왕이 일어나면 반드시 새로운 음악이 따른다"[28]는 정신 아래 역성혁명의 당위성과 태조 이성계의 비범함을 노래하는 악장을 많이 제작하였다. 특히, 세종은 성리학의 지배 이념을 구현하기 위한 방안으로 禮樂思想을 중시하고 '나라를 다스리는 데는 禮 못지않게 중요한 것이 樂임'을 강조하면서 맹사성, 박연 등 음악 전문가를 중심으로 하여 음률과 악기, 의례 등을 연구, 새로 제작케 하고 新樂을 만드는 등 음악을 대대적으로 정비하였다. 조선 초기의 음악 정비 사업은 세종, 세조 때에 절정을 이루다가 성종대에 樂學軌範의 간행 등으로 마무리 되었다.

조선 초기의 음악 기관은 종묘제례악의 악기 연주를 관장하는 雅樂署, 종묘제례악 등가의 노래 임무를 맡은 奉常寺, 연향에 쓰이는 향악과 당악의 연주를 맡은 典樂署, 음악 이론과 의례, 악서 편찬을 담당하는 樂學, 樂工・管絃맹인・女妓가 연주하는 鄕樂과 당악의 실기 연습을 맡는 慣習都鑑 등 5기관으로 나누어져 있었으나 세조 3년에 掌樂署와 樂學都監으로 정비되고, 세조 12년에 掌樂署로 통합되어 성종 때에 掌樂院으로 재편되어 조선조 말까지 지속되었다.

그러면 고려의 속가가 조선조 악장으로 편입되면서 어떤 변모를 초래

---

28 自昔聖帝明王之作 必有文臣歌詠(太祖實錄 권8, 태조 4년 10월조), 告先聖王 治定功成 而作樂以合天地之性 類萬物之情(明史 권61, 志第37, 樂條)

하게 되었는지 살펴보기로 한다.

## 4.1. 鄙俚之詞의 刪改

조선조가 건국되자 鄭道傳은 〈納氏歌〉〈窮獸奔〉〈靖東方曲〉〈文德曲〉〈夢金尺〉〈受寶錄〉〈新都歌〉를, 權近은 〈天鑑〉〈華山〉을, 河崙은 〈新都形勝곡〉을, 尹淮는 〈鳳凰吟〉 등의 악장을 제진하여 건국을 송축하고 민심을 안정시키고자 하였다. 그러나 연향악은 전래의 고려악을 그대로 사용하였다. 물론 조선 유학자들의 취향에 맞추어 고려 속가의 歌詞를 일부 또는 전면 개작하기도 했으나 樂曲은 고치지 못하였다. 악곡은 "옛 풍습이 오래되어 갑자기 고칠 수 없다[29]"고 하여 고려 음악을 그대로 襲用하였으나 노래 가사의 경우, 소위 鄙俚之詞요 男女相悅之詞는 부분적으로, 또는 노래 전체를 새로운 가사로 대체하는 등 刪改하는 작업을 대대적으로 실시하였다.

고려 속가의 부분적인 산개의 모습을 구체적으로는 파악할 수는 없으나 특히 조선 전기 내내 속가의 淫褻的인 歌詞를 산개하거나 쓰지 말라는 대신들의 요구가 끊임없이 제기 되었고, 刪改하라는 임금의 允許도 있었음을 볼 때, 고려 속가의 비리지사가 상당히 산개되었다고 본다. 조선왕조실록에 나타난, 속가에 대한 刪改 논의 기록을 몇 가지 살펴보면 다음과 같다.[30]

○상왕이 「後殿眞勺」은 곡조는 좋지만 그 가사만은 듣고 싶지 않다고 하자, 孟思誠 등이 지금 악부에서 곡조만 쓰고 그 가사는 쓰지 않으나 가사뿐만 아니라 그 곡조도 쓸 수 없는 것이다라고 하였다.(세종실록 권3, 동왕

---

29 "積習已久 不可遽革"(成宗實錄 권219, 19년 8월조)
30 김승찬·권두환, 앞의 책, pp.102-103 참조.

원년 정월조)

○朴堧이 玄琴에 소속되는 「居士戀」 등에 대해 그 彈法은 알고 있으나 그 가사는 알 수 없다고 하였다.(세종실록 권47, 동왕 12년 2월조)

○慣習都鑑에서 「元興曲」 「安東紫靑」 調의 곡조가 비록 樂府에 기재되어 있으나 폐지되어 쓰이지 않은 지가 오래이니 이들은 「거사련」과 서로 표리가 될 만하고 風敎에 도움이 되니 마땅히 管絃에 올려서 폐지되지 않게 하기를 청하니 그렇게 하도록 하였다.(세종실록 권54, 동왕 13년 10월조)

○왕이 宗廟樂의 「保太平」 「定大業」 같은 것은 좋으나 그 밖의 속악인 「서경별곡」 같은 것은 男女相悅之詞로 심히 불가하다. 악보는 갑자기 고치기 불가하니 곡조에 의거해 따로 가사를 지음이 어떠하냐 하였다.(성종실록 215, 동왕 19년 4월조)

○특진관 李世佐가 眞勺은 비록 俚語나 忠臣戀主之詞이므로 그것을 써도 무방하나 「後庭花」, 「滿殿春」과 같은 음악은 鄙俚之詞라 연습치 말게 할 것을 啓하자 '領事 李克培가 말은 옳으나 다만 積習已久이니 不可遽革이라' 하였다.(성종실록 권219, 동왕 19년 8월조)

○任元濬, 柳子光, 魚世謙, 成俔에게 「雙花曲」, 「履霜曲」, 「北殿」의 노래 가운데 淫藝之詞를 刪改하라 하였다. 이에 元濬 등이 撰進하니 掌樂院에서 익히도록 하였다.(성종실록 권240, 동왕 21년 5월조)

○대제학 南袞이 牙拍呈才인 「動動詞」는 남녀간의 淫詞이므로 음절이 같은 「新都歌」의 가사로, 舞鼓呈才인 「井邑詞」는 「五冠山」의 가사로 각각 대신해야 한다고 하자 대신하게 하였다.(중종실록 권32, 동왕 13년 4월조)

속가의 가사 전체가 개사되거나 다른 노래로 대체된 경우를 보면, 세종 때에 〈處容歌〉(處容慢機)의 가사가 尹淮가 지은 〈鳳凰吟〉으로 바뀌었으며, 〈滿殿春〉의 가사는 〈봉황음〉 가사 중에서 葉 부분을 제외한 전반부 가사로 바뀌었다. 그리고, 성종 때에 〈쌍화점〉 〈이상곡〉 〈북전(후전진작)〉이 漢詩體 또는 漢詩 懸吐體로 가사가 개찬되었고 〈동동〉은

〈신도가〉의 가사로, 〈정읍사〉는 〈오관산〉으로 가사가 대체된 것 같다. 선초에 새로 찬진된 악장도 고려 속악의 악곡을 그대로 습용하였으니, 〈納氏歌〉는 〈청산별곡〉의 악곡을, 〈定大業〉 중의 〈永觀曲〉과 〈靖東方曲〉은 〈서경별곡〉의 악곡을 사용하였다.[31]

이와 같이 조선조에서는 고려 俗歌 중에서 가사가 鄙俚한 男女相悅之詞, 淫藝之詞는 철저히 배제하려는 노력을 꾸준히 시도 하여 歌詞를 부분적으로 刪改하거나 頌祝歌的인 노래로 전체를 대체하기도 하였다.

## 4.2. 俗歌 명칭의 變改

고려 속가가 조선조 궁중노래로 수용되는 과정에서 노래 가사의 변모와 함께 노래 명칭의 변개도 일부 일어났다. 시용향악보에는 〈사모곡〉을 '일명 엇노리'로, 〈귀호곡〉을 '일명 가시리'로, 〈유구곡〉을 '일명 비두로기'로 표기 되어 있다. 민요로 연행될 당시에는 노래 제목이 당연히 우리말 명칭인 〈엇노리〉〈가시리〉〈비두로기〉로 불렸겠으나 후일 고려 속악으로 채택될 때나 아니면 조선조에 들어와 시용향악보에 실릴 때에 명칭이 변개되었을 것이다.

권영철은, "〈엇노리〉가 〈사모곡〉으로 이룩되었다는 사실은 정착당시 한문 만능시대에 군색한 '엇노리'이니 '호미도'이니 따위의 이두식 표기는 붙일 수 없고 그렇다고 그냥 둘 수는 없으니 '엇노리'란 어버이를 노래하고 특히 어머니를 노래하였으니 '사모곡'이란 어마어마하게 무게있는 명칭을 붙여서 정착시켰다고 본다"면서 다음과 같이 변모과정을 제시하였다.[32]

---

31 악장 〈定大業〉 중의 '永觀曲'은 〈서경별곡〉의 악곡을 평조에서 계면조로 그 旋法만 바꾸어 불렀다.
32 權寧徹, "維鳩曲 攷", 어문학 3, 1958.

| 創作 當時(消滅) | 民謠時代(俗稱) -가사내용에 의해 | 漢字式 定着時代 |
|---|---|---|
| 木州歌 ——→ | 엇노리 ——→ | 思母曲 |
| 伐谷鳥 ——→ | 비두로기 ——→ | 維鳩曲 |
| (怨詞)? ——→ | 가시리 ——→ | 歸乎曲 |

그러나 '木州歌 → 엇노리 → 思母曲'으로 변천되었다는 설에 대해서는 이론[33]도 있고 〈목주가〉와 〈사모곡〉이 동일한 노래라는 증거가 명확하지 않기 때문에 위와 같은 도식은 인정하기 어려우나 '엇노리→ 사모곡'으로 명칭이 변개되었다는 것은 인정하지 않을 수 없다. 다만 변개된 시기는 고려 속악으로 채택될 당시보다는 시용향악보에 정착될 때에 한자식으로 명칭이 바뀌었다고 보는 것이 더 합리적이라 본다. 왜냐하면 고려 속악으로 수용될 때에는 명칭 사용이 절실했다고 볼 수 없고, 시용향악보에 악보를 싣기 위해서는 명칭 표기가 불가피했을 것이니, 당시 시용향악보의 편찬자도 악학궤범 편찬자들처럼 장악원의 관리들이었을 것이므로 이들의 기호에 맞게 노래의 명칭을 한자식으로 변개시켰다고 볼 수 있기 때문이다. 또한 시용향악보보다 후대에 편찬된 것이 확실한 『樂學便考』에 〈귀호곡〉의 명칭이 아직까지 〈嘉時理〉로 표기된 것을 보아도 한자식 표기는 『시용향악보』 편찬 시에 이루어졌다고 볼 수 있다.

### 4.3. 原歌와 改詞歌의 二元的 전승

조선조 궁중악으로 수용된 고려 속가 중에서 내용이 음설하고 비리한 소위 남녀상열지사는 끊임없이 문제시 되어 개사되었지마는 악곡은 갑자기 고치기가 어렵다고 하여 조선조 말까지 지속되었다. 개사된 고려

---

33 金光淳, "목주가에 대한 몇가지 문제점 연구", 교육대학원논문집  3, 경북대 교육대학원, 1972.

속가의 原歌詞도 완전히 사라지지 않고 改詞된 가사와 함께 병행되어 사용된 것 같다. 예컨대 淫詞라고 비난받던 〈만전춘〉은 세종 때에 〈봉황음〉의 가사 일부로 개찬되었으나 성종 때의 李世佐가 '〈만전춘〉과 같은 鄙俚之詞는 연습치 말라'고 啓한 사실이 있고, 악장가사에 〈만전춘별사〉라 하여 原歌詞가 실려 전할 뿐만 아니라 『악학편고』에도 아직까지 〈만전춘 8장〉이라 하여 전하고 있기 때문이다.

張師塤 교수도 속가의 가사들이 개찬되었지만 개찬된 가사들이 별반 쓰이지 않았고 여전히 기녀들에 의하여 그 原詞가 불리어졌다[34]고 하였다. 이런 점에 유의하여 볼 때, 〈원흥곡〉〈안동자청〉〈거사련〉 등은 세종대까지, 〈서경별곡〉은 성종대까지, 〈동동〉〈정읍사〉〈금강성〉〈방등산〉〈오관산〉 등은 중종대까지, 〈만전춘〉은 숙종대까지, 〈쌍화점〉〈이상곡〉 등은 영조대까지 조선조 궁중 속악으로 사용된 것 같다.

이와 같이 고려 속가는 조선조 접어들어 많은 노래들이 淫藝之詞라고 지탄받아 가사가 개찬되었지만 原歌詞는 改詞된 가사와 함께 조선조 말까지 이원적으로 전승되었던 것이다.

---

34 張師塤, 앞의 책, p.99.

# 제2장 경기체가의 형성과 변모


경기체가는 현전하는 작품을 통해 볼 때, 13C 초부터 16C 말까지 약 4세기 간이나 창작, 전승되어 온 시가 장르인데, 현재 26편만 전해질 뿐이고, 이에 대한 연구 또한 매우 부진한 편이다.

몇몇 한정된 학자들에 의해서만 연구되어 왔던 경기체가는 〈彌陀讚〉〈安養讚〉〈彌陀經讚〉〈錦城別曲〉〈忠孝歌〉〈西方歌〉〈騎牛牧童歌〉(후반부 6장)〈花山別曲〉〈龜嶺別曲〉 등의 발굴과 함께 다소 주목을 받게 되었다. 그러나 그 형식과 내용의 단조함과 어구의 난해성으로 인하여 학계의 관심을 끌지 못했으며, 따라서 그 특성이 명쾌히 구명되지 못하고 있는 실정이다. 그러므로 경기체가 연구는 개별 작품에 대한 면밀한 분석과 검토를 바탕으로 본질 규명이 체계적으로 이루어져야 할 것이다. 그 동안의 연구는 주로 단편적으로 행해 졌으며 종합적이고 본질적인 연구는 매우 드물었다. 그 결과 이설이 난만하여 많은 혼란을 초래하게 되었다.

이 글에서는 현재 문제가 되고 있는 명칭, 형식, 형성과정, 발전 및 변천과정에 관해서 기왕의 제설을 검토, 비판하고 관견을 펴보고자 한다. 이러한 문제에 대해 저자는 이미 '경기체가의 제문제', '의상화상의 「서방가」 연구', 「기우목동가」 연구' 등 세 편의 논문에서 언급한 바 있다.

## 1. 명칭

고려시대의 시가를 일반적으로 高麗歌謠, 高麗歌詞, 長歌, 麗謠 등으로 부르고 있으며, 특히 이들 중에서 靑山別曲類의 시가는 속요 또는 속가로, 翰林別曲類의 시가는 경기체가 또는 별곡체(가)라 하고 있다.

이곳에서 논하고자 하는 한림별곡류의 시가 명칭은 크게는 경기체가군과 별곡체(가)군으로 나누어 볼 수 있으나 실은 대단히 多岐하다. "경기체가"란 명칭은 안자산이 '조선시가의 묘맥'[1]에서 '경기체'라 처음 명명한 이후 조윤제 박사가 '경기체가'[2]라 호칭하게 되어 국문학계에 두루 통용되었으나, 이와 유사한 '경기하여가',[3] '경기하여가체'[4] 등으로 부르는 이도 있었다.

한편, 천태산인은 "樂府에 대립하는 특별한 곡조"라는 의미에서 '별곡'[5]이라 했으며, 이병기 교수와 양주동 박사는 '별곡체'[6]로, 김기동·김창규 교수는 '별곡체가'[7]로, 김사엽 박사는 '한림별곡체'[8]로 불렀으며, 박성의 교수는 '경기체별곡'[9]이란 절충 명칭을 사용하기도 했다.

그런데 정병욱 교수는 '별곡의 역사적 형태고'에서 한림별곡류와 청산별곡류가 "형태적인 특수성이 공통적"임을 들어 고려시대의 시가군을 '별곡'[10]이란 명칭으로 통일하자고 하였다.

---

1  안확, 조선시가의 묘맥, 別乾坤, 1929.
2  조윤제, 한국시가사강, 을류문화사, 개정판, 1954, p.102.
3  이명선, 구자균 등은 "景幾何如歌"라 했다.
4  우리 어문학회, 국문학 개론, 일성당서점, 1949, p.191.
5  김태준, 별곡의 연구, 동아일보, 1932년 11월 15일자 이후 13회 연재.
6  이병기, 국문학개론, 일지사, 1965, p.123.
   양주동, 여요전주, 을유문화사, 1955, p.230.
7  김기동, 국문학개론, 정연사, 1969, p.100
8  김사엽, 이조시대 가요의 연구, 학원사, 1962, p.96.
9  박성의, "고려가요연구", 민족문화연구 4, 고려대 민족문화연구소, p.86.
10  정병욱, "별곡의 역사적 형태고", 사상계, 1953년 3월호.

이상에서 살펴 본 명칭에 대한 제가의 견해는 ①경기체가, ②별곡체, ③고려시가 전체를 "별곡"이라 하자는 것 등 3가지로 요약된다.

그렇다면, 어떤 명칭이 가장 타당성 있고 적절한 것일까?

시가의 명칭은 그 시가의 특성을 정확히 잘 드러내 주는 것이어야 한다. 이런 의미에서 고려가요 일반의 특성을 살핀 후, 이에 적절한 명칭이 무엇인지 생각해 보기로 한다.

우선 「장르」적 성격부터 살펴보자.

조동일 교수의 所論[11]을 빌면, 청산별곡류 소위 고려속요는 서정 장르에 속하며 한림별곡류는 교술 장르에 속한다. 전자는 세계의 자아화이고 후자는 자아의 세계화이다. 그리고 전자는 비특정 전환표현이며 후자는 비전환표현이다. 이에서 청산별곡류와 한림별곡류는 상이한 장르임을 알 수 있다.

다음으로 형식적인 면에서 살펴보면 정병욱 교수는 앞의 논문에서 한림별곡류와 청산별곡류의 기본형과 변격형 및 파격형의 공통 요소[12]를 각각 5가지씩 추출하여 보이고서 "얼른 보기에 전연 다른 계통의 시가군처럼 보이지마는, 따져 놓고 보면 그 형태상의 특징이 전연 동일 계통

---

**11** 조동일, "18·19세기 국문학의 장르체계", 고전문학연구 Ⅰ, 고전문학연구회, 1971.
＿＿＿, "자아와 세계의 소설적 대결에 관한 시론", 동서문화 7, 계명대학 동서문화연구소, 1974.

**12** 정병욱 교수는 기본형의 공통요소와 변격형의 공통요소를 다음과 같이 지적했다.
〈기본형의 공통요소〉
① 음수율은 주로 3음절이 우세하다.
② 음보율은 일률적으로 3음보이다.
③ 구수율은 6구를 기준으로 하여, 다소의 가감을 보인다.
④ 대체로 전후 양절로 구분되는데 청산별곡류는 후렴구가 후절이 된다.
⑤ 일률적으로 數聯이 중첩되어 一歌謠를 형성하고 있다.
〈변격형 및 파격형의 공통요소〉
① 음수율은 주로 4음절이 우세하다.
② 음보율은 주로 4음보가 우세하다.
③ 구수율은 별반 제약이 없다.
④ 전후절의 구분 또는 후렴구가 차츰 소멸하여 간다.
⑤ 數聯이 중첩되어 一歌謠를 이루는데, 기준형과 변함이 없다.

의 성격을 띠고 있음을 알 수 있을 것이다"라고 하였다.

위의 지적처럼 양자가 형식상 공통점을 많이 갖고 있으나 동일한 형태로, "一葦帶水이오 表裏一體인 하나의 장르"[13]로 보는 데는 선뜻 동의 할 수 없다. 이 글 3장에서 상세히 살피겠지만, 한림별곡류는 전반적으로 엄격한 정형시라 볼 수 있으나 청산별곡류는 그들 상호간 유사점은 있지만 정형을 이루고 있는 것은 아니다.

어쨌든 장르적 특성과 형태상으로 볼 때, 양자는 동일한 것으로 취급될 수 없다. 그러나 양자가 장르상으로는 상이하나 형태상으로는 공통점이 많다. 유사하다는 점으로 보아서 형태상 양자를 포괄하는 '별곡'이라는 명칭은 붙일 수 있겠으나 동일한 성격, 동일한 형태의 시가로 처리해서는 안 된다고 본다.

정병정 교수는 소위 속요 중 〈정과정곡〉은 정서의 작이며 〈쌍화점〉고려 충렬왕 때 행신 오잠, 김원상, 석천보, 석천경 등의 합작이거나 그 중 어느 한 사람의 작임에 틀림없기에 속요라기보다는 창작문예로 취급해야 한다[14]고 하였다. 그리고 작자 미상의 별곡 전체를 속요로 볼 수 없다[15]고 하였다. 그러나 비록 작자가 있다 하더라도 그 내용이 속요적인 것이고 향유층이 일반 대중이며, 여타 속요와 비슷한 형식을 갖고 있다면 '속요'라는 것에 포함시킬 수 있을 것이다. '속요'라는 특이한 체가 있어서가 아니라 '속요의 성격을 띤 노래체'라는 뜻으로 이해하면 될 듯하다. 물론, 고려시대에만 속요가 있었다는 것은 있을 수 없으나, 다른 시대의 속요는 알려져 있지 않고, 고려속요란 용어는 지금까지 두루 통용되어 왔기 때문에 고려시대의 청산별곡류를 '고려속요'라 불러도 좋을 듯하다. 시가의 명칭은 그 시가의 특성을 잘 드러나게 해 주는 것이어야 함은 자명하나, 대체할 적확한 용어가 있다면 개칭하는 것이 좋겠지만

---

13 정병욱, 국문학산고, 신구문화사, 1962, p.158.
14 정병욱, "별곡론", 한국고전시가론, 신구문화사, 1977.
15 정병욱, 앞의 글.

뚜렷한 대안이 없고 통용되는 명칭에 큰 잘못이 없는 한, 기존 용어를 사용하여 혼란을 막는 것이 옳다고 본다.

이제 소위 한림별곡류를 어떻게 불러야 할까 하는 문제가 남아 있다. 저자는 앞에서 언급한 대로 '경기체가'란 기존 명칭을 그대로 쓸 것을 주장한다. 한림별곡류를 '별곡'이라 부르는 이들은 경기체가의 제명에 '…별곡'이란 것이 많기 때문이거나, 중국 악부·악장·악가 등에 대립하여 유자의 유흥에 적합하도록 지은 '한림별곡의 체'라는 뜻에서 '별곡', '별곡체', '별곡체가' 등으로 부르는 듯하나, '…별곡'이란 말은 고려가요에 뿐만 아니라 가사에도 쓰이고 있기 때문에 한림별곡류만을 뜻한다고 할 수 없으며, '한림별곡의 체'라는 뜻으로 썼다면 정확히 '한림별곡체'라 해야 할 것이다.

'경기체가'란 용어를 비판하는 이들 중엔 "명칭이 형식면의 특징이 아닌 내용면인 가사의 자구 '景幾'에서 추출했다."하여 부당하다 했으나, '경기란 말은 단순히 내용적인 것이 아니요, 경기체가의 특성을 집약하여 나타내 주는 要諦라 할 수 있어 어떻게 보면 형식상의 특징까지도 암시해 주고 있다. '별곡'이라 하는 것이야말로 형식상의 특징도, 내용상의 특징도 나타내 주지 못하는 명칭이라 하겠다.

조동일 교수는 "위 …경 긔엇더ᄒ니잇고"는 작품의 결말을 이루는 포괄 중의 포괄적 역할을 하며, 특히 '…경'이라는 말은 일차적으로 서술한 사물들을 포괄하는 이차적인 사물을 "위…엇더ᄒ니잇고"라고 읊어, 주관적인 것으로 오해될 수 있는 것을 '…경'이라 하여 객관적인 세계상으로 나타냄으로써 자아의 세계화에 파탄이 일어나지 않도록 하는 데 중요한 구실을 한다[16]고 하였다.

위의 지적에서 본 바와 같이 '…경'은 장르적 성격을 좌우할 만큼 중요한 구실을 하는 것이므로, '경기'란 말은 경기체가의 핵심이요 특징을 나

---

16 조동일, "경기체가의 장르적 성격", 학술원 논문집 15, 1976.

타내는 결정적인 요소라 하겠다. '경기'란 말이 작품에 따라 '경긔' 혹은 '경○'라 해도 상관없다. 이들을 대표해서 '경기'로 약속한 것이기 때문이다. 간혹 '경기' 혹은 '경긔'가 전연 없는 연이 있으나 이는 '경기'가 있는 일반 경기체가와 같은 형식을 갖고 있기 때문에 동일한 경기체가로 취급된다.

이렇게 볼 때, '경기체가'란 용어는 소위 한림별곡류를 지칭하는 가장 적당한 명칭임을 재확인할 수 있다.


## 2. 형식

경기체가의 형식에 관하여 많은 학자들이 언급한 바 있는데, 이들은 한결같이 각장 각행의 음수율 파악에 의한 기본형 도출에 몰두하였다. 물론, 경기체가는 전대절과 후소절로 이루어져 있고 3·3·4 란 음수율과 3음보가 우세하다는 지적은 하였지만 경기체가 일반에 적용되는 형식구조, 즉 정형시로서의 모형을 제시하지는 못하였다.

기본형식 혹은 기준형식이라 하여 내놓은 것은 각 장, 각 행(혹은 各句) 의 자수를 통계 내어 그 최빈수를 취한 것이기 때문에 경기체가 각장을 그 기본형(혹은 기준형)에 맞추어 보면 맞는 것이 거의 없는 실정이다. 이러한 결과는 각장을 단위로 하여 기본형을 설정하지 않고 각 행 혹은 각 구를 단위로 하여 음수를 통계 내어 기본형을 도출해 냈기 때문에 일어난 필연적인 귀결이다.

그러면, 기왕의 견해 중, 대표적인 몇 가지를 검토해 보자.

조윤제 박사는 한국시가사강에서 "一首의 시가가 전대절 후소절에 나누어 있는 것은 벌써 향가의 형식에서도 볼 것이나, 여기 (景幾體歌一筆者註)의 排字綴音은 일종 독특한 것"이라 전제하고

前節 『三三四 三三四 三三四 爲 二(四) 景幾何如』

後節 『四四 爲 二(四) 景幾何如』[17]

란 음수율을 제시하였고, 천태산인은

三三四 三三四 四四 (偉)(爲) 二二 (三) (何如) 四四 (偉)(爲) 二二二
(何如)[18]

란 기본형식을 제시하였다.

위의 두 기본형은 무엇을 근거로 제시한 것인지 의심스러울 정도로
타당성이 없다. 이명구 교수의 경기체가 음수율 통계 자료[19]에 趙박사의
기본형을 적용시켜 본 결과, 이에 맞는 것은 10편 65장 (〈축성수〉 제외)
가운데 관동별곡 제1.7.9장뿐이다. 적용도는 약 5%에 불과하다. 그리고
천태산인이 제시한 형식에 해당하는 경기체가는 1편은 고사하고 1장도
없다.

양주동 박사와 김사엽 박사는 동일하게

三三四 三三四 四四四 위三三四 (葉) 四四四四 위三三四[20]

라는 음수율을 '별곡체의 형식'이라 하였고, 이명구 교수는 〈축성수〉
등 파격이 심한 것을 제외하고 한림별곡, 관동별곡, 죽계별곡, 오륜가,
연형제곡, 화산별곡, 가성덕, 불우헌곡, 화전별곡 등 10편 65장의 자수

---

17 조윤제, 한국시가사강, 을유문화사, 1954, pp.105-106.

18 김태준, "별곡의 연구", 동아일보, 1932.

19 이명구, "경기체가의 형성과정소고", 성균관대논문집 5, 1960.

20 양주동, 여요전주, 을유문화사, 1944, pp.23-31.
   김사엽, 개고국문학사, 정음사, 1956, p.260.

를 통계 처리하여

334 334 444 434, 4444 434[21]

란 '기준형식'을 제시하였다. 이는 결과적으로 볼 때, 양·김박사가 제시한 형식 중에서 '위'를 독립시키지 않고 자수에 포함시킨 것이라 할 수 있다. 이들 '형식' 또는 '기준형식'을 이교수가 통계자료로 삼은 10편 65장에 적용시켜 본 결과, 이 형식에 꼭 맞는 것은 〈한림별곡〉 제5장과 〈오륜가〉 제 4.5장 등 4장이니 적용도는 6%이다. 보다 융통성을 갖고 '경기하여'를 "~경 긔엇더 ᄒ니잇고"와 같은 음수인 334로 간주하면 화산별곡 제1·2·3·4·8 장이 추가될 수 있어서 그 기준형식에 맞는 것은 모두 9장으로 적용률은 약 14%이다.

정병욱 교수는 한림별곡류의 형태를 기본형, 변격형, 파격형 등 3종류로 구분하고 기본형 1聯(章)의 형식으로

"334 . 334 . 444 · 334 · 4444 · 334"[22]

란 음수율을 제시했는데, 이는 각 장 제4.6행의 첫머리에 오는 감탄사 '위'를 자수 계산에 넣지 않았기 때문에 전체적으로 볼 때는 이명구 교수의 기준형과 같고, 따라서 적용도도 이교수의 것과 같다.

한편, 김창규 교수는 경기체가 105구를 통계 내어 다음과 같은 기본형을 제시하였다.[23]

① 334

---

21 이명구, 앞의 논문.
22 정병욱, 앞의 책, p.99.
23 김창규, "경기체가 형식고", 국어교육연구 5, 1973.

② 334

③ 444

④ 爲 4 景幾何如 (4)

　(葉) 44 (44)


　이 형식에 맞는 것은("景幾何如"란 글자까지) 이명구 교수가 자료로
제시한 〈축성수〉를 제외한 10편 65장에 적용시켜 보니, 〈죽계별곡〉 제3
장 1장뿐이었다. '경기하여'란 음절수 4를 무시하고 "～경긔엇더ᄒ니잇
고"등도 '경기하여'로 취급하여 적용시켜 보면, 〈가성덕〉 중, 5장이 더
적용될 뿐이다. 같은 논문의 중간에는 각 장의 제4～6행에 예외를 인정
하여 도표로 "334·334·444·위 4(2) 景幾何如 44 (再唱)위 4 (2) 景幾
何如"란 기준형을 제시하고 있는데, 이렇게 해도 〈죽계별곡〉 제2장과
〈관동별곡〉 제9장 등 2장이 추가될 뿐이다.

　이와 같이, 여러 학자들이 전 경기체가를 자료로 통계 처리하여 기본
형을 제시하였으나 적용도가 극히 낮은 것은 이들의 통계가 잘못된 것이
아니라 기본형 설정의 방법이 옳지 않았다고 본다. 우리 시가의 율격은
우리말의 생리상 순수음수율에 의해 파악될 수 없고, 음보율에 의해 파
악해야 함은 주지의 사실이다. 경기체가가 아무리 '334' 등의 음수에 익
숙해 있다 할지라도 기본율격을 음수율로만 파악한다면 앞에서 검토한
결과와 같이 別無所用이 되고 만다.

　그런데, 이종출 교수는 제4～6행의 '위'를 독립시키고 나머지를 2음 보
로 취급했으며 제5행을 2음보로 보아 종결부분이 촉박하게 불리는 구조
로 파악했다.[24]


　　3 · 3 · 3 위 2

---

24 이종출, "경기체가의 형태적 고구", 한국언어문학 12, 1974.

2(2), 위 2

   그러나 제4.6행을 2음보로 처리한 것은 7자는 반드시 3·4 혹은 4·3
으로 율독되기 때문에 무리였고, 뒷부분 전체를 2보격으로 보아 앞부분
이 3보격으로 "유연하게 불리다가 촉박하게 마무리 된다"고 본 것은 경
기체가의 실상과 한국시가 형식의 변천 추세와 相違하므로 3음보보다
더욱 유장한 4음보로 처리해야 할 것이다.
   한편, 성호경 교수는 "경기체가의 구조연구"[25]에서 음절군(group of
sillables) 단위로 분석하여

   前節 제1구  3 · 3 · 4
        제2구  3 · 3 · 4
        제3구  4 · 4 · 4
        제4구  위…景긔엇더ᄒ니잇고
   後節 제5구  4 · 4
        제6구  4 · 4
        제7구  위…景긔엇더ᄒ니잇고

란 기준형을 제시하고 있으나, 제5행을 두 행으로 나누어 각기 음수율
4·4(2 음보)로 파악한 것 외에는 결과적으로 전기한 음수에 의한 파악
과 같은 것이 되고 말았다. 성교수는 경기체가 제5행을 '제5구와 제6구'
둘로 구분하여 각 2음보로 처리하고 "2보격은 3보격에 비해 훨씬 완만한
움직임을 보이는 율격"이라 지적하고 있는데, 이는 이해할 수 없다. 일반
적으로 2보격보다는 3보격이, 3보격보다는 4보격, 5,6보격이 더 유장하
고 완만하다고 보기 때문이다.[26]

---

25 성호경, 앞의 논문.

그러면 경기체가의 율격과 그 기본형은 어떻게 파악하고 설정해야 할까?

저자는 음보에 의해 율격을 파악하여 경기체가의 기본형식(정격형)을 다음과 같이 제시해 본다.

제1행 : ＿＿＿＿ ＿＿＿＿ ＿＿＿＿ (3음보)

제2행 : ＿＿＿＿ ＿＿＿＿ ＿＿＿＿ (3음보)

제3행 : ＿＿＿＿ ＿＿＿＿ ＿＿＿＿ (3음보)

제4행 : <u>위 (···경) (긔엇더 ) (ᄒ니 잇고)</u> (4음보)

제5행 : ＿＿＿＿ ＿＿＿＿ ＿＿＿＿ ＿＿＿＿(4음보)

제6행 : <u>위 (···경) (긔엇더 ) (ᄒ니 잇고)</u> (4음보)

그러니, 경기체가는 각 장이 6행시이되, 제1~3행은 3보격, 제4~6행은 4보격으로 된 정형시라 하겠다. 간혹, 제5행이 2음보로 되어 있는 경우, 즉 '재창'이 없는 경우도 있는데(실제로 재창을 아니 했는지, 아니면 '재창'이라는 말이 없어도 으례히 재창을 하기 때문에 생략했는지는 확실히 알 수 없다) 이는 정격이라 할 수 없다. 제4행에서 "위 …"라는 감탄을 하고 곧 이어 또 제6행에서 "위 …"라는 감탄을 연발하는 격앙된 리듬이기에 제5행에는 반복어구가 오지 않으면 아니 되고, 제5행의 앞뒤가 4음보로 되어있기 때문에 율격 질서 상으로도 제5행은 4음보가 되어야 한다.

그리고, 제4~6행은 4음보이지만 내용상으로는 "위…경긔엇더ᄒ니잇고"가 오는 것이 원칙이겠으나 형식상으로 볼 때는 4보격이 오면 된다. 그리고 제4.6행에도 '景幾何如',[27] '景何如',[28] '景幾叱多',[29] "景其何如',[30] '景

**26** 조동일, 서사민요연구, 계명대학출판부, 1970, p.78.
    김수업, 한국시가의 율동, 淸溪金思燁博士頌壽紀念論叢, 동 간행위, 1973.
**27** 관동별곡, 죽계별곡, 배천곡 등.
**28** 가성덕

幾何多爲尼伊古',[31] '景幾何如爲尼是叱古'[32] 등이 오는 경우가 있으나 이런 것은 모두 "경긔엇더ᄒ니잇고"의 이두 표기로 볼 수 있으므로 음영하거나 창할 때에는 "위"와 합쳐 4음보가 된다고 본다. 그래서 이 부분은 한자의 자수를 가지고 음보를 나누어서는 안 되고 "위 ｜ ~경 ｜ 긔엇더｜ ᄒ니잇고｜ "로 율독하여 4음보로 취급해야 한다.

또한, 제4.6행의 맨 앞에 오는 감탄사 '위(偉 또는 爲);는 정음시간(음률 외 시간, exta-metrical time)을 인정하여 1음보로 취급해야 한다. 이 '위'를 율격파악에서 제외하는 예도 있으나, 이는 옳은 처리라 할 수 없다. 이 감탄사 '위'는 경기체가에서는 특히 중요한 구실을 하며[33] 엄연히 가사의 일부분이기 때문에 율격 파악에서 결코 제외해서는 아니 된다.

위에 제시된 기본형식을 〈華山別曲〉 제1장과 〈 歌聖德〉 제1장에 적용시켜 보면 다음과 같다.

華山南 漢水北 朝鮮勝地　　(3음보)

白玉京 黃金闕 平夷通達　　(3음보)

鳳峙龍翔 天作形勢 經經陰陽 (3음보)

偉 都邑ㅅ景 긔엇더 ᄒ니잇고　　　　(4음보)

太祖太宗 創業貽謀 太祖太宗 創業貽謀 (4음보)

偉 持守ㅅ景 긔엇더 ᄒ니잇고 (4음보)

(이상 〈화산별곡〉 제1장)

---

29 불우헌곡
30 화산별곡(세종실록 권23 및 증보문헌비고 권 103 악고소재분)
31 기우목동가
32 구월산별곡
33 "위"는 한자로 "爲" 또는 "偉"라고 보면 국어로된 감탄구인데, 개별적인 사물을 열거하는 대목이 끝나고 포괄적인 말이 나타나게 되었음을 알려 주는 구실을 하고 있다. "위"가 있기 때문에 개별적인 대목과 포괄적인 대목이 혼동되지 않은 뿐아니라, 포괄적인 대목이 한층 돋보이게 되어서 兩立에 의한 대립적 구조가 선명하게 이루어질 것이다(조동일, "경기체가의 장르적 성격", 학술원논문집 제15집, 1976).

於皇明 受天命 聖繼神承 (3음보)

履九五 大一統 撫綏萬邦 (3음보)

日月所照 霜露所墜 莫不來庭 (3음보)

偉 四海一家 景 何 如[34] (4음보)

帝德廣運 覆被九圍 帝德廣運 覆被九圍 (4음보)

偉 四海一家 景 何 如 (4음보)

(이상 〈가성덕〉 제1장)


경기체가를 위의 분석처럼 "3·3·3·4·4·4"음보로 된 정형시로 보고, 이 음보율을 모든 경기체가에 적용시켜 보면 파격이 심한 것을 제외 하고는 대부분 맞다. 바꾸어 말하면 이 형식에 벗어난 것은 변격형 내지는 파격형으로 볼 수 있다는 것이다. 음보율로 율격을 파악한다고 하여 전연 음수율을 무시할 수는 없다. 특히 제1·2행은 334란 음수율에, 제5행은 4444란 음수율에 매우 익숙해 있다. 경기체가가 334 혹은 4444란 음수율에 익숙해 있음은 주지의 사실이다. 그러나 334·4444란 음수는 두드러진 특징일 뿐이지 형식상의 기준이 된다거나 시가구조 파악에 관건이 되는 요소는 될 수 없다. 다만 이는 부차적인 자질이라 할 수 있다. 결국, 음보격으로 볼 때, 앞부분은 3보격, 뒷부분은 4보격으로 뒤가 무거운 詩聯(章)을 이루고 있으며, 음수율적 특징으로 볼 때는 앞이 3음이고 뒤가 4음인 뒤가 무거운 시행을 이룸으로써 경쾌하고 발랄한 고려 시대의 3보격 리듬에서 장중하고 완만한 조선시대의 4보격 리듬으로 변모하는 과도기적 형태임을 잘 나타내고 있다고 본다.

그리고, 흔히들 경기체가를 기본형(혹은 정격형), 변격형, 파격형으로 구분하고 있다. 그러나 이렇게 구분하는 명확한 기준은 제시하지 않고

---

34 "何如"는 "긔엇더ᄒ니잇고"의 소략된 이두표기이기 때문에 2음보가 된다. "何如"를 한문으로 보아도 뜻이 "엇더ᄒ니잇고"가 되기 때문에 2음보로 볼 수 있다.

있다.[35] 각자가 제시한 기본 음수율에서 어느 정도 어긋나면 변격이고, 파격인지 알 수 없다. 그래서 동일한 노래를 두고 정격(기본형)이라 하기도 하고 파격이라고도 하는 이견을 빚고 있다. 예컨대 정병욱 교수는 〈죽계별곡〉〈상대별곡〉〈불우헌곡〉을 변격으로 보았는데, 이상보 교수는 이를 정격으로 보았으며[36] 〈가성덕〉을 정병욱교수는 파격으로 보았는데, 이상보 교수는 정격으로 보고 있다. 이처럼 상호 크게 차이가 나는 것은 일정한 기준이 없기 때문이다. 그래서 저자는 경기체가를 다음과 같은 기준에 의하여 정격형, 변격형, 파격형 등 3가지로 구분하고자 한다.

앞에서 제시한 기본형을 정격형으로 보고, ① 각행의 음보율이 정격형과 같으면서 1행이상 가감되었을 경우와 ② 1장(연)이 6행으로 되어 있더라도 2행 이상의 보격이 정격형(기본형)과 어긋날 경우는 변격형으로 보고자 한다. 파격형은 ① 각 장 간의 균형이 깨어지고 ② 행의 수가 기본형보다 2행 이상 加減되었거나 ③ 각 행의 음보율도 깨어지는 등 일관성을 찾아 볼 수 없는 형으로서 다만 제5행에 반복구가 있다거나 여타 행에 "~ 경긔엇더ᄒ니잇고"의 뜻을 가진 말이 붙어 있는 것으로 규정하고자 한다. 구체적인 분류는 제 5장에서 고찰하기로 한다.

그런데, 祝聖壽를 "偉 …景何如"란 구가 있다고 하여 대체로 파격형의 경기체가로 취급하고 있으나 저자는 이를 경기체가로 보지 않는다. 왜냐하면 "偉 4 景何如"의 앞에 놓인 "3333"은 경기체가의 제5행에 오는 반복구와 성격이 전연 다르기 때문이다. 예컨대, 축성수의 제1장 "我朝鮮 在海東 殷父師 受周封 偉 永荷皇恩景 何如"에서 "我朝鮮 在海東 殷父師 受周封"은 반복구가 절대 아니고 六言 漢詩句이다. 여기서 '東'과 '封'은 通韻이다. 축성수의 각장 제5행의 끝자인 「東·封」, 「蒙·窮」, 「宗·忠」,

---

**35** 정병욱 교수는 기본형으로 〈334 · 334 · 444 · 334 · 4444 · 334〉란 음수율을 제시하고 변격형을 "기본형에서 조금 벗어나, 일부 음절수의 변화를 보여 주고 있다"로 규정하고 있다. (한국고전시가론, 신구문화사, 1977, p.99.)

**36** 이상보, "박성건의 금성별곡 연구", 명대논문집 8, 1975.

「恭・聰」,「容・隆」,「風・重」,「逢・童」,「鏞・融」,「功﹒雍」,「嵩・穹」은 모두 東韻이거나 東通韻인데, 전체적으로 볼 때는 東通韻 一韻倒底格이다. 그리고, 전 경기체가의 제5행의 음수율은 '44' 혹은 '4444'이지 축성수처럼 '3333'이란 음수율은 없다. 이처럼 축성수는 경기체가와는 성격이 다르다. 그래서 이 축성수는 일종의 한시구에 그 당시 유행하던 "偉～景何如"란 감탄구를 붙인 한시체 송도시로 다루어야 한다. 이는 마치 〈靖東方曲〉이 경기체가의 파격이 아님과 같다.[37]

이상에서 논한 경기체가의 형식상의 특징을 요약해 보면 다음과 같다.


① 연장체 시가이다.

② 전대절과 후소절로 되어 있다.

③ 제1～3행은 3보격, 제4～6행은 4보격으로 이루어진 6행시이다.

④ 제4행과 제6행은 "위(偉 혹은 爲)～경 긔엇더 ᄒ니잇고"로 4음보를 이루는 것이 원칙이다.

⑤ 제1·2행은 334 란 음수율에, 제5행은 4444란 음수율에 매우 익숙해 있다.



## 3. 작자

경기체가의 작자는 한학자, 유학자라는 것이 거의 정설화 되다시피 되어 있다.


"한학자의 손에 발생하야 그들 가운데서 一步도 다른 사회에 벗어나지 못한 듯하다"[38]


---

**37** 김문기, "정삼봉문학연구", 석사학위논문, 1974, p.164.

"이 독특한 정형적 형식을 가진 노래는 이른바 「한림별곡체」로 麗代를 풍미하고 나려와 선조중엽에까지 미처 유관의 만흔 모방작을 보게 되었다…… 麗・鮮의 儒者流가 얼마나 이 유장한 운율을 즐기었는가를 알려니와……[39]

"하여체가는 관료・유학자의 문학이며 상층지식 간에 국한된 풍류이었고"[40]

"별곡문학은 일종의 귀족문학으로서 그 내용을 보더라도 한문학자・유학자 들이 풍류적인 서경을 노래한 것이 아니면……."[41]

"이 경기체가는 결코 정치권외에 축출되거나 또는 산야에 스스로를 放擲한 불우한 문인・학자 또는 한인들이 아닌 새로운 관인들의 즉 새로운 지배층으로 등장한 신흥사대부의 문학임을 알아야 한다."[42]

그러나, 김창규 교수는

"별곡체가는 유교이념에 젖은 사대부들만의 전유물인 것처럼 인상지워졌으나, 이 별곡체가의 형식은 유교 아닌 불교의 불찬류에서도 널리 이 별곡체가 형식이 사용되었음을 釋己和의 3편 작품과 말계지은의 〈기우목동가〉를 통하여 知悉할 수 있다.[43]

고 하여, 경기체가의 작자는 儒佛識者層들임을 밝혔다.

저자도 경기체가의 작자는 유불식자층이라는 것에 동의한다.

현재 학계에 알려져 있는 승려작 경기체가는 말계지은의 〈기우목동

---

**38** 조윤제, 한국시가사강, 을유문화사, 1954, p.108.
**39** 양주동, 여요전주, 을유문화사, 1971 9판, pp.231-232.
**40** 고정옥, 국문학개론, 우리어문학회, p.15.
**41** 김기동, 같은 책, p.109.
**42** 이명구, "경기체가의 역사적 성격 고찰", 대동문화연구 1, 1963.
**43** 김창규, 앞의 논문.

가〉와 석기화의 〈미타찬〉〈안양찬〉〈미타경찬〉, 의상화상의 〈서방가〉 등 5편이나 된다.

그리고 경기체가의 가사가 게송과 비슷한 점이 있기 때문에 별 저항 없이 불가에 수용될 수 있었을 것으로 보아 앞으로 불찬류 경기체가는 더 많이 발굴될 가능성이 있다.

이러한 점으로 볼 때, 경기체가는 신흥사대부에 의하여 발생되기는 했으나 후대에 와서는 승려들에 의해 이 형식이 찬불 내지 포교에 널리 쓰였다면 일반 서민층에도 어느 정도 향유되었을 것으로 추측된다. 일반 대중에게 어느 정도 널리 향유되었는지 알 수 없으나 경기체가의 가사가 한자로 되어 있다고 하여 지식층의 독점물이라고는 할 수 없다.

요컨대, 경기체가는 유교 사대부만 지은 것이 아니고 승려들도 지었으니 작자는 특수층만이 아니며, 찬불이나 포교에 경기체가가 쓰였던 만큼 일반 대중도 향유층이 될 가능성이 있다는 것이다.


## 4. 형성 및 변천과정

### 4.1. 형성과정

경기체가의 형성에 대한 기왕의 견해는 크게 2가지로 나누어 볼 수 있다. 그 하나는 우리 시가 중, 경기체가 이전의 시가 형태에서 그 기원을 찾는 것이고, 다른 하나는 중국 시가의 모방이라는 것이다.

전대의 우리 시가에서 그 기원을 찾는 태도는 극히 바람직하지마는 경기체가의 제 특징을 산산히 해체하여 그 하나하나의 기원을 이곳저곳에서 찾아 모으려는 태도는 불식되어야 할 것이다. 그리고 전대 어느 한 시가가 사라지고 그것이 변하여 다음 대의 어느 시가가 발생된다는 시가관도 하루속히 극복되어져야 할 것이다.

우리 시가에서 기원을 찾는 이들은 세 부류로 나누어지니, 고정옥은 향가에서,[44] 김사엽 교수는 고려 민요체에서,[45] 이병기·김기동 교수는 민요체[46]에서 각기 그 기원을 찾았다. 한편, 조윤제 박사는 "중국의 詞 혹은 조선의 전통적 시형을 교묘히 종합 案出한 것"[47]이라 했고, 김동욱 박사도 "한림별곡 등은 중국의 詞의 영향과 우리나라 고유한 민요적 리듬을 합한 기묘한 接種"[48]이라 하여 절충적인 안을 내놓았다.

중국 시가에서 기원을 찾는 이들 중, 천태산인, 이명구 교수는 주로 詞에서,[49] 박성의 교수는 "한문의 騈文 모방"[50]에서 그 기원을 찾았다.

우리 시가의 전통 속에서 그 기원을 찾을 수 없다면 외국의 시가 형태에서 기원이나 영향 관계를 찾아보는 것도 좋겠지만, 경기체가의 제 특징의 기원은 충분히 우리의 전통 시가 속에서 찾을 수 있다고 보기 때문에 외국 文學의 영향 관계는 이곳에서는 논외로 하기로 한다.

고려 속요에서 생성 기원을 찾는 견해는 경기체가에 3음보와 3음이 많다는 뜻에서, 이들 '음보'와 '3음절'을 속요에서 빌려온 것으로 보고 있다. 우선, 속요와 경기체가는 '별곡'이라는 같은 형식의 시가로 본다면 더 이상 영향관계를 논할 것이 못되는 것이다. 같은 시가체이기 때문이다. 전혀 다른 시가체라 할지라도 이 양자의 발생의 선후를 알 수 없는 현실이다. 그리고 경기체가의 '3음보'와 '3음절'이 속요체만 갖고 있는 리듬이라고 볼 수 있을까? 고대 민요에서도 구할 수 있을 것이고, 향가에서도 구해 볼 수 있으리라.

---

**44** 우리어문학회, 국문학개론, 일성당서점, 1949, p.15.

**45** 김사엽, 개고국문학사, 정음사, 1956, p.295.

**46** 이병기, 같은 책, p.128.
  김기동, "한국시가의 장르적 전개에 대하여", 현대문학 3권 1호, 1956.

**47** 조윤제, 한국문학사, 탐구당, 1968, p.21.

**48** 김동욱, 국문학개론, 민중서관, 1967, p.22.

**49** 김태준, 위의 논문.
  이명구, 위의 논문.

**50** 박성의, "한국시가의 한시문", 고려대문리대논문집 1, 1960.

남은 것은 민요와 향가에서의 기원설이다.

이들은 가장 긍정할 만한 것이긴 하나, 민요에서 파생됐다는 견해는 너무 막연하다. 향가의 계승이라는 이유로 "상층지식인의 작품이라는 것, 향가의 낙구에 해당하는 疊句를 하여체가도 갖고 있다는 것"[51]을 들고 있으나 설득력이 약하다.

저자도 향가에서, 특히 사뇌가에서 그 기원을 찾는 것이 옳다고 보고 경기체가의 형성과정을 파악해 보기로 한다.

앞의 제3장에서 제시한 경기체가의 형식상 특징에 따라 우선 살펴보자.

첫째, 연장체의 문제이다. 이 연장체는 별곡의 공통적 특징이다. 그런데, 사뇌가 중 普賢十種願王歌가 연장체이다. 민요의 선후창에서 연장체를 생각할 수 있으나 너무 막연한 추론이다. 시대적으로 직접 연관이 있고 시가 전반에 걸쳐 유관성이 짙은 사뇌가 중에 연장체가 있음이 문헌상, 기록상 증거로 뒷받침되고 있는 만큼 경기체가의 연장체의 기원은 사뇌가에서 충분히 구할 수 있다.

둘째, 전대절과 후소절도 사뇌가에서 발견할 수 있다. 10구체의 사뇌가는 전 8구가 전대절이 되고 후 2구가 후소절이 됨은 주지의 사실이다. 후소절 초두에 감탄 낙구가 붙는 것도 사뇌가와 경기체가의 공통점이다.

셋째, 3음보와 4음보의 혼성 문제이다. 지금까지 대체 향가는 4보격의 시가로 알아 왔으나 근래 3보격의 시가로 파악하려는 경향이 있는데, 저자도 이에 左袒한다. 앞에서 도출한 경기체가의 형식을 보아 알 수 있듯이 경기체가는 3음보와 4음보가 반반 정도로 되어 있다. 그렇다면 경기체가의 율격은 어느 한 시가로부터 그대로 차용한 것이라고는 할 수 없다. 향가의 율격을 3보격으로 볼 때, 경기체가의 율격은 향가의 3보격을 계승하면서 4보격 민요의 영향아래 지식층의 사고개념에 적합한 시형을

---

51 고정옥, 같은 책, p.15.

이룬 것이라 본다. 이러한 증거는 음수율에서도 발견된다. 제1~2행은 음수율이 대체로 334 , 334 인데, 홀수인 '3'으로 일관하지 않고 끝에는 짝수인 '4'가 오는 것도 안정감과 장중감을 추구한 결과라 본다. 이런 관계는 보격에도 적용되었다고 본다. 제1~3행까지는 3보격의 경쾌한 리듬으로 내려가다가 3행까지의 내용을 포괄하는 제4행에 가서는 4보격의 안정감 있고 장중한 리듬을 사용하였으며, 제5행 포괄중의 개별과 제6행 포괄중의 포괄[52] 등 2행에서 4보격을 사용하여 전체적으로 안정감과 장중성을 가지도록 하였다. 경기체가는 3음보 위주라는 종래의 주장은 고쳐져야 할 것이다.

이상으로 볼 때, 경기체가는 향가, 그 중에서도 10구체 사뇌가의 형식을 기저로 하여 4보격 민요의 영향아래 지식층의 기호에 맞게 새로운 시형으로 만들어 진 것이라 할 수 있다.

한편, 일반 대중층에서는 사뇌가의 율격을 기저로 한 경쾌한 3음보 위주의 속요가 이루어진 것으로 볼 수 있다.

## 4.2. 변천과정

경기체가의 발전, 변천과정에 관해 종래는 주로 작품의 형식보다는 사회사적 측면에 중점을 두어 시기구분을 하거나 세기별로 나누기도 했다. 그리하여, 이명구 교수는 형성기(1214~1348 A.D), 발전기(1352~1429 A.D), 변천기(1472~ 1587A.D) 등 3기로 구분하였고,[53] 김창규 교수는 생성기(1214~1391), 발전기(1392~1446), 변천기(1447~1531), 쇠퇴기(1532~ 1587)등 4기로 나누었다.[54] 한편 이상보 교수는 발생기(13세기), 발전기(14세기), 융성기(15~16세기), 쇠퇴기(17~19세기)등 4기로 구분

---

52 조동일, 앞의 논문.
53 이명구, 경기체가의 역사적 성격 고찰, 대동문화연구 1, 1963.
54 김창규, "별곡체가 연구(1)", 국어교육연구 Ⅲ, 1971.

했다.[55]

　그러나 문학 장르의 변천과정을 모색하는 데는 사회사적 사실이 중요하기는 하나, 그 영향이 한 장르의 형태 변천에 비례적으로 직접 미친다고는 볼 수 없으므로, 작품 자체의 형태 변천을 중심으로 시기 구분하여 그 발전, 변천되는 양상을 추적해 봐야 할 것이다. 그리하여, 저자는 경기체가의 사적 변천과정을 작품의 형식에 따라 시기구분하고자 한다. 먼저, 현전하는 경기체가 26편[56]을 앞 장에서 제시한 분류 기준에 따라 정격형, 변격형, 파격형으로 구분해 보면 다음과 같다.

　(1) 정격형 : 翰林別曲, 五倫歌, 宴兄弟曲, 九月山別曲, 華山別曲, 歌聖德, 西方歌
　(2) 변격형 : 關東別曲, 竹溪別曲, 霜臺別曲, 彌陀讚, 安養讚, 彌陀經讚, 騎牛牧童歌, 不憂軒曲, 錦城別曲, 配天曲, 花山別曲
　(3) 파격형 : 花田別曲, 道東曲, 儼然曲, 太平曲, 六賢歌, 獨樂八曲, 龜嶺別曲, 忠孝歌

　그러면 위와 같이 세 가지 형태로 구분된 경기체가 各篇들이 사적으로 볼 때, 각기 어느 위치에 자리하며 시기별로 어떤 공통적 형태로 무리지워져서 변천과정을 보여 주는지를 알아내기 위해 현전 작품들의 현황을 창작 연대순으로 정리, 도표화해 보면 다음과 같다.

---

55　이상보, 앞의 논문.
56　형식상 경기체가라 볼 수 없는 〈축성수〉와 곡명만 전해지고 작품은 현전하지 않는 〈관산별곡〉은 제외하고, 잔형으로 보이는 〈충효가〉를 포함시키면 24편이 된다.

| 번호 | 작품명 | 작자 | 창작 연대 | 장수 | 형식 |
|------|--------|------|-----------|------|------|
| 1 | 翰林別曲 | 翰林諸儒 | 1216 A.D(고종 3년) | 8 | 정격 |
| 2 | 關東別曲 | 安軸 | 1330 (충숙왕 17년) | 9 | 변격 |
| 3 | 竹溪別曲 | 安軸 | 1330~1348 (충숙왕 17~충목왕 4) | 5 | 변격 |
| 4 | 霜臺別曲 | 權近 | 1352~1409 (공민왕 1~태종 9) | 5 | 변격 |
| 5 | 九月山別曲 | 柳穎 | 1423 (세종 5년) | 4 | 정격 |
| 6 | 華山別曲 | 卞季良 | 1425 (세종 7년) | 8 | 정격 |
| 7 | 歌聖德 | 미상(예조?) | 1429 (세종 11년) | 6 | 정격 |
| 8 | 宴兄弟曲 | 미상(예조?) | 1432 (세종 14년) | 5 | 정격 |
| 9 | 五倫歌 | 미상(예조?) | 1432 (세종 14년) | 6 | 정격 |
| 10 | 西方歌 | 義相和尙 | 세종대 | 10 | 정격 |
| 11 | 彌陀讚 | 己和 | 세종대 | 10 | 변격 |
| 12 | 安養讚 | 己和 | 세종대 | 10 | 변격 |
| 13 | 彌陀經讚 | 己和 | 세종대 | 10 | 변격 |
| 14 | 騎牛牧童歌 | 末繼智訔 | 세조대 | 12 | 변격 |
| 15 | 不憂軒曲 | 丁克仁 | 1472 (성종 3년) | 6 | 변격 |
| 16 | 錦城別曲 | 朴成乾 | 1480 (성종 11년) | 6 | 변격 |
| 17 | 配天曲 | 미상(예조?) | 1492 (성종 23년) | 3 | 변격 |
| 18 | 花田別曲 | 金絿 | 1519~1531 (중종 14~중종 26) | 6 | 파격 |
| 19 | 花山別曲 | 李福老 | 1530~1533 (중종 25~중종 28) | 6 | 변격 |
| 20 | 龜嶺別曲 | 李福老 | 1530~1533 (중종 25~중종 28) | 6 | 파격 |
| 19 | 道東曲 | 周世鵬 | 1541 (중종 36년) | 9 | 파격 |
| 20 | 六賢歌 | 周世鵬 | 1541 (중종 36년) | 6 | 파격 |
| 21 | 儼然曲 | 周世鵬 | 1541 (중종 36년) | 7 | 파격 |
| 22 | 太平曲 | 周世鵬 | 1541 (중종 36년) | 5 | 파격 |
| 23 | 獨樂八曲 | 權好文 | 1567~1587 (명종 22~선조 20) | 7 | 파격 |
| 24 | 忠孝歌[57] | 閔圭 | 1860 (철종 11년) | 6 | 파격 |

위의 도표를 통하여 현전하는 경기체가의 시기구분은 작품의 형식을

---

**57** 〈충효가〉는 파격이 너무 심하고 여타 경기체가와 창작연대가 너무나 많이 떨어져 있기 때문에 경기체가의 잔형으로 취급한다.

중심으로 하여 볼 때 다음과 같이 4기로 나누어짐을 알 수 있다.

제1기(형성기) : 1216A.D(고려 고종 3)～1418A.D(조선 태종 18)
제2기(완성기) : 1419A.D(세종 원년)～1468A.D(세조 14)
제3기(변천기) : 1470A.D (성종 원년)～1494A.D (성종 25)
제4기(쇠퇴기) : 1506A.D (중종 원년)～1587A.D (선조 20)

그러면, 각 시기의 특징과 변천과정을 살펴보기로 한다.

### (1) 제1기(1216～1418A.D)

이 기간은 정격형과 변격형이 공존하는 시기이니, 곧 경기체가의 형성기라 하겠다. 〈한림별곡〉〈관동별곡〉〈죽계별곡〉〈상대별곡〉 등 4편이 이 시기에 속한다. 일반적으로 경기체가의 전형으로 보고 있는 한림별곡은 제6행에 "위～경 긔엇더 ᄒ니잇고"가 오지 않는 것이 3장이 있으나 정격형이라 볼 수 있다. 이 〈한림별곡〉 이전에도 필시 경기체가가 지어진 것 같으나 현전하지 않으므로 경기체가 형성기의 상한선을 〈한림별곡〉이 지어진 1216 A.D(고려 고종 3년)[58]으로 잡지 않을 수 없다. 〈관동별곡〉과 〈죽계별곡〉은 제4행이 "재창"이 없이 2음보로 되어 있으므로 변격형이다. 제4행은 '再唱'란 표시가 없어도 으레 재창을 하기 때문에 '재창'이란 표시를 하지 않았는지 알 수 없으나, 이를 속단할 수 없기 때문에 정격형으로 보지 않고 변격형으로 취급하였다. 〈상대별곡〉은 제1～4장은 정격형을 이루고 있으나 마지막 장이 파격이어서 전체적으로 볼 때, 변격형으로 보지 않을 수 없다. 이처럼 제1기는 정격형과 변격형이 섞여 있는데, 이는 경기체가 형태가 아직 완성되지 못하고 형성 중에 있음을 의미한다고 하겠다.

---

**58** 김동욱, 앞의 논문.

(2) 제2기(1419~1468A.D)

제2기는 경기체가란 형태가 완성된 시기이니 정격형 시대라 할 수 있다.

〈구월산별곡〉〈화산별곡〉〈가성덕〉〈연형제곡〉〈오륜가〉〈서방가〉 등이 모두 정격형이다. 다만 〈가성덕〉의 제2장의 후소절이 없으나 이는 누락된 것으로 보이기 때문에 정격형으로 취급하였다. 〈미타찬〉〈안양찬〉〈미타경찬〉 등 3편은 각 장의 제4, 6행에 "긔엇더ᄒ니잇고"가 생략되어 있어 변격형으로 취급했으나 실은 "긔엇더ᄒ니잇고"가 우리말이기 때문에 이 3편이 실린 『함허당어록』에는 표기되지 못한 것으로 본다면 정격형이나 다름없다. 〈기우목동가〉12장은 각 장의 1행이 줄었을 뿐이고 음보율은 정격형과 같다. 정격형보다 1행이 적기 때문에 변격형으로 취급했으나 제3기에 속하는 변격형 경기체가보다는 매우 정제되어 있어 정격형에 포함시켜도 될 법 하다. 그러나 1행이 줄어들었다는 것은 정격형 시대인 제2기의 종말을 뜻하는 것이고, 변격형 시대인 제3기를 예고하는 과도기적 작품이라 하겠다. 〈미타찬〉〈안양찬〉〈미타경찬〉 등 3편과 〈기우목동가〉」는 정격형과 매우 가깝거나, 정격형이라 보아도 좋기 때문에 제2기에 넣게 되었다.

(3) 제3기 (1470~1494A.D)

이 기간에 창작된 〈불우헌곡〉〈금성별곡〉〈배천곡〉 등 3편은 모두 변격형이니, 제3기는 경기체가의 변천기라 하겠다. 성종대는 시조가 본격적으로 발달하고 가사가 차츰 세력을 펴게 되어 경기체가는 상대적으로 그 시대인의 기호에 멀어지게 됨으로써 형식이 흔들리게 되었다고 본다.

(4) 제4기 (1506~1587A.D)

이 시기의 작품들은 〈화산별곡〉을 제외하고는 모두 파격형이니 경기체가의 쇠퇴기라 하겠다. 李福老의 〈화산별곡〉은 제1, 3장에 '景幾'句가사라지고, 제5장에 '再唱'이 빠지는 등 파격의 조짐이 보이고, 특히 〈구령별곡〉은 각 장의 제6행에 '…경'이 모두 없을 뿐만 아니라 제6장은 行數는 물론 음보율 등 경기체가의 형식과 많이 다른 파격을 초래하고 있다.59 김구의 〈화전별곡〉은 각 장의 행수도 상호 균형이 깨어졌을 뿐 아니라, 음보율도 매우 파괴되어 있다. 특히 주세붕의 〈도동곡〉〈육현가〉〈엄연곡〉〈태평곡〉〈독락팔곡〉에 이르러선 경기체가의 형태는 거의 파괴되었다.

결국, 경기체가란 시가형은 서민의식이 대두되어 성장되기 시작한 임란을 전후하여 소멸되었다고 본다. 경기체가는 대부분 상층계급들의 과시와 찬양의 문학 장르이기 때문에 임란을 전후하여 상층계급들이 "과시와 찬양"의 기세와 기회를 자연적으로 상실함으로써 그 시가 형태도 필요성을 잃게 되었다고 본다. 경기체가란 형태가 소멸된 이후, 약 300년만에 閔圭에 의해 1860년(철종 11년)에 지어진 〈충효가〉는 경기체가의 殘影으로 취급해야 할 것이다.

---

59 김영진, "龜村 李福老의 景幾體歌", 한국시가연구 25, 한국시가학회, 2008.

# 제3장 불교계 경기체가의 불경 수용 양상

경기체가에 대한 연구는 지금까지 주로 그 형식, 발생 및 형성과정, 장르적 성격 등에 대해서 활발히 진행되었고 작자층과 향유층에 관해서는 별로 이루어지지 못하였다. 경기체가의 작자층과 향유층에 대한 연구가 소홀히 된 이유는 그 작자와 향유층을 유학자들로만 인식했기 때문이다. 그러나 安自山이 『佛敎』 제71호에 말계지은이 지은 〈騎牛牧童歌〉 6장을 소개한[1] 이후, 〈彌陀讚〉 〈安養讚〉 〈彌陀經讚〉[2] 〈西方歌〉[3] 등이 속속 발굴됨으로써 경기체가의 작자층과 향유층에 대해 재검토하지 않을 수 없게 되었다.

〈기우목동가〉 〈미타찬〉 〈안양찬〉 〈미타경찬〉 〈서방가〉 등 불교계 경기체가 5편은 전 경기체가의 약 20%에 해당할 뿐만 아니라 각기 형태적인 면에서도 많은 특징을 갖고 있다. 涵虛堂 己和가 지은 〈미타찬〉 〈안양찬〉 〈미타경찬〉은 涵虛堂語錄에 〈圓覺經頌〉 〈法華經頌〉 〈法王歌〉 〈般若歌〉 등의 歌頌과 함께 실려 있고 상투어구인 '○○景何如'가 생략되어 있어 일반 게송과 혼동할 염려가 있으며 義相和尙의 〈서방가〉는 10장이면서 완벽한 정격의 형태를 취하고 있을 뿐 아니라 소박하나마 부분적으로 樂調 표시가 되어 있다. 그리고 〈기우목동가〉는 12장으로 경기체가 중에서 가장 긴 형태를 띠고 있다.

---

1 安自山, "朝鮮音樂과 佛敎", 佛敎 71, 1930.
2 金會圭, "涵虛堂攷", 東洋文化 6·7집, 영남대 동양문화연구소, 1968.
3 김문기, "義相和尙의 〈西方歌〉 硏究", 東洋文化硏究 5, 경북대 동양문화연구소, 1978.

그러나 이러한 형태적인 특징까지 많이 겸하고 있는 불교계 경기체가에 대한 연구는 지금까지 작자의 생애나 형식에 관해 단편적으로 이루어졌을 뿐이고 작품에 나타난 불교사상과 불경의 수용 및 그 굴절 양상에 대해서는 체계적인 검토가 이루어진 적이 없다.

따라서 본 연구에서는 불교계 경기체가에 투영된 정토사상에 관해 분석해 보고, 불교계 경기체가의 불경의 수용양상, 즉 불교계 경기체가가 淨土三部經의 내용을 직, 간접적으로 얼마나, 어떻게 수용하거나 굴절시켜 표현했는지에 관하여 고찰해 보고자 한다.

## 1. 불교계 경기체가의 개관

### 1.1. 서방가

〈西方歌〉는 성균관대학교 도서관 소장본인 「念佛作法」이란 귀중서의 끝에 실린 불교계 경기체가이다. 이 작품은 1977년도 9월에 저자가 발굴하여 학계에 소개함으로써 세상에 알려지게 된 것이다.[4] 이 〈서방가〉가 실려 있는 「염불작법」은 1572년(선조 5)에 천불산 개천사에서 개간된 목판본인데[5] "隆慶六年壬申四月日開刊於千佛山開天寺"라는 간기가 명확히 새겨져 있다. 〈서방가〉는 10장으로 된 정격형일 뿐만 아니라 악조 표시로 보이는 '一', '二'와 같은 기호가 붙어 있기 때문에 더욱 주목되는 작품이다. 그 내용을 검토하기 위하여 먼저 〈서방가〉 전문을 보기로 한다. 편의상 악조 표시는 생략하기로 한다.

---

4 김문기, "義相和尙의 〈西方歌〉 研究", 東洋文化研究 5, 경북대 동양문화연구소, 1978.
5 이 〈念佛作法〉의 주요 내용은 淨口業眞言, 安土地眞言, 開經偈, 開法藏眞言, 禮香水海, 雜禮節次, 念彌陀, 十相, 往生偈, 普通祝願, 如來十大發願文, 懶翁和尙發願文, 延壽祖師四料讚, 勸念偈, 大慈菩薩勸念偈, 義相和尙西方歌 등이다.

(1) 從是西 過十萬億 佛國土
　　有世界 名極樂 安養淨土
　　其土有佛 號阿彌陀 現在說法
　　爲 敎化衆生景 긔엇더 ᄒᆞ닝잇고
　　唯心淨土 自性彌陀　　再唱
　　爲 返淨卽是景 나는 됴해라

(2) 其國人 無衆苦 但受諸樂
　　七重欄 七重網 七重行樹
　　皆是四寶 周匝圍繞 爲故名極樂[6]
　　爲 功德莊嚴景 긔엇더 ᄒᆞ닝잇고
　　極樂不離 眞法界中　　再唱
　　爲 撻矢成佛景 나는 됴해라

(3) 七寶池 八功德水 充滿其中
　　寶開上[7] 有樓閣 衆寶合成
　　池中蓮花 大如車輪 雜色光明
　　爲 微妙香潔景沙 긔엇더 ᄒᆞ닝잇고
　　九品招生 坐寶蓮花　　再唱
　　爲 受諸快樂 나는 됴해라

(4) 黃金池 碧虛空 常作天樂
　　雨天花 香分付 晝夜六時
　　常公淸但 合以交械 成衆妙花[8]
　　爲 供養他方景伊 긔엇더 ᄒᆞ닝잇고
　　十方佛刹 正行自在　　再唱
　　爲 勝事諸佛景伊 나는 됴해라

(5) 彼國有 雜色鳥 種又奇妙[9]
　　白鶴與 孔雀等 鸚鵡舍利
　　加凌頻加 共命之鳥 出和雅音
　　爲 演暢說法景 긔엇더 ᄒᆞ닝잇고
　　欲令法音 宣流變化　　再唱
　　爲 緣念三昧景 나는 됴해라

(6) 微風吹 動諸樹 及寶羅網
　　出妙音 百千樂 同時俱作
　　聞是音者 自然心生 念佛念法
　　爲 念僧景 긔엇더 ᄒᆞ닝잇고
　　寶樹光明 亦能說法　　再唱
　　爲 聞法歡喜景沙 나는 됴해라

(7) 佛光明 佛壽命 無量無邊
　　往生人 壽長遠 與佛無異
　　阿彌陀佛 成佛移來 於今十劫[10]
　　爲 壽命長遠景沙 긔엇더 ᄒᆞ닝잇고

(8) 菩薩衆 聲聞衆 其數甚多
　　皆不退 亦多有 一生補處
　　衆生聞者 應當發願 生彼國土
　　爲 但會一處景[11] 긔ㅛ더 ᄒᆞ닝잇고

---

6 "爲故名極樂"은 "故爲名極樂"의 誤刻인 듯하다.
7 "寶開"는 "寶階"의 誤刻인 듯하다.
8 "常公淸但 合以交械 成衆妙花"는 "常以淸旦 各以衣械 盛衆妙花"의 誤刻인 듯하다.
9 "種又奇妙"는 種　奇妙의 오각인 듯하다.
10 "成佛移來 於今十劫"은 "成佛以來 於今十劫"의 誤刻인 듯하다.
11 "但會一處景"은 "俱會一處景"의 誤刻인 듯하다.

乘佛願力 自然皆生　　再唱　　　　諸上善人 以爲朋伴　　再唱

爲 永斷生死景沙 나는 됴해라　　　　爲 熏習增進景 나는 됴해라

(9) 阿彌陀佛 四十八 大誓願生　　(10) 極樂國 大敎主 阿彌陀

十念者 皆往生 佛說分明　　　　　　觀世音 大勢至 諸大菩薩

何況一念 全持名號 成就三昧　　　　娑婆世界 念佛衆生 攝受無邊

爲 直證上品景沙 긔엇더 ᄒᆞ닝잇고　　爲 寶皆接人景 긔엇더 ᄒᆞ닝잇고

阿彌陀佛 慈悲願力　　再唱　　　　知與不知 相逢勸念　　再唱

爲 殊勝功德景沙 나는 됴해라　　　　爲 生生極樂景 나는 됴해라

위에 보인 〈서방가〉는 아미타경에 묘사된 서방정토의 모습을 근간으로 하여 극락정토를 읊은 노래로서 일종의 法文歌라 할 수 있는데 원문을 통하여 그 내용을 살펴보면 다음과 같다.

제1장은 10만억 불국토를 지나면 극락세계가 있고, 그 곳에서는 아미타불이 중생을 교화, 설법하고 있으며

제2장은 극락세계 주위 환경의 장엄함과 극락인이 고통없이 즐거움을 누리는 모습을 읊고 있고

제3장은 극락의 향결한 경치와 안양정토의 九品들이 왕생하여 쾌락을 향유하는 모습을 읊고 있다.

제4장은 天樂聲이 들리는 안락한 분위기 속에서 부처를 공양하고 섬기는 모습을,

제5장은 극락세계의 雜色鳥들까지 화기롭고 우아한 음으로 설법하며 三昧에 이른 경지를 읊고 있다.

제6장은 天樂聲이 울려 저절로 염불, 염법하는 마음이 생기며 寶樹 光明도 능히 설법하고 法을 듣고 勸善하는 모습을 묘사하고 있으며,

제7장은 극락인의 수명 長遠함과 영생하는 모습을,

제8장은 菩薩, 聲聞들이 모여 일생 補處로 지내는 모습과 天衆들이 上善人들과 벗하며 薰攝을 증진하는 모습을 읊고 있다.

제9장은 아미타불의 大願에 의하여 十念者들이 왕생하여 삼매를 성취해서 上品에 이르는 모습과 아미타불의 빼어난 공덕을 찬양하고 있으며 제10장은 서방세계의 아미타불이 중생을 교화하는 무한한 자비심과 평등히 권념하는 극락의 경개를 읊고 있다.

이 〈서방가〉의 歌題가 '義相和尙西方歌'로 되어 있기 때문에 작자는 義相和尙이라 하겠는데 문제는 '의상'이 어느 시대의 누구인가 하는 것이다. 〈서방가〉가 실려 있는 「念佛作法」에는 나옹화상의 발원문과 중국 북송시대의 선승인 延壽祖師의 四料讚이 실려 있고 염불작법은 일종의 염불의 텍스트적인 성격을 지닌 것이기 때문에 여기에 실릴 수 있는 것은 가장 보편적이고 기본적인 염불이거나 고승들의 모범이 될 만한 발원문 또는 가송이라는 점 등으로 미루어 볼 때, 〈서방가〉는 후대인이 포교를 위해 義湘이 쓴 정토사상에 관한 글이나 그의 정토사상을 바탕으로 하여 경기체가의 형식으로 새로이 작품화한 것이라 볼 수 있다.[12]또한, 義相이라는 법호를 가진 승려가 지었을 가능성도 없지 않다.

〈서방가〉의 창작시기는 세종대라고 생각한다. 왜냐하면 세종조에는 가장 많은 경기체가가 지어졌고 이 시기에 창작된 작품들은 대부분 정격형 경기체가였는데 이 〈서방가〉도 10장으로 이루어진 정격형이기 때문

---

12 〈서방가〉의 작자에 대해 金相鉉은 "의상은 정토신앙에 투철했다. 그에 의한 浮石寺의 창건이 정토사상을 토대로 한 것이었고, 일생 동안 서쪽을 등지지 않고 앉았던 것 등이 그렇다. 또한, 그가 〈小阿彌陀經義記〉 1권을 저술했었음은 그가 〈西方歌〉를 지었을 가능성과 관련하여 주목된다. 후술하는 바와 같이 〈서방가〉에는 〈小阿彌陀經〉의 내용을 옮겨 쓴 부분이 많기 때문이다. 〈西方歌〉에는 넓은 의미에서 발원문류와 비슷한 성격이 있다. 의상은 〈白花道場發願文〉〈一乘發願文〉〈投師禮〉 등 發願文類의 偈頌을 즐겨 지었었다"고 하면서 의상이 〈서방가〉를 지었을 가능성이 충분하다고 하였다. 이러한 논리에 따라 그는 〈서방가〉를 신라 의상의 작품으로 확정하여 다른 논의를 편 바 있다(金相鉉, "義湘의 信仰과 發願文", 龍巖 車文燮博士華甲紀念 史學論叢, 1989 참조). 그러나 저자는 義湘이 지었다고 하는 각종 발원문 및 투사례가 그 내용과 장르적 성격이 〈서방가〉와는 거리가 멀기 때문에 경기체가인 〈서방가〉를 신라 義湘이 지었다고 보지 않는다. 지었을 가능성 내지 개연성을 필연성으로 간주하여 어느 작품을 누가 지었다고 단정할 수는 없다고 본다.

이다. 더욱, 불교계 경기체가는 조선조의 불교 중흥기인 세종, 세조조라고 할 수 있는데 세조 때에는 벌써 경기체가가 변격화했기 때문에 불교계 경기체가이면서 정격형인 〈서방가〉는 세종조에 창작된 작품임이 틀림없다고 할 수 있다.

## 1.2. 미타찬

이 〈미타찬〉은 涵虛堂 己和(1376~1433)가 지은 작품으로 아미타불을 찬양한 노래이다. 이 작품은 다음의 〈안양찬〉 〈미타경찬〉과 함께 『涵虛堂得通和尙語錄』에 실려 전하고 있다. 이 어록은 그 서문이 柳村 全汝弼에 의하여 正統 四年(1439) 己未 秋八月에 씌어진 것으로 보아 대사 사후에 곧 편찬된 것인 듯하다. 어록에는 문인 野夫가 쓴 涵虛堂의 행장, 爲元敬王太后仙駕下語를 비롯한 여러 下語와 강설, 가송, 한시 등이 실려 있고 부록으로 金剛經序, 法華經後跋, 出家詩 등이 게재되어 있다.

'彌陀'는 아미타불을 이르는 것인데 無量의 뜻으로 서방 극락세계의 교주이다. 아미타불은 지금부터 10劫 이전에 成道하여 현재 서방 극락세계에 살면서 대중을 위하여 설법하고 있다고 한다. 무량수경 권상을 통해 보면, 과거 無量劫에 錠光如來가 출세하였고 그 뒤 光遠 등 52불이 출세하고 다음 世自在如來가 세상에 출현할 때 국왕이 그 불의 설법을 듣고 無上菩提心을 발하여 왕위를 버리고 출가, 法藏이라 하였다. 법장은 世自在王如來에게 가서 頌을 가지고 불을 찬탄하고 스스로 淨佛國土의 법을 수행하고자 하였다. 佛은 곧 210億의 모든 佛刹土에 사는 天人의 선악과 국토의 妙를 설하고 또한 그 心願에 응하여 모든 刹土에 나타나 보였다. 때에 법장비구는 佛의 설교를 듣고 또 諸佛刹土를 보고는 無上殊勝한 숙원을 발하고 5劫 동안 생각하여 모든 刹土에 대하여 선택하고 48대원을 演하여 永劫間에 功과 德을 쌓아 10劫 이전에 正覺을 성취하였다고 한다.

그러면 〈미타찬〉의 전문과 그 내용을 章別로 살펴보기로 한다.

第一 從眞起化

普明空 眞淨界 本無身土

爲衆生 興悲願 方有隱現

我等衆生 長在迷途 無所依歸

嚴土現形 最希有

是則名爲 幻住莊嚴　　再唱

方便接引

第二 隨機現相

自受用 他受用 自他受用

大化身 小化身 三種化身

如是身雲 熏現自在 究竟圓滿

普應無方 亦希有

是則名爲 大慈悲父　　再唱

隨類攝化

第三 覩相生身

大悲王 大慈父 阿彌陀佛

頂上相 肉髻相 無盡相好

一一相好 放無量光 化無量佛

開悟衆生 亦希有

十華藏海 大人相好　　再唱

瞻皆仰慕

第四 聞名感化

阿彌陀 四十八 廣大願往

一一爲 度衆生 誠感十方

因如是願 已成正覺 現住安養

如願度生 亦希有

廣大願力 平等饒益　　再唱

聞皆感化

第五 暫稱皆益

奉十善 持五戒 猶未免苦

犯十惡 干五逆 應墮無間

暫稱佛號 罪無輕重 皆令遠離

永出三界 亦希有

阿彌陀佛 大悲願力　　再唱

皆得解脫

第六 功小益大

佛光明 佛壽命 佛功德海

歷三祇 修萬行 方始究竟

但念佛號 隨功淺深 悉令起昇

授記作佛 亦希有

阿彌陀佛 大誓願王　　再唱

十念起昇

第七 隨機普接

彼佛有 九蓮臺 化現無量

念佛人 隨高下 接向其中

如是方便 如是接人 悉令成佛

第八 超方獨尊

過去佛 現在佛 無量無邊

四方與 上下方 佛亦無數

於此諸佛 特稱彌陀 而爲第一

度生無厭　亦希有 　　　　　　如是高勝　亦希有

阿彌陀佛　大方便力　　再唱 　阿彌陀佛　大威德力　　再唱

九品超生 　　　　　　　　　　高勝無比

　　　　　第九　勸念功高 　　　　　　　第十　高超圓證

滿三千　施七寶　功已無量 　　大雄猛　大勢至　阿彌陀佛

更化令　證四果　德亦無邊 　　無量光　無量壽　無量功德

勸人念佛　功德勝彼　佛說分明 　細細看來　人人分上　各自具足

如是德化　亦希有 　　　　　　佛先圓證　亦希有

勸人自念　功行滿足　　再唱 　唯心淨土　自性彌陀　　再唱

直登上品 　　　　　　　　　　如佛共證


이 노래의 내용을 요약해 보면 다음과 같다.


제1장은 아미타불이 중생을 교화하기 위하여 비원을 일으키고 방편으로 법성 진여로부터 부처와 菩薩의 몸을 나타내어 중생을 정토로 인도함을 읊고 있으며

제2장은 깨달은 결과, 法樂을 홀로 즐기는 自受用身과 타인에게도 이 즐거움을 받게 하는 他受用身 등 갖가지 형으로 화신하여 중생을 攝受化導하는 아미타불의 모습을,

제3장은 중생을 開悟하는 아미타불의 相好[13]를 대하는 중생들이 앙모하는 모습을,

제4장은 48대원을 발하여 중생을 제도하는 아미타불이 이미 正覺을 이루어 현재 극락세계에 살고 있으며 중생들이 아미타불의 大願力과 평등한 饒益에 모두 감화된 모습을 읊고 있다.

---

13 佛의 身體에 따라 미묘한 相狀을 了別하여 相이라 하고 細相의 愛樂함을 好라고 한다. 丈六의 化身에 따라 말하면 32相이 있고 80種好가 있으며 報身에 따라 말하면 8만 사천 내지 無量의 相과 好가 있다.

제5장은 殺生, 偸盜, 邪淫, 綺語, 妄語, 惡口, 兩舌, 貪, 瞋, 癡 등의 十惡과 五逆[14] 등을 범하여 무간지옥에 떨어지더라도 아미타불을 念하면 죄의 경중에 관계없이 구제되고 아미타의 대비원력에 의하여 모두 해탈하게 됨을 읊고,

제6장은 아미타불의 광명이 무량하여 十方國土에 비추지 않는 곳이 없고 그 佛의 수명과 그 인민의 수명은 無量無邊하며 큰 공덕의 바다를 이루고 있다는 것과 佛號를 외면 공덕의 深淺에 따라 극락에 오를 수 있음을 읊고 있다.

제7장은 서방정토에는 九蓮臺가 있어 九品[15]들이 모두 왕생하는데 염불인의 高下에 따라 정토에 인도되어 성불한다는 것을,

제8장은 서방정토에는 過去佛과 現在佛, 四方과 上下方의 부처가 많고 많지만 아미타불의 德力이 威大, 無比하다는 것을 읊고 있다.

제9장은 아미타불의 공이 무량하고 四果[16]를 證케 한 德이 無邊하여 그 德化로 自念하고 功行을 만족히 하면 上品에 오를 수 있다는 것을,

제10장은 중생의 마음 가운데 본래 갖추어져 있는 성품이 부처와 다르지 않기 때문에 迷하면 凡夫가 되고 깨달으면 부처가 되는 것이니 올바른 지혜로써 진리를 깨달아야 한다는 것을 부르짖고 있다.

---

14 五逆은 五無間業이라고도 하는데 죄악은 극히 理에 거슬리므로 逆이라 하며 이는 無間地獄의 苦果를 感하는 惡業이므로 無間業이라고 한다. 小乘의 五逆은 殺父, 殺母, 殺阿羅漢, 破和合僧, 出佛身血 등이며 大乘의 五逆은 塔寺를 파괴하고 佛像을 불사르고 三寶의 재물을 훔치는 것, 三乘法을 비방하고 聲敎를 천하게 여기는 것, 스님들을 욕하고 부리는 것, 소승의 五逆罪를 범하는 것, 因果의 도리를 믿지 않고 惡口, 邪淫 등의 열가지 惡業을 짓는 것 등을 말한다.

15 극락세계에 왕생하는 9종의 品類라는 뜻이다. 즉, 上上, 上中, 上下, 中上, 中中, 中下, 下上, 下中, 下下를 말한다.

16 四果는 聲聞僧의 聖果의 차별을 말하는데 須陀果, 斯陀含果, 阿那含果, 阿羅漢果 등 4果를 가리킨다.

## 1.3. 안양찬

이 작품 역시 涵虛堂 己和가 지은 것으로 아미타경에 묘사된 극락세계의 모습을 바탕으로 하여 서방정토를 찬양한 것이다.

'安養'은 아미타불의 국토인 극락세계를 이르는 말인데 이를 安樂, 無量淸淨土, 無量光明土, 無量壽佛土, 蓮華藏世界, 密嚴國, 淸泰國이라고도 한다. 이 안양정토는 사바세계에서 서쪽으로 10만억 불토를 지나 있는데 모든 일이 원만 구족하여 즐거움만 있고 괴로움이 없는 자유롭고 안락한 이상향을 뜻한다.[17]

〈안양찬〉의 전문과 그 내용을 장별로 살펴보면 다음과 같다.

第一 彼此同化

大導師 阿彌陀 現彼接引
我本師 釋迦文 勸令往生
彼此如來 同以大悲 各設方便
共度迷淪 最希有
彼佛此佛 大悲大化 再唱
恩蹤父母

第二 依正俱勝

曰極樂 曰安養 名彼佛土
無量光 無量壽 名彼如來
但聞其名 其中活計 一念便知
欣彼往生 亦希有
佛於彼國 現住說法 再唱
海會照然

第三 純樂無憂

彼佛國 無三惡 亦 無舞八苦
往生人 身金色 皆具妙相
宮殿隨身 衣食自然 一切具足
常享無極 亦希有
寶衣寶具 香饌珍羞 再唱
隨念現前

第四 備體莊嚴

七重欄 七重網 七重行樹
七寶池 七寶臺 七寶樓閣
一一華麗 瑩徹無擬 交影重重
淸淨嚴飾 亦希有
寶臺寶閣 寶樹寶網 再唱
莊嚴妙存

---

17 法藏菩薩 今已成佛 現在西方 去此十萬億刹 其佛世界名曰安樂(無量壽經 上)

第五 花池受生　　　　　　第六 十方遊行

七寶池 八德水 充滿其中　　　黃金地 碧虛空 常作天樂

池邊有 四階道 衆寶合成　　　雨天花 香芬馥 晝夜六時

池中蓮花 大如車輪 開敷水面　其中衆生 身乘寶殿 賫衆妙花

於中受生 亦希有　　　　　　供養他方 亦希有

九品花臺 次第碁布　再唱　　十方佛土 飯食頃行　再唱

隨分受生　　　　　　　　　往返無碍

第七 聞音進修　　　　　　第八 長壽等佛

白鶴與 孔雀等 出和雅音　　　阿彌陀 成正覺 於今十劫

微風吹 動諸樹 出微妙聲　　　往生人 無高下 與佛齊壽

聞是音者 自然皆生 念佛法心　十念成就 乘佛願力 自然皆生

增進修行 亦希有　　　　　　永斷生死 亦希有

寶樹寶臺 放光說法　再唱　　乘佛願力 十念往生　再唱

宣流法化　　　　　　　　　壽命長遠

第九 因友進道　　　　　　第十 念佛蒙化

觀世音 大勢至 無量海衆　　　若一日 若二日 乃至七日

具善根 有福德 諸上善人　　　一心念 阿彌陀 諸罪消滅

於中坐臥 見聞熏習 精進修行　臨命終時 蒙佛菩薩 放光接引

同趣苦提 亦希有　　　　　　九蓮花往 亦希有

諸上善人 以爲法侶　再唱　　已發今發 當發願往　再唱

熏習增進　　　　　　　　　皆心往生


제1장은 안양에서 설법하는 아미타불과 석가모니불은 大慈大悲로 미혹한 중생을 함께 제도하기 때문에 그 은혜는 부모보다 크다는 것을, 제2장은 극락정토의 무량한 광명과 무량한 수명을 누리는 아미타불이 현재도 설법하고 있어 그 이름을 듣고 그 중에서 수행하면서 일념으로 了了自覺하면 왕생의 기쁨을 누릴 수 있음을 노래하고 있다.

제3장은 극락세계에는 三惡[18]도 없고 八苦[19]도 없으며 왕생인들은 모두 妙相을 갖추고 의식이 구족할 뿐아니라 보배로운 의복과 기구, 향기로운 반찬과 진기한 음식이 생각만 하면 저절로 눈앞에 나타나는 경개를,

제4장은 극락세계가 보물로 된 7겹의 울타리와 나무들로 둘려 싸여 있고 七寶로 이루어진 연못과 누대와 누각으로 화려하게 장식되어 있어서 청정, 장엄함이 妙存하고 있음을 읊고 있다.

제5장은 극락에는 칠보의 연못에 八德水가 충만하고 못의 주변은 여러 보물로 장식되어 있는데 차바퀴같은 연꽃이 수면으로 떠올라 그 가운데 왕생한다는 것과 구품연화대가 차제로 벌려 있어 九品들이 분수에 따라 왕생함[20]을 읊고 있고,

제6장은 황금의 땅과 푸른 하늘에는 항상 天樂이 울리고 밤낮 여섯 차례 아름다운 꽃과 향기의 비가 내리는 데 그 곳에 사는 극락인들은 아름다운 꽃을 가지고 타방의 부처에게 가서 공양하고 돌아와 식사한 후에 산책하는 모습을 읊고 있다.

제7장은 극락에는 백학과 공작 등이 화기롭고 우아하게 노래 부르고 미풍이 불어 나무를 움직이면 미묘한 음악소리가 나는데 이곳 사람들은 이런 소리를 들으면서 아미타불의 가르침을 생각한다는 것을,

---

**18** 三惡은 (1)心性이 狼毒하여 좋은 말을 듣지 않는 것 (2)항상 시기심을 품고 남이 자기보다 훌륭함을 미워하는 것 (3)자기보다 훌륭한 줄 알면서도 부끄러움을 무릅쓰고 묻지 않는 것을 말한다.

**19** 八苦란 生, 老, 病, 死, 愛, 別, 離, 苦를 말한다. 八相의 苦는 生苦, 老苦, 病苦, 死苦, 愛別離苦, 怨憎會苦, 求不得苦, 五盛陰苦라고 한다.(涅般經 十二)

**20** 九品은 그 機根에 따라 上品上生은 金剛臺를 타고 가서 즉시 왕생하며, 上品中生은 紫金臺를 타고 가서 왕생는데 一夜를 지난 뒤 蓮花가 피어 1劫이 지난 뒤에 無生法忍을 얻게 되며, 上品下生은 金蓮華를 타고 가서 왕생하는데 一晝 一夜를 지난 뒤 연화가 피고 3劫이 지난 뒤에 歡喜地에 살게 되며, 中品上生은 蓮華臺를 타고 가서 왕생하는데 즉시 阿羅漢道를 얻게 되며, 中品中生은 七寶蓮華를 타고 가서 왕생하는데 半劫을 지나서 아라한이 되며, 中品下生은 一小劫을 지나서 아라한이 되며, 下品上生은 寶蓮華를 타고 가서 나는데 10小劫을 지나서 初地에 들어가며, 下品中生은 天華를 타고 가서 6劫이 지나 꽃이 피어 無上道心을 발하게 되며, 下品下生은 金蓮華를 타고 가서 왕생하는데 12大劫을 지난 뒤 연화가 피게 되어 비로소 무상도심을 발하게 된다고 한다.(觀無量壽經)

제8장은 아미타불은 10겁 전에 성불했는데 왕생인들도 모두 아미타불과 같이 영원히 생사가 없는 長遠한 수명을 누리게 된다는 것을 읊고 있다.

제9장은 극락인들이 觀世音, 大勢至 菩薩, 上善人들과 벗이 되어 見聞을 熏習하며 불도를 정진, 수행하는 모습을,

제10장은 하루, 이틀 아니면 7일간 일념으로 아미타불을 외면 모든 죄가 소멸되고 임종시에 부처로부터 극락에 인도되어 九蓮花臺로 왕생하게 되므로 누구나 마음으로 원왕생을 발하자고 부르짖고 있다.

## 1.4. 미타경찬

이 〈미타경찬〉도 함허당 기화가 지은 작품으로 아미타경의 공덕을 찬양한 노래이다. '彌陀經'은 阿彌陀經을 뜻하는데 이 경은 부처님이 기원정사에서 사리불을 상대로 서방정토의 장엄함을 설하고 최후에 六方의 부처들이 석가세존의 말씀이 진실하다는 것을 증명한 것이다.

〈미타경찬〉의 전문과 그 내용을 장별로 살펴보면 다음과 같다.

|  |  |
|---|---|
| 第一 開示捷徑 | 第二 指途迷倫 |
| 大矣哉 大導師 釋迦文佛 | 可憐生 可憐愍 我等衆生 |
| 應群機 開三乘 無法不說 | 生復死 死復生 苦無盡期 |
| 更於其間 別開方便 演說是經 | 惟我世尊 善權便便 開示勸進 |
| 今修淨土 最希有 | 令不退墮 亦希有 |
| 大悲世尊 說示此經　再唱 | 惟我本師 導生大悲　再唱 |
| 如暗得證 | 如保赤子 |
| 第三 讚土令欣 | 第四 讚佛勸念 |
| 彼佛國 名極樂 安養淨土 | 彼佛號 無量光 亦無量壽 |
| 我本師 示人天 所以爲樂 | 我本師 示人天 所以無量 |
| 其中莊嚴 種種殊勝 滿口稱揚 | 不可思議 功德之利 滿口稱揚 |

勸令往生 亦希有

我大導師 無上法王　再唱

讚彼淨土

　　　第五 六方同讚

東南方 西北方 上下諸佛

廣長舌 遍大千 說誠實言

汝等衆生 當身諸佛 所護念經

如是同讚 亦希有

佛佛皆以 廣長舌相　再唱

同讚勸持

　　　第七 人天共遵

讚淨土 讚彌陀 說此經已

舍利佛 諸比丘 八部龍天

聞佛所說 歡喜踊躍 信受奉行

流通法化 亦希有

聞經受持 發願往生　再唱

其數無量

　　　第九 已發機感

過去與 現在世 無量諸佛

莫不爲 度衆生 出現於世

我等佛子 於彼諸佛 早當廻機

到此知非 亦希有

奇哉妙哉 我佛風化　再唱

忽然回頭

勸令勸念 亦希有

我大導師 衆聖中尊　再唱

讚彼彌陀

　　　第六 此彼相接

如本師 釋迦尊 讚佛功德

彼諸佛 亦稱讚 我佛如來

能於五濁 成大菩提 說難信法

如是相讚 亦希有

彼此如來 皆因極樂　再唱

互相稱讚

　　　第八 現未俱益

正像法 各千年 已成過去

往生人 不可計 皆承經力

奇歟此經 群經滅後 獨留於世

度盡有緣 亦希有

凡有見聞 皆得往生　再唱

同登彼岸

　　　第十 普念回向

離生死 大方便 無教佛說

指徑路 度群迷 此尤深切

無始至今 長沈愛河 不知出要

因此知歸 亦希有

廣矣大矣 此經威德　再唱

靡然趨化

　제1장은 석가모니불이 聲聞僧, 緣覺僧, 菩薩僧 등 三僧들에게 그 機根에 따라 불법을 설할 때 이 아미타경을 설하시니 어둠에서 등불을 얻는

것 같다는 것을,

제2장은 가련한 중생들은 생사를 거듭하여 고통을 다함이 없으나 세존은 중생으로 하여금 善根功德을 권유하여 나아가게 하고 대자대비심을 이끌어 나게 함이 어린아이를 돌보듯 한다는 것을 읊고 있다.

제3장은 아미타불은 극락세계의 안락함과 장엄함과 수승함을 극구 칭양하여 중생들로 하여금 왕생을 권유하고 기쁨을 준다는 것을,

제4장 아미타불은 無量光, 無量壽라고도 하는데 석존께서 극락인이 누리는 무량한 수명과 불가사의한 공덕을 칭양하고 아미타불을 찬양하고 있음을 노래하고 있다.

제5장은 아미타경에는 동방세계의 아축비불, 수미상불, 대수미불, 수미광불, 묘음불과 남방의 일월등불, 명문광불, 대염견불, 수미등불, 무량정진불과 西方의 무량수불, 무량상불, 무량당불, 대광불,대명불, 보상불, 정광불과 북방의 염견불,최승음불, 난저불, 일생불, 망명불과 하방의 사자불, 명문불, 명광불, 달마불, 법당불, 지법불과 상방의 범음불, 숙왕불, 향상불, 향광불, 대염견불, 잡색보화엄신불, 바라수왕불, 보화덕불, 견일체의불, 여수미산불 등도 함께 서방정토의 장엄함을 설한 석존의 말씀이 진실함을 증명하고 있다는 것을 읊고 있으며,

제6장은 석존은 여러 부처의 공덕을 찬양하고 여러 부처들은 석가여래의 공덕을 찬양하는 相讚의 모습을 노래하고 있다.

제7장은 석존이 서방정토와 아미타불을 찬양하매 사리불과 여러 비구와 八部 天龍들이 부처의 말씀을 듣고 환희하고 신실히 받들어 受持, 奉行하는 모습을 노래하고 있으며,

제8장은 아미타경만은 모든 경전이 멸한 후에도 세상에 홀로 남아 이를 보고 듣는 자들로 하여금 극락세계에 왕생하게 한다는 것을 노래하고 있다.

제9장은 과거와 현재에 아미타불은 중생들을 제도하기 위하여 출현하므로 불자들은 마땅히 廻機하여야 한다는 것과 아미타불의 風化의 기묘

함을 읊고 있고,

제10장은 생사를 떠나는 방편을 가르치고 길을 가르쳐 중생을 제도함이 더욱 深切한 아미타경의 넓고 위대한 공덕을 찬양하고 있다.

이 〈미타경찬〉은 위와 같은 내용을 담고 있는 아미타경의 위대한 공덕을 찬양한 노래이다.

## 1.5. 기우목동가

이 〈기우목동가〉는 1930년에 安自山이 「佛敎」 71호에 앞부분 6장만을 소개함으로써 학계에 알려지게 되었으나 뒷부분 6장을 알지 못하여 그 전모를 파악하지 못했는데 1978년에 저자가 국립도서관에서 「寂滅示衆論」을 발견, 그 책에 실려 있는 〈기우목동가〉 후반부 6장을 포함한 전 12장을 학계에 소개함으로써[21] 노래의 완전한 면모가 밝혀지게 되었던 것이다.

이 노래의 작자인 末繼智믈의 생애는 알 수 없다. 다만 「적멸시중론」의 간행 연대와 〈기우목동가〉 다음에 실려 있는 김수온의 한시 및 '證明人'의 생애를 통하여 볼 때, 말계지은은 세종, 세조대에 활동한 승려임을 알 수 있으며 이 노래는 세조 때에 창작된 것이라고 짐작할 수 있다.

그 이유는 첫째, 「적멸시중론」의 간기에 "皇明成化歲在辛丑暮春下澣"이라 되어 있으므로 이 책은 성종 12년(1481)에 간행된 것임을 알 수 있는데 말계지은의 사후에 간행된 것이 확실하므로[22] 우선 성종대보다 훨씬 이전에 〈기우목동가〉가 창작되었다고 볼 수 있기 때문이다.

둘째, 이 책의 제일 끝에 施主名이 나오고 바로 연이어 '證明'이라 하여 효녕대군 補(1396~1486), 김수온(1409~1481) 등의 이름이 나오는

---

21  김문기, "〈騎牛牧童歌〉 硏究", 어문학 39, 한국어문학회, 1978.
22  이 책 末尾에 실려 있는 金守溫의 漢詩에 "如今做出法語來 大意明明無一錯 何幸門徒刊板行 幾處流傳開眼目"이라 읊고 있음을 보아 능히 알 수 있다.

데 이들은 조선 건국 초에 태어나서 성종조 중기까지 생존한 인물들로서 세조대에 주로 활약한 사람들이기 때문이다.

셋째, 김수온의 讚詩 중에 "退隱의 뜻을 이어 道庵을 여니(退隱連旨道庵開)"라는 시구를 통해 볼 때, 우선 말계지은은 退隱莊休의 문도임을 알 수 있다. 그런데, 퇴은은 無學自超(고려 충숙 14년, 1327~태종 5년, 1405)의 禪流를 계승한 승려이므로[23] 말계지은은 퇴은장휴의 2세요, 무학자초의 3세에 해당한다. 따라서 1대를 30년으로 볼 때, 말계지은은 퇴은장휴보다 약 30년 뒤요, 무학자초보다는 약 60년 뒤의 승려라고 볼 수 있다. 그러므로 말계지은은 무학을 기준하면 대개 1387년~1465년 정도에 생존했다고 볼 수 있고, 퇴은을 기준한다면 그는 생몰년대가 미상이므로 동시대인인 함허당 기화(1376~1433)로 볼 때, 대개 1406년~1463년 정도에 생존했다고 볼 수 있다. '1387~1465'와 '1406~1463'이라는 두 추측연대는 상당히 근접하며 생존 하한선인 1465년과 1463년은 거의 일치되고 있다. 이로 볼 때, 말계지은은 세조(1455~1468) 말엽까지 생존한 것 같다.

넷째, 김수온의 찬시 중에 "10년 동안 茅庵을 지어 치악산에 살았네(十載茅庵居雉岳)"라는 시구로 보아 말계지은은 그의 말기 10년간을 치악산에 도암을 열고 강론하며 지낸 것 같고, 이 때 〈기우목동가〉를 지은 것 같다.

결국, 말계지은이 세조 말까지 생존했고 그의 생애의 말기 10년간에 〈기우목동가〉가 창작되었다면 세조가 14년간 재위하였으므로 이 노래는 세조대에 창작되었다고 할 수 있다.

이 〈기우목동가〉는 「적멸시중론」의 근간이 되는 내용을 요약한 것이며 동시에 적멸시중론의 내용을 보완하는 성격을 지닌 노래로서 見性, 涅槃의 경지를 읊은 것이다. 전문과 그 내용을 장별로 살펴보면 다음과

---

23 佛祖源流(규장각본) 및 海東佛祖源流(보련각, 1978) 참조.

같다.

1장

生生世世 頓脫邪見 遠離邪魔

世世生生 絶貪嗔癡 除滅我慢

爲 回向三處 景幾何如爲尼伊古

回向三處 實相圓滿 再云

爲 度諸迷淪 景 我好下乀 阿彌陀佛 云云


2장

如呑今後 後不復造 恒住淨戒

業幾清淨 具發菩提 究竟成道

爲 報佛大恩 景幾何多爲尼伊古

報佛大恩 大丈夫亦 再云

爲 發明輪回景 我好下乀 阿彌陀佛 云云


3장

歷覽宗師 決疑眞宗 更加精進

鶉衣一瓢 世世生生 不退淨行

爲 出於根塵 景幾何多爲尼伊古

出於根塵 萬物無心 再云

爲 四洲遊方 景 我好下乀 阿彌陀佛 再云


4장

無念無事 是名長安 佛祖傳心

頓息緣慮 寂滅空中 清靜法身

爲 空寂靈知 景幾何多爲尼伊古

空寂靈知 本來面目 再云

爲 返淨卽時 景 我好下소 阿彌陀佛 再云


5장

頓悟妙用 本是靈源 一念不生

前後際斷 參見趙州 常住道場

爲 自然天堂 景幾何多爲尼伊古

自然天堂 頓敎法門 再云

爲 自照元明 景 我好下소 阿彌陀佛 再云


6장

湛然空寂 本無一物 惺寂等持

不隨情識 不隨見聞 不隨生滅

爲 定慧等持 景幾何多爲尼伊古

定慧等持 絶疑思量 再云

爲 蒙佛授記 景 我好下소 阿彌陀佛 再云


7장

虛靈不昧 常住靈山 三昧之功

本無是非 本無眞妄 能所俱忘

爲 成就大員 景幾何多爲尼伊古

成就大圓 道者是亦 再云

爲 本自圓成 景 我好下소 阿彌陀佛 再云


8장

從體起用 攝用歸體 刹那逢箭

心體虛通 廣道三際 通達無我

爲 卽離諸想 景幾何多爲尼伊古

卽離諸想 願共衆生 再云

爲 共證離相 景 我好下ㄱ 阿彌陀佛 再云


9장

種種幻化 皆生如來 圓覺妙心

不識此意 迷眞逐妄 生死輪回

爲 忽然心覺 景幾何多爲尼伊古

忽然心覺 普告諸人 再云

爲 同訂覺岸 景 我好下ㄱ 阿彌陀佛 云云


10장

飮光傳燈 平等法會 佛日增暉

元是淸靜 大寂圓通 能到靑虛

爲 本無形相 景幾何多爲尼伊古

本無形相 遍照大千 再云

爲 江湖滿月 景 我好下ㄱ 阿彌陀佛 再云


11장

釋迦世尊 雪山雲中 六年苦行

菩提回向 開口說法 無彼無此

爲 廣度衆生 景幾何多爲尼伊古

廣度衆生 自利利他 再云

爲 大願境界 景 我好下ㄱ 阿彌陀佛 再云


12장

涅槃會上 釋尊飮光 知音相對

菩薩當前 示現神通 亦是虛傳

爲 至今流轉 景幾何多爲尼伊古

普告一切 修道人人 再云

爲 本來虛玄 景 我好下ㅅ 阿彌陀佛 再云


제1장은 邪見을 벗어나고 邪魔를 멀리 떠나며 貪, 瞋, 癡 등 삼독을 끊고 我慢을 없앰으로써 여러 迷淪을 건너게 됨과 타인에게 회향하는 경지를 읊고 있고,

제2장은 淨戒에 恒住하며 菩提心을 발하여 成道한 원만한 부처의 모습과 윤회를 發明한 경개를 찬양하고 있다.

제3장은 宗師를 두루 찾아 더욱 정진하고 淨行하여 眼, 耳, 鼻, 舌, 身 등의 五根과 色, 聲, 香, 味, 觸 등의 六塵을 벗어난 경지를 읊고 있으며,

제4장은 緣慮를 頓息하고 法身을 淸淨한 空寂靈知의 경지가 곧 정토에 이르는 길임을 읊고 있고 있다.

제5장은 妙用을 깨닫고 항상 道場에 안주하여 자연히 극락정토를 이루는 경지를 읊고 있으며,

제6장은 湛然히 空寂하고 情識, 見聞, 生滅을 따르지 않음으로써 定慧를 평등히 유지하여 成佛할 것을 예언 받은 경지를 읊고 있다.

제7장은 虛靈 不昧하게 三昧에 이르러 是非, 眞妄도 없는 大圓을 성취한 경지를 읊고 있으며,

제8장은 心體 虛通함으로써 無我에 통달하여 차별의 諸相을 떠나 天衆과 함께 열반의 경지를 證得함을 읊고 있다.

제9장은 種種 幻化하여 圓覺妙心하고 홀연히 心覺하여 함께 覺岸에 이른 경지를 읊고 있으며,

제10장은 부처님의 傳法으로 원래 청정하고 大寂圓通한 경지로 돌아감과 本無形相하여 대중을 두루 교화함을 찬양하고 있다.

제11장은 세존이 6년의 고행으로 菩提回向하여 중생을 널리 제도하는

경개를 읊고 있으며,

제12장은 석가세존께서 열반하실 때에 知音 相對함과 신통함을 보인 것이 虛玄하다는 것과 오늘날까지 流傳하는 眞如의 본래 虛玄한 경지를 찬양하고 있다.


## 2. 작품에 나타난 정토사상

불교계 경기체가에 투영된 사상은 한마디로 말하여 淨土思想이라 할 수 있다. 정토사상은 우리나라 불교사상 주된 사상이었고 서민 대중들에게 가장 환영받은 사상이었다.

우리 한국불교에 있어 정토교는 신라시대부터 시작되어 7~8세기에 그 전성기를 맞이하였다. 신라 통일기에는 慈藏, 法位, 元曉, 義湘, 義寂, 玄一, 圓測, 憬興, 遁倫, 太賢 등의 고승들이 나타나 정토교학의 눈부신 발전을 이룩하였다. 신라 당시의 중국의 정토교는 관무량수경 중심으로 발달했으나 신라에서는 무량수경 중심으로 발전하였다. 신라시대의 정토교학은 四十八願을 중심으로 한 연구가 주류를 이루었고 왕생의 필수 조건으로 十念을 중시하게 되었다. 그리고 신라시대의 정토교는 관념주의적 염불을 강조하여 單信念佛을 경시하였던 것이다.

고려시대 이후의 정토교는 교학사상보다는 신앙적인 측면에서 禪과 염불 중심으로 발전하게 되었다. 고려시대 이후로 염불은 선가에 의하여 禪定의 한 방편으로 여겨져 선정화합의 종풍을 형성하게 되었고 일반 서민들의 신앙생활에 있어서 念佛이 차지하는 비중은 절대적인 것이었다. 특히 고려의 지눌은 十種念佛을 漸修, 一念眞覺을 頓悟라 하여 禪과 염불을 일체로 파악함에 따라 염불수행이 고려시대에 유행하게 되었으며 일반 서민들에게 널리 퍼지게 되었다.

조선시대에도 정토교학이 진흥되지 못함으로써 염불의례가 발달하게 되었다. 따라서 염불의 방법도 南無阿彌陀佛十念, 莊嚴念佛, 後誦念佛 등으로 의례화되어 성행하였으며 밀교의식이 혼입되어 조선조 시대의 염불의례는 밀교적 성격을 띠게 되었다.[24] 이와 같이 조선조에는 염불신 앙이 일반 서민들의 생활에 깊숙히 자리잡게 되었고 염불신앙을 통한 서민예술이 발달하게 되었다. 특히 극락, 즉 서방정토를 희구하는 서민 대중들의 신앙심은 노래를 통하여 널리 유포되었으니 불교계 경기체가를 비롯하여 布施念佛, 回心曲, 念佛打令 등이 대표적인 것으로 이러한 것들은 오늘날까지 전해지고 있다.

중생이 성불하는 길은 자기의 노력으로 지혜를 닦고 공덕을 쌓아 금생에 성불하는 자력왕생의 방법과 아미타불이나 미륵보살의 원력에 의하여 정토에 왕생하는 타력왕생의 방법이 있다. 唯識論과 唯心淨土說[25]을 근거로 한 자력왕생의 방법은 인간의 몸으로 현세에 부처가 되어 온갖 번뇌와 생사로부터 벗어남은 물론 속세의 모든 중생들도 함께 성불하여 이 땅이 불국토가 되도록 하기 위하여 誓願을 세워서 닦는 것이고 타력왕생은 극락세계에 왕생하여 아미타불의 교화를 받아 성불하거나 도솔천에 왕생하여 미륵보살의 회상에 났다가 미륵보살이 성불할 때에 용화세계에 태어나 미륵부처의 설법을 듣고 성불하는 것을 말한다.

이와 같이 불교계 경기체가에 나타나 있는 정토사상도 두 가지로 대별되는데 〈서방가〉〈미타찬〉〈안양찬〉〈미타경찬〉 등에는 他力往生의 思想이 드러나 있고, 〈기우목동가〉에는 自力往生의 思想이 드러나 있다.

그런데 타력왕생을 부르짖고 있는 〈서방가〉〈미타찬〉〈안양찬〉〈미타경찬〉에는 주로 阿彌陀經의 내용이 반영되어 있고 無量壽經과 觀無量壽經의 내용도 부분적으로 수용되어 있다. 그러면 우선 아미타경을 중심

---

24 洪潤植, 淨土思想, 경서원, 1983, p.40.
25 마음가짐에 따라서 현세를 淨土로 말들 수 있다는 설로서 維摩經의 "心淸 佛土淸"이라는 설과 유식론적 생각에 따라 唯識所變의 淨土를 설하는 것이 있다. 眞言密敎에서 말하는 嚴密淨土와 韓, 中, 日의 禪家에서 말하는 유심정토설이 또한 이에 해당한다.(坪井俊映 著, 韓普光 譯, 淨土敎槪論, 弘法院, p.35.)

으로 하여 정토삼부경의 내용을 간략히 살펴보기로 한다.

아미타경은 석가세존이 舍衛城 남쪽의 祇園孤獨園에서 舍利佛을 위시한 16제자와 문수보살을 위시한 여러 보살 및 수많은 諸天大衆들을 대상으로 설한 經論인데 淨土의 모습, 정토왕생의 行, 六方諸佛의 證明, 念佛의 利益에 대해 설한 것이다.

淨土의 모습에 대해서는 우선 서쪽으로 십만억 불국토를 지나면 극락정토가 존재한다고 하고, 그 정토는 七寶의 나무, 칠보의 못, 칠보의 누각, 칠보의 연꽃, 황금의 땅, 팔공덕의 물, 아름다운 음악, 화신의 새 등 극락세계의 장엄을 설하고 있다. 그리고 서방정토의 교주는 無量한 光明을 발하고 무량한 壽命을 누리기 때문에 아미타불이라고 부른다고 하고 극락정토에 왕생한 사람은 반드시 성불하게 된다고 하여 정토에 왕생하고자 하는 誓願을 세울 것을 권하고 있다.

정토왕생의 行으로서 중생의 작은 善根이나 福德으로는 왕생할 수 없으나 아미타불의 名號를 하루나 많으면 평생동안 염불하면 임종시에 아미타불의 來迎을 받아서 극락에 왕생한다고 하였다.

다음으로 동서남북과 상하 등 6방의 부처들도 염불에 의하여 왕생할 수 있다는 석존의 말씀의 객관적 타당성을 증명하고 있음을 들어 아미타불의 공덕과 그 經說을 믿도록 권하고 있다.

끝으로 왕생의 서원을 세워 염원하면 깨달음을 얻어 정토에 왕생할 수 있다고 하여 정토왕생의 발원을 권하고 있다.

무량수경은 석가세존이 왕사성 밖에 있는 靈鷲山에서 了本際 등 31인의 제자와 보살 등 1만 2천인을 대상으로 하여 설한 내용을 담은 경전이다. 아미타불이 서방정토에서 중생들을 구제하는 인연을 설한 것인데 그 내용은 아미타불의 전신인 法藏菩薩의 수행과 깨달음, 서방정토의 莊嚴景, 아미타불의 德相, 왕생인의 德相, 정토왕생의 行, 菩薩聖衆의 往生, 現世의 煩惱惡과 五惡 등에 대한 강설로 되어 있다.

관무량수경은 인도 마다가국 힌바자라 대왕의 왕비인 韋提希 부인이 왕궁에서 일어난 비극에 의하여 인생의 고뇌를 제거할 법을 석존께 요청하매 석존이 韋提希 부인을 위하여 설한 經이다. 韋提希 부인과 일체 凡夫를 위하여 정토를 관상하는 16觀法을 설하고 정토를 관상할 수 없는 末代 범부를 위하여 上品上生으로부터 下品下生에 이르는 九品往生의 방법을 설한 내용이다.

이러한 정토삼부경의 내용을 통해 볼 때, 앞 章에서 분석한 바 있는 불교계 경기체가의 내용은 정토삼부경의 내용을 그대로 반영하거나 유심정토관을 드러내 주고 있음을 알 수 있다. 그리고 불교계 경기체가에 투영된 淨土思想은 禪淨和合에 입각하고 있음도 알 수 있다.

특히 〈서방가〉의 경우, 각 장의 요지를 통하여 살펴보면 제1장 敎化衆生 返淨卽是景, 제2장 功德莊嚴 撻矢成佛景, 제4장 供養他方 勝事諸佛景, 제5장 演暢說法 緣念三昧景, 제6장 念僧 聞法歡喜景, 제7장 壽命長遠 永斷生死景, 제8장 俱會一處 熏習增進景 등은 아미타경의 내용을 그대로 반영한 것이고, 제9장 直證上品 殊勝功德景은 無量壽經의 내용을, 제10장 寶皆接人 生生極樂景은 관무량수경의 내용을 반영한 것이며 제3장 微妙香潔 受諸快樂景은 아미타경과 관무량수경의 내용을 함께 포괄하여 읊은 것이다.

〈안양찬〉의 경우는 제1장 共度迷淪 恩踰父母, 제2장 欣彼往生 海會照然, 제3장 常享無極 隨念現前, 제4장 淸淨嚴飾 莊嚴妙存, 제6장 供養他方 往返無碍, 제7장 增進修行 宣流法化, 제9장 同趣菩提 熏習增進, 제10장 九蓮花往 皆心往生 등은 아미타경과 관무량수경의 내용을 포괄적으로 반영하고 있다.

〈미타경찬〉은 아미타경의 찬양이므로 아미타경의 내용과 관련이 깊고, 〈彌陀讚〉은 정토삼부경의 내용을 광범위하게 포괄적으로 수용하여 나타내고 있다.

이와 같이 〈서방가〉 〈미타찬〉 〈안양찬〉 〈미타경찬〉에는 타력왕생의 정토사상이 주로 드러나 있으나 "唯心淨土 自性彌陀"(〈미타찬〉 제10장,

〈서방가〉 제1장) "極樂不離 眞法界中"(〈서방가〉 제2장)과 같이 부분적으로 자력왕생의 유심정토관이 수용되어 있으므로 이 네 노래에 투영된 불교사상은 禪淨和合的 淨土사상이라 하겠다.

〈기우목동가〉는 유심정토관을 드러내 주고 있는 작품으로서 제1장 回向三處 度諸迷淪景, 제2장 報佛大恩 發明輪回景, 제3장 出於根塵 四洲遊方景 제4장 空寂靈知 返淨卽是景, 제5장 自然天堂 自照光明景, 제6장 定慧等持 蒙佛授記景, 제7장 成就大圓 本自圓成景, 제8장 卽離諸想 共證離相景, 제9장 忽然心覺 同證覺岸景 등 自力修行, 自力作善을 강조하고 있고 제10장 本無形相 江湖滿月景, 제11장 廣度衆生 大願境界景, 제12장 至今流傳 本來虛玄景을 읊어 석가세존의 성불, 중생제도의 모습과 불법流傳相을 보임으로써 悟道와 자력왕생의 전범을 제시하고 있다. 그리고 〈기우목동가〉에는 자력왕생의 유심정토관이 주조를 이루고 있으나 각 장의 끝에 "阿彌陀佛 云云" 또는 "阿彌陀佛 再云" 붙어 있는 것을 볼 때, 〈기우목동가〉도 선정화합의 정토사상을 바탕으로 하고 있다고 하겠다.


## 3. 불경의 수용과 굴절 양상

그러면 불교계 경기체가가 불경, 특히 정토삼부경의 내용을 얼마나, 어떻게 수용하고 있으며 불경의 내용과 문구를 어떻게 굴절시켜 정토사상을 드러내고 있는 지에 대하여 검토해 보기로 한다.

불교계 경기체가 중에서 〈미타찬〉과 〈미타경찬〉은 정토삼부경의 내용을 포괄적으로 수용, 재편성하고 있으며 〈기우목동가〉는 유마경을 위시한 불교 제경전의 해탈의 과정과 경지를 재편하여 유심정토사상을 드러내고 있는데 비해, 〈서방가〉와 〈안양찬〉은 아미타경을 摘句하거나 내용을 요약한 듯하므로 이 두 노래를 통하여 정토사상이 작품에 어떻게 굴절되어 나타나는지를 알아 보기로 한다. 특히 아미타경의 文句를 많이 인용한 〈서방가〉 제1~8장과 〈안양찬〉 제4~8장을 불설아미타경[26]의 원문과 대비를 통하여 살펴보기로 한다.

먼저 〈서방가〉와 불설아미타경의 관련 부분을 대비해 보면 다음과 같다. 작품상의 방점은 불설아미타경의 문구와 동일한 것을 摘示한 것이다.

| 〈西 方 歌〉 | 〈佛 說 阿 彌 陀 經〉 |
|---|---|
| (1) 從是西 過十萬億 佛國土<br>有世界 名極樂 安養淨土<br>其土有佛 號阿彌陀 現在說法<br>爲 敎化衆生景 긔엇더 ᄒᆞ닝잇고<br>唯心淨土 自性彌陀 再唱<br>爲 返淨卽是景 나ᄂᆞᆫ 됴해라 | 爾時 佛告長老舍利佛 從是西方 過十萬<br>億佛國土 有世界 名曰極樂 其土 有佛<br>號阿彌陀佛 今現在說法 |
| (2) 其國人 無衆苦 但受諸樂<br>七重欄 七重網 七重行樹<br>皆是四寶 周帀圍繞 爲故名極樂<br>爲 功德莊嚴景 긔엇더 ᄒᆞ닝잇고<br>極樂不離 眞法界中 再唱<br>爲 撻矢成佛景 나ᄂᆞᆫ 됴해라 | 舍利佛 彼土 何故 名爲極樂 其國衆生<br>無有衆苦 但受諸樂 故名極樂 又舍利佛<br>極樂國土 七重欄楯 七重羅網 七重行樹<br>皆是四寶 周 圍繞 是故彼國 名爲 |
| (3) 七寶池 八功德水 充滿其中<br>寶開上 有樓閣 衆寶合成<br>池中蓮花 大如車輪 雜色光明<br>爲 微妙香潔景沙 긔엇더 ᄒᆞ닝잇고<br>九品招生 坐寶蓮花 再唱<br>爲 受諸快樂 나ᄂᆞᆫ 됴해라 | 又舍利佛 極樂國土 有七寶池 八功德水<br>充滿其中 池底 純以金沙 布地 四邊階道<br>金銀瑠璃波棃 合成 上有樓閣 亦以金銀<br>瑠璃波棃車渠赤珠碼瑙 而嚴飾之蓮<br>華 大如車輪 靑色靑光 黃色黃光 赤色赤<br>光 白色白光 微妙香潔 |

---

26 姚秦 鳩摩羅什譯, 光武二年 戊戌 五月日, 慶尙道 密陽郡 載藥山 表忠寺 開刊版

(4)　黃金池 碧虛空 常作天樂　　　又舍利佛 彼佛國土 常作天樂 黃金爲地
　　　雨天花 香分付 晝夜六時　　　　晝夜六時 雨天曼陀羅華 其土衆生 常以
　　　常公淸但 合以交械 成衆妙花　　清旦 各以衣械 盛衆妙華 供養他方 十萬
　　　爲 供養他方景伊 그엇더 ᄒᆞ닝잇고　億佛 卽以食時 還到本國 飯食經行 舍利
　　　十方佛刹 正行自在　再唱　　　　佛 極樂國土 成就如是 功德莊嚴
　　　爲 勝事諸佛景伊 나는 됴해라

(5)　彼國有 雜色鳥 種又奇妙　　　　彼國 常有種種奇妙 雜色之鳥 白鶴孔雀
　　　白鶴與 孔雀等 鴦鵡舍利　　　　鸚鵡舍利 迦陵頻伽 共命之鳥 是諸衆鳥
　　　加凌頻加 共命之鳥 出和雅音　　晝夜六時 出和雅音 其音演暢 五根五力
　　　爲 演暢說法景 그엇더 ᄒᆞ닝잇고　七菩提分 八聖道分 如是等法 其土衆生
　　　欲令法音 宣流變化　再唱　　　　聞是音已 皆悉念佛 ……是諸衆鳥 皆是
　　　爲 緣念三昧景 나는 됴해라　　　阿彌陀佛 欲令法音宣流 變化所作

(6)　微風吹 動諸樹 及寶羅網　　　　舍利佛 彼佛國土 微風吹動 諸寶行樹 及
　　　出妙音 百千樂 同時俱作　　　　寶羅網 出微妙音 譬如百千種樂 同時俱
　　　聞是音者 自然心生 念佛念法　　作 聞是音者 自然皆生 念佛念法 念僧之
　　　爲 念僧景 그엇더 ᄒᆞ닝잇고　　心 舍利佛 其佛國土 成就如是 功德莊嚴
　　　寶樹光明 亦能說法　再唱
　　　爲 聞法歡喜景沙 나는 됴해라

(7)　佛光明 佛壽命 無量無邊　　　　又舍利佛 彼佛壽命 及其人民 無量無邊
　　　往生人 壽長遠 與佛無異　　　　阿僧祇劫 故名阿彌陀 舍利佛 阿彌陀佛
　　　阿彌陀佛 成佛移來 於今十劫　　成佛以來 於今十劫
　　　爲 壽命長遠景沙 그엇더 ᄒᆞ닝잇고
　　　乘佛願力 自然皆生　再唱
　　　爲 永斷生死景沙 나는 됴해라

(8)　菩薩衆 聲聞衆 其數甚多　　　　又舍利 極樂國土 衆生生者 皆是阿碑跋
　　　皆不退 亦多有 一生補處　　　　致 其中 多有 一生補處 其數甚多 非是
　　　衆生聞者 應當發願 生彼國土　　算數 所能知之 但可以無量無邊 阿僧祇

爲 但會一處景 긔엇더 ᄒ닝잇고 　說 舍利佛 衆生聞者 應當發願 願生彼國

諸上善人 以爲朋伴　　再唱　　　　所以者何 得與如是諸上善人 俱會一處

爲 熏習增進景 나ᄂ 됴해라


　위에서 보다시피 〈서방가〉의 제1장부터 제8장까지는 아미타경의 문구를 태반이나 그대로 인용함으로써 얼핏 보기에는 문학작품으로서의 가치가 없는 듯하지마는 교술장르의 특성과 경기체가의 구성적 특징에 대한 이해를 바탕으로 면밀히 분석해 보면 새로운 평가를 내릴 수 있다.

　경기체가의 각 장의 제1~3행은 個別化의 原理로, 제4행은 포괄화의 원리로 이루어져 있고 제5행은 포괄 중의 개별화, 제6행은 포괄 중의 포괄화의 원리로 이루어져 있으며, 개별적인 것은 주어진 사실이고 포괄적인 것은 주어진 사실을 기초로 해서 이루어야 할 목표라 할 수 있기 때문에 포괄적인 것이 개별적인 것보다 더 중요하다[27]는 점에 유의해 본다면 〈서방가〉에 아미타경의 문구가 많이 인용된 사실은 작품 구성상 큰 결함이 된다고 볼 수 없다. 왜냐하면 아미타경의 문구가 〈서방가〉에 인용된 부분은 위의 대조를 통해 보더라도 대개 각 장의 제1~3행임을 알 수 있다. 제1~3행은 개별적인 사실의 나열로서 제4~6행의 포괄화를 위한 자료에 지나지 않기 때문이다. 개별적인 사실의 나열은 정확한 것이 더욱 바람직할 수도 있고 효율적인 포교를 위해서는 일반 대중들이 항상 접하는 경전의 문구를 그대로 인용하는 것이 어쩌면 포교용 작품을 구성하는 데는 더 바람직한 방법인지도 모른다.

　그리고 아미타경의 문구가 몇몇 장의 제4행에도 인용되어 있으나 이들은 각기 앞에 나열된 개별적인 사실들을 포괄할 수 있는 문구이기 때문이다. 제3행의 "微妙香潔"은 극락세계 내부의 모습과 분위기, 즉 극락의 내부는 七寶(금, 은, 유리, 수정, 붉은 진주, 마노, 호박)로 이루어진

---

27 趙東一, "景幾體歌의 장르的 性格", 학술원논문집 15, 1976.

못에 여덟 가지 공덕으로 이루어진 물(八功德水)[28]로 가득차 있으며 금, 은, 유리, 파려로 이루어진 계단을 오르면 누각이 있는데 7가지 보물로 장식되어 있다는 것과 못 가운데는 연꽃이 떠 있는데 크기가 수레바퀴만 하고 푸른 꽃은 푸른 빛을, 노란 꽃은 노란 빛을, 붉은 꽃은 붉은 빛을, 흰 꽃은 흰 빛을 발하고 있어서 그 분위기가 자못 미묘하고 향기롭고 깨끗하기만 하다는 것을 포괄적으로 표현한 것이다. 제4장의 "供養他方"은 하늘에는 항상 절묘한 음악이 울리고 황금으로 된 땅에는 만다라화가 비처럼 내리는 가운데 다른 세계의 부처들에게도 꽃공양을 드리는 평화스런 利他行의 모습을 포괄화한 것이고, 제5장의 "演暢說法"은 극락에는 항상 백학, 공작, 앵무새, 가릉빙가 등 진귀한 새들이 밤낮 절묘한 노래를 부르는데 이들은 부처의 화신으로 부처의 가르침임을 포괄적으로 읊은 것이다. 제8장의 "俱會一處"는, 극락에는 보살들과 성문들이 무수히 많은데 모두 일생보처로 있으니 중생들도 발원하여 극락에 왕생해야 하고 왕생하여 보살과 승문들도 함께 만날 수 있다는 앞의 내용을 표현한 것이다.

이와 같이 〈서방가〉의 개별화 부분인 각 장의 1~3행은 아미타경의 문구를 대개 인용하고 있으나 경기체가의 율격과 각 장의 앞뒤 내용에 조화롭게 다듬거나 굴절시켜 표현하고 있으며 포괄화 부분인 4~6행은 아미타경에 있는 문구로써 포괄이 가능한 것은 그대로 인용하고 있지만 다른 것은 무량수경이나 관무량수경의 내용 및 유심정토관이 드러나는 내용을 재편하거나 보강해서 읊고 있다.

다음은 〈안양찬〉과 아미타경과의 관계를 살펴보기로 한다. 우선 아미타경의 문구가 〈안양찬〉에 직접 인용된 부분을 적출해 보면 다음과

---

28 八功德水는 (1)고요하고 깨끗하며 (2)차고 맑으며 (3)맛이 달고 (4)입에 부드러우며 (5) 이 물을 마시면 피부가 윤택해지고 광채가 나며 (6)마음이 편안하고 화평하며 (7)기갈이 나는 일이 없고 한량없는 근심을 제거하며 (8)몸의 각 부위를 튼튼하게 한다는 등의 8가지 공덕으로 이루어진 물을 말한다.(稱讚淨土經)

같다.

|  〈安 養 讚〉 | 〈佛 說 阿 彌 陀 經〉 |
| --- | --- |

第四　體莊嚴

七重欄 七重網 七重行樹　　　　舍利佛 彼土 何故 名爲極樂 其國衆生

七寶池 七寶臺 七寶樓閣　　　　無有衆苦 但受諸樂 故名極樂 又舍利佛

一一華麗 瑩徹無擬 交影重重　　極樂國土 七重欄楯 七重羅網 七重行樹

淸淨嚴飾 亦希有　　　　　　　　皆是四寶 周帀圍繞 是故彼國 名爲極樂

寶臺寶閣 寶樹寶網　再唱

莊嚴妙存

第五　花池受生

七寶池 八德水 充滿其中　　　　又舍利佛 極樂國土 有七寶池 八功德水

池邊有 四階道 衆寶合成　　　　充滿其中 池底 純以金沙 布地 四邊階道

池中蓮花 大如車輪 開敷水面　　金銀瑠璃波黎 合成 上有樓閣 亦以金銀

於中受生 亦希有　　　　　　　　瑠璃波黎車渠赤珠碼瑙 而嚴飾之 池中蓮

九品花臺 次第碁布　再唱　　　　華 大如車輪 靑色靑光 黃色黃光 赤色赤

隨分受生　　　　　　　　　　　　光 白色白光 微妙香潔

第六　十方遊行

黃金地 碧虛空 常作天樂　　　　又舍利佛 彼佛國土 常作天樂 黃金爲地

雨天花 香芬馥 晝夜六時　　　　晝夜六時 雨天曼陀羅華 其土衆生 常以

其中衆生 身乘寶殿 賷衆妙花　　淸旦 各以衣械 盛衆妙華 供養他方 十萬

供養他方 亦希有　　　　　　　　億佛 卽以食時 還到本國 飯食經行 舍利

十方佛土 飯食頃行　再唱　　　　佛 極樂國土 成就如是 功德莊嚴

往返無碍

第七　聞音進修

白鶴與 孔雀等 出和雅音　　　　舍利佛 彼佛國土 微風吹動 諸寶行樹 及

微風吹 動諸樹 出微妙聲　　　　寶羅網 出微妙音 譬如百千種樂 同時俱

聞是音者 自然皆生 念佛法心　　作 聞是音者 自然皆生 念佛念法 念僧之
增進修行 亦希有　　　　　　　　心 舍利佛 其佛國土 成就如是 功德莊嚴
寶樹寶臺 放光說法　再唱　　　　聞是音已 皆悉念佛 -是諸衆鳥 皆是
宣流法化　　　　　　　　　　　阿彌陀佛 欲令法音宣流 變化所作
　　　　　　　　　　　　　　　舍利佛 彼佛國土 微風吹動 諸寶行樹 及寶
　　　　　　　　　　　　　　　羅網 出微妙音 譬與百千種樂 同時俱作
　　　　　　　　　　　　　　　聞施音者 自然皆生 念佛念法 念僧之心
　　　　　　　　　　　　　　　舍利佛 其佛國土 成就如是 功德莊嚴

第八 長壽等佛
阿彌陀 成正覺 於今十劫　　　　又舍利佛 彼佛壽命 及其人民 無量無邊
往生人 無高下 與佛齊壽　　　　阿僧祇劫 故名阿彌陀 舍利佛 阿彌陀佛
十念成就 乘佛願力 自然皆生　　成佛以來 於今十劫
永斷生死 亦希有
乘佛願力 十念往生　再唱
壽命長遠
　　第十 念佛蒙化
若一日 若二日 乃至七日　　　　若一日 若二日 若三日 若四日 若五日
一心念 阿彌陀 諸罪消滅　　　　若六日 若七日 一心不亂 其人 臨命終時
臨命終時 蒙佛菩薩 放光接引　　阿彌陀佛 與諸聖衆 現在其前 是人終時
九蓮花往 亦希有　　　　　　　心不顛倒 即得往生 …… 若有衆生 聞是
已發今發 當發願往　再唱　　　 說者 應當發願 生彼國土
皆心往生


　위와 같이 〈안양찬〉 10장 중에서 6장만이 아미타경의 문구를 상당히 인용하고 있다. 〈서방가〉보다 인용의 정도가 훨씬 적다. 아미타경의 문구를 인용한 노래의 章數가 〈서방가〉에 비하여 적을 뿐 아니라 인용한 각 장들에 있어서도 직접 인용한 문구의 수가 상당히 적은 편이다. 직접 인용한 것은 각 장의 제1,2장에 주로 치중되어 있고 총괄부분에 인용된 예는 제7장과 제10장뿐이다. 제7장의 "총괄 중의 총괄"부분인 제6행에 인용된 '宣流法'은 앞부분에서 읊은 백학, 공작 등이 화기롭고 우아한 노래를 부르고 미풍이 불어 나무들이 움직이면서 미묘한 소리를 내어 모든 하늘 사람들로 하여금 염불, 염법케 하는데 이것도 아미타불이 그 가르침을 널리 펴기 위해서 방편으로 그렇게 한 것이라는 내용을 포괄하여 '宣流法化'로 표현하였다. 제10장의 "已發今發 當發願往"은 만약 하루나 이틀이나 일주일까지 일심으로 아미타불을 念한다면 임종시에 아미타불과 보살의 接引을 받아 왕생할 수 있다는 앞부분의 내용을 포괄하여 發願함이 중요하다는 뜻에서 "已發今發 應當發願"이라 읊은 것이다.

이로 볼 때, 〈안양찬〉은 개별화 부분 중에서도 각 장의 1,2행에만 부분적으로 아미타경을 인용하고 포괄화 부분에는 두 곳에만 인용함으로써 전체적으로는 정토삼부경 전반의 내용을 바탕으로 재구성한 작품이라 할 수 있다.

이상의 검토를 통하여 〈서방가〉와 〈안양찬〉은 단순히 아미타경의 문구를 그대로 옮겨 놓았다고 볼 수 없음을 확인 할 수 있으며, 더욱 포괄화 부분은 종교문학, 특히 불교문학의 성격상 불교 용어가 대부분 그대로 쓰이긴 했으나 작자의 창작의도에 맞추어 정토사상을 바탕으로 작품화했다고 볼 수 있으므로 교술문학, 포교문학으로 손색이 없는 작품이라 하겠다.

그리고 위에서 살펴 본 〈서방가〉와 〈안양찬〉을 제외한 불교계 경기체가, 즉 〈미타찬〉, 〈미타경찬〉, 〈기우목동가〉는 불교 경전 특히 정토삼부경의 용어를 다소 생경하게 쓰긴 했으나 각기 그 창작 의도와 창작 목적에 따라 불경의 내용을 적절히 굴절시켜 경기체가의 율격에 맞추어 효과적으로 표현한 작품이라 할 수 있다.

제4부

# 士大夫詩歌 全盛時代의 시가문학

# 제1장 선초 송도시의 성격

고려가 망하고 조선이 건국되자, 정도전을 비롯한 권근, 변계량, 하륜 등의 개국공신 또는 신흥사대부에 의하여 조선의 건국과 성덕을 송축하고 무궁한 번성을 비는 詩歌가 수많이 창작되었다. 이러한 송도를 내용으로 한 시가는 세종 때의 〈龍飛御天歌〉와 〈月印千江之曲〉으로 그 절정을 이룬 후, 성종 때까지 지속되어 선초 문학의 주류를 이루었다. 그러나 阿諛文學이란 一言下에 頌禱詩(소위 樂章)는 국문학사에서 소외당하였고 이에 대한 연구도 활발하지 못하였다.

이에 이 글에서는 근 1세기 간이나 유행된, 조선 초기의 송도를 내용으로 한 시가를 '頌禱詩'라 명명하고 그 명칭의 타당성을 검토한 후에 창작 목적과 그 규준, 작자의 특성, 송도의 내용 및 그 형식의 고찰 등 공시적인 파악과 시대적 분포, 시대적 배경 고찰 등 통시적인 파악을 통하여 선초 송도시의 전반적인 특성을 고구해 보고자 한다.

## 1. 명칭의 검토

'송도시'란 술어는 내용상으로 조선 건국 후, 임금의 덕, 신국가의 문물 제도와 新都를 송축하고 조선 왕조가 무궁히 번성할 것을 빈 시가를 말한다. 이에는 선초의 소위 악장(경기체가형 포함) 및 송도시조, 讚佛歌 등이 속한다.

종래는 송도를 내용으로 한 선초의 시가를 일반적으로 樂章이라 하기도 했고,[1] 혹은 雅頌文學,[2] 頌禱歌,[3] 頌祝歌,[4] 頌詩[5] 등으로 써 왔다. 물론, 이 중에는 송도를 내용으로 한 시조를 포함시켜 말한 분도 있고, 시조를 제외한 분도 있다. 그러나 경기체가 형식(소위 파괴된 형태이든 간에)도 다 포함시켜 말하고 있으므로 형식 위주로 명칭을 붙인 것이 아니라, 분명히 내용 위주로 명명했음을 알 수 있다. 그리고 '악장'이라면 물론 '악장에 얹는 글',[6] '국가의 제전이나 연례, 연향 때 奏樂하는 가사'[7]를 뜻하겠으나 음악 위주의 명칭임에 틀림없다. 조윤제박사는 『한국문학사』에서 '다만 조선이 개국한 이후 國字가 제정되어 이제 우리말로 시가를 마음대로 표기할 수 있으니 이것으로써 궁중 廟樂에 쓸 수 있는 악장이라는 독특한 하나의 노래체를 만들어보자 하는 그 악장을 말하고자 하는 것'[8]이라 하여 악장의 한계 규정을 "궁중 묘악에 쓸 수 있는 것"과 "독특한 하나의 노래체"에 둔 듯하나, 실제 〈용비어천가〉 〈월인천강지곡〉 등 몇 수 외엔 독특한 노래체를 이루지 못했으며,[9] 이들 노래가 모두 廟樂에 쓰이지 않았는데도 악장으로 취급하고 있으며, 또 '第一着手로 나타난 것이 〈용비어천가〉였다.'[10]라고 하여 그 이전, 정도전, 권근, 변계량 등이 지은 것은 악장이 아닌 듯이 하면서도 실제로는 이들이 지은 송도의 시

1 조윤제, 韓國文學史, 探求堂, 1968, p.125.
　이병기 · 백철, 國文學全史, 新舊文化史, 1970, p.120.
　김동욱, 國文學槪說, 民衆書館, 1967, p.62.
　장덕순, 國文學通論, 新舊文化社, 1960, p.150.
　김준영, 國文學槪論, 螢雪出版社, 1976, p.188.
2 김사엽, 李朝시대의 가요연구, 學園社, 1962, p.15.
3 김사엽, 改稿國文學史, 正音社, 1956, p.301.
4 이능우, 입문을 위한 國文學槪論, 以文堂, 1955, p.62.
5 김기동, 國文學槪論, 進明文化社, 1973, p.159.
6 정주동, 國文學史, 형설출판사, 1965, p.53.
7 김준영, 앞의 책, p.188.
8 조윤제, 앞의 책, pp.125-126.
9 이 글의 '5. 형식'조 참조
10 조윤제, 같은 책, p.126.

를 악장으로 다루고 있는 실정이다. 이로 보아 '악장'이라는 음악적인 명칭은 조선 초기의 송도를 내용으로 한 모든 시가를 포괄하여 지칭할 수 있는 적당한 명칭이 아님을 알 수 있다.

이제, 우리 국문학 연구도 악장과의 분리를 시도할 만큼 진전되었으며, 늘 악장 위주나 음악을 염두해 둔 主樂從詞의 연구를 할 필요가 없다고 생각된다. 그래서 저자는 '頌禱詩'라는 술어를 쓰게 되었다. '송축가', '송도가'라고 하면 우선 '歌'자가 노래를 뜻하여 적합하지 않고, '雅頌文學'이라고 하면 그 범위가 '宴享, 會朝, 宗廟之樂'[11]으로 좁아져서 선초의 송도 시가를 다 내포할 수 없으며, '송시'라 하면 '칭송하는 시'라는 뜻이 되어 아무래도 '축수하고 빈다'는 내용이 포함되지 않아 포괄적인 명칭이 못 되는 듯하다. 그래서 '송축한다'는 뜻의 '頌'과 '축원하고 빈다'는 뜻의 '禱'를 합하여 '頌禱'라고 하고 여기에 문학의 형식을 나타내는 '詩'를 붙여 '頌禱詩'라 하는 것이 가장 적합할 듯하다. 이렇게 하면 용어의 성격이 선명하고, 음악상의 명칭이 아닌 완전한 문학상의 명칭이 되며, 조선 초기의 송도의 뜻을 가진 모든 시가를 다 포괄할 수 있기 때문이다.


## 2. 창작 목적과 창작 규준

### 2.1. 창작 목적

송도시 창작의 목적은 표면적인 목적과 이면적인 목적으로 나눌 수 있다.

---

11 雅 : 雅者正也 正樂之歌也. 其篇本有大小之殊 而先儒說 又各有正變之別 以今考之 正小雅宴饗之樂也 正大雅 會朝之樂 受釐陳戒之辭也 故或歡歡欣和說 以盡群下之情 或恭敬齊莊 以發先王之德 (毛詩 권9, 毛詩小雅)
頌 : 頌者宗廟之樂歌 大序所謂美盛德之形容 以其成功 告于神明者也 蓋頌與容古字通用 故序以此言之 (毛詩 권19, 頌)

우선 표면적인 목적을 찾아보면 다음과 같다.

첫째, 이씨 왕조의 개국, 즉 역성혁명은 天命所致임을 나타내려는 데
있었다. 정인지는 '龍飛御天歌序'에서

　　공손히 생각하옵건대, 祖宗께서는 司空이 신라를 도운 때로부터 오래오
래 대대로 그 아름다움을 나타내어, 수백여 년 동안을 지나서 穆祖에 이르러
비로소 북쪽 지방에 왕업의 기틀을 닦았고, 翼祖·度祖·桓祖 三聖王께서
서로 이어 효제와 충신으로써 가업을 삼으니 북방인들이 진심으로 복종했
다고 지금까지도 老父들이 서로 전해 칭찬해 마지않는 바입니다. 태조께서
는 聖文·聖武의 자질과 세상을 구제하고 백성을 편안히 할 지략을 가지시
고 고려 말년을 당하여 남북으로 정벌하고 쳐서 그 업적이 크셨습니다. 이
에 천지 귀신의 도운 바와 찬양해 주는 바의 돌아감을 얻어 대명을 받아서
家法을 化하여 나라를 만드셨습니다. …… 우리 列聖께서 아직 즉위하시기
전에 그 문덕과 무공의 성하심과 인심의 돌아옴과 그 符端의 나타남이 百代
에 뛰어나셨고 또 그 멀고도 원대한 업적이 천지와 같이 끝이 없었던 것을
가히 앞에서 알 수 있는 것입니다.[12]

라고 하여 李朝의 건국은 天命에 의한 것이며 선대부터 쌓은 효제충신의
家法으로 化家爲國한 것임을 〈용비어천가〉에서 노래하려고 했음을 드
러내고 있다.

　　최항의 '龍飛御天歌跋'에도 德功原隆함과 瓌奇顯異가 자고로 가장 성
했음을 들어 新朝開創은 우연의 일이 아니며 오랫동안 祖宗들이 쌓은 공
덕에 의한 것이라 했다.[13]

---

12　恭惟祖宗 自司空始佐新羅 綿綿世濟其美 歷數百餘年 至于穆祖 肇其朔方 翼祖度祖桓祖
　　三聖相承 以孝弟忠信爲家法 朔方之人 咸歸心焉 至今父老相傳 稱口不置 太祖以聖文神
　　武之資 濟世安民之略 當高麗之季 南征北代 績懋焉 天地鬼神之所祐 謳歌獄訟之所歸
　　用集大命 化家爲國 …… 我列聖龍潛之日 文德武功之盛 天命人心之歸 與其符瑞之作 超
　　出百代 其悠遠之業 配諸覆戴而無疆 可前知也 (鄭麟趾, 龍飛御天歌序)

그리고 성인이 일어날 때는 반드시 祥瑞가 있다[14]는 뜻에서 태조의 등극에 따른 祥瑞 즉 천명의 豫告를 읊어서 李朝의 개국이 천명에 의한 것임을 보이려는 노력이 정도전의 上箋에 잘 나타나 있다.

상스러운 봉이 뭇 새에 대하여, 신령스러운 芝草가 뭇 잡초에 대하여 그 남이 다르듯이 성인이 일어남을 당하여 신령스럽고 기이한 祥瑞는 그 일어날 바를 미리 느끼게 함이니 이 또한 이치의 당연함이라…… 우리 주상 전하께서 潛邸時 꿈에 神人이 金尺을 주면서 이것으로써 가정과 국가를 다스리라고 하였습니다. 또 어떤 사람이 異書을 얻어 바치면서 이를 秘藏하되 망령되이 남에게 보이지 마시옵소서 하더니, 10여 년이 지난 후에 과연 그 징험이 나타나니 이는 다 하늘이 오늘의 일을 미리 알려준 것이옵니다.[15]

이렇게 이태조의 역성혁명을 糊塗해서 天命所致라는 인식을 일반에게 불어넣기 위하여 讖說, 문덕, 무공 등을 노래했던 것이다.

둘째, 聖君이 일어나면 반드시 새로운 음악이 따른다는 관념에서, 이런 신국가의 체재를 갖추려는 의도였다.

신이 보건댄 역대로 천명을 받은 임금은 무릇 공덕이 있으니, 이를 歌樂으로 드러내어 당시에 훤히 빛낼 뿐 아니라 후대에까지 드리워 보이는 것이옵니다. 그래서 一代의 흥함이 있으면 반드시 一代의 制作이 있는 것입니다.[16]

---

13 歷觀古興運之主非一 然其聖作神述 天授民戴 德之原 功之隆 事迹瓌奇顯異 未有如我祖宗之盛者也 歌頌之作 可但已邪 (崔恒, 龍飛御天歌跋)

14 大抵古之聖人 方其禮樂興邦 仁義設敎 則怪力亂神 在所不語 然而帝王之將興也 膺符命受圖錄 必有以異於人者 然後能乘大變 握大器 成大業也 (三國遺事, 紀異, 권1)

15 祥鳳之於衆禽 靈芝之於凡草 其生必異 當聖人之作 靈異之瑞 所應先感 亦理之 必然者也 …… 我主人 殿下在潛邸 夢神人 以金尺授之 曰以此均齊家國 又有人 得異書以獻之 曰秘之勿妄示人 後十數年 其言果驗 是皆天以今日之事 豫告之也 (太祖實錄 권4, 太祖二年七月 己巳條)

문왕, 무왕은 천명을 받아서 사방의 땅을 차지하여 그 계통을 8백 년 전했으며, 주공은 예악을 제정하니, 『시경』의 緜. 生民, 皇矣, 七月[17]의 시는 모두 그 왕업에서 나온 것으로서 형체로 드러내어 읊은 것이므로 소리 나고 빛나는 것이 해와 달과 같이 드리웠사오니 성스러운 일입니다.[18]

예로부터 聖帝와 名工이 일어나면 반드시 文臣의 歌詠이 있어서 성스러운 덕과 신령스러운 功業의 아름다움을 기리고 드날려 음악에 싣습니다. 이는 周詩의 大明, 緜瓜, 生民, 淸廟와 같은 것입니다. 수명과 定都를 기리기도 하고 혹은 立廟와 奉祀를 일컫고 밝은 덕과 烈을 밝혀 돈독히 規戒합니다.[19]

위의 인용문과 같이 송도시 창작에 관련된 글에선 모두 聖君明王이 일어나면 반드시 훌륭한 歌樂을 문신들이 지어서 공덕을 찬양했음을 初頭에 언급하고 있다. 그래서 조선 개국 후, 천명에 의한 신국가의 개창과 왕업을 훌륭히 닦은 태조의 공덕을 찬양하는 새로운 가악을 갖춤으로써 '성군에 따른 新歌樂'이라는 정치상의 체재를 갖추려는 수단으로 송도시를 창작했음을 알 수 있다.

셋째, 列聖 肇基의 원대함과 왕업의 艱難함을 歌詠하여 왕가의 永世無疆을 송축하려는 데 있었다.[20]

---

16 臣觀歷代以來 受命之君 凡有功德 必有之歌樂 以焜燿當時 而垂示後來 故曰一代之興 必有一代之制作(태조실록 권4 太祖二年 七月己巳 鄭道傳箋)

17 '緜'은 『毛詩』권16, 大雅三 文王之什三之一 皇矣篇을, '七月'은 『모시』권8, 豳一之十五 七月篇을 가리킨다.

18 文王武王 誕膺天命 奄有四方 傳祚八百 周公制禮樂 於是有緜 生民皇矣 七月之詩 皆原其王業之所由 以形歌詠 鏗鏘炳耀 垂若日星 猗與盛哉 (정인지, 龍飛御天歌序)

19 自昔聖帝明王之作 必有文臣歌詠 頌讚發揚聖德神功之懿 被諸管絃 勒諸金石 有若周詩大明綿瓜生民淸廟之類 或美其受命定都 或稱其立廟奉祀 宣明德烈 因以勤戒 (太祖實錄 卷八 太祖四年 十月乙未 權近進天監華山新廟詩序)

20 김기동, 같은 책, p.162.

이상의 3가지 표면적인 목적과는 달리 이면적인 목적은 지도층 내부의 질서 확립과 왕권의 확립에 있었다. 신왕조가 개창 되었으나 민심은 어수선 했으므로 이를 안정시키기 위해선 우선 국가의 여론을 좌우하는 궁중 내 지도층의 질서를 바로잡아야 했던 것이다. 그래서 천명에 의한 개국이라는 점과 성덕을 주된 내용으로 한 송도시를 제작하여 궁중 내에서 행해지는 모든 회합에 쓰도록 하여 지도층을 세뇌하려 했던 것이다. 그리고 한편으로는 개국 후의 善政을 선전하고 후왕에 대한 規箴을 통하여 왕권을 신장함으로써 國基를 확고히 하려 했던 것이다. 이면적인 목적에 관해선 3, 4절에서 더 상론될 것이다.

## 2.2. 창작 규준

그러면 이 같은 송도시가 어떤 규준에 의거하여 창작되었을까 하는 점이다.

첫째는 『시경』의 風, 雅, 頌을 창작의 규준으로 삼았다고 본다.[21] 이러한 창작 규준은 '龍飛御天歌序'와 '龍飛御天歌跋', 권근의 '天監華山新廟詩序' 등에 잘 나타나 있다. 송도시의 수편인 龍歌는 『시경』 대아의 서사시를 기간으로 換骨하여 중국 역대의 創國主(역성혁명 영웅)를 끌어다 주인공 이태조를 부각시켰으며, 특히 龍歌의 한시는 대부분 四言四句 兩章體로 이는 풍, 아, 송 전반에 걸친 환골이라[22] 함을 보아서도 『시경』의 풍, 아, 송이 확실히 창작의 규준이 되었음을 알 수 있다. 그 외의 송도시 窮獸奔, 受明命, 受寶籙, 荷皇恩, 賀聖明, 聖澤, 華山, 新廟, 華嶽詩, 天監 등은 『시경』의 雅體를, 文明之曲과 武烈之曲은 頌體를 취하고 있음[23]을 볼 때, 풍, 아, 송이 창작의 규준이 되었음을 알 수 있다.

21 서수생, 韓國詩歌研究, 형설출판사, 1970, p.220.
22 서수생, 위의 책, pp.263-64.
23 김사엽, 이조시대의 가요연구, 학원사, 1962. p.88.

둘째는 麗謠의 음률을 규준으로 삼은 것이 많다. 5절에서 논하겠지만, 선초 송도시는 특수한 형식을 가진 것이 아니고 고려속요, 경기체가, 시조 등의 형식을 대체로 취하고 있기 때문이다.

셋째는 明의 圜丘樂章 또는 方丘樂章을 어느 정도 규준으로 삼았다고 본다. 원을 굴복시킨 명은 홍무 원년(고려 공민왕 17년, 1368) 봄에 황제가 친히 太社, 太稷에 제사를 지내고 그해 겨울에 圜丘에서 昊天上帝에게 제사를 지냈다. 이듬해인 1360년에는 方丘에서 地祇에게 제사를 지내고 樂舞의 數와 奏曲의 이름을 다 정했었다.[24] 그러니까 圜丘樂章이 홍무 원년에 이루어졌고 方丘樂章이 홍무 2년에 이루어졌으며, 그 후 홍무 8년에 御製圜丘樂章이 이루어지는 등 개작이 여러 번 있었다.

정도전은 1380년(우왕 10년) 7월에 典校副令으로 入明한 바 있고, 1390년에 聖節使兼辨誣使로 입명했으며, 1392년(태조 원년)에 謝恩兼賀正使로 입명하는 등 3차에 걸쳐 명나라에 갔던 만큼[25] 명의 악장을 보고 왔으리라 능히 짐작된다. 명나라에서 보고 온 명의 악장이 선초 송도시 창작의 규준이 되었음을 명의 악장과 선초의 악장을 비교해 봐서 곧 알 수 있다. 홍무 원년에 제작된 원구악장 중 제일 첫 곡인 〈迎神中和之曲〉이 楚辭體로 되어 있는데, 정도전이 지은 〈夢金尺〉이 또한 초사체이다.[26] 그리고 원구악장과 방구악장에 文德之舞와 武功之舞를 구비하여 만들었는데, 선초의 송도시도 文舞와 武舞의 저작이 따랐던 것이다.[27]

---

24 明史 권61, 志第 三十七 樂一.

25 三峰集 권14, 附錄 事實條.

26 昊天蒼兮穹窿 廣覆燾兮龐洪 建圜丘兮國之陽 合衆神兮來臨之同 念螻蟻兮微夷 莫自期兮感通 思神來兮金玉其容 馭龍鸞兮乘雲賀風 顧南郊兮昭格 望至奠兮崇崇 (洪武元年 圜丘樂章, 明史 권62 樂二 樂章一, 迎神中和之曲)
唯皇鑑之孔明兮 吉夢協于金尺 淸者髦矣兮 直其戇 繄有德焉是適 帝用度吾心兮 俾均齊乎家國 貞哉厥符兮 受命之祥 傳子及孫兮 彌于千億 (三峰集 권2 樂章, 夢金尺)

27 初獻奏壽和之曲 武功之舞 西獻奏豫和之曲 終獻奏熙和之曲 俱文德之舞 (明史 권61 志第三十七 樂一)
禮曹啓 我太祖以神武應運開國 太宗繼述文致太平 方今武治定功成 禮備樂和 文德旣敷 島夷來賓 野人惜伏 武功又著 宜歌太祖武功爲武舞 太宗文德與方今 盛德爲文舞 (世宗實

## 3. 작자의 특성

　같은 내용의 작품을 쓴 작자들의 특성 파악은 그 類의 작품의 성격을 규명하는데 중요한 자료가 될 수 있다. 그래서 이 곳에서는 송도시 창작자들의 공통적인 특성을 귀납해 보려고 한다.

　송도시의 작자는 정도전, 권근, 하륜, 변계량, 윤회, 신권, 신장, 정초, 유사눌, 권도, 권제, 정인지, 안지, 세종, 김종서, 최항, 세조, 정극인, 맹사성 등인데, 이들의 작품을 보면 다음과 같다.

　　정도전 - 夢金尺, 受寶籙, 文德曲, 納氏歌, 靖東方曲, 窮獸奔, 新都歌,
　　　　　　新都八景詩
　　권　근 - 天監, 華山, 新廟, 華嶽詩, 霜臺別曲
　　하　륜 - 觀天庭, 受明命, 朝鮮盛德歌, 漢江詩, 保東方, 受貞符,
　　　　　　都城形勝曲, 都人頌禱曲
　　변계량 - 賀皇恩曲, 賀聖明曲, 聖澤, 文明之曲, 武烈之曲, 紫殿之曲,
　　　　　　華山別曲, 頌禱時調 1首[28]
　　윤　회 - 鳳凰吟
　　신　장 - 獻南山之曲, 會禮文武樂章
　　정　초 - 會禮文武樂章
　　유사눌 - 嗔雀歌辭
　　권　도 - 東國年代歌
　　권제, 정인지, 안지 - 龍飛御天歌
　　세　종 - 月印千江之曲

---

　　錄 권56, 世宗十四年 九月丙辰)
**28** 治天下 五十年에 不知왜라 天下事를
　　億兆蒼生 엿고자 願이러냐
　　康衢에 童謠를 드리니 太平인가 ᄒ노라 (珍本 靑丘永言)

김종서 - 頌禱時調 2首[29]

최　항 - 功臣宴曲, 宗廟樂章

세　조 - 明皇戒鑑, 頌孔子, 合戰頌

정극인 - 不憂軒歌, 不軒軒曲.

맹사성 - 頌禱時調 4首[30]


이들 중 작품이 현전하는 중요 작자는 정도전, 권근, 하륜, 변계량, 윤회, 권제, 정인지, 안지, 김종서, 맹사성, 정극인 등이다(왕은 제외했음). 이들의 최고 관직과 문명, 시호, 공신 관계를 보면 다음과 같다.

| 작자 | 관직 | 문명 | 시호 | 공신 관계 |
|---|---|---|---|---|
| 鄭道傳 | 門下侍郎贊成事 | 政堂文學 | 文憲 | 開國一等功臣(忠義君) |
| 權近 | 贊成事 | 大提學 | 文忠 | 左命功臣(吉昌君) |
| 河崙 | 領議政 | 政堂文學 | 文忠 | 靖社左命一等勳(晋山府院君) |
| 卞季良 | 禮曹參議 | 大提學 | 文肅 | |
| 尹淮 | 兵曹判書 | 大提學 | 文度 | |
| 權踶 | 右贊成 | 大提學 | 文景 | |
| 鄭麟趾 | 領議政 | 大提學 | 文成 | 靖亂功臣(河東府院君) |
| 安止 | 領中樞院事 | 副提學 | 文靖 | |
| 金宗瑞 | 左議政 | | 忠翼 | |
| 孟思誠 | 左議政 | | 文貞 | |
| 丁克仁 | 正言 | | | |


위의 표를 보아서도 알 수 있듯이 송도시의 작자군은 二大別된다.

---

29 朔風은 나모긋티 불고 明月은 눈속에 츤되
　　萬里 邊城에 一長劍 집고서서
　　긴프람 큰흔소리에 거칠거시 업세라 (珍本 靑丘永言)
　　長白山에 旗를 곳고 頭滿江에 물을 싯겨
　　서근 져 션븨야 우리 아니 스나희냐
　　엇덧타 獜閣畵像을 누고먼저 흐리오 (珍本 靑丘永言)
30 맹사성의 〈강호사시가〉.

첫째 군은 정도전, 권근, 하륜, 변계량, 윤회, 권제, 정인지, 안지 등으로, 이들은 고관대작이고 모두 '文'字의 시호를 받은 당대의 文柄을 잡은 이들이다. 또한 이들은 적극적인 내용의 송도시를 썼으며, 관직에 있을 때 송도시를 지었다는 것이 공통점이다.

둘째 군은 맹사성, 김종서, 정극인으로, 이들의 性分은 이질적이다. 김종서는 무관이고, 맹사성은 고급문관이며, 정극인은 늦게 관로에 나와 正言職에 머무르고 치사했다. 이들은 모두 자기의 평안이 임금의 은택임을 노래하거나 스스로 태평성대의 기쁨에 도취된 내용의 소극적인 송도시를 지었다는 것이 공통점이다. 그리고 맹사성과 정극인은 致仕 후에 지었고, 김종서는 변방에 있을 때 지었으니 왕의 측근에 있을 때 지은 것이 아니라는 점도 공통된다.

이와 같은 작자들의 공통적 특성에서 다음과 같은 사실을 알 수 있다.

첫째 군의 작자들은 고려조의 舊 귀족계급이 아닌 신흥사대부로서 개국공신이거나 정란공신이 아니면 대신이 되어 왕의 신임을 받아 부귀영화를 누리던 사람들이다. 그래서 이들의 부귀는 신왕조의 운명과 왕권 신장의 성패에 달려 있었다. 건국 후의 흉흉한 인심과 무질서를 바로 잡지 못하면 신왕조는 와해될 것이고 이들도 왕조와 운명을 같이 하는 수밖에 없었다. 이들에게 있어서는 신왕조의 운명에 앞서 자기 보신을 위해서라도 무질서를 바로잡아 신왕조의 기반을 확고히 하는데 분발하지 않으면 안 되었던 것이다. 이러한 필요에 따라 조선 사회의 실질적인 힘의 소유자이며 여론을 좌우하는 지도 계층인 조정 내의 지배 계급을 상대로 질서 확립을 위한 선동적인 찬가를 부르게 되었던 것이다. 결국, 첫째 군은 그들의 운명과 함수 관계가 있는 신질서 확립과 왕권의 신장에 적극 노력하던 자라는 특성을 가진다.

둘째 군의 작자들은 왕과는 유대 관계가 있지만 왕과 일정한 거리를 두고서 선동적인 내용이 아닌, 진실로 李朝의 피어나는 국운을 노래하거나 임금의 恩澤을 칭송하던 사람들이다.

## 4. 송도의 내용

이곳에선 송도의 내용, 즉 구체적으로 무엇을 읊었는지를 알아보고자한다. 대상 작품은 작품이 현존하거나 현전하지 않더라도 그 내용을 확실히 알 수 있는 것으로 했다. 가능한 한, 한 작품의 내용은 한가지로묶었으나, 〈용비어천가〉만은 특수성을 인정하여 한 장을 한 작품으로 간주했다.

송도의 내용을 분류하면 다음과 같다.

1. 讚　王(112)[31]
　　① 聖德(18) － 文德曲, 朝鮮盛德歌, 文明之曲,
　　　　　　　　　　龍歌 41 · 53 · 55 · 56 · 66 · 72 · 73 · 75 ·
　　　　　　　　　　78 · 79 · 95 · 103 · 104 · 105 · 106장
　　② 天命(17) － 天監, 龍歌 1 · 3 · 4 · 8 · 15 · 17 · 18 · 19 ·
　　　　　　　　　　21 · 26 · 28 · 31 · 46 · 70 · 71 · 90장
　　③ 武功(15) － 納氏歌, 窮獸奔, 靖東方曲, 武烈之曲, 龍歌 33 ·
　　　　　　　　　　35 · 36 · 38 · 49 · 50 · 51 · 52 · 58 · 61 · 93장
　　④ 武藝(13) － 善射(10); 龍歌 32 · 40 · 43 · 45 · 47 · 54 ·
　　　　　　　　　　　　　　57 · 63 · 88 · 89장
　　　　　　　　善馬(2) ; 龍歌 48 · 65장
　　　　　　　　善擊毬(1); 龍歌 44장
　　⑤ 創業祥瑞(8) － 龍歌 6 · 7 · 22 · 23 · 39 · 84 · 100 · 101장
　　⑥ 天佑(6) － 龍歌 20 · 30 · 34 · 37 · 42 · 102장
　　⑦ 忠誠心(6) － 龍歌 11 · 12 · 24 · 25 · 74 · 94장
　　⑧ 威力(5) － 龍歌 27 · 59 · 60 · 62 · 87장

---

**31** 괄호 안의 숫자는 각 내용에 해당하는 작품의 수를 나타낸 것이다.

⑨ 威化回軍(5)－龍歌 9・10・67・68・69장

⑩ 慈愛・寬容(4)－龍歌 64・76・77・96장

⑪ 崇儒之功(3)－龍歌 80・81・82장

⑫ 孝誠心(6)－龍歌 91・92장

⑬ 隆準龍顔(2)－龍歌 29・97장

⑭ 靖亂(2)－龍歌 98・108장

⑮ 辭讓心(1)－龍歌 99장

⑯ 創業艱難(1)－龍歌 5장

⑰ 功績深遠(1)－龍歌 2장

⑱ 斥佛(1)－龍歌 107장

⑲ 遷都(1)－龍歌 1장

⑳ 王后貞節(1)－龍歌 109장

2. 讚文物制度(6)

新廟, 霜臺別曲, 鳳原吟, 北殿, 紫殿之曲, 華山別曲

3. 讚　都(7)

新都氣, 新都八景詩, 華山, 落嶽詩, 漢江詩, 都城形勝曲, 都人頌禱曲

4. 規　箴(19)

五倫歌, 天眷曲, 頌孔子, 龍歌 110～125장

5. 讖　說(8)

夢金尺, 受寶籙, 受貞符, 龍歌 13・16・83・85・86장

6. 頌皇恩(8)

覲天庭, 受明命, 賀皇恩歌, 賀聖明曲, 聖澤, 應天曲, 東國年代歌, 明皇戒監

7. 感君恩・太平頌(11)

儒林歌, 感君恩, 不憂軒曲, 不憂軒歌, 卞季良 頌禱時調 1首, 金宗端 時調 2首, 孟思誠 時調 4首

8. 讚　佛(1)[32]；月印千江之曲

위의 내용 분류를 통하여 보면 왕에 대한 송도가 으뜸을 차지하고 다음이 規箴, 君恩太平頌, 讖說, 頌皇恩, 讚都, 讚文物制度, 讚佛의 순이다.

왕을 찬양한 내용은 왕을 영웅시하고 天縱之師임을 나타내려고 성덕과 천명에 의한 창업, 무공, 무예, 위력, 창업 상서, 자애, 관용, 효성, 사양심 등을 읊었다. 그리고 특히 용가의 마지막 부분에서는 후대의 왕을 규계하는 내용을 실어 놓았는데, 이는 조선 왕조의 無窮을 비는 뜻이다.

위와 같은 내용을 종합하여 다음과 같은 사실을 도출할 수 있다.

① 천명사상, 讖說, 창업의 상서, 功績深遠, 이태조의 隆準한 龍顔 등을 노래하여 이조의 개국이 무력에 의한 혁명이 아니고 천명에 의한 것임을 알리려 했다.

② 왕의 성덕, 무공, 뛰어난 무예, 효성심, 사양심, 자애와 관용 등을 읊어 태조, 태종 등이 비범한 인물로서 임금의 자격을 능히 갖추었음을 선전하려 했다.

③ 新都와 문물제도의 송축으로 이조 개국 후의 선정을 선전했으며,

④ 명황제가 조선을 인정한 은혜를 읊어 中華를 사모하는 지배 계급으로부터 신임을 받으려 했다.

⑤ 五倫歌, 東國年代歌, 頌孔子 등을 통하여 새로운 유교적 질서를 확립하려 했다.

⑥ 이상의 다섯 가지 사실은 위정자들이 지배 계급을 상대로 한 세뇌 교육이 목적이었다면, 후대 왕에게 규계한 내용은 왕 자신의 노력을 통하여 왕권의 확립을 도모코자 한 것이다.

⑦ 개국 초기에는 천명에 의한 개국, 성덕, 신도, 문물제도 등을 송축

---

**32** 김사엽 박사는 彌陀讚, 本師讚, 觀音讚, 觀音讚歌, 楞嚴讚 등을 金守溫의 作이라(이조시대의 가요연구, 학원사, 1962, p.226)했으나, 문헌비고에 고려 때의 讚佛歌라는 기록도 있어, 확실한 연대와 작자를 알 수 없기 때문에 선초 송도시에서 제외하였다.
臣謹按 鳳凰吟外 又有處容歌 觀音識 然本自高麗流傳 至今但列於樂府而已 非聖朝之所常用 故二篇削之不錄 …… 觀音讚必是高麗能文僧 (作文獻備考 樂考 鶴蓮花臺)

하는 적극적인 송도시(내용 분류〈1~6〉)가 성행했으나 후대로 갈수록 선동적이고 적극적인 찬양보다는 군은이나 태평성대를 노래하는 소극적인 내용의 송도시(내용 분류〈7·8〉)로 변모해 갔다. 조선조의 정치 및 사회 전반의 체제가 확립된 성종 대에 가까울수록 내용이 소극적이라는 것은 결국 선초 송도시의 창작 목적이 지도층 내부의 질서 확립에 있었다는 것을 뜻하는 것이다.

## 5. 형식

종래는 '악장'이라 하여 특별한 형식을 가지고 있는 양 취급했으나, '명칭의 검토'에서 언급했다시피, 선초의 송도시는 특이한 형식이 없고 〈용가〉와 〈월인천강지곡〉을 제외한 모든 송도시는 재래의 시가 형식에 담겨져 있을 뿐이다. 선초는 고려조의 시가체가 그대로 전승되기도 하고, 혹은 새로운 궁중 음악에 송도의 내용을 신는 도중에 周代를 爲法하다 보니 시경체의 시도 등장하고, 초사체의 형식도 나왔는가 하면 한시에 우리말 토를 단 형식도 나왔던 것이다. 이렇게 여러 형식을 취하고 있는 송도시를 그 담긴 형식에 따라 구분해 보면 다음과 같다. 형식 구분에 있어서 한시에 우리말 토가 붙은 것은 우리말로 된 송도시로 간주하였다.

### 5.1. 한시체에 실린 것

① 雅體[33] - 窮獸奔, 受明命, 受寶錄, 賀聖明, 聖澤, 賀皇恩, 華山, 新廟, 華嶽詩, 天監

---

33 김사엽, 같은 책, pp.84-87 참조.

② 頌體[34] - 文明之曲, 武烈之曲

③ 六言絶句體 - 新都八最詩

④ 楚辭體 - 夢金尺

## 5.2. 우리 시가체에 실린 것

① 여요체 - 新都歌, 納氏歌, 靖東方曲, 不憂軒歌

② 경기체가체 - 霜臺別曲, 宴兄弟曲, 五倫歌, 華山別曲, 不憂軒歌

③ 시조체 - 변계량의 頌禱時調, 김종서의 시조, 맹사성의 江湖四時歌

④ 4보격체 - 文德曲, 北殿, 鳳凰吟, 感君恩, 儒林歌

⑤ 용가체 - 龍飛御天歌, 月印千江之曲

우리 시가체에 실린 송도시의 분류는 음보에 의해 구분했는데, 특히 漢詩 懸吐體의 scanning은 한시의 일반적인 시법을 충분히 고려하였다. 우리 시가의 음보율은 강약률이나 고저율로 규정될 수 없고, 우리 시가의 율동은 '발성과 쉼의 반복에서 온다[35]는 견해를 염두에 두고 볼 때, 한시에 토를 단 정도의 송도시의 형식 분석에 있어서 한시 讀法을 참작하는 것은 필수적인 것이라 하겠다. 한시 중 五言詩는 〈2・3〉으로 音讀되며, 七言詩는 〈4・3〉으로 분석되는데, 〈4・3〉은 다시 〈2・2・3〉으로 음독된다. 그리고 우리말 토가 한시의 끝에 막연히 한 마디씩 붙어 있기 때문에 五言詩에 현토한 시는 〈2〉〈3〉〈토〉 이렇게 3음보를 이루며[36] 칠

---

34 김사엽, 같은 책, pp.84-87 참조.

35 김수업, "우리 시가의 전통적 율동", 淸溪金思燁博士 頌壽紀念論叢, 學文社, 1973.

36 〈納氏歌〉를 예로 음보 구분해 본다.

　納氏 恃雄强 ᄒ야

　入寇 東北方 ᄒ더니

　縱傲 誇以力 ᄒ니

　鋒銳라 不可當 이로다.

언시는 〈2〉〈2〉〈3〉〈토〉 이렇게 4음보를 이룬다.[37] 한시의 독법을 참작하여 한시 현토체의 송도시를 음보 구분해 보니 종래에 한시처럼 취급되거나 아니면 형식을 종잡을 수 없는 특수한 형태로 여겨지던 선초의 懸吐體 頌禱詩가 3음보 혹은 4음보의 형식을 취하고 있음을 알게 되었다. 그리고 시의 내용에 아무런 도움을 주지 못하는 우리말 토가 리듬을 맞추는 역할을 한다는 것을 알 수 있게 되었다. 이런 토를 붙이지 않으면 기존 악곡에 맞출 수 없기 때문이다. 樂書에 실려 있는 송도시와 문집에 실려 있는 동일한 송도시를 비교해 보면, 『樂章歌詞』, 『樂學軌範』, 『時用鄕樂譜』 같은 데에는 현토체로 실려 있으나 『三峰集』과 같은 문집에는 한시로만 실려 있다. 이는, 우리말 토가 리듬[曲調]을 맞추는 보조 수단임을 보여 주는 확고한 증거라고 하겠다. 이렇게 한시의 독법을 고려하여 〈納氏歌〉 등 五言 현토체는 3음보 위주인 여요체에 소속시켰고, 〈文德曲〉(開言路, 保功臣, 正經界, 定禮樂), 〈鳳凰吟〉, 〈北殿〉 등의 七言 현토체는 4음보 위주의 體로 소속시켰다. 그리고 〈용비어천가〉와 〈월인천강지곡〉은 형식이 특이하므로 '龍歌體'라 하여 독립시켰다.


## 6. 시대적 분포

선초 송도시는 태조 2년(A.D. 1393) 7월에 정도전이 〈夢金尺〉〈受寶錄〉〈文德曲〉을 지어 바친 것이 그 효시다. 그 후, 권근이 송도시를 지어

---

**37** 〈文德曲〉 중 開言路章을 예로 음보 구분해 본다.

法宮이 有嚴 深九重 호니
一日 萬機 紛其叢 호샷다
君王이 要得 民情通 호사
大開 言路 達四聰 호시다
我后之 德이 與舜同 호샷다
我后之 德이 與舜同 호샷다

바쳤고, 태종대에는 권근과 하륜이, 세종대에는 윤회, 변계량, 정인지, 권제, 안지, 권도, 유사눌, 신장, 정초, 맹사성 등과 세종 자신이 창작 활동을 했으며, 세조 때에는 최항과 세조 자신이 송도시를 지었다. 그 후, 성종 31년(1472)에 정극인이 지은 〈不憂軒歌〉와 〈不憂軒曲〉이 선초 송도시의 마지막 작품이다. 그래서 선초 송도시 창작은 조선 개국(1392) 후부터 성종대(1494)까지 약 1세기 간이라 하겠는데, 더 엄밀히 작품을 통해서 보면 태조 2년(1393)부터 성종 3년(1472)까지 약 80년간이라 하겠다.[38]

왕조에 따라 창작된 작품 수와 송도의 주된 내용을 보면 다음과 같다.[39]

| 왕조 및 시대 | 작품 수 | 송도의 주된 내용 |
|---|---|---|
| 태 조 (1392~1398 A.D) | 11 | 讖說, 武功, 文德, 讚都 |
| 태 종 (1401~1418 A.D) | 9 | 讚都, 讚文物制度, 頌皇恩 |
| 세 종 (1419~1450 A.D) | 37 | 讚王, 頌皇恩, 規箴 |
| 세 조 (1456~1468 A.D) | 3 | 讚王, 頌皇恩 |
| 성 종 (1470~1494 A.D) | 2 | 感君恩, 太平頌 |

위의 표와 같이 선초 송도시는 태조, 태종대를 거쳐 세종 때에 가장 성했으며, 송도의 내용도 세종 대를 지나서부터는 달라지기 시작했다. 개국 때에는 讖說 등을 읊어 역성혁명을 천명으로 호도했으며, 천도 후에는 讚都의 시를 읊어 민심을 안정시키려 했었고, 태종대에는 讚都와 讚文物制度의 시는 물론 皇恩을 읊어 중국을 수단으로 하는 등 적극적이었으며, 세종대에는 송도시의 홍성기로 송도시의 집대성이라 할 수 있는

---

38 成俔의 虛白集, 南九萬의 藥天集, 李廷龜의 月沙集, 趙秀三의 秋齋集, 李裕元의 橘山交稿와 嘉梧稿略, 申光洙의 石北集에도 '악장'이라 하여 송도시가 나오나 이는 遺音으로 취급한다.

39 단종 때에도 최항이 지은 〈功臣宴曲〉이 있긴 하나 그 내용을 알 수 없으므로 논외로 하였다.

〈용비어천가〉가 제작되었던 것이다. 그러나 한편으로는 感君恩, 太平頌 등 소극적인 내용이 담긴 송도시가 변계량, 김종서, 맹사성 등에 의하여 지어짐으로써 쇠퇴의 기운을 보이더니, 세조대를 지나 성종 때에는 극히 그 기세가 위축되어 감군은을 내용으로 한 정극인의 〈불우헌가〉와 〈불우헌곡〉이 나온 후, 선초 송도시의 막이 내려지게 되었다.


## 7. 시대적 배경

선초 송도시가 발생되어 발전, 흥성, 쇠퇴된 시대적 배경을 살펴보고 선초 송도시와 이들 시대적 배경과의 상호 관계를 고찰해 보려고 한다.

정도전 등 신흥사대부들에 의해 이성계가 왕으로 추대되었으나 역성 혁명인 만큼 민심은 흉흉했다. 고려의 舊세력이 거의 뿌리 뽑혔다고는 하지만 신진 유신들 외엔 모두 뜻을 굽히지 않는 형편이어서 이성계는 즉위 후 곧 신왕조의 개창을 선포하지 못하고 국호를 종전대로 '고려'라고 했으며 일시적으로 고려의 제도를 그대로 따랐었다. 그리하여 급선무가 지도층 내부의 질서를 바로 잡는 것이었다. 차츰 군제와 정치 기구를 개편하고 구 왕실의 귀족인 왕씨를 모두 처치하여 후일의 화근을 없앴다. 한편, 개국 공신들에게 전지와 노비를 주어 생활 기반을 견고히 해줌으로써 군신 관계의 보장을 확고히 하는 데에 힘을 기울였다. 그리고 곧 친명 정책을 써서 신왕조의 개창을 명에 보고하여 승인을 받고 국호의 擇定을 청하는 등 이조 건국을 명으로부터 보장받음으로써 국내적으로 여말 이래의 구 세족 관료들에게 대하여 국왕의 지위와 왕실의 권위를 확인시키려 하였다.[40]

이렇게 다방면으로 신왕조의 불안을 해소하고 이씨 왕조의 확립을 위

---

40 韓佑劤, 韓國通史, 을유문화사, 1972, p.237.

하여 노력할 때, 지도 계층인 양반들의 질서 확립을 위한 노력의 일환으로 발생된 것이 송도시이다. 신흥사대부의 한 사람인 정도전은 개국 일등 공신이 되었을 뿐 아니라 政權과 兵權을 한손에 쥐게 되었으니, 이씨 왕조의 운명은 자신의 운명이나 다름이 없었다. 정도전은 태조 2년에 〈夢金尺〉〈受寶籙〉 등을 지어, 천명에 의한 개국임을 高唱했었고 〈文德曲〉〈武功曲〉을 지어 궁중의 향연, 회례 시에 태조의 비범성을 노래케 함으로써 왕권 확립에 힘썼으며, 이를 통하여 조정을 중심으로 한 양반 지배계급의 질서를 잡으려 노력했던 것이다.

질서 확립의 일환으로 발생된 선초 송도시는 이후의 정치, 경제, 사회 각 방면에서의 체재 정비의 노력과 함께 꾸준히 발전적으로 창작되었다.

이태조가 고려 舊世族의 전통적인 세력 지반을 떠나 새로운 지반을 마련하기 위해 한양으로 천도하자 〈新都歌〉〈新都八景詩〉 등 讚都歌가 지어졌다. 그리고 태조 때, 정치 질서 확립을 위해 구체적으로 나타난 것이 정도전의 『朝鮮經國典』, 『經濟文監』 등의 법전이었고, 태종 이후 더욱 통치 체제 및 경제, 사회면의 질서 확립에 노력이 경주되었다.

정치적으로는 崇儒斥佛의 강력한 추진으로 모든 사회적 가치는 주자학적으로 규범화했으며, 私兵을 혁파하고 도평의사사 대신 의정부를 세워 문·무관을 완전히 분리하고, 신문고의 설치로 종친과 훈구를 모해하려는 음모를 고발케 함으로써 왕권의 확립을 꾀하였다. 세종 때에는 德治主義로 인해 많은 문물제도가 자리 잡혔고, 동북 六鎭과 서북 四郡의 설치로 조선의 영토가 고정되었다. 세조 때에는 李施愛의 난을 계기로 양반계급의 지방세력 본거지인 유향소를 철폐하여 중앙집권 체제의 확립은 지방에까지 미치게 되었다.

경제적으로는, 태조는 科田法의 실시로 공신들에게 공신전의 급여와 세습권의 인정으로 군신 간의 상호 지위를 보장받았으나, 차츰 畿內 토지의 부족으로 세조 12년(1466)에는 과전법을 폐지하고 새로 職田法을 실시하여 散職者를 전지 급여의 대상에서 제외하고 실직 관리에 대해서만 급여했으며 官收官給制를 시행하여 관리들의 직접적인 토지 지배를 불가능케 하였다. 이리하여 관료의 신분이 지주적 성격에서 고용적 성격으로 전환되어 관료 세력의 기반이 약화되었다. 결국, 지배 계층인 양반으로서는 토호적 기반을 떠나서는 원칙적으로 관직을 차지하여 이를 고수하는 것만이 삶을 영위할 수 있는 길이었기 때문에 자연적으로 중앙집권의 체제가 강화되었다.

사회적인 면으로는 양반이란 신분이 생겼고 문무의 차별이 심해졌다. 여러 가지 특권을 누리는 양반은 자연 배타적이어서 결혼도 양반 사이에서만 행해졌고 양반의 신분은 세습되었다. 태종 이후로 庶孽禁錮法의 조처로 서얼의 자손은 문무 채용의 과거에 응시할 수 없었으며 재가금지법으로 再三嫁女의 자손은 애초부터 벼슬할 수 없었고 지방적 차별이 있어 평안도나 함경도 출신은 관리로 등용치 않는 등 儒敎的 특수 사회가 형성되었던 것이다.

문화적으로는 조선조 시대의 유일한 등용문인 科擧制를 확립하여 양반 관료 제도를 더욱 정비했으며 세종대부터 성종대까지 집현전이나 홍문관에서는 정치나 사회의 질서를 유지하는데 유용한 많은 서적을 간행하였다. 태종 13년(1413)에 『태조실록』이 편찬된 이래, 역대 제왕의 실록이 차례로 이루어졌고 문종 원년(1451)에는 『고려사』가, 동왕 2년에는 『고려사절요』가 편찬되었으며, 세조 4년(1458)에는 『國朝寶鑑』이 이루어졌다. 성종 16년(1485)에는 『東國通鑑』이 편찬되었다. 이 밖에 세종 때에 『八道地志』가, 성종 12년(1481)에는 『東國輿地勝覽』이 편찬되어 문화적인 면에서도 성종 때에는 체제 정비가 끝났었다.

가장 중요한 질서 확립의 노력은 법전의 편찬이었다. 태조 3년(1394)의 『조선경국전』에 이어 태조 6년(1397)에 『經濟六典』이 반포되었다. 태종 7년(1407)에는 續六典修撰所를 두고 태종 13년(1413)에 『經濟六典』을 수정한 『元六典』과 『續六典』을 印行케 되어 법전의 체재가 일단 갖추어지게 되었으나 『元六典』과 『續六典』 사이에 모순이 있어 세종 4

년에 다시 元·續六典 이 다시 수찬되었다. 그 후, 최항 등에 의하여『경
국대전』의 수찬이 시작되어 예종 원년(1469)에『경국대전』전6권의 편
찬이 완성되었고 수차의 교정을 거쳐 성종 2년(1471)에『경국대전』의
준수, 시행을 보게 되었다. 이로써 조선 왕조의 문무 관료 체제와 사회,
경제 체제가 확립되었던 것이다.[41]

　이처럼 조선조 개국 후, 약 1세기 간은 지도체제의 정비, 지도층 자체
내의 질서 확립 기간이었다. 질서 확립의 일환으로 발생된 송도시는 질
서 확립의 진전과 함께 발전되어 모든 면에서 질서 확립이 가장 활발했
던 세종 때엔 그 전성기를 맞이하였다. 송도시의 首篇인 〈용비어천가〉
등 30여 편이 이 때 창작되었다. 성종대에 이르러 정치, 경제, 문화, 사회
각 방면에서 질서가 완전히 잡히자 송도시 창작의 의의는 별로 없어졌
다. 이리하여 송도시는 양반 지배 계층의 질서 확립과 함께 쇠퇴되고 말
았다.

---

41 한우근, 위의 책, p.232.

# 제2장 용비어천가의 구조

　〈龍飛御天歌〉는 훈민정음이 창제된 뒤, 이 문자로 창작된 최초의 작품이라는 점과 125장이나 되는 방대한 양, 선초 송도시의 집대성이라 할 수 있는 풍부한 내용, 그리고 우리 시가사상 유래를 찾아 볼 수 없는 특이한 형식을 가진 작품이라는 점 등으로 해서 일찍이 국어국문학계의 큰 관심거리가 되어 왔었다. 그리하여 이 용비어천가에 대한 연구는 어학적인 면에서 뿐만 아니라 문학적인 면[1]과 음악적인 면[2]에서도 활발히 진행되었다.

　그 결과, 多大한 성과가 이루어지긴 했으나 해결되어야 할 문제점도 아직 많이 남아 있다. 그 중, 몇 가지 문제점을 들어보면,

　첫째, 용가의 운율파악 문제
　둘째, 용가의 구조분석 문제
　셋째, 서사시로서의 성립여부 문제 등이다.

---

1 代表的인 例는 다음과 같다.
　金思燁, "龍飛御天歌의 形式과 文學的 價值", 李朝時代의 歌謠研究, 學園社, 1956.
　張德順, "龍飛御天歌의 敍事詩的 考察", 趙潤濟博士 回甲紀念論文集, 同刊行委員會, 1964.
　徐首生, "龍飛御天歌에 미친 詩經의 影響", 慶北大論文集 9, 慶北大 大學院, 1965.
　李能雨 外, "龍飛御天歌의 綜合的 檢討", 東亞文化 2, 서울대 東亞文化 研究所, 1964.
2 李惠求, "龍飛御天歌의 形式", 亞細亞研究 第Ⅷ卷 1號, 高麗大學校 亞細亞問題研究所, 1965.
　崔正如, "世宗大王 文化事業中 樂整理考"(上)(下), 淸州大學論文集 2·3, 淸州大學.

이상의 문제에 대하여 연구된 바가 없진 않으나, 대부분 연구방법이 바람직하지 못했거나 설득력 있는 논술이 되지 못하여 학계의 공감을 불러일으키지 못하고 있는 실정이다. 이러한 문제는 하루속히 검토되고 재고되어야 할 것으로 생각한다.

그리하여 이 글에서는 우선 용비어천가의 치밀한 구조를 분석해 보고자 한다.

용가의 국문가사는 그 표현이 극히 압축, 생략돼 있기 때문에 용가의 한시와 주해를 보지 않고는 이해하기 어렵다. 이러한 사정은 용가의 창작 당시에도 마찬가지였으니, 최항은 龍飛御天歌跋에서

殿下께서 이를 보시고 아름다이 여겨 龍飛御天歌란 이름을 내려 주셨습니다. 그리고 (龍歌의) 읊은 事蹟들이 비록 史編에 실려 있는 것이라 할지라도 사람들이 두루 알지 못할 것 같으므로 臣(崔恒 - 筆者註), 朴彭年, 姜希顔, 申叔舟, 李賢老, 成三問, 李塏, 辛永孫 等에게 命하여 註解를 하였습니다.[3]

라고 했다.

이처럼 용가는 주해를 통해서야 이해할 수 있을 정도로 난해하기에 자세히 검토하지 않으면 구조의 주도면밀함을 간과하기 쉽다. 그래서 용가는 특별히 체계나 질서 없이 단지 중국 사적과 이조 사적을 짝지어 늘어놓은 것으로 생각하는 수가 많다. 그러나 좀 더 세심한 주의를 가지고 검토, 분석해보면 확연한 질서와 치밀한 구조를 발견할 수가 있다.

이 글의 작업은 내용과 형식에서 뿐만 아니라 철학적인 면에까지 걸쳐 용가의 구조를 밝혀 내려는 데 있다. 먼저, 용가를 각 장이 상호 관련된

---

3 殿下覽而嘉之 賜名曰龍飛御天歌 惟慮所述事蹟 雖載史編 而人難遍閱 遂命臣及守集賢殿校理 臣朴彭年 守敦寧府判官臣姜希顔 集賢殿校理申叔舟 修副校理臣李賢老 修撰臣成三問, 臣李塏 史曹佐郎臣辛永孫等 就加註解(龍飛御天歌跋, 龍飛御天歌, 亞細亞文化社 影印本, p.1052, 1972.)

유기체적 총체로 파악하기 위해서 용가의 전체구조를 분석한 후, 용가를 이루는 각 장, 장을 이루는 각 행의 구조를 차례로 분석해 보기로 한다.


## 1. 내용 구조

### 1.1. 전체의 구조

용가의 창작자라고 알려져 있는 정인지, 권제, 안지 등은 용가 구조에 대해서 언급한 바 없고, 다만 소찬 내용만을 간략히 말하였다.

정인지의 용비어천가 서에는,

太祖, 太宗이 卽位한 以後의 深仁과 善政은 능히 다 말할 수 없어 다만 王位에 오르기 前의 德行과 事業을 모으고 列聖들이 닦은 王業의 深遠함을 미루어 實德을 가리켜 읊었는데, 이를 反覆, 詠嘆함으로써 王業의 艱難함을 드러내었습니다.[4]

라고 했으며, 권제 등의 용비어천가 箋에서는,

穆祖가 王業의 기틀을 연 때로부터 太宗이 王位에 오르기 전까지 諸事蹟의 奇偉함을 찾아 빠뜨리지 않고 王業의 艱難함을 모두 갖추어 읊었습니다.[5]

라고 하여, 왕업의 艱難함을 읊었음을 강조하였다.

---

4 太祖太宗 卽位以後 深仁善政 則莫罄名言 只撮潛邸時德行事業 推本列聖肇基之遠 指陳 實德 反復詠嘆 以著王業之艱難(龍飛御天歌序, 前揭影印本 p.8.)

5 爰自穆祖肇基之時 逮至太宗潛邸之日 凡諸事蹟之奇偉 搜摭無遺 與夫王業之艱難 敷陳悉 備(龍飛御天歌箋, 前揭影印本 p.16.)

한편, 최항은 용비어천가 跋에서

> 모두 事實에 의거하여 歌詞를 지었으니, 過去 事蹟을 모으고 今日의 事蹟
> 을 헤아렸으며 이를 反覆하여 읊어 規戒의 뜻으로 끝을 맺었습니다.[6]

라고 하여, 列聖들이 닦은 王業艱難의 사적과 規戒之義로 용가의 내용이
이대분 됨을 암시해 주고 있다.

용가의 序, 箋 및 跋에서 말한 것은 소재 내용일 뿐이지만 구조 파악에
큰 도움을 주는 것임에는 틀림없다.

용가 주해자들은 제1장을 총서로 보았고,[7] 제2장은 "王業을 닦음이 深
遠함을 物에 비유하여 읊은 것"[8]이라 지적하였다. 그 후 계속 언급이 없
다가 제110장에 가서 "이 章 以下는 모두 歌詠을 반복하여 規戒의 뜻을
이루었다"[9]고 했으니, 제2장에서 제109장까지를 본가로 잡고, 제110장부
터 끝까지를 결가로 잡은 듯하다.

내용을 보다 더 구체적으로 분류한 예는 양성지의 龍飛御天圖序에서
찾아 볼 수 있으니, 同序에서는 용가의 내용을 다음과 같이 7강으로 나
누었다.[10]

中上行日　　　先世積累之久　　　屬一十一章

中心日　　　　開國　　　　　　　屬二章

中下行日　　　後聖持守之難　　　屬二十六章

---

6　皆據事撰詞 撫古擬今 反覆敷陳 而終之以規戒之義焉(龍飛御天歌跋 前揭影印本pp.1051
　　~1052.)

7　此章 總敍我朝王業之興 皆由天命之佑 先述其所以作歌之意也 (前揭影印本 p.20.)

8　此章 托物爲喩 以詠王業積累之深遠也(前揭影印本 p.21.)

9　此章以下 皆反覆歌詠 以致規戒之意焉(前揭影印本, p.1033.)

10　世祖實錄 卷八, 世祖三年丁丑六月庚申條 및 눌재집(龍飛御天歌序, 亞細亞文化社 影印
　　本, 1974, pp.604-605 참조.)

| 左一行曰 | 盛德 | 屬三十四章 |
|---|---|---|
| 二行曰 | 大功 | 屬三十四章 |
| 右一行曰 | 天命 | 屬二十六章 |
| 二行曰 | 民心 | 屬二章 |

이어서, 양성지는 동서에서

殿下께서는 이(龍飛御天圖 - 筆者註)를 살펴 보시고 東宮에 내려 좌우에 두어 朝夕으로 보고 反省토록 하시옵소서. 그리하여, 朝鮮 開國의 慶事가 실지로 祖宗들이 오랫동안 王業을 쌓았음과 盛德과 大功을 이루었음과 天命을 받고 民心을 얻은 結果임을 알게 하여 子孫 代代로 날로 삼가고, 하늘을 공경하고, 百姓을 부지런히 다스림에 조금도 소홀함이 없다면 臣(梁誠之 - 筆者註)이 이르는 바 後聖이 保存하여 지킬 道가 이에 더함이 있겠습니까?[11]

라고 하여, 용가의 내용이 모두 후왕규계에 초점이 있음을 잘 드러내 주고 있다.

이상에서 살펴 본 바와 같이 용가의 창작과 주해에 관계했던 이들과 양성지는 용가의 주된 내용이 王業艱難과 後王規戒에 있음을 말하였다. 또한 주해자들은 서가, 본가, 결가의 三分 구성임을 암시하였다.

국문학자들이 언급한 기왕의 설을 보면,

김사엽과 Peter, H.Lee는 용가를 3분단하여 제1,2장을 서사로, 제3장부터 제124장까지를 본사로, 제125장을 결사로 보았으며[12] 김기동은 용

---

11 伏惟聖慈垂覽 因賜東宮置之座右 朝夕觀省 使知我朝鮮開國之慶 實由祖宗積累之久也 有盛德 而建大切也 受天命而得民心也 以至子孫萬世日愼 一日敬天勤民無敢或忽 則臣所謂後聖持守之道 豈有加於此哉(同訥齋集 pp.605-606.)

12 金思燁 :李朝時代의 歌謠研究(學園社, 1956, p.182.)
 Peter   H.Lee  :  Songs   of   Flying   Dragons,   Harvard-Yenching   Institute

가 주해자들의 입장과 같이 제1장을 서사로서 제1단으로 삼고, 제2장 이하 제109장까지를 제2단, 제110장부터 제125장까지를 제3단으로 구분하였다.[13] 한편, 김상억은 제1,2장을 서가로, 제3장부터 제109장 까지를 본가로, 제110장부터 제125장을 결가로 파악하였다.[14]

저자는 선인과 선학들의 소론을 일단 배제하고 용가의 면밀한 내용분석을 통하여 그 질서를 찾아보고자 한다.

우선 각 장의 關係六祖, 關係事蹟, 主題, 대비된 중국제왕을 분석해 보면 다음과 같다.

| 章 | 關係六祖 | 事 蹟 | 主 題 | 對比 中國帝王[15] |
|---|---|---|---|---|
| 1 | (六祖) | 開國 | 天命에 의한 開國 | · |
| 2 | (六祖) | 王業 닦기 | 王業積累之深遠 | · |
| 3 | 穆祖 | 肇基 朔方 | 肇基 深遠 | 周大王(古公亶父) |
| 4 | 翼祖 | 德源 遷移 | 天命 | 周大王(古公亶父) |
| 5 | 翼祖 | 赤島避難 | 王業艱難 | 周大王(古公亶父) |
| 6 | 翼祖 | 民衆追從 | 民心歸依 | 周大王(古公亶父) |
| 7 | 度祖 | 大蛇御鵲 | 創業祥瑞 | 周文王 |
| 8 | 太祖 | 次子承襲 | 天命 | 周武王 |
| 9 | 太祖 | 威化回軍 | 天命 | 周武王 |
| 10 | 太祖 | 威化回軍 | 天命 | 周武王 |
| 11 | 太祖 | 易姓不計 | 天命開國 | 周文王 |
| 12 | 太祖 | 王位登極 | 天命開國 | 周武王 |
| 13 | 太祖 | 金尺現夢 | 天命開國 | 周武王 |
| 14 | 太祖 | 遷都 | 天命開國 | 周武王 |

---

Monograph Series, Volume 22, Harvard University Press, 1975, p.33.

"The first canto, which together with the second forms the poem, clearly sets the theme, mood, and purpose of the book ..... The central part of the book covers canto 3 to 124... Canto 125 is a Conclusion."

13 金起東, 國文學槪論, 精硏社, 1969, p.166.

14 金尙憶 註解, 龍飛御天歌, 乙酉文庫 171, 乙酉文化社, 1975, p.8.

| 15 | 太祖 | 麗朝圖讖信奉 | 天命開國 | 秦始皇 |
|----|------|------------|---------|--------|
| 16 | 太祖 | 麗朝圖讖信奉 | 天命開國 | 隋李密 |
| 17 | 穆祖 | 全州官妓 | 肇基催促 | 唐高祖 |
| 18 | 穆祖 | 慶興遷移 | 民心歸依 | 漢高祖 |
| 19 | 翼祖 | 老婆提報 | 聖德 | 後漢光武帝 |
| 20 | 翼祖 | 干潮 | 天佑 | 後漢光武帝 |
| 21 | 翼祖 | 衲師現夢 | 天命 | 宋仁宗 |
| 22 | 度祖 | 黑龍退治 | 天命豫告 | 漢高祖 |
| 23 | 桓祖 | 名弓 | 武德 | 後唐太祖 |
| 24 | 桓祖 | 雙城逆徒平定 | 忠誠心 | 宋太祖 |
| 25 | 桓祖 | 雙城逆徒平定 | 忠誠心 | 宋太祖 |
| 26 | 桓祖 | 朔方兵馬使歷任 | 天命開國 | 唐太宗 |
| 27 | 太祖 | 名弓 | 武德 | 唐太祖 |
| 28 | 太祖 | 李達衷豫言 | 天命 | 漢高祖 |
| 29 | 太祖 | 大耳相 | 聖德 | 蜀漢先主 |
| 30 | 太祖 | 薄氷堅固 | 天佑 | 後唐太祖 |
| 31 | 太祖 | 名騎 | 聖武 | 唐太宗 |
| 32 | 太祖 | 名弓 | 聖武 | 宋高宗 |
| 33 | 太祖 | 紅巾賊退治 | 天佑 | 唐太宗 |
| 34 | 太祖 | 騎馬越城 | 天佑 | 金太祖 |
| 35 | 太祖 | 納哈出擊退 | 聖武 | 唐太宗 |
| 36 | 太祖 | 一射三賊 | 武功 | 唐高祖 |
| 37 | 太祖 | 泥淖凝固 | 天佑 | 蜀漢先主 |
| 38 | 太祖 | 姑從兄弟亂平定 | 武功 | 成湯 |
| 39 | 太祖 | 將軍氣 | 創業祥瑞 | 漢高祖 |
| 40 | 太祖 | 名弓 | 聖武 | 唐高祖 |
| 41 | 太祖 | 虜獲牛馬返主 | 聖德 | 唐太宗 |
| 42 | 太祖 | 赤氣 | 天佑 | 元太祖 |
| 43 | 太祖 | 一發兩麞 | 聖武 | 唐玄宗 |
| 44 | 太祖 | 善擊毬 | 聖武 | 唐宣宗 |
| 45 | 太祖 | 名弓 | 聖武 | 漢高祖 |
| 46 | 太祖 | 十發 十中 | 天命 | 唐高祖 |
| 47 | 太祖 | 名弓 | 聖武 | 唐太宗 |
| 48 | 太祖 | 名騎 | 聖武 | 金太祖 |
| 49 | 太祖 | 一躍登崖 | 武功 | 後唐太祖 |

| 50 | 太祖 | 長湍白虹 | 武功 | 唐玄宗 |
| 51 | 太祖 | 軍用整肅 | 武功 | 元太祖 |
| 52 | 太祖 | 阿其死殺 | 武功 | 後唐太祖 |
| 53 | 太祖 | 教化遠大 | 聖德 | 唐太宗 |
| 54 | 太祖 | 越武心服 | 武德 | 漢高祖 |
| 55 | 太祖 | 野人酋長服事 | 聖德 | 漢高祖 |
| 56 | 太祖 | 女眞教化 | 聖德 | 唐太宗 |
| 57 | 太祖 | 一射二鴿 | 武德 | 金太祖 |
| 58 | 太祖 | 伏兵 | 武功 | 唐太宗 |
| 59 | 太祖 | 白螺戰術 | 武德 | 唐太宗 |
| 60 | 太祖 | 變化無窮 | 武德 | 唐太宗 |
| 61 | 太祖 | 威名 | 武功 | 唐太宗 |
| 62 | 太祖 | 天威 | 武德 | 唐太宗 |
| 63 | 太祖 | 射果 百步 | 武德 | 後唐太祖 |
| 64 | 太祖 | 謙遜 | 聖德 | 金太祖 |
| 65 | 太祖 | 守獵時 名弓 | 武德 | 唐太宗 |
| 66 | 太祖 | 禮士 溫言 | 聖德 | 漢高祖 |
| 67 | 太祖 | 回軍時 干潮 | 天命 | 元世祖丞相 |
| 68 | 太祖 | 回軍時 霖雨 | 天命 | 元世祖丞相 |
| 69 | 太祖 | 回軍時 讖謠 | 天命 | 後漢光武帝 |
| 70 | 太祖 | 八駿 應時 | 天命 | 唐太宗 |
| 71 | 太祖 | 明太祖 信任 | 聖德 | 唐睿宗 |
| 72 | 太祖 | 漢人稱頌功德 | 聖德 | 唐太祖 |
| 73 | 太祖 | 均田制 實施 | 聖德 | 後周世宗 |
| 74 | 太祖 | 明太祖讒訴不信 | 聖德 | 元憲宗 |
| 75 | 太祖 | 對女眞 威德 | 聖德 | 唐太宗 |
| 76 | 太祖 | 赤庶間 友愛 | 聖德 | 漢高祖 |
| 77 | 太祖 | 反對派 寬容 | 聖德 | 唐太宗 |
| 78 | 太祖 | 故友 歡待 | 聖德 | 漢高祖 |
| 79 | 太祖 | 功臣 歡待 | 聖德 | 漢高祖 |
| 80 | 太祖 | 崇儒 | 崇儒 | 蜀漢先主 |
| 81 | 太祖 | 崇儒 好學 | 崇儒 | 宋太祖 |
| 82 | 太祖 | 禮貌老儒 | 崇儒 | 元世祖 |
| 83 | 太祖 | 金尺現夢 | 天命 | ※高麗太祖 |
| 84 | 太祖 | 枯木生葉 | 創業祥瑞 | · |

| 85 | 太祖 | 朝鮮國號 | 天命 | ・ |
|---|---|---|---|---|
| 86 | 太祖 | 名弓・異書 | 天命 | ・ |
| 87 | 太祖 | 神力 | 武德 | ・ |
| 88 | 太祖 | 名弓 | 武德 | ・ |
| 89 | 太祖 | 名弓 | 武德 | ・ |
| 90 | 太宗 | 風浪中 無故 | 天命 | 唐太宗 |
| 91 | 太宗 | 孝誠 | 聖德 | 唐太宗 |
| 92 | 太宗 | 孝誠 | 聖德 | 唐太宗 |
| 93 | 太宗 | 喪中 治亂 | 武功 | 後周世宗 |
| 94 | 太宗 | 明朝에 人質 | 忠誠心 | 宋高宗 |
| 95 | 太宗 | 牛牛・南誾, 敬慕 | 聖德 | 唐太宗 |
| 96 | 太宗 | 孝子請願容認 | 聖德 | 漢文宗 |
| 97 | 太宗 | 隆準 龍顔 | 聖德 | 漢高祖 |
| 98 | 太宗 | 王子亂時 天佑 | 天佑 | 東晋穆帝 |
| 99 | 太宗 | 世子位 固辭 | 聖德 | 唐玄宗 |
| 100 | 太宗 | 白龍 入室 | 天命 | 宋太祖 |
| 101 | 太宗 | 赤祲 明明 | 天命豫告 | 唐太宗 |
| 102 | 太宗 | 芳幹亂時天佑 | 天佑 | 漢高祖 |
| 103 | 太宗 | 芳幹 寬容 | 聖德 | 遼太祖 |
| 104 | 太宗 | 趙浚 救命 | 聖德 | 唐高祖 |
| 105 | 太宗 | 二君不事하는 吉再 歡待 | 聖德 | 漢高祖 |
| 106 | 太宗 | 謨亂者 任用 | 聖德 | 宋太祖 |
| 107 | 太宗 | 佛刹 革罷 | 崇儒 | 唐高祖 |
| 108 | 太宗 | 太宗妃 內助 | 內助之德 | ※王建妃 柳氏 |
| 109 | 太宗 | 太宗妃 烈 | 內助之德 | 周文王妃 |
| 110 | 後代王 | 遷移 艱難 | 寧息戒 | ※四祖 |
| 111 | 後代王 | 赤島 避難 | 安民戒 | ※翼祖 |
| 112 | 後代王 | 不解甲 | 好衣戒 | ※太祖 |
| 113 | 後代王 | 不進膳 | 好食戒 | ※太祖 |
| 114 | 後代王 | 王體創瘢 | 安逸戒 | ※太祖 |
| 115 | 後代王 | 好生生執 | 刑罰戒 | ※太祖 |
| 116 | 後代王 | 旼天不眷 | 不恤戒 | ※太祖 |
| 117 | 後代王 | 勞謙不自大 | 驕心戒 | ※太祖 |
| 118 | 後代王 | 野人入侍 | 失德戒 | ※太祖 |
| 119 | 後代王 | 兄弟友愛 | 不和戒 | ※太祖 |

| 120 | 後代王 | 私田革罷 | 苟斂戒 | ※太祖 |
|---|---|---|---|---|
| 121 | 後代王 | 謨逆者 寬容 | 諫爭戒 | ※太宗 |
| 122 | 後代王 | 好學崇儒 | 不學戒 | ※太宗 |
| 123 | 後代王 | 功臣救活 | 讒訴戒 | ※太宗 |
| 124 | 後代王 | 異端排斥 | 邪說戒 | ※太宗 |
| 125 | | 累仁開國卜年無彊 | 敬天勤民 | 夏太康 |

위의 표를 통하여, 용가는 우선 육조의 개국관계 사적을 六祖(六龍)의 순으로 3차에 걸쳐 반복 歌詠했음을 알 수 있다.

제1차 가영은 제3장부터 제16장까지이니, 이곳에선 주로 개국이 天命에 의한 것이고 왕업의 닦음이 심원했음을 읊었다. 이에 비유된 중국의 제왕은 제15,16장을 제외하고는 모두 주대의 태왕, 문왕, 무왕이었다. 고대의 이상 국가를 이룬 성인들만을 제1차 가영에서 비유로 택한 것은 개국이 천명에 의한 것임을 뚜렷이 하기 위함이었다. 제15,16장은 1차 가영의 小結 성격을 띤 장으로서 육조의 사적을 읊지 않고, 고려조가 조선조의 개국을 막기 위해 도참을 신봉한 사적을 읊어 천명에 의한 조선조의 개국은 막을 도리가 없었음을 나타내었다.

그런데, 제1차 가영이 제16장에서 끝나는 방증으로 鳳來儀 믈才 중, 致和平을 들 수 있으니, 致和平은 제1장부터 제16장을 합하여 17장만을 불렀던 것이다.[16]

제2차 歌詠은 제17장부터 제109장까지이다. 여기에선 개국의 艱難

---

**15** ※표를 한 제82, 108장 및 제100장~124장에는 중국제왕의 사적 대신 고려나 李朝의 사적을 대비시켰다. 그리고 제86~89장은 이태조의 사적들로 짝지워져 있다.

**16** 致和平則下篇首章以下至十六章及卒章(世祖實錄, 권104)
樂學軌範 卷五 鳳來儀 믈才 中 致和平에서도 다음과 같은 17章만 불렀음을 확인할 수 있다.
海東章(首章), 불휘章(2章), 周國章(3장), 狄人章(4章), 漆沮章(5장), 商德章(6章), 불근새章(7장), 太子章(8章), 鳳天章(9章), 一夫章(10章), 虞芮章(11章), 五年章(12章), 말슴章(13章), 聖孫章(14章), 楊子江章(15章), 逃亡章(16章), 千世章(卒章)

과 육조의 聖德과 武德, 武功을 읊었다. 제2차 가영에 비유된 중국제왕은 주로 한·당·송의 창국주나 문·무덕이 뛰어난 제왕이었다. 단, 제108, 109장은 태종비 원경왕후의 성덕도 창업에 긴요했음을 덧붙였다.

제3차 가영은 제110장부터 제124장까지이니, 여기에선 前行은 1,2차가영에서 읊은 육조의 사적을 다시 읊고, 後行은 전행에 읊은 육조의 사적을 거울삼아 실천 이행토록 간곡한 規戒의 뜻을 읊었다. 전행에 내세운 육조의 모범사적은 穆祖로부터 차례로 太宗에 이르렀고, 規戒의 내용 또한 이 왕위 순에 따라 엮어졌다.

그렇다면, 上記한 나머지 장은 어떤 성격을 띠고 있을까?

제1장은 노래의 내용으로 보거나 龍歌의 주해를 통해 보나 總敍임에 틀림없다. 그러나, 제2장은 총서라기보다는 거의가 肇基 深遠함을 기린 것인 만큼 제1차 가영과 제2차 가영의 序詞로 보아야 할 것이다. 그리고, 제125장은 그 내용을 세 가지로 파악할 수 있으니, 즉

① 천년 전에 이조의 개국이 미리 정하여져 있었다.

② 累仁開國하여 卜年이 끝없다.

③ 敬天勤民해야 國基가 더욱 굳어진다는 것이다.

환언하면, ① 天命에 의한 開國, ②六祖의 聖德과 武功 등 累仁에 依한 開國의 艱難함, ③ 後王의 規戒 등으로 요약할 수 있다. 이렇게 볼 때, ①은 바로 제1차 가영의 요지요, ②은 제2차 가영의 요지이며 ③은 제3차 가영의 요지이다. 결국, 제125장은 용가 전체의 總結詞라 하겠다.

우선 잠정적으로 제1장은 總敍, 제125장은 結詞라 하여 두고, 지금까지 논한 바를 요약해 본다.

第1章 ― 總敍 : 天命에 의한 開國 頌詠

第2章 ― 第1,2次 歌詠의 序詞 : 王業의 深遠

第3～16章
(第1次 歌詠)

第3章 ： 穆祖
第4～6章 ： 翼祖
第7章 ： 度祖
第8章 ： 桓祖
第9～14章 ： 太祖
第15～16章 ： 小結

天命에 依한 開國, 肇基의 深遠

第17～109章
(第2次 歌詠)

第17～18章 ： 穆祖
第19～21章 ： 翼祖
第22～23章 ： 度祖
第24～26章 ： 桓祖
第27～89章 ： 太祖
第90～109章 ： 太宗・太宗妃

天佑, 六祖의 聖德, 武功

第110～124章
(第3次 歌詠)

第110～111章 ： 四祖肇基艱難不忘戒
第112～120章 ： 太祖聖德不忘戒
第121～124章 ： 太宗聖德不忘戒

後代王 規戒

第125章 ― 結詞 ： 天命開國, 王業艱難, 敬天勤民

이제, 제1장 總敍, 제2장 이하 3차의 歌詠, 제125장 結詞 등 이들의 상호관계는 무엇인가 하는 문제가 남게 된다. 즉, 용가 전체의 내용상 構成原理는 무엇인가 하는 점이다.

지금까지의 내용 분석과 정리를 통하여 볼 때, 용가는 東洋詩歌 結句의 일반적인 원리인 起, 承, 轉, 結의 구조를 이루고 있음을 알 수 있다.

제1장 총서는 용가 전체의 노래를 일으키는 起詞이고, 제2장 이하 제109장까지의 제1,2차 가영은 承詞이며, 제110장부터 제124장까지의 제3

차 가영은 轉詞이고, 제125장은 結詞이다.

起詞에서는 이조 왕업의 일어남이 천명에 의한 것임을 노래하고, 承詞에서는 천명을 구체적으로 읊고서 이러한 천명의 도움으로 오래 전부터 肇基 朔方하여 왕업을 닦았다는 점과 육조의 성덕·무덕지공으로 인하여 나라를 세울 수 있었다는 점을 구체적으로 사적을 들어 읊음으로써 왕업의 艱難함을 나타내었다. 그리고 일전하여 承詞에서 읊은 왕업의 艱難함을 후왕들이 잊지 않도록 規戒의 뜻을 폈다. 이것이 轉詞이다. 結詞에서는 천명에 의한 개국, 왕업의 艱難함을 전제로 하고 이조의 무궁한 번성을 위해서 후대 왕들은 경천근민해야 한다고 역설하였다.

용가의 내용이 이렇게 기, 승, 전, 결의 원리 하에 이루어졌음을 뒷받침해 주는 또 다른 증거로서 용가 漢詩의 詩體를 들 수 있다.

기사인 제1장은 四言 1구와 五言 2구로 되어 있으며 승사인 제2장부터 제109장까지는 四言 4구 2장으로 돼 있다. 전사인 제110장부터 제124장까지는 각 장이 五言 3구 2장으로 돼 있으며, 결사인 제125장은 八言 1구, 七言 1구, 六言 1구, 四言 6구로 이루어져 있다. 이렇게 기, 승, 전, 결의 한시체가 서로 다르다.[17]

용가의 내용상의 구조를 요약하면 다음과 같다

起詞 - 第1章 : 天命에 依한 開國 頌詠
承詞 - 第2∼109章 : 王業艱難
     ·序(第2章)···王業深遠

---

17 第1章: 海東六龍飛 莫非天所扶 古聖同符(五言2句, 四言1句)
  第2章: 根深之木 風亦不兀 有灼其華 有蕡其實
      深遠之水 旱亦不竭 流斯爲川 于海必達(四言 4句 2章)
  第110章: 四祖莫寧息 幾處徒厥宅 幾間以爲屋
      入此九重闕 享此太平日 此意願毋忘(五言3句 2章)
  第125章: 千世默定漢水陽 累仁開國卜年無疆
      子子孫孫 聖神雖繼 敬天勤民酒益永世
      嗚呼嗣王監此 洛表遊畋 皇祖其恃(八言1句, 七言1句, 六言1句, 四言6句)

· 第1次歌詠(第3～16章)……天命, 肇基深遠

· 第2次歌詠(第17～109章)……六祖의 聖德, 武德, 武功

轉詞 - 第110～124章 : 後王規戒

· 第3次歌詠……六祖의 王業艱難 및 聖德 不忘戒

結詞 - 第125章 : 天命開國, 王業艱難, 敬天勤民(規戒)

## 1.2. 장의 구조

용가는 제1장과 제125장을 제외한 123장이 對句 2행을 이루고 있는데, 대체로 前行에는 중국 古昔 제왕의 사적을, 後行에는 육조의 사적을 읊은 것임[18]은 주지의 사실이다. 그러나 대구 2행으로 된 123장 중, 중국측 古實과 이조의 사적이 대구를 이루지 않은 것도 25장이나 된다. 제2장은 전후행 모두 사물에 의탁하여 왕업의 심원함을 노래했고, 제15,16장은 고려의 헛된 참설 신봉 사적 對 秦·隋의 故實을, 제86～89장은 이태조의 무공만을, 제108장은 태종비의 내조사적 對 고려 태조비의 내조사적을, 제109장은 태종비의 烈事蹟 대 周文王妃의 열사적을 읊고 있다. 그리고 제110장부터 제124장까지는 전행에는 육조의 사적을 反覆歌詠하고, 후행에는 이를 후왕이 잊지 말 것을 規戒하고 있다.

결국, 용가 125장 중, 중국측 사적과 대비하여 읊은 것은 약 78%에 해당하는 98장이다. 그리하여 전행에 중국 사적을, 후행에 이조 육조의 사적을 읊었다고 하여 사대주의의 발로, 혹은 주종관계라고 흔히들 말하지만 그렇게 볼 수 없다. 굳이 중국 사적을 높이려 했다면 중국측 사적과 대비시켜 놓지 않은 27장은 왜 그렇게 했을까? 대비될 만한 중국의 사적이 없을 수도 있겠으나 구태여 찾으려 했다면 찾을 수도 있었을 것이다. 중국의 사적을 찾아 대비시키지 않고 이태조의 무공을 전·후행에 읊거

---

18 先敍古昔帝國之迹 次述我祖宗之事(龍飛御天歌序, 亞細亞文化社刊 影印本, p.7.)

나 혹은 고려의 사적을 대비시킨 것은 중국측 사적이 목적이 아니요, 수단이었음을 의미한다. 중국측 사적을 前行으로 삼은 것은 詩經의 六義의 하나인 '興'[19]의 수사법을 쓴 것으로 볼 수 있다. 말하자면, 중국측 사적을 주로 읊은 용가의 前行은 李朝六祖의 사적을 읊은 後行의 뜻을 돋보이게 하고 분위기를 살려주는, 後光 暗示의 기능을 한다고 보겠다. 요컨대, 중국의 古實을 전행에 읊은 것은 설득력 있는 논지를 펴려는 의도였다고 본다.

중국의 사적과 이조의 사적이 對를 이루고 있는 98장 중, 類似事蹟으로 된 것이 94장으로 대부분을 차지하나, 제66·79·91·104장 등 4장은 反對事蹟으로 이루어져 있다.

제66장의 前行은 漢高祖가 輕士善罵하여 侯國이 背叛한 故實을, 後行은 李太祖가 禮士溫言하여 人心을 모은 事實을 읊었다.

大義를 불기실씨 侯國이 오숩더니 輕士善罵ᄒᆞ샤 侯國이 背叛ᄒᆞ니
大勳이 이르시릴씨 人心이 몯줍더니 禮士溫言ᄒᆞ샤 人心이 굳ᄌᆞᄫᆞ니
(龍歌 第66章)

第79章은 漢高祖가 韓信 等 功臣을 죽여 定都한 지 20年에 呂后에 亂을 만났음에 대해 李太祖는 臣下를 끝까지 사랑하여 功臣들이 모두 忠心하였다는 內容이다.

始終이 다르실씨 功臣이 疑心ᄒᆞ니 定鼎無幾예 功이 그츠니이다

---

19 劉勰은 文心雕龍 卷八 比興 第三六에서 '興'을, "興은 일으키는 것이니…… 比喩를 돌려서 依託하여 諷諭한 것이다(興者起也……興則環譬以託諷)"라고 定義하였다.
   諸橋轍次著 大漢和辭典에는 "먼저 노래부르려 하는 일에 근사한 바의 어떤 他物을 읊고, 다음에 노래 부르려고 생각하는 심정을 서술하는 體(先づ 歌はうと する事柄に 似かよふ 所のある他物을 詠じ 次いで 歌はうと 思ふ心情을 逑べる體)"라고 풀이했다.

始終이 ᄀᆞᆮ실ᄊᆡ 功臣이 忠心ᄒᆞ니 傳祚萬世예 功이 그츠리잇가

(龍歌 第79章)

제91장은 당태종이 궁중 侍宴에서 죽은 모후를 생각하고 눈물을 흘리니 당고조의 寵姬들이 참소하여 고조가 노했음에 대해, 이조 태종이 모후의 상에 시묘하고 태조를 만나 우니, 태조도 태종의 효성을 칭찬했다[20]는 것이다. 제104장은 당고조는 참소당한 建義臣을 구하지 못하여 인심을 이루지 못한 반면, 이조 태종은 참소를 입은 開國臣을 힘써 구하여 성심을 이루었다[21]는 내용이다.

對句 관계는 '3. 형식 구조'에서 상세히 논하기로 한다.

## 1.3. 행의 구조

편의상 용가에 사용된 圈點을 중심으로 각행을 4구로 나누어 볼 때[22] 1행은 의미상으로 二大分된다.

내용이 이대분되는 양상을 보면, 제1,2구 對 제3,4구의 대립관계[23]를 가진 것이 대부분이고, 제1구 對 제2·3·4구의 대립 관계에 있는 것이 제14·24·28·57·65장 등 5장 10행이며, 제1,2,3구 對 제4구의 대립관계를 가진 것이 제88장의 前行, 제89장 前行, 제110장 前行 등 3

---

20 아바님 이받ᄌᆞᄫᆞᆯ제 어마님 그리신 눈므를 左右하ᄉᆞᄫᅡ 아바님 怒ᄒᆞ시니
아바님 뵈ᅀᆞᄫᆞᆯ싫제 어마님 여희신 눈므를 左右쓸ᄊᆞᄫᅡ 아바님 일ᄏᆞᄅᆞ시니

(龍歌 第91章)

21 建義臣을 할어늘 救호되 몯사ᄅᆞ시니 모매브튼일로 仁心몯 일우시니
開國臣을 할어늘 救ᄒᆞ야 사ᄅᆞ시니 社稷功ᄋᆞᆯ 혜샤 聖心을 일우시니

(龍歌 第104章)

22 龍歌의 律格을 4句로 파악한다는 뜻은 아니다. 律格은 〈2. 형식구조〉에서 논하기로 한다.

23 '對立關係'라는 것은 對照나 對稱 관계가 있다는 뜻이 아니고 意味上으로 相互分離됨을 뜻한다.

행이다.

각행에 있어서 대립관계에 있는 先行句를 '上句', 後行句를 '下句'라하고, 상구와 하구 외의 관계를 살펴보기로 한다.

용가 각행 상, 하구의 대립관계는 順行的 意味構造를 이루고 있는데, 다만 제11장, 제14장 후행, 제44장 전행, 제67장, 제117장 전행 등 7행만은 逆行的 意味構造를 이루고 있다.

그리고 순행적 의미구조를 가진 행들은 다시 아래와 같이 5가지 갈래로 나누어진다.

1) 上句가 까닭을, 下句가 그 결과를 나타내는 행(148행)

① 〈~니 ~니·니이다〉형 ; 1, 5, 7, 9, 14A[24], 16, 19, 22, 23, 32, 43, 44B, 45, 49, 57, 66, 68, 71, 72, 73, 79A, 81, 82, 88B, 89B, 90, 94, 102, 104, 107, 123A(55행)

② 〈~씬 ~니·니이다〉형 ; 2, 6, 12, 13, 25, 29, 34, 37, 38, 39, 56, 64, 70, 76, 77, 80, 84, 92, 95, 97, 98, 103, 115A, 119A, 120A, 121A, 124A(49행)

③ 〈~어늘 ~니·니이다〉형 ; 4, 8, 20, 24, 33, 36, 40, 42, 63, 101, 105(22행)

④ 〈~ᄉᆞᄫᅡ ~니〉형 ; 10, 27, 55, 59, 75(10행)

⑤ 〈~샤 ~가·고·리〉형 ; 28, 110A, 112A, 113A, 125C(6행)

⑥ 〈~리라 ~니〉형 ; 83, 108(4행)

⑦ 〈~니 ~샷다〉형 ; 100(2행)

---

24 'A'는 龍歌 各章 前行을 뜻하며, 'B'는 後行을 뜻한다. 단, 제125장은 3行詩로 보아서 第1行은 'A', 第2行은 'B', 第3行은 'C'로 표시한다. 아라비아 숫자는 前, 後行全部, 즉 '章'을 表示한다.

2) 상구가 조건을, 하구가 기대나 결과를 나타내는 행(28행)

① 〈~둘 ~리·가〉형 ; 15, 21, 26, 31, 74, 99(12행)
② 〈~거든 ~쇼셔〉형 ; 117B, 119B, 121B, 122B, 123B, 124B(6행)
③ 〈~샤 ~쇼셔〉형 ; 111B, 112B, 113B, 114B(4행)
④ 〈~니 ~쇼셔〉형 ; 116B, 118B, 120B(3행)
⑤ 〈~제 ~쇼셔〉형 ; 110B, 115B(2행)
⑥ 〈~라도 ~리〉형 ; 86B(1행)

3) 상구에서 사실이나 상황을 제시한 후, 하구에서 다시 사실이나 상황을 첨가하는 행(31행)

① 〈~샤 ~니·니이다〉형 ; 3, 35, 41, 46, 58, 60, 61, 65, 96, 106, 109, 111A, 114A, 122A, 125AB(27행)
② 〈~제 ~니·니이다〉형 ; 18, 50(4행)

4) 상구에 사실이나 상황을 제시하고, 하구에서 평하거나 설명하는 행(34행)

① 〈~니 ~가·고·리〉형 ; 47, 48, 51, 53, 54, 62, 69, 78, 79B, 85, 87B, 116A, 118A(22행)
② 〈~면 ~가〉형 ; 52, 93(4행)
③ 〈~에 ~니〉형 ; 30(2행)
④ 〈~를 ~니〉형 ; 91(2행)
⑤ 〈~마론 ~가〉형 ; 17(2행)
⑥ 〈~이 ~고·가〉형 ; 88A, 89A(2행)

5) 상, 하구에 유사한 내용을 나열한 행(2행)

① 〈～고 ～니〉형 ; 86A(1행)
② 〈～며 ～며〉형 ; 87A(1행)

한편, 역행적 의미구조를 가진 행들은 다음과 같이 2가지 형으로 구분된다.

① 〈～나 ～니〉형 ; 11, 14B, 44A, 117A(5행)
② 〈～이로되 ～니이다〉형 ; 67(2행)

## 2. 형식 구조

### 2.1. 전체의 구조

용가의 1장은 몇 행으로 파악해야 될까 하는 것이 우선 문제가 된다. 제2장부터 제124장까지는 전행과 후행이 철저한 대구를 이루고 있다는 점에서 1장은 2행시로 보아야 할 것 같다. 만약, 4행시로 본다면 대구의 효과가 감소되기 때문이다. 그리고 용가의 판본에도 전·후행으로 구분하여 놓았다는 점을 들지 않을 수 없다. 2행 對句 意識이 없었다면 전행과 후행을 계속 이어서 실어 놓았을 것이기 때문이다.

1장을 2행으로 파악한다면, 제1장은 자연적으로 1행시가 된다. 그러면, 제125장은 어떻게 처리해야 될까? 제125장은 제124장까지의 각 시행의 길이와 제125장의 의미로 보아 3행시가 되어야 마땅하다. 악학궤범에도 제125장, 즉 졸장을 3행시로 보아서 각기 千歲章, 子子章, 嗚呼章으로 구분하였다.[25]

한편, 김사엽도 제125장을 3행으로 나눈 바 있는데[26] 이렇게 3행시로 보아야 할 근거는 한시에서도 찾을 수 있다.

① 千世默定漢水陽  累仁開國卜年無疆

② 子子孫孫 聖神雖繼 敬天勤民 迺益永世

③ 嗚呼國王監此 洛表遊畋 皇祖其恃

제1행의 '陽'과 '疆', 제2행의 '繼'와 '世', 제3행의 '此'와 '恃'는 韻인데, '陽'과 '疆'은 下平聲 七陽韻이고, '繼'와 '世'는 去聲 八霽韻, '此'와 '恃'는 上聲 四紙韻이다. 3행의 韻이 다르므로 구분이 확연하다 할 것이다.

이와 같이 제125장을 3행시로 본다면 용가는 형식상으로는 제1장은 1행시, 제2장부터 제124장까지는 2행시, 제125장은 3행시, 이렇게 3분된다. 용가 창작자들이 採用한 1,2,3이란 成長數는 "順排하는 國家將來의 進運을 意味한다"[27]고도 볼 수 있겠고, 총합 6이라는 것으로부터 철학적 의미도 찾아 볼 수 있을 것이다.[28]

그러나 시의 형태론적 입장에서 본다면 변화를 주기 위한 필연적 결과가 아닌가 생각한다. 偶數 詩行으로 시작하여 우수시행으로 끝내기 보다는 奇數에서 偶數로, 다시 우수에서 기수로 끝냄으로써, 그것도 成長數를 사용함으로써 한층 변화를 줄 수 있었기 때문이다. 이러한 변화는 특히 제125장에서 느끼게 되는데, 卒章의 제3행 첫 구에 우리 시가의 전통적인 감탄 낙구의 일종인 '님금하'란 3자를 사용했음을 간과할 수 없다.

---

25 樂學軌範 권5 鳳來儀條에 與民樂을 다음과 같이 구분하였다.
　　海東章, 根深章, 源遠章, 昔周章, 今我章, 狄人章, 野人章,(傍點一筆者). 千世章, 子子章, 嗚呼章은 다음과 같다.
　　千世默定漢水陽 累仁開國卜年無疆(以上 千世章) 子子孫孫 聖神雖繼 敬天勤民 迺益永世 (以上 子子章) 嗚呼 國王監此 洛表遊畋 皇祖其恃(以上 嗚呼章)

26 金思燁, 前揭書, p.156.

27 金思燁, 前揭書, p.127.

28 '3. 철학적 구조' 참조.

향가, 시조, 양반가사 등의 종결법과 너무나 酷似하기 때문이다. 그리고 만약 용가 창작 당시엔 全章이 확실히 123장이었다[29]고 한다면 그 기묘한 의도는 더 말할 나위도 없을 것이다.

## 2.2. 장의 구조

용가의 각장은 '2.내용 구조'에서 언급했듯이 철저한 대구로 이루어져 있다. 그런데, 정병욱은 용가의 對句를 모두 '正對'로만 보아 졸렬한 대구임을 지적한 바 있다.[30] 그러나, 세밀히 분석해 보면 正對뿐만 아니라 反對, 言對도 있음을 알 수 있다.

대구에 대해서는 여러 가지 분류법이 있으나[31] 이 글에선 劉勰의 所說에 근거하여 논해 보고자 한다.

유협은 文心雕龍 麗辭條에서 대구에는 '言對, 事對, 反對, 正對'가 있다고 전제하고 다음과 같이 구분했다.[32]

---

29 藤田亮策은 元來 權踶等이 撰進한 龍歌는 123章이었음을 다음과 같이 주장했다. "적어도 다음 두 點으로 因해서 權踶等이 撰進한 御天歌가 얼마 안되어 補訂 또는 增修 했음을 알 수 있다. 其一은 奎章閣本의 古版本에 依하면 鄭麟趾의 序, 崔恒의 跋에는 모두 歌詩一百二十三章이라 적혀있고, 李季甸의 進箋에는 一百二十五章이라 있어 五字 는 明白히 뒤에 補入刻字다. 또 이 古版本의 卷十 第一百一章 以下 一百二十一章에 이르는 章次의 數字는 거의 全部 刻板 完成後 改刻嵌入한 것이 分明하며, 特히 一百七 章은 둘 있고, 따라서 萬曆板本 等과는 하나씩 章의 次序에 相違가 있어 一百二十二章 이 없고 곧 一百二十三章으로 連續시켜 있다. 最終의 章은 一百二十五章으로 되어 있고 게다가 序文의 章數와 다르다. 이것으로써 元來 權踶等 撰進의 御天歌는 百二十三章이 었으며 뒤에 古版本 刻板 途中에 補修되어 百二十五章으로 된 것인 듯 推定된다."(藤田 亮策, 龍飛御天歌解題; 金思燁의 李朝時代의 歌謠研究에서 再引用)

30 鄭炳昱, '龍飛御天歌의 綜合的 檢討' 세미나 抄錄 中 "龍飛御歌의 文學的 價値評價"(東亞 文化 2, 서울대 東亞文化研究所, 1964.)

31 二中歷에는 平對, 奇對, 同對, 異對, 字對, 聲對, 正對, 側對 等의 八對를 들었고, 詩苑類 格에는 正名, 同類, 連珠, 雙聲, 疊韻, 雙擬 等 六對와 的名 異類, 雙聲, 疊韻, 聯綿, 雙擬, 回文, 隔句 等의 九對를, 拾芥抄에는 的名, 異類, 雙擬, 聯綿, 隔句, 當句, 互成 等 七對를 들었다. 한편, 洪法大師의 文鏡秘府論에는 諸說을 網羅하여 的名, 隔句, 雙 擬, 聯綿, 互成, 異類, 賦體, 雙聲, 疊韻, 廻文, 意, 平, 奇, 同, 字, 聲, 側, 鄰近, 交絡, 當句, 念境, 背體, 偏雙虛實, 假, 切側, 雙聲側, 疊韻側, 總不 等 二十九對를 들었다.

① 言對 : 만들기 쉬운 것이고 추상적인 언어를 대비시킨 것이다…마음속
에서만 언어를 짝지우면 되므로 쉽게 할 수 있다. 그래서, 言對의 美는
精巧한 構成을 중요시 한다. (言對爲易…言對者雙比空辭者也…凡偶
辭胸臆…言對所以爲易也 是以言對爲美 貴在精巧)[33]

② 事對 : 만들기 어려운 것이고 사람의 경험을 並列한 것이다. 지식이
필요하므로 하기 어렵다. 먼저 할 바는 마땅한 사실을 선택함에 있다.
(事對爲難…事對者並擧人驗者也…徵人之學 事對所以爲難也…事對所
先 務在允當)[34]

③ 反對 : 정도가 높은 것이고 서로 다른 理致를 같은 趣旨로 歸結시킨
것이다. 반대의 개념이 같은 생각을 갖게 하는 것이니 정도가 높은
것이다. (反對爲優…反對者理殊趣合者也…幽顯同志 反對所以爲優
也)[35]

④ 正對 : 졸렬한 것이고 사실은 다르나 뜻은 공통되는 것이다. 같은 마음
을 나타내게 하는 것이니 저급한 對句이다. (正對爲劣…正對者事異意
同者也…並貴共心 正對所爲劣也)[36]


유협의 이론에 의하면 용가의 대구는 대부분 정대이다. 용가의 전행과
후행은 대체 같은 주제를 갖고 있고 사실만이 조금 다를 뿐이기 때문이
다.

---

32 文心雕龍 卷七 麗辭 三五條.

33 劉勰은 '言對'의 예로 司馬相如의 '上林賦' 중 "禮園에 容貌를 고치고 書圃에서 노닌다.
修容乎禮園 翺翔乎書圃)"란 문구를 들었다.

34 '事對'의 例로 宋玉의 '神女賦' 中 "毛嬙도 소매를 가리니 비교할 수 없고, 西施도 얼굴을
가리니 무색치 않을 수 없다 (毛嬙鄣袂 不足程式 西施掩面 比之無色)"란 文句를 들었
다.

35 '反對'의 例로 王粲의 '登樓賦'中 "鍾儀는 볼모되어 楚歌를 연주하고, 莊舃는 현달하여
越歌를 음영토다(鍾儀幽而楚奏 莊舃顯而越吟)"이라는 문구를 들었다.

36 '正對'의 예로 張載의 '七哀詩' 중 "漢祖는 枌楡땅을 생각하고, 光武는 白水땅을 생각한다
(漢祖想枌楡 光武思白水)"라는 문구를 들었다.

宮女로 놀라샤미 宮監이 다시언마론 問罪江都롤 느치리잇가
官妓로 怒ㅎ샤미 官吏의 다시언마론 肇基朔方올 뵈아시니이다.
(第17章)


西幸이 ㅎ마 오라샤 角端이 말ㅎ야늘 術士를 從ㅎ시니
東寧을 ㅎ마 아ㅿ샤 구루미 비취여늘 日官올 從ㅎ시니
(第42章)


그러나, 제66·79·91·104장은 '反對'이다.


義를 불기실씨 侯國이 오읍더니 輕士善罵ㅎ샤 侯國이 背叛ㅎ니
大勳이 이르시릴씨 人心이 몯줍더니 禮士溫言ㅎ샤 人心이 굳즈녕니
(龍歌 第66章)


漢高祖의 輕士善罵함과 이태조의 禮士溫言함은 사실은 다르나 '人格'을 생각하게 하는 공통점이 있다. 그리고 제79장은 '信義'를, 제91장은 '孝誠'을, 제104장은 '報恩'을 전·후행이 각각 생각게 하는 공통점을 지닌다. 물론 전·후행의 사실은 상반되는 것이다. 그래서 이 4장은 "反對 事實이 서로 같은 것을 생각게 함"으로 해서 '반대'에 해당한다.

한편, 제110~124장은 '言對'라고 볼 수 있다. 제110장부터 제124장까지는 사실의 對가 아니라, 전행에서는 육조의 성덕을 읊고, 후행에서는 그 不忘戒를 읊었다. "言語를 대비시켜 짝지어 놓음"으로 해서 '言對'를 이루고 있다.


王事롤 爲커시니 行陣을 조츠샤 不解甲이 현나리신돌 알리
莽龍衣 袞龍袍애 寶玉帶 씌샤 이쯔들 닛디마르쇼셔
(第112章)

洙泗 正學이 聖性에 볼フ실씨 異端을 排斥ㅎ시니

裔戎 邪說이 罪福을 저히슙거든 이쁘들 닛디마ㄹ쇼셔

（第124章）


용가의 대구는 정도가 낮은 대구인 '正對'가 대부분이고, 정도가 높은 대구인 '反對'는 4장뿐이며, 만들기 쉬운 대구인 '言對'는 15장이다.


反對 ： 第66・79・91・104章─〈4章〉

言對 ： 第110〜124章─〈15章〉

正對 ： 위의 反對, 言對 및 第1章, 第125章을 除外한 나머지 章 全部─
〈104章〉


그래서 유협의 所論에 근거하여 본다면 용가의 대구는 성공적이라 할 수 없으며, 또한 "자연스럽고 인위적이 아니며 두 줄기의 시는 날카로운 대조를 이루면서도 무엇인가 야릇한 유사성을 가지고 있는 완전한 대구 시"[37]를 이루지 못했다고 본다.

그런데, 비록 용가에 쓰인 대구가 주로 정대라 할지라도 철저히 대구를 이루고 있다 하여 용가 각행 상・하구의 토나 어미를 각운으로 처리하는 경향이 있다.


楊子江南을 쩌리샤 使者를 보내신들

七代之王을 뉘 마フ리잇가

公州ㅣ江南을 저흐샤 子孫을 フ른치신들

九變之局이 사□쁘디리잇가[38]


---

**37** James Y.Liu, The Art of Chinese 중의 대구에 대한 설명, 鄭炳昱의 前揭論文에서 재인
용함.

**38** 金貞淑, "韓國詩歌의 律的 研究", 국어국문학 25, 국어국문학회, 1962.)에서 이를 ABAB

狄人ㅅ서리예 가샤 狄人이 ᄀᆞᆯ외어늘

岐山 올ᄆᆞ샴도 하ᄂᆞᇙ ᄠᅳ디시니

野人ㅅ 서리예 가샤 野人이 ᄀᆞᆯ외어늘

德源 올ᄆᆞ샴도 하ᄂᆞᇙ ᄠᅳ디시니[39]


그러나, 압운이란 어디까지나 음성단위로 형성되는 효과요, 동일한 어휘의 반복이 아님[40]을 염두에 둘 때, '~ 둘~가', '~어늘~시니' 등을 脚韻으로 볼 수 없다. 다만, 내용적 구조에서 언급했다시피 '동일한 意味構造의 반복'으로 보아야 할 것이다. 요컨대 용가에서는 압운을 찾을 수 없다고 본다.


## 2.3. 행의 구조


행의 구조는 율격과 직결된다. 용가의 율격에 대한 기왕의 설을 검토하면,

① 음수율에 의한 파악으로는 "상구 3·5(4)·3·4(5), 하구 5(3,4)·3·4"란 설[41]이 있다. 음수율에 의한 율격 파악은 한국시가의 율격파악에 별 도움을 주지 못한다는 것이 주지의 사실인 만큼, 일단 논외로 해도 좋을 것이다.

② 구절에 의한 파악으로는 "四句體",[42] "四句二節形",[43] "一行三句",[44] "정격은 二行 六句體, 변격은 二行 八句體"[45] 등의 설이 있다.

---

식 換韻으로 보았다.

39 朴喆熙, 文學槪論, 螢雪出版社, 1975, p.134.

40 金大幸, 韓國詩歌構造研究, 三英社, 1976, p.44.

41 金思燁, 앞의 책, p.158.

42 趙潤濟, 韓國詩歌史綱, 乙酉文化社, 1954, p.174.

43 李秉岐, 國文學槪論, 一志社, 1973, p.144.

44 李惠求, "龍飛御天歌의 形式", 亞細亞研究 17, 高麗大學校 亞細亞問題研究所, 1965.

"四句體" 혹은 "四句 二節形"이라는 주장은 용가의 판본에 찍어놓은 圈點[○]을 근거로 한 듯하다. 용가에 찍힌 권점은 漢詩句에 隨應돼 있어[46] 국문가사의 율격을 나타내 주는 것이 아니므로 권점을 근거로 하여 용가의 율격을 구분한다는 것은 바람직하지 못하다. 그리고 1행을 4구로 나눈다면 각 句間의 길이에 차이가 너무 많기 때문에 옳은 율격 파악이라 할 수 없다. "一行 三句"라는 설은 음악적 측면에서의 분석인데, 문학적인 면에서의 율격 파악에 도움을 줄 수 있으나 문학적인 측면에서 본 율격이라 할 수 없다. 한편, "正格은 二行 六句體, 變格은 二行 八句體"라는 설은 1행의 경우로 본다면 "正格은 3句體, 變格은 4句體"라는 뜻이 되겠는데, 동일한 형의 용가 각장을 句體가 다르게, 즉 형식을 다르게 두 가지로 파악한다는 것은 납득키 어렵다. 다소 무리가 있더라도 포괄적인 율격 파악이 이루어져야 할 것이다. 또한, '句'의 개념 자체가 정립돼 있지 않기 때문에 '句'로 형식을 논하는 데는 모호한 점이 있기 마련이다. '句'는 한국시가 율격분석의 단위로는 적당치 못하다고 본다.

③ 음보에 의한 파악으로는 '2음보',[47] '4음보',[48] "전귀는 오어절(五語節=五音步), 후귀는 삼어절(三語節=三音步)"[49]이라는 설이 있다. '2음보'라는 견해는 1행을 3구로 나눌 때, 1구는 2음보를 이룬다는 것이다. 음보에 대한 인식이 명확치 않다. 어쩌면 이 견해는 句節法에 의한 분석인지도 모른다. 그리고 '4음보'설은 용가 1장을 4행시로 전제하고 율격을 구분한 것인데, 용가 1장을 4행으로 볼 수 있을까 하는 문제와 4행으로 본다하더라도 각 행을 4보격으로 볼 수 있을까 하는 문제가 있다. '전체의

---

45 李泰極, "朝鮮朝 前期歌辭의 展開와 特性", 韓國語文學大系Ⅲ, 朝鮮前期의 言語와 文學, 韓國語文學會, 1976.

46 金烈圭, '龍飛御天歌의 綜合的 檢討' 세미나 抄錄 中 "龍歌의 文體論", 東亞文化 2, 서울大學校 東亞文化研究所, 1958.

47 尹貴燮, "樂章 詩歌의 形態史的 研究" 국어국문학 34·35, 국어국문학회, 1967.

48 金貞淑, 前揭論文.

49 金尙憶, 위의 책, p.26.

구조'에서 언급했듯이 용가의 1장은 2행으로 보아야 옳을 것이고, 각 행은 한 행을 상, 하구로 볼 때, 상구는 하구보다 훨씬 길어 거의 2배의 字數를 가지기 때문에 일률적으로 4음보로 음보 구분할 수 없다고 본다. 한편, "前句 5어절, 後句 3어절"이라는 견해도 1장을 4행시로 본 결과이다. '어절'을 '음보'의 뜻으로 쓰기는 했으나, 개념 규정이 명확치 않고, 실제로 적용시켜 볼 때, 타당한 근거를 얻을 수 없다. 단적인 예로서 제3장의 전행인 "周國 大王이 幽谷애 사ㄹ샤 帝業을 여르시니"를 전구 5어절, 후구 3어절로 구분할 수 있을까? 이런 주장은 포괄적인 적용이 불가능하므로 합당치 못하다.

그렇다면, 용가의 율격은 어떻게 파악해야 할까?

우선, 율격을 파악하기에 앞서 용가가 지니고 있는 특징을 살핀 후, 이를 참고로 하여 율격을 파악을 해 보고자 한다. 용가의 특징 내지 문제점을 보면,

첫째, 용가는 음악에 얹어 부르기 위해 지었다는 것이다. 용가는 세종 27년(1445) 4월에 초고가 완성된 후, 동년 9월 13일에 唐樂과 맞추어 보려고 시도한 일이 있었으며, 세종 29년(1447) 2월에 수정, 완성하고서 동년 5월에는 管絃에 調音하여 致和平, 醉豊亨, 鳳來儀, 與民樂 등의 악보를 만들어 公私 燕享에 쓰게 하였던 것[50]을 봐서도 음악이 전제되었음을 알 수 있고, 국문가사 중에서도 리듬을 맞추기 위한 흔적을 역력히 찾아 볼 수 있기 때문이다. 국문가사 중 각 행 하구의 앞 부분은 거의 漢詩句 그대로 옮겨 놓았다는 사실이다. 이를 풀어서 읊을 수 있는 데도 불구하고 그냥 옮겨 놓은 것[51]은 분명히 노래의 가락을 염두에 두고 용가

---

50 姜信沆, "龍飛御天歌의 編纂經緯에 대하여" 서울대 文理大 文理大學報 10, 1957.
　　李秉岐 앞의 책 p.148 참조.
51 例로 第65章과 第105章을 들어 본다.
　　苑囿엣 도톨 티샤 長史ㅣ듣ᄌᆞᆸ마리 挺世氣象이 엇더ᄒᆞ시니
　　岐阪앳 놀올쏘샤 麾下ㅣ듣ᄌᆞᆸ 마리 盖世氣象이 엇더ᄒᆞ시니
　　(第65章)

를 지었다는 증거이다. 그리고 한시도 시체를 통일시키지 않고 다양하게 한 것은 국문가사와 음악의 리듬을 고려했기 때문일 것이다.

둘째, 용가의 국문가사는 용가 한시의 逐譯에 가깝다는 사실이다. Qualifying words나 접속어들 위주—말하자면 문법적 연관을 나타내는 語辭들 위주로 번역한 것[52]이라 하겠다. 그래서 문장이 단조롭고 한시의 산문화라는 느낌을 받게 된다. 그렇다고, 한시를 먼저 짓고 이를 번역했다고는 단정할 수 없다. 상호 보완했을 것으로 짐작된다. 왜냐하면, 한시 전체를 四言 四句로 하지 않고 五言 三句 혹은 4~8句를 혼합하기도[53] 했기 때문이다.

셋째, 용가는 육조의 王業艱難과 성덕 및 무덕, 천명에 의한 개국을 頌詠하고 후왕을 規戒한 소위 악장으로서 宗廟祭樂으로, 혹은 公私燕享에 쓰인 것인 만큼 가사에 겸양, 극존칭 및 존칭이 사용되었고, 그런 까닭에 용가의 서술어는 보통 문장의 그것보다 다소 길다는 사실이다.

위에 지적한 세 가지 특징에서 다음과 같은 사실을 도출할 수 있다.

첫째, 용가의 율격 분석은 음악적 리듬을 참고로 하여 문학적 관점에서 다루어야 한다.

둘째, 용가가 詩經의 風, 雅, 頌의 영향을 받았다는 점, 용가의 국문가사는 용가 한시의 축역에 가깝고 한시의 구와 일치시켜 圈點을 쳐 놓았다는 점 등으로 미루어 보아 용가 제작자들은 한문의 偶數槪念에 투철한 자들이고, 그럼으로 해서 용가의 국문가사도 偶數的 律格을 가졌을 가능성이 크다.

셋째, 겸양, 존칭 혹은 극존칭으로 인하여 단어의 음절수가 불가피하

---

제 님금 背叛ᄒᆞ야 내모몰 救ᄒᆞᇙ뷧늘 不賞私勞ᄒᆞ샤 後世ᄅᆞᆯ ᄀᆞᄅ치시니
제 님금 아니어저 내命을 거스ᅀᆞᄫᅡ늘 不忘公義ᄒᆞ샤 嗣王을 알외시니
(第105章)〈以上 傍點—筆者〉

52 金烈圭, 前揭論文.
53 徐首生, "龍飛御天歌에 미친 詩經의 影響", 慶北大 論文集 9, 1965.

게 길어지고 懸吐式 飜譯體가 됨으로 해서 또한 단어의 길이가 늘어나기 마련이다. 그래서 용가에서는 한 음보를 이루는 음절의 수가 소위 '基準 音節數'를 능가하는 것을 인정하지 않을 수 없다.[54]

이상의 세 가지 점을 전제로 하여 용가의 율격을 분석해 보기로 한다.

다행히 "음악적인 면에서 볼 때 용가는 삼구체"[55]라는 연구 결과가 있어 음악적인 리듬을 알 수 있게 되었다. 이혜구가 삼분한 각 구를 음보 개념으로 구분해 보면 1구는 2음보로 나누어진다.

　　(1) 商德이 | 衰ᄒ거든 (2) 天下를 | 맛ᄃ시릴씨 (3) 西水ㅅᄀᅀᅵ | 저재 ᄀᆮᄒ니

결국, 1행은 6보격이 됨을 알 수 있다. 그래서 음악적인 分句를 근거로 하여 용가의 율격은 6보격이란 가정을 얻게 되었다. 그러면, 실제로 용가의 음보 구분을 통하여 가정의 진위를 검정하기로 하자.

먼저, 가장 짧은 시행부터 음보 구분을 해 보기로 한다. 最短 詩行의 步格은 모든 詩行의 기준이 될 수 있다고 보기 때문이다.

용가 125장 중 제일 짧은 시행으로 된 제3장을 음보 구분하면 다음과 같다.

　　周國 | 大王이 | 豳谷에 | 사ᄅ샤 | 帝業을 | 여르시니 ‖
　　우리 | 始祖 | | 慶興에 | 사ᄅ샤 | 王業을 | 여르시니 ‖

---

54 예를 들어 '니ᄌ시리잇가'(第21章), '믈리시리잇가'(第35章), '뵈ᅀᆞᆸ�싫제'(第91章), '親近ᄒ시니이다'(第122章) 등은 더 이상 분리할 수 없으므로 한 음보로 취급하지 않을 수 없다.

55 李惠求는 前揭論文에서 龍歌을 三句體로 보고, 예로서 제3장을 다음과 같이 삼분하였다.
　(1) 商德이 衰ᄒ거든
　(2) 天下를 맛ᄃ시릴씨
　(3) 西水ㅅᄀᅀᅵ 저재ᄀᆮᄒ니

명확히 1행이 6음보로 나누어진다. 누구든 이렇게 음보 구분하지 않을 수 없을 것이다. 결국, 용가의 全章이 같은 율격이라 본다면 용가의 1행은 6음보 이상, 또는 6음보 이하로 나눌 수 없다. 왜냐하면, 이 제3장은 6음보 이상의 음보로 나눌 수 없기 때문이다. 그리고 만일 6음보 이하로 음보 구분한다면 제3장보다 긴 章에 적용하기에는 더욱 어려워지기 때문이다. 最短의 行을 먼저 음보 구분한 것은 이러한 기준을 잡을 수 있기 때문이다.

다음으로, 음보 구분이 분명히 될 수 있는 제63 · 67 · 84 · 100 · 108장을 보기로 하자.

百步엣 모물채쏘샤 群豪를 뵈여시늘 陰謀를 니즈니이다
百步엣 여름쏘샤 衆賓을 뵈여시늘 慶爵을 받즈봉니이다
(第63章)

ᄀᆞ롮ᄀᆞ새 자거늘 밀므리 사ᄋᆞ리로더 나거ᅀᅡ ᄌᆞ므니이다
셤안해 자싫제 한비 사ᄋᆞ리로더 뷔어ᅀᅡ 자ᄆᆞ니이다
(第67章)

님그미 賢커신마론 太子를 몯어드실씨 누본남기 니러셔니이다
나라히 오라건마론 天命이 다아갈씨 이본남기 새닢나니이다
(第84章)

믈우흿 龍이 江亭을 向ᄒᆞᅀᆞᇦ니 天下ㅣ 定홀 느지르샷다
집우흿 龍이 御床올 向ᄒᆞᅀᆞᇦ니 寶位투실 느지르샷다
(第100章)

수메셔 드르시고 民望올 일우오리라 戎衣를 니피시니이다

病으로 請ᄒ시고 天心을 일우오리라 兵仗으로 도ᄫᆞ시니이다

(第108章)


千世우희 미리 定ᄒ샨 漢水北에 累仁開國ᄒ샤 卜年이 ᄀᆞᆺ업스시니
聖神이 니ᅀᅳ샤도 敬天勤民ᄒ샤ᅀᅡ 더욱 구드시리이다
님금하 아ᄅᆞ쇼셔 洛水예 山行가이셔 하나빌 미드니잇가

(第125章)


'니즈니이다', '받ᄌᆞᄫᅡ니이다'(제63장), 'ᄌᆞᄆᆞ니이다'(제67장), '니러셔니
이다'(제84장), '向ᄒᅙᅡᄫᅡ니', '느지르샷다'(제100장), '도ᄫᆞ시니이다'(제
108장) 등의 음절수는 5~6음절로 기준음절을 넘지마는 더 이상 나눌
수 없기 때문에 過音節로 처리하지 않을 수 없다. 이런 과음절이 생기는
것은 旣述한 바와 같이 겸양 혹은 존칭 보조어간의 多用과 懸吐式 번역
체 때문에 불가피한 현상이다.

이상의 검정을 통하여 가설이 명제로 성립됨을 알 수 있게 되었다.

그러나 용가의 全行을 6음보로 나누는 데는 무리가 없지 않다. 125장
중 가장 긴 행인 제91장의 경우는 다소 어색하다.


아바님 이받ᄌᆞᄫᆞᆯ제 어마님 그리신ᄂᆞᆫ므를 左右ㅣ 하ᅀᆞᄫᅡ 아바님怒ᄒ시니
아바님 뵈ᅀᆞᄫᆞ싫제 어마님 여희신ᄂᆞᆫ므를 左右ㅣ 슬ᄊᆞᄫᅡ 아바님일ᄏᆞᄅᆞ시니

(第91章)


이 제91장은 일반적인 음보 구분의 이론으로는 6보격이 될 수 없다.
그러나 용가 전체의 율격의 질서상 이렇게 음보 구분하지 않을 수 없다.
몇몇 장을 예외로 처리할 수도 있겠으나, 용가의 각장은 같은 구조, 같은
형태를 취하고 있기 때문에 全章을 포괄하는 율격을 찾아서 다소의 무리
가 있더라도 그 질서 속에 포함시켜야 할 것이다.

致和平, 醉豊亨 등의 악보를 통해서 봐도 最短行인 제3장과 最長行인 제91장은 동일하게 취급되고 있음을 알 수 있다.

세종실록 권140에 실려 있는 致和平譜上 중에서 제3장과 제91장의 井間譜上의 가사 배치를 보면 다음과 같다. (편의상 음계는 생략한다)

| 周 | 國 |  | 애 |  |  |  | 大 | 王 |  |  | 이 |  |  |  |  |  |  | 帝 | 業 |
|---|---|---|---|---|---|---|---|---|---|---|---|---|---|---|---|---|---|---|---|
| 酈 | 谷 |  | 을 |  |  |  | 사 | 리 | 여 | 르 | 샤 | 시 |  |  |  |  |  |  | 니 |

(第3章)

| 아 | 바 | 님 |  |  |  | 이 | 반 |  | 즈 | 龍 |  |  |  |  | 제 |
|---|---|---|---|---|---|---|---|---|---|---|---|---|---|---|---|
| 어 | 마 | 슬 | 씀 | 바 |  | 여 | 희 | 아바 | 신 | 눈 | 므 | 를 | 큰 | 를 | 左右 시니 |

(第91章)

음악이니까 당연한 것인지도 모르겠으나, 어쨌든 용가의 각 장은 동일한 형식, 동일한 질서로 파악해야 한다는 것은 인정하지 않을 수 없다. 그리고 제125장도 6보격으로 분석하면 명확히 3행시가 된다.

千世우희 미리定ᄒ샨 漢水北에 累仁開國ᄒ샤 卜年이 ᄀᆞ업스시니
聖神이 니ᅀᅳ샤도 敬天勤民 ᄒ샤ᅀᅡ 더욱 구드시리이다.
님금하 아ᄅᆞ쇼서 洛水예 山行가이셔 하나빌 미드니잇가
(第125章)

그렇다면 용가가 왜 6보격을 취하게 되었는가 하는 문제이다.

그 까닭은 다음과 같이 생각해 볼 수 있다. 용가가 採用한 음악적인 기본 리듬은 麗謠의 3음보인 奇數인데, 가사는 한학자들의 기호와 성격에 맞는 한시의 偶數槪念에 끌려 우수화 됨으로 해서, 여기서 일어나는

부조화를 극복하는 길이 바로 6음보의 채택이었다고 본다. 즉, 홀수인 3음보와 짝수인 2음보의 최소 공배수 음보인 '6음보'란 相補的 形式을 낳게 되었을 것이다. 용가의 율격인 6음보는 음악적인 면에서는 3음보 둘의 집합이요, 문학적인 면에서는 2음보 셋의 집합이라 할 수 있다. 결국, 용가의 6음보는 2음보의 변형, 즉 2음보짜리 반행 셋이 모여 된 것이라 하겠다. 그렇다고 용가를 2보격으로는 볼 수 없다. 2보격은 안정감은 있으나 긴장감을 주는 리듬[56]이기 때문에 용가의 장중성에 어울리지도 않을 뿐 아니라 용가의 행 구분상[57]으로, 의미상으로 보아서도 2보격으로 음보 구분할 수 없기 때문이다. 반면, 6보격은 안정감 있고 유장한 느낌을 지닌 리듬[58]이므로 점잖은 유학자들에게 적격이었다고 본다.

이제, 용가의 각장을 음보 구분해 보기로 한다. 지면 관계상 제1∼10장, 제111∼120장만을 음보 구분해 본다.

海東六龍이 ᄂᆞᄅᆞ샤 일마다 天福이시니 古聖이 同符ᄒᆞ시니
(第1章)

불휘기픈 남ᄀᆞᆫ ᄇᆞᄅᆞ매 아니밀쎄 곶됴코 여름하ᄂᆞ니
시미기픈 므른 ᄀᆞ므래 아니그츨쎄 내히이러 바ᄅᆞ래가ᄂᆞ니
(第2章)

周國 大王이 豳谷애 사ᄅᆞ샤 帝業을 여르시니
우리 始祖 慶興에 사ᄅᆞ샤 王業을 여르시니
(第3章)

---

**56** 趙東一, 敍事民謠硏究, 啓明大學校出版部, 1970, p.99.
**57** 〈2. 형식구조〉 중 '전체의 구조' 참조.
**58** 趙東一, 위의 책, p.99.

狄人ㅅ서리예 가샤 狄人이 골외어늘 岐山올모샴도 하눓뜨디시니

野人ㅅ서리예 가샤 野人이 골외어늘 德源올모샴도 하눓뜨디시니

(第4章)


漆沮ᄀ색 움흘 後聖이 니르시니 帝業憂勤이 뎌러ᄒ시니

赤島안햇 움흘 至今에 보ᅀᆞᆸᄂ니 王業艱難이 이러ᄒ시니

(5章)


商德이 衰ᄒᆞ거든 天下ᄅᆞᆯ 맛두시릴ᄊᆡ 西水ㅅᄀᆞ싀 져재ᄀᆞᆮᄒ니

麗運이 衰ᄒᆞ거든 나라ᄒᆞᆯ 맛두시릴ᄊᆡ 東海ㅅᄀᆞ싀 져재ᄀᆞᆮᄒ니

(第6章)


블근새 그를므러 寢室이페 안ᄌᆞ니 聖子革命에 帝祜ᄅᆞᆯ뵈ᅀᆞᄫᅵ니

ᄇᆞ야미 가칠므러 즘겟가재 연ᄌᆞ니 聖孫將興에 嘉祥이몬제시니

(第7章)


太子ᄅᆞᆯ 하늘히ᄀᆞᆯᄒᆡ샤 ᄆᆞᆺㄱ뜨디 일어시ᄂᆞᆯ 聖孫올 내시니이다

世子ᄅᆞᆯ 하늘히ᄀᆞᆯᄒᆡ샤 帝命이 ᄂᆞ리어시ᄂᆞᆯ 聖子ᄅᆞᆯ 내시니이다

(第8章)


奉天 討罪실ᄊᆡ 四方諸侯ㅣ 몯더니 聖化ㅣ 오라샤 西夷ᄶᅩ모ᄃᆞ니

唱義 班師ㅣ 실ᄊᆡ 千里人民이 몯더니 聖化ㅣ 기프샤 北狄이ᄶᅩ모ᄃᆞ니

(第9章)


一夫ㅣ 流毒홀ᄊᆡ 我后ᄅᆞᆯ 기드리ᅀᆞᄫᅡ 玄黃筐篚로 길헤ᄇᆞ라ᅀᆞᄫᅵ니

狂夫ㅣ 肆虐홀ᄊᆡ 義旗ᄅᆞᆯ 기드리ᅀᆞᄫᅡ 簞食壺漿ᄋᆞ로 길헤ᄇᆞ라ᅀᆞᄫᅵ니

(第10章)

豺狼이 構禍ㅣ어늘 一間茅屋도 업사 움무더 사ᄅ시니이다
廣廈애 細氈펴고 黼座애 안ᄌᄉ샤 이ᄠ들 닛지마ᄅ쇼셔
(第111章)


王事ᄅᆯ 爲커시니 行陣올 조ᄎᄉ샤 不解甲이 현나리신ᄃᆞᆯ알리
荇龍衣 龍衣袍애 寶玉帶쯰샤 이ᄠ들 닛디마ᄅ쇼셔
(第112章)


拯民을 爲커시니 攻戰에 둗니샤 不進饍이 현쩨신ᄃᆞᆯ알리
南北 珍羞와 流霞玉食 바ᄃ샤 이ᄠ들 닛디마ᄅ쇼셔
(第113章)


大業을 느리오리라 筋骨올 몬져ᄯᅩᆨ고샤 玉體創瘢이 ᄒᆞ두곧아니시니
兵衛 儼然커든 垂拱 臨朝ᄒᆞ샤 이ᄠ들 닛디마ᄅ쇼셔
(第114章)


날 거슳 도ᄌᆞᆯ 好生之德 이실ᄊᆡ 부러저히샤 살아자ᄇ시니
頤指 如意ᄒᆞ샤 罰人刑人 ᄒᆞ싫제 이ᄠ들 닛디마ᄅ쇼셔
(第115章)


道上애 僵尸ᄅᆯ보샤 寢食을 그쳐시니 旲天之心애 긔아니뜬디시리
民瘼올 모ᄅ시면 하ᄂᆞᆯ히 ᄇ리시ᄂᆞ니 이ᄠ들 닛디마ᄅ쇼셔
(第116章)


敵王 所愾ᄒᆞ샤 功盖一世 ᄒᆞ시나 勞謙之德이 功올 모ᄅ시니
佞臣이 善諛ᄒᆞ야 驕心이 나거시든 이ᄠ들 닛디마ᄅ쇼셔
(第117章)

多助之 至실씨 野人도 一誠이어니 國人匹들 어느다술붕리

님금德 일호시면 親戚도 叛호누니 이匹들 닛디마르쇼셔

(第118章)


兄弟變이 이시나 因心則 友ㅣ실씨 허므를 모르더시니

易隙之情 브터 姦人이 離間커든 이匹들 닛디마르쇼셔

(第119章)


百姓이 하눌히어늘 時政이 不恤홀씨 力排群議호샤 私田을 고티시니

征歛이 無藝호면 邦本이 곧여리누니 이匹들 닛디마르쇼셔

(第120章)


## 3. 철학적 구조

용가의 내용과 형식상의 치밀성, 공교성은 이미 앞에서 지적한 바이지만, 철학적 배려도 간과할 수 없다. 용가의 작자들이 선초 성리학의 선구자들이었고 용가가 이조의 개국을 송축하고 후왕을 規戒한 내용을 지닌 송도시의 大宗이었던 만큼 가벼이 창제되었다고 볼 수 없다. 창작자들의 總智를 모았을 것이고, 성리학적 사고를 가진 이들의 衆智를 모은 결과는 성리학적 원리의 總和일 것임은 쉽게 짐작이 된다.

그래서 용가가 어떤 철학적 원리와 背景 아래 제작되었는가를 살펴보고자 한다.

최정여의 '朝鮮初期 禮樂의 研究'에서 용가는 歌의 형식과 舞踊의 양식으로 보아 "性理學이 지향하는 天地之道의 具現方式임"[59]이 지적된 바와

---

59 崔正如, "朝鮮 初期 禮樂의 研究" 韓國學研究叢書 2, 啓明大學出版部, 1975, p.92.

같이, 용가는 易의 三才의 原理 下에 괘를 이루는 六爻의 변화, 發揮를 표상한 것이다. 즉, 天道와 地道의 조화와 오묘한 법칙 속에 人道의 무궁한 변화, 발전을 나타내고 있다.

용가 제1장은 乾卦 즉 乾의 변화하는 법칙을 취해서 나타낸 것이다. "乾의 법칙이 변화함으로써 만물은 天性을 바르게 발휘하게 되고 위대한 조화를 보전하게 되며, 이 만물을 창조하는 乾의 법칙을 본뜨면 천하는 고루고루 태평하게 다스려진다"[60]는 뜻에서 만물의 생성, 발전, 조화를 상징하는 六爻의 상승과정을 六龍이 하늘로 오르는 기상에 비긴 것이다.

용가 제1장 夾註에도 "易에 이르기를 때를 탄 육룡이 하늘로 오른다. 또한, 나는 용이 하늘에 있으니 大人을 보기 좋다. 龍의 됨됨이 변화 불측한 까닭으로 聖人의 진퇴를 표상한 것이라 하였다"[61]하고 "목조로부터 태종까지 무릇 六聖이니 六龍이라는 말을 차용하였다"[62]라고 하였다. 이는 易의 乾卦가 용가 제1장에 적용되었음을 시사하는 말이다.

易의 乾爲天 文言傳에 "乾은 능히 훌륭한 利로써 천하를 이롭게 하되 묵묵히 말이 없어 이롭게 하는 바를 자랑하지 아니한다. 위대하고 위대한 하늘의 법칙이여, 강건하고 중정하고 순수하고 唯精하다. 六爻가 드러나고 마음에 통하여 알게 한다. 이는 때를 탄 六龍이 하늘에 올라 구름을 일으키고 비를 내려 천하를 태평케 하는 모습이다"[63]라 하였듯이, 제1장은 육룡이 하늘로 올라 天의 所佑로 조화를 부려 비를 내리는 형상을 드러낸 것이다. 이는 바로 六祖[六龍]가 천명을 받아 개국함으로써 천하를 태평케 함을 의미한다.

---

60 六位時成 時乘六龍 以御天 乾道變化 各正性命 保合大和 乃利貞 首出庶物 萬國咸寧(周易 上經卷之一 乾上乾下 乾爲天條)

61 易曰時乘六龍以御天 又曰飛龍在天 利見大人 龍之爲物 靈變不測 故以象聖人進退也(龍飛御天歌, 前揭影印本 p.19.)

62 我祖 自穆至太宗 凡六龍故借用六龍之語也(同上)

63 乾始能以美利利天下 不言所利 大矣哉 大哉乾乎 剛健中正 純粹精也 六爻發揮 旁通情也 時乘六龍以御天也 雲行雨施 天下平也(周易, 上經, 卷之一, 乾上乾下 乾爲天 文言傳)

제2장은 坤卦, 즉 위대한 생성력의 근원인 地道를 취해서 나타낸 것이다. "대지의 지대한 근원적인 힘을 받아 만물이 자라나고, 하늘의 뜻을 順承하여 만물을 신고 있으며, 地德은 무한하여 만물은 이에 안겨 번성한다"[64]는 地의 順承, 柔順한 德相을 표상한 것이다.

"坤은 지극히 柔順하나 움직이면 강하며 지극히 고요하나 그 이치는 바르고 한결같다. 坤은 만물을 함유하여 성장시켜 빛나게 한다. 坤의 이치는 柔順하게 하늘의 뜻을 발휘시킨다. 선행을 쌓은 집안은 자손 대대 경사가 있고, 악행을 쌓은 집안은 대대로 재앙이 있다. 모든 것은 점차로 모이고 쌓여온 결과다"[65]라는 坤爲地 文言傳의 풀이처럼 제2장에서는 '뿌리깊은 나무'와 '샘이 깊은 물'은 하늘의 뜻에 따라 끝내 알찬 '결실'을 맺고 '江에 이른다'는 대지의 厚德과 積德을 읊었다.

그러니, 제2장은 제1장의 天道에 대한 地道의 순응이니, 개국이라는 천명에 따라 積德이라는 地德의 발휘를 드러낸 것이다. 말하자면, 제1,2장은 천지음양의 조화와 상응을 뜻한다. 이조의 개국을 천지의 자연적 理法의 소산으로, 음양 조화의 필연적 귀결로 의미부여를 한 것이라 하겠다.

제3장 이하 제125장까지는 人道의 발현, 즉 六祖의 공덕을 구체적으로 읊은 것이다. 제1,2장의 천지음양의 조화, 상응에 대한 人道의 和應을 나타낸 것이라 본다.

그런데, 六祖[六龍]의 공덕은 六爻의 원리와 유관하게 펼쳐지고 있다. 初爻는 "물속에 잠긴 용이라 함부로 날뛰지 않고 오직 힘을 기르며 때를 기다리는 형상"[66]이니 목조의 공덕에 비겨지며, 二爻는 "땅위에 나타난 용이라, 그 덕의 영향이 널리 퍼지는 것"[67]이니 익조의 공덕에 비겨진다.

---

64 至哉坤元 萬物資生 乃順承天 德合無疆 含弘光大 品物咸亨(周易, 上經, 卷之一, 坤爲地)
65 坤至柔而動也剛 至靜而德方 後得主而有常 含萬物而化光 坤道其順乎 承天而時行 積德之家必有餘慶 積不善之家 必有餘殃…其所由來者漸矣(前揭書, 坤爲地, 文言傳)
66 潛龍勿用 象曰潛龍勿用 陽在下也(周易 上經 卷之一 乾爲天, 初九)

三爻는 "종일 노력하고 밤에 삼가 반성하면 허물이 없는 형상"[68]이니 도조의 공덕에, 四爻는 "비약하는 용이 솟았다가 다시 잠겨 힘을 기르는 형상"[69]이니 환조의 공덕에 비겨진다. 五爻는 "용이 날아 하늘에 오르고 有德者가 제왕에 오르는 형상"[70]이니 태조의 공덕에 비겨지고, 六爻는 "하늘에 오른 용의 형상"[71]이니 태종의 공덕에 비겨진다.

이와 같이, 六爻의 원리와 六祖의 공덕은 상관성이 크다. '六龍'은 易의 六爻 혹은 '時昇六龍'에서 연유한 것 같다. 정종까지 넣어 七龍으로 하거나 태조까지 五龍으로 하지 않은 것은 팔괘를 이루는 六爻의 원리에 맞추기 위함이었다고 본다.

第1章 ; 天, 天之道, 天命開國
第2章 ; 地, 地之道, 地德相應　　⎫
第3章以下 ; 人, 人之道, 六祖功德　⎭ 三才

그리고 제1장은 1행, 제2장은 2행으로 한 것은 〈天一, 地二〉의 관계를 가지고 陰陽兩位를 정립한 것[72]이라면 제125장을 3행으로 한 것은 용가 창작 당시에는 용가가 확실히 123장이었다[73]고 한다면 一, 二, 三은 成長數로서 확장과 발전을 상징하며 이를 합하면 六을 이루므로 六爻를 表象키 위한 것 같다.

---

67　見龍在田利見大人　象曰見龍在田　德施普也(同上, 九二)
68　君子終日乾乾　夕惕若厲尤咎　象曰　終日乾乾　反復道也(同上, 九三)
69　或躍在淵尤咎　象曰或躍在淵　進尤咎也(同上, 九四)
70　飛龍在天　利見大人　象曰飛龍在天　大人造也(同上, 九五)
71　亢龍有悔　象曰亢龍有悔　盈不可久也(同上, 上九)
72　崔正如, 앞의 책, p.91.
73　註 28 참조.

# 제3장 율곡 이이의 사상과 시가문학

栗谷 李珥는 退溪와 더불어 조선조 유학사에서 쌍벽을 이루는 理學의 大宗이다. 퇴계는 因文入道한 大賢으로 理氣互發說, 理發氣隨說을 주창함으로써 主理的 경향을 띠었으나, 율곡은 理通氣局說과 氣發理乘說을 주장하고 퇴계의 이기설을 반대함으로써 主氣的 경향을 드러내었다. 人心道心說에도 퇴계는 '四端은 理之發, 七情은 氣之發'이라 한 데 대하여 이를 반대하고 '七情이 四端을 포괄한다'고 주장하였다. 그의 성리학설과 세계관이 퇴계와 다르므로 그의 文學 세계도 퇴계와 다르다고 할 수 있다. 특히 시조 高山九曲歌와 가사에 나타난 詩想과 사물을 보는 눈이 현실적이며 사실적이다. 율곡의 이기철학의 특이성과 문학세계를 분석하여 사상과 문학과의 상관성을 찾아보기로 한다.


## 1. 율곡 사상의 계통과 학적 태도

율곡의 사상은 孔孟과 程朱의 도학사상에 근거를 두고 있으므로 그의 학적 태도와 수신처세의 법과 정치에 관한 견해들이 모두 유교주의로 일관하였다. 그의 궁극 목적은 성현을 본받아 요순의 이상정치를 실현코자 하는 것이었다. 만민의 표본인 군주 자체가 哲人의 수양을 쌓고, 백성을 잘 다스려야 된다고 생각하였다. 그러므로 왕도정치 곧 哲人政治를 지향하였던 것이다. 이런 점에서 그는 정치가로는 조정암을 추앙하고 학자로는 퇴계를 숭앙하였다. 靜·退 兩賢의 인격과 포부와 학문이 율곡사상의 직접적인 원류를 이루었다고 볼 수 있다.

조정암은 소년시절에 점필재 김종직의 문인인 한훤당 김굉필에게 수학한 일도 있었지마는[1] 사상적으로는 석헌 류숭조에게 더 많은 영향을 받았다[2]고 생각된다. 유숭조가 중종반정 뒤에 기용되어 18년간 성균관장으로 있을 때 정암을 길러내었다. 중종이 태학에 거동하여 進講을 명하였을 때, 석헌이 大學을 강하여 哲人政治의 요령을 밝히고, 그가 지은 大學綱目箴과 性理淵源撮要를 삼강에게 바쳤다.[3] 이것은 전대 詞章의 폐를 교정하기 위하여 반동적으로 도학사상을 高唱하였던 것이다. 태학생 정암은 석헌의 이러한 사상에 영향을 받지 않을 수 없었다. 뒤에 정암이 등과하여 중종의 신임을 받게 되자 그는 詞章은 浮薄하다고 배척하고 도학에 의거하여 군자와 소인을 가리는 법을 제시하고, 인지치주의 리론을 폈다. 또한 變法主義를 내걸고 종래의 제도와 習俗 가운데 불합리하다고 생각되는 것을 개혁하려 하였다, 그러나, 정암 일파의 철인군주론은 너무 dl적이고 급진적이어서 속유들의 모략에 걸려 참혹한 희생을 당하였다. 정암의 경세와 경륜은 유자의 한 패턴(Pattern)을 보인 것이므로 율곡이 이를 숭상하였던 것이다.

퇴계는 정암보다 12세 후생으로 학자였지 경세가는 아니었다. 화려한 사환보다는 한정한 전원에서 진리탐구와 체험생활에 전념하여 주자학을 대성한 동방의 儒宗이었다. 율곡은 퇴계에게 問道하고 나중에 이기심성에 관해서는 학설을 달리하긴 하였으나 그 학문이 廣博하고 精詳緻密함과 풍부한 체험공부에 대하여 경이와 찬사를 아끼지 않았음을 볼 때, 퇴계에게 영향을 많이 받았다고 할 수 있다.

---

1 張志淵, 儒學淵源, "景賚錄의 門人錄과 神道碑" 참조.
2 柳崇祖, 眞一齋集, 年譜.
3 同上.

율곡이 정암과 퇴계를 얼마나 숭배하고 있었던가 하는 것은 다음 사실로써 잘 파악할 수 있다

선조 6년(1573)에 성균관 유생이 김굉필, 정여창, 조광, 이언적, 이황 등 오현을 문묘에 종사하기를 건의하였을 때, 율곡은 오현 중 김굉필, 정여창은 言論風旨가 微而不顯하고 이언적은 출처에 자못 의논할 점이 있었으나, 다만 조광조는 도학을 창명하여 후인을 계발하고, 이황은 의리에 침잠하여 一世의 모범이 되었으니 이 양현이야 종사한들 누가 불가하다고 이르리오"[4]라고 말하였다. 또 선조 11년(1578)에 그가 해주 석담에 은병정사를 짓고 그 북쪽에 朱子祠를 세우려 하였을 때도 정암 퇴계 양현을 배향하려고 한 일이 있었고, 그 뒤 선조 14년(1581)에 호조판서로서 입시하였을 때도 정·퇴 양현의 문묘종사를 왕에게 청하였다[5] 이때 율곡은 "조광조는 도학을 창명하고 이황은 理窟에 침잠하였다"[6]고 말하고 또 "滉의 才調와 器局은 光祖에게 미치지 못하나, 그 義理를 깊이 연구한 점에 이르러서는 光祖가 미치지 못한다"[7]고 하면서 각각 그 장단점을 지적하기도 하였다. 이와 같이 율곡은 양현의 장단점을 잘 알고 있었으므로 자기 자신에게 절충 보완하려 하였던 것이다.

율곡은 정암의 장단점은 다만 학문이 미숙한데만 있는 것이 아니라, 주의 주장이 급진, 과격한 데도 있다고 보고, 이를 殷鑑으로 삼아 자신은 점진주의, 실천주의를 취하기로 하였던 것이다. 그의 벗인 성우계가 그에게 格君心의 급선무를 권하였을 때도 그는 급격함이 不可함을 말하였으며 점진적으로 君心을 계발하는데는 구술, 소장 외에 저술 등이 필요함을 알고 동호문답, 성학집요 등을 제진하였던 것이다.

퇴계에 대하여도 그 학문의 정상 치밀한 점을 숭모하고 찬양하긴 하였

---

4 栗谷全書 29, 經筵日記二, 今上 六年 八月條.
5 동상 34, 附錄二, 年譜下.
6 동상 30, 經筵日記三, 今上 十四年 十月條.
7 동상 28, 經筵日記一, 今上 三年 十二月條.

으나, 유자관, 학문 태도, 학설 등은 좀 다른 점이 있었다.(시작)

퇴계와 율곡은 유자관이 달랐다. 회재의 유학에 대하여는 흔히 정암과 더불어 비교, 논평되나 退栗은 회재에 대하여 상반되는 견해를 갖고 있었다. 퇴계는 화재를 동방의 제일유자로 추앙하였다. 회재의 행장 중에서 "炳然히 붓을 뽑아 후인에게 垂範해 준 말이 많으니 동방에서 거의 그 짝을 찾을 수 없는 분이다"[8]라고 극찬하였으나, 정암에 대하여서는 立言垂後의 一事가 결여한 것을 들어 유감이라고 생각한 것은 도덕 학문에 관한 좋은 언설을 많이 남겨 후인에게 끼쳐 주는 것을 그 本領으로 삼고 출세행도하는 것은 오히려 제이차적인 것으로 인정하는 퇴계의 유자관 때문이었다. 그러나 율곡은 정암을 동방 제일유자라 칭찬하고 자질의 우수성과 도학의 실천력 및 政經 재질의 탁월함을 들어 기려마지 않았다.

율곡은 퇴계의 立言垂後와는 반대로 출처의 마땅함과 政經의 재질을 겸비한 이를 眞儒로 삼고자 하였다. 그러므로 학문과 저술이 뛰어났다 해도 行道의 조건을 결여하면, 오히려 진유가 아니라고 보는 것이 율곡의 광점이므로 퇴계가 칭송하는 회재에 대하여 율곡은 오히려 인정치 않았다. 퇴계는, 선비란 나아가 벼슬하는 것보다 물러나 立言垂後하는 것이 본분이요 사명이라 보았으나 율곡은 입언수후가 선비의 한 본분이기는 하나, 그것이 전부의 사명이라고는 생각하지 않았다. 선비는 나아가 벼슬할 때는 벼슬하여 자기의 포부와 이상을 펼쳐 국가사회에 이익을 끼치도록 힘쓰고 물러나서는 立言 敎育에 종사하는 것이 마땅하다고 생각하였다. 그의 동호문답에 "眞儒란 나아가서는 도를 행하여 만민으로 하여금 태평을 누리게 하고, 물러나서는 만세에 垂敎하여 학자로 하여금 큰 꿈을 깨치게 하는 것이니 나아가 行道함이 없고, 물러나 垂敎함이 없다면 비록 眞儒라 할지라도 나는 믿지 않는다"[9]고 하였다. 학문이 비록

---

8 退溪集 권40, 行狀.
9 栗谷全書 권15, 雜著二, 東湖問答.

贍富하고 立言垂後의 저술이 많다 해도 이것으로써 眞儒라고 할 수 없고 경제의 才와 출처의 의를 겸유해야만 대현으로 추앙할 수 있다고 생각하였다. 그러므로 退栗 兩宗匠이 한 분은 立言垂後로써 본령을 삼고 한 분은 出世行道로써 본 면목을 삼은 데서 유자관의 중대 분기가 생기게 된 것이다.

그러나 兩賢의 학적 태도를 보면, 退栗이 모두 정주학을 尊奉하는 만큼 이단에 대하여는 배척하였다. 퇴계는 異學에 대하여서는 온후관대한 사풍은 찾아 볼 수 없을 만큼 냉엄하였으나, 율곡은 퇴계에 비하여 그렇게 심한 편은 아니었다. 그리하여 퇴계는 중국의 陸象山(九淵) 王陽明(守仁) 羅整庵(欽順)의 학을 배척하고, 우리 나라 徐花潭(敬德)과 그의 문인 李蓮坊(球)의 설을 반대하고 일일히 변증하였다. 율곡도 陸象山, 王陽明의 학은 배척하였으나, 羅整庵과 徐花潭에 대하여는 이기불상리의 묘처를 간파하였다하고 그들의 자득의 견해를 매우 칭찬하였다. 율곡이 整庵, 退溪, 花潭을 논평하였는데, "整庵이 가장 높고 退溪가 그 다음이 되고, 花潭이 그 다음쯤 되나, 그중 정암과 화담은 自得의 味가 많고, 퇴계는 依樣의 味가 많다"[10]고 하였다.

그러나, 퇴계는 주자학을 충실히 계승하여 그 미진처를 밝히고, 發의 문제에 깊이 천착하여 특유한 이기설을 주창함으로써 理學을 체계화하였다. 율곡도 주자학을 신봉하되, 이기설과 사단칠정론에서 퇴계와는 다른 견해를 가졌다. 徐花潭에 대하여도 율곡은 그의 학문을 전적으로 지지하는 것은 아니지만 그 자득의 미를 높이 평가함을 볼 때, 화담의 주기적 학풍의 영향을 받았다고 본다.

율곡은 한때 금강산에 들어가 친척과 벗에게 출가고의 뜻을 明言하고, 호를 義庵이라 하였다. 그러나 '旣削髮 未削髮'의 설이 있지만 어쨌든 불교 화엄철학을 연구하다가 환경하여 주자학을 연구함으로써 大賢이 되

---

10 栗谷全書 上, 권10, 書二, 答成浩原.

었다. 율곡의 이통기국설은 화엄철학의 理事와 通局을 연상케 한다.

요컨대, 율곡은 공맹과 정주학을 정통으로 삼고, 조정암과 이퇴계의 사상을 수용, 절충하고 집대성하여 새 학설을 세웠다고 할 수 있다. 그 학설에 있어서는 명나라의 나정암과 서화담의 영향도 있었을 뿐만 아니라, 화엄철학도 작용되었다고 본다.


## 2. 율곡 理氣觀의 특성

율곡의 理氣說은 그의 성학집요 등에도 언급되어 있지마는 가장 조리 있고 체계적인 것은 선조 5년, 성우계와 왕복 논쟁한 「人心道心 四端七情書」에 잘 표현되어 있다

율곡은 주자나 퇴계처럼 理氣로써 우주를 설명하고 理와 氣에 의하여 우주가 형성되고 萬象이 나타난다고 보았다. 理와 氣를 二體 二物로 규정하는 주자나 퇴계의 순수 이원론에는 반대의 입장을 취하였다.

理란 氣의 主宰요, 氣는 理가 타고 〔乘〕 있는 것이다. 理가 아니면, 氣가 根柢할 수 없고, 氣가 아니면 理가 依着할 수 없는 것이다. 理氣는 二物도 아니고, 또 一物도 아니다. 一物이 아닌 까닭에 一而二요, 二物이 아님으로 해서 二而一이다. 一物이 아니란 것은 무슨 말인가? 理와 氣가 비록 分離되지 못하지만 그 妙合한 가운데 理自理 氣自氣로 서로 挾雜치 아니한다. 그러면, 二物이 아니란 것은 무엇인가? 비록 理自理 氣自氣라 해도 서로 先後가 없고, 離合도 없고, 渾然無間하여 二物로 보이지 아니하므로 二物이 아니라고 한다. 動과 靜이 端이 없고, 陰과 陽이 始가 없고, 理가 無始하므로 氣도 無始하다는 것이다. 대저 理는 唯一한 것으로 본시 偏·正·淸·濁·通·塞·純粹·雜駁의 別이 없다. 理를 태운 氣가 昇降飛揚하여 쉼이 없고 錯雜하여 이것이 天地 萬物을 生成함에 있어 或은 偏正하고, 或은 淸濁하고,

或은 通塞하고, 或은 純粹하고, 或은 雜駁하게 되었다. 理는 비록 하나뿐이로되, 氣를 탐으로써 그 分別이 만 가지로 다르게 된다. 천지엔 천지의 理가 되고, 만물엔 만물의 理가 되고, 吾人에겐 吾人의 理가 된다. 그러므로 그 參差 不齊한 것은 氣의 所爲다. 비록 氣의 所爲라 해도 반드시 理가 있어서 主宰한 것인 즉 그 參差 不齊한 까닭은 역시 理가 그렇게 한 것이니 理가 그렇지 아니한데 氣만이 홀로 그렇게 한 것은 아니다. 天地 萬物이 각기 理가 있으나 천지의 理가 곧 만물의 理요, 만물의 理가 곧 吾人의 理이니 이것이 所謂 '統體一太極'이란 것이다. 비록 一理라 해도 사람의 性이 곧 사물의 性이 아니며, 犬의 性이 곧 牛의 性은 아니니 이것이 '各其性'(個性)이란 것이다.[11]

이렇게 성우계에게 이기관을 분명히 말하였다. 二氣二元의 不離不雜의 관계와 理逸分殊說을 주창하고 理氣之妙가 어떻게 현상에 나타나든지 현상계의 參差不齊한 萬殊는 氣爲氣化이지마는 그 氣爲氣化의 근저로서 理의 주재 때문에 그렇게 된다. 그러므로 理는 원래 하나(統體의 一, 太極의 一)이나, 그 理一 안의 分殊理의 주재가 萬殊氣化의 근저(各一其性)가 됨으로써 천지 만물과 인간의 參差不齊로 현상된다. 따라서 理一은 理分殊를 통합한 통체로서 一太極이요, 理分殊는 各一其性이지마는 그 안에 역시 통체의 一太極을 具有한다. 율곡은 太極을 본체(本然)와 현상(流行)으로 나누어 體와 用으로 구분하여

本은 理之一이요 流行은 分之殊이다.[12]
一本之理는 理의 體요, 萬殊之理는 理의 用이다.[13]

11 栗谷全書 上, 권9, 書一, 答成浩原.
12 同上 上, 권9, 書一, 答成浩原.
13 同上 上, 권11, 書三, 答成浩原.

라고 말하고 다시 體와 用은 不離하니 體用一源이므로

本體 안에 流行이 갖추어져 있고, 流行 안에 本體가 있다.[14]

고 하여 理一과 理分殊를 종합함으로써 理는 一이면서 分殊萬殊라는 理一分殊說을 해명하였다. 理一分殊한 주자의 萬物統體一太極과 같은 뜻이라 하겠다.

　율곡은 理를 형이상이요 無形無爲無焚하는 것으로, 氣를 형이하요 有形有爲有變의 것으로 인식하고 모든 사물 현상의 총화를 氣로 보고 氣自體에 내재한 주재적인 기본 원리와 원인을 理라고 규정하였다. 그는 理와 氣를 일체 양면성인 것으로 보아, 분석하면 둘이되 渾淪한 관계에서 보면 一物에 불과하다는 것이다 이른바 一而二요 二而一이라 할 수 있다. 곧 理는 氣作用에 의하여 차별상을 낳게 되고, 氣는 주재적인 理가 아니면 또한 현상되지 못한다는 것이다. 율곡은 그것을 명확하게 표시하기 위하여

　發하는 것은 氣요, 發하는 所以는 理니 氣가 아니면 發할 수 없고, 理가 아니면 또한 發하지 못한다.[15]

고 하고, 自註하여 "聖人이 다시 나와도 이 말은 고칠 수 없다"고 자신 있게 말하였다.

　理의 性能을 주재 또는 근저라 하고, 재료적인 氣의 有形 有爲에 대해 理를 無形 無爲라고 말하였다. 그런데, 氣는 우주의 원기로서 자연과학에 이른 바 우주 에너지(energy)를 가리킨다. 여기서 율곡의 氣發理乘一

14 同上 上, 권10, 書二, 答成浩原.
15 同上 上, 권10, 書二, 答成浩原.

途說이라는 理氣論이 성립된다.

그는 理와 氣의 관계를 氣包理로 보았다. "氣를 말하면, 理는 그 속에 있다"고 하였으니 氣包理인 것이다. 그의 理氣二元不相離, 理氣本合이란 것은 氣包理를 해명한 것이다. 율곡은 天地之化를 氣化로 단정하였다. 그 氣化의 所以根柢는 도리어 理이다. 그 氣包理의 논리는 理氣之妙로 표현하였다. 이 理와 氣는 兩性 兩身인 것 같으나 결국 별물이 아니라 일물의 양면으로서 서로 떨어져 존재할 수 없는 것이다. 율곡의 一元的 二元論의 견해는 화엄철학에서 영향을 받은 것이라 본다. 그리하여 율곡은 유명한 이통기국설을 제창함으로써 새 理氣論을 전개했던 것이다.

理通이란 무엇인가? 理는 本末도 없으며 先後도 없다. 應치 않았을 때도 先이 아니며 이미 應한 것도 後가 아니다. 이런 까닭에 理가 氣를 타고 流行하여 千差萬物로 같지 않아도 그 本然의 妙理는 없는 데가 없다. 氣가 偏한 곳엔 理도 역시 偏하나, 偏한 것은 理가 아니라 氣요, 氣가 全한 곳엔 理도 역시 全하나, 全한 것은 理가 아니라 氣다. 淸·濁·粹·駁·찌거기(糟粕)·재(煨燼)·거름(糞壤)·더러운 것(汚穢) 가운데도 理는 있지 않은 곳이 없어 각각 그 性을 이루고 있으나, 그 本然의 妙는 그대로 自若하다. 이것이 理通이라 이르는 것이다. 氣局이란 것은 무엇을 이르는가? 氣는 이미 形迹에 涉한 것이므로 本末이 있고 先後가 있다. 氣의 本은 湛一淸虛할 뿐이므로 어찌 찌거기·재·거름·더러움의 氣가 있을까마는 그것이 昇降 飛揚하여 조금도 쉬지 않는 까닭으로 千差萬別로 여러 가지 변화가 생긴다. 이 氣가 流行할 때, 그 本然의 妙를 잃지 않는 것도 있고, 또 本然을 잃는 것도 있으니 이마 本然을 잃으면, 本然의 氣는 벌써 있는 데가 없다. 偏한 것은 偏한 氣요 全氣가 아니며, 淸한 것은 淸氣요 濁氣가 아니며, 찌거기·재는 찌거기·재의 氣요, 湛一淸虛 한 本然의 氣는 아니다. 理는 萬物에 어디나 그 本然의 妙가 그대로 있지 아니함이 없지만 氣는 그렇지 못하다. 이것이 所謂 氣의 局이다.[16]

라고 말하였다.

관념적 존재로서의 理는 만상의 천차만별 가운데 있어서도 自若하여 그 영구 불변성과 보편성이 일관되어 있다. 理는 조금도 구애됨이 없이 그 본연의 妙를 지니고 있으나, 氣는 그렇지 못하여 偏·正·淸·濁 등의 차별상을 드러내고 있는 만큼 구애가 많다고 본다면, 이통기국설은 화엄철학의 理事와 通局과 비슷하다. 氣局을 말함으로써 만물의 차별화와 그 유한성, 국한성을 설파하고, 氣의 局에 대해 理의 通, 즉 理一의 제일성과 그 무한성을 설명하였다. 理는 無形 無爲요 氣는 有形 有爲다. 그러므로 유형의 氣化로서의 만물은 천차만별의 기국을 이룬다. 그러나 태극으로서 理는 모든 有形 氣局 속에 無形으로서 통재하는 것이므로 理通이다. 그래서 氣包理의 론리는 理氣之妙란 말로 표현되었다.

그리고, 퇴계는 이기호발설을 주창하였으나, 율곡은 기발이승설을 주장하였다.

氣가 發함에 理가 탄다는 것은 무엇인가? 陰이 靜하고 陽이 動함은 機가 저절로 그러한 것 이요, 시킨 者가 있는 것은 아니다. 陽이 動하는 것은 理가 動에 乘하는 것이요, 理가 動하는 것이 아니매, 陰이 靜한 것은 理가 靜에 乘한 것이요, 理가 靜한 것이 아니다. 그리므로 주자 의 말에 太極이란 것은 本然의 妙요, 動靜이란 것은 乘한 바의 氣라고 하였다. 陰이 靜하고 陽이 動하는 것은 그 機가 저절로 그러한 것인데, 그 陰이 靜하고 陽이 動하는 所以는 理다. 그러므로 주자의 말에 '太極이 動하여 陽하고 靜하여 陰을 生한다' 하였으니 대저 이른 바 動하여 陽을 生하고 靜하여 陰을 生한다는 것은 그 未然한 때를 미루어 한 말이요, '動靜은 乘한 바의 機라 한 것은 그 已然한 것을 보고 말한 것이다. 理氣의 流行하는 것이 已然한 뿐이라 어찌 未然할 때 가 있으랴. 이 런 까닭으로 天地의 化와 우리 마음의 發하는

16 同上 上, 권10, 答成浩原書.

것이 모두 氣가 發하는데, 理가 乘한 것이다. 이것은 氣가 理보다 앞선다는 것이 아니라, 氣는 有爲요, 理는 無爲이므로 그렇게 말하지 않을 수 없다.[17]

고 말함으로써 기발이승설을 자신있게 주장하였다. 또 그는,

理는 無形이나 氣는 有形이므로 理通이나 氣局이다. 理가 無爲나 氣가 有爲하므로 氣發理乘이다. 無形無爲이지만 有形有爲의 主가 되는 것이 理요, 有形有爲이지만 無形無爲의 그릇이 되는 것이 氣이다.[18]

라고 함으로써 이통기국설과 기발이승설의 진면목을 더욱 잘 터득할 수 있다. 좀 더 부연하여 보면, 理氣가 처음이 없으므로 실로 선후를 말할 것이 없다. 다만 근본적으로 그 所以然을 추구해 보면, 理가 樞紐이요, 근저이므로 부득불 理로써 先이라 하게 되었고, 이통기국이란 것은 요컨대 本體上으로 말한 것이요, 본체를 떠나 따로 流行을 구하지도 못할 것이다. 사람의 性은 物(動植物)의 性이 아니니 이것은 氣의 局한 것이요, 사람의 理가 곧 物의 理니 이것은 理가 通한 것이다. 方圓의 그릇은 같지 않으나, 그릇 가운데 물은 一이요, 대소의 병은 같지 않으나, 병중의 허실은 一이요, 氣의 本이 一인 것은 理가 通한 때문이요, 理가 만가지로 나누어진 것은 氣가 局한 때문이다. 그러므로, 이통기국설을 보면, 이기 일원적 이원관을 보이고 있다. 하여튼 율곡의 이통기국설은 氣包理說 및 기발이승설과 더불어 그의 철학을 일관하는 논리인 것이다.

율곡의 심성론도 그의 이기관에 따랐다. 사람의 心性을 理氣의 합성으로 보고 心의 體(理)와 未發을 性이라 하고, 心의 用(氣)과 已發을 情이라 하며, 마음으로 交計商量하는 것을 意라고 함엔 율곡도 주자나 퇴계

---

17 栗谷全書 上, 권10, 書二, 答成浩原.
18 同上 上 , 권20, 聖學輯要 二.

와 그 견해를 같이 하였다.

그리고, 性을 분석하여 본연지성과 기질지성으로 나누되, 전자는 후자에 내포된 理를 單指한 것에 불과하다고 해석한 주자 이래의 설이나, 商書에 소위 '道心', '人心'의 理氣에 分對하여 形氣의 和에서 발생한 것을 人心이라 하고, 性命의 正에서 발생한 것을 道心이라고 규정 한 주자의 설과 그 설을 충실히 지킨 퇴계의 견해와도 율곡은 일치하고 있다. 그러나 사단칠정을 理氣에 分對시키는 학설에 대하여서는 율곡이 반대하였던 것이다. 그 分對說의 창시자는 주자였다. 孟子의 이른바 사단을 '理之發'이라 하고, 예기에 이른바 '七情'을 '氣之發'이라 하였고, 元의 程復心도 사단은 理之發이요, 칠정은 氣之發이라 하였다.

우리나라에서는 권양촌의 입학도설 중에 사단은 理之源, 칠정은 氣之源이라 하였고, 정지운의 천명도에는 "四端의 發은 純理로서 善하지 아니함이 없고, 七情의 發은 氣를 겸하였으므로 善惡이 있다"고 하였다.

퇴계는 人心을 칠정, 道心을 사단이라 보았으므로 그의 人心 · 道心說은 四七論과 동일하다. 그러나 율곡은 性發爲情, 心發爲意란 宋儒들의 언표에 대하여 소상히 해명함으로써 四七의 情은 未發의 性이 纔發로써 내친 그대로이지만 人心 道心의 心은 그 情 단계에서 일점 나아가 心이 意의 단계까지를 합한 것이라 주장한다. 그러므로 意의 계교의 단계는 天理(正)와 人欲(不正)의 사이를 왕래하는 것이기에 천리로서의 道心과 인욕으로서의 人心은 상대하는 것이라 보았다. 그는 퇴계의 四七理氣互發兩岐說에 대해서 四七氣發理乘一途說의 입장에서 心性情意一路說을 주장한 것이다. 그래서 意의 計較로 인하여 人欲 人心이 天理 道心으로 전하기도 하고, 天理道心이 人欲, 人心으로 환하기도 한다고 보았다. 이것이 人心 道心 相對終始說이 된다. 그가 선조께 올린 人心道心圖說에서 人心 가운데의 正은 善으로서의 天理이므로 그것은 道心天理와 같은 것이라 주장함으로써 天理와 人欲의 相對만 말하게 되었던 것이다.

율곡의 心性說은 그의 氣包理說, 氣發理乘說과 理通氣局說의 논리로

써 전개되었다. 천지만물의 구성 재료를 氣로 보고, 그 氣의 動靜의 所以를 理로 보기 때문에 사람의 心身을 氣化로 보아 心氣, 身氣로써 사람을 해명한다. 그리하여 사단과 칠정을 다 기발이승이라 하였으며, 善인 사단은 칠정에는 善惡이 있는데 그 중에서 善一邊을 가리키는 것이라 말함으로써 七情包四端을 주장하였다.

## 3. 율곡의 시가문학

### 1.1. 율곡의 시조

율곡 이이는 성리학의 태두로 신봉되어 그의 철학은 다각도로 연구, 분석되고 있으나, 그의 문학에 관해서는 많이 연구되지 못하고 있다. 율곡은 聖學輯要, 擊蒙要訣, 東湖問答, 經筵日記 등의 저술과 한시 및 辭, 賦, 記 등의 작품을 남겼으며 고산구곡가와 자경별곡과 같은 국문 시가를 짓기도 하였다. 이런 점으로 볼 때, 율곡은 성리학자로서는 물론이고 문학자로서 도 재평가되어야 한다.

율곡은 고산구곡가란 연시조 1편을 남기고 있다. 이는 율곡이 45세 (1578) 때, 해주 수양산의 석담으로 내려가 살면서 지은 것인데, '石潭九曲歌',[19] '海州九曲棹歌'[20] 등으로도 불리고 있다.

율곡이 고산구곡의 경영에 뜻을 둔 것은 36세 때인 1571년이니, 이때 선생이 석담구곡을 遊賞하며 제9곡 '文山'을 제외한 구곡의 이름을 직접 붙었다.

---

19 校註歌曲集, 正陽社, 951, p.191.
20 栗谷新歌全, 서울대 규장각도서 No.12679, 所載 歌辭.

正月自海州還坡州栗谷 拜吏曹正郎不赴 夏復拜校理赴 召遷議政府撿詳舍
人弘文館副應教知製教 兼經筵侍講官春秋館編修官 皆病辭歸海州 一年與學
者遊賞高山石潭九曲 日暮乃還 名第四曰松崖 仍作記其餘八曲及架空菴皆名
以識之 遂定卜居之計[21]

若文山者 因舊名而已 爲第九曲終焉[22]

선생은 37세 때에도 부응교를 제수 받았으나 病辭하고 율곡으로 돌아
왔으며, 38세 때엔 홍문관 직제학을 배명하여 사양했으나 불허하여 부득
이 입조했지만 곧 걸퇴하여 율곡으로 돌아온 바 있다. 39세 때에는 승정
원우부승지, 황해도관찰사를 배임하고, 40세에는 황해도찰사를 病遞, 율
곡으로 돌아왔으며 41세 10월에는 해주 석담으로 옮겨 청계당을 신축하
고 정거하였다. 43세 때, 석담 제5곡에 '武夷大隱屛'의 뜻을 취하여 은병
정사[23]를 축성하고 고산구곡가를 지어 무이구곡가에 비의하니 원근의 학
자들이 모여 들었다고 한다.

作隱屛精舍 首陽山一支西 走爲仙迹峯 峯之西數十里有眞巖山 有水出兩山
間 流四十里九折而入海 每折有潭深可運舟 偶與武夷九曲相符 故各九曲而高
山石潭又適在第五曲 且有石峯拱揖於其前 先生築精舍於其間取武夷大隱屛
之義 扁之曰隱屛以寓宗仰考亭之意 精舍在聽溪堂之東 先生作高山九曲歌以
擬武夷掉歌 自是遠近學者益進[24]

---

21 栗谷全書 권33, 附錄上, 年譜上 제 33장.
22 宣祖 9년에 지어진 聽溪堂은 顯宗 元年과 英祖 12년에 重修되어 오늘에 이르고 는데,
　 담장으로 둘러싸인 本堂은 講堂 두 칸을 中心으로 念修齋, 太極齋로 이루어져 있다.
23 栗谷이 宣祖 11년에 문인 松崖 朴汝龍, 琴灘 趙光玹 등과 더불어 지었던 이 隱屛精舍는
　 임란 때에 소실되었는데, 1603년(선조 36)에 관제사 鄭賜湖가 재건하였다. 율곡 사후
　 3년인 1585년에 유지를 받들어 정사 위에 사우를 짓고 주자, 조정암, 이퇴계를 봉향했
　 고, 뒤에 율곡도 배향하였다.
24 栗谷全書 권34, 附錄 二, 年譜下.

결국, 고산구곡가는 선생 36세 때인 1571년에 석담 유상으로부터 '九曲命名一聽溪堂新築一隱屛精舍 築成' 등의 과정을 거쳐 선생 43세 때인 1578年(선조 11)에 창작된 것임을 알 수 있다.

고산구곡가에 대한 지금까지의 연구에서는 載道歌 또는 道德歌, 修道歌로 보아서[25] 一字一句를 도덕적 관점에서 해석하고 있는데 과연 이렇게 만 보아야 마땅할까 하는 의문이 제기된다. 이러한 의문점의 검토를 출발점으로 삼아 그 구성, 시적 기능, 무이구곡과의 관계 및 한역시에 대해서 살펴보기로 한다.

### (1) 고산구곡가의 구성과 시적 기능

고산구곡가는 소재적 측면으로 볼 때, 석담 구곡의 순서에 따라 시상을 펴고 있다. 즉, 서시를 읊고, 冠岩, 花岩, 翠屛, 松岩, 隱屛, 釣峽, 楓岩, 琴灘, 文山에 관해 차례로 읊고 있다. 우선 구곡의 命名 유래와 경개를 최립의 '高山九曲譚記'를 통하여 살펴보기로 한다.

제1곡 冠岩은 해주성 서동에서 40~50리 떨어져 있는데, 산위의 바위가 冠을 쓴 듯 우뚝하기 때문에 이렇게 명명했으며 '冠'은 '시작'의 뜻을 취했다고 한다. 이곳으로부터 산세가 구비지고 漢水가 함께 흘러서 절벽 아래엔 반드시 맑은 못이 있기 때문에 隱者들이 거닐 만하고 비로소 이곳부터 산촌이 두어 집 보이기 시작한다고 한다. 제2곡 '花巖'은 '冠岩'에서 5리쯤 떨어져 있는데, 바위틈에 핀 꽃들이 山石樹 같이 무리지어 피어 있기 때문에 붙여진 이름이며, 후면 산촌에는 인가 10여 채가 있다고 한다. 제3곡 '翠屛'은 '花岩'으로부터 3, 4리쯤 떨어진 곳에 바위가 더욱 기이하고 벼랑이 병풍을 두른 듯하므로 이렇게 붙여졌는데, 병풍 앞 작은 들에서는 마을 사람들이 농사를 짓고 있으며 들 가운데 盤松 한 그루가 서 있어 그 아래 수 십 인이 앉을 만하고 翠屛 북쪽에는 선비 안씨가

25 黃鎭性, "高山九曲歌研究", 東岳諸文論集 1, 동국대학교대학원 東岳語文學會, 1965.

살았다고 한다. 제4곡은 '松崖'인데, '翠屛'에서 3, 4리 사이에 석벽이 천 척이나 되고 그 위의 소나무 숲이 해를 가리기 때문에 이렇게 명명되었 다. 못 가운데 모습을 반쯤 드러낸 배 같은 바위가 있어 이를 船岩이라 하는데, 이 바위 위에는 8, 9인이 앉을 수 있고, 선비 박씨가 집짓고 살았 다고 한다. 제5곡은 '隱屛'인데, 松崖로부터 2, 3리쯤에 石峯이 높고 둥글 며 경치가 기이하여 못가에 돌을 쌓아 貯水했다고 한다. '屛'은 절벽이 병풍 두른듯함을 뜻하고 '隱'은 '退休'의 뜻을 의탁했다고 한다. 율곡이 석담에 와서 棲食의 거처로 삼은 곳이며 배우는 자가 많아지자 선현을 받들고 후생을 가르치기 위해 은병정사를 지어 경영했다고 한다. 제6곡 은 '釣峽'이니, 隱屛에서 3,4리 떨어진 곳에 시내로 걸친 바위가 많아 자 연히 낚시터가 되었으므로 이렇게 불렀다고 한다. 제7곡 '楓岩'은 釣峽으 로부터 2, 3리쯤에 바위가 온통 단풍으로 덮여 있고, 서리가 내리면 저녁 노을처럼 현란하므로 붙여진 이름이다. 그 아래 두어 채 인가가 통나무 와 柴荊으로 둘려 있어 은연중 한 폭의 그림 같다고 한다. 제8곡 '琴灘'은 여울물 소리가 거문고 소리같이 冷然하므로 붙여진 이름이며, 제9곡 '文 巖'은 옛이름 그대로 붙여진 것이라 한다.

위와 같은 최립의 고산구곡담기를 통해 볼 때, 구곡의 이름은 주위의 경개와 지형의 특징에 따라 붙여졌음을 알 수 있다. 이와 같이 구곡의 명칭은 도학과 무관하게 붙여졌음에도 불구하고, 구곡의 명칭에 서부터 도덕적 해석을 시도하기도 하는데, 이는 실상과 어긋나는 유추적 해석이 라 아니 할 수 없다.

고산구곡가는 외형적으로는 곡의 순서로 엮어졌으나 내용적인 면으로 볼 때는 춘하추동 사계의 시간적 순서로 엮어졌다. 序詩를 제외한 9수 모두에서 계절 감각을 느낄 수는 없으나 2곡 花岩, 3곡 翠屛 7곡 楓岩, 9곡 文山에서는 각기 춘하추동의 계절감을 확연히 보여 주고 있다. '文 山'을 제외한 세 곡의 명칭이 자체가 계절감을 띠고 있음을 볼 때, 구곡 의 명명은 의도적인 것이었음을 짐작할 수 있고, 시간적 구성 또한 의

도적인 것으로 보인다. 사철을 망라하여 보이는 예는 '漁父歌類'에서 찾을 수 있는데, 이는 시간, 공간상 삶의 전부를 제시하려는 의도라 하겠다. 이러한 의도는 九曲圖의 제작과도 깊은 관련이 있는 듯하다. 몇 폭 병풍이든 간에 四時八景圖를 위시한 산수화 병풍은 사계 구성이 거의 공식화되어 있기 때문이다. 특히 현도원의 高山九曲圖, 南基奭의 高山九曲圖, 曹世傑의 谷雲九谷圖 등을 통하여 구곡시와 구곡도의 긴밀성을 확인할 수 있다. 이러한 사계란 시간적 구성이 고산구곡가의 특징과 기능을 해명해 주거나 규정지워 주지는 못하나 그 성격 파악에는 큰 도움을 주고 있다.

흔히 고산구곡가를 載道之詩로 보아서 곡명뿐 아니라 시조에 쓰인 시어 하나하나를 모두 도덕적 관점에서 풀이하고서 시조 각 수가 율곡사상의 표현으로 귀결시키려 하고 있다. 그러나, 고산구곡가를 보다 객관적인 입장에서 선입견 없이 음미해보면, 고산구곡가의 각 수는 〈起一景一情〉 혹은 〈起一景 一事〉로 거의 일관되어 있는 因物起興의 시 또는 托興寓意의 시임을 알 수 있다. 시조 각 수의 초장과 중장은 한시의 '起承'에 불과하고 종장에 주제가 담겨 있으며 매 수가 도학을 읊은 것이라고는 볼 수 없고, 율곡의 도학정신이 투영되어 있다는 것이다.

고산구곡가는 시적 기능으로 볼 때, 부르짖는 시, 소위 욕구적 [Ccmative] 기능[26]을 가진 시가 아니고, 정서적[Emotive]인 기능을 가진 시, 즉 서정시로 보아야 한다. 이러한 점에서 고산구곡가는 재도적인 시 도산십이곡과 대조적이다

도산십이곡은 도산십이곡발에서 지적 한 대로 前六曲은 '言志'요, 後六曲은 '言學'인데, 전반적으로 청자에게 강권하거나 명령하는 어조로 되어 있기 때문에 다분히 교술적 성격을 띠고 있다. 로만 야콥손(Roman Jakobson)이 말하는 언어의 기능적 측면[27]에서 볼 때, 도산십이곡의 메

---

26 이 용어는 權斗煥의 "松江의 〈訓民歌〉에 대하여"(진단학보 42, 1975)에서 쓴 적이 있다.

시지(message)의 초점은 남, 즉 피전달자에 있고, 서술어는 '므슴ᄒᆞ료', '마로리', '엇뎔고', '마라⋯ᄒᆞ리라' 등 권유나 훈계하는 어투로 되어 있다.

이런둘 엇다ᄒᆞ며 뎌런둘 엇다ᄒᆞ료
草野 愚生이 이러타 엇다ᄒᆞ료
ᄒᆞ믈며 泉石膏盲을 고텨 <u>무슴ᄒᆞ료</u> (板本 陶山六曲之一 其一)

雷霆이 破山ᄒᆞ야도 聾者는 몯듣ᄂᆞ니
白日이 中天ᄒᆞ야도 瞽者는 몯보ᄂᆞ니
우리는 耳目聰明 男子로 聾瞽ᄀᆞ디 <u>마로리</u> (板本 陶山六曲之二 其二)

古人도 날몯보고 나도 古人 몯뵈
古人를 몯봐도 녀던길 알ᄑᆡ잇ᄂᆡ
녀던길 알ᄑᆡ잇거든 아니녀고 <u>엇뎔고</u> (同上 其三)

靑山는 엇뎨ᄒᆞ야 萬古애 푸르르며
流水는 엇뎨ᄒᆞ야 晝夜애 긋디 아니는고
우리도 그치디 <u>마라</u> 萬古常靑 <u>ᄒᆞ리라</u> (同上 其五)

위와 같이 도산십이곡의 메시지(message)의 초점은 피전달자에게 있으므로 도산십이곡은 욕구적 기능을 가진 시라 볼 수 있다.

그러나 高山九曲歌는 도학에 뜻을 둔 율곡의 정서가 펼쳐져 있다. 고산구곡가의 메시지의 의 촛점은 자기, 즉 전달자에 있다. 고산구곡가의 서술어는 '보노라' '업시라' 'ᄒᆞ노라' '잇노라' 등 감탄이나 토로하는 어투

---

**27** Roman Jakobson, "Linguistics and Poetics", Essays on the Language of Literature. Hougkton Mifflin Company, 1967. p.303 참조.

로 되어 있다. 따라서 정서적 기능을 가진 시라 하겠다.

> 一曲은 어디미오 冠岩에 히 비췬다
> 平蕪에 닉거드니 遠山이 그림이로다
> 松間에 綠罇을 노코 벗 오는양 보노라 (樂學拾零 p.3l : 113)

> 三曲은 어 디미오 翠屛에 닙퍼젓다
> 綠樹에 山鳥는 下上其音 ᄒᄂᆞᆫ적의
> 盤松이 바룸을 바드니 녀름景이 업시라 (同上, 115)

> 六曲은 어디미오 釣峽에 물이업다
> 나와 고기야 뉘야 더욱 즐기는고
> 黃婚에 낙더롤 메고 帶月歸를 ᄒᆞ노라 (同上, 118)

> 七曲은 어디미오 楓岩에 秋色됴타
> 淸霜 엷게치니 絶壁이 錦繡 ㅣ 로다
> 寒岩에 혼즈안자서 집을잇고 잇노라 (同上 : 119)

이와 같이 성리학의 쌍벽인 퇴계와 율곡이 서로 유사한 형태의 연시조를 지었으나, 그들이 읊은 시조의 시적 기능은 대조적이다. 이렇게 시적 기능이란 측면에서 볼 때, 율곡의 고산구곡가는 재도시라 볼 수 없으며 유학자들이 상투적으로 읊는 소위 도덕가, 도학가와는 달리 평가해야 한다.

### (2) 고산구곡가와 무이구곡도가

무이구곡가는 송의 주희(1130~1200) 가 53세 때에 무이산 武夷溪의 절승을 유람하며 10수로 읊은 구곡도가의 원조이다.

그런데, 무이산은 중국 복건성 숭안현 남쪽에 소재하고 있는 一名 '武彝'라고 하는 산인데, 옛날 이 산에 신인 武夷君이 살았다하여 붙여진 이름이다. 120리에 亘한 무이산에는 36봉과 37岩이 있어 溪流가 그 사이를 돌며 절승 구곡을 이루고 있으니, 이는 升眞洞, 玉女峯, 仙機岩, 金鷄岩, 鐵笛亭, 仙掌峯, 石唐寺, 鼓樓岩, 新村市 등이다.[28]

武夷精舍雜詠 幷序에 의하면 주자는 무이구곡에 무이정사, 仁智堂, 隱求齋, 止宿寮, 觀善齋, 寒棲樓, 晩村亭, 鐵笛亭 등을 조화롭게 배치하고 자연을 완상하며 구곡의 경치를 읊어 내었던 것이다.

무이구곡도가는 무이산의 구곡계 풍치 묘사를 위주로 하여 뱃노래의 시상을 펼 친 서정시이다. 무이구곡가를 修道歌, 得道歌 등으로 보는 견해가 지배적이나, "본래 경치를 서술하기 위하여 쓴 말이나 그 가운데 비유를 섞고 의미를 곁들인 바가 없지도 않다"[29]라는 퇴계의 지적과 같이 무이구곡가는 載道之詩라기 보다는 서경적 서정시, 因物起興의 시요 나아가 托興寓意의 시로 보아야 할 것이다. 이 점은 고산구곡가도 마찬가지다. 지나친 도덕적 해석은 실상에서 벗어나기 쉽고 오도된 시해석의 결과를 초래할 수도 있기 때문이다

율곡이 고산구곡을 경영하게 된 것은 물론 주자가 무이구곡을 경영한 것을 효칙한 것이고 경영의 내용, 즉 구곡의 명명, 정사의 배치, 강학과 遊賞, 구곡가 및 구곡도의 제작 등도 일치함을 보이고 있다.

특히 고산구곡가가 무이구곡가를 규준으로 삼아 창작되었음은 부인할

---

28 武夷山在建寧府崇安縣南三十里 有黃亭山麓始於此又四十里 乃入武夷其山綿亘二十里 有三十六峯三十七岩一溪綺繞其間 分爲九曲 漢郊祀志有武夷卽此山之神也 宋劉斧曰武夷山東南枕流水一水北至一水西來潒大王峰前合流爲建溪其山東望如樓臺南盼如城壁西顧如庚廉北眺如車蓋蜂蠻岩四十餘所峭拔奇巧高下相屬呑吐雲霧草木蒙茸寒暑一色岸壁紅척稜疊可愛朱子曰武夷峯巒岩壑秀拔奇偉淸溪九曲流出中間兩岸絶壁往往有枯楂挿곽間又有陶器之屬頗疑前世道祖未通川墍未決時蠻俗所居而漢所祀者卽其君長歟(讀史方與紀要 福建 名山)
武夷山中有九曲溪升眞洞仙機岩金鷄岩鐵笛亭仙掌峯石唐寺鼓樓岩新村市風景絶佳(群書拾睡)

29 王甦, "退溪詩學", 退溪學報 25, 퇴계학회, 1980.

수 없다. 선생이 고산구곡가를 지어서 "武夷棹歌에 比擬했다(先生作高山
九曲歌以擬武夷棹歌)"는 도암 이재의 말이 없더라도 고산구곡가가 무이
구곡가처럼 서시를 읊고 구곡의 차례대로 9수를 읊어 총 10수의 연시를
이루었다는 점과 유사한 시구와 시상이 다소 있다는 점에서 알 수 있다.
고산구곡가의 '翠屛', '松間', '隱屛', '遊人' 등의 시귀는 무이구곡가의 '蒼
屛', '林間', '隱屛,' '遊人' 등과 비슷하거나 동일하다. 그리고, 고산구곡가
의 제2곡과 무이구곡가 제9곡, 고산구곡가 제9곡과 무이구곡가 제8곡의
시상이 상통하고 있다.


二曲은 어디미오 花岩에 春晩커다
碧波에 곳을 ᄉ듸워 野外로 보너노라
<u>사람이 승지를 모르니 알게훈들 엇더리</u> (고산구곡가 제2곡)


九曲將窮眼豁然　구곡이 다하니 눈앞이 확 트이어
桑麻雨露見平川　이슬비 내린 상마들 평천이 보이네
<u>漁郞見覓桃源路</u>　어랑은 도원길 다시는 찾지 말라
<u>除是人間別有天</u>　이곳 말고 세상에 별천지 있으랴 (무이구곡가 제8곡)


九曲은 어딕미오 文山에 歲暮커다
奇岩 怪石이 눈속에 무처세라
<u>遊人은 오지 아니ᄒ고 볼것업다 ᄒ더라</u> (고산구곡가 제9곡)


八曲風烟勢欲開　팔곡의 바람 안개 개이려하니
鼓樓岩下水潆洄　고루암 아래엔 물결만 휘돈다네
<u>莫言此處無佳景</u>　이곳에 가경이 없다고 말하지 마소
<u>自是遊人不上來</u>　절로 유인이 올라오지 않는구나 (무이구곡가 제8곡)

그러나, 고산구곡가가 무이구곡가와 유사한 시상이 많다고 하여 무이구곡가의 모방작이라고는 할 수 없다. 왜냐 하면 율곡이 한시로 和하지 아니하고 우리 고유의 시조로 읊었다는 것은 개성을 살린 증좌이고, 兩詩가 주는 이미지와 분위기가 사뭇 다르기 때문이다.

兩詩에서 〈起 - 景〉에 該當하는 부분, 즉 고산구곡가의 초·중장과 무이구곡가의 기·승구를 제외하고, 〈情 - 私〉에 하는 고산구곡가 종장과 무이구곡가 전·결구의 시구를 대상으로 兩詩를 대비해 보면, 고산구곡가의 시구는 '學朱子 호리라', '녀름景이 업서라', '興을 계워','詠月吟風', '帶月歸' 등 의욕적인 분위기, 긍정적 시상이 승하고, 무이구곡가의 경우는 '無消息', '不復荒臺夢', '泡沫風燈', '自憐', '無人見', '空山','無人識', '花落', '却憐', '不上來' 등 안타깝고 공허한 분위기, 부정적 시상이 승하다. 이러한 점에서 兩詩는 대조적이고 개성적이라 하겠다.

### (3) 고산구곡가의 한역시

율곡의 高弟 우암 송시열(1607~1689)은 고산구곡가를 한시로 번역했는데, 원시의 시상을 충실히 전하고자 근체시형을 택하지 아니하고 6행 短詩體를 취하였다. 우암의 한역시는 엄격히 말하여 五言古詩體가 아니고 五言短詩이며 일종의 소악부이다. 철저히 직역했기 때문에 새로운 맛이나 변화는 느낄 수 없다.[30]

그리고, 우암 송시열을 비롯한 文谷 金壽恒, 霽月 宋奎濂, 文岩 鄭澔, 睡谷 李畬, 雲谷 金壽增, 三淵 金昌翁, 遂菴 權尙夏, 芝村 李喜朝, 校理 宋疇錫 등 10인의 율곡 제자가 무이구곡도가를 차운, 고산구곡가의 시상을 바탕으로 하여 고산구곡시 1수씩을 지어 서시를 비롯한 구곡시를 이루었다. 이 고산구곡시는 율곡의 고산구곡시를 번역한 것이 아니고 고산구곡가의 和詩이다. 형식은 칠언절구이고, 武夷九曲櫂歌의 차운시인데,

---

30 栗谷全書 권2, 詩下 참조.

서시는 역시 우암 송시열이 지었다. 전문과 작자를 보면 다음과 같다.[31]

五百天鍾地炳靈　　栗翁姿稟粹而淸
高山九曲出深處　　泪瀿寒流點瑟聲 (尤菴 宋時烈 : 1607~1689)


一曲松間漾玉船　　冠岩初日映前川
携筇坐待佳朋至　　遠岫平蕪捲夕煙 (文谷 金壽恒 : 1629~1689)


二曲僛岩花映蜂　　碧波流水漾春容
落紅解使漁郞識　　休說桃源隔萬重 (霽月 宋奎濂 : 1630~1709)


三曲曾聞詠壑船　　上游移櫂問何年
山禽言說滄桑事　　下上其音正可憐 (文岩 鄭 澔 : 1648~1736)


四曲松崖萬丈岩　　日斜林影翠毿毿
怡情正在幽深處　　雲白山靑集一潭 (睡谷 李 畬 : 1648~1718)


五曲雲煙深復深　　武夷精舍此山林
修然杖屨淸溪上　　誰會吟風詠月心 (谷雲 金壽增 : 1624~1701)


六曲春深釣綠灣　　歸時溪月照松關
濠梁上下天機活　　魚我相忘果孰閒 (三淵 金昌翕 ; 1635~1722)


七曲楓岩倒碧灘　　錦屛秋色鏡中看
悠然獨坐忘歸路　　一任霜風拂面寒 (遂菴 權尙夏 : 1641~1721)

---

31 栗谷全書, 附錄, 續編, 高山九曲詩.

八曲溪山何處開　琴灘終日好沿洄
牙絃欲奏無人知　獨對靑天霧月來 (芝村 李喜朝；1655~1724)


九曲文岩雪皓然　奇形拚盡舊山川
遊人謾說無佳景　未肯窮尋此洞天 (校理 宋疇錫；1650~1692)


　한편, 송시열의 문인으로 세자 翊衛司洗馬와 부평 현감을 지낸 이하조 (1664~1700)도 무이구곡도가를 차운하여 고산구곡시를 지었다.[32] 7언 절구로 된 이 시는 무이구곡가와 고산구곡가을 절충한 듯한 감을 주고 있다.


## 1.2. 율곡의 가사


　율곡이 지었다고 전해지는 가사 작품은 〈自警別曲〉,〈樂貧歌〉, 〈樂志 歌〉 등 3편이다.[33] 가람 문고의 필사본 '栗谷新歌'에는 '栗谷先生所製'라 하여 〈玉樓宴歌〉, 〈道德歌〉 등이 전하고 있으나 신빙성이 없다. 그리고, 율곡전서의 연보 중에,


　　正月還石潭宗會族族作同居戒辭行司馬氏朔望儀立祠堂作正寢請伯嫂郭氏 奉神主來居以主祭祀逡與兄弟子姪同爨因作同居戒辭…以方言譯戒辭諄諄警 飾率以爲常出入則告于祠堂[34]


라는 기록이 있고, 송시열의 〈同居戒辭飜文〉[35]이 전하고 있기 때문에


---

32 洪民本 靑丘永言, 朴氏本 詩歌, 高大本 樂府 등에 傳함(沈載完, 校本歷代時調全書 참 조.)

33 李相寶, 韓國歌辭文學의 硏究, 형설출판사, 1974, p.155.

34 栗谷全書 권34, 附錄二, 年譜下.

율곡이 지은 실전가사로 여겨져 왔다. 그러나, 1976년 전남일보사 도서관 소장본 '石潭語錄'에 실린 한글본 '동거계스'가 발견됨[36]으로써 〈同居戒辭〉는 가사가 아니고 산문임이 밝혀지게 되었다. 그 결과, 문헌상 고증이 가능한 한글 작품은 고산구곡가 1편이 남게 되었다

율곡의 가사라고 하는 〈自警別曲〉, 〈樂志歌〉, 〈樂貧歌〉 등은 필사로 전하는데, 율곡의 작품이라 단정하기 어렵다. 다만, 자경별곡은 다음과 같은 점에서 율곡의 작품일 가능성이 짙다. 첫째는 선생의 鄕民을 대하는 정신과 생활 여건이 이를 요청하지 않을 수 없다는 것, 둘째는 가사의 내용이 선생의 향약 정신과 격몽요결 및 학규의 그것과 통할 뿐 아니라 個條別에 있어서도 서로 통하는 것을 보인다는 점, 셋째는 형식이 고산구곡가의 曲別과 통하고 표기 형식이 년대적으로 어울린다는 점, 넷째는 가풍이 선생의 인격과 품위에 어긋나지 않는다는 것과 향민을 향한 先生의 충정, 거기서 오는 선생의 괴로운 심회같은 것이 엿보이는 점에서이다.[37] 그리고, 20세 때 '자경문'을 지은 바 있어 율곡이 〈自警別曲〉을 지었을 가능성을 더욱 높게 해주고 있다.

〈樂貧歌〉는 대학본 청구영언에는 '樂貧歌退溪或云栗谷四十六句'라고 했다, 교주곡집에는 이 〈樂貧歌〉의 이본을 '車天輅 江村別曲'이라 하여 실어 놓았다. '雜歌'라는 가집에는 '樂貧歌五十四句'라 하고, 가사 끝에 "此栗谷先生之所製也安貧樂道之意山人風流之勝寓於詞氣之間而幽雅極矣"라 하여 율곡의 소작임을 밝히고 있다. 이와 같이 필사본 간에 작자가 통일되지 못하고 있을 뿐 아니라 안빈낙도라는 평범한 내용과 상투적인 표현으로 인하여 율곡의 작품이라 단정하기 어렵다.

〈樂志歌〉는 두 가지가 전해지고 있는데, 하나는 가람문고의 필사본

---

35 栗谷全書 권16, 雜著三, 附同居戒辭.

36 韓國文學 권4, 통권 38호, 1976, 12., p.243.

37 丁益燮, "栗谷先生自警別曲考察" 국어국문학보 2, 전남대학교 국어국문학회 및 "栗谷先生自警別曲考察抄", 국어국문학 23, 국어국문학회, 1960.

'歌詞'에 실려 있는 〈낙디가 뉼곡션싱〉이고, 다른 하나는 남애 안춘근 교수 소장인 필사본 〈栗谷先生樂志歌〉이다.[38] 두 本이 있긴 하나 그 내용이 평범한 은일가사로서 율곡의 특수한 체험이나 사상이 드러나 있지 않고, 가사의 내용이 사실과 어긋남이 많기 때문에 율곡의 작품이라 인정하기 곤란하다. 율곡은 16세에 모친을 여의고 26세에 부친을 여의었으며 맏형도 일찍 별세했는데,[39] 내용으로 보아 작자의 만년에 지은 듯한 이 가사에는 '老親이 康旺하고 兄弟가 團樂하다'고 한 것은 事實과 어긋나며 '九度壯元'이라 일컬어지던 율곡인데 과거에 실패했다는 것도 사실과 상위하다.

> 직처가 뵈롤쯔니 의복이 걱정업고
> 압논의 벼이스니 냥식인들 넘녀ᄒ라
> <u>노친이 강왕ᄒ니 내무슴 시롬이며</u>
> <u>형뎨가 단낙ᄒ니 즐거옴이 또잇ᄂ가</u>
> 공부롤 힘쎠ᄒ야 두록이나 엇자터니
> 지식이 노무ᄒ고 학문이 공소ᄒ야
> <u>이십년 과구듕의 헷수고 뿐이로다</u> (이상 가람본 '歌詞')

그러면, 율곡의 작품이라고 볼 수 있는 〈자경별곡〉의 내용 및 '擊蒙要訣', '學校模範', '增損呂氏鄉約' 중 '德業相勤'조 덕목과의 관계에 대해 살펴보고자 한다.

〈자경별곡〉은 장편 도덕가사로서 1577年, 율곡 42세 때에 창작된 듯하다. 율곡은 1577년 정월에 석담으로 돌아와 종족을 모으고 〈同居戒

---

38 李相寶, 韓國歌辭文學의 研究, 형설출판사, 1974, p.218.
39 辛亥先生十六歲五月丁申夫人憂葬于坡州斗文里紫雲山(栗谷全書 권33 附錄一)
  辛酉先生二十六歲五月丁贊成公憂葬于申夫人墓憂諸節一如前喪(栗谷全書 권33 附錄一)
  古人有九族同居者況吾等早喪父母伯兄又早沒(栗谷全書 권16 雜著 附同居戒辭)

辭)를 지어 朔望儀를 행하고 사당을 세워 조상을 모셨으며 고을의 폐습을 바로 잡고자 향약회집법과 社倉을 세우고 초학자를 위하여 격몽요결을 지었던 것이다. 〈자경별곡〉도 이때 지어진 듯하다.

〈자경별곡〉은 序詞에 이어 14곡 5부로 구성되어 있는데, 14곡은 대인 또는 對社會關係 덕목을 읊었고, 5부는 인격 수련에 필요한 덕목을 읊었다. 14곡에서 읊은 덕목은 제1곡 奉親, 제2곡 君臣有義, 제3곡 兄弟友愛, 제4곡 男女有別, 제5곡 長幼有序, 제6곡 尊師, 제7곡 朋友有信, 제8곡 睦族, 제9곡 喪葬禮, 제10곡 祭禮, 제11곡 婚禮, 제12곡 嫁聚禮, 제13곡 接賓客, 제14곡 交人之道이고, 5부에서 읊은 덕목은 제1절 隣仁, 제2절 愼言, 제3절 修身, 제4절 窒慾, 제5절 立志工夫이다. 이 〈자경별곡〉의 주지는 인간이 인간답게 살자면 학문을 하고 도를 닦아야 된다는 것이니, 이는 격몽요결 서문의 내용과 일치한다.

우리 東國 人民되야 無識ᄒ고 씰디업다
니바 우리 同門生아 스룸될 닐 議論ᄒ시
스룸이 스룸될 닐 學問밧긔 다시업닉
萬古大聖 孔夫子ᄂ 韋編三絶 ᄒ시도다 (가람본 〈自警別曲〉)

人生斯世非學問無所爲人所謂學問者亦非異常別件物事也只是爲父當慈爲子當孝爲臣當忠爲夫婦 當別爲兄弟當友爲少者當敬長爲朋友當有信皆於日用動靜之間隨事各得其當而已(擊蒙要訣序)

〈자경별곡〉에서 강조하는 이러한 덕목은 격몽요결, 학교모범, 증손여씨향약문의 덕목과 酷似하고 '자경문'의 내용과도 유관하다.

도학의 입문서라 할 수 있는 격몽요결은 학자들이 지녀야 할 10가지 덕목을 평론해 놓은 것인데, 서사에서 학문의 필요성을 역설한 후, 제1장 立志, 제2장 革舊習, 제3장 持身, 제4장 讀書, 제5章 事親, 제6장 喪制, 제7

장 祭禮, 제8장 居家, 제9장 患人, 제10장 處世에 관해 구체적으로 논한
것이다. 〈자경별곡〉의 덕목과 비교해 볼 때, 제2장 '革舊習'이 〈자경별
곡〉엔 보이지 않고,〈자경별곡〉 제2곡의 덕목인 '君臣有義'가 격몽요결에
는 없는 것이 서로 다를 뿐, 여타 덕목은 유사하다

　율곡은 47세 때인 1582년에 제진한 '학교모범'은 선비들이 몸을 닦고
일해 나가는 데 필요한 규범 16 조목을 제시한 것인데, 끝 부분에는 스승
을 선택하고 선비를 양성하는 규정 10가지도 덧붙여 놓았다. 율곡이 학
교모범에서 제시한 규범 16조목은 立志, 檢身, 讀書, 愼言, 存心, 事親,
事師, 擇友, 居家, 接人, 應擧, 守義, 尙忠, 篤敬,居學, 讀法 등이다. 〈자경
별곡〉과 비교해 보면 학교모범에는 婚, 喪, 祭, 禮의 조목이 없고 대신
檢事, 存心, 篤敬 등 실생활 면의 규범이 강조되어 있다.

　율곡 20세 때에 지은 〈자경문〉은 立志, 定心, 勤勉, 愼獨, 愼思, 明辨,
擇善, 反省, 誠意, 篤志, 등 수신면만 강조되어 있는데, 이는 〈자경별곡〉
의 5절에 나타난 정신과 통한다.

　증손여씨향약 중의 '德業相勸'조에는 20개의 덕목이 보이는데, 이는
〈자경별곡〉의 14곡 5부에 나오는 내용과 거의 일치하고 있다. 증손여씨
향약문에 열거된 덕목은 孝於父母, 忠於國家, 友于兄弟, 悌于長上, 治身
以道, 正家以禮, 言必忠信, 行必篤敬, 懲忿窒慾,放聲遠色, 見卓必行,聞過
必改,祭盡其誠, 喪致其哀, 目睦交隣, 擇友親仁, 敎子有方, 御下有法, 貧守
廉介, 富好禮讓 등이다.

　이상으로 볼 때, 〈자경별곡〉은 율곡의 도학정신과 생활철학이 여실히
반영된 가사로서 후학들의 생활에 전범이 되어 世敎에 크게 기여했으리
라 생각되며 후대 도덕가사의 始源이 된 듯하다.

# 제4장 한거십팔곡과 독락팔곡의 구성

　　조선조는 지방의 중소지주에서 진출한 신흥사대부들의 개혁의지에 의해 배태된 왕조였다. 이들 신흥사대부들은, 고려말 禪敎가 훈구세력과 영합하여 극도로 타락하자 이를 적극적으로 배척하고, 사회와 국가를 새롭게 할 사상적 이념으로 성리학을 수용하여 혁신을 추진하였다. 이러한 일련의 혁신과정에서 「節義」 문제를 중심으로 신흥사대부들이 두 부류로 나누어지게 되었다. 유교를 새로운 통치이념으로 하되 고려왕조를 그대로 존속시키자는 이른바 「忠誠派」와 새로운 이데올로기에 입각한 새 왕조를 세우려는 「現實派」가 대립, 후자의 승리로 끝남으로써 선초사대부들은 방향을 달리하게 되었다. 정몽주, 이숭인, 길재 등 소위 절의파들은 伏誅당하거나 향리로 은둔하게 되어 후일 처사적 문인의 원류가 되었고, 정도전을 비롯한 개혁주도세력들은 의욕적으로 신왕조를 건설하면서 악장의 製進 등 선초의 예악과 문물제도를 정비했는데, 이들의 현실 긍정적이고 御用的인 활동에서 관료적 문학, 관각문학이 이루어지게 되었다.[1]

---

[1] 李佑成은 사대부의 생활의 양면성으로 인해 문학세계도 양면으로 나타나게 되었음을 다음과 같이 지적하였다.
　　"士大夫는 中央의 官僚인 同時에 地方의 農莊을 발판으로 한 地主的 官人들이었다. '中央의 官僚'인 同時에 地方의 地主인 이들 士大夫는 進하면 朝廷의 官僚로서 佐君澤民의 治績을 올리고 退하면 江湖의 處士로서 吟風弄月의 高致를 누리는 兩面의 生活世界를 가지게 되었다.
　　이러한 士大夫의 生活의 兩面性은 또한 그들의 文學으로 하여금 兩面의 世界를 가지게 하였다. 經國의 文章으로 不朽의 盛事를 粧飾하는 館閣文學─官僚的 文學과 逸世의 情

# 1. 處士文學-조선 전기 문학의 핵심

건국 초기의 문학은 관료적 문학이 주류를 이루었다. 정도전, 권근, 변계량, 하륜 등이 文柄을 잡고 신왕조의 체제와 기반을 굳히고자 노력한 결과, 성리학에 대한 소양과 관심은 없지 않았으나 순수학문에 몰두할 수 없었던 것이다. 그리하여, 집권체제는 확립되고 왕권은 신장되었으나 지배층의 관료화, 귀족화 현상 및 관권을 통한 수탈 등 사회적 모순과 부조리가 대두되었고, 詞章에 편중한 결과 이에 대한 비판세력이 등장하게 되었다. 15세기 후반에 기성의 집권 세력인 훈구계의 權貴化에 대한 비판 세력으로 등장한 것이 바로 士林派였다. 역성혁명 반대론자들의 학통을 잇는 이들은 전통 성리학파로서 세종의 폭넓은 인재 등용책으로 한때 중앙에 진출한 적이 있었지만 전반적으로 在野的 입장을 면치 못했다. 사림계열은 때로 짧은 기간 주도적 위치에 서기도 했으나 勳戚 계열로부터 네 차례의 士禍와 같은 정치적 보복을 당하였고, 이러한 과정을 거쳐 사림의 公道論은 공감의 영역을 확대하였으며 학문적 성과를 크게 올리게 되었다.[2]

사림파들은 훈구 관료들을 상대로 詞章과 과거제에 대해 공격을 했는데[3] 이는 사장과 과거제를 통한 인재 등용의 폐단을 시정하여 사림파의

---

趣를 追求하고 閑適한 人生을 自樂하는 江湖文學(山林文學·田園文學 등이 다 동일 範疇에 屬하는 것임)―處士的 文學이 그것이다"(李佑成, "高麗末·李朝初의 漁父歌", 成大論文集 9, 1964.)

2 李泰鎭, "16세기 士林의 歷史的 性格", 大東文化硏究 13, 성균관대학교 대동문화연구원, 1979.

3 栗谷은 詞章과 科擧制의 폐단에 대해 "선비들은 爲人之學에 힘을 써서 재주있는 사람은 詞章에만 전심하고 재주없는 사람은 科擧에만 힘쓴다. 六經은 祿을 구하는 도구가 되었고 仁義는 迂違한 길이 되었다. 文은 貫道之器가 되지 못하고 道는 經世之用이 되지 못하고 있다"고 했다.
士趨爲人之學 才高者 專事乎詞章 才短者 奔走乎科場 六經爲干祿之具 仁義爲邁遠之路 文不爲貫道之器 道不爲經世之用(栗谷全書二, 雜著三 文策, 成大 大東文化硏究院, 1978. 三版)

이익을 옹호하고 왕도정치를 실현시키려는 의도였다. 이러한 道學主義
는 處士文學의 기본 입장이었고 추구하는 목표였다.[4]

처사문학은 처사적 생활에서 나오기 마련이고, 처사적 삶은 도학주의
를 바탕으로 이루어지는 것이기에 처사문학은 성리학의 발달과 더불어
심화, 확충되었다. 이기철학에 심취된 처사문인들은 모든 人事, 接物에
道를 기본으로 하였기 때문에 왕도정치를 추구하였고, 文以載道의 문학
관을 표방하였다. 이들은 정치에서 이루지 못한 유교적 이상을 자연과의
융화를 통해 실현코자 하여 이른바 '江湖歌道'를 형성하였다.

그런데 처사문인들은 현실 인식의 차이에 따라 세 부류로 나누어졌으
니, 곧 자연에 뜻은 두면서도 현실정치에 적극 참여하여 왕도정치를 이
루려고 노력한 參與型 文人, 일시적으로 정치에 참여한 후, 평소 잊지
못하던 자연에 귀의한 歸去來型 文人, 출사를 포기하고 자연에 은거하여
내면적 성찰을 통한 자기완성을 추구한 隱求型 文人들이다. 참여형 문
인, 곧 '至治主義'를 내세운 趙靜庵과 율곡을 위시한 기호지방의 사림들
은 자연을 동경하고 물아일체의 세계를 희구하면서도 정치에 부단히 참
여하여 도의 실현을 꿈꾸며 假漁翁的 세계를 펼쳤으며, 이현보, 이황 같
은 귀거래형 문인들은 정치 현실을 부정적으로 인식하고 때가 되면 언제
나 향리로 돌아가 강호자연에 묻혀 山水之樂을 누렸다. 그리고 권호문
같은 은구형 문인들은 정치를 통한 도의 실현은 불가능하다고 판단하고
자연에서 관조를 통하여 유교적 이상을 구현코자 했던 것이다.

그러나 물론 이들 세 부류의 처사문인들은 모두다 主理的 세계관을
공통적으로 지니고 있었다.

한편, 관료적 세계와 처사적 세계 그 어느 쪽에도 안주하지 못하고,
부당한 현실을 거부, 저항하는 方外人 문학이 나타나게 되었다.[5] 金時習,

---

4 국사편찬위원회, 한국사 11(조선 양반 관료 사회의 문화) II, 文學·藝術편 참조.
5 林榮澤, 朝鮮 前期의 漢文學, 한국사 11, 국사편찬위원회, 1974.

徐花潭, 魚無跡, 鄭希良 같은 방외인들은 氣一元論的 세계관에 입각하여 현실체제를 근본적으로 부정하고 그 개조를 부르짖었던 것이다.

이상과 같이 조선 전기의 한문학은 관각문학 즉 관료문학과 처사문학, 방외인문학으로 나누어 볼 수 있고, 처사문학은 다시 참여적 문학, 귀거래적 문학, 은구적 문학으로 나 늘 수 있다.

그런데, 국문시가도 이러한 범주를 벗어나지 못하였다. 선초에는 정도전, 권근, 안지, 권제 등 공신, 관료문인들에 의해 頌禱의 악장이 창작되었고, 세조의 왕위 찬탈 사건으로 인하여 이에 패배한 소위 節義派에 의해 충절의 시조가 이어졌다. 맹사성의 江湖四時歌를 시작으로 농암 이현보의 漁父詞, 송순의 俛仰亭歌, 퇴계의 陶山十二曲, 차천로의 江村別曲, 율곡의 高山九曲歌와 樂民歌, 송강의 諸 歌辭, 권호문의 閒居十八曲과 獨樂八曲 등이 꾸준히 이어져 소위 江湖歌道를 형성하였다.

이렇게 볼 때, 처사문학은 조선 전기 문학의 주축이며 핵심이라 할 수 있다. 그리하여 이 글은 조선 전기 문학의 경향과 처사문학의 특성을 파악하기 위한 작업의 일환으로 처사문학의 전형이 라 할 수 있는 松巖 權好文의 문학세계를 국문시가를 중심으로, 松巖文集[6]을 통해 일별해 보

---

6 李朝名賢集 3(成均館大學校 大東文化研究院 編)에 실린 松巖集을 주된 텍스트로 삼는다. 원래 松巖先生의 文集은 原集 六卷二冊, 續集 六卷二冊 및 別集(年譜 포함) 二卷一冊 등 총 五冊으로 되어 있다. 原集은 숙종 6년(1680)에, 續集은 순조 9년(1809)에 목판으로 간행되었고, 別集은 1956년에 石版으로 간행되었다.
原集에는 安陵 李玄逸의 序와 世系圖가 앞머리에 실려 있고, 卷一에서 卷三까지는 詩가

고자 한다.


## 2. 삶과 문학활동

권호문은 평생 출사 한 번 해보지 않고 修身과 求道로써 일관한 순수 처사였다. 이렇게 그의 일생이 평탄하기는 하나 母夫人[7]이 돌아간 때인 33세까지는 修學에 전념하는 한편 行道[8]를 위해 다소 힘을 썼고, 그 이후 에는 隱求의 뜻을 굳혀 修己, 獨善己身에 몰두하고 道의 發揚을 위해 강 학에도 힘을 기울였기 때문에 그의 삶을 전, 후기로 양분해 볼 수 있다.

그러면, 그의 작품 세계의 바른 이해를 위해 먼저 각 시기별로 삶의 모습과 인생관과 세계관의 변모, 詩作을 중심으로 한 문학활동을 살펴보 기로 한다.


### 2.1. 수학기(1532~1564)

송암 권호문(字 章仲)은 중종 27년(嘉靖 11, 1532 A.D)에 안동 송

---

실려 있으며, 卷四에는 詩와 賦, 詞, 狀, 祭文 등이 실려 있다. 卷五에는 閒居錄, 遊淸凉 山錄등의 錄과 觀物堂記, 鳶魚軒記, 鏡光書堂記 등의 記, 答西涯書 등의 書 및 理學通錄 跋, 說, 銘 등이 실려 있다. 卷六에는 家箴, 洞鑑 등의 雜儀輯錄과 行狀, 墓誌, 碣銘並序, 祭文, 挽詞 등의 附錄 및 柳世鳴의 跋文이 실려 있다.

續集에는 聞韶 金壞㙆의 序文이 卷頭에 실려 있고, 卷一에서 卷五까지는 詩가, 卷六에 는 節義天下之大閑, 傷虎 등의 賦와 祭柳希范文 등의 文, 終慕庵記, 松巖寒栖齋記, 城山 記 등의 記文과 書, 說, 墓碣, 墓誌 및 獨樂八曲과 閑居十八曲이 실려 전한다.

別集에는 후손 權相圭의 序文과 松巖先生 年譜가 卷一의 앞머리에 실려 있고, 詩와 賦가 실려 있으며, 卷二에는 詩와 書, 上梁文, 祭文, 狀, 序, 記 등이 실려 있다.

7 權好文의 母夫人은 退溪先生의 伯兄인 潛의 따님이었다. (續集 권6, 先妣宜人李氏墓碣 銘 참조.)

8 유학자들은 修己, 修身을 통하여 治國, 平天下를 至上 목표로 하였다. 治國, 平天下하고 佐君 澤民하는 길은 학문을 닦아 과거에 합격, 임관하는 것이므로 儒者들은 이를 '行道' 로 여겼다. 權好文도 母夫人이 생존한 시기에는 母夫人의 뜻에 따라 과거에 힘을 쓴 적이 있었다. 따라서 松岩도 전반기에는 다소 '行道'를 위해 힘을 썼다고 할 수 있다.

야리에서 태어났다. 그의 6대조 奉翊大夫 禮儀判書 靭부터 송야리에 世居하면서, 사림으로 발전했으니[9] 그의 조부 叔均은 성균 진사요 부 程은 안주 교수였다.

```
幸 － 仁幸 － 冊 － 均漢 － 子彭 － 先盖 － 廉 － 利輿 － 仲時
(1世)                    (5世)

－ 守洪 － 子輿 － 允平 － 具 － 世珍 － 靭 － 厚 －
  (10世)                        (15世)

啓經 － 一玠 － 叔均 － 稑 ┬ 善文 ┬ 道可
              (20世)      │      │ 行可 … (出系)
                         │      │ 際可
                         │      └
                         │
                         └ 好文 － 行可 ← ┬ 中正 ┬ 命時
                                          │      └ 任時
                                          │
                                          └ 守正 ┬ 尙時
                                                 │ 用時
                                                 │ 應時
                                                 └ 以時
```

권호문은 6세부터 父親으로부터 글을 배웠는데, 뛰어난 재주와 奇氣가 있었고, 8세 때에는 屬文에 능하여 '窓明知日上 山白見雲生'이라는 詩句를 지었을 뿐 아니라 '點晳之意'를 가져 주위 사람들이 더욱 기이하게 여겼었다.[10] 이러한 탈속적인 氣質은 그 후 변함없이 이어졌고, 생애의

---

9 權好文의 13대조 利輿부터 는 재지사족으로 本貫에 토착한 한미한 가문이었으나 나중에는 사림파로 발전하였다.(李樹建, "嶺南士林派의 形成", 嶺南大學校 民族文化研究所, 1979, pp.44-45.)

10 松岩이 同學 儕輩로 더불어 각기 그 뜻을 말했는데, 모두들 일찍이 과거에 합격하여 높은 벼슬에 오르기를 희망했으나 公은 홀로 "나의 뜻은 여러분들과 다르다. 새 옷을 입고 높은 다락에 올라 八窓을 열고 안석에 기대어 누워 한 점의 티끌과 먼지도 묻히고 싶지 않다"라고 했다. 嘗與同學儕輩 各言其志 尙皆以早拾 靑紫爲期 而公獨曰 吾之志則

후반기에는 그 기질이 더욱 발휘되어 隱求의 세계에 침잠한 것 같다.

그리고 9세 때에는 '訪桃源'이란 七言絶句를 읊어 벌써 桃源景에의 꿈을 보여 주었다.

　　　春三月在日之三　仙興飄飄正不堪

　　　欲逐漁舟向何處　桃花籬落鳥喃喃[11]

12세 때에는 城山의 白雲庵에서 독서에 몰두했는데, 백운암 주위의 풍치가 너무나 奇絶하여 이를 매우 아끼게 되었고 이때에 만년의 藏修之志가 싹텄다고 할 수 있다.[12]

15세 때인 명종 원년(1546)에는 家學을 벗어나 비로소 퇴계선생 문하에 들기 시작했다. 이후, 그는 淸凉寺, 天淵臺, 隴雲精舍 등에서 퇴계선생을 모시고 수학하게 되었고 일생동안 그의 학덕을 仰慕하여 수많은 차운시와 贈詩를 남겼다.[13]

16세에 진사 安景仁의 딸과 혼인하였고, 18세 10월에 부친이 卒하여 3년 盧幕생활을 하였다. 이때부터 더욱 퇴계선생에게 경도되어 퇴계선생의 덕망뿐 아니라 시에 대해서도 敬慕하였고, 퇴계는 시로써 松岩을 격려했는데 "儒者의 氣像과 瀟灑山林之風이 있다"[14]라고 했다. 20세 되

---

異於諸君 著新錦衣 登百尺樓洞開入窓 凭几而臥 不使一點塵埃惹得者 乃吾之志也(松岩先生文集 附錄, 行狀 및 別集 年譜 참조.)

11　松岩先生文集 권1, 詩.

12　三十八年 癸卯 先生十二歲 讀書于城山白雲庵 庵在靑城山洛江上 山水奇絶……先生甚愛之 携笈肄業一歲再三 盖晚年蒙修之志 已必於此時(松岩先生別集 권1, 年譜)

13　退溪詩에 次韻한 것으로는 〈次退溪先生憶梅〉〈敬次退溪先生〉〈投壹韻次月〉〈夜咏梅韻〉〈次退溪先生〉〈次退溪先生明倫堂韻〉〈次退溪先題落水臺〉〈次陶山梅韻〉〈伏次退溪先生韻〉〈訪孤山伏次退溪韻〉〈用退溪韻贈法源師〉 등을 위시해 수많고, 贈詩로는 108韻의 長詩〈追述去冬未及淸凉勝遊之懷謹拜上于返溪先生座下〉를 비롯해 〈呈退溪先生〉〈錢退溪先生赴朝〉 등이 있다.

14　弱冠樞衣於退溪門下 公才豪氣銳 汎濫百家 爲詩文浩漾膽麗 先生喜其爲人以詩勗之……每稱公有儒者氣像 又曰權某有瀟灑山林之風(松岩先生文集 附錄, 行狀)

던 辛亥 봄에 服闋하고, 가을에 寒棲齋가 완성되자 이곳을 중심으로 山水에 묻혀 학문에 더욱 정진하게 되었다.

특히, 22세 이후 왕성한 시작활동을 전개했는데, 주로 김중온, 김방경, 금란수, 류중원, 황준량 등과 鶴駕山, 天燈山, 淸凉山 같은 깊은 산과 開目寺, 廣興寺, 玄妙寺, 福材寺 등 유명 산사에서 독서와 자연을 翫賞하며 樂山之樂을 謳歌했다. 24,5세를 전후해서는 〈次李聾岩長篇〉 〈寄南正平權子胖兩君讀書林中茅屋〉 〈次金淨先生韻贈柳希魯〉 〈追述去冬未及淸凉勝遊之懷拜上于退溪先生座下〉 〈江城題楓葉寄辛啓而求知〉 〈用興字律二十韻贈金叔野〉 〈說懷謹呈具上庠詩案〉 등의 많은 장편시를 지었는데, 이 중 〈追述去冬未及…〉은 108韻이었으며 〈說懷謹呈具上庠詩案〉은 112운이나 되었다. 이렇게 浩瀚하고 磅礴한 長詩를 짓자 퇴계선생은 "시가 너무 支蔓하고 駁雜하다"고 지적하고 "辭約하고 精當한 詩"를 쓰도록 충고하기도 했다.

言必欲長故支蔓駁雜 韻必欲溝故牽强而剩衍 用事或當或否 屬對或的或贅
與其務多而駁雜 孰若辭約而精當乎 與其長驅而屢躓 孰苦循帆而獨至乎[15]

특히 25세 때에 퇴계선생에게 편지를 올려 '樂山樂水仁智之說'에 대해 물었는데, 퇴계는 답장에서 "樂山樂水 二樂의 뜻을 알려면 당연히 仁者와 智者의 氣象과 意思를 구해야 하고, 仁者와 智者의 氣象과 意思를 구하려면 내 마음에 돌이켜 仁智의 實을 구해야 한다. 이렇게 되면 저절로 樂山樂水의 樂이 생긴다"고 했다.

欲知二樂之旨 當求仁智者之氣象意思 欲求仁智者之氣象意思 亦何以他求
哉 反諸吾心而得其實 而已苟吾心有仁智之實 充諸中而暢於外 則樂山樂水

---

15 增補陶山全書 3, 〈與權章仲〉, 成均館大學校 大東文化研究院.

不待切切然 求而有其樂矣[16]

　이와 같은 퇴계의 충고와 가르침으로 송암은 富華한 詞章을 지양하고 博約한 求道의 자세를 가다듬게 되었으며 樂山樂水之樂을 통하여 仁者와 智者의 기상과 意思를 구할 수 없고 자신의 마음으로부터 仁智의 實을 구해야 함을 절실히 깨달은 것 같다. 이러한 깨달음은 松巖 생애의 후반기에 隱求의 뜻을 가지게 된 동기가 된 듯하다.

　한편, 22세 여름과 24세 겨울에 紹修書院의 안향 사당과 臨皐書院의 정몽주 사당을 참배하고 강학을 하기도 했다.

　그런데, 송암은 23세 때부터 약 10년간 母夫人의 소망에 못 이겨 行道를 위해 어정거리기도 했다.[17] 그는 23세 되던 해에 향시에 합격하여 이듬해 봄에 會試에 나아갔으나 실패하고, 27세에 京試에 또 실패 한 후, 크게 실망한 적도 있다.

曾入爭場馬脫銜　　六韜神策未能監
倒戈自退依殘陣　　卷甲空歸臥高巖
智淺今知難敵衆　　才疎始愧未超凡
………………　　………………
〈失利南歸聞諸親會竹舍記懷以呈〉[18]

　30세 2월에 진사시에 2등으로 합격하였다. 이처럼 松巖은 본의 아니게 과거시험에 참여하기도 했었다.

---

16　위의 책, 〈答權章仲〉.
17　服旣闋 以母夫人年高 嘗一爲赴擧擢鄕 第二 中司馬而歸 然非其好也(松巖先生文集 附錄, 行狀)
　　母夫人命……赴擧雖中司馬 非其所喜(別集 권1, 年譜)
18　松巖先生續集 권1, 詩.

그후, 송암은 권문해, 정탁, 김약봉, 조월천 등과 교유하며 易, 洪範 등에 대한 독서와 논구를 하면서 이후 수십 년간 시창작을 거의 하지 않았다. 선생 32세부터 35세까지 4년간은 시창작이 거의 없었는데, 母夫人이 하세한 선생 33세(1564년) 때를 전후한 이 시기는 지난날의 반성을 통하여 인생관과 세계관의 재정립이 이루어진 때인 것 같다.

이와 같이 송암 생애의 전반기는 학문 탐구와 시작활동을 통한 수학기였고, 母夫人의 뜻에 따라 과거 공부에 몰두했던 시기였다.

## 2.2. 은거구도기(1565∼1587)

송암은 진사시에는 합격했으나 2차에 걸쳐 大科에 실패한 후, 4∼5년간 자아반성을 거쳐 功名을 위해 行道에 연연한 것은 자기 본래의 뜻이 아님을 확인하게 되었고, 山林之士로서 隱求의 뜻을 굳히게 되었다.[19]

母夫人이 돌아가자 송암은 大科의 뜻을 완전히 버리고 終慕庵, 鳶魚軒을 지어 관조와 사색을 통하여 求道에 몰입하기 시작하였다. 大科를 포기하고 은거의 뜻을 굳히자, 퇴계는 이를 '甚善·甚佳'한 일이라 칭찬하고 은거하여 藏修하면 진실로 깨달아 얻는 것이 있을 것이라 하여 隱求의 지침을 내리기도 했다.

> 擧業旣不可勉强 則不如早與之判斷 從吾所好之爲樂也 作意素如此 甚善甚佳 但吾所好之中 亦有無限事業多岐路陌 不可不審擇而深加工耳 若結屋藏修 耐辛忍苦 良有悟處 則宜可以有得也[20]

34세 때인 1565년에 終慕庵이 완성되었는데, 부모의 정을 평생 영모

---

19 始吾屈志場屋者 爲母在故也 今縱得一科誰爲爲榮 則安用擧業爲也.(行狀 附錄)
20 退溪先生文集 內集 卷三十七, 書, 答權章仲.(退溪全書 권2, 성균관대학교 大東文化硏究院)

하기 위해 庵號를 이렇게 명명했으니[21] 그 효심을 가히 짐작할 수 있다. 이듬해 5월에 母夫人의 服을 벗고 권민준이 찾아오자 講하였다. 이 때 鳶魚軒을 짓고 天地의 道를 궁구하고 造化之原을 탐색코자 관조의 세계에 들어갔다.[22] 36세에 부인 안씨가 卒하여, 이듬해 처사 柳宗仁의 딸과 재혼하였다. 이 무렵 신경립, 신의립, 김사순, 송여옥, 권순, 하연 등 諸生이 請學, 鳶魚軒에서 강학하였다.

38세 때에는 觀物堂[23]과 鏡光書堂을 지어 더욱 求志와 강학에 힘쓰게 되었다. 이 시기를 전후하여 금경휴, 권인재, 김부필, 김언기, 구경서, 류응견 등과 더불어 교유하며 近思錄, 人心道心圖說, 心經에 대해 논하고 疑義를 퇴계선생에게 올렸다.

39세 때에는 퇴계선생이 易簀하였다. 이후, 서애 류성룡, 월천 조목, 학봉 김성일, 초간 권문해 등 퇴계의 高弟들과 교유, 唱酬하였으며 주자서와 주역을 많이 읽었다.

한편, 송암은 퇴계선생의 문집 간행사업과 理學通錄의 편집[24] 등 퇴계선생의 업적을 정리하는 데 힘썼다. 그리고 이때 靑城精舍를 지어 후학 양성을 임무로 생각, 강학에 매진하였다.[25]

송암은 47세 이후, 수차에 걸쳐 벼슬을 제수받았으나 나아가지 않았다. 47세 봄에는 集慶殿參奉을 제수 받았으나 나아가지 않았고, 50세에

---

21 終吾之身而思慕之益深 史氏曰王 袁終身廢蓼莪 傳曰舜五十而慕 自古慕父母之情 必至終身矣 故吾乃以終慕名此庵(松岩先生續集 권6, 終慕庵記)

22 吾欲窮天地之道 探造化之原 推格物類 使此心照然 不昧乎輕淸者飛之 重濁者沈之之理(松岩先生文集 권5, 鳶魚軒記)

23 余乃名其齋 曰觀我堂 曰執競 而退陶先生 以觀物改之 仍名焉(松岩先生文集 권5, 記, 觀物堂記)

24 退陶先生嘗稽諸書史 摭述道學之有淵源者若干人 集以爲傳其所未攷者 只略記姓字 其入陸學者 又別爲外編 題曰理學通錄……先生平日 未畢訂正遺稿在床 門人子弟膽寫成帙 藏于舊籤者有年矣 前年府使權公文海與好文 謀入梓廣後 乃請監司金相繼輝 而未及……今府使梁公熹永監司之命屬好文 曰擇鄒儒之稽書者 而書之校正入梓可也 好文喜而不辭 遂勘点本草誤字 及膽傳訛處 始入于刻(松岩先生文集 권5, 理學通錄跋)

25 先生隱居求道 以經進後學 爲己任(別集 권1, 年譜)

內侍教官을 제수 받았으나 나아가지 않았다. 권문해, 정탁 등이 천거코자 해도 모두 거절하였다.[26] 이때 〈獨樂八曲〉을 지어 벼슬에 나아가지 않는 뜻을 밝혔다. 특히, 백담 구봉령이 亞銓 時에 선생을 遺逸로서 육품관에 천거하고자 하니 閒居錄을 지어 "遠引長往하여 王侯를 섬기지 않고 潔身傲世하여 山林에서 獨善하는 것은 비록 聖賢의 일과는 어긋나는 듯도 하나 또한 스스로 隱求의 樂을 얻는 것이다. 나는 젊어서부터 科程에는 힘쓰지 않고 뜻을 오로지 山에 두어 尋山訪水하매 즐거워하지 않는 바가 없고 자연에 묻혀 있되 平安하지 않는 것이 없다"고 하며 벼슬하기를 거절하였다.

> 若夫遠引長住不事王侯 潔身傲世獨善山林者 雖似異於聖賢之事 亦自得其隱求之樂也 余自蚤歲 學懶科程 志癖溪山 尋訪水 無所不樂 棲霞雲 無處不安[27]

53세 때 지은 閒居錄에는 이와 같은 林泉之辟이 잘 나타나 있을 뿐 아니라 安分自足과 超克의 자세가 여실히 표출되어 있다.[28] 물론 이와 같은 삶의 태도와 세계관은 이 시기에 창작한 〈獨樂八曲〉에 잘 투영되어 있다.

이와 같이, 송암 생애는 그가 56세에 考終하기까지 始終如一 求道로 일관했지만, 후반기는 더욱 강호에 묻혀 修身과 강학에 힘쓰면서 隱居求道에 전념한 시기라 할 수 있다. 그의 생애의 전반기는 時俗에 마음이 다소 흔들리기는 했으나 끝내 儒者들이 理想으로 생각하던 山林之士, 隱

---

26 除集慶殿參奉不就 又除內侍教宮 又不就 府使權公文海 以遺逸薦公于巡使 公胎書引梅聖兪事以絶 之 藥圃鄭相公寄書請留心兼濟少作閑雲出洞之像……西涯柳文忠公 亦雅公意 尤無意薦引公(松岩先生文集 附錄, 行狀)

27 松岩先生文集 권5, 閒居錄.

28 生平歆艷者 不出右列人習氣 故身世浮雲乎丘壑 盧舟乎江湖也 志尙則安分身無辰 知幾心自閒 雖居塵世上 却是出人間也(松岩先生文集 권5, 閒居錄)

求的인 순수처사의 삶을 영위했었다.

이는 사화나 당쟁과 같은 시대적인 환경과 2차에 걸친 과거에의 실패 등의 영향도 있겠으나 송암의 인생관과 세계관에서 비롯된 것이라 할 수 있다.


## 3. 閒居十八曲의 구성과 작품세계

송암은 1,716수의 한시 외에 연시조인 〈한거십팔곡〉과 경기체가인 〈독락팔곡〉을 남김으로써 영남가단의 중요한 위치를 점하고 있다. 특히, 이 두 노래는 농암 이현보의 〈漁父歌〉, 퇴계 이황의 〈陶山十二曲〉을 잇는 소위 강호가, 처사문학으로 조윤제 박사에 의해 일찍이 소개된 바는 있으나 학계의 관심 모으지는 못하였다.[29] 〈閒居十八曲〉과 〈獨樂八曲〉은 松岩先生續集 卷六 말미에 〈獨樂八曲〉 서문과 함께 실려 있는데, 〈閒居十八曲〉은 실제 19首로 되어 있고 〈獨樂八曲〉은 7수로 되어 있다. 그 이유는 아직까지 밝혀지지 않고 있다. 이 장에서는 작품 분석을 통한 〈閑居十八曲〉의 구성과 창작시기, 작품과 생애와의 관계, 작품명과 실제 작품 수가 다른 문제 등에 관해 검토해 보고자 한다.

〈閒居十八曲〉은 노래의 내용과 송암의 생애를 비교해 볼 때, 송암 생애의 후반기에 접어들 때에 창작된 것 같다. 시조 제1수와 제19수에 거듭 읊고 있는 '十載', '十年'은 송암이 과거에 뜻을 두었던 10년간 즉 松岩 24세(1555년)에서 33세(1564년)까지가 아닌가 생각한다. 이 글 제1장에서 자세히 살펴본 바와 같이 송암은 본래 瀟灑한 處士之風을 타고 났으나 母夫人의 소망과 사회 관습에 구애되어 24세 되는 해인 1555년 봄에

---

29 尹榮玉, "〈閒居十八曲〉 小考", 國語國文學研究 16, 嶺南大 國語國文學科, 1974.
　　金倉圭, "松岩의 獨樂八曲考", 建國語文學, 9·10, 建國大 國語國文學研究會, 1985.

會試에 赴擧했으나 낙방하고, 27세 9월에 京試에 다시 임했으나 下第하고 말았다. 30세 되던 1561년에 진사 회시에는 2등으로 합격했으나 그 후 大科의 뜻은 이루지 못하였다. 그리고 33세 때에 母夫人이 卒하자 大科의 뜻을 완전히 버리고 말았던 것이다. 盧墓살이 기간에 송암은 은거의 뜻을 굳히고, 母夫人의 服을 벗은 35세 때부터 본격적으로 隱居求志의 생활로 접어들게 되었던 것이다. 바로 이 때에 〈한거십팔곡〉을 지은 것 같다.

이 한거십팔곡의 구성은 過去之事를 서술한 전반부와 現在之事를 읊은 후반부로 양분되어 있다. 전반부 즉 시조 제1수부터 제8수까지는 10년간 場屋에 뜻을 두고 방황하던 심적 갈등과 隱居의 뜻을 굳힌 모습을 읊고 있고, 후반부 즉 제9수부터 제19수(정확히 말하면 제16수 제외)까지는 현재의 隱求之樂을 읊고 있다.

閑居十八曲 {
　전반부 : 제1수～제8수 - 過去之事, 심적갈등 述懷
　후반부 : 제9수～제19수 - 現在之事, 隱求之樂 서술
}

이러한 구성을 가진 〈한거십팔곡〉의 내용을 분석해 보기로 한다.

　(1) 生平애 願ᄒᆞᄂᆞ니 다만 忠孝ᄲᅮᆫ이로다
　　　이 두일 말면 禽獸ㅣ나 다라리야
　　　ᄆᆞ음애 ᄒᆞ고져 ᄒᆞ야 十載遑遑 ᄒᆞ노라
　(2) 計校 이르터니 功名이 느저셰라
　　　負笈 東南ᄒᆞ야 如恐不及 ᄒᆞᄂᆞ 쓷을
　　　歲月이 물흘ᄋᆞᆮ 못이롤가 ᄒᆞ야라

제1수와 제2수는 자기의 타고난 氣質과 달리 科擧 공부를 위해 방황했던 사실과 당시의 초조하던 심정을 읊은 것이다. 이때는 인생관과 세

계관이 확립되지 못했던 수학기였기 때문에 자신의 뜻보다는 사회와 부모의 뜻에 따라 행동이 좌우되었다고 볼 수 있다. 10년간 寸名을 구하려고 과거에 힘썼던 사실에 대한 부끄러움과 허송세월한 자탄이 한시에도 여실히 나타나 있다.[30]

(3) 비록 못일워두 林泉이 됴ᄒ니라
　　無心 魚鳥ᄂᆞᆫ 自閒閒 ᄒᆞ얏ᄂᆞ니
　　ᄇᆞ晩애 世事닛고 너를 조츠려 ᄒᆞ노라

(4) 江湖애 노쟈 ᄒᆞ니 聖主를 ᄇᆞ리례고
　　聖主를 셤기쟈 ᄒᆞ니 所樂애 어긔예라
　　호온자 歧路애 셔서 갈디 몰라 ᄒᆞ노라

(5) 어지게 이러그러 이몸이 엇디 홀고
　　行道도 어렵고 隱處도 定치 아냣다
　　언제야 이뜯 決斷ᄒᆞ야 從我所樂 ᄒᆞ려뇨

(6) ᄒᆞ려 ᄒᆞᄒᆞ려 ᄒᆞ디 이뜯 못ᄒᆞ여라
　　이뜯 ᄒᆞ면 至樂이 잇ᄂᆞ니라
　　우읍다 엇그제 아니턴 일을 뉘올타 ᄒᆞ던고

(7) 말리 말리 ᄒᆞ디 이일말기 어렵다
　　이일 말면 一身이 閒暇ᄒᆞ다
　　어지게 엇그제 ᄒᆞ던 일이 다외줄 알과라

---

30 糟拍爲文求寸名 十年勤苦不能成/虛生天地人堪笑 浪度光陰我自驚
　　有用魏瓢何渡落 無疵荊玉更專精/壯心此夜飛天闕 照徹邊烽一點明
　　　　　　　　　　　　　　（松巖先生續集 권1, 詩,〈次韻自歎〉）

제3수부터 제7수까지는 '行道와 隱居' 간의 갈등을 읊고 있다. 제3수에는 자연에 묻혀 江湖之樂을 추구하고 관조와 사유를 통해 만물의 이치를 궁구하고자 하는 마음의 지향을 엿볼 수 있다. 제4수는 갈등의 구체적인 서술이라 할 수 있다. 江湖에 노닐고 싶은 것은 松岩 자신의 素志요, 心之所樂인데 비해 聖主를 섬기고자 함은 母親의 뜻이요, 시대적인 요청이다. 仕宦에 뜻을 버리고 순수 산림처사의 길을 처음부터 지향할 것인가, 아니면 사대부들의 이상인 治人, 治國의 길로 나아갈 것인가에 대한 심리적 갈등이다. 제5수는 宦路에 뜻을 두고 두 번이나 과거에 나아갔으나 실패를 거듭한 결과 行道의 어려움을 깨닫게 되었고, 隱求코자 하나 확고한 마음의 무장이 되어 있지 못해서 방황했던 당시를 술회하고 있다. 제6수와 제7수에서는 隱居하여 처사의 삶을 누리는 것이 옳은 길임을 확신하게 되었음을 토로하고 있다. 제6수의 '엇그제 아니턴 일'이란 처사적 삶을 의미하고, 제7수의 '엇그제 ᄒ던 일'은 科擧之業을 뜻한다. 당시 士大夫들이 얼마나 처사적 삶을 외면하고 科擧之業에 치중했는가를 잘 보여 주고 있다.

(8) 出ᄒ면 致君澤民 處ᄒ면 釣月耕雲
　　明哲 君子는 이룰사 즐기ᄂ니
　　ᄒ물며 富貴危機ㅣ라 貧賤居를 ᄒ오리라

　　제8수는 '進하면 佐君澤民, 退하면 吟風弄月'하는 당시 사대부들의 양면적 세계 중에서 출사하여 부귀를 누리는 것은 극히 위험한 일로 보고, 貧賤居, 처사의 삶을 살아가리란 마음의 다짐을 보여 주고 있다.

　　이상과 같이 제1수부터 제8수까지는 隱居求道의 뜻을 굳히고 隱居의 생활을 시작하기 전까지의 심적 방황과 갈등을 표현하고 있다.

　　現在之事, 隱求之樂을 서술하고 있는 후반부는 제9수부터 제19수까지인데, 이 중 제16수는 경기체가 독락팔곡의 일부분이 이 〈한거십팔곡〉

에 잘못 끼이게 된 것이 아닌가 생각된다.

(16) 行藏 有道ᄒ니 ᄇ리면 구ᄐ 구ᄒ랴
　　　山之南 水之北 병들고 늘근 날를
　　　뉘라서 懷寶迷邦ᄒ니 오라말라 ᄒᄂ뇨

　이 시조에는 '行藏에는 道가 있으니 出仕를 권한들 나아갈 뜻이 없다'
는 의미가 담겨 있다. 이러한 內容은 修己獨樂 獨善其身하는 뜻을 읊은
〈독락팔곡〉의 내용과 상통한다. 이 시조에 쓰인 '行藏有道', '山之南', '水
之北'과 같은 어구는 〈독락팔곡〉에도 쓰였다는 점, '懷寶迷邦'이란 어구
는 出仕 勸告의 뜻과 유관하다는 점, '병들고 늘근 날를'이라고 했으니
이는 노후를 암시한다는 점 등으로 볼 때, 이 시조는 송암 30대에 지었다
고 보는 〈한거십팔곡〉과 어울리지 않고, 오히려 수차 벼슬하기를 천거받
고 이를 거절한 연후인, 송암 노후에 지은 〈독락팔곡〉에 어울린다. 그래
서 이 제16수 시조는 원래 독락팔곡의 일부였던 것이 〈한거십팔곡〉에
잘못 끼여든 것이라 생각된다. 이 점에 관해서는 다음 〈독락팔곡〉의 논
의 때에 더 검토하기로 한다. 그러면, 제16수를 제외하고 나머지 후반부
10수에 대해 살펴보기로 한다.

(9) 靑山이 碧溪臨ᄒ고 溪上애 烟村이라
　　草堂 心事를 白鷗ㄴ들 제 알랴
　　竹窓靜夜 月明ᄒᄃ 一張琴이 잇ᄂ니라

(10) 窮達 浮雲ᄀ치 보야 世事 이저두고
　　　好山 佳水의 노는 뜯을
　　　猿鶴이 내벋 아니어든 어닉분이 아ᄅ실고

제9수부터는 심적 갈등이 완전 해소된 상태, 隱求之樂을 읊고 있는데, 특히 이러한 뜻은 제9수에 잘 드러나 있다. 이 시조에 쓰인 靑山, 碧溪, 烟村, 草堂, 白鷗, 竹窓, 靜夜, 明月, 一張琴 등 모든 시어들이 한결같이 맑고, 밝고, 평화스런 이미지를 나타내고 있다. 자아의 지극히 평정된 관점으로 사물을 바라본 결과이다. 세계가 맑고, 밝고, 평화롭다기 보다는 자아의 심적 상태가 맑고, 밝고, 평화롭다고 할 수 있다.

제10수는 제9수에 표현된 평정된 심적 상태와 즐거움을 말로써 굳이 설명한 것이라고 볼 수 있다. 송암의 世事를 잊고 침잠에서 오는 고고한 즐거움을 토로하고 있다.

(11) ᄇ람은 절노묽고 ᄃ울은 절노 붉ᄶ
　　　竹庭 松檻애 一點塵도 업스니
　　　一張琴 萬軸書 더옥 蕭灑ᄒ다


(12) 霧月이 구룸ᄠᅳᆯ고 솔ᄭᅩᆺ테 눌아올라
　　　十分 靑光이 碧溪中에 빗껴거늘
　　　어듸인ᄂᆞᆫ 물일훈 굴며기 나를 조차 오ᄂᆞᆫ다


(13) 날이 져물거늘 ᄂᆞ외야 홀일업서
　　　松關을 닫고 月下애 누어시니
　　　世上애 ᄯᅳᆺ글 ᄆᆞ음이 一毫末도 없다


(14) 月色 溪聲 어섯겨 虛亭의 오나ᄂᆞᆯ
　　　月色을 眼屬ᄒ고 溪聲을 耳屬히
　　　드르며 보며ᄒ니 一體淸明 ᄒ야라


제11수에서 제14수까지는 제10수에서 보인 것과 같은 이미지를 유사한 시어를 통하여 보여 주고 있다. 詩意의 전개라기 보다는 詩意의 반복이 이루어져 있다. 제11수에 쓰인 바람, 둘, 竹, 松, 一張琴, 제12수에 쓰인 霽月, 솔, 靑光, 碧溪, 갈며기, 제13수에 쓰인 松關, 月, 제14수에 쓰인 月色, 溪聲 등도 自我의 청명함과 世事의 초탈에서 오는 화기로운 심리를 나타내 주는 이미지의 시어들이다. 모든 속세의 물욕을 버리고 山水에 묻혀 생활하니 萬物이 청정하고 조화롭게 보이며, 따라서 물아일체되어 樂山樂水之樂이 솟아나고, 이러한 관조와 사색의 즐거움 속에서 萬物之理를 궁구하는 순수 처사적 삶의 모습이 눈으로 보듯 잘 나타나 있다.

이처럼 송암 시조에 투영된 청정과 초탈의 이미지는 그의 한시에도 많이 나타나고 있다.[31]

    (15) 酒色 좃쟈ᄒᆞ니 騷人의 일 아니고
　　　　　富貴 求챠ᄒᆞ니 ᄯᅳ디 아니가니
　　　　　두어라 漁牧이 되요야 寂寞濱애 놀쟈

이 제15수는 〈한거십팔곡〉의 구성상 다소 벗어나긴 하나 종장에서는 漁樂으로부터 오는 자연과의 동화, 물아일체의 경지에서 더욱 나아가 自然流行을 조장하는 魚牧이 되고자 하는 강렬한 의지가 돋보인다. 隱居求道의 뜻을 강조하여 표현했다고 볼 수 있다.

    (17) 聖賢의 가신 길히 萬古애 ᄒᆞᆫ가지라

---

31 編茅爲屋隱松林 水石無塵可養襟/月入梅窓時作燭 風生松韻夜鳴琴
　　人間歲月三春夢 壺裡乾坤萬古心/寂寞衡門閑可樂 半生何恨少知音
　　　　　　　　　　　　　　　(松岩生文集 권1, 詩, 〈郊居自詠〉)
　　溪月紛紛可草亭 淸光夜夜滿簾旋/尺桐橫膝多情思 彈盡高山流水聲
　　　　　　　　　　　　　　　(松岩先生文集 권1, 詩, 松岩八景, 「對月琴」)

隱커나 見커나 道ㅣ 얻디 다르리
一道ㅣ오 다르디 아니커니 아무딘들 엇더리


(18) 漁磯예 비개거늘 綠筈로 독글사마
고기를 혜이고 낙글 쁟을 어이흐리
纖月이 銀鉤되여 碧溪心에 줌것다


(19) 江干애 누어서 江水 보논 쁟든
逝者 如斯흐니 百歲   ᄂ둘 멸근이료
十年前 塵世一念이 어룹녹듯 혼다


　　제17수에서는 성현들이 추구하던 萬古不變의 도인 '明明德' '親民' '止
於至善'을 실천하려는 松岩의 뜻이 나타나 있다. 출세하거나 은거하거나
간에, 결국 修身, 齊家, 治國을 통하여 明明德, 止於至善하든, 修身, 齊家
만을 통하여 明明德, 親民, 止於至善하든 復其初하여 도를 밝히는 것이
목적이므로 隱居求道 또한 큰 의의가 있다는 것이다. 治人, 治國을 통하
여 도를 펴는 것만이 도를 밝히는 길이 아님을 토로한 것이다. 제18수는
松岩이 최선의 길이라고 믿고 있는 隱居求道하는 자신의 모습을 표현하
고 있다. 형식과 격식에 구애받지 않고 '고기를 잡는 일'과 같은 世事에는
저 멀리 벗어나 냇물에 잠긴 조각달을 보고 物之理를 구하고 나아가 만
물을 관조하여 萬物之理를 窮究[32]하는 모습이라 하겠다. 제19수는 강가
에서 강물의 변함없는 흐름을 보고서 萬物變轉의 무상함을 깨닫고 부질
없는 속세적 삶이 안타까울 뿐이며, 초탈한 求道的 삶이야말로 유익한
유일한 길임을 확신하고 있다. 따라서, 10년 전에 과거를 위해 노력하고


---

**32** 閑居流覽 則水流也 山峙也 鳶飛也 魚躍也 天光雲影也 光風霽月也 飛潛動植 草木花卉之
　　類 形形色色 各得其天 觀一物 則有一物之理 觀萬物 則有萬物之理(松岩先生文集 권5,
　　觀物堂記)

초조해했던 마음과 낙방했을 때의 상심 등이 隱居求道 중에 있는 지금은 그 殘滓 즉, 후회와 不樂之心이 조금도 남아 있지 않다는 것이다.

이는 10년 전에 신세모순에서 오는 갈등의 마음이 깡그리 없어지고 현재는 求道에서 오는 즐거움과 조화로 가득 차 있음을 보여 주고 있다.

결국 〈한거십팔곡〉은 송암 자신의 삶의 表白이라 할 수 있으니, 제1수부터 제8수까지는 자신 생애의 전반부인 수학기의 방황과 갈등의 삶을, 제9수부터 끝까지는 이 시조 창작기인 생의 후반부인 은거구도기의 평정과 조화의 삶을 표출한 것이라 하겠다. 시조의 내용과 생애와의 관계를 도식화하면 다음과 같다.

$$時調 \begin{cases} 前半部 \rightarrow 彷徨 \cdot 葛藤 \leftarrow 修學期 \\ 後半部 \rightarrow 平定 \cdot 調和 \leftarrow 隱求期 \end{cases} 生涯$$

## 4. 獨樂八曲과 시가관

〈독락팔곡〉은 송암이 50세(1581년) 때에 정약포의 천거로 內侍敎官을 제수 받고 나아가지 않는 뜻을 밝힌 노래이다.[33] 벼슬에 나아가지 않는 뜻을 밝히는 것이 이 노래의 창작 동기가 되겠으나, 한시와는 별도로 경기체가를 짓게 된[34] 근본 동기와 목적은 다른 데 있었다. 〈독락팔곡〉의 근본적인 창작 동기와 목적을 그 서문의 분석을 통하여 살펴보면 다음과 같다.

---

33 十四年 辛巳 先生五十歲 除內侍敎官不就 屢登薦剡 或稱學行卓異 或稱廉靜寡慾 鄭藥圃 相公 寄書請留心兼壽 先生以屬獨樂八曲謝之(松岩先生別集 권2, 年譜)

34 松岩은 鄭琢등의 천거를 받고 사양하는 뜻으로 다음과 같은 한시 "記懷 二首"를 지은 바 있다.
自嫌鄉里識余顏 住卜重重萬樹間/怪底世人開姓字 薦章煩使達天關/藏名何料反沽名 屢薦 朝端並衆英/縱荷聖恩身已老 白頭何補綴簪纓(松岩先生 續集, 권5)

우선, 〈독락팔곡〉의 서문은 다음 3가지로 요약할 수 있다.[35]

① 한가한 때에 읊조릴 만한 일이 있어 發하면 노래가 되고 가락에 맞추면 曲이 되었으며 차례로 적어서 樂府에 비기기도 했다. 비록 소리마다 節調는 없으나 자세히 들으면 가사 중에 뜻이 담겨 있고 뜻 중에는 指가 있어 듣는 자들로 하여금 感興이 發하여 興歎케 한다. 佳朋이 오면 술과 함께 高唱하여 幽人의 樂이 足하니 隱者의 노래와 나무꾼의 노래 사이에 優劣을 가릴 수 없다.

(巖主 謀拙萬事 才短六藝 寓形世間 宅心物外 黃墨之暇 會有嘉辰之興 可詠之事 發以爲歌 調以爲曲 揮毫題次 擬爲樂府 雖鳴鳴無節 聽以察之 則詞中有意 意中有指 可使聞者 感發而興歎也 有時松月滿庭 春花撩人 佳朋適至 則酌罷芳樽 共憑巖軒 高歌若于童 手之舞足之蹈 幽人之樂足矣 考槃之歌 負薪之謠 不知孰優孰劣也)

② 隱居하여 樂志하며 노래 부르면 喜怒哀樂의 發함과 憂憾悲歎의 일이 삭여지고 저절로 俗世의 더러운 찌꺼기와 邪穢가 씻겨 없어지게 된다.

(忘懷得失 以樂其志 甘原思之貧 而唾子張之祿 臥義皇之北窓 酣華胥之高枕 富貴何能淫 威武不能奪 凡日用 喜怒哀樂之發 憂憾悲歎之事 一於此寬焉 査滓之滌 邪穢之蕩 不期而然)

③ 옛 사람이 이르되 "노래는 평온치 못한 생각에 나온다"고 하는데, 이 노래 역시 내 마음이 평온치 못한 데서 나왔다. 朱文公은 "그 뜻한 바를 읊고 노래 불러 性情을 기른다."고 했는데 이 노래도 風朝月夕의 산란하고 흔들리는 마음에 다소 도움이 있을 것이다.

(古人云 歌多出於憂思 此赤發於余心之不平 而朱文公曰 詠歌其所志 以養

---

性情 至哉斯言 心之不平而有是歌 歌之暢之而養其性 噫 松窓數般之曲 豈無
少補於風朝月夕之動蕩精神乎 余是以戲有是說焉)

　　서문 ①에서는 〈독락팔곡〉을 노래 부르기 위해 지었다는 것을 알 수
있다. 노래를 부름으로 해서 감흥을 발하게 하고 흥탄케 하기 위함이었
다. 이것이 〈독락팔곡〉을 지은 근본 동기라 할 수 있다. 퇴계가 〈陶山十
二曲〉을 "노래 부르기 위해서는 俚俗의 語로서 얽을 필요가 있으므로 지
었다"[36]는 것과 상통한다.

　　서문 ②에서는, 世事를 벗어나 隱居求志하며 노래 부르면, 희노애락의
발함과 憂憫悲歎의 일이 저절로 삭여지고 마음의 더러운 찌꺼기가 정화
된다는 것이다. 이것은 노래의 효용을 지적한 것인데, 퇴계가 〈陶山十二
曲〉 발문에서 "蕩滌鄙吝 感發融通"이라 지적한 효용론과는 표면적으로
상당히 가까우나 본질적인 면에서는 차이가 있다.

　　퇴계는, 玩世不恭의 뜻이 없는, 온유돈후한 뜻이 담긴 노래라야 "鄙吝
한 것을 깨끗이 씻고, 감흥이 발하여 融通케 된다"[37]고 했으나 송암은 나
무꾼의 노래와 같이 모든 환경과 사물, 人事와의 교감에서 표출된 정서
는 감발, 흥탄케 할 수 있고 마음의 찌꺼기와 邪穢를 씻을 수 있다고 했
다. 결국, 퇴계는 노래는 세상을 교화할 수 있는 온유돈후한 뜻이 담겨야
한다는 것이고, 松岩은 노래란 감흥을 발하여 흥탄케 할 수 있는 것이면
족하다는 것이다.

　　서문 ③에서는 이 노래도 다소 不平한 心事에서 나왔다는 것과 이 노
래를 읊으면 성정을 기르는 데 다소 도움이 될 수 있다는 것을 말하고
있다.

　　여 기서 말하는 '不平한 心事'란 무엇을 뜻할까? 治國, 平天下를 위해

36　欲歌之 必綴以俚俗之語(陶山十二曲 跋).
37　其有玩世不恭之意而 少溫柔敦厚之實也(陶山十二曲 跋)

과업에 몰두했던 젊은 날의 방황과 좌절, 그 때문에 늘 마음 한 구석에 자리했는지도 모른 평온치 못한 心事, 느지막하게 벼슬을 제수 받았을 때의 감회 등이 분명 하나의 '不平한 心事'가 될 수 있고, 다른 한편으로는 공명을 추구하는 현실과 隱求에 뜻을 둔 자신과의 모순에서 오는 갈등이 어쩌면 하나의 '不平한 心事'가 될 수도 있을 것이다. 아마, 여기서는 이 두 가지가 복합된 것이 아닌가 생각된다.

그리고 '性情을 기르는데 도움이 된다'는 것은 隱求의 뜻을 담고 있는 이 〈獨樂八曲〉을 읊으면 '마음의 갈등', '不平한 心事'를 해소할 수 있으므로 성정을 기르는 데 도움이 된다고 보았을 것이다.

위의 서문을 통해서 볼 때, 이 〈독락팔곡〉의 창작 동기와 목적은 쉬운 우리말로 隱求의 뜻을 노래 불러 마음의 갈등이나 '不平한 心事'를 해소, 마음의 평정을 얻으려는 데 있다고 본다.

한편, 이 서문에는 송암의 시가관이 잘 드러나 있다. '隱者의 노래와 나무꾼의 노래 중 어느 것이 더 좋은지 알 수 없다'는 것은 국문시가에 대한 松岩의 인식이 깊고 긍정적이라는 사실을 말해 준다. 이는 마치 서포 김만중이 "閭巷 間의 나무하는 아이와 물 긷는 아낙네들이 소리치며 화답하는 노래가 비록 천하기는 하나 진실과 허위를 논한다면 學士나 大夫들의 소위 詩니 賦니 하는 것은 이에 견줄 수 없다"[38]고 한 것에 비길 수 있다. 송암이 연시조 〈한거십팔곡〉과 경기체가 독락팔곡을 지은 것은 우연이 아니고, 모두 松岩의 국문시가에 대한 안목과 긍정적인 평가에서 비롯되었다고 할 수 있다.

〈독락팔곡〉은 송암 자신의 隱居求志의 뜻을 읊은 것인데, 이를 장별로 살펴보면 다음과 같다.

---

38 閭巷間 樵童汲婦 咿啞而相和者 雖曰鄙俚 若於眞贋 則固不可與學士大夫 所謂賦詩者 不可同日而論(西浦漫筆)

(1) 大平盛代 田野逸民 再唱

　　耕雲麓 釣烟江이 이밧긔 일이업다

　　窮通이 在天ᄒ니 貧賤을 시름ᄒ랴

　　玉堂 金馬ᄂᆫ 내의 願이 아니로다

　　泉石이 壽域이오 草屋이 春臺라

　　於斯臥 於斯眠 俯仰宇宙 流觀品物ᄒ야

　　居居然 浩浩然 開襟獨酌

　　岸幘長嘯景 긔엇다 ᄒ니잇고


(2) 草屋三間 容膝裏 昂昂一閒人 再唱

　　琴書를 벗을삼고 松竹으로 울을ᄒ니

　　脩脩 生事와 淡淡 襟懷에 塵念이 어드나리

　　時時에 落照赴淸 蘆花 岸紅ᄒ고

　　殘烟帶風 楊柳飛 ᄒ거든

　　一竿竹 빗기안고 忘機伴鷗景 긔엇다 ᄒ니잇고



　　제1장과 제2장에는 탈속, 隱居之狀이 드러나 있다. 제1장에서는 任宦에 뜻이 없고 泉石膏肓으로 자연에 묻혀 사는 모습, 제2장에서는 琴書와 갈매기를 벗삼은 物外閑情의 超逸之狀을 보여주고 있다.


(3) 士何事乎 尙志而已 再唱

　　科名 損志ᄒ고 利達 害德이라

　　모ᄅ미 黃卷中 聖賢을 뫼압고

　　言語 情神 月夜애 涵養ᄒ야

　　一身이 正ᄒ면 어디러로 못가리오

　　俯仰 恢恢ᄒ고 往來 平平ᄒ니

갈 길룰 알오 立志를 아니 ᄒ랴

壁立 萬仞 磊磊 不變ᄒ야

嘐嘐然 尙友千古景 긔엇다 ᄒ니잇고


이 장은 立志尙古의 지향을 보여 주고 있다. 科名은 뜻을 손상시키고 利達은 덕을 헤친다는 부르짖음 속에는 역설적 의미가 없지도 않지만 과거에의 뜻은 이미 과거지사요 바른 길이 아님을 확인하는 것이요, 立志尙古가 儒者의 당위임을 알아 실천하는 의지를 보여 주고 있다.


  (4) 入山 恐不深 入林 恐不密

     寬閒之野 寂寞之濱에 卜居를 定ᄒ니

     野服 黃冠이 魚鳥外 버디업다.

     芳郊애 雨晴ᄒ고 萬樹애 花落後에

     青黎杖 뷔집고 十里溪頭애 閒往閒來 ᄒ는ᄯ든

     曾點氏 浴沂風雩와 程明道 傍花隨柳도 이러턴가 엇다턴고

     暖日 光風이 불쎄니 볼거니 興滿前ᄒ니

     悠然胸次ㅣ 與天地萬物 上下同流景 긔엇다 ᄒ니잇고


여기서는 천지만물의 관조를 통한 求道의 모습을 읊고 있다. 魚鳥를 벗 삼음으로써 천지만물과 同類하고 있다. 새의 관찰을 통하여 輕淸한 것들의 나르는 理를 궁구하고, 고기의 관찰을 통하여 重濁한 것들의 침 잠하는 理를 구하여 천지만물의 理를 찾고자 하는 모습이다. 송암은 격물치지를 통하여 만물의 所從來를 깨달아 물아일체의 경지를 추구하는 자신의 주리적 세계관을 보여 주고 있다.

이와 같은 격물치지를 통한 求道의 모습은 그의 한시에도 잘 드러나 있다.[39]

(5) 집은 范萊蕪의 蓬蒿ㅣ오 길은 蔣元卷의 花竹이로다

　　　百年 浮生 이러타 엇다ᄒ리

　　　진실로 隱居 求志ᄒ고 長往 不返ᄒ면

　　　軒冕이 泥塗ㅣ오 鼎鍾ㅣ 塵土ㅣ라

　　　千磨 霜刀인들 이 ᄯᅳᆮ들 굿ᄎ리랴

　　　韓昌黎의 三上書ᄂᆫ 내의ᄯᅳ데 區區ᄒ고

　　　杜子美 三大賦ㅣ 내동내 行道ᄒ랴

　　　두어라 彼以爵 我以義 不願人之 文繡ᄒ야

　　　世間萬事 都付天命景 긔엇다 ᄒ니잇고


(6) 君門 深九重ᄒ고 草澤 隔萬里ᄒ니

　　　十載 心事를 어이ᄒ야 上達ᄒ료

　　　數封 奇策이 草ᄒ얀디 오래거다

　　　致君 澤民은 내의才分 아니런가

　　　窮經 學道를 ᄯᅳᆮ두고 이리ᄒ랴

　　　출하리 藏修丘壑 逐世 無悶ᄒ야

　　　날조촌 번님네 뫼옵고

　　　緣籤 山窓의 共把遺經 究終始景 긔엇다 ᄒ니잇고


　　제5, 6장에서는 行道와 致君澤民이 결코 자신의 뜻이거나 분수가 아님을 거듭 주장하고 있다. 재삼 거론할 만큼 갈등이 컸다고도 할 수 있다. 그러나 生을 義로써 주장하고 順命하는 태도와 窮經學道에 전념하는 자신의 心志를 나타내고 있다.

---

39 江湖形影獨低徊 世路聲華眠不開／靜究羽鱗飛躍處 源源物理有從來
　　　　　　　　　(松岩先生續集 권4,〈又二絶〉)

(7) 一屛一榻 左歲右銘 再唱

　　神目 如電이라 暗室을 欺心ᄒ며

　　天聽 如雷라 私語ㄴ들 妄發ᄒ랴

　　戒愼 恐懼를 隱微間애 닛디마새

　　坐如尸 儼若思 終日乾乾 夕惕若 ᄒᄂ뜯든

　　尊事 天君ᄒ고 攘除 外累ᄒ야

　　百體 從令 五常 不戮ᄒ야

　　治平 事業을 다이루려 ᄒ엿더니

　　時也 命也인디 迄無成功 歲不我與ᄒ니

　　白水 林泉의 ᄒ올일이 다시업다

　　우읍다 山之南 水之北애 斂藏蹤跡ᄒ야

　　百年間老景 긔엇다 ᄒ니잇고

이 장에서는 修己獨善의 뜻과 斂藏 閒老의 모습을 읊고 있는데, 앞뒤의 문맥과 의미가 어긋나고 있다. 앞부분 즉 "坐如尸 儼若思 終日乾乾 夕惕若 ᄒᄂ뜯든"까지는 隱求의 근본을 修己獨善에 두고 '愼其獨'을 강조하고 있는데 비해 그 이하 부분은 '治國 平天下'라는 유교적 이념을 이루려 했으나 신세 모순하여 자연에 閒居한다는 내용이다.

이와 같이 앞뒤의 내용이 상반되는 점으로 볼 때, 이 장은 다른 두 장이 뭉쳐 지금의 한 장으로 되었다는 것을 알 수 있다. 이 마지막 장이 원래 두 장이던 것이 하나의 장으로 축약되었다는 것은 장의 길이를 통해 봐서도 알 수 있다. 제1~6장까지는 한 장이 대개 6~8행인데 비해, 이 마지막 장은 12행으로써 거의 다른 장의 2배 길이를 취하고 있기 때문이다.

이런 점에 유의해 볼 때, 독락팔곡은 그 명칭과 같이 원래는 8장이었던 것이 錯簡 등의 사정에 의하여 제7장과 제8장이 합쳐져 지금과 같은 마지막 장으로 남게 되었다고 본다. 〈한거십팔곡〉의 논의에서도 언급한 바와 같이 〈한거십팔곡〉의 제16수는 〈독락팔곡〉의 일부였을 것이고, 더욱 그 내용으로 보아 독락팔곡 제8장의 일부였을 것으로 짐작된다.

어쨌든, 世事에는 뜻이 없음을 거듭 밝히고 隱求의 뜻을 드러내고 있는 이 〈독락팔곡〉은 憂思와 갈등을 씻고 存心養性을 위해 읊은 것이라 할 수 있다.

독락팔곡의 형식은 경기체가의 정격에서 크게 벗어난 파격형으로 되어 있다. 제1, 2, 3장과 제7장의 첫 행에 '再唱'이 오고 매장의 끝 행에 "~景 긔엇다 ᄒᆞ니잇고"가 온다는 특징이 있을 뿐, 그 외에는 경기체가의 모습을 찾기 힘들다. 경기체가에 쓰이는 감탄 낙구 '위(偉)'도 나타나지 않고 대신 일반적인 어구가 오거나 아니면 '두어라'(제5장), '출ᄒᆞ리'(제6장), '우읍다'(제7장) 등 시조에 흔히 쓰이는 감탄구가 오고 있다. 이로 보아 〈독락팔곡〉은 시조의 영향을 다소 받았음을 알 수 있다.

경기체가가 변격형을 거처 파격형이 된 시기는 중종대 이후이다. 김구의 〈花田別曲〉, 주세붕의 〈道東曲〉 〈六賢歌〉 〈嚴然曲〉 〈太平曲〉, 송암의 〈독락팔곡〉, 이복로의 〈龜嶺別曲〉, 민규의 〈忠孝歌〉 등은 모두 파격형인데, 이들은 조선조의 문물제도가 확립된 성종대를 지난 후에 창작된 것이기 때문이다. 찬양과 송축을 기본속성으로 하는 경기체가는 찬양과 송축이 요구되던 조선조 초기, 특히 성종 때까지는 그 필요성에 의해 창작이 활발했으나 중종대 이후에는 그 필요성을 상실함으로써 창작이 급격히 줄어들고 형식이 크게 파괴되지 않을 수 없었다. 경기체가의 형식이 크게 파괴된 원인으로는 또한 가사문학의 영향을 들지 않을 수 없다. 찬양과 송축, 교술의 필요성이 사라지자 반면에 가사와 시조가 세력을 확장함으로써 경기체가는 이들의 영향을 받아 한자 어구가 차츰 사라지게 되었고 리듬도 주로 4음보격 띠게 되었던 것이다. 주세붕이 지은 〈道東曲〉 〈嚴然曲〉 〈六賢歌〉 〈太平曲〉 등의 경기체가는 주로 시조의 영향을 많이 받았으나, 송암의 〈독락팔곡〉은 감탄구 등은 시조의 영향으로 볼 수 있으나 전체적으로는 가사의 영향을 많이 받은 것 같다.

결국, 독락팔곡은 경기체가로서의 몇 가지 요소를 갖고는 있으나 형식면에서 볼 때, 章 間의 균형이 깨어지고, 리듬도 거의 4음보 연속체를 띠고 있을 뿐 아니라 마지막 행의 낙구 형식이 아주 달라졌으며 내용면에서도 강호가사의 영향과 詞章之習이 많은 송암 자신의 취향[40]으로 인해 載道的인 면보다 서정성을 많이 띠고 있다는 것이 특징이라 하겠다.

---

40 退溪도 松岩이 文詞에 힘쓰는 것을 경계하고 道學에 精進할 것을 지적한 바 있다.
"讀書務精義理 不務博雜以君之才 用力於文詞久矣 何難於一變至道耶(增補退溪全書三, 「權章仲」)

# 제5장 구곡가계 시가의 계보와 전개 양상

　고려 말엽에 성리학이 우리나라에 도입되면서 우리의 사상계는 물론이고 사회제도를 비롯한 문화 전반에 걸쳐 대변혁이 일어나게 되었다. 고려 때까지 우리사회를 풍미해 왔던 불교사상이 차츰 신유학, 즉 성리학으로 대치됨에 따라 유교적인 제도가 뿌리를 내리게 되었고 성리학으로 무장한 신흥사대부들이 문화 담당층이 됨으로써 우리 문학세계에도 이들의 기호에 맞는 장르들이 새로 등장하게 되고 文以載道적인 문학사상이 확립되는 등 커다란 변모를 가져오게 되었던 것이다.

　그런데, 이러한 성리학을 사상적 이념으로 표방한 조선 초기의 유학자들은 節義 문제를 중심으로 하여 유교를 새로운 통치이념으로 삼되 고려왕조를 그대로 존속시키자는 이른바 충성파와 새로운 이데올로기에 입각한 새 왕조를 세우려는 소위 현실파로 나누어지게 되었다. 결국 현실파의 승리로 끝남에 따라 정몽주, 이숭인, 길재 등 절의파들은 伏誅당하거나 향리로 은둔하여 후일 처사문인의 원류가 되었고, 정도전을 비롯한 현실파들은 의욕적으로 조선조를 건국하면서 악장의 제작 등 예악과 제도를 정비했는데 이들의 현실 긍정적인 생활과 사상에서 관료적 문학, 관각문학이 형성되었던 것이다.[1]

---

1 사대부들은 중앙의 관료인 동시에 지방의 농장을 발판으로 한 지주적 관인이었다. 중앙의 관료인 동시에 지방의 지주인 이들 사대부는 進하면 조정의 관료로서 佐君澤民의 치적을 올리고 退하면 강호의 處士로서 吟風弄月의 高致를 누리는 양면의 생활세계를 가지게 되었다. 이러한 사대부의 생활의 양면성은 또한 그들의 문학으로 하여금 양면의 세계를 가지게 하였으니, 經國의 문장으로 불후의 盛事를 장식하는 관각문학 - 관료적

선초에는 정도전, 권근, 변계량, 하륜 등에 의하여 관료적 문학이 주류를 이루었는데 지배층의 관료화와 귀족화 현상으로 사회적 모순과 부조리가 대두되었고 詞章에 편중한 결과 이에 대한 비판세력이 등장하게 되었다. 15세기 후반에 기성의 집권세력인 훈구계의 權貴化에 대한 비판세력으로 등장한 것이 바로 사림파²였다. 이들은 정통 성리학파로서 세종의 폭넓은 인재 등용책으로 한때 중앙에 진출한 적이 있었지만 전반적으로 재야적 입장을 면치 못했다. 사림파들은 네 차례의 사화를 겪는 동안 그들의 公道論은 공감의 영역을 확대하였고 학문적 성과를 크게 올렸다.³

사림파들을 중심으로 한 처사문인⁴들은 理氣哲學에 심취하여 모든 人事와 接物에 道를 기본으로 하였기 때문에 도학주의를 바탕으로 한 왕도정치를 추구하였으며 정치에서 이루지 못한 유교적 이상을 자연과의 융화를 통하여 실현코자 하여 이른바 江湖歌道⁵를 형성하였던 것이다.

---

문학과 逸世의 情趣를 추구하고 閑適한 인생을 自樂하는 강호문학(산림문학, 전원문학) - 처사적 문학 등이 그것이라 할 수 있다. (이우성, "高麗末·李朝初의 漁父歌", 成大論文集 9, 1964, 참조)

2 사림파들을 중심으로 한 처사문인 사림파들의 형성과정, 성격, 특징에 관해 참고한 논저는 다음과 같다.
이수건, 영남 사림파의 형성, 영남대학교 민족문화연구소, 1979.
이태광, "16세기 사림의 역사적 성격", 대동문화연구 13, 성균관대학교 대동 문화연구원, 1979.
이우성, "이조 사대부의 기본성격", 한국의 역사상, 창작과 비평사, 1982.
이병휴, 조선전기 기호사림파 연구, 일조각, 1984.

3 이태진, 위에 인용한 논문.

4 처사문인들은 그들의 현실인식의 차이에 따라 세 부류로 나눌 수 있다. 즉 자연에 뜻을 두면서도 현실정치에 적극 참여하여 왕도정치를 이룩하려고 노력한 참여형 문인, 일시적으로 정치에 참여한 후에 평소 잊지 못하던 자연에 귀의한 귀거래형 문인, 아예 출사를 포기하고 자연에 은거하여 자연의 관조와 내면적 성찰을 통한 천리를 궁구한 은구형 문인들로 나눌 수 있다. 조정암, 율곡 같은 참여형 문인들은 자연을 동경하고 물아일체의 세계를 희구하면서도 지치주의를 부르짖으며 정치에 부단히 참여하여 도의 실현을 꿈꾸면서 가어옹적 세계를 펼쳤고, 이 현보, 이황 같은 귀거래형 문인들은 현실정치를 부정적으로 인식하고 때가 되면 언제나 향리로 돌아가 강호자연에 묻혀 산수지락을 누렸다. 그리고 권호문 같은 은구형 문인들은 정치를 통한 도의 실현은 불가능하다고 판단하고 자연을 통하여 도의 실현을 추구하였다.(김문기, "권호문의 시가 연구", 한국의 철학 14, 경북대학교 퇴계연구소, 1986.)

5 조윤제, 한국문학사, 탐구당, 1968, p.160.

이와 같은 사림파들을 위시한 조선조의 유학자들은 특히 주자의 학문을 신봉하여 철학이나 문학은 물론이고 생활에 이르기까지 전범을 삼았었다. 이들은 주자학을 窮究하고 발전시키는데 매진하였을 뿐만 아니라 주자의 문학을 본받으려고 노력하였고 생활양식까지도 실천하려고 애썼던 것이다. 그래서 이들은 주자의 武夷櫂歌, 즉 武夷九曲歌를 적극적으로 수용하게 되었는데 이는 무이구곡가가 강호생활적인 그들의 취향에도 맞았고 문이재도적 문학관에 입각하여 주자학의 묘리를 가장 잘 반영하고 있다고 여겼기 때문이다. 그리하여 勝地에 정사를 건립하고 무이구곡과 같은 九曲園林을 경영하면서 隱居求道하여 朱子然한 생활을 함으로써 유교적 이상세계를 실현하고자 했던 것이다. 조선조 유학자들의 주자에 대한 崇仰心은 우리의 상상을 초월할 정도로 대단하였다. 스스로 九曲園林을 경영하면서 구곡가를 읊거나 무이구곡가의 차운시를 짓는 것은 물론이고 주자가 살던 무이구곡과 雲谷을 도학의 실현도장이요 유학의 聖所로 여겨서 직접 가 볼 수 없음을 한탄하면서 무이구곡도를 그려 완상하였고, 무이산의 역사와 전설, 풍물 등에 대한 서술과 이들을 소재로 하여 읊은 많은 한시들을 수록해 놓은 武夷志를 탐독하기도 하였다.[6]

저자는 이와 같은 구곡가계 시가가 조선조 때에 우리나라의 한시와 국문 시가에 있어 일종의 장르처럼 유행했음을 발견하고 일찍부터 전국에 산재해 있는 각종 구곡임원을 답사하고 구곡가계 시가를 수집, 연구해 왔었다.[7] 그리하여 이 글에서는 이러한 현지답사와 자료조사를 바탕으로 하여 구곡가계 시가의 연원, 조선조 유학자들이 경영하였던 구곡원림과 구곡가계 시가의 현황과 유형에 대해 살펴 본 후, 구곡가계 시가의

---

최진원, "가어옹", 성균관대학교논문집 5, 1960.

_____, "강호가도의 연구", 성균관대 학교논문집 8, 1963.

6 이민홍, 사림파문학의 연구, 형설출판사, 1985.

7 저자는 지난 1991년 4월 25일, 한국유교학회 주최 학술발표대회에서 "주자 〈무이구곡가〉의 수용과 구곡시의 전개"라는 논문을 발표한 바 있다.

계보와 그 특징, 사적 전개 양상에 대해 고찰해 보고자 한다.


## 1. 구곡가계 시가의 연원과 유형

### 1.1. 구곡가계 시가의 연원

　조선조 유학자들이 정사를 건립하고 구곡을 경영하면서 구곡가계 시가를 창작하게 된 먼 연원은 논어 先進편에 나오는 증점의 浴沂氣象과 맹자의 浩然之氣 및 굴원의 漁父辭에서 구할 수 있으나 직접적인 연원은 주자가 武夷精舍를 건립하고 무이구곡을 경영하면서 무이구곡도가를 지은 데 있다.

　주자(1130~1200)는 41세 때인 1170년(건도 6)경에 한천정사를 처음으로 건립하고[8] 여기에서 가례와 근사록을 지었으며 1175년(순희 2) 7월에는 蘆峰의 雲谷에 晦庵을 세우고 雲谷記를 지었다.[9] 이 운곡기는 주로 雲谷二十六詠의 諸景에 대한 설명인데 이 기문에 이어 雲谷二十六詠과 雲谷雜詩十二首를 읊었다. 운곡이십육영은 雲谷, 南澗, 瀑布, 雲關, 蓮沼, 杉逕, 雲莊, 泉硤, 石池, 山楹, 藥圃, 井泉, 西寮 晦庵, 草廬, 懷仙, 揮手, 雲社, 桃磎, 竹塢, 漆園, 茶坂, 絶頂, 北澗, 中溪, 休庵 등 운곡의 26경을 읊은 것이고, 운곡잡시십이수는 주자가 운곡에 노닐면서 登山, 値風, 翫月, 謝客, 勞農, 講道, 懷人, 倦遊, 修書, 宴坐, 下山, 還家 등에 대해 지은 것이다. 이 운곡이십육영과 운곡잡시십이수는 조선조 유학자들이 많이 차운하여 지은 시이기도 하다.

---

8 乾道六年庚寅 家禮成 正月葬母氏於建陽後山天湖之陽命其谷曰寒泉(朱子大全 附錄, 권4, 年譜原本)
　淳熙二年乙未 五月東萊呂公來訪講學于寒泉精舍編次近思錄成(同上)
9 淳熙二年乙未 七月作晦庵於蘆峰之雲谷 有雲谷記(同上)

그리고 주자는 50세 때인 1179년(淳熙 6)에 남강군지사로서 그해 10월에 白鹿洞書院을 복건하였으며 1182년에 남강군지사를 그만두고 54세 때인 1183년(순희 10) 4월에 무이구곡의 제5곡에 무이정사를 짓고 살면서 武夷精舍雜詠幷序를 짓게 되었다.[10] 주자는 이 서문에서 무이정사 주위의 경관을 다음과 같이 묘사하고 있다.

무이산의 물이 동쪽으로 흘러 아홉구비를 이루는데 제5곡이 제일 깊숙하다. 산이 북에서 남으로 뻗다가 이곳에 이르러 우뚝 솟아 전체가 바위로 된 한 봉 우리를 이루고 있다. 그 높이가 천척이나 되고 산꼭대기는 조금 평평하면서 흙이 있기 때문에 수풀을 이루어 그 푸르럼을 가히 볼 만하다. 네 모서리가 약간 꺾여 내려오다가 치켜 올라가면서 다시금 깎이어 들어간 것이 마치 네 모진 집에 모자를 씌운 것 같으니 舊經에 이른바 大隱屛이다. 이 은병 아래 양 기슭이 언덕과 낭떠러지로 갈라져 뻗어 내리다가 다시 되돌아 끌어안으니 그 가운데의 땅은 넓고 평평하여 數畝나 되고 그 밖으로는 물이 산세를 따라 서북쪽으로부터 네 번이나 꺾여 비로소 남쪽을 지나 다시 산을 감싸면서 동북쪽으로 흐르면서 또다시 네번 꺾이어 흘러가니 냇물 양쪽의 丹崖와 翠壁은 수풀이 둘러싸고 귀신이 깎은 듯하여 그 형상을 이루다 표현할 수 없다. 배를 타고 오르내리면서 좌우를 돌아다보면 놀랄만한 경치가 끝없이 이어지다가 갑자기 평평하고 긴 등성이에 푸른 덩쿨과 무성한 나무들이 뒤엉키고 칡덩쿨이 뒤덮여 사람들로 하여금 마음과 눈이 확 트이게 하고 그윽히 깊게 하여 더할 수 없는 극치를 이루는 곳이 나타나니 바로 이곳이 정사가 있는 곳이다.[11]

---

**10** 淳熙六年己亥 十月復建白鹿洞書院(朱子大全 附錄 권4, 年譜原本)
淳熙十年癸卯 四月作武夷精舍(同上)

**11** 武夷之溪 東流 凡九曲 而第五曲爲最深 蓋其山 自北而南者 至此而儘聳 全石爲一峯 拔地千尺 上小平處 徽戴土生林木 極蒼翠可按 而西隤稍下 則反稍而人 如方屋帽者 舊經所謂大隱屛也 屛下兩麓 玻坨旁引 還復相抱 抱中地平廣數畝 抱外溪水隨山勢 終西北來 西屈折始過其南 乃復繞山東北流 亦回屈折而出 溪流兩旁 丹崖翠壁 林立ㅣ環擁 神鬼刻 不可

이 서문은 이어서 무이정사 주위의 누정의 모습과 釣磯, 茶, 漁艇 등에 대해 서술하고 있다. 그리고 서문 다음에 무이정사잡영 12수를 실어 놓고 있다. 무이정사잡영은 精舍, 仁智堂, 隱求齋, 止宿寮, 石門塢, 觀善齋, 寒棲館, 晩對亭, 鐵笛亭, 釣磯, 茶, 漁艇 등 서문에서 묘사해 놓은 무이정사와 정사 주위의 누정과 생활배경에 관해 읊은 것이다.[12]

이 무이정사와 무이정사잡영은 유학자들, 특히 우리나라 성리학자들이 정사를 짓고 무이정사잡영의 次韻詩를 짓는 기원이 되었다. 이 무이정사잡영은 앞에서 언급한 운곡이십육영, 운곡잡시십이수는 다음에 논의할 무이구곡도가와 함께 성리학자들이라면 누구나 한 번쯤 차운시를 짓거나 지으려고 노력했던 유명한 시이다.

또한 주자는 55세 때인 1184년(순희 11) 중춘에 유명한 武夷九曲櫂歌를 짓게 되었다.[13] 숭안현 남쪽에 있는, 120리에 긍한 무이산에는 유명한 36봉과 37암이 있어서 계류가 그 사이를 돌며 절승 구곡을 이루고 있는데 무이구곡가는 바로 이 구곡의 승경을 노래한 것이다. 국역해 보면 다음과 같다.

---

名狀 舟行上下者,方左右顧瞻 錯愕之不暇 而忽得平岡長車 蒼藤 茂木 按行速靡 膠葛蒙^使人心目 嘯然以舒 窈然以深 若不可極者 卽精舍之所在 地 (朱子大全, 권9, 詩, 武夷精舍雜詠幷序)

12 무이정사잡영 십이수는 다음과 같다.
精　舍…琴書四十年 幾作山中客 一日茅棟成 居然我泉石
仁智堂…我想人知心 偶自愛山水 蒼崖無古今 碧測自千里
隱求齋…晨窓林影開 夜枕山泉響 隱去復何求 無言道心長
止宿寮…故人肯相尋 共寄一茅宇 山水爲囿行 無勞具雞黍
石門塢…朝開雲氣擁 暮掩薜藤深 自笑農門者 郡知孔氏心
觀善齋…負笈何方來 今朝此同席 日用無餘功 相看俱努力
寒棲館…竹間彼何人 抱窺靡遺力 遙夜更不眠 焚香坐看壁
晩對亭…倚祐南山巖 部立有晩對 蒼崎寒蟲空 落日明影翠
鐵笛亭…何人縣鐵笛 噴薄兩崖開 千載留餘響 猶疑莖鶴來
釣　機…削成倉石棱 倒影寒潭碧 永日静垂竿 慈心竟誰識
茶　齋…仙翁遺石憲 宛在水中央 飲罷方舟去 茶烟衾細香
漁　艇…出載長煙重 歸裝片月輕 千錄猿鶴友 愁絕掉歌聲

13 淳熙甲辰中春精舍開居戲作武夷櫂歌十首呈諸同遊相與一笑(朱子大全, 권9, 詩)

武夷山上有仙靈　무이산 꼭대기에 선령이 있어
山下寒流曲曲淸　산 아랜 구비구비 물이 맑구나.
欲識箇中奇絶處　그 중에 빼어난 곳 찾노라 하니
櫂歌間聽兩三聲　뱃노래 한가로이 들려만 오네.


一曲溪邊上釣船　첫 구비 물가에서 낚싯배 타니
幔亭峰影蘸晴川　만정봉 그림자 맑은 내에 어리네.
虹橋一斷無消息　홍교는 끊어진 채 소식이 없고
萬壑千巖鎖翠烟　골짜기 바위마다 안개만 자욱하네.


二曲亭亭玉女峰　둘째 구비에 우뚝 솟은 옥녀봉
揷花臨水爲誰容　누굴 위해 물가에서 꽃을 꽂은가
道人不復陽臺夢　도인은 이제 다시 양대꿈 꾸지 않고
興入前山翠幾重　흥이 이니 앞산은 푸르기만 더하네.


三曲君看架壑船　셋째 구비에 가학선 저바위 보소
不知停櫂幾何年　돛대를 멈춘지 하마 몇 핸고
桑田海水今如許　뽕밭이 바다됨이 이와 같으니
泡沫風燈敢自憐　물거품 등불 이치 정녕 슯구나.


四曲東西兩石巖　네째 구비 동서로 치솟은 바위
巖花垂露碧㲯毵　이슬맞은 꽃들이 어지러이 드리웠고.
金鷄叫罷無人見　금계 울음 그치고 인적 없으니
月滿空山水滿潭　달밝은 산속엔 못물만 가득하네.


五曲山高雲氣深　다섯째 구비 산만높고 구름 머흘러
長時煙雨暗平林　언제나 안개비에 어둑한 수풀.

林間有容無人識　숲속의 나그네 아는 이 없어
欸乃聲中萬古心　뱃노래 소리에 만고심이 있어라.


六曲蒼屏遶碧湾　여섯째 구비 창병은 강물에 둘려있고
茅茨終日掩柴關　띠집의 사립문은 온 종일 닫혀있네.
客來倚櫂巖花落　손이 와서 노저으니 바위꽃 떨어질 뿐
猿鳥不驚春意閒　납과 새는 유유하고 봄뜻은 한가로워.


七曲移船上碧灘　일곱구비 배저어 벽탄을 오르며
隱屏仙掌更回看　은병과 선장바위 또다시 돌아보네.
却憐昨夜峰頭雨　어여쁘사 어제밤 산위에 내린 비가
添得飛泉幾道寒　폭포수에 더해지니 얼마나 차가울가


八曲風烟勢欲開　여덟구비 바람안개 걷히려 하니
鼓樓巖下水縈洄　고루암 아래는 물이 돌아 흐르네.
莫言此處無佳景　이곳에 가경이 없다 말하지 마소
自是遊人不上來　절로 유인이 올라오지 않는구나.


九曲將窮眼豁然　아홉구비 다하려 하니 앞이 확트여
桑麻雨露見平川　이슬비 내린 상마들 평천이 보이네.
漁郎更覓桃源路　어랑은 도원길 다시는 찾지말라
除是人間別有天　이곳 말고 인간에 별천지 있으랴.


　주자의 이 무이구곡가는 무이산 아홉 구비의 승경, 즉 제1곡 尋眞洞,
제2곡 玉女峰, 제3곡 仙機巖, 제4곡 金鷄巖, 제5곡 鐵笛亭, 제6곡 仙掌峰,
제7곡 石唐寺, 제8곡 鼓樓巖, 9곡 新村市 등을 소재로 읊은 것인데 이는

중국뿐만 아니라 우리나라 성리학자들이 읊은 구곡가계 시가의 기원이
되었다.

이 외에도 주자는 63세 때인 1192년(소희 3)에 建陽에 考亭을 지었으
며 1194년(소희 5)에 竹林精舍를 건립하기도 했다. 후일 죽림정사는 創
洲精舍로 개명하였다.[14]

이와 같이 주자가 무이산에 한천정사, 무이정사, 고정, 죽림정사(창주
정사) 등을 건립하고 구곡을 경영하면서 무이구곡가를 짓자 후대 성리학
자들이 이를 모방하여 각종 정사를 짓고 구곡을 경영하면서 무이구곡가
계 시가를 짓게 되었던 것이다. 성리학자들은 주자의 학문은 물론이고
주자의 그 모든 것을 依倣하고자 했기 때문이다.

그러면 이 무이구곡가가 우리나라에는 언제 전래된 것인가 하는 문제
이다. 그 확실한 연대는 알 수 없으나 고려 말엽일 가능성이 짙다. 이는
고려 충렬왕 15년(1289)에 안향이 원나라에 들어가 朱子書를 얻어 摹寫
하고 공자와 주자의 眞像을 모사하여 돌아온 후에 주자서를 강하였다[15]
는 것과 여말 원천석의 운곡시사에 "依然九曲武夷中"[16]이라는 시구가 있
을 뿐만 아니라 개성에서 출토되었다는 吉州窯의 天目盞에다 고려때 金
彩畵한 그릇에는 내면에 산수화가 그려져 있고 그 둘레에 주자의 무이도
가 제9곡의 시가 써 있다[17]는 사실 등으로 미루어 볼 때, 고려 말엽에는
무이구곡도 및 무이구곡가가 전래되었다고 볼 수 있다. 그리고 무이정사
잡영의 차운시가 처음으로 시도된 것은 선초 서거정의 〈周文公武夷精舍
圖用文公韻〉이 아닌가 생각된다.[18] 이 시는 주자의 〈무이정사잡영〉을 차

---

**14** 光宗紹照三年壬子 二月 始築室于建陽之考亭(朱子大全 附錄 권4, 年譜原本) 紹熙五年甲
　　寅 十二月 竹林精舍落成 後更名曰滄州(同上)

**15** 庚寅忠烈王十六年 留燕京手抄朱子書又擧寫孔子朱子眞像朱子書未及盛行於世先生始得
　　見之心自篤好知其爲孔門正脈遂手錄其書又寫孔朱眞像而歸自是講求朱書深致博約之工
　　(晦軒先生年譜)

**16** 題李植七峰書院(耘谷詩史)

**17** 久志卓眞, "畵金靑磁·畵金烏盞," 朝鮮の陶磁 雄山閣, 1974, pp.211-216.
　　유준영, "구곡도의 발생과 기능에 대하여", 고고미술 151, 한국미술사학회, 1981.

운하여 그 중에서 精舍, 止宿寮, 觀善齋, 石門塢, 寒棲館, 鐵笛亭, 釣磯, 隱求齋, 茶, 漁艇 등에 관해 읊은 10수의 시이다. 무이도가에 대한 차운시와 조선조 성리학자의 園林 九曲詩의 창작은 조선조 중기에 접어들어서야 본격화 되었다.

## 1.2. 구곡가계 시가의 유형

우리나라에서는 일찍이 군왕은 궁실에서 귀족과 권신들은 私第나 저택에 권력과 재력으로써 樓亭을 세우고 연못을 파서 즐겼으며 문인들은 향리의 산하에 복거를 정하여 자연에 심취하고 도학을 연마하면서 隱棲하였으니 이러한 저택의 별당과 향리의 別墅를 마련하는 卜居園林을 마련하는 풍습은 삼국시대 때부터 시작된 것으로 보인다.[19] 그런데 別墅園林은 성리학자들에 의하여 발전하게 되었고, 특히 명구승지에 구곡을 지정하고 정사를 세워 구곡원림을 경영하게 된 것은 16세기에 이르러 조선조의 성리학이 절정에 달한 때였다. 이 시기의 성리학자들은 구곡임원을 실지로 경영하면서 스스로 구곡가를 창작하거나 무이구곡가의 차운시를 지었으며 구곡도를 그려 완상하고 무이지를 탐독하면서 무이도가를 중심으로 한 시비평과 시론을 펼치기도 하였다.

저자가 지금까지 조사해 본 결과, 구곡임원의 경영과 구곡가계 시가의 창작에 대한 기록이 확실한 것으로는 采芝堂 朴龜元(1442-1506)의 姑射九曲 園林과 姑射九曲詩가 최초이고 그 다음은 逍遙堂 朴河淡(1479-1506)의 雲門九曲과 雲門九曲歌이다. 박귀원은 사헌부 감찰, 칠원 현감을 지나다가 고향인 밀양군 단장면 고례리로 돌아와 경치가 빼어난 단장천의 아홉 굽이를 무이구곡에 견주고 구곡시를 지으면서 姑射九曲을 경

---

18 유준영, 위의 논문 참조.
19 이은창, "한국유가 전통원림의 연구," 한국전통문화연구 4, 효성여자대학교 한국전통문화연구소, 1988.

영하였다.  박하담은 1536년(중종 31)에 경북 청도의 운문산을 비롯한 동창천 일대의 승경을 구곡으로 경영하면서 운문구곡가를 지었던 것이다.[20] 그리고 비슷한 시기에 퇴계 이황(1501~1570)은 도산구곡을, 율곡 이이(1536~1584)는 고산구곡을 경영하였다. 이 밖에 조선조의 성리학자들이 직접 경영하였던 구곡원림으로 유명한 것은 한강 정구(1543~1620)의 무흘구곡, 수헌 이중경(1599~1678)의 오대구곡, 우암 송시열(1607-1689)의 화양구곡, 곡운 김수증(1624~1701)의 곡운구곡, 수암 권상하(1641~1721)의 황강구곡, 병와 이형상(1653~1733)의 성고구곡, 훈수 정만양(1664~1730)의 횡계구곡, 옥소 권섭(1671~1759)의 화지구곡, 근품재 채헌(1715~1795)의 석문구곡, 이계 홍량호(1724~1802)의 우이동구곡, 운암 오대익의 운암구곡, 경암 이한응(1778~1864)의 춘양구곡, 응와 이원조(1792~1871)의 포천구곡, 성재 류중교(1832~1893)의 옥계구곡, 후산 이도복(1862~1938)의 이산구곡 등이다. 이 외에 경주의 옥산구곡, 문경의 선유구곡, 안동의 하회구곡, 영주의 운포구곡과 동계구곡, 봉화의 대명산구곡, 예천의 수락대구곡, 포항의 덕계구곡, 퇴계가 지정했다고 전해지는 경북 영풍군 순흥면에 소재하는 죽계구곡, 그리고 충북 괴신ㅣ군 춘천면 송면리에 소재하는 외선유구곡[21]도 유명하다.

이와 같이 조선조 성리학자들은 대개 주자의 무이구곡가를 연상하면서 자신들이 경영하던 구곡을 구곡가계 시가, 즉 한시, 시조, 가사 등의 형태로 읊었다.

조선조 중엽 이후로 많은 구곡가계 시가가 창작되었는데 이를 유형별

---

**20** 先生旣卜築立巖以雲門山水有九曲之勝遂次武夷櫂歌以寓逍遙嘯詠之趣(逍遙堂集 권2, 附錄 年譜)

**21** 이 仙遊九曲은 槐山邑으로부터 덕평을 지나 송면리 동북쪽 약 2km에 걸쳐 펼쳐지는 절승지이다. 退溪 李滉이 송정리의 함평 이씨가를 찾아 왔다가 이 곳의 산수가 너무나 절묘하고 풍광이 수려하므로 9개월이나 머물었다고 한다. 선유구곡은 제1곡 선유동문, 제2곡 경천벽, 3곡 학소대, 제4곡 연단로, 제5곡 와룡폭포, 제6곡 난하대, 제7곡 기국암, 제8곡 구암, 제9곡 은선암 등이다.

로 나누어 보면, 우선 크게 한문 구곡시[22]와 국문 구곡가로 나눌 수 있다. 한문 구곡시는 다시 창작 구곡시와 한역 구곡시로 나누어지고, 창작 구곡시는 무이도가의 차운시의 형식으로 직접 경영하던 구곡원림을 노래한 원림 구곡가와 차운 구곡시, 화운 구곡시 등으로 다시 나누어진다. 한편, 국문 구곡가는 시조체 구곡가와 가사체 구곡가로 나눌 수 있다.

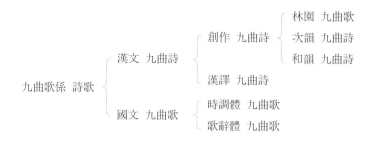

원림 구곡가는 조선조 유학자들이 직접 경영하던 구곡원림을 대상으로 읊은 시로서 구곡가계 시가 중에서 국문 구곡가와 함께 주류를 이루고 있다. 그러나 각 구곡원림의 주인들이 모두 그 원림의 구곡가를 지은 것은 아니다. 도산구곡과 죽계구곡을 경영한 퇴계는 구곡가를 남기지 않았으며 정조 때의 하계 이가순이 도산구곡가를 지은 바 있다. 그리고 우암의 화양구곡과 수암의 황강구곡을 소재로 하여 옥소 권섭이 대신 화양구곡가와 황강구곡가를 지었으며 김수증은 곡운구곡가의 서시와 제1곡시만 읊고 나머지는 자식들과 從子들 및 외손이 지었다. 그 밖에는 대개 자신들의 구곡원림을 소재로 하여 그 승경과 隱求之樂을 읊고 있다. 작귀원의 고야구곡시, 박하담의 운문구곡가, 정구의 무흘구곡가, 권섭의 화지구곡가, 정만양의 횡계구곡가, 이한응의 춘양구곡가, 이원조의 포천

---

22 漢文으로 된 九曲詩 중에는 〈雲門九曲歌〉와 같이 九曲園林을 직접 경영하면서 읊은 '園林 九曲歌'의 경우는 '九曲歌'라고 해야 하는데 漢譯 九曲詩 뿐만 아니라 次韻 九曲詩 와 和韻 九曲詩 등과 함께 이러한 園林 九曲歌를 포괄적으로 지칭하기 위하여 '漢文 九曲詩', '創作 九曲詩'라는 용어를 쓰게 되었다.

구곡가 등은 자신들이 직접 경영하던 구곡원림을 소재로 하여 읊은 원림 구곡가들이다.

차운 구곡시는 수적인 면에서 볼 때, 구곡시 중에서 으뜸을 차지하고 있다. 성리학이 그 난숙기를 맞은 조선조 중엽 이후, 이름난 성리학자는 대개 한 번쯤 무이도가의 차운시를 지었다고 해도 과언이 아니다. 특히 원림 구곡가를 지은 이들은 거의 차운 구곡시를 남기고 있다. 퇴계의 開居讀武夷志次九曲櫂歌韻十首, 한강의 仰和朱夫子武夷九曲詩韻十首, 입재 정종로(1738～1819)의 敬次武夷櫂歌十首, 경암의 敬次武夷櫂歌 등과 같이 차운 구곡시는 실경을 근거로 하지 않고 무이도가나 무이지의 내용을 바탕으로 하여 그들이 이상적으로 희원하던 주자의 삶과 주자학적 세계를 관념적으로 표출해 놓은 것이 특징이라 하겠다.

화운 구곡시로는 우선 주자의 무이도가를 차운하여 지은 한문 구곡시를 보고 재차운하여 지은 입재 정종로의 次雲巖吳侍郞大益寄贈韻並步其九曲十絶奉呈과 한강 박승동(1847～1922)의 次高山九曲潭詩 같은 것을 들 수 있다. 정종로의 次雲巖吳侍郞大益寄贈韻並步其九曲十絶奉呈 시는 운암 오대익이 기증한 구곡시에 화시한 것이고[23] 박승동의 次高山九曲潭詩는 율곡의 고산구곡을 보고자 했으나 이루지 못하다가 우연히 옛상자 중에서 무이도가를 차운한 고산구곡담시를 발견, 이를 읽고 기뻐 재차운하여 화시한 것이다.[24]

이 외에도 화운 구곡시에는 무이도가를 차운은 했으되 율곡의 고산구곡의 세계를 읊은 고산구곡가의 화시들도 있다. 권섭은 무이도가를 차운하여 고산구곡가의 화시를 지었고 우암 송시열을 비롯한 율곡 제자 10인

---

**23** 이 再次韻詩는 首絶(序曲) 다음에 제1곡 大隱潭,제2곡 黃庭洞,제3곡 水雲亭,제4곡 鍊丹窟,제5곡 道光壁,제6곡 四仙臺, 제7곡 舍人巖, 제8곡 桃花潭,제9곡 雲仙洞에 대해 읊고 있다.

**24** 海州之高山九曲澄潭 栗谷翁杖屨之所也 末學後生 尙不得一往觀 未嘗不在夢想之中矣 偶閱家藏 古有九曲詩而用武夷韻也 讀之欣然和之(渼江集 권1, 詩, 次高山九曲潭詩의 解註)

은 고산구곡가의 화시인 고산구곡시를 지었다. 이들은 고산구곡가의 시상을 바탕으로 하여 고산구곡시 1수씩을 지었는데, 우암은 서시를 짓고 1곡은 문곡 김수항이, 2곡은 제월 송규렴이, 3곡은 문암 정호가, 4곡은 수곡 이여가, 5곡은 곡운 김수증이, 6곡은 삼연 김창흡이, 7곡은 수암 권상하가, 8곡은 지촌 이희조가, 9곡은 교리 송희석이 지었다. 한편, 송시열의 문인으로 부평 현감을 지낸 이하조(1664~1700)도 무이도가를 차운하여 고산구곡시의 화시를 지은 바 있다. 이 시는 무이구곡가와 고산구곡가의 시상을 절충한 감이 있다.

한역 구곡시로는 우선 우암 송시열이 율곡의 고산구곡가를 한역한 것을 들 수 있다. 우암은 원시의 시상을 충실히 전하고자 근체시의 형식을 취하지 아니하고 六句 短詩體를 택하여 직역하였다. 우암의 역시는 5언고시가 아니라 5언단시이며 일종의 소악부라 할 수 있다. 이 외에도 玉所의 黃江九曲用武夷櫂歌韻飜所詠歌曲과 근품재의 石門九曲次武夷櫂歌韻이 있는데 이는 자신들이 지은 황강구곡가와 석문구곡가를 각각 무이도가운에 맞추어 한역한 것이다.

국문 구곡가로는 시조체 구곡가와 가사체 구곡가가 있는데, 시조체 구곡가에는 연시조로 된 율곡의 고산구곡가, 수헌 이중경의 오대구곡가, 옥소 권섭의 황강구곡가가 있다. 그리고 가사체 구곡가에는 근품재 채헌의 석문구곡도가, 성재 류중교의 옥계조(옥계구곡가), 후산 이도복의 이산구곡가가 있다.


## 2. 구곡가계 시가의 계보와 작품

조선조의 구곡가계 시가는 嶺南學派의 구곡가계 시가와 畿湖學派의 구곡가계 시가라는 두 계보로 나누어 볼 수 있다. 이는 구곡가계 시가 작자들의 지역적 차이보다는 이들이 지닌 철학의 차이에서 오는 필연적인 결과라 하지 않을 수 없다. 퇴계를 위시한 영남학파들은 주리론적 사상을 가진 반면에 율곡을 위시한 기호학파들은 주기론적 사상을 가졌기 때문에 자연히 그들의 사고, 세계관, 자연관 등은 상호 다를 수밖에 없었다. 따라서 두 학파가 모두 주자의 성리학을 긍정적으로 수용하면서도 그 해석과 관점의 차이에 따라 그들이 지은 작품의 세계도 상이하기 마련이었다. 그리하여 본 장에서는 두 계보의 작자들이 지은 중요 구곡가계 시가 작품에 대해 작자와 창작 연대, 구곡의 경영과 작품의 특징 등을 검토해 보려고 한다. 이러한 논의는 주로 조선조 유학자들이 직접 경영했던 구곡원림과 그 구곡가를 대상으로 하여 전개하고자 한다.

## 2.1. 영남학파의 구곡가계 시가

영남학파의 중요 구곡가계 시가로는 고야구곡시, 운문구곡가, 도산구곡가시 무흘구곡시, 성고구곡가, 횡계구곡가, 석문구곡도가, 춘양구곡가, 포천구곡가 등이 있다. 이 밖에도 수많은 차운시들이 있으나 이 글에서는 지면상 다루지 않기로 한다.

(1) 姑射九曲詩

박귀원은 자가 彦靈이고 호가 采芝堂이며 본관이 密城이다.25 1442년 8월 22일 밀양시 단장면 고례리에서 태어났다. 일찍이 司馬試를 거쳐서 성종 조에 벼슬에 올라 行吏曹正郎, 司憲府監察, 漆原縣監을 역임하며 백성을 잘 다스렸다. 엄히 하는 것과 어질게 하는 것을 각각 적절히 하였고 또 학교를 일으켜 고을의 자제들과 인륜을 가르치고 경전을 강론하니 고을의 교화가 넓게 고루 미쳤다.26

---

25 박귀원의 〈행장〉이 실려 있는 『采芝堂先生遺稿』는 당대에 간행되지 못하고 박귀원의 13세손인 朴在瑢(1851~1875)에 의해 간행되었다.
26 "早中司馬 成廟朝 登第 行吏曹正郎 司憲府監察 漆原縣監 到縣 臨民御吏 皆有條理精密

박귀원은 벼슬에 뜻을 접고 고향에 돌아와 주자가 경영했던 武夷九曲을 모방하여 고야구곡을 설정하고 경영한 것 같다. 박귀원이 설정한 고야구곡은 제1곡이 泗淵, 제2곡이 鼎角山, 제3곡이 泛棹淵, 제4곡이 昇鶴洞, 제5곡이 丹崖, 제6곡이 甀沼, 제7곡이 道藏淵, 제8곡이 籠巖, 제9곡이 船沼이다.27 그런데 고야구곡 아홉 굽이 중에서 현재 제7곡 도장연, 제8곡 농암, 제9곡 선소는 밀양댐에 수몰되어 그 원형은 볼 수 없고 물위에 솟아 있는 산의 모습과 경치를 통하여 미루어 짐작해 볼 수밖에 없게 되었다.

　박귀원이 이렇게 고야구곡을 설정하고 경영하게 된 계기와 배경은 당시 士林의 중추적인 유학자인 佔畢齋 金宗直(1431-1492), 寒暄堂 金宏弼(1454-1504), 一蠹 鄭汝昌(1450-1504) 등과 더불어 고향인 밀양의 고야촌 주위의 勝景에서 교유하며 隱求의 삶을 영위한 자취를 통하여 찾아볼 수 있다.

　고향에 돌아온 박귀원은 김종직, 김굉필, 정여창 등과 교유하며 天人性命에 대하여 토론하고 詩酒와 琴碁를 함께하며 자연에 은거하는 즐거움을 누릴 수 있었다. 박귀원, 김종직, 김굉필, 정여창 등이 비록 나이는 달랐지만 이렇게 자연에서 은거하는 즐거움을 함께할 수 있었던 까닭은 학문에 뜻을 둔 것이 한결같이 서로 다르지 않았고 산수를 사랑하는 마음이 같았기 때문이다.

　박귀원은 이렇게 김종직 등과 교유를 하면서 자연스레 士林들에게 은거의 전범이 되었던 주자의 무이구곡을 수용하여 자신의 은거지에 구곡

---

嚴恕各適其宜 又勤於興學校明教化 與邑中子弟 講明彝倫 談論經籍 郡中洽然"『采芝堂先生遺稿』, 「附錄」〈行狀〉

27 채지당 박귀원의 증조부인 돈와 박시예가 고야산에 은거할 당시에도 농암에서 도연까지 막연하나마 구곡이 있었는 듯하다. 그러나 구곡을 구체적으로 설정하고 경영한 이는 박귀원이라 할 수 있다. "籠巖之下 棹淵之上 一條寒川 自載岳下而下 有九曲 源深而流淸 川名武夷 亦非偶然也"『遜窩先生遺稿』, 「附錄」〈武川齋記〉

을 직접 설정하고 경영하게 되었던 것이다.

## (2) 雲門九曲歌

이 운문구곡가는 박하담이 지은 구곡가로서 조선조의 구곡가 중에서 창작 연대가 명확하고 빠른 시기에 창작된 작품이다.

박하담은 자를 응천, 호를 소요당이라고 하는데,1479년(성종 10) 에 청도군 북면 수야리에서 태어나 1516년에 생원시에 합격, 여러 직에 천거되었으나 나아가지 않았다. 그가 20세 때에 동향 선배인 탁영 김일손, 우졸자 박한주 등이 무오사화로 화를 당하고 41세 때에 기묘사화로 정암 조광조등이 화를 당하자 遯世의 뜻을 굳혔다. 그리고 삼족당 김대유와 협력하여 社倉을 지어 백성들에게 환곡법을 실시하기도 하였다. 그는 운문산 아래 입암의 訥淵 위에 소요당을 짓고 남명 조식, 청송 성수침, 신재 주세붕, 삼족당 김대유, 경재 곽도 등과 교유하였다. 회재, 퇴계 등과도 통문이 있어 서로 질의 討講한 영남의 거유로서 심경, 근사록, 주역, 가례 등을 강하였으며 春秋一大統論을 저술하였다.[28]

그는 58세 때인 1536년에 운문산의 구곡지승을 경영하면서 무이도가를 차운하여 운문구곡가를 지어 嘯詠하였다. 이 구곡가를 통해서는 운문구곡의 명칭을 명확히 알 수 없으나 道州誌와 '청도군의 전통'에 실려 있는, 근래에 편작된 운문구곡가[29]에 나타나있는 운문구곡은 孔巖楓壁, 薄湖靑壁, 三友亭, 仙巖畔水, 三足臺, 雲樹祠, 明溪院, 龍松, 梧臺, 博淵巖

---

28 逍遙堂集, 권4, 附錄, 年譜 및 行狀, 墓碣銘 참조.
29 그 序曲과 第 一曲만 예로 들어 보면 다음과 같다.
　　雲門山水 어떻더냐 묻는이가 있다면은
　　江을따라 늪과정자 노래하는 것이로다
　　한가하다 자랑하여 벌계를 찾지마라그가운데 어진이들 지나던데 찾겠노라
　　一曲은 어데매요 孔巖의 楓壁이라
　　꽃머리로 옷깃하니 누구위한 얼굴인고
　　郭肇齋의 지난일은 빙자할랴 어이없고
　　유수와 뜬구름도 첩첩히도 푸르과저 (道州誌, 제3절, 民謠)

등이다.

### (3) 陶山九曲歌

'동방의 주자'로 칭송되는 퇴계는 성리학뿐만 아니라 영남학파의 구곡 경영과 구곡가계 시가 창작에 절대적인 영향을 끼쳤다. 그는 비록 운문 구곡을 경영하면서 운문구곡가를 지은 소요당 박하담보다 22년 후에 태어났지만 거의 동시대에 활동하고 상호 질의, 討講했음을 감안해 볼 때 퇴계의 도산서당 및 朧雲精舍의 건립과 도산구곡의 경영, 무이구곡의 차운시 창작, 무이구곡도에 대한 관심[30]과 무이지의 탐독 등은 후대의 영남 학파 문인들의 구곡 경영과 구곡가계 시가 창작의 원동력이 되었고 지표가 되었다고 할 수 있다.

퇴계는 도산의 북편에 한서암을 지어 처음 복거지를 삼았다가 후에 도산의 남편에 도산서당과 朧雲精舍를 세우고[31] 도산구곡을 경영한 것 같다. 그가 지은 戲作七臺三曲詩 중에 삼곡으로 석담곡, 천사곡, 단사곡 이라는 명칭이 보이고 그 解註에도 "月瀾庵 近山臨水 而斷如臺形者 凡七 水繞山成曲者 凡三"[32]이라고 한 것을 볼 때에도 당시 이미 어느 정도 도산구곡이 지정된 것이라 볼 수 있다. 청량산의 계곡을 따라 낙천이 구비 구비 흐르면서 이루는 절경으로 형성된 도산구곡은 오가산지에 의하면 제1곡 雲巖, 제2곡 月川, 제3곡 鰲淡, 제4곡 汾川, 제5곡 濯纓, 제6곡 川砂, 제7곡 丹砂, 제8곡 孤山, 제9곡 淸凉 등이다. 퇴계는 도산서당을 제5 곡에 마련했는데 이는 주자가 무이구곡의 제5곡에 무이정사를 건립한 것과 같이 易의 九五, 즉 飛龍在天格인 陽五를 택했으니 성리학자로서의

---

30 退溪集, 권60, 跋, 李仲久家藏武夷九曲圖跋.
　　　　, 권12, 書, 答李仲久甲子, 答仲久, 答仲久乙丑.
　寒岡全集, 권9, 跋, 書武夷志附退溪李先生跋李仲久家藏武夷九曲圖後.
31 退溪集 권3, 詩, 陶山雜詠幷記 및 吾家山誌 권1, 陶山雜詠幷記 참조.
32 退溪集 권1, 詩, 戲作七臺三曲詩

주도면밀함을 잘 대변해 주고 있다.

그런데 퇴계는 주자의 무이구곡도가를 차운하여 10수의 차운시를 지었는데 이는 후대 무이구곡가 차운시의 표본이 되었던 것이다. 도산구곡 원림을 대상으로 퇴계가 읊은 구곡가는 없으나 정조 때의 하계 이가순 등 10여 인이 지은 도산구곡가는 오늘날 전해지고 있어 도산구곡의 대체적인 경관을 짐작하게 한다.[33]

### (4) 武屹九曲歌

이 무흘구곡가를 지은 한강 정구는 1543년에, 이조판서로 추증된 사중의 셋째 아들로 태어나 12세에 오덕계에 수업하여 주역을 배웠는데 건곤 두 괘를 배우고 나머지는 유추해 통달하였으며 1563년 퇴계에게 심경을 질의했고 24세 되던 1566년에는 남명 조식을 배알하였다. 22세 때에 과거 응시를 위해 상경한 적이 있었으나 느낀바 있어 귀향하여 과거를 포기하고 오직 구도에만 정진하였다. 31세 이후로 예빈사참봉, 현감 등으로 조정의 부름이 있었으나 모두 나아가지 않고 창평산 선필 곁에 한강정사를 세워 거처하면서 글을 가르쳤다. 38세 때에 창녕 현감으로 부임하여 1년 반 동안 지방행정에 종사하였다. 그러나 내직인 사헌부 지평으로 발령나자 벼슬을 버리고 귀향하여 천석과 송죽을 애상하고 매화 百株를 심어 百梅園이라 명명하였다. 그 뒤에 외직으로 함안 등의 현

---

33 霞溪集에 실려 있는 李家淳의 陶山九曲歌는 다음과 같다.
　仙芝東出一一支靈　汾洛遙速紫井淸　地萬世千同聖揆　遺詩重聽權歌聲
　一曲媒雲繞堅船　小庵西出見烏川　當年講易論文地　山菊江楓錢暝烟
　二曲芙蓉第幾峯　林中一鳥謝塵容　滿川風月同心賞　浩却溪山隔萬重
　三曲聚潭客問船　文僖尸祝自庚年　獨幽一鑑神襟契　講樹水輪尙入憐
　四曲淸川繞象媒　換歌驚起驚毛耗　播桃江寺留淸韻　仙伯風流共一一潭
　五曲盤陀水更深　艮兮南望入雲林　傳腊繁簿芳塵在　佳議通泉百世心
　六曲長虹抱玉湾　湖臺遙望白雲關　紫霞西場幽人屋　萬卷中藏一一味閑
　七曲仙臺印孔灘　雲靑水綠書中看　伯陽眞休留千古　莫遺金丹鼎火寒
　八曲堅頑一斧開　孤山孤絶石潭徊　主人好是懼懼老　見許眞工了會來
　九曲淸涼更屹然　祝融南下俯長川　始知極處梯難上　十二峯巒盡揷天

감과 강릉부사, 강원 감사, 안동대도호부사 등을 역임하였고 내직으로
승지와 형조참판을 거쳐 대사헌으로 특진되었으나 사퇴하였다. 은퇴한
후로 무흘, 경곡, 사양 정사에서 만년을 보내었다. 그는 퇴계와 남명을
스승으로 삼아 남명의 출처의리에 퇴계의 학문태도와 수양방법을 겸함
으로써 후일 퇴계학의 탁월한 계승자가 되었다.[34]

한강은 일평생 주자를 존상하여 강도와 棲息地까지도 상상, 흠모하였
다. 그리하여 운곡, 무이산, 백녹동, 회암 등지의 序記, 題詠, 事跡을 모
아 이 4곳의 끝글자를 따서 '谷山洞庵志'를 만들기도 하였다.[35] 그리고 書
武夷志附退溪李先生跋李仲久家藏武夷九曲圖後와 武夷志跋도 저술했을
뿐만 아니라 무흘구곡을 경영하면서 仰和朱夫子武夷九曲詩韻十首를 지
었었다. 주자가 무이정사를 짓고 무이구곡을 경영하고 퇴계가 도산서당
을 짓고 도산구곡을 경영했듯이 한강도 무흘정사를 짓고 무흘구곡을 경
영했었다. 한강은 그가 나서 자란 성주군 수륜면의 鳳飛巖으로부터 金陵
군 판산면의 龍湫까지 대가천의 계류를 따라 펼쳐지는 승경에 구곡을 설
정하고 경영했던 것이다.

무흘구곡은 제1곡 鳳飛巖, 제2곡 寒岡臺, 제3곡 舞鶴亭, 제4곡 立巖,
제5곡 捨印巖, 제6곡 玉流洞, 제7곡 滿月潭, 제8곡 臥龍巖, 제9곡 龍湫
등으로서 한강이 27세 되던 1569년(선조 2)에 성주 창평에 복거하면서부
터 그 경영이 시작되어 1573년(선조 6)에 한강정사, 1604년(선조 37)에
무흘정사를 건립하고 1612년(광해 4)에 노곡정사와 사양정사로 이주하기
까지 무흘구곡의 경영이 지속적으로 이루어져 완성되었다고 볼 수 있다.


(5) 城皐九曲歌

성고구곡가를 지은 병와 이형상은 효령대군의 후손으로 1653년(효종

---

34 이우성, 한강전집, 해제 참조.
35 撰谷山洞庵志先生一生尊尙朱子志於講道樓息之地亦莫不想像欽慕乃聚雲谷武夷 山白鹿
洞晦庵等地序記題詠事跡合爲一書而名之(寒岡全集 上, 寒岡先生年諸)

4)에 출생하였고 자는 중옥, 호는 병와 또는 순옹이라 하였다. 28세에 문과 별시에 급제하여 호조좌랑 등을 역임하는 동안 반대파의 책동으로 외직만 역임하게 되었다. 문무겸전의 능력을 인정받아 덕유산에 군도가 창궐할 때에는 금산군수, 대일관계가 미묘할 때는 동래부사, 이인좌의 난이 일어났을 때에는 경상도소모사를 역임하였다. 제주목사를 비롯한 수개 주의 수령도 역임했는데 관은 76세 때에 가선대부 호조참의에 이르렀고 歿後에 청백리에 錄選되었다.

그는 만년에 경북 영천읍에 浩然亭을 짓고 성고구곡을 경영하면서 성고구곡가를 지었던 것이다.[36] 이 성고구곡은 제1곡 泛月屏, 제2곡 棲雲巖, 제3곡 下水龜, 제4곡은 晩洗頂, 제5곡은 惹烟層, 제6곡 寂波灘, 제7곡 鼎扶莊, 제8곡 沙搏峽, 제9곡 淸通社 등으로 되어 있다.

병와는 이외에도 농암의 어부가 9장과 같은 형식으로 된 倡父詞를 짓기도 하였다.[37] 창부사는 병와의 친필 저서인 永陽錄 卷之一에 "城皐九曲幷序"라 하여 서문과 함께 실려 있고 역시 그의 친필 저서인 芝嶺錄 卷之六에 이 창부사 9장이 전하고 있다.

### (6) 橫溪九曲歌

횡계구곡가를 지은 정만양은 1664년(현종 5)에 영천군북 대전리에서 태어났는데 자를 개춘, 호를 훈수라 하였다. 그는 종조부인 학암 시연의 문하에서 수학하였고 37세 때에는 대전리에서 화배면 횡계동으로 移家

---

**36** 國譯甁窩集 1, 韓國精神文化研究院, pp.51-53 참조.
**37** 倡父詞 九曲중에서 제1장과 제9장을 예로 보면 다음과 같다.

| | |
|---|---|
| 我本漁樵孟渚野로 | 世間名利盡悠悠ㅣ라. |
| 물내여라 물내여라 | 富貴於我浮雲 이로다. |
| 歸去來歸去來霜花店ᄒᆞ니 | 山鳥山花ㅣ吾友干니라.〈一章 言掛冠〉 |
| | |
| 一物이 自荷星天慈ᄒᆞ니 | 靑山萬里靜散地로다. |
| 쑴씨여라 쑴씨여라 | 遙望天門 白日勉이로다. |
| 華封祝華對祝感君恩ᄒᆞ니 | 萬歲千秋奉君또호리라.〈九章 言感祝〉 |

하여 복거하였다. 이곳의 지명은 원래 도화동이었으나 정만양, 정규양 형제가 우주의 본체를 태허로 주장한 송나라 張橫渠를 추앙하여 횡계로 고쳤던 것이다. 그는 과거에 뜻을 두지 않고 동생 지수와 함께 와룡암 북에 六有齋를 짓고 紅流潭上에 太古窩를 지어 학자들을 교육하며 塤篪 之樂을 즐겼다. 갈암 이현일의 문하에도 執贄하여 학문을 넓혔고 명재 윤증, 우담 정시한과도 여러 차례 성리를 논하였다.[38]

1701년(숙종 27)에 횡계동에 복거하면서 횡계구곡을 경영하게 되었으니 동생 지수가 횡계의 수석이 빼어난 제3곡에 태고와를 짓자, 훈수는 제1곡에 육유재[39]를 지어 遊息하였다. 1704년(숙종 30)에는 제2곡에 "知止有定"의 뜻을 취하여 定齋를 세워 강학하매 제자들이 날로 모여 들어 두 와로서는 모두 수용할 수 없었기 때문에 크게 개축하여 옥간정이라 하였다. 원근의 시객들이 더욱 운집하여 태고와의 사이에 다시 진수재를 지었을 뿐만 아니라 溪流를 따라 5리쯤 올라가 書社를 창건하여 제생들의 강마지소로 삼았었다.[40] 그리고 小艇을 만들어 홍류담에 띄워 아이들로 하여금 어부사, 적벽부를 송영케하였던 것이다.

두 형제는 특히 형제간의 우애가 돈독하여 호도 훈수와 지수로 지었을 뿐만 아니라 문집도 하나로 합철하였다. 현재도 화북면 횡계리에는 모고헌, 옥간정 등의 횡계정사를 비롯한 옛 자취가 그대로 남아 전하고 있다.

### (7) 石門九曲歌

이 석문구곡가를 지은 채헌은 1715년(숙종 41)에 태어났는데 자를 계징, 호를 근품재라 하였다. 그는 1753년(영조 29)에 생원시에 합격했으나 과장에 나아가지 아니하고 자연에 묻혀 소요하였다. 만년에는 문경시 산북면 이화리에 석문정을 구축하고 산수와 풍월을 벗삼으며 시가를 소

---

38 損篪兩先生文集, 附錄, 行狀.
39 境叟先生文集, 附錄, 言行錄.
40 塤兩先生文集 권2, 詩, 橫溪九曲用武夷櫂歌韻十首.

영하면서 존심양성하였다. 이 때에 석문구곡을 경영하면서 석문구곡도 가를 지었는데 이 외에도 석문 임원을 대상으로 하여 시조 8수와 가사 1편을 짓기도 하였다. 석문구곡도가는 가사체로 되어 있으나 서곡과 9곡 이 완연히 구분되고 있다. 그리고 무이도가를 차운하여 이 구곡도가를 한역하기도 하였다.[41]

석문구곡도가는 가사체로 된 최초의 구곡가인데 "어위야"라는 감탄 어 구로 曲과 曲이 나누어지고 있다. 이 구곡가는 석문정이 건립된 1787년 (정조 11)을 전후하여 창작된 듯하다.

### (8) 春陽九曲歌

춘양구곡가는 경암 이한응이 지은 구곡가이다. 그는 1778년(정조 2) 에 안동 녹동에서 태어나 族叔 진두에게 수학했는데 14, 5세에 경전을 마치고 위기지학에 뜻을 두어 30세 이후 과거응시의 뜻을 버리고 산림에 깊숙히 은거하였다. 그는 학문과 수양에 전념하여 四七辨證 등 성리학의 궁구에 몰두, 續近思錄, 喪禮抄節 등 많은 저서를 남겼다.[42]

봉화 춘양의 물은 태백산 서남 양곡으로부터 흘러오다가 남류로 합하 여 낙강으로 들어가서 수 백리를 흐르고 태백산은 靈秀 방박한데 춘양이 그 중심에 처함으로써 절심할 뿐아니라 계류가 흐르면서 佳景을 이루고 있었기 때문에 경암은 漁隱으로부터 道淵까지 구곡을 취정하고 다음과 같은 구곡시를 읊었던 것이다.[43]

이 춘양구곡의 제1곡은 笛淵, 제2곡 玉川, 제3곡 風臺, 제4곡 硯池, 제 5곡 蒼崖, 제6곡 雙溪, 제7곡 書潭, 제8곡 寒亭, 제9곡 道淵이다.[44]

---

41 홍재휴, "石門亭題詠詩歌攷", 효성여자대학교 논문집 23, 1981.

42 敬庵先生文集, 권14, 附錄, 家狀, 行狀.

43 敬庵先生文集, 권2, 詩, 春陽九曲詩幷序.

44 敬庵先生文集, 권2, 詩, 春陽九曲歌 참조.

### (9) 布川九曲歌

布川九曲歌의 원래의 명칭은 布川九曲次武夷櫂歌로서 이는 응와 이원조가 지은 구곡가이다. 응와는 1792년(정조 16)에 성주 대포리에서 태어나 10세에 사서삼경에 통하고 18세 때인 1809년(순조 9)에 증광시 을과로 급제하였다. 1817년 전적을 거쳐 예, 병조의 좌랑에 승진되었고 지평, 결성현감, 사서를 거쳐 1836년에 정언으로 실록편수관을 겸하였다. 강릉부사와 제주목사를 거쳐 1843년에 형조참의가 되었다. 60세 되던 해인 1851년(철종 2)에 復性圖說을 저술하고 성주군 가천면 가야산 북의 포천에 晩龜亭을 세우고 藏修之所로 삼았으며 歸去來賦를 짓고 포천지 3권을 저술하였다. 1855년에 대사간이 되었고 좌부승지, 병조참판을 역임한 후, 1859년에 그의 이기설의 가장 중요한 작품인 山房寓物錄을 저술하고 1862년에 武夷圖志를 찬하였다. 74세 때인 1865년에 知春秋館事가 되고 耆老所에 들어가게 되었다.[45]

이와 같이 그는 남인계로서 청관을 두루 거쳤으나 산수에 뜻을 두어 포천에 구곡원림을 경영하면서 포천구곡가를 지었던 것이다.[46]

포천구곡의 제1곡은 法林, 제2곡 槽淵, 제3곡 白石, 제4곡 布川石, 제5곡 堂瀑, 제6곡 沙淵, 제7곡 石塔, 제8곡 盤旋臺, 제9곡 洪開이다.[47]

## 2.2. 기호학파의 구곡가계 시가

기호학파의 구곡가계 시가로는 高山九曲歌, 華陽九曲歌, 谷雲九曲歌, 黃江九曲歌, 花枝九曲歌, 玉溪九曲歌(玉溪操), 馴山九曲歌 등이 있다. 이밖에도 이계 홍량호의 牛耳洞九曲歌도 있는 것으로 알려져 있으나[48]

---

**45** 凝窩全集 1, 凝窩先生年譜 및 朴庭魯, 〈凝窩全集〉 解題.

**46** 이 구곡가의 원문은 凝窩文集, 권3, 布川志 上, 布川九曲次武夷櫂歌 참조.

**47** 同上, 布川山水記.

**48** 朴堯順, "玉所 權燮의 詩歌硏究", 동국대학교 대학원 박사학위논문, p.111.

구체적인 작품을 확인할 수 없었다. 차운시도 많으나 지면 관계상 생략한다.

### (1) 高山九曲歌

율곡은 무이구곡가의 차운시를 짓지 아니하고 高山九曲歌라는 연시조 한 수를 남김으로써 사상적인 면에서는 물론이고 문학적인 면에서도 주체성과 개성을 유감없이 발휘하였을 뿐만 아니라 기호학파 유학자들에게 지대한 영향을 끼쳤고, 그의 고산구곡가는 가히 우리나라 구곡가계 시가의 표본이 되었다고 할 수 있다.

율곡은 36세 때인 15기년(선조 4)에 석담의 절승을 유상하면서 제9곡 '문산'을 제외한 고산구곡의 명칭을 직접 붙이는 등 고산구곡 임원을 본격적으로 경영하게 되었다.[49] 그는 37세 때에도 副應敎를 제수받았으나 稱病하여 固辭하고 율곡으로 歸去하였으며 38세 때에는 弘文館直提學을 除하여 부득이 入朝했으나 乞退하여 다시 율곡으로 돌아왔다. 39세 때에는 右副承旨, 황해도관찰사를 배임하고 40세에는 황해도관찰사를 病辭하여 또다시 율곡으로 돌아왔으며 41세 10월에는 황해도 고산면 석담리로 옮겨 聽溪堂을 신축하고 定居하였다. 43세 때, '武夷大隱屛'의 뜻을 취하여 隱屛精舍를 축성하고 고산구곡 원림을 경영하면서 고산구곡가를 지어 무이구곡가에 比擬하였다.[50]

---

牛耳洞九曲記에 의하면 牛耳洞九曲은 제1곡이 萬景瀑, 제2곡 積翠屛, 제3곡 攢雲峰, 제4곡 振衣岡, 제5곡 玉鏡臺, 제6곡 月影潭, 제7곡 濯纓巖, 제8곡 澄潭, 제9곡 在礀亭이다.(耳谿洪良浩全書, 牛耳洞九曲記)

49 正月自海州還坡州栗谷 拜吏曹正郎不赴 夏復拜校理赴 召遷議政府檢詳舍人弘文館副應敎知製 敎兼 經筵侍講官春秋館編修官 皆病辭歸海州 一年與學者遊賞高山石潭九曲 日暮及還 名第四曲曰松崖仍作記其餘八曲及架空菴皆名以識之遂定卜居之計(栗谷全書, 권33, 附錄上, 年譜上)
若文山者因舊名而已爲第九曲終焉(崔岦峯, 高山九曲潭記)

50 作隱屛精舍 首陽山一支西走爲仙迹峯峯之西數十里有眞巖山有水出兩山間流四十里九折而入潭每折有潭深可運舟偶與武夷九曲相符故各九曲而高山石潭又適在第五曲且有石峯拱損於其前先生築精舍於其間取武夷大隱屛之義扁之曰隱屛以寅宗仰考亭之意精舍在聽

이와 같이 고산구곡가는 36세 때인 1571의 石潭 遊賞으로부터 '九曲命名一聽溪堂新築一隱屏精舍築成' 등의 과정을 거쳐 그의 나이 43세 때인 1578년에 창작된 것 같다. 고산구곡가는 너무나 잘 알려진 작품이므로 여기서는 인용을 하지 않기로 한다.

고산구곡가는 외형적으로 볼 때는 石潭九曲의 순서, 즉 서시 다음, 冠巖, 花巖, 翠屏, 松巖, 隱屏, 釣峽, 楓巖, 琴灘, 文山에 관해 차례로 읊고 있으나 내면적으로 볼 때는 춘하추동 사계의 시간적 순서로 이루어져 있다. 서시를 제외한 9수 모두에서 계절감각을 느낄 수는 없으나 제2, 3, 7, 9곡에서는 각기 춘하추동의 계절감을 확연히 보여주고 있다. '문산'을 제외한 위의 3곡이 계절감을 띠고 있음을 볼 때 구곡의 명명은 의도적인 것임을 짐작할 수 있고 시간적 구성 또한 의도적인 것임을 알 수 있다. 한 작품 안에 사철이 망라된 예는 '漁父歌類에서 흔히 찾아볼 수 있는데 이는 시·공간상 삶의 전부를 제시하려는 의도라 하겠다. 이러한 의도는 구곡도의 제작과도 깊은 관련이 있는 것 같다. 몇 폭 병풍이든 간에 四時八景圖를 위시한 산수화 병풍은 사계구성이 거의 공식화 되어 있기 때문이다. 특히, 현도원의 高山九曲圖, 남기석의 高山九曲圖, 조세걸의 谷雲九曲圖 등을 통하여 구곡가와 구곡도의 긴밀성을 확인할 수 있다.[51] 이러한 四季란 시간적 구성은 고산구곡가의 성격을 규정지워 주는 하나의 중요 한 요소라고 하겠다.[52]

### (2) 華陽九曲歌

율곡의 문인이었던 사계 김장생의 문인 우암 송시열은 충북 괴산군 청천면 화양동에 巖棲齋를 건립하고 華陽九曲 林園을 경영하였다.

---

溪堂之東先生作高山九曲歌以擬武夷棹歌自是遠近學者益進(栗谷全書, 권34, 附錄 二, 年譜 下).

51 兪俊英, "九曲圖의 發生과 機能에 대하여", 考古美術 151, 韓國美術史學會, 1981.

52 김문기 外, "栗谷의 思想과 文學 研究", 경북대학교 교육대학원 논문집 14, 1982.

우암은 1607년(선조 40)에 수옹 갑조의 셋째 아들로 태어나 1633년 생원시에 1등으로 합격하여 1635년 鳳林大君의 師傅가 되었고 1658년에 이조판서에 올랐다. 이 때 효종과 함께 북벌계획을 추진하였고 효종이 죽자 복상문제로 禮訟이 일어나 그의 朞年說이 채택되어 右贊成까지 올랐다. 1671년에 우의정, 이듬해에 좌의정이 되었으나 慈懿大妃의 복상문제로 덕원에 유배되었다가 庚申大黜陟으로 영중추부사가 되었다. 그러나 老論의 영수였던 그는 남인에 대한 처벌문제로 소론과 대립되어 은퇴하여 華陽洞에 은거하게 되었던 것이다.

우암은 화양동에 은거하면서 화양구곡을 경영하였는데 화양구곡은 화양천 계곡을 따라 약 4km에 걸쳐 펼쳐지고 있는데 제1곡은 擎天壁, 제2곡 雲影潭, 제3곡 泣弓巖, 제4곡 金沙潭, 제5곡 瞻星臺, 제6곡 凌雲臺, 제7곡 臥龍巖, 제8곡 鶴巢臺, 제9곡 巴串이다.[53]

그런데 우암은 율곡의 고산구곡가를 한역하고[54] 율곡의 다른 문인들과 함께 무이구곡가를 차운하여 고산구곡가의 和詩[55]를 짓기도 하는 등 九

---

53 宋子大全 下, 華陽誌, 권1, 地名沿革, 洞天九曲.
54 宋子大全, 飜栗翁高山九曲歌用武夷櫂歌韻
55 尤庵이 序詩를 짓고 金壽恒 등 9인이 1曲에서부터 9曲까지 지은 고산구곡가의 和詩는 다음과 같다.
　　五百天鍾地炳靈　栗翁姿禀粹而清
　　高山九曲深幽處　泊瀨寒流點瑟聲 (尤庵　宋時烈)
　　一曲松間漾玉船　冠岩初日映前川
　　携節坐待佳朋至　遠袖平蕪捲夕煙 (文谷　金壽恒)
　　二曲僊岩花映峰　碧波流水漾春容
　　落紅解使漁郎識　休說桃源隔萬重 (霽月　宋奎濂)
　　三曲曾聞咏鑿船　上游移櫂問何年
　　山禽解說槍桑事　下上其音正可憐 (文岩　鄭　澔)
　　四曲松崖萬丈岩　日斜林影翠毿毿
　　怡情正在幽深處　雲白山青集一一潭 (唾谷　李　畬)
　　五曲雲煙深復深　武夷精舍此山林
　　修然杖屨清溪上　誰會吟風詠月心 (谷雲　金壽增)
　　六曲春深釣綠湾　歸時溪月照松關
　　濠梁上下天機活　魚我相忘果孰閒 (三淵　金昌翕)
　　七曲楓岩倒碧灘　錦屏秋色鏡中看
　　悠然獨坐忘歸路　一任霜風拂面寒 (遂菴　權尙夏)

曲詩의 창작에도 힘을 쏟았다. 그러나 그는 자신이 경영하던 華陽九曲 園林에 대한 구곡시는 남기지 않았다. 대신 옥소 권섭이 한시로 된 화양 구곡가 10수를 지은 바 있다.[56]

### (3) 谷雲九曲歌

김수증은 1624년(인조 2)에 청음 김상헌의 장손으로 태어나 1650년에 생원시에 합격하여 平康縣監을 거쳐 成川府使, 후에 漢城 佐尹, 工曹參 判에 이르렀다.

그는 1670년부터 강원도 화천군에 소재하는 화악산의 곡운이 절승지 임을 발견하고 정사를 짓기 시작했는데 1675년 성천부사로 재임하다가 송시열과 동생 수항이 유배당하자 곡운으로 들어가 복거할 뜻을 굳혔고 己巳士禍(1689) 이후 은거하게 되었다.

김수증이 곡운구곡을 발견하게 된 동기는 평강현감으로 부임하면서 곡운에서 불과 30리 떨어져 있는 鋤吾志村을 지나다가 곡운의 경치가 수려하다는 말을 듣고 1670년(현종 11)에 직접 探勝한 데 있다. 곡운은 원래 '史呑'이라 했는데 鄕音을 개칭하여 곡운이라 명명하고 이를 그의 호로 삼았던 것이다. 이해 가을부터 집을 짓기 시작하여 1675년 겨울에 는 7間의 茅舍를 완성, 식구들을 데려다 살기 시작하였다. 그 후, 3間 草堂를 지어 谷雲精舍라 편액하고 다시 籠水亭을 짓고 가묘를 세웠다.[57] 그 후 1681년에 外職으로 다시 나갔다가 1689년 己巳士禍로 인해 곡운 으로 돌아와 華陰洞에 집을 다시 고쳐짓고 隱求하였다.

이와 같이 곡운은 1670년부터 정사를 짓고 곡운구곡 園林을 경영하면

---

八曲溪山何處開　琴灘終日好訟洄
牙絃欲奏無人知　獨對靑天霽月來 (芝村 李喜朝)
九曲文岩雪皓然　奇形撑盡舊山川
遊人謾說無佳景　未肯窮尋此洞天 (校理 宋疇錫)

**56** 朴堯順, 앞에 인용한 책, p.117.

**57** 谷雲集, 부록, 谷雲記 참조.

서 곡운구곡가를 남겼던 것이다. 곡운구곡가는 序詩와 一曲 傍花溪는 自詠하였으나 二曲 靑玉峽은 子 昌國이 읊은 것이며 三曲 神女峽은 從子 昌集이, 四曲 白雲潭은 從子 昌協이, 五曲 鳴玉瀬는 從子 昌翕이, 六曲 臥龍潭은 子 昌直이, 七曲 明月溪는 從子 昌業이, 八曲 隆義淵은 從子 昌緝이, 九曲 疊石臺는 外孫 洪有人이 읊은 것이다.[58]

김수증은 곡운에 정사건립을 시작한 후, 1년만인 16기년에 谷雲精舍記를 尤庵에게 쓰게 하였고[59] 우암 및 다른 문인들과 합작으로 고산구곡가의 화시를 지었으며 1673년에는 海州 石潭書院을 찾아가 율곡을 숭앙하는 시를 짓기도 하는 등 九曲林園의 경영과 구곡시 창작에 전념했던 것이다. 그리고 곡운의 從玄孫들도 곡운구곡가를 倣次하여 각기 1수씩을 분담, 곡운구곡가의 和詩를 지어서 곡운구곡도에 後帖시키기도 하였다.[60]

### (4) 黃江九曲歌

황강구곡가는 옥소 권섭이 그의 백부인 수암 권상하가 은거하던 제천군 한수면 황강 일대의 승경을 노래한 시조이다.

그런데 권상하는 1641년(인조 19)에 태어나 우암 송시열을 사사하여 그의 수제자가 되었다. 그는 우암이 慈懿大妃 服喪문제로 덕원에 유배되자 황강의 園林에 은거하며 程朱學의 연구와 교육에 전념하였다. 1689년 우암이 己巳換局으로 賜死 당하자 그의 유언에 따라 萬東廟를 건립하였고 숙종으로부터 우의정, 좌의정을 제수 받았으나 사양하고 학문에만 힘썼다.

옥소는 수암을 백부로서기보다 도학자로 존숭하여 황강구곡 園林에 관한 구곡가가 있어야 한다고 생각하여 10수의 황강구곡가란 시조를 짓

---

58 노래 全文은 谷雲集, 권7, 谷雲集 附錄, 谷雲九曲次晦翁武夷櫂歌韻 참조.
59 谷雲集, 附錄, 谷雲精舍記.
60 谷雲集, 附錄, 谷雲九曲圖後帖.

게 되었고 이와 함께 한역시도 남겼다.

黃江九曲圖記에 의하면 황강구곡은 청주와 淸風境界로부터 시작하여 一曲 對巖, 二曲 花巖, 三曲 黃江, 四曲 皇恐灘, 五曲 權湖, 六曲 錦屛, 七曲 芙蓉壁, 八曲 陵江, 九曲 龜潭에 이르는 九處의 절경인데 황강구곡 가는 序歌와 함께 이 절경을 한 수씩의 시조로 표현한 연시조이다. 이 구곡들은 경치가 빼어날 뿐 아니라 모두 다 遂菴과 옥소와의 깊은 인연 이 깃들여 있다. 제3곡 황강은 권상하의 위 3대가 살던 곳으로 근처에 산소가 있고 遂菴이 이곳에 머물면서 학문을 닦고 제자들을 가르치던 곳 이다. 그리고 제9곡인 龜潭峰은 한강 남쪽으로 수리를 올라 가야 하는 곳이지만 수암과 옥소는 이곳을 정원처럼 드나들며 풍유의 생활을 하던 곳이고 옥소는 구담봉 강 건너편에 정자를 지어놓고 구담봉을 완상하였 으며 구담봉 뒤에 자신의 幽宅까지 마련해 놓고 碑文도 직접지어 두었다 가 그 곳에 묻힌 곳이기도 하다.[61]

### (5) 花枝九曲歌

이 구곡가는 옥소 권섭이 만년에 많이 머물렀던 문경군 신북면 화지동 (현 문경읍 당포리) 인근의 절승을 직접 읊은 일명 身北九曲歌라고도 하 는 구곡시이다.

옥소는 1671년(현종 12)에 친, 외가가 명문인 집안에서 태어났으나 14 세에 부친이 별세하여 백부인 수암 권상하의 슬하에 자라면서 학문을 닦 았다. 10세에 이미 文理에 통달할 정도로 총명이 출중하였고 시문에 능 하였다. 己巳士禍를 목격한 이후 그는 벼슬에 뜻을 두지 않고 오로지 탐 승과 시문의 창작에만 몰두하였다.[62]

---

61 朴堯順, 앞에 인용한 책.
62 그가 일생동한 探勝, 周遊했던 지역은 다음과 같다.(朴堯順, 앞의 책, p.36.)
　① 平壤을 위시한 關西일대　　　　　② 南韓(慶州)과 朔寧일대
　③ 嶺南右道 일대　　　　　　　　　④ 俗離山 일대
　⑤ 水原 일대　　　　　　　　　　　⑥ 太白山과 東海 일대

그는 이 花枝九曲歌를 비롯하여 시조로 된 黃江九曲歌 10수, 한시로 된 黃江九曲歌 10수, 한시로 된 華陽九曲歌 10수, 高山九曲歌 翻譯詩 10수, 高山九曲歌 和詩 10수 등을 지었으니 구곡가계 시가의 대가요 집대성자라 할 수 있다.[63]

그는 25세에 喪妻를 하게 되어 中宗의 4대손 되는 中義大夫 帶原君 光胤의 따님을 正室再娶로 맞이하고자 했으나 親命을 얻지 못하여 정실로 맞이할 수 없었기 때문에 문경 화지동에 터를 잡아 副室로 살게 하였다. 그는 副室이 살고 있는 화지동에 자주 來往하였고 말년까지 상당기간 이곳에 머물면서 花枝九曲 園林을 경영하고 다음과 같은 花枝九曲歌(身北九曲歌)를 지었다.

그는 花枝九曲記에서 古人이 曲의 數를 九로 한 것은 取象의 뜻이 있다고 하고, 자기도 花枝의 莊을 九曲으로 명명하게 되었음을 밝히면서 제1곡 馬浦院, 제2곡 鄕校村, 제3곡 廣水院, 제4곡 古婁城, 제5곡 花枝洞, 제6곡 山門溪, 제7곡 葛坪, 제8곡 觀音院, 제9곡 大院 등의 景槪를 자세히 묘사해 놓고 있다.

### (6) 玉溪九曲歌

이 玉溪九曲歌는 성재 류중교가 지은 玉溪操를 이른 것인데 이는 10

---

⑦ 關東八景
⑨ 邊山을 비롯한 南海일대
⑪ 嶺東八景
⑬ 松都 일대
⑮ 伽挪山
⑰ 統營·閑山道 일대
⑲ 湖南左道·金山寺·光州 無等山 일대
㉑ 成興·元山 일대
㉓ 海州 石潭 일대

⑧ 湖南右道 일대
⑩ 寧越일대
⑫ 金剛山 일대
⑭ 黃獄山
⑯ 洛東江·八公山 일대
⑱ 西海·廷平島 일대
⑳ 大芚山·鷄龍山·威鳳山 일대
㉒ 伽鄕山 일대
㉔ 松都 일대

63 권섭의 '옥소장계'에 수록된 구곡가와 관계되는 내용을 간추려 보면, 武夷櫂歌詩, 高山九曲記, 高山九曲歌, 高山九曲歌詩, 高山九曲次武夷櫂歌韻, 高山九曲, 高山九曲圖說, 華陽九曲圖說, 華陽九曲圖說後記, 華陽九曲圖說又書, 九曲詩, 黃江九曲歌, 黃江九曲用武夷櫂歌韻飜所詠歌曲, 貨江九曲圖記, 黃江九曲圖後記 등이다.

수로 이루어진 것이 아니고 곡의 구분을 분명히 명시하지 아니하고 압축하여 읊은 單形 歌辭體이다.[64]

류중교는 1832년(순조 32) 에 태어나고 자를 선정, 호를 성재라 했으며 화서 이항노와 중래 금평묵의 문인으로 1876년(고종 13)에 양공감역에 임명되었으나 나아가지 아니하고 은구하였다. 그런데 그의 문집인 생재 선생문집 별집에 수록되어 있는 "동요률격"에는 자서를 곁들여 율곡의 '고산가'와 옥계조(옥계구곡가)를 실어 놓고 있다.

이 '玉溪操'는 琴曲으로 되어 있는데 題下의 解註[65]에 따르면 옥계구곡은 가평군 화악산 아래 에 소재한 구곡 임원으로 제1곡은 臥龍湫, 제2곡 撫松巖, 제3곡 濯纓瀨, 제4곡 鼓瑟潭, 제5곡 一絲臺, 제6곡 秋月潭, 제7곡 靑楓峽, 제8곡 龜遊淵, 제9곡 弄綏溪 등임을 알 수 있다. 그리 고 제1행 2구는 제1곡을 읊은 것이고 제2~10행은 제2곡부터 제8곡까지를, 제11~12행은 제9곡을 읊은 것이다. 따라서 이 옥계구곡은 변형구곡가라 할 수 있다.


### (7) 駬山九曲歌

이 駬山九曲歌는 이도복이 지은 가사체의 구곡가이다. 이도복은 1862년(철종 13)에 월암 동범의 아들로 태어났으며 자를 陽來, 호를 厚山이라했다. 그는 애산 정재규, 연재 송병준, 면암 최익현, 면우 곽종석, 송사 기우만, 간재 전우 등과 교유하였으며 1905년에 면우를 만나 춘추대의를 부르짖으며 천하를 안정시킬 정기를 불러일으키기도 했으며 영남 사림을 모아 계를 맺고 고향인 신안동에 수운정을 짓고 민족정기를 일으키면

---

64 洪在烈 교수는 91년 12월 27일에 열린 韓國語文學會 제142차 월례발표회에서 발표한 "玉溪操의 律格考"에서 變格時調라고 주장하였다.

65 玉溪操者 重教作也 溪在加平華岳 山下有九曲 一曰臥龍湫 二曰撫松巖 三曰濯纓瀨 四曰鼓瑟潭 五曰一絲臺 六曰秋月潭 七曰靑楓峽 八曰龜遊淵 九曰弄綏溪 操凡三章 初章屬第一曲 終章屬第九曲 中章屬中間七曲 本爲琴律作 故今又附此(省齋先生文集 別集, 東謠律格, 玉溪操).

서 유학진흥에 진력하기도 하고 이완용 등 7적을 토벌하자는 글을 鍾街에 내걸기도 하였다. 그러나 나라가 망하자 영, 호남의 유서깊은 고적을 두루 답사한 뒤 진안 마이산 골짜기로 들어가 이산정사를 짓고 은거하면서 민족정기를 바로 세우려고 노력하였다.

그런데 그는 마이산에서 발원하여 섬진강 상류를 이루는 백마천의 좌포 대두산 아래 이산구곡을 경영하면서 이산구곡가를 지었던 것이다.

이 馬山九曲은 馬耳山記에 의하면 제1곡은 大頭山,제2곡 龜沼, 제3곡 馬耳精舍, 제6곡 懶翁菴, 제7곡 金塘寺, 제9곡은 馬耳頂등이다.[66] 이 九曲歌를 지은 연대는 馬山精舍를 짓고 儒林 들에게 보낸 輪告文[67]을 살펴보면, 이 윤고문을 보낼 때인 1925년 쯤에 지어진 듯하다.[68] 그리고 후산은 이 九曲歌의 序歌에서 주자의 武夷九曲, 栗谷의 高山九曲, 尤庵의 華陽九曲을 본받았음을 밝혀 놓고 있다. 그리하여 이도복은 序詞에서 이산구곡이 武夷九曲, 高山九曲, 華陽九曲(巴串九曲) 못지않은 승지임을 노래하고 馬耳山에서 發源하여 섬진강 상류를 이루는 白馬川의 大頭山까지 九曲을 대상으로 하여 경관을 읊으면서 최익현, 송병준 등의 절의를 찬양함으로써 유교적 理想을 드러내려고 하였다.


## 3. 구곡가계 시가의 사적 전개양상

구곡가계 시가는 현재까지 발굴된 작품을 통하여 볼 때, 16세기부터 20세기 초엽까지 지속적으로 창작되어 왔다. 그러면 약 4세기의 역사를

---

66 류재영, "〈이산구곡가〉에 대하여", 한실 이상보 박사 회갑기념 논총, 동위원회, 1989.
67 玆膽錄馬耳山記 馬山九曲歌名一本以伴呈 其營建施設之端 委可悉矣 伏愿名自煬念共敎
　　比事千萬幸甚 乙丑四月十五日 ,馬山精舍 儒會所發文 李道復 金仁植宋翼換 …(馬耳山記)
68 류재영, 앞의 논문.

지닌 이들 구곡가계 시가들이 사적으로 어떤 변모를 겪었으며 유학자들에게 유행되었던 어부가와는 어떤 관계를 유지해 왔는가에 대하여 살펴보기로 한다.

고려 무신란 이후 중앙에 새로 등장하게 된 신흥사대부들은 관료적인 문학과 처사적인 문학을 병행, 발전시켜 왔는데 이는 신흥사대부들 간의 처세관과 문학관의 차이에서 기인한 결과였다. '兼善天下'를 우선으로 여겨 濟世, 安民을 내세운 소위 관각문인들은 경기체가와 같은 관료적 문학을 발전시켰으며 '獨善其身'을 우선으로 여겨 存養에 힘을 쏟은 처사문인들은 어부가와 같은 처사적 문학을 전개해 나갔던 것이다. 고려 말엽에 漁父歌 文學이 형성된 것은 사대부들이 지방의 지주라는 점, 宦海의 풍파를 피하여 은퇴생활을 希求한 점, 고려 고종조를 전후하여 일기 시작한 동파풍으로 東坡가 지은 漁父詞가 문인들에게 널리 膾炙 될 수 있었다는 점 등이라 할 수 있는데 이러한 어부가 문학은 조선조에 접어들어 지방관료들과 강호 처사들에게 확산되어 본격화 되었다.[69]

그런데, 농암과 퇴계 시대에 이르러 漁父歌(長歌)는 거의 전승되지 못하였고 인기도 없었던 것 같다. 퇴계는 書漁父歌後에서 젊은 시절에 安東府의 老妓로부터 漁父歌를 들어 본 후, 서울의 유명한 가객들도 이를 부를 수 있는 이가 없었다고 하고 후에 밀양에 박준이라는 사람이 있어 동방의 雅俗 음악을 망라하여 모아서 한 部書를 만들어 세상에 간행했는데 그 노래 가운데 雙花店曲을 듣고는 手舞足蹈 하지만 漁父歌를 듣고는 권태로움을 느껴 존다고 하였다.[70] 퇴계의 이러한 지적은 고려 때의 唱의

---

69 李佑成, 앞에 인용한 논문.

70 往者 安東府有老妓 能唱比詞 叔父松齊先生 時召此妓 使歌之以助壽席之歡 滉時尚少 心竊喜之 錄得其槪 而猶恨其未盡全調也 厥後 存歿推遷 舊聲杳不可追 而墮紅塵 盗遊於江湖之樂 則思欲更聞此詞 以寓興而忘憂也 在京師遊蓮亭 當偏問而歷訪之 離老伶倡莫有能解此詞者 是以 知其知好之者鮮矣 頃歲有密陽朴凌者 名知衆音 凡係東方之樂 或雅或俗 靡不裒集 爲一部書 刊行于世 而此詞與霜花店諸曲混載其中 然人之聽之 於彼則手舞足蹈 於彼則倦而思睡者何哉 非其人 固不知其音 固不知其音 又焉知其樂乎(退溪集, 권42, 書漁父歌後)

漁父歌가 이때에 와서는 詠化되어 일반인들이 내용을 잘 이해하지도 못하게 되었고 唱이 아니기 때문에 興을 일으키지 못했음을 뜻한다. 그래서 농암은 이를 개편하여 "12장은 9장으로 줄여 長歌로서 詠하게 하였고 10장은 短歌 5결로 줄여 葉을 만들어 唱하게 하였다"[71]고 했으니 순수 우리말로 된 시조체의 漁父歌는 창으로 전승되었으나 한시체 위주의 어부가는 詠으로 부르게 되었음을 알 수 있다.

　15세기 중엽 사림파가 형성된 후, 성리학이 전성기를 맞이하게 된 퇴계 시대를 전후하여 성리학자들, 특히 사림파 문학자들은 강호생활을 영위함에 있어 漁父歌의 경우는 주로 단가를 가곡 창이나 시조 형태의 창으로 즐겼고 詠을 할 때에는 漁父歌 長歌 대신 九曲歌를 부르게 되었다고 본다. 이렇게 된 이유는 첫째, 漁父歌 短歌를 唱함으로써 漁父的인 江湖之樂을 만끽할 수 있었기 때문에 비슷한 漁父歌 長歌를 다시 詠할 필요성을 느낄 수 없었기 때문이고 둘째, 그들 성리학자들이 숭앙하는 주자의 武夷九曲歌가 東傳하여 전파되고 그들의 철학과 이념을 가장 잘 표출할 수 있는 문학의 도구가 바로 구곡가라고 여겼기 때문이다. 그리고 성리학자들은 隱居求道를 부르짖으면서도 실제로는 '達而濟世 窮且還山'[72]이라는 출처관을 가지고 있었기 때문에 고답적이고 도가적인 면이 있는 漁父歌를 꺼리는 점도 있었기 때문이라고 할 수 있다. 그리하여 15세기 중엽 이후 성리학자들의 창의 문학은 短歌系 漁父歌인 농암의 漁父短歌로부터 孤山의 漁父四時詞로 변모, 발전하게 되었으며 詠의 문학은 京山의 續漁父詞, 甁窩의 倡父詞 등 長歌系 漁父歌가 나타나긴 했으나 대세는 구곡가로 넘어가, 수많은 구곡가계 시가가 창작됨으로써 조선조 한시문학에서는 구곡가라는 하나의 큰 흐름이 형성되어 중요한 시적 장르를 이루게 되었던 것이다.

---

**71** 妄加撰改 一篇十二章 去三爲九 作長歌而詠焉 一篇十章 約作短歌五闋 爲葉而唱之(聾巖集, 권3, 漁父歌九章 並序)

**72** 晦齋先生文集, 권2, 詩, 山堂病起.

이와 같이 15세기 중엽 이후 성리학자들의 시문학에 있어서 주된 흐름이 되었던 구곡가계 시가는 퇴계를 중심으로 한 영남학파와 율곡을 중심으로 한 기호학파라는 두 계보가 형성되어 계승, 발전되었던 것이다. 학파간의 교섭은, 무이구곡가의 성격과 武夷山志에 관한 비평적인 논쟁은 다소 있었으나 영향관계는 별로 찾아 볼 수 없다. 주로 계보내에서 학맥을 중심으로 하여 문인들로 이어지면서 九曲園林의 경영과 상호 방문이 이루어지고 대작, 차운, 화운, 번역 등을 통하여 많은 영향을 주고 받았다. 특히 기호학파 문인들 간의 교섭과 영향이 컸으며 그 결과 구곡가계 시가의 창작이 영남학파 못지 않게 활발하고 다양하게 펼쳐졌었다.

영남에서는 성리학이 전성기에 이른 1500년경에 채지당 박귀원이 고야구곡을 경영하면서 고야구곡시를 지었고, 1536년에 박하담이 소요당을 구축하고 운문구곡을 경영하면서 운문구곡가를 지었다. 거의 동시기에 퇴계가 도산서당을 짓고 도산구곡을 경영하면서 무이도가 차운시를 짓자 이어서 퇴계의 문인 정구는 무흘정사를 짓고 무흘구곡가를 지음으로써 영남학파 구곡가의 계보를 형성하게 되었다. 이를 이어 이중경이 오대구곡을 경영하면서 9수로 된 연시조 오대구곡가를 짓게 되었고 18세기에 들어서는 정만양이 횡계구곡을 경영하면서 횡계구곡가를, 채헌이 석문구곡을 경영하면서 가사체의 석문구곡도가를, 이한응은 춘양구곡을 경영하면서 춘양구곡가를 지어 계보를 이었다. 19세기에 들어와서는 이원조가 포천구곡을 경영하면서 포천구곡가를 지어 영남학파 구곡가의 후미를 장식하였다. 물론 이중경, 정만양, 이상정, 장위항, 채헌, 이한응, 이원조, 권상일, 정태진, 류건춘, 김동진 등도 모두 각자의 구곡안에 정사를 건립하였고 무이도가의 차운시도 남겼던 것이다.

한편 기호에서는 율곡이 고산구곡을 경영하면서 석담정사를 구축하고 10수로 된 연시조 고산구곡가를 짓자 송시열이 화양구곡을 경영하면서 암서재를 짓고서 고산구곡가를 한시로 번역하여 기호학파 구곡가의 계보를 형성하게 되었다. 이어서 김수증은 곡운구곡을 경영하면서 그의 아들, 從子, 外孫과 함께 곡운구곡가를, 권상하는 황강구곡을 경영하면서 고산구곡가 한 수를 한역하였다. 특히 권섭은 권상하의 조카로서 황강구곡가를 시조와 한시로 동시에 지었을 뿐아니라 무이도가를 차운하여 고산구곡가의 화시를 지었으며 자신은 문경의 副室家 근처에 화지구곡을 경영하면서 화지구곡가(신북구곡가)를 짓는 등 구곡시의 대가가 되었던 것이다. 그리고 18세기에는 홍량호가 우이동구곡을 경영하면서 우이동구곡가를, 류중교는 옥계구곡을 경영하면서 옥계조(옥계구곡가)라는 일종의 가사체인 변형된 구곡가를 지었으며 20세기에 들어 이도복이 이산구곡을 경영하면서 이산정사를 짓고 가사체의 이산구곡가를 지어 기호학파 구곡가의 비교적 후세대로서의 빛나는 역할을 수행하였다.

이러한 구곡가계 시가의 두 계보는 主理論과 主氣論이라는 상호 대립되는 철학에 의하여 자연적으로 형성되게 되었다고 볼 수 있는데, 다같이 주자의 문이재도적인 문학관을 가지면서도 우선 무이도가의 해석에 있어서 다른 견해를 가지고 있었다.

퇴계 이황과 고봉 기대승은 무이구곡가를 무이구곡 원림의 경치를 노래한 因物起興의 산수시 또는 托物寓意의 시로 본 반면 河西 김인후, 尤庵 송시열, 浦渚 조익 등은 入道次第의 시로 보았다.

퇴계는, "武夷九曲歌는 원래 景物을 묘사한 시인데 후에 註釋者들이 入道次第의 뜻으로 附會했다"고 하면서 "작자의 의도와는 달리 감상자들이 해석은 달리 할 수 있다"는 견해[73]를 보였고 고봉은 武夷九曲歌 10수를 "因物起興으로서 느낀 흥취를 서술해 놓은 시"[74]라고 해석하였으나 하서는 "九曲武夷歌에는 進學工夫와 學問次第가 분명히 드러나 있다"[75]고

---

**73** 大抵九曲十絶 並初無學問次第意思 而註者穿鑿附會 節節牽合 皆非先生本意 故溷辨其非 而奇明彦亦以爲然矣 …… 讀者於施詠玩味之餘 而得其意思超遠 涵畜無窮之義則 亦可移作造道之人 深淺高下抑揚進退之意看(退溪全書, 권13)

**74** 私竊以爲朱子於九曲十章 因物起興 以寫胸中之趣 而其意之所寓 其言之所宣 固皆淸高和厚 沖澹灑落 直與浴沂氣象 同其快活矣(高峯全集, 권1)

**75** 看君九曲武夷歌 進學工夫不在地 次第分明須默會 桑麻雨露總中和(河西全集, 권6, 詩, 吟

했으며 우암은 "九曲은 무한한 意趣가 있다"[76]고 했고 포저는 "朱子는 武夷櫂歌 10수를 지어 山水의 興에 의탁하여 道學에 나아가는 次第를 말했다"[77]고 하였다.

이와 같이 무이구곡가에 대한 해석에 있어서 퇴계를 비롯한 영남학파에서는 因物起興 또는 托物友誼의 詩로 보았고 하서를 비롯한 기호학파에서는 학문의 進道次第를 나타내는 造道詩로 보았으나[78] 실제 구곡가의 창작에 있어서는 오히려 영남학파들이 재도적인 시를 많이 지었고, 기호학파에서는 인물기흥적인 서경 내지 서정적인 시를 많이 썼다. 주자의 무이도가에 대한 해석과 자신들이 지은 작품의 경향은 상반된 현상을 나타내고 있다. 그렇게 된 원인은 평소 그들이 지니고 있던 철학적 특성이 주자시의 해석과는 무관하게 직접적으로 창작에 작용되었기 때문이다. 그 결과 무이도가의 차운시를 많이 남긴 영남학파의 구곡가들은 보다 관념적이라 할 수 있으며 實景을 소재로 하여 읊은 국문 구곡가와 율곡의 고산구곡가의 한역시 및 그 화시를 많이 남긴 기호학파의 구곡가는 보다 서경적이라 할 수 있다. 그러나 이러한 지적은 대체적인 경향을 상대적으로 나타낸 것일 뿐이고 모든 작품들이 뚜렷이 이렇게 구분된다고는 할 수 없다.

그러나, 두 계보의 구곡가계 시가들에 나타난 자연관과 세계에 대한 인식태도의 면에서 볼 때, 영남학파의 구곡가계 시가들은 사물의 관조를 통하여 진리를 추구하고자 하는 '觀物求道'의 시라 할 수 있고, 기호학파의 구곡가계 시가들은 사물에의 감흥을 통하여 存心養性하고자 하는 '感興存養'의 시라 할 수 있다.

이렇게 두 계보 간에 다소 다른 자연관이 계승되었으나 실학사상이

---

示景范仲明 十八)

**76** 九曲有無限意趣(宋子大全, 권134, 論武夷櫂歌九曲詩)
**77** 故朱子作此十首 托興於山水 以爲論下九首 言進道次第(浦渚集, 권22, 武夷櫂歌十首解)
**78** 李敏弘, 앞에 책, pp.72-135.

융성기를 맞이한 영, 정조 시대에 이르면 형태적인 면에서 漁父歌 문학과 混淆 현상이 일어나게 되고 가사체 구곡가와 시조체 구곡가 및 변형된 형태의 구곡가도 나타나는 등 다기화 현상이 일어났다. 예컨대, 이중경의 梧臺漁父九曲歌는 '漁父歌'라는 제목에 序歌가 없이 9장으로 구성되어 있으나 漁父歌 문학에 상투어구로 쓰이는 "배띄워라 배띄워라"와 같은 여음도 없을 뿐 아니라 다른 구곡가와 같이 제1곡부터 제9곡까지 확실히 나열하면서 곡의 승경을 읊고 있고, 채헌의 석문구곡가는 가사체로 되어 있으나 구곡의 첫머리에 "어위야"라는 隻辭的인 성격의 감탄어를 사용하여 분연하려는 의도가 보이며 내용도 구곡의 절경을 드러내면서도 漁父에 假托하여 고기잡이 하는 정경을 묘사하고 있다. 그리고 류중교의 옥계조(옥계구곡가)에 와서는 가사인지 사설시조인지 구분할 수 없을 정도의 중간적인 형태가 나타나게 되었고ㅣ 내용도 구곡을 구체적으로 구분하지 않고 옥계에서 느낀 감회를 서술하고 있다. 이런 원인은 실학사상의 발달로 말미암아 주자학의 구심력이 약화됨으로써 구곡가라는 개념이 차츰 희미해지게 되었고 漁父歌 문학도 영, 정조 이후로는 주로 시조창화 됨으로써 詠하거나 가곡조로 부르던, 중간 중간에 여음이 삽입된 漁父歌는 설 자리를 잃었기 때문이다. 그리하여 중심을 잃은 이들 두 갈 래의 문학 간에 混淆 현상이 일어났다고 본다.

조선조 말엽까지 꾸준히 창작되어 오던 구곡가계 시가는 개화기 때에 다소의 잔영을 남기면서[79] 日帝時代에 접어들자 산림에 은거하며 일제에 저항하는 의미에서 그 경영과 구곡시가의 창작이 다소 활기를 띠다가 해방 이후, 한문학 시대가 끝나고 유학이 쇠퇴됨으로써 시대적인 요구가 없어지자 막을 내리게 되었다.

---

**79** 大韓每日申報 "社會燈"란에 실린 開化歌辭 중에 峨洋九疊(706호, 1908. 1. 11.)과 九曲櫂歌(708호, 1908. 1. 14.)는 九曲歌의 형식을 취하여 時事를 개탄하고 있다.

제5부

# 庶民詩歌 興盛時代의 시가문학

# 제1장 소유정가의 특징과 가치

〈소유정가〉는 새로 발굴된 蘆溪 朴仁老(1561~1642)의 가사 작품인데 현재 계명대학교 도서관에 소장되어 있다. 저자가 지난 1980년 4월에 영천의 한 민가에 所傳되던 것을 書商을 통하여 발굴, 소개한 적이 있는 이 가사의 歌帖은 두터운 壯紙로된 6폭 양면의 褶冊本으로서 세로 31.7cm, 가로 24.6cm로 되어 있다. 가사가 필사되어 있는 전면에는 4폭에 〈소유정가〉가 실려 있고, 나머지 2폭은 표지와 겉장으로 되어 있다. 후면에는 3폭에 당시의 小有亭의 扁額 글자를 1폭에 1자씩 模寫하여 놓았고, 나머지 2폭에는 편액의 글자를 모사하게 된 경위를 밝힌 '摸小有亭 揭號額字說'과 소유정의 주인인 蔡應麟(1529~1584)의 한시를 써 놓았으며 다른 1폭은 겉장 裏面으로 되어 있다. 그리고 紙質은 몹시 바래 져 흑갈색을 띠고 있으며 앞표지에는 책제를 비롯한 아무런 표시도 없다.

이 소유정가는 국한혼용의 縱排連寫式 記寫法으로 필사되어 있으며 한자어는 달필의 草書로 씌어져서 해독하기가 쉽지 않다. 가사의 첫 폭은 13줄, 둘째 폭은 16줄, 세째 폭은 17줄, 네째 폭은 20줄 등 총 66줄로 되어 있고, 각줄은 21자 전후로 되어 있다. 그리고 첫 폭의 冒頭에는 '小有亭歌'라는 歌題와 그 바로 밑에 '朴萬戶仁老作 永川人'이라는 작자 표시가 되어 있다. 후면의 3폭에 모사되어있는 '小有亭'이라는 편액의 글자는 24×20cm로 되어 있고 '小'자의 右上段에는 "宣宗朝承旨裵大維筆也一 國名筆靈山人也"라고 편액의 揮毫者를 밝혀 놓았다. "모소유정게호액자 설"은 1폭 반에 걸쳐 行書로 해정하게 필사되어 있는데 한두 군데 추후에 보필한 흔적이 있다. 이 설은 채응린의 外曾孫이 쓴 것으로서 채응린이 소유정을 刱構한 과정과 소유정의 흥폐, 액자를 모사하게 된 동기 등에 대해 써 놓았다.

그리고 이 소유정가 가첩과 함께 동일 문건으로 발굴된 것이 '鷺亭題詠'이다. 이 노정제영에는 이원정의 '狎鷺亭記'와 이석번, 민점, 한수원, 최준상, 이민구 등의 小有亭板上次韻詩 및 채응린과 관계되는 시와 기록이 필사되어 있다. 이 중에서 압로정기와 5인의 차운시는 친필본이기에 더욱 값진 것이라 하겠다.

그런데 이 소유정은 송담 채응린이 狎鷺亭과 함께 세운 정자인데 소유정은 없어지고 압로정만 대구시 북구 검단동에 현존하고 있다. 채응린은 인천인으로 호는 松潭 또는 灘隱이라 하고 자는 君瑞이다. 그는 두문동 72현의 한 분인 多義堂 貴河의 후예로서 성품이 총영하고 기상이 빼어났으며 문예가 뛰어나 27세에 사마시에 합격하였다. 벼슬에 나아가기를 싫어하여 乙巳士禍를 보고는 과거에 뜻을 두지 않고 수신에 힘썼고 경서와 성리학을 궁구하였다. 그는 溪東 全慶昌(1532~1563)을 사사하여 퇴계의 학문을 간접적으로 배울 수 있었다. 그는 강호지락에 심취하여 금호 강변의 王屋山 기슭에 소유정과 압로정을 짓고 명유들과 시를 읊으며 탈속의 삶을 누렸다. 7남 2녀를 두었는데 아들은 先知, 先行, 先正, 先吉, 先見, 先謹, 先容이고 딸은 徐得龍과 李潤雨(1569~1634)에게 출가시켰다. 그런데 이윤우의 손자는 원정이니 압로정기를 쓴 李元禎은 채응린의 외증손이 된다.

송담은 27세에 사마시에 합격했으나 仕宦에 뜻을 두지 않고 금호강변에 압로정을 짓고, 1561년(명종 16)에는 소유정을 지어 隱居求道의 장으로 삼았다. 임진왜란 때까지도 이 두 정자는 잘 보존되었으나 정유재란(1597) 때에 달아나던 왜병에 의하여 모두 불타게 되었다. 그 후, 1609년(광해 1)에 송담의 아들 선길이 소유정을 중건했으나 재력의 부족으로 압로정은 중건하지 못했는데 선길의 아들 직이 1655년(효종 6)에 압로정을 중건함으로써 二亭은 옛 모습을 되찾게 되었다. 1673년(현종 14)에 이 두 정자는 촌한들의 방화로 다시 소실되었다가 100여 년이 지난 1797년(정조 20)에 송담의 8세 손인 필훈에 의해 압로정만 재중건되었던 것이다. 그 이후의 흥폐 사실은 기록이 없어 알 수 없다. 지금은 그 옛날 소유정의 자재로 다시 지은 압로정만이 검단동의 금호강가에 남아 있다. 현존하는 이 압로정의 안쪽 벽면에는 초서로 씌어진 소유정의 편액이 걸려 있고 채응린의 '小有亭原韻' 및 제유의 차운시, 압로정중수기 등 소유정과 압로정에 관련된 수많은 편액들이 걸려 있다.

## 1. 소유정가의 작자 문제

그러면 이 소유정가의 작자가 노계 박인로라는 근거는 무엇인지에 대해 살펴보기로 한다.

작자가 박인로라는 근거는 첫째, 歌題 아래 작자 표시가 분명히 되어 있다는 점이다. '小有亭歌'라는 제목 아래에 "朴萬戶仁老作 永川人"이라고 작자를 뚜렷이 밝혀 놓고 있는데 이 서체가 본문의 서체와 동일하므로 추후에 가필한 것이 아님이 확실하다.

둘째, 이 소유정가가 내용, 형식, 표현 등으로 볼 때, 기존 노계가사의 특징을 그대로 지니고 있다는 점이다. 기존의 노계가사에 쓰인 고사성어와 동일하거나 비슷한 것이 많고 주제나 작품에 투영된 사상이 비슷하며 구문상의 특징도 유사하다.

노계가사의 특징 가운데 고사성어를 많이 구사하는 것이 두드러진 특징이라고 할 수 있는데 소유정가에도 龍眠妙手, 雲影川(天)光, 於刃(于淵)魚躍, 天慳地秘, 張翰江東去, 風乎詠而歸, 正値秋風, 須臾羽化, 擊壤歌, 落霞齊飛, 富春形勝 등 노계가사에 흔히 쓰이는 고사성어가 많이 나타나고 있다. 또한 노계가사의 주제는 주로 안빈낙도, 강호한정, 충효 등이고 투영된 사상은 철저한 유교사상인데 소유정가의 주제와 투영된 사상도 이와 같다. 그리고 노계가사에는 破格 句文과 감탄적인 隻辭가 많이 쓰인 것이 특징인데 소유정가에도 파격 구문이 많고 척사가 나타나고 있다.

셋째, 소유정가에는 노계의 기존 작품에 쓰인 구절과 같거나 비슷한 것이 많다는 점이다. "天地秘ᄒᆞ야 나룰주랴 남과딧짜"(蘆溪歌와 동일), "이시면 粥이요 업스면 굴물만졍"(陋巷詞와 동일)과 같이 기존 노계가사의 문구와 동일한 행이 16번이나 나오며 단어나 어구의 차이는 있지만 행의 意味構造가 같은 경우가 11번이나 나온다. 이러한 점으로 볼 때 소유정가는 박인로가 지은 작품임이 틀림없다. 혹자는 후인이 노계가사를 모방한 작품이 아닌가 의심하는 듯도 하나 이 소유정가는 노계 가집이 엮어지기 전에, 노계의 가사 작품 중에서 문자로 가장 먼저 정착된 것이기 때문에 후인의 모방이라고는 조금도 의심할 수 없다. 특히 노계는 가사를 書床에 앉아서 짓고 다듬은 작가가 아니라 즉석에서 가사를 唱하는 작가이기 때문에 노계 가집이나 노계집이 편찬되기 이전에는 노계의 작품은 각 곳에 산재해 있었다는 것을 염두에 두어야 한다.

그리고 이 소유정가의 창작 연대는 1617년(광해 9)이라 생각된다. 왜냐하면 이때에 박인로가 소유정에 들렀을 가능성이 있기 때문이다. 寒岡 鄭逑(1543~1620)가 73세 되던 해인 1615년에 중풍으로 인하여 1616년, 1617년, 1621년 등 3차례 浴行한 적이 있는데 그 중, 제2차 욕행 때인 1617년에 귀로 중, 대구의 소유정을 거처 간 적이 있다. 한강은 丁巳年(1617) 7월 26일에 동래 온천에 도착하여 한 달 동안 욕천을 하고, 8월 26일에 출발하여 통도사, 언양, 경주 등지와 영천 阿火, 노계가 사는 道川, 하양을 거처 9월 4일에 소유정에 도착, 점심을 먹고 泗上으로 출발했던 적이 있다. 당대의 대학자인 한강이 노계 자신의 마을인 도천동의 임하 鄭湛의 집에서 留宿할 때에 侍傍하지 않았을 리가 없고 이튿날 틀림없이 대구나 泗上까지 배웅했으리라 짐작된다. 이 때 한강 선생을 모시던 도중, 소유정에서 이 가사를 부르게 되었으리라 생각한다.


## 2. 소유정가의 특징

소유정가는 노계의 다른 가사 작품과 같이 문장이 중후하면서도 유려하고 사실적인 표현이 많이 나타날 뿐 아니라 구문의 구성도 특이한 점이 있다.

소유정의 승경과 더불어 樂山樂水하고 안빈낙도하는 유자의 모습을 읊고 있는 이 작품은 5단으로 구성되어 있다. 제1단은 소유정 주위의 빼어난 경치와 소유정의 내력을 읊고 있는데 이는 서사의 성격을 띠고 있다. 제2단은 樂山樂水之癖과 釣魚之樂을, 제3단은 春興을, 제4단은 秋興을 읊은 것으로 여기까지가 본사이고 제5단은 결사로서 태평성대와 聖主萬歲를 희구하고 있다.

소유정가는 비슷한 내용이 다소 중복되는 면이 있기 때문에 그 구상이 치밀하다고는 볼 수 없으나 문장이 질박한 맛과 왕양대해와 같은 기상을 드러내 주고 있다.

이 가사는 239구, 116행으로 이루어져 있는데 파격구문이 19행이나 되는 것이 특징이다. 또한 "흥글며 八公山 건너보니 노프락 ㄴ즈락"과 같이 감탄적인 隻辭가 결사뿐 아니라 가사의 중간에도 쓰여 5음보를 이루는데 이 또한 소유정가의 한 특징이다.

그리고 소유정가에는 "아뼈락 뒤뼈락 五五 三三이 李杜詩롤 섯거읍고"와 같이 2음보를 기저율격으로 하는 6음보 1행이 7번이나 나오는 것도 율격상의 특징이다.

이런 파격구문은 기존의 다른 노계가사에도 많이 나타나고 있는 현상이다. 그런데 6음보격 1행과 같은 파격구문은 조선조 후기의 서민가사에 빈번히 나타나는데 율격적인 측면으로 볼 때, 소유정가를 비롯한 노계가사는 음영서민가사의 원류가 아닌가 생각된다. 실지로 노계는 가사를 노래로 불렀기 때문에 이러한 생각은 그 개연성을 짙게 하고 있다.

위와 같이 소유정가는 내용, 형식, 표현 등 모든 면에서 노계가사의 특징을 그대로 잘 지니고 있으며 노계는 가사를 즉석에서 노래불렀다는 증거를 보여 주는 작품이라 하겠다.

## 3. 소유정가의 가치

그리고 이 소유정가는 노계의 현존 가사 작품 중에서 문자로 정착된 연대가 가장 오래된 작품이라 하겠다. 노계집에 실린 판본 노계가사는 1831년에 새겨진 것이고 노계집 고사본의 가사는 18세기 초엽(靑丘永言 편찬 이전)에 문자로 정착된 것인 데 비해 소유정가는 1692년(숙종 18)에 필사되었기 때문이다. "摸小有亭揭號額字說"은 채응린의 외증손인 신묵재 李鳴宇가 지은 것이 틀림없는데 이명우의 출생이 戊寅 즉 1638년(인조 16)이므로 이 설을 지었다는 "壬申 十月"은 1692년 10월이 된다. 이 설의 필체나 가사의 필체가 동일하므로 소유정가의 필사 연대와 이 說을 지은 연대는 같다고 볼 수 있다. 결국 이명우가 이 지방 학문의 중심지였던 外曾祖父宅에 출입하면서 소유정은 소실되었으나 당대 명필이었던 배대유(1563~?)가 쓴 '소유정' 편액이 먼지투성이로 전해지는 것을 보고 이를 모사하고 모사의 동기와 과정을 밝히는 설을 쓰면서 그 때까지 외증조부 댁에 전해지던 소유정가를 필사하여 소유정가 가첩을 만든 것으로 보인다. 따라서 이 소유정가는 노계가사 중에서 문자로 가장 먼저 정착된 작품일 뿐만 아니라 일반 가사 작품 중에서도 그 정착연대가 확실하고 가장 오래된 작품에 속하기 때문에 그 가치는 지대하다고 하겠다.

이 소유정가가 발굴됨으로써 1979년에 발굴된 입암별곡을 노계의 작품으로 인정한다면 노계의 가사 작품은 총 9편으로 늘어나 노계는 가사문학사상 최다작의 작가가 되었다. 가사문학의 대가인 노계의 작품이 속속 발굴됨으로써 노계를 재평가 할 수 있는 계기가 되었을 뿐 아니라 중요 작가의 작품이 늘어남으로써 우리 문학사를 더욱 풍요롭게 했다는 점을 들지 않을 수 없다. 특히 善歌者인 노계는 신분이 낮고 후손이 잘 나지 못하여 그의 작품이 제대로 전하여지지 못했고, 문집도 사후 189년 만에 겨우 엮어져서 가사와 시조는 물론이고 한시, 한문 등도 많이 逸失되었기 때문에 노계의 생활 근거지를 중심으로 세밀한 조사를 실시한다면 새로운 작품이 더 발굴될 수 있으리라 생각한다.

# 제2장 송강의 가집 판본 및 책판

고전문학의 연구는 원전으로부터 시작하여 원전으로 끝나야 한다. 따라서 원전에 대한 정확한 고증과 비판을 거치지 않은 고전의 연구는 한갓 도로요 사상누각이라 하지 않을 수 없다. 고전문학 작품의 해명은 원전의 정확한 주석을 통하여 가능하고, 정확한 주석 작업은 원전의 정확한 비판과 고증을 통해서만이 가능하기 때문이다.

현재, 국문학계에서는 이런 점에 착안하여 극히 일부에서 원전 비판에 관심을 보이고 있으나 아주 미미한 실정이고, 대부분은 誤字에 오자를 거듭한 활자본을 텍스트로 삼아 연구를 수행하거나 어떤 한 종류의 판본만을 맹신함으로써 많은 오류를 범하고 있다. 이러한 오류는 각종 판본의 판각 연대와 판본 간행과정의 고증을 통하여 각 판본의 특성을 이해하고, 판본 간의 상호 비교와 비판을 통하여 교정하지 않으면 안 된다.

이러한 점으로 미루어 볼 때, 고전문학 작품의 판본과 책판의 연구는 매우 필요한 작업일 뿐만 아니라 시급한 선결 과제라 하지 않을 수 없다. 특히, 고전시가의 대가라 할 수 있는 송강 정철의 詩歌 歌集은 그 어느 가집보다도 원전 비판이 시급하다 하지 않을 수 없다.

송강의 가집 판본 및 책판에 대한 지금까지의 연구를 살펴보면, 단편적인 연구는 다소 이루어졌으나 본격적인 연구는 매우 드문 형편이다. 송강가사의 판본에 대해서는 방종현,[1] 김사엽,[2] 박성의,[3] 심재완[4] 등의 논

---

1 방종현, "松江歌辭의 解題(二. 板本考)", 松江歌辭(正音文庫), 正音社, 1948.

의가 있었으나 송강가사 판본의 종류 및 방종현 소장이었던 소위 李選本
의 실체에 대한 이견이 상존하고 있다.

그리하여 이 글에서는 송강의 가집 간행 과정, 판본간의 차이점 또는
板本과 寫本 간의 차이점, 책판의 특징과 보존 실태 등에 관하여 검토,
분석해 보았다. 가집의 간행 과정과 판본 간 또는 판본과 사본 간의 차이
점은 각종 판본과 사본을 가능한 한 모두 구하여 이를 자료로 하여 분석,
고찰하였다. 그리고 책판의 경우는 현지 조사을 통하여 보존 실태와 특
징을 자세히 파악하였다.

송강의 유적과 송강집의 책판이 보관되어 있는 장서각에 대한 조사는
1986년 7월 8일, 1988년 10월 1일, 1989년 7월 6일 등 3차에 걸쳐 실시
하였다.

## 1. 송강가사 판본의 종류와 간행 과정

정철의 가사와 시조를 새겨놓은 송강가사의 책판은 현재 전해지지 않
고 단지 그 판본만 3종이 전할 뿐이다. 혹시 송강가사의 책판이 어디엔
가 남아 있지 않을까 하여 송강집의 책판이 보관되어 있는 장서각을 비
롯한 판본 관련 유적지를 조사해 보았으나 찾을 수 없었다. 전남 담양군
남면 지곡리에 소재한 식영정의 좌측에 있는 장서각에는 松江先生文集
(原集), 續集, 別集의 책판과 후손의 문집 책판이 보관되어 있었고, 송강

---

2 김사엽, "板本考(第西編 松江歌辭)", 鄭松江 硏究, 啓蒙社, 1950.
　　　, "李朝時代의 歌謠硏究", 學園社, 1956, pp.389-397.
　　　, "松江歌辭 新考", 慶北大學校 論文集 2, 1958.
　　　, 松江歌辭, 文豪社, 1959.
3 박성의, "板本考(校江論)", 松江歌辭, 正音社, 1956.
　　　, 松江·蘆溪·孤山의 詩歌文學, 玄岩社, 1966.
4 심재완, 孤山·蘆溪·松江 全集, 靑丘大學出版部, 1961.

가사 필사본인 松江別集追錄遺詞[5]는 그곳에 보관되어 있지 않았다. 이 추록 유사는 후손인 정하용 씨가 보관하고 있다고 했으나 확인할 수 없었다.[6]

송강의 가사와 시조는 송강가사, 사미인곡첩, 협률대성, 고금가곡, 청구영언, 여창가요록, 정선조선가곡, 해동가요, 가곡원류, 고금가요, 대동풍아, 경민편, 송강별집추록유사 및 기타 시조집과 같은 문헌에 전해지는데[7] 송강의 가사와 시조를 전부 모아 가집 형태로 전하는 것은 목판본으로 된 『松江歌辭』와 필사본으로 된 『松江別集追錄遺詞』이다.

송강가사 판본으로는 星州本, 關西本, 방종현 소장본인 소위 李選本[8] 등이 현전하고 있는데, 이 외에도 몇 종이 더 있었으나 전하지 않고 있다. 송강가사 판본의 종류에 관해서 김사엽은 黃州本, 義城本, 關北本, 星州本, 關西本 등 5종으로 보았고 박성의는, 송강가사 註解本에서는 김사엽의 설을 그대로 받아들여 5종으로 보았으나 후에 『松江·蘆溪·孤山의 詩歌文學』을 펴낼 때는 이선본을 인정하여 星州本, 李選本, 關西本, 關北本, 義城本, 黃州本 등 6종으로 보았다.

그러나, 저자는 이선본을 따로 인정할 수 없고, 병자호란 이전에 舊北關本이 간행되었다고 볼 수 있기 때문에 송강가사의 판본은 구북관본, 황주본, 의성본, 관북본, 성주본, 관서본 등 6종이 있다고 생각한다. 그러면 저자가 주장하는 이 여섯 가지 판본의 간행 동기, 간행 과정 및 다른

---

5 이 松江別集追錄遺詞는 송강의 第三子 振溟의 후손인 鄭雲五가 전래의 송강 유고를 정리, 필사하여 成冊한 文淸公遺詞를 대본으로 한 것인데, 이를 1958년에 경북대학교 대학원에서 石版印刷本으로 간행한 바 있다.

6 송강의 후손인 정하용씨는 자신이 송강별집추록유사를 보관하고 있다고 했으나 당시 창고를 수리하는 중이기 때문에 보여 줄 수 없다고 하여 그 소재를 확인할 수 없었다. 창고 수리 후, 장서가 정리되는 즉시 복사해서 보내주기로 약속했으나 지금껏 소식이 없으므로 현전하는 것인지 의심스럽다.

7 李秉岐, "松江歌辭의 研究", 震檀學報 4, 震檀學會, 1936.

8 방종현 소장본이었던 소위 李選本은 현재 서울대 규장각도서관 가람문고에 보관되어 있는 것으로 알려지고 있으나 확인해 본 결과 규장각 도서관에는 소장되어 있지 않다. 그래서 이 본을 방종현 소장본이라 하였다.

판본과의 관계에 관하여 알아보기로 한다.

### (1) 舊北關本

구북관본이 간행되었다는 것은 이선의 발문을 통하여 확인할 수 있다.

北關에는 옛날에 公의 가곡이 간행된 것이 있었으나, 돌아보건대 年代가
이미 오래되었고 전쟁을 거치는 동안 그 傳함을 잃었으니 참으로 可惜하다.[9]

방종현 소장본인 소위 이선본과 국립 중앙도서관에 소장된 관서본의
끝에 붙어 있는 이선의 발문 중, 위와 같은 기록으로 볼 때, 북관에서는
병자호란 이전에 이미 송강가사가 간행되었음을 알 수 있다. 조선 시대
에 큰 전쟁이라 할 만한 것은 임진왜란과 병자호란뿐인데 송강은 임진왜
란 와중인 1593년(선조 2)에 죽었으므로 여기서의 전쟁이라는 것은 자연
히 1636년(인조 14)에 일어난 병자호란을 뜻하기 때문이다.

그렇다면 이 구북관본의 간행 연대는 언제일까? 송강의 가집인 송강
가사는 송강의 사후에 간행 되었을 것이므로 일단은 1593년 이후로부터
병자호란이 일어난 1636년 이전에 간행되었다고 볼 수 있다. 그런데 송
강은 죽은 후에 곧바로 권유, 김우순 등의 상소로 관작을 추탈 당하였다
가 1609년(광해군 1)에 신원되었고, 1623년(인조 1)에 관작이 복구되었
던 것이다. 이런 점을 통해 볼 때, 송강가사의 간행은 아무래도 신원이
되고 관작이 복구된 1623년 이후가 될 것이다. 결국, 구북관본의 간행은
1623년(인조 1)에서 1636년(인조 14) 사이에 이루어졌다고 할 수 있다.

이 판본의 명칭을 구북관본이라 한 것은 이선의 발문에서 "북관" 지방
이라는 말을 썼기 때문인데 그냥 "북관본"이라 하지 않은 이유는 송강의
둘째 아들 종명의 증손인 鄭瀁가 간행한 "관북본"과 혼동할 염려가 있기

---

9 北關 舊有公歌曲之刊行者 而顧年代之已久 且經兵燹 遂失其傳 誠可惜也(李選 跋文)

때문이다. 지금까지 학계에서 병자호란 이전에 이 판본이 간행된 것을 인정하지 않은 것도 정호가 간행한 관북본과 혼동을 했기 때문이다.

### (2) 黃州本

황주본 송강가사가 간행 된 사실은 송강의 둘째 아들 종명의 증손이요, 종명의 넷째 아들 瀁의 손자인 鄭澔이 쓴 성주본의 발문을 통하여 알 수 있다. 성주본의 말미에 붙어 있는, 발문에 해당하는 정천의 書에는

> 姉兄인 李季祥씨는 清江 선생의 후손으로서 평소 우리 文清公(松江) 선조를 존경하고 사모함이 보통 사람들에 倍나 되었을 뿐 아니라 더욱 이 일의 本末[10]을 잘 알고서 黃州 通判으로 가서 이를 취하여 刊布했으니 그 뜻이 우연이 아니다. 〈중략〉戊寅 3月 日에 玄孫 澔은 삼가 쓴다.[11]

라고 하여 황주본의 간행 사실을 전해 주고 있다. 그리고 이 書를 쓴 戊寅年은 정천(1659~1724)의 생존 연대로 볼 때, 1698년에 해당하므로 황주본은 1698년 이전에 간행되었다고 볼 수 있다. 그리고 이선의 발문에는 황주본 간행에 대한 언급이 없는 것으로 보아 이선이 발문을 쓴 1690년(庚午)까지는 황주본이 간행되지 않았다고 보아야 한다. 그러므로 황주본의 간행은 1690년부터 1698년 사이에 이루어졌다고 볼 수 있다.

그런데 김사엽은 다음과 같은 몇 가지 이유를 들어 방종현 소장본인 소위 이선본을 황주본이라고 단정하고 있다.[12]

---

10 이 발문 앞부분의 내용을 가리키는 것이니, 즉 鄭瀁이 義城에서 간행한 의성본이 송강가사의 여러 本을 널리 취하여 異同을 質正하지 못한 결과 舛誤가 많고 短歌 중에는 빠진 것이 많다는 점과 자기(鄭澔)의 家藏本이 眞本이라는 사실을 말한다.

11 姉兄 李徵夏季祥氏 以清江先生後孫 平日景慕我文清先祖者 有倍他人 又能備玆事本末 適通判黃州 取而刊布 共意非偶然也 戊寅三月日 玄孫澔謹書(鄭澔의 跋文)

12 김사엽, "松江歌辭 新攷", 경북대학교 논문집 2, 1958, pp.16-17.

① 關北本 義城本 關西本의 刊刻者 및 刊刻年代가 不分明할 때에는 或 그렇게도 생각할 수 있었겠으나 이 三板本의 板刻年代가 밝혀지고 보니 義城本이 關北本보담 먼저 되었음에 따라서 方敎授本跋文中「北關舊有公歌曲之刊行 而顧年之已久且經兵燹 遂失其傳 可惜……」이라 함에 附合되지 않는다.

② 그러면 方敎授本이 關北本 關西本 黃州本 中의 어느 것이겠는데 徐有渠의 鏤板考集類에「關西觀營藏 印紙十五張」이라 하였는데 方敎授本 二十六張과 附合되지 않으며 또 關北 關西 兩本이 同一하거나 大差없는 것이리라는 것은 鄭實의 關西本 발문으로 알 수 있다. 〈中略〉 그렇다면 方敎授所藏本은 黃州本임에 疑心할 餘地가 없지 않을가 한다.

김사엽이 이와 같이 방종현 소장본을 황주본이라 주장한 것은 잘못된 것이다. 김사엽은 1704년~1705년에 간행되었다고 보이는 관북본이 1696년~1698년에 간행되었다고 생각되는 의성본보다 먼저 간행 되었다는 이선의 발문 내용은 불합리하므로 이선의 발문이 달린 방종현본은 의성본이 될 수 없다는 것인데 이는 구북관본을 판본으로 설정하지 않음으로써 일으킨 오류라 하겠다. 의성본보다 훨씬 먼저 간행된 구북관본을 인정하면 이선의 발문 내용은 합리적인 것이 되고 김사엽이 품었던 의심은 풀리게 된다. 방종현 소장본을 황주본으로 본 김사엽도 황주본과 관북본이 거의 비슷한 시기에 간행되었기 때문에 옛날 북관에서 송강의 가곡을 간행한 것이 "연대가 이미 오래되어 전하지 않는다"는 이선의 발문 내용과 관서본을 간행한 鄭實의 발문 중에 "우리 할아버지가 관북 지방의 관찰사가 되었을 때 간행한 것"이라고 한 것 사이에는 석연치 않는 바가 있다고 하고, 이선이 발문을 쓸 때와 정실의 조부인 鄭澔가 관북 관찰사가 되어 가던 때가 거의 동시대로 年數의 차가 그다지 없는 것인데 '관북본'으로서 정호가 관북에 按節하여 入刊한 것 말고 그보다 훨씬 오래 전에 간행한 적이 있었을 것이 분명하니 그렇다면 정호가 입간한 관북본은 두 번째 간행이 될 수도 있다는 추찰을 하면서도 전후의 불합리한 것을 이선의 誤聞한 잘못으로 돌리고 있다.[13]

그리고 서유구의 鏤板考에 關西觀營藏本의 印紙가 15張이라 했는데 방종현 소장본은 26장이므로 관북, 관서본과는 거리가 있기 때문에 성주본 계통의, 분량이 많은 황주본이 맞다고 했는데 이는 옛날의 '張' 단위가 오늘날의 '張' 단위와는 다르다는 것을 생각하지 못한 결과라고 생각한다. 옛날에 말하는 1장은 오늘날 우리들이 말하는 문집의 2張, 즉 4면에 해당하는 분량을 뜻하였다. 그러므로 방종형 소장본 26장은 옛날의 장단위로는 13장이 되므로 여분을 생각하면 15장이 된다고 할 수 있다. 따라서 방종현 소장본은 그 분량으로 볼 때 관북, 의성, 관서본 계통에 가깝고 황주본과는 거리가 멀다고 하겠다.

이렇게 볼 때 황주본은 이선의 발문이 달린 방종현 소장본과는 관계가 멀고 오히려 황주본은 성주본과 같은 계통이라 할 수 있다. 왜냐하면 성주본의 원고를 만들었다고 생각되는 정천이 황주본을 간한 이계상을 "송강을 존경하고 사모함이 타인의 배나 되었고 의성본의 소략함과 鄭浩家의 소장본이 진본이라는 것을 알고서 황주본을 간행한 것은 우연이 아니다"[14]라고 찬사를 아끼지 않은 것을 볼 때, 성주본과 황주본은 같은 계통이라는 것을 능히 짐작할 수 있다.


(3) 義城本

의성본은 정철의 둘째 아들인 종명의 증손자 정호가 의성 군수로 가서 간행한 것인데, 이에 대해서 정철의 현손 정천은 성주본 발문에 다음과 같이 밝히고 있다.

---

13 김사엽, "松江歌辭 新攷", 경북대학교 논문집 2, 1958, p.41 참조.

14 이 발문의 앞머리 내용인 "정철의 가곡이 병란을 거치는 동안에 진본이 전하지 아니하고 전사할 때에 亥豕之誤가 많으며 傳誦者들도 자기 마음대로 더 보태는 일(高王考文淸公長短歌曲 行於世者 摠若干篇而累經兵亂 眞本不傳 諸子孫家各有所藏 而傳寫之際間 多亥豕誤 世之傳誦者 又往往而其意補添)을 가리킨다.

나의 6촌형 澦가 義城 군수로 갔을 때 이런 일을 염려하여 가곡을 간행했으나 애석하게도 여러 本을 널리 취하여 그 同異를 質正하지 못하여 후인들에게 徵信케 할 수 없었다. 〈中略〉 戊寅 3월 日에 玄孫 浻은 삼가 쓴다.[15]

정천이 쓴 이 발문을 통해 볼 때, 의성본의 간행 시기는 1696년부터 1698년 사이라 생각된다. 왜냐하면 정천이 발문을 쓴 해가 1698년(戊寅)이므로 일단 1698년 이전에 의성본이 간행되었다고 할 수 있고, 숙종실록에 의하면 정호가 의성 현령이 된 해가 1696년(숙종 22) 5월이고 1698년(숙종 24) 1월에는 修撰이 되었기 때문이다.[16]

그런데 방종현 소장본인 소위 이선본이 바로 이 의성본이 아닐까 하는 추측이 방종현에 의하여 제기되었다.[17] 방종현은 이선본을 의성본이라 추정하는 근거로 다음과 같은 3가지 점을 들고 있다. 첫째, 성주본 발문에 "且其短歌 多有見逸者"라고 한 것이 있는데 이 사실을 이선본에 비교하면 성주본에는 단가가 79수나 되는데 대하여 이선본에는 51수밖에 안되므로 이를 지적한 것이라 볼 수 있다는 점이다. 둘째, 성주본 발문에 "不能廣取諸本質其同異"라고 한 것은 의성본이 다른 본과 내용상 다른 점이 많다는 것인데 이선본과 성주본을 단가 이외의 부분에서 대조하면 상당히 많은 차이가 있다는 점이다. 셋째, 이선이 발문을 쓴 때와 의성본을 간행한 때가 동시대라는 점이다. 방종현의 이러한 추론은 아주 타당한 것으로 보인다. 저자도 이에 동의한다. 소위 이선본이 의성본이라는 근거로 하나 덧붙일 것은 이선의 발문이 관서본에도 정실의 발문 앞에

---

15 我再從兄澦之宰義城也 爲是之慮 刊而行之 而惜其不能廣取諸本 質其同異 有不足以徵信於來後…… 戊寅三月日 玄孫浻謹書(鄭浻의 跋文)

16 肅宗 二十二年 丙子 五月 甲申 鄭澦出補義城縣令(肅宗實錄 권30)
　肅宗 二十四年 戊寅 正月 壬午 鄭澦爲修撰(肅宗實錄 권32)

17 한편, 김사엽은 鄭松江 硏究(1950)와 李朝時代의 歌謠硏究(1956)에서는 방종현 소장인 이선본이 의성본이라고 단정하였다가 "松江歌辭新考"(1958)에서는 소위 이선본이 황주본이라고 단정하고 "前者의 推定을 改訂한다"고 하였다.(방종현 註, 송강가사, 정음사, 1948, pp.85-88.)

붙어 있으므로 이는 의성본이라 생각되는 이선본이 관서본과 밀접한 관계가 있다는 것을 암시하는데, 다음에 논하는 각 판본간의 차이점에서도 밝혀지겠지마는 실제 관서본과 의성본은 작품의 분량면이나 내용면에서 서로 酷似하다는 점을 들 수 있다. 이런 근거들을 종합해 볼 때 방종현 소장의 소위 이선본은 의성본임에 틀림없다고 본다. 이선의 발문은 의성본이라 생각되는 방종현 소장본(소위 이선본)에만 붙어 있는 것이 아니라 關西本에도 붙어 있기 때문에 이선본이라는 명명은 합당하지 않을 뿐만 아니라 이 본이 의성본이라고 밝혀졌으므로 이제는 더 이상 이선본이라는 말을 쓰지 않았으면 한다.

### (4) 關北本

관북본은 송강의 현손인 장암 정호가 관북(함경도) 관찰사로 있을 때 간행한 것인데 이러한 사실은 관서본 제일 말미에 붙어 있는, 정호의 손자인 정실의 발문을 통해서 알 수 있다.

> 宗人 來何 등이 와서 송강 선조의 歌辭 한 책을 보여 주었으니 이것은 나의 할아버지인 丈巖府君이 관북 관찰사로 있을 때 入刊한 것인데 이 판본은 여러 板刻들보다도 가장 정밀하지마는 판본이 많이 훼손되었기 때문에 한 秩을 얻어 重刻하려고 했으나 이루지 못하였었다.[18]

이 관북본의 간행 연대의 추중은 정호가 함경도 감사를 역임한 때를 알아보면 가능하다. 숙종실록에 의하면 정호는 숙종 30년 4월에 함경 감사로 임명되었고 숙종 31년 3월에 도승지가 되었다. 그런데 숙종 30년 11월에 洪萬朝가 관북 관찰사로 임명된 사실이 역시 숙종실록에 나타나

---

18 宗人來河等 來元松江先祖歌詞一冊 此是余先王考丈巖府君 觀察關北時入刊者 而此板最精於諸刻 第 刊行已久 板本多毁破 方欲得一件重刻 而未果矣(鄭實의 跋文)

므로 그사이 숙종 30년 12월에 관찰사가 교체된 듯하다.[19] 따라서 관북본은 정호가 관북 관찰사로 있던 숙종 30년, 즉 1704년에 간행된 것 같다.

## (5) 星州本

성주본은 송강의 5대 손이요 정천의 아들인 觀河가 성주 牧使로 있을 때에 간행한 것인데 그 간행 연대와 간행 과정은 이 판본의 끝에 있는 정천의 謹書와 정관하의 追記를 보면 알 수 있다.

고조할아버지 文淸公(정철)의 長短 歌曲이 세상에 약간편 전하였으나 여러 번 병란을 겪는 동안 眞本이 전하지 못하였다. 여러 자손들 집에 소장한 것이 있으나 이를 傳寫할 때에 誤字가 생기고 傳誦하는 이들이 마음대로 添補하는 수가 많으므로 나의 6촌형 澔씨가 의성 군수로 갔을 때 이런 일을 염려하여 가곡을 간행했으나 애석하게도 여러 本을 널리 취하여 同異를 質正하지 못하여 후인들에게 徵信케 할 수 없었다. 내가 곧 家中의 舊藏을 가지고 교정해 보니 傳誦한 것보다 잘못된 점이 오히려 많았고 그곳에 실린 短歌들은 빠진 것이 많았다. 또 畸翁의 庶子인 泣가 베낀 것을 가지고 서로 고증해 보니 우리집 舊藏과 같았다. 대저 우리집 소장본은 조부 抱翁公의 命寫로 된 것이고 澔가 쓴 것은 畸翁公이 전한 것을 베낀 것이니 가히 이 책이 眞本이라는 것을 믿을 수 있다. 姉兄인 李季祥씨는 淸江 선생의 후손으로서 평소 우리 文淸公(松江) 선조를 존경하고 사모함이 다른 사람들에 倍나 되었을 뿐 아니라 더욱 이 일의 본말을 알고 황주 통판으로 가서 이 뜻을 취하여 刊布했으니 그 뜻이 우연이 아니다. 그런데 후일 이를 보는 사람들이 이 두 本의 眞僞를 구별하지 못해서 取捨하는데 혼란을 가져올까 염려하여 내가 한 벌을 다시 베껴서 刻板에 붙이고 이 글을 써 두는 바이다.

---

19 咸鏡監司鄭澔辭陞(肅宗實錄 권30 三十年 甲申 四月 丁卯)
鄭澔爲都承旨(同 권41 三十一年 三月), 洪萬朝爲咸鏡道觀察使(同 권40, 三十年 十一月)

戊寅 三月 日에 玄孫 溶은 삼가 쓴다.[20]

아버지께서 살아계실 때 眞贋의 양본이 서로 섞여 취사하는데 현혹됨이 있음을 慨然히 여기시어 다시 한 벌을 베껴 간행코자 하다가 그 뜻을 이루지 못하였기에 내가 가슴 아프게 여긴 지가 여러 해가 되었는데 작년 여름 성주 목사로 오게 되어 板刻하게 되었으니 이 또한 무슨 기다림이 있어 그러했던 것인가? 이를 널리 펴서 옛 의문을 풀게 하여 아버지가 이루지 못한 뜻을 잇노라. 정묘 삼월 일에 5대손인 觀河가 追記한다.[21]

위와 같은 정천의 근서와 정관하의 추기를 볼 때, 정천(1659~1724)이 자기 집 소장본을 진본이라 생각하여 이를 간행하려고 1698년(戊寅) 경에 다시 베껴 두었으나 뜻을 이루지 못하자 아들 관하가 성주 목사로 있던 1747년(丁卯)에 간행했음을 알 수 있다.

(6) 關西本

이 판본은 송강의 후손인 鄭實이 關西 監司로 나가 있을 때, 간행한 것인데 간행 연대와 간행 과정은 關西本 발문을 통하여 알 수 있다.

20 高王考文淸公 長短歌曲 行於世者若干篇 而屢經兵亂 眞本不傳 諸子孫家 各有所藏 而傳寫之際間 多亥豕之誤 世文傳誦者 又往往以己意添補 我再從鄭澔氏之宰義城也 爲是之慮刊以行之而惜其不能廣取諸本 質其同異 有不足以徵信於來後 余則取家中舊藏 而校正之則舛誤之多反 有甚於傳誦之失其眞 且其短歌 多有見逸者 又取崎翁側室子涖所自謄者 而參互考證焉 則一與 吾家舊藏相類 盖吾家所藏 出於我王考抱翁公所命寫者 而涖之所寫親承崎翁公所傳 則可信此本之爲眞也 姊兄李徵季祥氏 而淸江先生後孫 平日景慕我文淸先祖考 有倍他人 而又能備詳玆事本末 適通判黃州 取以干布 其意非偶然也 抑後之覽者或難卞於兩本之眞贋 而眩於取捨 余旣改寫一通付之剞劂 又書此以遺之云 戊寅三月 曰玄孫溶謹書.

21 先人在世時 慨然兩木之眞贗相雜 眩於取事 改寫一一通 將付剞劂氏 而有志未就 尋常痛恨 盖有年矣 昨夏來莅星州 鳩取梓板 一旬而工訖 亦有待而然歟 玆用廣布知舊問 以續先君子未就之意焉 丁卯三月日 五代孫星州牧使 觀河追記(關西本 跋文)

내가 관서 감사가 된 이듬해 봄에 鳳山 宗人 來河 등이 와서 歌詞 한 책을 보여 주었는데 〈중략〉[22] 이제 다행히 그것을 얻으매 기뻐서 刻板에 붙였더니 며칠 안 되어 일이 끝나게 되었으므로 이제부터는 泯滅하지 않을 것이고 오래 전해지게 될 것이다. 戊子 仲春에 후손 감사 鄭實은 삼가 쓴 다.[23]

정실(1701~1776)은 송강의 6대 손으로서 장암 정호의 親孫子이나 정실의 아버지인 鄭舜河가 鄭澔의 동생인 鄭泳에게 出系하여 족보상으로는 정영의 손자인데[24] 1739년(영조 15)에 문과에 급제하여 도승지, 호조판서 등을 거쳐 1767년에 평안도 관찰사가 되었던 것이다. 따라서 이 관서본은 정실이 평안도 관찰사가 된 다음해인 1768년(戊子)에 간행 된 것이라 할 수 있다. 그리고 이 발문을 통하여 정실이 평소 관북본이 정밀하지만 판본이 많이 훼손되었기 때문에 그 重刊을 생각해 오던 중, 宗人 來河 등으로부터 관북본 한 권을 받아서 이를 저본으로 하여 관서본을 간행하게 되었다는 것을 알 수 있다. 그런데 이 관서본은 1948년 9월에 발견되어 현재 국립중앙도서관에 보관되어 있다.

지금까지 살펴 본 바와 같이, 송강가사의 판본은 주로 후손들에 의하여 간행되었는데 각 판본과 이를 간행한 후손들과의 관계를 가계 중심으로 도표화하면 다음과 같다.

---

22 〈중략〉된 내용은 이 책 350쪽에 인용된 鄭實의 발문 부분이다. 이것과 중복을 피하기 위하여 여기서는 〈중략〉으로 처리하였다.

23 余按關西之明年春 鳳山宗人來河等 來視松江先祖歌詞一冊……今幸得之心竊喜焉 玆命剞劂氏 鳩材入刊 不日而工告訖 玆此不至泯沒 而傳之永久矣 歲戊子仲春 後孫監司實謹書(關西本 跋文)

24 결국 鄭澔는 鄭實의 親祖父이지만 족보상으로는 從祖父가 되는 셈이다. (烏川鄭氏 족보 참조.)

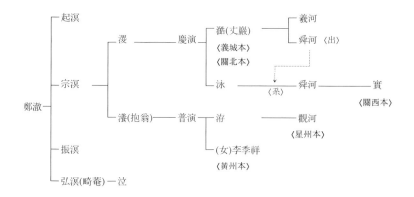

이상에서 송강가사의 판본에 대하여 살펴보았는데, 지금까지 간행된
판본은 구북관본, 황주본, 의성본, 관북본, 성주본, 관서본 등 6종이었고
방종현 소장의 소위 이선본은 역시 의성본임이 밝혀졌다. 그리고 각 판
본의 간행 연대와 간행 과정에 대해서도 검토해 보았는데, 검토 결과를
각 판본별로 간행 연대, 간행자, 간행지, 현전 여부 등의 순서로 정리해
보면 다음과 같다.

구북관본: 1623(인조 1)～1636(인조 14)…… 미상……관북…현전하지 않음
황주본 :  1690(숙종 16)～1698(숙종 24) … 이계상…황주…현전하지 않음
의성본 :  1696(숙종 22)～1698(숙종 24) … 정호……의성…서울대도서관(?)
관북본 :  1704(숙종 30)〈甲辰〉………… 정호……관북…현전하지 않음
성주본 :  1747(영조 23)〈丁卯〉………… 정관하…성주…5～6종 전함
관서본 :  1768(영조 44)〈戊子〉………… 정실……관서…국립중앙도서관

그러면, 현재 전하고 있는 판본인 의성본, 성주본, 관서본에 대하여 그
특징을 살펴보고 각 판본을 대비하여 상호 관련성과 차이점을 찾아보기
로 한다.

## 2. 각 판본의 특징과 판본간의 차이

### 2.1. 각 판본의 특징

우선 송강가사의 판본 중에서 현전하고 있는 의성본, 성주본, 관서본의 서지 및 체재상의 특징을 알아보기로 한다. 의성본과 관서본은 같은 계통이라 생각되므로 먼저 성주본의 특징을 살펴본 후, 이 두 판본에 대하여 살펴보기로 한다.

**(1) 성주본**: 이 판본의 서지를 살펴보면 四周雙邊有界, 半匡 23×13cm, 매면 8행, 매행 16자, 2권 1책, 44장이다. 上, 下 두 권으로 나누어서 상권에는 가사를, 하권에는 시조를 실어 놓았다. 상권은 '松江歌辭上'이라는 卷題로 시작하여 관동별곡, 사미인곡, 속미인곡, 성산별곡, 장진주사 순으로 실어 놓았고, 하권은 '松江歌辭下'라는 권제로 시작하여 '短歌'를 실어 놓았는데 여기에 실린 시조는 警民編 소재 16수와 기타 시조 63수 등 총 79수이다. 그리고 말미에는 정천의 근서와 정관하의 추기 등 두 발문이 붙어 있다.

**(2) 의성본**: 종래 소위 '이선본'이라 불러 왔던 이 의성본은 방종현 소장이 유일본이다. 四周單邊有界, 半匡 22×19cm, 매면 10행, 매행 20자, 單券 26장이다. '松江歌辭'라는 권제가 없이 바로 관동별곡으로 시작하여 사미인곡, 속미인곡, 성산별곡, 장진주사가 이어지고,'短歌'라는 표시가 없이 시조 51수가 실려 있다. 물론 시조 51수 가운데는 경민편의 훈민가 16수가 앞부분에 배열되어 있다. 성주본보다는 25수나 시조가 적게 실려 있지만 성주본에 없는 시조가 이 판본에 3수가 실려 있는 것이 특징이다. 그리고 관동별곡 다음에 '贈關東按使尹仲素履之'라는 김상헌의 贈詩와 '贈楊理一'이라는 權畢의 증시가 실려 있고, 바로 이어서 芝峯類說에 나오는 동방가곡에 대한 이수광의 글이 실려 있다. 속미인곡 다음에는 "聽松江歌詞"라는 이안눌의 한시가 실려 있으며 장진주사 다음에

는 '過松江墓'라는 권필의 한시가 실려 있다. 또한 말미에는 이선의 발문이 붙어 있다.

**(3) 관서본** : 이 판본은 四周單邊有界,半匡 23×17cm,매면 10행, 매행 22자, 단권 24장으로 되어있다. 가사의 배열 순서와 51수의 단가 내용과 순서도 의성본과 같고 관동별곡 다음에 윤이지와 김상헌의 증시, 속미인곡 다음에 이안눌의 한시와 장진주사 다음에 권필의 한시가 실려 있는 것도 의성본과 동일하다. 말미에는 이선과 정실의 발문이 붙어 있다.

## 2.2. 판본간의 차이

현재 전하지 않는 구북관본, 황주본, 관북본은 논외로 할 수 밖에 없으므로 여기서는 현전하는 의성본, 성주본, 관서본 등 3판본에 대해서 그 차이점을 밝혀 보고자 한다.

앞에서 검토한 각 판본의 간행 과정과 특성을 통하여 관서본이 관북본을 저본으로 한 重刊의 성격을 띠고 있고, 의성본과 관서본이 체재면에서 동일하다는 것을 알 수 있게 되었다. 따라서 관북본과 의성본과 관서본은 계통이 같다는 것을 알 수 있고 간행 연대로 볼 때, 의성본이 관북본과 관서본의 저본이라 할 수 있다. 결국 현전하는 3가지 판본은 간행 과정과 체재면에서 볼 때, 의성본과 관서본은 동일 계통의 판본이고 성주본은 이들과 다른 계통의 판본이라 할 수 있다.[25] 이러한 사실은 세 판본의 내용 대비를 통해서도 밝힐 수 있다. 우선 이 세 판본의 차이점 특히 의성, 관서 양본과 성주본의 차이점을 찾아보기 위해서 3본을 대비해 보기로 한다. 이들 판본에 대한 李丙疇 씨의 對校[26]가 있었으나 빠진 것이 많을 뿐 아니라 음절 단위로 대비하여 표로 나타내었기 때문에 판

---

25 김사엽, "松江歌辭 新考", 경북대학교논문집 2, 1958, p.16 참조.
26 通文館刊, 景印松江歌辭, 1954, pp.12-24.

본간의 차이를 찾기가 어려웠다. 그래서 판본간의 내용상의 특징과 차이점을 쉽게 알 수 있도록 어절 단위로 대비해 보았다. 시조의 경우는 성주본 시조를 기준으로 하여 일련번호를 붙여 서로 차이가 나는 부분만 대비해 보았다. 시조 일련번호(49)~(78)은 성주본에만 수록되어 있었고 (79)~(81)은 의성본과 관서본에만 수록되어 있었다.

지면 관계상 대비표는 싣지 못하였지만 대비표를 통하여 분석해 본 결과, 의성본과 관서본은 표기법에만 다소 차이가 있을 정도로 양본은 동일 계통의 판본이고 의성·관서 양본과 성주본 사이에는 시조 한자어구의 記寫法 차이, 어구 添削의 차이, 어구 표현의 차이, 토나 어미의 차이, 시조 작품의 차이 등 상호 뚜렷한 차이가 나기 때문에 다른 계통의 판본임이 확연히 드러났다. 이를 좀 더 구체적으로 정리하여 살펴보면 다음과 같다.

**(1) 時調 漢字語句 記寫法 차이** : 성주본의 시조는 國漢字 字字竝記法으로 기사되어 있는데 비해 이선본과 관서본은 純國文字로 기사되어 있다.

| 시조번호 | 성 주 본 | 의 성 본 | 관 서 본 |
|---|---|---|---|
| 〈1〉 | 恩은德덕을 | 은덕을 | 은덕을 |
| 〈4〉 | 平평生싱애 | 평싱애 | 평싱애 |
| 〈5〉 | 夫부婦부룰 | 부부룰 | 부부룰 |
| 〈7〉 | 孝효經경 | 효경 | 효경 |
|  | 小쇼學혹은 | 쇼혹은 | 쇼혹은 |
| 〈9〉 | 鄕향飮음酒쥬 | 향음쥬 | 향음쥬 |
| 〈10〉 | 有유信신 | 유신 | 유신 |
| 〈17〉 | 江강原원道도 | 강원도 | 강원도 |
|  | 百빅姓성들아 | 빅성들아 | 빅성들아 |
|  | 兄형弟뎨 | 형뎨 | 형뎨 |
| 〈18〉 | 光광化화門문 | 광화문 | 광화문 |
|  | 內닉兵병曹조 | 닉병조 | 닉병조 |
|  | 陳진跡적이 | 딘적이 | 딘적이 |

| | | | |
|---|---|---|---|
| 〈19〉 | 蓬봉萊닉山산 | 봉닉산 | 봉닉산 |
| | 江강南남의 | 강남의 | 강남의 |
| 〈20〉 | 草초屋옥 | 초옥 | 초옥 |
| 〈21〉 | 劉뉴伶령은 | 뉴령은 | 뉴령은 |
| | 晉진적의 | 진적의 | 진적의 |
| | 高고士시로다 | 고시로다 | 고시로다 |
| | 季계涵함은 | 계함은 | 계함은 |
| | 當당代딕예 | 당딕예 | 당딕예 |
| | 狂광生싱 | 광싱 | 광싱 |
| | 高고士亽狂광生싱 | 고亽광싱 | 고亽광싱 |
| 〈24〉 | 絶절交교篇편 | 절교편 | 절교편 |
| | 錢전送송 | 전송 | 전송 |
| 〈27〉 | 百빅年년 | 빅년 | 빅년 |
| | 草초草초호가 | 초초호가 | 초초호가 |
| | 草초草초호 | 초초호 | 초초호 |
| | 浮부生싱애 | 부성이 | 부성이 |
| 〈28〉 | 蓬봉萊닉山산 | 봉닉산 | 봉닉산 |
| | 第데一일峰봉 | 데일봉 | 데일봉 |
| 〈29〉 | 漢한江강 | 한강 | 한강 |
| 〈30〉 | 興흥亡망이 | 흥망이 | 흥망이 |
| | 帶딕方방城성이 | 딕방성이 | 딕방성이 |
| | 秋츄草최 | 추최 | 추최 |
| | 牧목笛뎍의 | 목뎍의 | 목뎍의 |
| | 太태平평煙연火화의 | 태평연화의 | 태평연화의 |
| | 辛신君군望망校교理리 | 신군망교리 | 신군망교리 |
| | 修슈撰찬 | 슈찬 | 슈찬 |
| | 上상下하番번 | 상하번 | 상하번 |
| | 勤근政졍門문 | 근졍문 | 근졍문 |
| 〈33〉 | 南남極극老노人인星셩이 | 남극노인셩이 | 남극노인셩이 |
| | 息식影녕亭뎡의 | 식영뎡의 | 식영뎡의 |
| | 滄창海히桑상田뎐이 | 창히샹뎐이 | 창히샹뎐이 |

|  | 獻헌壽슈 | 헌슈 | 헌슈 |
|---|---|---|---|
| 〈35〉 | 靑청天텬 | 청텬 | 청텬 |
|  | 鶴학 | 학 | 학 |
|  | 人인間간이 | 인간이 | 인간이 |
| 〈36〉 | 大대絃현을 | 대현을 | 대현을 |
|  | 子ㅈ絃현의 | ㅈ현의 | ㅈ현의 |
|  | 羽우調됴 | 우됴 | 우됴 |
|  | 離니別별 | 니별 | 니별 |
| 〈37〉 | 靑청天텬 | 청텬 | 청텬 |
|  | 世세界계 | 세계 | 세계 |
| 〈38〉 | 人인事ㅅ | 인ㅅ | 인ㅅ |
| 〈39〉 | 細세雨우斜샤風풍의 | 세우샤풍의 | 세우샤풍의 |
|  | 一일竿간竹듁 | 일간듁 | 일간듁 |
|  | 紅홍蔘뇨花화 | 홍뇨화 | 홍뇨화 |
|  | 白빅頻빈洲쥬渚뎌의 | 빅빈쥐졔의 | 빅빈쥐졔의 |
| 〈40〉 | 柴싀扉비룰 | 싀비룰 | 싀비룰 |
|  | 流뉴水슈靑쳥山산을 | 뉴슈쳥산을 | 뉴슈쳥산을 |
|  | 碧벽蹄데예 | 벽데예 | 벽데예 |
| 〈41〉 | 長댱沙사王왕 | 댱사왕 | 댱사왕 |
|  | 賈가太태傅부 | 가태부 | 가태부 |
| 〈42〉 | 五오六뉵月월 | 오뉴월 | 오뉴월 |
| 〈43〉 | 亭뎡子ㅈ | 뎡ㅈ | 뎡ㅈ |
|  | 豪호華화히 | 호화히 | 호화히 |
| 〈45〉 | 落낙落낙長댱核숑 | 낙낙댱숑 | 낙낙댱숑 |
|  | 棟동樑냥材지 | 동냥지 | 동냥지 |
|  | 明명堂당이 | 명당이 | 명당이 |
| 〈46〉 | 成성勸권農롱 | 성권롱 | 성권롱 |
|  | 勸궐農롱 | 궐롱 | 궐롱 |
|  | 鄭뎡座좌首슈 | 뎡좌슈 | 뎡좌슈 |
| 〈47〉 | 中듕書셔堂당 | 듕셔당 | 듕셔당 |
|  | 白빅玉옥杯비 | 빅옥비 | 빅옥비 |
|  | 十십年년 | 십년 | 십년 |

|  |  |  |
|---|---|---|
| 朝죠夕석變변 | 죠셕변 | 됴셕변 |
| 棟동樑냥지 | 동냥지 | 동냥지 |
| 議의論논도 | 의논도 | 의논도 |

〈48〉

(2) **語句 添削의 차이** : 성주본의 어떤 어구가 의성·관서 양본에는
생략된 경우, 다시 말하자면 의성·관서 본에 없는 어구가 성주본에는
삽입된 경우가 있고, 반대로 의성·관서 양본의 어떤 어구가 성주본에는
생략된 경우, 다시 말하면 성주본에 없는 어구가 의성·관서 본에는 삽
입된 경우가 있다.

| 작 품 명 | 성 주 본 | 의 성 본 | 관 서 본 |
|---|---|---|---|
| 〈관동별곡〉 | × | 어와더디위롤 | 어와더디위롤 |
|  | × | 어이ᄒ면 | 어이ᄒ면 |
|  | × | 알거이고 | 알거이고 |
| 〈속미인곡〉 | × | ᄒ니 | ᄒ니 |
|  |  | 출하리쇠여디여 | 출하리쇠여디여 |
|  | × | 落낙月월이나 | 落낙月월이나 |
|  |  | 되야이셔님계신窓창 | 되야이셔님계신窓창 |
|  |  | 안힉번드시비최리라 | 안힉번드시비최리라 |
| 〈성산별곡〉 | × | 夕셕陽양의 | 夕셕陽양의 |
| 〈시조 1〉 | ᄀ업손 | × | × |

(3) **語句 선택 및 표현의 차이** : 동일한 위치에 쓰인 어구의 선택이
서로 다르거나 그 의미는 비슷하나 표현이 다소 다른 경우가 상당히 있
다. 이 두 가지를 구분하지 아니하고 함께 다루기로 한다.

| 작 품 명 | 성 주 본 | 의 성 본 | 관 서 본 |
|---|---|---|---|
| 〈관동별곡〉 | 모든 | 느린 | 느린 |
|  | 아모나 | 아뫼나 | 아뫼나 |
| 〈사미인곡〉 | 얼크연디 | 허틀언디 | 허틀언디 |

| | | | |
|---|---|---|---|
| 〈속미인곡〉 | 쥐여내여 | 픠여내여 | 픠여내여 |
| | 내ㅅ셜 | 이내ㅅ셜 | 이내ㅅ셜 |
| | 하나마는 | 훈가마는 | 훈가마는 |
| | 구돗쩐디 | 흐돗쪄지 | 흐돗쪄지 |
| | 말인들 | 말솜인들 | 말솜인들 |
| 〈성산별곡〉 | 山산翁옹의 | 仙션翁옹의 | 仙션翁옹의 |
| | 그림재 | 그림애롤 | 그림애롤 |
| | 삼고 | 사마 | 사마 |
| | 새와로 | 西셔河하로 | 西셔河하로 |
| | 여긔로다 | 어드매오 | 어드매오 |
| | 어디메오 | 여긔로다 | 여긔로다 |
| | 어디로셔 | 어드러셔 | 어드러셔 |
| | 건너쮜여 | 쮜여건너 | 쮜여건너 |
| | 비앏퓌 | 빗머리예 | 빗머리예 |
| | 다핫느니 | 다하세라 | 다하세라 |
| | 브리고 | 더텨두고 | 더텨두고 |
| | 올라시니 | 걸려거돈 | 걸려거돈 |
| | 黃황卷권롤 | 漢한紀긔롤 | 漢한紀긔롤 |
| | 크니와 | 만커니와 | 만커니와 |
| | 一일瓢표를 | 박소리 | 박소리 |
| | 쩔틴후의 | 핀계흐고 | 핀계흐고 |
| | 더옥 | ᄀ장 | ᄀ장 |
| 〈장진주사〉 | 근여 | 그려 | 그려 |
| | 속애 | 수폐 | 수폐 |
| 〈시조 19〉 | 슌풍의 | 긔창의 | 긔창의 |
| 〈시조 22〉 | 업섯괴야 | 다업괴야 | 다업괴야 |
| 〈시조 25〉 | 엇디리 | 아니랴 | 아니랴 |
| 〈시조 30〉 | 별돌을 | 뎌돌을 | 뎌돌을 |
| 〈시조 41〉 | 혜여든 | 혜건대 | 혜건대 |
| | 커든 | 과커든 | 과커든 |
| | 휘도라 | 휘도라드러 | 휘도라드러 |
| 〈시조 48〉 | 브려이다 | 어이훌고 | 어이훌고 |
| | 한졔이고 | 하도할샤 | 하도할샤 |

**(4) 吐나 語尾의 차이** : 토나 어미가 생략되거나 첨가되는 변화를 일으
킨 경우와 어미의 변화를 일으킨 경우가 있다.

| 작 품 명 | 성 주 본 | 의 성 본 | 관 서 본 |
|---|---|---|---|
| 〈관동별곡〉 | 티악은 | 티악이 | 티악이 |
| | 십리에 | 십리의 | 십리의 |
| | 혈망봉 | 혈망봉이 | 혈망봉이 |
| | 고이ᄒ랴 | 고이홀가 | 고이홀가 |
| | 불뎡디예 | 불뎡더 | 불뎡더 |
| | 뎍션이 | 뎍션 | 뎍션 |
| | 총셕뎡의 | 총셕뎡 | 총셕뎡 |
| | 구롬이 | 구롬 | 구롬 |
| | 갈길도 | 갈길히 | 갈길히 |
| | 추혀드러 | 추혀드니 | 추혀드니 |
| 〈사미인곡〉 | 길흘 | 길히 | 길히 |
| | 님이신가 | 님인가 | 님인가 |
| | 오나 | 오다 | 오다 |
| | ᄒ여 | ᄒ야 | ᄒ야 |
| 〈성산별곡〉 | 보와 | 보아 | 보아 |
| | 무릉은 | 무릉이 | 무릉이 |
| | 엇더혼가 | 엇더ᄒ니 | 엇더ᄒ니 |
| | 다핫ᄂ니 | 다하세라 | 다하세라 |
| | 어위롤 | 어위 | 어위 |
| | 만나산가 | 만나신가 | 만나신가 |
| 〈장진주사〉 | 불제야 | 불제 | 불제 |
| 〈시조 1〉 | 아니시면 | 아니면 | 아니면 |
| | 사라실가 | 사라시랴 | 사라시랴 |
| 〈시조 4〉 | 디나간휘면 | 디나간후면 | 디나간후면 |
| 〈시조 26〉 | ᄒ고 | ᄒ야 | ᄒ야 |
| 〈시조 27〉 | 浮부生성애 | 부싱이 | 부싱이 |
| 〈시조 36〉 | ᄒ리 | ᄒ려뇨 | ᄒ려뇨 |
| 〈시조 46〉 | 집이 | 집의 | 집의 |

(5) **시조 작품의 차이** : 시조가 성주본에는 79수, 의성본과 관서본에는 똑같이 51수가 실려 있다. 즉 일련번호 (49)부터 (78)까지는 성주본에만 실린 것이고 (79)부터 (81)까지는 의성본과 관서본에만 실린 것이다. 따라서 실제 25수의 차이가 난다. 정천과 정관하는 성주본 발문에서 의성본은 贗本이고 성주본이 眞本이라고 했으나 정실은 관서본 발문에서 의성본 및 관서본과 동일 계통인 관북본을 가장 정밀한 판본이라고 한 점과 성주본에는 金河西, 宋純 등의 작품이 들어 있을 뿐만 아니라[27] 위의 대비에서 본 바와 같이 의성본과 관서본의 어구가 보다 고풍스럽고 문의가 자유스러운 점을 볼 때, 의성본과 관북본의 작품이 송강의 原作에 더 가깝지 않을까 생각된다. 그리고 이 시조 작품들을 보면 의성본과 관서본은 同系라는 것이 더욱 분명히 드러난다.

이상과 같이 각 판본의 특징 분석과 대비를 통해서 의성본과 관서본은 동일 계통의 판본으로서 철자법상 약간 차이가 있을 뿐이고 이 양본과 성주본은 다른 계통의 판본이라는 것을 명확히 알 수 있다. 그리고 성주본보다는 의성본과 관서본이 진본에 가깝다는 것도 확인 할 수 있다.

---

**27** 김사엽, 鄭松江硏究, 啓蒙社, 1950, pp.176-180.

# 제3장 조선조 한역시가의 한역기법과 전개양상

국문시가의 한역은 향가시대 이래, 고려말의 소악부를 거쳐서 조선 중기 이후에 왕성하게 이루어진 시조와 가사, 잡가, 민요 등의 한역으로 이어졌다. 이들 조선조의 한역시가는 이원적 언어문자 생활과 문학 활동이 조선후기까지 지속되었던 국문학사의 특수한 상황에서 국문시가의 전개과정과 한시의 흐름이 서로 관련되면서 특별히 국문시가에 관심을 가진 사대부 문인의 손을 거쳐 출현하게 되었다.

이러한 배경 아래 우리말로 된 훌륭한 노래에 보편문학으로서의 위치를 부여하기 위하여, 한자를 보편문자로 인식하였던 사대부의 문자관에 따라 국문시가를 문자로 기록하여 정착시키기 위하여, 국문시가의 가치에 대한 인식을 바탕으로 풍요를 수집하고 제작한다는 생각에서, 그리고 특정 작가·작품에 대한 숭모와 감동으로부터 촉발되어 그 세계에 동참하고 존경을 표하기 위한 목적 등 다양한 동기와 의도가 복합적으로 작용하여 시가의 한역이 활발하게 이루어졌다.

이러한 한역시가는 일차적으로 국문시가 연구를 위한 자료적 가치를 지니는 동시에 한시의 영역을 형식과 내용 면에서 크게 확장하면서 조선시의 창작과 이를 통한 한시의 민족문학적 위상 정립을 선도한 점에서도 심대한 의의를 갖는다. 따라서 국문시가와 한시에 모두 관계되는 한역시가는 국문학사의 총체적 성격 규명을 위해 반드시 검토되어야 할 귀중한 자산인 것이다.

그 동안 한역시가에 대한 논의는 자료의 소개와 정리와 함께 특정 경향의 작품이나 개별 작품에 대한 고찰이 많았다. 특히 검토 대상이 시조 한역가에 한정되어 다양한 한역시가 전반의 성격은 조명되지 못했다. 이에 이 글은 시조, 가사, 잡가, 민요한역가 등 한역시가 전반에 걸쳐 그 양식적 모색의 과정, 구체적 한역의 기법, 한역에 따른 굴절과 변이양상과 표현상의 특징 등 형상화 과정 전반에 나타나는 성격과 함께 조선조 한역시가의 사적 전개양상을 살펴보고자 한다.

## 1. 시가 한역의 기법과 표현상의 특징

### 1.1. 양식의 모색

국문시가를 한시로 옮기는 데 있어서 일차적인 과제는 양자 사이의 형식적 거리를 극복하는 일이다. 그래서 전통적인 한시 양식에 맞추거나 아니면 국문시가의 형식구조를 살리는 방향으로 번역하는 방법이 모색되었다. 전자에는 5·7언 시구로 옮기되 시조는 절구가 대표적이고 가사, 잡가, 민요 등은 주로 고시형태를 이루었으며 후자의 경우는 초사체와 잡언체의 장단구와 5언 6구의 고시 형태가 일반적이었는데 특히 시조의 경우는 시조의 6구 형태와 근접한 5언6구와 장단6구 형태가 가장 많이 사용되었다.

먼저 전형적 근체시 양식인 절구와 율시 등이 모두 사용되었는데 율시 형태는 조황의 작품이 거의 대부분을 차지하고 절구 중 5언절구는 임억령의 작품 9수 외는 거의 없다. 8구로 되어 있는 율시는 시조를 대폭 확대 부연하고 오언절구는 반대로 짧은 시형에 축약하여 옮겨야 하기 때문에 불필요한 사설이 첨가되거나 노랫말이 대폭 생략되어 시조를 충분히 살려낼 수 없다. 따라서 근체시형의 경우는 칠언절구가 대부분이다. 형식구조가 시조의 의미구조를 살려내기에 적합할 뿐 아니라 오랜 연원을 두고 지속되어 온 칠언절구형 악부의 전통은 시조의 가창적 성격을 재현하기에 알맞은 양식으로 칠언절구형을 쉽게 택하도록 하는 배경이 되었다.

원세순은 문인들이 칠언절구로써 정회를 토로한 것이 많아 그것을 가곡의 절주에 맞춘 것이 악부인데 요즈음 우리 나라의 작품은 운과 성률에 맞는 것이 없고 다만 글자만 칠언일 뿐이라고 하였다.[1] 이는 국문시가를 구태여 격식이 까다로운 근체시 양식으로 옮기자면 즉 정회를 토로한 그 내용은 물론이고 특히 노래의 가락과 흥취 등을 살려내는 데에는 칠언절구형 악부가 가장 적합하다는 생각을 드러낸 것이다. 결국 신위, 이유원, 이유승, 원세순 등이 소악부 전통의 계승을 표방하고 시조를 칠언절구로 한역함으로써 소악부가 하나의 규범적 양식으로 재현되는 양상을 보이게 된다.

동오 이공이 가요 십절을 모아 엮어서 속소악부라 하고 서문을 썼는데 그 서문에 이르기를 "자하 신공이 이미 사십절을 지어서 소악부라하고 서문을 썼으니 신공의 작품은 대개 이익재의 악부에 말미암은 것이므로 그 옛 전례를 따라 이름한 것이다"라고 했다. 동오공이 소악부을 이은 것은 송옥과 경차가 이소를 이은 것과 같다. 나 또한 모방하여 십여절로써 소인을 만들어 정음을 이루어 동오공과 합하여 일편을 만들어 삼가악부라 하였다.[2]

이제현이 마련한 소악부 전통을 오백년 후에 신위가 되살렸으며 이유승과 원세순이 자하 소악부를 계승한 것은 송옥과 경차가 굴원의 〈이소〉

---

1 文人才子遣情寫懷之作 多在七絶 入於歌曲刻數 是所謂樂府也 其音之正者 被之管絃 合用於邦國鄕黨 而海東近日絶無叶韻調律 七言自七言而已 然其性情之粹然出於正音 則果治世之音也(元世洵, 續樂府引)

2 東梧李公搜收歌謠十絶 以續小樂府自序之 其序曰 紫霞申公已有四十絶 以小樂府序之 申公之作盖由李益齋樂府 故因其舊而名之 梧公之續如宋玉景差之續離騷矣 余亦效嚬以十餘絶爲小引 就正於梧公 合爲一篇 名曰三家樂府(元世洵, 續樂府引)

를 이은 것과 같다고 하고 자신들의 작품을 모아 '삼가악부'라는 이름으로 묶어 악부시집을 만든 것이다. 곧 이들이 익재가 마련하고 자하가 계승한 소악부를 하나의 양식적 규범으로 이해하고 받아들였음을 알 수 있다.

고시체에는 시조의 경우 5언4구, 4언6구, 5언6구형 등이 있고 가사는 4언장편고시, 5언장편고시, 7언장편고시, 5·7언장편고시 등이 있다. 이 형상의 금속행용가곡 중 〈村居樂〉[3] 등 4언 6구형 16수는 시경체 고시라 하겠는데 시조의 핵심이 되는 말을 가져다가 4언시구로 옮겨서 시경의 가창성을 살려내려 하였다. 시조를 국풍과 같은 것으로 이해하고 같은 형식으로 재현한 것이다. 그러나 압축된 형식에 시조의 시상과 의미를 옮기다보니 시조다운 특질을 재현하기엔 미흡하였다. 그래서 호파구는 모두 5언6구 형태로 만들었다. 5언구는 한시의 대표적 구형이며 절구와 달리 6구 형태는 시조의 3장6구 형식을 가장 효과적으로 살려낼 수 있었다.

시조한역가는 이정환의 〈비가〉10수, 송시열의 〈고산구곡가〉 10수, 이형상의 〈호파구〉 16수, 남하정의 〈동소악부〉 9수, 조황의 〈기구요〉 28수, 송달수의 〈훈민가〉 18수 등이 대표적 작품이며 가사는 대개 5·7언 장편고시로 되어 있다. 그리고 이러한 양식은 다소 변형되어 이시의 〈조주후풍가〉와 같이 7언3구 형태를 이루기도 하고 남숙관의 단요의 〈歎老詞〉[4]와 같이 5·5, 5·5, 7·7의 5·7언 6구 형태로써 종장이 길어지기도 한다. 한시의 가장 기본적 시구 형태인 5언구와 7언구로써 6구형태를 만들어 시조의 형식과 일치시키되 초장 중장의 의미를 종장에서 요약하

---

3 李衡祥, 今俗行用歌曲, "江村日暮 平沙雁落 漁舡掉還 白鷗睡熟 筒中豪興 惟我是獨(平沙에 落雁하고 江村에 日暮ㅣ로다 白鷗다 줌든적의 漁舡도 도라들고 어듸서 一聲長笛이 나의 興을 돕ᄂ니"(李後白, 3089). 번호는 校本歷代時調全書 작품번호이며 이하 동일하다.

4 南肅寬, 短謠 〈歎老詞〉, "昨日靑雲髮 未必今日皓 鏡裏一衰翁 不知此何老 佳人若問爾爲誰 只道我是我乎而(어지 곱든 마리 흐마 노늘 다 늘거다 경리쇠용이 이 어인 늘그니오 님겨서 뭰다 하셔든 내 내로라 흐리라"(1976)

면서 전체적 의미를 나타내도록 하였다, 또 율격적으로도 종장이 초·중장보다 복잡한 형태로 되어 있는 시조의 구조적 특징으로 말이암아 한역가 역시 종장이 초·중장과 다르게 옮겨진 것이다.

남숙관의 〈瀟湘夜雨歌〉[5]는 6·7, 7·7, 4·5, 홍양호의 〈莫燃松〉[6]은 3·5, 3·5, 7·9와 같이 6구형 장단구의 형태로 되어 있다. 이들은 6구 형태를 갖추되 5언구나 7언구 등 보편적 한시 시구 형태에 구애받지 않고 매우 자유로운 형식을 취하고 6구 형식을 벗어난 경우도 흔하다. 시조의 사설과 가락을 충실하게 살려내다 보니 한역가의 형태는 매우 파격적인 모습을 취하게 되었다. 이와 같은 장단구 양식은 시조형식 중심의 한역가 가운데 가장 많은 비중을 차지하는데 송순, 신흠, 남구만, 이형상, 남숙관, 황윤석, 홍양호, 권익룡, 양주익 등이 장단구를 많이 사용하였고 특히 이형상, 홍양호, 황윤석, 정현석 등은 장시조를 채집하여 장단구로 축자역을 하였다. 그리고 기정진이 〈성산별곡〉을 잡다한 구형의 장단구를 써서 원가를 충실히 재현해 내고 있으며 정현석의 잡가한역가도 대부분 이러한 형태로 되어있고 김상숙의 작품을 비롯한 몇몇 민요한역가도 잡다한 구형의 장단구 형태로써 원가에 가깝게 한역을 하였다.

한편 김상숙은 〈사미인곡〉 〈속미인곡〉을 초사체로 한역하였다. 그는 국문시가나 한시가 토를 달고 구절 떼는 것은 한 가지이지만 오언이나 칠언시구로 국문시가의 뜻을 온전히 나타낼 수가 없기 때문에 그 뜻을 잃지 않고도 음운에 맞게 해서 한시의 양식에 맞추고자 하면 마땅히 초사체를 써야 한다면서[7] 초사의 〈구가〉와 〈구장〉의 구법과 편법을 써서

---

5 南翯寬, 短謠 〈瀟湘夜雨歌〉, 蒼梧山聖帝魂 雲中出兮下瀟湘 化爲竹間雨蕭蕭 滴夜凉聲繞枝亮 如何欲洗 千年淚痕香(창오산 성제혼은 구름조ᄎ 소상에 ᄂ려 야반에 흘너들어 죽간우 되온 뜻은 이비의 천년루흔을 못닉 씨서 홈이라, 李後白, 2731)

6 洪良浩, 靑丘短曲 〈莫燃松〉, 莫燃松 明月上前峰 莫設席 紅葉滿溪石 兒兮急速取酒來 山肴野蕨聊以娛兮夕(집방석 내지마라 낙엽엔들 못 안즈랴 솔불 혀지마라 어제 진달 도다온다 아희야 박주산채일만정 업다 말고 내여라, 韓護, 2701)

7 盖其音吐句絶則一也 而又未可以五七言形容其辭意也 唯楚之騷響近之 欲飜之以文字 不失其旨 叶其音韻 合于辭章 則當用騷體而爲也(金相肅, 飜思美人曲跋)

초사의 변체로 번역하였는데 그 음률과 체제는 풍속을 따라서 다른 것이 므로 글이 다르다고 괴이하게 여길 것이 없다고 못박고 만약 억지로 끌어다가 구구하게 맞춘다면 '기둥을 붙여 합변을 모르는 것'이라 하였다.[8]

김상숙은 가사의 양식적 특징을 잘 이해하고 이를 최대한 온전히 옮기기 위해 초사체를 선택하였으며 또 忠愛之懷를 寃女의 말에 의탁하여 서술하는 〈사미인곡〉의 내용을 유사한 초사체로 잘 살릴 수 있다고 생각한 것이다. 그 결과 우리말 노래의 가락과 노랫말을 가능한 살리는 방향으로 한역을 시도하였으며 특히 결사 부분에 해당되는 곳에 '亂曰'이라는 구절을 사용함으로써 초사의 형식을 철저히 따르고 있다. 이는 歌辭의 양식적 특징이 한문학에서 초사가 갖는 성격과 관련이 있음을 보여주는 사례로 특히 주목이 된다. 그리고 마지막 행은 시조의 종장과 같은 율격으로서 한역가도 역시 그 리듬을 충분히 살리는 방향으로 이루어져 있다.[9]

이기발이 이덕일의 〈우국가〉 28수를 초사체로 한역한 것도 〈우국가〉가 우국충군을 노래한 것이 굴원의 초사와 같고 시조의 가창성을 초사체로서 효과적으로 살려낼 수 있기 때문이었다. 초사에서 음조를 고르기 위해 사용된 '兮'와 '些'자를 사용하여 시조의 가락을 효과적으로 살려낼 수가 있었다. 이처럼 김상숙과 이기발은 시조와 가사의 내용과 형식을 잘 살릴 수 있는 양식으로서 초사체를 선택하였는데 이밖에 송순의 〈면앙정단가〉 등 시조한역가와 가사한역가인 〈면앙정가〉, 남극엽의 〈애경당십이월가〉 등이 초사체로 되어 있다.

이 외에도 마성린은 〈長短詞〉 15수는 모두 구법이 7·6·7·5·5의 30자로 된 詞體로 한역되었다. 장단구로 옮기다 보니 우연히 그렇게 된

---

8 余用九歌九章之句語篇法 合而成之 亦詞之變也 其音律體製有隨其俗而不同者 則無怪乎 其文之異也 若欲强牽苟合 則是膠柱而不知合變者也(金相肅, 飜思美人曲跋)

9 金相肅, 飜思美人曲, 亂初寧溢死而變化兮 爲花間之蝴蝶 飛花叢之處處兮 止不起而不息 掠香粉之輕翅兮 上美人之衣袖 美人兮 雖不知吾之變化兮 吾將從美人之左右(출하리 싀 어디어 범나븨 되오리라 곳나모 가지마다 간디죡죡 안니다가 향므틴 놀애로 님의오시 올므리라 님이야 날인줄 모르셔도 내 님조추려 ᄒ노라)

것이 아니고 의도적으로 시조에 대응되는 시가 양식으로 사체를 선택한 것이다. 가창시가인 시조를 역시 노래되었던 사의 형식으로 한역함으로써 그 가창성을 살려내려 하였다고 보겠다. 일찍이 신흠이 자신의 시조 한역가를 〈詩餘〉라 하였고 또 신위는 소악부에 사의 악곡명인 詞牌名을 붙이기도 하였다. 이는 한역자들이 시조의 가창성과 역시 가창되었던 중국의 시가인 사와의 관련성을 염두에 두고서 한역을 하였음을 보여주는 사례라 하겠다.

이처럼 한역시가는 절구, 율시 등 근체시형과 5언4구형, 5언6구형, 5·7언 장단고시형, 잡언체 장단구형, 초사체, 사체 등 매우 다양한 양식이 선택되었다. 그런데 소악부가 조선후기 악부시 계열의 하나로서 분류되고 이 경우 소악부라는 양식을 의식하고 지어진 신위, 이유원, 이유승, 원세순의 작품을 지칭하는 것으로 이해되고 있다. 그러나 이들의 작품은 100수에 불과하여 전체 한역시가에서 차지하는 분량은 매우 미미하다. 더욱이 특별히 소악부라는 양식을 의식하지 않고 이들과 동일하게 시조를 7언절구로 한역한 작품은 500여수에 달하고 그중 이경의 〈훈민가〉, 신효선의 〈봉래악부〉, 조황의 〈삼죽사류〉 등 특정 작품을 한역한 경우를 제외하고 민간에 유행하는 시조를 한역한 경우만도 馬聖麟의 〈短歌解〉, 權用正의 〈東謳〉, 鄭鳳의 〈樂府〉, 鄭顯錫의 〈敎坊歌謠〉 등 200여수에 이른다. 그리고 700여수에 달하는 다른 형태의 작품도 '어설픈 한역'이며 '한시로서는 자격미달'인 '시조의 한역에 그친 한시'로 처리할 수만은 없는 것이다. 이들 작품은 대개 〈악부〉 또는 엄연한 한시로 창작되고 읽혔으며 소악부와 마찬가지로 '정성들여 이룩한 작품'이라 할 수 있는 것들이다. 소악부 작자들의 양식적 인식과 한역동기가 일정한 경향을 보인 것은 사실이나 전체 한역시가 중 극히 일부에 지나지 않으며 다른 작품들과 특별한 차이를 보이지 않는다. 따라서 소악부가 조선후기 악부의 한 계열 일반을 가리키려면 우리말 노래를 짧은 형태의 한시 양식으로 형상화한 작품을 모두 포괄하는 개념으로 범주가 확장되어야 할 것이다.

이상과 같이 한역시가는 초사체 단형, 장단구 단형, 4언6구, 5언6구 등 다양한 양식을 개발하면서 그것이 일회적 현상이 아니고 하나의 양식으로 인정되고 정착된 것이었다. 그리고 5언절구, 7언절구, 5·7언고시와 같이 전형적인 한시양식으로 한역된 경우도 역시 기존의 한시와는 경향을 달리하는 특징들을 발전시킴으로써 한시 창작에 새로운 변화를 초래하였다. 이처럼 일반적 의미의 근체시나 고시와 차이가 있고 악부 일반과도 구별되면서 엄연한 한시 양식으로 창작된 한역시가는 우선 그 형식에서 한시 영역의 확장을 의미한다고 볼 수 있을 것이다.

## 1.2. 한역 기법

한역시가의 양식이 결정되면 이제 다양한 방법에 따라 국문시가를 옮겨 담는 작업이 구체적으로 이루어진다. 먼저 국문시가의 형식구조를 한시 양식으로 轉化하는 방식을 살펴보기로 한다.

| | |
|---|---|
| 脫冠扉外出 | 관 벗고 사립 밖에 나서니 |
| 網巾不着友人來 | 망건 안 쓴 우인이 오네 |
| 牧麻亭子下 | 목마나무 정자 아래 |
| 匏碁局閒開 | 한가하게 장기판 벌이네 |
| 兒乎且接山蔬浸下妨 | 아이야 산나물인들 어떠랴 |
| 釃出未熟酒[10] | 덜 익은 술 걸러 내어라 |

시조의 3장6구와 장단 6구형은 형식과 의미 구조가 서로 대응되어 각 시구를 그대로 옮기면 될 것 같지만 위 작품은 시행의 순서가 바뀌고

---

10 金良根, 〈東調〉 31, 씌업슨 손이 오나눌 갓버슨 주인이 나셔 녀나무 정자에 박장긔 버려노코 아희야 선술 걸너라 외안쥔들 엇더리(942)

그 과정에서 노랫말도 변모가 일어났다. 제1·2행과 5·6행은 각각 시행의 순서를 바꾸어 놓았다. 여기서 우리는 한역자가 시조를 6구 형식으로 이해하면서 동시에 3장 형식으로 파악하고 있었다는 것을 알 수 있다. 한역과정에서 나타나는 형식과 사설의 변화가 시조의 한 장에 해당하는 두 개의 한시 시행 안에서 이루어지고 있기 때문이다. 한역과정에서의 형식적 전화의 문제는 3장 구조를 고려하지 않은 채 단순히 6구체 형식으로 보거나 반대로 6구체로서의 형식을 무시하고 오직 3장구조로 간주하고 시조와 한역가의 구조를 대비시킬 수 없으며, 3장구조인 동시에 6구체라고 하는 시조의 종합적인 구조적 특징과 한역가와의 관계를 살펴야 한다는 사실을 알 수 있다. 한역자는 시조의 형식적 틀을 3장구조만도 아니고 6구 형식만도 아닌 3장6구형으로 정확하게 이해하고 있었다고 할 수 있는 것이다.

이처럼 시조를 6구 형식으로 옮길 때는 시조의 한 장을 한시의 2구 1연으로 옮기면서 한 장 안에서 시구의 앞뒤가 바뀔 수는 있지만 시행 자체의 전화에는 별 문제가 없다. 그러나 4구형식의 절구 양식으로 옮기려면 시조의 사설을 한시의 형식구조에 맞추어 넣기가 쉽지 않다. 신위는 그 시구를 길게 하거나 짧게 하기도 하며 그 운을 흩어 달기도 한다고 하고[11] 정현석도 혹은 시구가 촉급하여 말이 남기도 하고 혹은 말이 짧아 글자를 부연하여 그 본지를 잃지 않도록 하였다고 하였다.[12] 곧 재현과정에서 어떤 부분은 내용을 첨가하여 사설을 확대 부연하거나 어떤 부분은 생략하고 한시적 표현으로 옮겨지는 과정에서 시구를 재배열하고 재구성하는 등의 다양한 방법이 동원되었다. 그러나 소리는 어긋나고 오음청탁에 어긋나서 시조를 온전히 살려내고 한시 형식도 완전하게 갖추는 것

---

11 今欲採其辭入詩 則或可以長短其句 散押其韻 强名之曰古體 然吟咏咀嚼之間 頓乖聲響 非復詞曲本色 儘可謂戞戞乎其難於措手矣(申緯, 小樂府幷序)

12 就歌謠中可采者 輒成詩句若干首 或句促而言餘 或辭短而字衍 要不失其本旨 然其於五音清濁亦遠矣(鄭顯奭, 教坊歌謠叙)

은 지극히 어려운 일이었다.

먼저 시행과 시구의 전화 양상을 보기로 하자.


莫拂挽衫輕別離　　잡은 소매 떨치고 그냥 가지 마소
長堤昏草日西時　　어스레한 긴 둑에 해는 저물었네
客窓輾轉愁滋味　　객창 시름에 이리저리 뒤척이며
孤剔殘燈到自知[13]　외로이 등잔불 자를 때면 알리라


聞道銀河秋水深　　은하수에 가을 물이 불어
鵲橋中斷兩迢迢　　오작교 끊어져 아득하고
牽牛仙子無消息　　소 끄는 선랑은 소식이 없다하니
織女肝腸寸寸銷[14]　직녀의 간장이 마디마디 녹아나네


신위의 작품은 초장과 중장을 각각 1·2행에 옮기고 종장을 3·4행으로 부연하는 방식이고, 정봉의 작품은 초장을 한역시의 제1·2구의 두 구로 옮기고 중장과 종장은 각각 제3·4구에 옮기는 방식이다. 이처럼 시조의 3장6구 형태를 한시의 4행구조로 옮기는 방법은 매우 다양한데 대표적인 것으로 다음과 같이 1) 초장·중장을 제1·2구로 옮기고 종장을 제3·4구에 대응시키는 방법, 2) 중장·종장을 제3·4구로 옮기고 초장은 제1·2구로 옮기는 방법, 3) 초장·종장을 제1·4구에 옮기고 중장은 제2·3구에 옮기는 방법, 4) 초장은 제1·2구에 옮기고 중장·종장은 각각 제3·4구에 옮기는 방법, 5) 초장·중장을 각각 제1·2구와 3·4구에 옮기고 종장은 생략하는 경우, 6) 초장·종장을 각각 제1·

---

13 申緯, 小樂府 〈公莫拂衣〉, 울며 잡은 사미 쩔치고 가지마소　초원장제에 힛다져 져무는 듸　객수에 잔등 도도고 시와보면 알니라(2209)
14 鄭鳳, 樂府 6, 은하에 물이지니 오작교 쓰단말가　쇼잇근 선랑이 못건너 오단말가　직녀의 촌만한 간장이 봄눈스듯 흐여라(2271)

2구와 3·4구에 옮기고 중장은 생략하는 경우 등이 있다. 이와 같은 다양한 방식 가운데 1)형과 2)형이 절대적으로 많다. 따라서 3장6구 형식의 시조를 4행구조로 옮길 때는 시조의 어느 두 장을 한시의 두 행에 그대로 옮기고, 초장을 한역가 1·2행에 나누어 배열하거나 종장을 제3·4행에 옮기는 방식이 가장 적합한 방식임을 알 수 있다. 이는 초·중장의 병렬과 종장의 접속종결로 이루어졌다는 주장, 그리고 시조에서의 의미의 역점이 종장부와 초장부에 놓인다는 견해를 뒷받침하는 사실로 볼 수 있다.[15]

人間離別萬般事　　인간 이별 만가지 일 중
獨宿空房最可悲　　독수공방이 가장 서럽다
相思不見此情緖　　그리고 못 보는 이내 마음
一日纏綿十二時[16]　하루에도 열두 번씩 생각나네


譯官新自北京回　　북경에서 새로 돌아오는 역관들아
乞得眞紅絲作媒　　진홍 당사실 얻어 중매를 맺어보자
纖纖結就風流網　　가늘고 가늘게 풍류그물 엮어내어
網得山中處子來[17]　산중에 처녀만 걸리게 해다오

15 김대행, 시조유형론, 이화여대출판부, 1986, pp.159-168.
　　鄭惠媛, "時調의 意味構造에 關한 分析", 국문학연구 21, 서울대 대학원, 1970.
　　임종찬, 時調文學의 本質, 大邦出版社.
　　金東俊, "時調文學의 構造研究", 동국대대학원, 1981.
16 權用正, 東謳, 인간이별만사중에 독숙공방 더욱셟다　상사불견 이닉진정 그늬알니 믹친셔름　이렁져렁 헛튼근심 다후리쳐 던져두고　자나찌나 찌나자나 님못보니 가삼답답(金文基, 〈相思別曲〉, 庶民歌辭研究, 螢雪出版社, 1983, p.50.)
17 북경가는 역관들아 당사실 한태 부부침하세　그물맺세 그물맺세 당사실로 그그물 맺세　그물치세 그그물 치세 연광정에 그물치세 걸리소서 걸리소서　잔쳐녀란 솔솔 다빠지고 굵은 쳐녀만 걸리소서(고대본 악부, 미화타령)

위의 작품은 잡가의 일부분을 발췌하여 옮긴 경우이다. 〈相思別曲〉에서 4음보 시행 4행으로 된 부분을 따다 옮겼는데 원가의 제1행을 한역가의 제1·2구로 그대로 옮기되 잡가의 사설과 거의 같은 말을 만들어 내었고 원가의 2·3·4행을 한시의 제3·4구로 재구성하면서 노랫말은 다른 말로 바뀌었으나 그 뜻을 온전히 살리고 친숙한 민요적 표현으로 재현하였다. 잡가의 특정부분을 가져다가 시조의 한역과 유사한 방식으로 한역하면서 민요의 가락과 노랫말을 잘 살려낸 것이다. 이처럼 잡가의 사설을 7언4구의 응축된 형태로 옮기면서 노래의 주제와 내용과 가락을 잘 살릴 수 있었던 것은 부분적으로 원가의 사설과 가락을 가깝게 살려내고 민요적인 표현을 사용하면서 의미구조의 핵심이 되는 요소를 온전히 옮겨 담아내었기 때문인 것이다. 다음 작품은 제1·2행을 한시의 제1·2구로 옮기고 제3·4행을 한시의 3·4행으로 재구성하면서 북경가는 역관들에게 당사실을 부탁하여 그 실로 그물을 엮어서 그 그물에 처녀만 걸리게 해달라는 원가의 의미구조의 핵심요소를 그대로 옮겨서 민요의 사설을 잘 살려낸 것이다.

지금까지 국문시가가 단형의 한시 양식으로 전환되는 방식에 대해 살펴보았다. 그러면 장편 고시 형태를 띠는 가사의 경우를 살펴보기로 하자.

| 江湖多病竹林臥 | 강호에 병이 많아 죽림에 누워있는데 |
| 八百關東方面授 | 관동 팔백리에 방면을 내리시네 |
| 如何聖恩日罔極 | 성은이 나날이 망극하니 어이할까나 |
| 欲報涓埃日奔走 | 티끌만큼이라도 갚으려하나 날은 바삐 가는구나 |
| 迎秋門前一馳入 | 영추문 앞 한걸음에 치달아 들어 |
| 慶會樓下頻瞻望 | 경회루 아래서 자주 바라보았네 |
| 平明下直出遠郊 | 새벽에 하직하고 먼 교외로 물러나오니 |
| 玉節煌煌臨道傍 | 휘황한 옥절이 길 곁에 앞서 있네 |

平丘古驛替馬行　　평구 옛 역에서 말을 갈아 타고 가니
黑水逶迤相追廻　　흑수는 구불구불 서로 좇아 돌아가네
蟾江迢遞在何許　　섬강은 초체하니 어느 곳인고
雉岳崔嵬入眼來[18]　　치악산 높고 높아 눈앞에 다가오네

　위의 작품은 관동별곡의 첫부분을 이양렬이 옮긴 것이다. 가사는 시조
와 같이 2음보가 한 구절이 되고 4음보로 한 행을 이룬다. 이를 한시로
옮길 때는 2음보 1구를 칠언시나 오언시의 한 구로 만들거나 4음보 2구
1행을 칠언시 1구로 옮기는 경우가 일반적이다. 관동별곡의 제1,2,3행이
한역시 제1,2,3구로 한역되었는데 가사의 2구 1행이 7언시 1구로 한역된
경우이다. 그리고 한역가 제4구는 가사에는 없는 내용을 첨가하였다. 이
는 시조를 칠언절구로 옮기는 경우와 동일한 한역방법으로 가사를 7언
시로 한역할 때 가장 일반적인 방식이다. 시조와 가사의 형식적 바탕이
같기 때문에 나타난 결과이다. 다음 제5구부터는 가사 1구가 7언시 1구
를 이루어 2구 1행이 칠언시 전후 2구 곧 1연이 된다. 글자 수가 3·4,
4·4 등 7,8자인 2음보 노랫말을 7언시 한구로 옮기자니 흔히 매시구에
가사의 노랫말에 없는 새로운 단어를 첨가해야만 했다. 그리고 그것은
節煌, 逶迤, 迢遞, 崔嵬 등 의미의 변화를 가져올 수 있는 전혀 새로운
말보다는 본래의 의미를 꾸며주는 수식어를 주로 사용하였다. 이양렬은
이처럼 전체적 의미에 큰 변화를 초래하지 않는 범위 내에서 첨가와 생
략과 재구성 방식 등을 활용하여 고시형태로 재현해낸 것이다.
　김상숙, 성해응, 송달수, 정도, 기정진 역시 한역가의 양식은 다르지만
모두 가사의 시행을 충실히 따르면서 원가에 가깝게 한역을 하고 있다.

---

18 江湖에 病이 깁퍼　竹林의 누엇더니 關東 八百里에 方面을 맛디시니 어와 聖恩이야
가디록 罔極ᄒ다 延秋門 드리ᄃ라 慶會南門 ᄇ라보며 下直고 믈러나니 玉節이 알ᄑ셧
다 平丘驛 믈을ᄀ라 黑水로 도라드니 蟾江은 어듸메오 雉岳은 여긔로다(鄭徹, 關東別
曲)

반면에 김상헌은 비교적 가사의 시행에 맞추어가면서도 글자 그대로 직역하지 않고 적절한 말들을 보태서 한시다운 표현을 이루었다. 김만중은 칠언구로만 옮겼는데 원가의 내용에 바탕을 두면서도 반드시 가사의 시행을 따르지는 않고 나름대로 축약과 재구성을 통하여 한시로서의 독자적 형상화를 이루어냈다.

앞서의 설명과정에서도 일부 드러났듯이 시조, 잡가. 민요, 가사 등 어느 경우나 한역의 과정에는 축약과 확대 부연, 생략과 첨가, 재구성 방식 등이 한역의 구체적 기법으로 활용되었다. 이를 좀더 구체적으로 살펴보기로 하자.

鳴者鵠鳩靑者柳　　우는 것은 뻐꾸기요 푸른 것은 버들이라
漁村烟淡有無疑　　어촌 마을 옅은 안개에 있는 듯 없는 듯
山妻補網纔完未　　산골 아내 그물 깁는 일 겨우 마치니
正是江魚欲上時[19]　바로 강물에 고기 오를 때라네

耳朶有聞旋旋忘　　귀에 들은 말 바로바로 잊고
眼兒看做不看樣　　눈에 본 일도 못 본양 해야하리
右堰執杯左持螯　　오른 손 잔 잡고 왼 손 안주 들고
兩手幸吾無病恙[20]　내 두손이 병 없는 것이 다행하다네

落葉眞堪隨處坐　　어디에나 낙엽에 앉을 만 하고
松燈亦復不須燃　　구태여 관솔불도 켤 것이 없네
今明前夜下山月　　얼마 있으면 어제 밤 서산에 진 달이

---

19 申緯, 小樂府 〈漁樂〉, 우는 거시 벅구기가 프른 거시 버들숩가 어촌 두어집이 내 속의
　　날낙들낙 두어라 말가호 깊흔 소의 온갓 고기 쒸노는다(윤선도, 2176)
20 申緯, 小樂府 〈掌中杯〉, 드른 말 즉시 잇고 본 일도 못 본드시 너 인사ㅣ 이러홈익
　　남의 시비 모를노라 다만지 손이 셩호니 잔잡기만 흐리라(935)

又向東山高處圓[21]　동산 높은 곳에 둥글게 오르네

　첫 번째 작품에서 제3구는 원가에 없는 것을 첨가했다. 한역과정에서 한시적인 의미전개를 위하여 轉句에 해당되는 부분을 새로이 만들어 한시다운 표현을 이룬 것이다. 그리고 다음의 것은 원가의 중장을 생략했다. 중장은 초장의 의미에 이미 내포된 것이기 때문에 구태여 옮길 필요가 없었다. 반면에 권용정의 작품은 종장을 생략하였다. 시조에서는 의미의 중심이 종장에 놓여 있는데 한시에서는 정경과 분위기만을 그려내서 나머지는 여운으로 남겨두고 있다. 이처럼 이질적 양식으로 전화하는 과정에서 부분적인 생략과 첨가 그리고 확장과 축약 및 재구성 등의 방식이 불가피했다. 장편 고시형 가사한역가의 경우도 마찬가지이다.

白瓷灯盞鳥足炷　백자 등잔에 새발심지 만들어
除夕焚膏家家俗　그믐날 밤 기름불 밝히는 일 가가의 풍속이라
土炕蓬堂竈圈庫　토방 봉당 부엌 고방과
廠周諸門隨處明　헛간 창고 모든 문에 곳곳마다 불 밝히네
麻子赤豆與人髮　삼씨와 묽은 팥과 사람의 머리털을
投諸井中瘟不嬰　샘 가운데 던지면 병에 걸리지 않는다오
翁感齒添醉爲慰　늙은이 나이 더먹는 시름을 취하여 달래고
兒愁眉皓眠未成　아이들 눈썹 희어질까 봐 잠을 자지 못하네
闍梨爭喚買慈悲　중의 상좌 다투어 불러 자비를 산다하네
半雜遠哭近歌聲　멀리 우는소리 가까이는 노래소리 반반으로 섞여있네
夜深村衖火來去　밤이 늦은 시골 거리 초롱불 오락 가락
知是送舊歲拜行　묵은 세배 다니는 줄을 알겠도다

---

21 權用正, 東謳 17, 짚方席 내지마라 落葉엔들 못안즈랴 솔불 혀지마라 어제 진달 도다온다 아희야 薄酒 山菜ㄹ망정 업다 말고 내여라(韓護, 2701)

五更幾人守不得　오경을 몇 사람이나 지키지 못했는고
望春東北斗柄橫　봄을 바라매 북두성이 동북에 비껴있네
若使今年逢置閏　만약에 금년에 윤달을 둔다면
尚後一月有此迎[22]　한달 뒤에 또 이런 새해맞이가 있으리라

〈농가월령가〉 12월령의 "새등잔 새발심지 장등하여 새울적에, 윗방 봉당 부엌가지 곳곳이 명화하다, 초롱불 오락가락 묵은세배 하는구나"를 부연한 곳이다. 제야에 장등하고 묵은세배 다니는 풍속을 옮기고서 질병을 막기 위해 액막이하는 풍속과 눈썹이 희어진다고 밤을 새는 풍속, 그리고 제석에 재미승이 시주쌀 빌러 다니는 풍속 등을 확대 부연하여 섣달그믐날 밤을 보내고 새해를 맞는 농가의 정경을 구체적으로 재현해냈다. 원가의 사설을 충실히 옮기는 데 중점을 두지 않고 원가를 바탕으로 하되 농가의 세시풍속을 자세하게 나타내는 데에 주력한 것이다. 그리고 원가에는 이 다음 부분에 결사부분에 해당되는 것으로 농민에게 당부하는 교술적 내용이 있는데 한역가에서는 이를 생략하고 윤달을 한 번 더 두어 한 달 뒤에 또 이런 새해맞이가 있으면 하는 바람을 말하는 것으로 끝을 맺었다. 해를 보내는 아쉬움과 함께 새해를 맞는 기쁨을 나타내고 명절의 즐거움이 또 있기를 바라는 것이다. 정월령 앞에 붙은 서사도 생략되었는데 그 내용이 천지의 운행법칙과 역대 성인의 역법제정에 관한 내력을 서술한 것이다. 실질적 농가생활과 거리가 먼 교술적 내용은 생략한 것이다. 김형수는 농민을 교화하기 위해 지은 것이 아니고 농사의 중요함을 역설하고 농민의 생활상을 기록하기 위하여 지은 것이기 때문에 〈농가월령가〉 원작자의 의도가 직접 나타나 있는 부분은 생략한 것이다. 작품 전편을 통하여 이처럼 원가의 내용을 대폭 생략하거나 또는 반대로 크게 확장하거나 아예 원가에 없는 대목을 상당한 분량 집어넣은

---

22 金迺洙, 〈月餘農歌〉 12月令.

곳도 흔하다. 그런가 하면 원가의 순서를 한역가에서는 내용의 전개에 따라 완전히 재배치하여 전혀 새로운 구성으로 만들고 있는 경우도 흔히 발견된다. 김형수는 단순히 기존의 〈농가월령가〉를 단순히 직역한 것이 아니라 뚜렷한 작가의식으로 새로운 작품을 창작해 낸 것이다.

이상과 같이 한역자들은 국문시가의 의미구조에 대한 정확한 이해를 바탕으로 이들을 효과적으로 재현하기 위한 방법을 다각도로 모색하였다. 한역시가의 유형에 따라 다양한 양식을 선정하여 다채로운 기법을 개발 사설과 의미와 가락과 흥취를 옮겨 담아낸 것이다.

## 1.3. 변이양상과 표현상의 특징

지금까지 살핀 바와 같이 다양한 한역기법에 대해 살펴보는 동안 우리는 국문시가의 재현과정에서 형식의 전화에 따라 내용에 있어서도 얼마간의 굴절과 변이가 수반된다는 사실을 발견할 수 있다. 이는 그 양식적 바탕이 전혀 상이한 양식간의 교섭과정에서 어느 경우에나 피할 수 없는 사실이라 하겠다.

| | |
|---|---|
| 柴門雖有老尨吠 | 사립문에 누가 있어 삽사리 짓느냐 |
| 山屋何人來尋 | 산골 집에 어느 누가 찾아오랴 |
| 日午竹林鶴夢深 | 한 낮에 죽림에서 학의 꿈이 깊은데 |
| 獨酌樽中酒 | 홀로 단지에 술을 따라 마시며 |
| 有時無素琴[23] | 때로 줄 없는 거문고를 만지네 |

| | |
|---|---|
| 初意欲死 | 처음 뜻이 죽으려고 |

23 馬聖麟, 〈長短詞〉 4, 柴扉에 개 즛는다 이 山村의 긔 뉘 오리 댓닙 푸른듸 봄ㅅ새 우름 소리로다 아희야 날 推尋 오나든 採薇가다 ᄒ여라(姜翼, 1767)

| 已入首陽餓 | 수양산에 들어가 굶었으니 |
| 寧爲口腹計 | 어찌 먹고살겠다고 |
| 而以薇蕨採 | 고사리를 캐었으리 |
| 却嫌周雨露 | 오히려 주나라 이슬이 싫어서 |
| 更欲商鼎漑[24] | 상나라 솥 씻으려 함이라네 |

　마성린의 작품은 종장이 전혀 다른 말로 옮겨졌다. "아희야 날 추심 오나든 채미가다 흐여라"가 "단지에 술을 혼자 마시며 때로 거문고를 탄다"로 바뀐 것이다. 연행 형태가 다른 시조의 사설을 사의 양식에 담아내는 과정에서 한적 표현으로 변이된 것이다. 다음 작품도 초장과 중장은 그대로 직역하고 종장은 변개되었다. 백이 숙제가 수양산에 들어가 고사리를 캔 것이 먹으려고 한 일이 아니라는 작품 전체의 의미는 같지만 고사리의 굽은 성질이 미워 펴보려고 했다는 원가의 해명을 상나라 솥에 묻은 주나라 이슬과 빗물이 싫어서 닦아내려고 고사리를 캤다는 해석으로 바꾸어놓은 것이다. 이는 전통적 한시 작법의 하나인 用事에서 고사의 내용을 반대로 쓰는 방법과 흡사한 것으로 시조에서 성삼문은 고사를 이용하면서도 일반적인 고사에 대한 이해를 뒤집어 독창적 생각을 발명해냄으로써 새로운 충격을 주고 있는데 이형상은 한역가를 독자적 작품으로 형상화하면서 또 다시 시조의 내용을 바꾸어 기발한 생각을 나타낸 것이다. 시조는 한역되면서 그 의미 폭을 더욱 확장시켰고 한시는 시조를 받아들여 그 소재와 의경을 확장시킨 것이다.

　이처럼 노랫말의 변개를 가져오는 경우 대개 종장에서 달라지게·된다는 사실을 발견할 수 있는데 이는 시조 의미구조의 특성과 관련되는 현상이라 할 수 있다. 의미구조상 시조의 3장이 초·중장의 병렬관계가 종

---

24 李衡祥, 今俗行用歌曲,〈採薇解〉, 쥬려 죽으려고 수양산에 들엇거니　현마 고스리를 먹으려 킈야시랴　물셩이 구분줄 잇다라 펴보려 킈미라(성삼문, 2627)

장에서 종결되는 구조를 지니고 있으며[25] 또 시조 종장의 율격 및 통사적 특징이 서정적 전환과 의미론적 완결이 효과적으로 수행되도록 보장하는 구조로 되어 있는 것이다.[26] 한역가의 경우 역시 단순히 시조의 번역에 그치지 않고 한시로서의 형식구조를 갖추다 보면 한시의 보편적인 의미구조인 기승전결구조에 따라 시조의 종장에 해당하는 부분에서 시상을 전환하여 마무리하자니 한시적 변개가 이루어지기 쉬웠던 것이다. 또한 한역의 과정에는 불가피하게 한역자의 의식이 반영되기 마련인 바 그것은 주로 시상을 종결하는 부분에 나타나기 때문에 종장의 변개가 흔하게 일어났다고 알 수 있다. 이 경우 노랫말은 바뀌었지만 작품 전체의 대의가 달라진 것은 아니다. 대개 한역의 과정에서 부분적인 사설의 변개는 흔히 보이지만 노랫말은 달라져도 원가의 의미와 주제가 크게 달라진 예는 거의 없다.

그러나 다음은 전혀 다른 양상의 작품이 될 수 있는 경우이다.

青石嶺頭玉河畔　　청석령 마루 옥하관 언덕길
胡風慘憺雨聲寒　　호풍은 참담하고 빗소리 차갑네
誰能畵出此行色　　어느누가 이 행색 그려내어
寄與閨人仔細看[27]　규방에 전하여 자세히 보게할고

효종의 작품으로 전하는 〈청석령가〉이다. 여기서 권용정은 다른 한역자들이 '九重宮闕의 君王', '九重鳳闕의 美人' 등으로 번역한 '임'을 '閨人'으로 옮겨놓았다.[28] 원작에서의 '임'이 임금을 가리킨다는 것은 각종 가집

---

25 김대행, 앞의 책.

26 金興圭, "平時調 終章의 律格·統辭的 定型과 그 機能", 語文論叢 19·20, 1977.

27 權用正, 東謳 29, 青石嶺 지나거다 草河口 어듸메오 胡風도 참도 찰샤 구즌비는 무숨일고 뉘라서 늬 行色 그려다가 님계신듸 드릴고(孝宗, 2875)

28 이 노래를 송시열, 남구만, 이기휴, 김양근 등도 한역하였다.

의 주석이 아니라도 쉽게 인정할 수 있다. 이것이 권용정에 의한 굴절인지 원래 '규인'으로 된 시조를 듣고 그대로 한역한 것인지 가려내기가 쉽지 않다.[29] 원가와 한역가의 내용이 다를 경우에 지금은 전하지 않는 이본이 되는 작품을 보거나 듣고 번역했다고 한다면 한역과정에서의 굴절과 변이는 나타날 수 없다고 보는 태도이다. 마찬가지로 현재 전하는 작품과 차이가 난다고 무조건 의도적인 변개라고 보는 것도 문제가 있을 것이다. 일단 한역자의 한역태도나 작품의 경향 등과 관련하여 변이 여부를 가려야 할 것이다. 권용정의 동구는 시조한역가 연작 가운데 애정문제를 다룬 것이 가장 비중이 크고 노랫말의 변개를 보인 곳이 많은 것으로 보아 위 작품에서 '임'을 권용정이 '규인'으로 옮겼다고 본다면 원가의 연주지사를 한역자가 남녀간의 애정의 노래로 변개시킨 것으로 설명할 수 있을 것이다. 사대부의 유교적 윤리관을 노래한 작품을 인간의 보편적 정서를 담은 것으로 바꾸어 놓은 것은 조선후기 한시세계의 변모양상을 반영하는 의미를 가진다고 할 수 있을 것이다.

서로 다른 문학 양식이 교섭하여 이루어진 한역시가에서 의미의 굴절이 일어나는 것은 흔한 일이며 동시에 표현에서도 일정한 변모를 가져오는 것은 당연한 일이다. 장단구형의 경우 한시의 균제된 형식미가 파괴되는 것은 물론이고 7언절구형도 역시 기존의 한시에 비하여 심대한 변화가 일어났다. 국문시가를 충실히 재현하다 보면 어휘, 어순, 전고 등에 있어서 한시의 격식을 벗어나 국문시가다운 표현으로 변개되기 일쑤였고 그 결과 우리말 투의 서술식 문장이 되어서 한시적 함축미가 감소되기 마련이었다.

　　仲冬之月長長夜　　　동짓달 길고 또 긴 밤

---

**29** 李東歡 교수는 서민사회에서 자기체질화하여 받아들인 노래를 권용정이 그대로 한역한 것으로 보았다. (韓國漢文學硏究 3·4, 韓國漢文學硏究會, 1978)

折了中腰兩夜餘　　가운데 허리를 꺾어내니 두 밤이 남아

春風衾下盤旋置　　춘풍 이불 아래 서리서리 두었다가

之子來宵曲曲舒[30]　님 오신날 밤이면 구비구비 펴리라

　　이 작품은 시조의 사설을 그대로 옮기기 위하여 우리말 어순에 가깝게
글자를 배열하고 우리말다운 감각을 살려내려고 "기나긴 밤", "서리서리
너헛다가", "구비구비 펴리라" 등을 "長長夜", "盤旋置", "曲曲舒" 같은 우
리말투 표현으로 옮겼다. 뿐만 아니라 "屛風對曲對曲撒入乎 簇子突胡盧
錄捲入乎(병풍이라 덕더골 접고 족자라 도로록 말아)"(이형상, 〈歎息
喝〉), "阿㾩道(아마도)", "逗語囉(두어라)", "馭什哦(어즙어)"(양주익 〈감
성은곡〉, "魚游河我多苦(어유하달고)"(김형수, 〈농가월속시〉) 등과 같이
우리말을 한자의 음을 빌어 표기하기도 하고 심지어 "丹脣皓齒 홈嚇甘嚇
纖纖玉手 執兩端 바뷔처 續彼苧(호치단순으로 홈 썰며 감 썬라 섬섬옥수
로 두 맂 마조 잡아 이으리라 져 모시를)"(정현석, 교방가요 97)과와 같
이 표기하기 곤란한 말은 국문을 그대로 쓰고 한자의 음과 훈을 차용
이두식 표기를 하기도 하였다. 또 "千千萬萬萬千千 又享千千萬萬年(千歲
를 누리소서 萬歲를 누리쇼셔)"(신위, 소악부 〈祝聖壽〉)처럼 동일한 어
휘를 반복하는 경우도 흔하다.

　　이러한 일탈의 정도는 물론 한역가의 양식과 작자에 따라 차이를 보이
게 마련인데 장단구형이 더 심하고 칠언절구의 경우는 당현히 한시로서
의 형식미를 고려한 편이며 이 경우도 권용정, 정봉 등은 보다 漢化한
표현을 이룬 경우이고 신위와 정현석은 훨씬 더 俗化한 경향을 보여준다
고 말할 수 있다.

　　이상 단형의 시조한역가에 나타나는 변모 양상을 보았는데 장편 고시

---

30 鄭顯錫, 敎坊歌謠 46, 동짓돌 기나긴 밤을 한 허리를 버혀내여 춘풍 니불아래 서리서리
　너헛다가 어론님 오닌날 밤이여든 구뷔구뷔 펴리라(黃眞伊, 894)

형 가사한역가에 나타난 변모의 양상을 보기로 한다.

| 豈料如吹如掃家 | 어찌 불어버린듯 쓸어버린 듯하던 집에 |
|---|---|
| 倏爾穰穰果然期 | 졸연히 넉넉한 곡식 들어올 줄 알았으랴 |
| 麥嶺舊谷方告罄 | 보릿고개 오랜 골에 쌀독이 바닥나니 |
| 中間此食堪繼之 | 그 사이 보리곡식 먹거리를 대겠구나 |
| 從今夏農亦可作 | 이제부터 여름 농사도 지을 수 있으니 |
| 莫非天地恩普施 | 천지 은혜를 크게 베푸는 것이라 |
| 石佛反面妻誰戰 | 돌부처도 돌아앉는다는데 본댁은 누구와 싸우나 |
| 縱收十斛妾休思[31] | 보리 열 섬을 거두어도 시앗은 모양만 내는구나 |

양식이 떨어져 '불어버린것 같고 쓸어버린 것 같다'는 친근한 표현과 '보릿고개'(麥嶺) 등 토속적 용어를 사용하여 보릿고개를 넘기는 농가의 정경을 여실히 그려내고 '돌부처도 돌아앉는다'는 속담을 그대로 가져다 써서 바쁜 보릿가을에 모양만 내는 첩과 본댁의 갈등을 적절히 형상화하였다. 이밖에 "한잔 술에 눈물 난다 하였으니"(由酒一盞淚厥眼), "손톱 밑에 가시든 줄 알아도 염통에 쉬스는 줄 모르네"(罔覺心蛆攫爪芒), "산 입에 거미줄 치랴"(蛛不布網活人嗓), "금강산도 식후경"(金剛山猶食後景)과 같은 농가의 속담을 직접 사용하여 토속적 정서를 효과적으로 살려내고 있는 것이다. 그 외에 우리말을 한자의 음을 빌어 표기하거나 우리만 쓰는 한자어를 쓰기도 하고 우리말 용어를 한자식으로 적절히 번역하여 쓰기도 하였다. 이러한 용어에는 夜雨降(야우광이귀신), 쭹靈(제웅), 直星(라후직성), 蜜飯(약밥), 幾蛋(계란), 高麗臭(고린내), 麥秋(보릿가을), 麥嶺(보릿고개), 淡巴菰(담배), 秧歌(메나리), 睹牛凍(소나기), 珎藏(김장), 豆麻鄉(두메시골), 羅祿(나락), 乞士(거사), 花郞(광대), 優婆(사당

---

31 金迥洙, 月餘農歌, 五月令.

패), 傀儡(망석중이), 跳神(도신굿), 善往經(서낭경), 錢糧(천량), 賭地(도지), 鳥卵(동지팥죽새알), 羌飣(강정), 鳥足炷(새발심지), 闍利(상좌) 등이 있다.

이와 같이 우리 고유의 고사 시문 설화 속담 등을 전고로 이용하고 우리고유 풍물을 나타내는 말을 사용하여 민족 고유의 토속적 정서를 잘 나타내고 있는데 우리의 옛 시문, 속담, 야담을 가져다 쓴 것은 바로 '조선시'의 중요한 특징의 하나로서 한역시가는 '조선시' 실천의 가장 대표적 사례가 되며 조선시적 특질이 가장 두드러진 경우라 할 수 있다. 한역시가는 일단 우리말 노래를 수용함으로써 소재와 내용에서 큰 변화를 가져왔으며 동시에 표현기법에서도 새로운 변모를 보이고 있는 것이다.


## 2. 한역시가의 사적전개

시가의 한역은 15 · 16세기의 문헌에 나타나기 시작하여 17세기에 점차 발전을 보이다가 18, 19세기에 가장 왕성하게 이루어졌다. 강희맹의 〈農謳〉가 이미 이미 15세기에 이루어졌으며 金安老가 5언6구로 한역한 鄭誠謹의 〈俚曲悲歌〉 2수는 시조를 한역한 것으로 보이는데 이후 시조의 한역에서 시조의 형식구조를 살리면서 동시에 한시로서의 정제된 형태를 갖춘 대표적 양식으로 계승되었다.[32] 그리고 周世鵬의 〈飜曲〉, 崔慶昌의 〈飜方曲〉, 鄭徹의 〈棲霞堂碧梧歌〉 등은 자신의 작품을 5 · 7언 절구 형태로 번역한 것이며 林億齡의 〈飜李後白瀟湘夜雨之曲〉은 이후백의 〈瀟湘八景歌〉 중 第一曲을 5언절구로 9수로 한역한 것이다. 이들은 근체시의 절구 형태를 또 하나의 한역시가 양식으로 마련한 것이다. 한편 宋

---

32 김문기 · 김명순, "조선조한역시가의 유형적 특성 연구", 국어교육연구 27, 경북대 사범대 국어교육연구회, 1995, 12 참조.

純은 자신의 시조 20여수와 가사 〈俛仰亭歌〉를 초사체로 한역하였다. 이 시기는 한역시가 양식의 형성기로서 작품은 많지 않지만 오언절구, 칠언절구, 5언6구, 장단구, 초사체 등 다양한 방법이 모색된 시기였다.

17세기에는 한역자 수가 대폭 증가하고 작품도 현저하게 많아지며 그 형식과 내용이 다양한 작품들이 나타난다. 〈何如歌〉, 〈丹心歌〉, 〈西山日落歌〉, 〈鐵嶺歌〉, 〈江湖期約歌〉 등 사대부의 미의식과 정신세계를 표현한 특정 작품들을 여러 인물이 한역하였고 趙存性, 申欽, 李廷煥, 尹善道 등이 자신의 연작형 작품을 한역한 외에 李光胤, 李起渤, 宋時烈 등이 연작형으로 된 특정인물의 작품을 의도적으로 한역하였다. 반면에 특정 작품이 아닌 항간에 유행하는 작품을 무작위로 수집하여 한역하는 경우도 나타난다. 李民宬은 '사람들이 우리말 노래를 부르는 것을 듣고 운을 달아 시를 지었다'고 제목을 붙였는데 여태까지는 자신의 작품을 한역하거나 특정 인물의 연작형 작품을 한역하는 것이 일반적인 경향이었지만 이 작품은 당시에 널리 유행하는 다양한 작품을 수집하여 한역하는 선례를 마련하였다. 한편 김상헌의 〈관동별곡〉 한역은 이후 지속적으로 이루어지는 송강가사 한역의 시초가 되었다.

이때까지는 주로 유교적 이념과 사대부적 미의식을 다룬 특정 작품이 한역되는 형편이었다. 이정환의 〈悲歌〉 10수는 나라를 걱정하는 마음을 노래한 것이고 이기발은 李德一의 〈우국가〉 28수에 나타난 우국충정에 감동하여 이를 번역한 것이다. 그리고 〈고산구곡가〉, 〈관동별곡〉 등은 사대부의 자연관과 미의식을 담은 것이다. 반면에 다양한 내용의 작품도 나타나는데 이광윤의 〈藏六堂六歌〉는 이른바 退溪가 완세불공의 뜻이 있다고 한 李鼈의 〈六歌〉를 한역한 것이고 신흠과 이민성의 작품은 사대부 문학의 일반적 작품세계와는 다른 인간의 보편적 정서를 노래한 것들이다.

한편 한역시가의 형식도 다양하게 나타나는데 신흠, 이기발, 이광윤, 이정환, 송시열 등은 시조형식에 가까운 잡언체 장단구형, 초사체, 5언6

구 등으로 옮기고 이민성은 5언4구형 고시를 선택하고, 송시열을 비롯한 노론계 인물들의 〈고산구곡시〉는 7언절구에 맞추어 번역하였다. 이처럼 17세기는 시가한역이 본격적으로 진행되고 양식적 정착이 이루어진 시기이다.

18세기에는 시조의 한역이 가장 왕성하게 이루어졌다. 李檗의 〈訓民歌〉와 安昌後의 〈閒說二十五歌〉, 權燮의 〈玉所翁高山九曲歌〉, 南極曄의 〈愛景堂十二月歌〉 등과 같이 특정 주제를 다룬 것도 물론 있지만 특히 항간에 유행하는 작품을 채집 한역하여 연작형을 이룬 것들이 대량으로 나타난다. 李基休, 南九萬, 李衡祥, 任埅, 南夏正, 南肅寬, 黃胤錫, 鄭鳳, 馬聖麟, 金良根, 洪良浩 등이 당시 유행하던 시조를 모아 한역함으로써 시조한역은 일대 유행을 이루게 되었다. 그리고 가사와 민요한역가의 경우 金萬重과 李揚烈의 한역이 18세기 초반에 이루어지고 김상숙의 한역이 18세기에 후반에 나왔으며 金相肅의 海東俚謠와 李思質의 〈於難難曲〉 등이 18세기에 나왔다.

이시기의 작품은 이제까지와는 달리 인생무상과 생의 고달픔 그리고 짙은 취락적 분위기와 애정 문제 등 생의 보편적 감정을 노래한 작품이 주류를 이루며 그 형식도 시조를 재현하기 용이한 6구 형태로 옮긴 것들이 대부분이다. 격식이 자유로운 양식을 개발 양식적 정착을 모색하면서 시조의 내용과 형식을 가급적 살리는 방향을 선택한 것이다. 한편 이경, 안창후, 권섭, 남극엽 등이 칠언절구형을 선택하였으며 특히 정봉과 마성린은 신위 등의 소악부 이전에 이미 민간에 유행하는 노래를 칠언절구 형태로 한역하여 이 시기에 이미 칠언절구형 한역시가 양식이 광범위하게 정착되었음을 보여준다.

19세기 역시 많은 작품이 나타났다, 우선 趙槻, 鄭顯錫 등이 100여수 이상을 한역한 것은 지금까지 없던 일이었다. 조황은 자신의 시조 작품을 다양한 근체시 양식으로 한역하여 그 작품이 183수에 이르며 특히 정현석이 기방에서 부르던 시조, 잡가 등을 한역하여 〈교방가요〉라는 이름으로 묶어 놓은 것은 가집과 같은 성격을 띠고 있다. 이 시기의 또 하나 주목되는 현상은 소악부의 출현이다. 그리고 이를 주도한 인물이 申緯이다. 그는 이제현의 〈소악부〉를 모델로 하여 주로 단형시조를 칠언절구 형식으로 재현하면서 이를 '소악부'라 이름하였고 이러한 신위의 전례는 李裕元, 李裕承, 元世洵 등에게 규범적으로 수용됨으로써 고려말의 소악부가 조선 말에 재현되는 양상을 보이게 된 것이다. 그러나 이들처럼 소악부를 제작한다는 뚜렷한 의도는 드러내지 않았지만 권용정, 정현석 등도 많은 시조를 칠언절구로 한역하였다. 또 가사의 경우 成海應, 奇正鎭, 宋達洙 등의 송강가사 한역과 金逈洙의 〈月餘農歌〉가 이루어졌으며 李學逵, 권용정, 정현석 등의 잡가와 민요한역가도 나왔다. 이처럼 이시기의 특징으로 100수 이상 되는 방대한 연작형 작품의 등장, 소악부의 출현, 애정의 노래가 대폭 증가하고 칠언절구형이 주류를 차지한 점, 가사·잡가·민요한역가의 활발한 제작 등을 들 수 있다.

이상과 같이 국문시가의 한역은 15세기의 문헌에 처음 나타나기 시작하여 19세기에 이르기까지 활발하게 창작되었으며 근세에 들어와서도 많은 작품이 제작될 정도로 지속적인 흐름을 형성하였다.[33] 그중 특히 18·19세기에 작품이 집중적으로 나타나는데 이는 민족적 각성과 조선시 정신에 따른 한시의 민요 수용과 악부의 융성, 시조창의 성행과 가집 편찬의 유행 등과 같은 일련의 문학사적 경향과 맥을 같이하는 현상으로 보겠다. 이 과정에서 한역시가의 내용은 유교적 이념과 사대부의 정신세계를 담은 특정주제의 연작형 작품이 하나의 흐름을 이루는 가운데 민간에 유행하는 시조를 임의로 선택한 이민성의 작품이래 인생의 보편적 정감을 담은 노래가 또 하나의 큰 줄기를 형성하면서 18·19세기에는 대단한 성행을 이루었다. 특히 이민성, 이기휴, 남구만은 靑丘永言보다도

---

**33** 근세에 들어 沈衡鎭(100수), 朴勝煮(6수), 金春東(12수), 權相老(312수) 등이 시조를 칠언절구로 한역하였다.

앞서 항간에 유행하는 시조를 모아놓은 것으로 이는 바로 가집의 편찬과 같은 의의를 갖는 것이며 다른 작품도 비록 한역된 상태이기는 하지만 가집의 편찬에 버금하는 의미를 지니는 것이다.

그리고 17세기 이전에 이미 다양한 양식적 모색과 정착이 이루어진 이래 18세기에는 6구 형태가 큰 비중을 차지하고 19세기에는 칠언절구 형이 주류를 이루게 된다. 국문시가를 충실히 재현하면서 기존의 한시 격식을 탈피한 자유로운 시형을 모색한 경우가 하나의 경향을 이루었다면 다시 균제된 형식미를 갖춘 근체시 양식으로 복귀하면서 짧은 국문시가와 형식적 거리가 가장 가깝고 가창성을 드러내기 적합한 칠언절구형이 한역시가의 대표적 양식으로 정착된 것이다.

# 제4장 십이가사의 한역양상과 그 의미

12가사는 오늘날까지 전창되고 있는 〈白鷗詞〉〈竹枝詞〉〈漁父詞〉〈黃鷄詞〉〈길軍樂〉〈春眠曲〉〈相思別曲〉〈勸酒歌〉〈首陽山歌〉〈處士歌〉〈襄陽歌〉〈梅花歌〉 등 12노래를 이른다. 이 12가사는 판소리, 단가, 잡가, 시나위와 산조, 민요, 농악 등을 민속악이라 하는데 비해 正樂 또는 正歌라고 한다. 가사는 가곡의 사설보다 비교적 장편이고 가곡, 시조 등이 고정된 율조에 어떤 사설이든 얹어 부르는데 비해 가사는 그 사설에 맞는 곡조가 결부되어 있다는 점이 특색이다.[1]

가곡은 반드시 관현악 반주에 의하여 연주되나 가사는 반주가 없어도 무방하고 시조와 같이 장구 장단에 의하여 혼자 부르는 것이 원칙이다. 그리고 가사의 반주법은 노래의 가락을 따라가는 것이기 때문에 가사의 가락은 隨聲 가락이라 할 수 있다. 12가사의 장단은 〈황계사〉〈죽지사〉〈어부사〉〈춘면곡〉〈길군악〉〈수양산가〉 등 대부분이 느린 4분의 6박자이고 〈상사별곡〉〈양양가〉〈처사가〉는 4분의 5박자이며 〈매화가〉는 빠른 4분의 6박자로서 장단치는 법이 12잡가와 같이 제5박인 '채'를 갈라 치므로 경쾌한 느낌을 주는 것이 다르다. 특히 〈권주가〉는 잔치할 때 쓰이는 노래이므로 그 절차나 동작의 느리고 빠름에 따라서 소리를 맞추는 관계로 장구 장단도 치지 않고 불규칙적인 박자에 의하여 부르는 것이 특이하다.[2]

---

1 李昌培, 韓國歌唱大系, 弘人文化社, 1976, p.73.

이 12가사 중에서 〈백구사〉〈황계사〉〈죽지사〉〈춘면곡〉〈어부사〉
〈길군악〉〈상사별곡〉〈권주가〉 등 8곡에 비하여 〈수양산가〉〈양양가〉
〈처사가〉〈매화가(타령)〉 등 4곡은 격조가 낮다고 하여 가사 전문 소리
꾼들이 잘 부르지 않았다고 하는데 이는 민속악조가 섞인 까닭이라 한
다. 결국 12가사는 음악적으로 볼 때, 정악과 민속악의 중간 위치에 속한
다고 할 수 있다.[3]

그리고 12가사는 농암 이현보가 지었다고 하는 〈어부사〉 외에는 작자
와 작곡자를 알 수 없다. 물론 이병기 소장본 가곡원류에 표기된 작자
및 가사 사설의 내용을 유추하여 〈백구사〉의 작자를 홍국영, 〈죽지사〉
의 작자를 도암 이재, 〈상사별곡〉의 작자를 북헌 김춘택으로 볼 수도 있
다거나[4] 홍한주가 지은 필기집 『智水拈筆』에서 〈처사가〉〈권주가〉〈상
사별곡〉〈춘면곡〉의 작자를 이퇴계, 정송강, 나학천이라고 언급한 것[5]을
통하여 향유계층을 추정할 수도 있다[6]고 했지만 구체적인 증거가 없기
때문에 이들을 작자로 볼 수 없다. 따라서 12가사는 사대부들의 작품에
다소 뿌리를 두었다고 하더라도 주로 가객들과 기생들에 의하여 노래 불
린 것이라 할 수 있다.

악장가사에 전하는 〈어부사〉는 이현보에 의하여 개작되어 오늘에 이
르고 있으나 12가사가 본격적으로 창작, 향수된 것은 훨씬 후대로서 문
헌상으로는 1764년에 편찬된 『古今歌曲』에 〈어부사〉〈춘면곡〉〈양양
가〉 등 3편이 수록되어 있고, 1828년에 편찬된 가람본 『靑丘永言』에는

---

2 張師勛, "十二歌詞의 音樂的 特徵", 서울대학교논문집(인문사회과학) 18, 1973.
   _____, 國樂總論, 正音社, 1980, pp.274-275.
3 김문기, 庶民歌辭硏究, 형설출판사, 1983, p.25.
4 尹在天, 十二歌詞 硏究, 중앙대 대학원 석사논문, 1958.
5 近世所傳歌曲 亦多前賢名流諸公所作也…處士歌實退溪先生作 汝將進酒松江鄭文淸公作
   而後 變爲勸酒歌 又關東別曲相思別曲 皆鄭松江所作…春眠曲蕭廟時羅校理學川所作也
   (洪翰周, 智水拈筆, 亞細亞文化社, 1984)
6 李魯亨, "잡가의 유형과 그 담당층에 대한 연구", 서울대학교 대학원 석사학위 논문,
   1987.

〈상사곡〉〈춘면곡〉〈권주가〉〈군악〉〈백구사〉〈양양가〉〈어부사〉〈처사가〉〈황계사〉〈매화가〉 등 10편이 〈將進酒〉〈觀燈歌〉〈歸去來〉〈還山別曲〉〈樂貧歌〉〈江村別曲〉〈關東別曲〉 등과 함께 실려 있다. 그리고 1863년에 편찬된 『南薰太平歌』에는 〈백구사〉〈춘면곡〉〈어부사〉〈상사별곡〉〈처사가〉〈매화타령〉 등 6편이 실려 있고[7] 河合本 『가곡원류』에는 〈백구사〉〈黃鷄打令〉〈춘면곡〉〈路中歌〉〈어부사〉〈상사별곡〉〈수양산가〉〈처사가〉 등 8편이, 가람본 『가곡원류』에는 12가사가 모두 실려 전하고 있다.[8]

12가사는 『남훈태평가』로부터 잡가와 혼동되어 실리게 되었고, 20세기 초엽에 대거 출판된 잡가집들에는 〈권주가〉〈길군락〉〈백구사〉〈매화가〉〈상사별곡〉〈수양산가〉〈죽지사〉〈처사가〉〈춘면곡〉〈황계사〉 등 대부분의 12가사가 실려 있는 등[9] 12가사와 잡가의 관계가 모호해지거나 12가사가 잡가로 인식된 듯하였다. 그러나 〈수양산가〉와 〈매화타령〉은 창법상 잡가와 구분하기 어렵지만 12가사와 잡가의 음악적인 특징은 대체로 가려질 수 있다.[10]

그런데 12가사는 전형적인 가창가사의 일종이지만[11] 문학적인 측면에서는 그 형식의 다양함으로 인하여 가사의 하위 갈래로 취급하거나[12] 잡

---

7 남훈태평가에는 〈백구사〉〈매화타령〉이 雜歌 부분에 실려 있다.

8 沈載完, 時調의 文獻的 硏究, 세종문화사, 1972.
  崔東元, 古時調論, 형설출판사, 1977, p.301. 참조.

9 鄭在鎬, "雜歌攷", 民族文化硏究 6, 고려대 민족문화연구소, 1972.
  宋貞淑, 十二歌詞硏究, 부산대 대학원 석사학위논문, 1982.
  김문기, 庶民歌辭硏究, 형설출판사, 1983, pp.23-36.
  鄭在鎬 編, 雜歌全集, 계명문화사, 1984 참조.

10 장사훈, 앞의 책, p.333.

11 김문기, 앞의 책, pp.23-25.
   조동일, 한국문학통사 3, 지식산업사, 1984, p.355.

12 趙潤濟, 國文學槪說, 동국문화사, 1959, pp.115-116.
   李秉岐, 國文學槪論, 1978,
   金東旭, 國文學槪說, 민중서관, 1960, p.60.
   李泰極, "歌辭槪念의 再考와 장르考", 국어국문학 27, 1964.

가의 일종으로 보기도 하고[13] 하나의 독립된 갈래로 설정하거나[14] 그 형식에 따라 가사 또는 잡가로 분리하기도 하였다.[15]

이러한 12가사에 대한 연구는 음악적인 측면의 연구[16]와 문학적인 측면의 연구[17]가 부분적으로 이루어지긴 했으나 문학적인 측면에서는 주로 잡가의 일부분으로 연구되고 있다.

이 글에서는 12가사에 대한 한역이 조선조 후기에 상당히 이루어졌음을 확인하고 조선조 한역시가에 대한 연구의 일환으로 12가사의 한역 현황과 작품별 한역양상에 대해 고찰해 보기로 한다.


## 1. 12가사의 한역 현황

12가사의 한역은 權用正(1801~?), 李裕元(1814~1888), 鄭顯奭(1817~1899), 陸用鼎(1843~?) 등에 의하여 이루어졌다.

권용정은 〈상사별곡〉 2편, 〈매화타령〉 〈황계사〉 등 4편의 한역가를 남겼고 이유원은 〈백구사〉 〈황계사〉 〈춘면곡〉 〈道鼓樂(길군악)〉 〈어부

朴晟義, 韓國詩歌文學史(中), 韓國文化史大系(言語・文學史), 고려대민족문화연구소, 1967.
李相寶, 韓國歌辭文學의 硏究, 형설출판사, 1974, p.12.
崔康賢, "가사의 발생사적 연구", 새국어교육 18~20. 한국국어교육학회, 1974.
李能雨, 가사文學論, 일지사, 1977, pp.14-15.

13 崔盛壽, "雜歌의 장르性向과 그 受容樣相", 성균관대 대학원 석사학위 논문, 1984.
李魯享, "잡가의 유형과 그 담당층에 대한 연구", 서울대 대학원 석사학위 논문, 1987.

14 宋貞淑, 앞의 논문.

15 鄭在鎬, 앞의 논문.
김문기, 앞의 책, p.25.

16 장사훈, 앞의 논문.
崔洵, "현행 十二歌詞에 대한 音樂的 考察", 이화여대 석사학위 논문, 1979.
송성범, "12歌詞의 樂曲形式 硏究", 한양대 석사학위 논문, 1996.

17 尹在天, "十二歌詞 硏究", 중앙대 석사학위 논문, 1958.
宋貞淑, 앞의 논문.
_____, "십이가사의 구조 분석", 어문교육논집 6, 부산대 국어교육과, 1982.

사〉〈상사별곡〉〈권주가〉〈처사가〉〈梅花詞(매화타령)〉 등 9편을 한역
하였다. 그리고 육용정은 〈思君曲(상사별곡)〉 1편을, 정현석은 〈춘면
곡〉〈행군악(길군악)〉〈권주가〉 2편, 〈처사가〉〈매화타령〉 등 5편을 한
역하였다.

　權用正은 안동인으로 자를 宜卿, 호를 小游라 하며 府使를 역임하였
다. 그는 시문이 뛰어나서 申緯, 金正喜, 李晚雨와 함께 後四家로 일컬어
지기도 하였고 산수화를 잘 그리는 문인화가였다.[18] 그는 우리 시가를 한
역한 〈東謳〉 30수 외에 서울의 세시풍속을 기록한 〈漢陽歲時記〉, 세시
풍속을 소재로 읊은 〈歲時雜詠〉 26수를 남기고 있다.

　이 〈동구〉에는 12가사 한역가 외에 평시조 12수와 사설시조 8수가 한
역되어 있다. 〈동구〉에 실린 30편의 노래는 대부분 남녀의 사랑, 인생무
상과 취락 등 인간의 보편적 감정을 다룬 작품으로 이루어져 있다. 특히
애정문제를 소재로 한 작품의 비중이 큰 것이 〈동구〉의 큰 특징이라 할
수 있다. 이는 사대부의 세계관과 미의식보다 민중의 보편적 생활정서를
집중적으로 다루고 있다는 점에서 조선 후기 한시의 변모 양상과 관련하
여 매우 중요한 의의를 지닌다고 할 수 있다.[19]

　〈동구〉에 실린 12가사 한역가를 보면 다음과 같다.


　　[1]
　人間離別萬般事　獨宿空房最可悲
　相思不見此情緒　一日纏綿十二時

---

18　字宜卿　號小游　安東人　純祖辛酉生　官至府使(大東詩選 권9)
　　善山水　書法頗有勁健淸灑之氣(吳世昌, 槿域書畵徵)
　　白鐵・李秉岐, 國文學全史, 신구문화사, 1979, p.527, p.535.
　　金明淳, "權用正의 〈東謳〉에 대하여", 대동한문학 8, 1997.

19　金明淳, 앞의 논문.

[2]

譯官新自北京回　乞得眞紅絲作媒

纖纖結就風流網　網得山中處子來


[3]

梧桐秋夜月明時　對月依依我所思

思君君亦思吾否　此夜君心未可知


[4]

一自情郎遠別離　天涯消息也難知

相思何日重相見　畵裡黃鷄報曉遲


　[1]은 〈상사별곡〉의 첫 연(부분)을 한역한 것이고 [2]는 〈매화가〉의 둘째 연을 한역한 것이다. [3]은 〈상사별곡〉의 끝 연을, [4]는 〈황계사〉의 첫 연을 한역한 것이다. 〈상사별곡〉을 2편 한역한 결과가 되었다. 모두 七言絶句로 한역하였다.

　李裕元은 자를 景春, 호를 橘山 또는 墨農이라 하며 순조 14년(1814)에 출생하였다. 문과에 급제하고 예문관 교열, 사간원 사간, 승정원 좌승지를 역임하고 좌, 우의정과 영의정에 이르렀다. 개국과 쇄국의 양론이 격화되어 정세가 어지러울 때, 세계의 대세에 따라 개국이 타당하다고 주장하다가 평안도와 거제도에 유배되기도 하였다. 곧 방면되어 임오군란 후, 전권대신으로서 일본과 제물포 조약을 체결하였다. 그는 遣淸正使로 중국에 가서 활동하기도 하였고 여가만 있으면 국내를 두루 답사하여 견문을 넓혔다. 저술에 전념하여 『林下筆記』를 비롯하여 『嘉梧藁略』, 『橘山文藁』 등 많은 저작을 남겼다.[20] 『임하필기』는 금석학을 비롯하여

---

20　鄭秉學, "林下筆記 題辭", 林下筆記, 성균관대 대동문화연구원, 1961.

우리나라의 전고, 습속, 역사, 지리, 서화, 전적, 시문, 악부, 일화 등 광범위한 분야에 걸쳐 그의 해박한 지식을 펼친 대표적인 저서이다. 『귤산고략』에 실려 있는 소악부 45수는 당시에 널리 불리고 여러 시조집에 실려전하는 시조들을 대상으로 한역한 것인데 주로 사랑, 이별, 인생무상과같은 주제의 시조가 대부분이다.

이유원이 한역한 12가사는 『嘉梧藁略』의 〈俗樂十六歌詞〉에 들어 있는데 이 〈속악십육가사〉는 당시에 유행하던 우리말 노래, 즉 12가사 및잡가, 가사 등을 한역한 것이다. 이유원이 한역한 12가사 9편은 다음과같다.

[1] 漁父詞
白鷺綠萍落浪淸　靑菰紅蓼凉風生
雪鬢漁翁眠正罷　水居勝似山居情

[2] 處士歌
人間何用天生才　卽看雲林處士來
葛布九升三節杖　箕山潁水也徘徊

[3] 春眠曲
春眠晩覺竹牕推　灼灼庭花去蝶回
欲訪冶遊何處是　金鞭白馬郎君來

[4] 梅花詞
梅花春節古査回　白雪紛紛開未開
五色鮮絲新結網　細鱗任去巨鱗來

[5] 白鷗詞

　白鷗片片莫驚飛　　世棄吾將從汝歸
　五六春光風景好　　花明柳暗拂珠璣


　　[6] 黃鷄詞

　一定不來之子氏　　千重山外萬重水
　屛風催曙黃鷄圖　　兩翼開時倘報喜


　　[7] 道鼓樂

　今日無聊沁沁何　　且將鼓樂向衢歌
　漢宮之女斐君子　　匪爾匪儂又匪他


　　[8] 相思別曲
　一別阿郞消息絶　　愛而不見我心切
　慢彼擺斯散落懷　　時眠時寤九腸折


　　[9] 勸酒歌
　君莫辭乎君莫辭　　酒非酒也露莖欺
　一盃把把不辭把　　萬萬千千壽考宜


　　[1]은 〈어부사〉의 전반부를 한역한 것이고 [2]는 〈처사가〉의 첫머리와
끝부분을, [3]은 〈춘면곡〉의 전반부를 한역한 것이다. [4]는 〈매화가〉의
제1, 2연을, [5]는 〈백구사〉의 앞부분을, [6]은 〈황계사〉를 한역한 것이고
[7]은 〈길군악〉의 첫 부분과 끝부분을, [8]은 〈상사별곡〉 첫부분을, [9]는
〈권주가〉의 첫부분를 번역한 것이다. 이 또한 모두 七言絶句로 번역되었
다. 〈속악십육가사〉에는 이 밖에도 〈關東別曲〉의 한역가, 〈楚漢歌〉〈春
杵歌〉〈將進酒〉〈彈琴詞〉〈十二月歌〉 등의 雜歌 한역가가 실려 있다.

陸用鼎은 初名이 在坤이고 호는 宜田이며 헌종 9년(1843)에 출생하였다.[21] 그의 자세한 행적은 알 수 없으나 박학다식하고 제자백가를 널리 읽은 실학자인 것 같다.[22] 12가사 〈思君曲(상사별곡)〉 외에도 〈漢城花柳歌〉 19수, 〈江上懷人〉 12수, 〈惜別曲〉 6수 등의 한역가 또는 악부시를 남기고 있다.[23]

〈사군곡(상사별곡)〉은 7수로 되어 있는 데 첫째 수만 한역가이고 그 이하는 시상만 살린 재창작이기 때문에 첫 수만 12가사 한역가로 볼 수 있다.

> 人事百難上
> 人間離別最所難
> 思君不見此懷想
> 縱欲百方自寬難自寬

이와 같이 〈사군곡〉의 첫째 수는 4·7·7·9言의 雜言詩로 된 점이 특이하다. 물론 여타 수들도 잡언시로 이루어져 있다.

鄭顯奭은 憲宗 10년(1844) 進士試에 합격한 후, 蔭仕로 厚陵參奉에 임명된 것을 시작으로 內職으로 三曹四府를 두루 거치고 지방수령 10번, 황해도 감사를 역임하면서 벼슬이 호조차판에 이르렀다.[24] 그는 고종 9

---

21 宜田子 本才鈍識茂 其學頗爲晚就 年四十二歲 始著此書 而創自甲申十一月 卒于戊子十二月 其間恰爲四年餘矣---宜田子姓陸名在坤 後改用鼎 居耆山之宜田里 號曰宜田子云(宜田先生文集 2, 宜田記述 권3, 自敍)

22 靑山陸宜田 博聞有志士也 其學根據經術 汎覽百家 尤有意於當世之務 所著宜田記述 三卷大小凡五十篇 所談皆天下事也 未有不先正其心 而能治天下者也(宜田先生文集 2, 金允植, 宜田記述序)

23 陸用鼎, 宜田先生文集 1, 宜田續稿, pp.446-463.

24 璞園鄭顯奭 草溪人 官至黃海監司 高宗時人(通文館 藏本 敎坊歌謠)
璞園鄭顯奭 草溪人 官至海伯 高宗時人 世居橫城郡(국립중앙도서관 장본 敎坊歌謠)
金明淳, "鄭顯奭의 詩歌 漢譯樣相", 東方漢文學 10, 2000.

년(1872)에 教坊歌謠를 편찬했는데 이 책에는 97수의 시조를 한역해 놓았을 뿐만 아니라 12가사 중, 6편을 한역해 실어 놓고 있다. 12가사의 하나인 〈양양가〉와 〈관동별곡〉은 제목만 써 놓고 한역가는 생략하였다.

〈권주가〉의 한역은 新調와 舊調로 나누어 각기 국문가사와 함께 실어 놓았는데 舊調의 경우, 국문시가 기준으로 6구 정도만 한역하고 "餘不盡記"라 하여 생략하고 있다. 〈권주가〉의 한역가와 함께 병기해 놓은 국문가사를 보면 다음과 같다.

勸酒歌
新調

| 進酒進酒 | 자부시오 자부시오 |
| 進此酒一杯 | 이 술 한잔 자부시오 |
| 不老草釀爲酒 | 不老草로 술을 빗고 |
| 瑤池蟠桃作肴來 | 瑤池蟠桃 安酒 숨아 |
| 萬壽舞疆哉 | 萬壽舞疆ᄒ오리다 |

| 天地愛酒 | 天地도 愛酒ᄒ샤 |
| 出酒星酒泉 | 주성주천 내여 잇고 |
| 聖賢愛酒 | 聖賢도애주하여 |
| 飮千鍾百榼 | 千鍾百榼 자부시니 |
| 人間美祿非此麼 | 人間美祿 이안인가 |

| 自古英雄豪傑 | 예로붓터 英雄豪傑 |
| 非酒不做事 | 술안이면 일못하고 |
| 自古文章學士 | 예로붓터 文章學士 |
| 非酒不作文 | 술안이면 글못지니 |

| 勸時須進 | 勸홀 젹에 즈부시오 |
| 山水樓臺無限景 | 山水樓臺無限景도 |
| 無酒則無興 | 술 업시면 興이 읍고 |
| 淸歌妙舞風流地 | 淸歌妙舞風流地에 |
| 無酒則無味 | 술 업시면 맛 없시니 |
| 惟飮酒遊 | 술만 먹고 노사이다 |

(舊調)
| 百年假使人人壽 | 百年을 可使人人壽ㅣ라도 |
| 憂樂中分未百年 | 憂樂中分未百年을 |
| 寄蜉蝣於天地 | 허물며 百年이 밧드기 어려오니 |
| 渺滄海之一粟 | 두어라 百年前꾸지란 |
| 不飮酒而何爲 | 醉코 놀녀 ᄒ노라 |
| 藥山東臺缺巖 | |
| 折花爲籌 | |
| 無窮無盡飮 | |
| (餘不盡記) | |

　이와 같이 〈권주가〉의 舊歌에서는 앞부분만 한역하고 그 국문가사도 첫 부분만 병기하고 뒷부분은 생략하였다.

　〈춘면곡〉은 29구만 한역하고 그 뒷부분은 "餘不記"라 하여 생략하였고 〈처사가〉도 30구만 한역하고 그 이후는 역시 "餘不記"라 하고 생략하였다. 〈상사별곡〉은 첫 4구만 한역하였고 〈매화가〉는 6구만 한역하였다. 〈행군악(길군악)〉은 2구만 한역하였다.

　이상에서 살펴 본 12가사의 한역 현황을 도표로 정리해 보면 다음과 같다.

| 한역자<br>12가사 | 權用正 | 李裕元 | 陸用鼎 | 鄭顯奭 |
|---|---|---|---|---|
| 白鷗詞 | | ○ | | |
| 黃鷄詞 | ○ | ○ | | |
| 竹枝詞 | | | | |
| 春眠曲 | | ○ | | ○ |
| 길軍樂 | | ○(道鼓樂) | | ○(行軍樂) |
| 漁父詞 | | ○ | | |
| 相思別曲 | ○(2篇) | ○ | ○(思君曲) | ○ |
| 勸酒歌 | | ○ | | ○(新調,舊調) |
| 首陽山歌 | | | | |
| 襄陽歌 | | | | |
| 處士歌 | | ○ | | ○ |
| 梅花歌 | ○ | ○(梅花詞) | | ○(梅花打令) |

위와 같이 12가사 중, 제일 많이 한역된 작품은 〈상사별곡〉으로 4인에 의하여 5편이 번역되었으며 다음이 〈매화가〉로 3인에 의하여 3편이, 〈권주가〉는 2인에 의해 3편이 번역되었다. 그리고 〈황계사〉, 〈춘면곡〉, 〈길군악〉, 〈처사가〉가 각기 2인에 의하여, 〈백구사〉와 〈어부사〉가 1인에 의해 한역되었다. 〈양양가〉, 〈죽지사〉, 〈수양산가〉는 한역된 바가 없는 것이 특징이다.

12가사의 한역은 9작품을 대상으로 4인이 21편의 한역가를 남겼는데 작가별로 보면 박원 이유원이 9편으로 제일 많이 한역하였고 정현석이 7편으로 그 다음으로 많이 한역하였다. 그리고 한역 작가들을 살펴보면 권용정은 府使, 정현석은 觀察使, 이유원은 領議政을 역임하였고 육용정은 당대의 대학자였다. 이로 볼 때 12가사 한역자들은 양반사대부라고 볼 수 있다.

## 2. 12가사의 작품별 한역 양상

개별 작품을 중심으로 한역자 간의 한역 특징과 양상을 구체적으로 살펴 보기로 한다. 앞에 제시한, 12가사의 한역현황 도표와 같이 〈백구사〉〈황계사〉〈죽지사〉〈춘면곡〉〈길군악〉〈어부사〉〈상사별곡〉〈권주가〉〈수양산가〉〈양양가〉〈처서가〉〈매화가〉 순서로 논하기로 한다.

### 2.1. 〈白鷗詞〉의 한역

백구는 은둔지사의 벗이요 세상만사를 잊고 한가로운 삶을 사는 초탈자의 이미지를 갖고 있다. 이 〈백구사〉도 세상의 고뇌를 잊고 자연과 더불어 살아가고자 하는 심정을 노래한 歌詞이다. 노래의 일부 내용이 영, 정조 때의 세도가였던 홍국영의 말년 생애와 비슷한 점이 있다[25]고 하여 정조 4,5년 경에 홍국영이 귀양갈 때 지은 노래라고 보기도 하지마는 고관대작들이 정치적인 사정에 의하여 귀양가는 수가 허다하므로 벼슬살이의 허무함과 인생무상이란 보편적인 정서를 대변한 노래로 보는 것이 옳다고 생각한다. 〈백구사〉는 노래부를 때에는 첫 구절인 "백구야 펄펄"을 생략하고 남도 단가에서는 "예 왔노라" 다음에 "나물먹고 물마시고 팔베고 누웠으니 대장부 살림살이 이만하면 넉넉하지"를 첨가하며 서울의 〈창부타령〉에서는 "넉넉하지" 다음에 "일촌간장 맺힌 설움 부모님 생각뿐이로다"를 덧붙여 부르기도 한다.

---

25 〈백구사〉 중에서 "聖上이 버리시니 너를 좃차 예왓노라"는 영의정 金尙喆과 부제학 鄭志儉의 상소와 이조판서 金鍾秀의 주청으로 왕이 국영을 橫城縣으로 방축시켰으므로 훈련대장, 홍문관제학 등을 지낸 洪國榮이 귀양살이를 가며 뼈에 사무친 심정을 노래한 것으로 보고 가사 중, "明沙十里에 海棠花 불거잇다 꽃은 피어 절노지고 입흔픠여 모진 狂風의 쑥쑥 써러져서 아조펄펄 훗날니니"와 "함박에 벌이나서 몸은 크고 발은 젹어 제몸을 못이긔여 東風 건듯 불격마다 이리로 접디격 저리로 접디격 너훌너훌 춤을 츄니"는 홍국영 자신이 관직을 버리고 방축되지 아니하면 아니된다는 것에 비유해서 읊은 것이라 보기도 하였다.(尹在天, 十二歌詞研究抄)

이 〈백구사〉은 이유원만 한역하였는데 이유원의 한역가와 대응되는 〈백구사〉 원문을 제시해 보면 다음과 같다.

白鷗片片莫驚飛　　白鷗야 풀풀 나지 마라 너 잡을 너 아니로다

世棄吾將從汝歸　　聖上이 바리시니 너를 조챠 예 왓노라

五六春光風景好　　五柳春光 景 조흔디 白馬金鞭 花遊가즈

花明柳暗拂珠襁　　雲沈碧溪 花紅桃 柳綠흔디

　　　　　　　　　　　　　　　－육당본 청구영언〈白鷗詞〉

이유원은 〈백구사〉의 제1, 2행을 7언절구 起, 承句로 한역하고 가사 제3행을 轉, 結句로 한역하였다. 상당히 충실히 번역하였으나 세부적으로는 "聖上"을 "세상(世)"으로 바꾸고, "白馬金鞭 花遊가즈"를 "꽃은 피고 버들 푸르니 금마타고 놀러가세(花明柳暗拂珠襁)"로 의역하였다. "聖上"을 "세상(世)"으로 바꾼 것은 특정 상황을 보편 상황으로 인식하였기 때문이라 본다.

〈백구사〉의 詞意는 속세를 잊고 강호의 우한한 자연을 노래한 것이라, 음조 또한 인간계의 한스런 정회를 붙였다거나 목메어 슬픈 가락을 부질없이 이루잡지 않고 어디까지나 호수처럼 고요하고 물에 어린 달빛처럼 우아하여 12가사 중에서 드물게 보는 정대한 군자의 노래로 알려져 있다.[26]

## 2.2. 〈黃鷄詞〉의 한역

〈황계사〉는 『청구영언』에는 〈黃鷄歌〉로 되어 있는데 앞부분에 "春水가 滿四澤흐니 물이깁허 못오던가" "夏雲이 多奇峰흐니 山이 놉흐 못오

---

26 李昌培, 韓國歌唱大系, 홍인문화사, 1976, p.88.

던가 " 등 陶淵明의 〈四時〉 문구가 더하여 있고 "이 아희야 말듯소"란 입타령이 오는 점이 현행 〈황계사〉와 많이 다른 점이다.

이 〈황계사〉는 권용정과 이유원에 의하여 한역되었는데 둘 다 〈황계사〉의 요지를 7언절구로 압축하여 한시화 하였다.


[1]
一自情郎遠別離　天涯消息也難知
相思何日重相見　畫裡黃鷄報曉遲


[2]
一定不來之子氏　千重山外萬重水
屛風催曙黃鷄圖　兩翼開時倘報喜


[3]
一朝郎君離別後에 消息조ᄎ 頓絶ᄒ야 자네 一定 못오던가
무음일노 아니오던냐 이아희야 말듯소
黃昏져문날에 긔가즈져 못오던가 이아희야 말듯소
春水가 滿四澤ᄒ니 물이깁허 못오던가 이아희야 말듯소
夏雲이 多奇峰ᄒ니 山이 놉ᄒ 못오던가 이아희야 말듯소
ᄒᆞᆫ곳들 드러가니 六觀大師聖眞이는 石橋上에서 八仙女 다리고
희롱ᄒ다 지어자 조흘시고 屛風에 그린 黃溪슈닭이 두나리 둥덩치고
즈른목을 길게 ᄲᅵ어 긴목을에 후리여 四更一点에 날시라고 ᄭᅩ쇠요 울거든
오라는가 즈네 어이 그리ᄒ야 아니오던고
　　　　　　　　　　　　　　　　－육당본 청구영언 〈황계사〉


위의 [1]은 권용정의 〈황계사〉 한역가이고 [2]는 이유원의 한역가이며 [3]은 육당본 청구영언 소재 〈황계가〉의 앞부분이다. 권용정은 起句만

직역하듯 충실히 한역하고 여타 구는 노래의 뜻만 살려 한시적인 측면에서 형상화하였다. 이유원은 오히려 기구는 의역하고 승, 전, 결구는 노래를 직역하듯 한역하였다.

### 2.3. 〈春眠曲〉의 한역

〈춘면곡〉은 〈상사별곡〉과 함께 조선 후기 이별의 한을 읊은 전형적인 연정적인 서민가사이다. 12가사 〈춘면곡〉은 노래부를 때 "옥안을 잠간 드러 웃는 듯 반기는 듯"까지만 부르고 "교태하여 맞아드려" 이하는 창하지 않는다고 한다.[27]

〈춘면곡〉은 이유원과 정현석이 한역하였는데 이유원은 전반부를 축약하여 7언절구로 한역하였고 정현석은 "楚夢이 多情하다"까지 長短句 29구로 거의 完譯하고 그 이하는 "餘不記"라 하여 생략하였다.

[1]

| | |
|---|---|
| 春眠晚覺竹牕推 | 춘면(春眠)을 느직 씨여 죽창(竹窓)을 반기(半開)ᄒ니 |
| 灼灼庭花去蝶回 | 정하(庭花)는 쟉쟉(灼灼)헌데 가는 나뷔 머무는 듯 |
| 欲訪冶遊何處是 | …… |
| 金鞭白馬郞君來 | 빅마금편(白馬金鞭)으로 야류원(冶遊園)을 차쟈 가니 |

– 육당본 청구영언 〈춘면곡〉

[2]

| | |
|---|---|
| 春眠晚覺 | 춘면(春眠)을 느직 씨여 |
| 半開竹窓 | 죽창(竹窓)을 반기(半開)ᄒ니 |
| 庭花灼灼 | 정하(庭花)는 쟉쟉(灼灼)헌데 |

---

27 李良敎·黃圭男 共編, 十二歌詞傳, 선진문화사, 1977, p.19.
　　김기수 편저, 정가집, 은하출판사, p.149.

| 去蝶留 | 가는 나뷔 머무는 듯 |
| 岸柳依依 | 안류(岸柳)는 의의(依依)허여 |
| 疎烟帶 | 성근 내를 씌엿세라 |
| 窓前未醋酒 | 창전(窓前)의 덜괸 슐를 |
| 二三盃飮後 | 일이숩(一二三) 비(杯) 먹은 후(後)의 |
| 浩湯狂興 | 호탕(浩蕩)ᄒ야 미친 흥(興)을 |
| 漫惹出 | 부질업시 즈아닉여 |
| 白馬金鞭 | 빅마금편(白馬金鞭)으로 |
| 尋去冶遊園 | 야류원(冶遊園)을 차쟈 가니 |

－육당본 청구영언 〈춘면곡〉

이유원의 한역가 [1]은 기, 승구의 경우는 가사 1행을 한시 1구로, 전
결구는 가사 1행을 전, 결구로 나누어 한역했는데 가사 제3행의 내용을
전도시켜 전, 결구로 형상화 하였다. 정현석의 한역가 [2]는 이유원의 한
역가 내용에 해당하는 부분까지만 인용한 것인데 가사 반행을 한시 한행
으로 정확히 대응시켜 직역하였다. [2]는 운도 맞추지 않고 오로지 가사
를 정확히 직역하는데 충실했음을 알 수 있다.

### 2.4. 〈길軍樂〉의 한역

〈길군악〉은 〈行軍樂〉 〈路謠曲〉이라고도 한다. 〈길군악〉은 원래 산놀
이, 들놀이, 절놀이 등에서 한 잔 먹고 취한 기분으로 내리막길을 내려
올 때 부르는 노래라 할 수 있다.

이유원은 〈도고악〉이라 하여 7언절구로 첫 구와 끝부분을 한역하였고
정현석은 첫 구만을 7언 2구로 한역하다가 말았다.

[1]

| 今日無聊沁沁何 | 오늘도 하심심하니 |
|---|---|
| 且將鼓樂向衢歌 | 길군락이나 하여보자 ········ |
| 漢宮之女斐君子 | 네라 한들 한궁녀며 내라 한들 비군자랴 |
| 匪爾匪儂又匪他 | 남의 딸이 너뿐이며 남의 아들이 나뿐이랴 |

– 고대본 악부〈길군악〉


[2]

| 今日何沁沁 | 오늘도 하심심하니 |
|---|---|
| 試爲行軍樂 | 길군악이나 하여보자 |

– 고대본 악부〈길군악〉


이유원의 한역가 [1]은 〈길군악〉의 주요 부분을 의역하였고 정현석의
한역가 [2]는 5언시로 직역하려다가 중단하였다. 두 한역자의 한역 태도
와 한역 방법의 차이를 짐작할 수 있다.

### 2.5. 〈漁父詞〉의 한역

12가사의 길이는 22~38구 정도인데 어부사는 긴 편에 속한다. "河圭
一·林基俊 傳唱 十二歌詞"의 〈어부사〉에는 48구가 창보와 함께 전하고
있으며 "전 사절로써 일, 이, 삼, 사절이 같으므로 흔히 일절만 부르고
그만 두는 수가 많다"고 한다.[28]

〈어부사〉는 이유원이 7언절구로 한역한 것이 유일하다. 〈어부사〉는
7언 한시에 토를 달고 중간중간 "배띄워라 배띄워라" "지국총 지국총 어
사와" 등의 여음을 삽입한 형태인데 이유원은 〈어부사〉의 내용을 요약

---

28 이양교·황규만, 앞의 책, p.49.

하여 7언절구 1수로 재구성하여 나타내었다.

白鷺綠萍落浪淸　　雪鬢漁翁住浦間ᄒ니
靑菰紅蓼凉風生　　自言居水勝居山을
雪鬢漁翁眠正罷　　………………
水居勝似山居情　　靑菰葉上凉風起ᄒ니
　　　　　　　　　紅蓼花邊白鷺閑을

　　　　　　　　　………………

　　　　　　　　　어와라 어와라 綠萍身世白鷗心을

　　　　　　　　　　　　　－고대본 악부〈어부사〉

　이유원은 "綠萍身世白鷗心"의 이미지를 起句로 삼고 제7,8구의 시상을
承句로 표현하여 고요하고 한적한 분위기와 배경을 설정하고 "머리 센
어옹이 졸음에서 깨니"라 하여 시상을 전환시켜 "물에서 사는 것이 산에
서 사는 정취보다 낫다"고 결론짓고 있다. 40구의 긴 노래의 지취를 한
시 1수로 집약해 한역한 逸作이라 하겠다.

## 2.6. 〈相思別曲〉의 한역

　〈상사별곡〉은 권용정이 2편을, 이유원, 육용정, 정현석이 각 1편을 한
역하여 가장 많이 한역된 작품인데 이는 한역자들이 이별의 슬픔과 연정
에 관심이 지대했고 당시에 가장 인기리에 널리 노래불렸음을 의미한다.
　권용정은 〈춘면곡〉의 첫부분과 끝부분을 축약하여 7언절구 2수로 한
역하였고 이유원은 〈춘면곡〉의 첫부분을 역시 7언절구 1수로, 정현석과
육용정은 장단구로 한역하였다.

[1]

人間離別萬般事　　獨宿空房最可悲　　人間離別萬事中에 獨宿空房이 더욱
　　　　　　　　　　　　　　　　　　셟다
相思不見此情緖　　一日纏綿十二時　　相思不見 이닉 眞情을 졔 뉘라셔 알니


[2]

一別阿郎消息絶　　愛而不見我心功　　믲친 시름 이렁져렁이라
慢彼擺斯散落懷　　時眠時寤九腸折　　헛트러진 근심 다 후루혀 더져두고


[3]

一朝郎君離別後　　消息頓絶　　　　자나씨나 씨나자나 任을 못보니 가
　　　　　　　　　　　　　　　　　슴이 답답

相思我眞情　　有誰知結恨　　餘不記
　　　　　　　　　　　　　　　　　－육당본 청구영언〈상사곡〉


[4]

人事百難上　　人間離別最所難
思君不見此懷想　　縱欲百方自寬難自寬


[5]

梧桐秋夜月明時　　對月依依我所思　　梧桐秋夜 발근 달의 任生覺이 시로
　　　　　　　　　　　　　　　　　난다
思君君亦思吾否　　此夜君心未可知　　‥‥‥‥‥‥‥‥

　　　　　　　　　　　　　　　　　이내 상사 아르시면 임도 나를 그
　　　　　　　　　　　　　　　　　리리라
　　　　　　　　　　　　　　　　　－고대본 악부〈상사별곡〉

육당본『靑丘永言』소재 〈상사곡〉과 비교해 보면, 권용정의 한역가 [1]은 〈상사곡〉의 첫행을 7언절구 제1,2구로 한역하고 〈상사곡〉의 제 2,3,4행의 내용을 묶어 "相思不見此情緖(그리면서 못보는 이내 마음)"이라하여 시상을 돌리고 나서 "자나씨나 씨나자나 任을 못보니 가슴이 답답"함을 "一日纏綿十二時(하루에도 열두번 생각나네)"라 하여 생동감있게 귀결짓고 있다. 이유원의 한역가 [2]는 원가사의 뜻을 살려가면서 의역했는데 결구에서 "가슴 답답"을 "간장이 끊긴다(九腸折)"고 한 것이 더욱 긴절한 표현이라 하겠다. 정현석이 장단구로 한역한 [3]은 원가사의 첫 행을 직역하고 "餘不記"라 했으니 한역은 했으나 기록하지 않았다고 볼 수 있다. 육용정의 한역가 [4]는 장단구를 사용하여 비교적 원가사에 충실하게 한역했다고 볼 수 있는데 이 1수 외에는 이별의 한과 상사의 정을 소재로 읊은 악부시로 되어 있다.

역시 권용정이 한역한 한역가 [5]는 육당본 청구영언 소재 〈상사곡〉의 그 끝부분을 한역한 것이나 "梧桐秋夜 붉은 달의 任生覺이 시로왜라"만 일치할 뿐이기 때문에 오히려 고려대 악부본 〈상사별곡〉을 한역한 것으로 볼 수 있다. 이 또한 직역한 것은 아니고 결구에서 "오늘밤도 님의 마음 알 수가 없구나"라고 구체화하였다.


## 2.7. 〈勸酒歌〉의 한역

〈권주가〉는 구가와 현행가 2가지가 있다. 육당본『청구영언』에는 舊歌만 실려 있으나 함화진본『청구영언』에는 구가와 현행가가 함께 실려 있다. 이유원은 "俗樂十六歌詞"에 〈권주가〉 구가의 첫머리를 한역해 놓았고 정현석은 구가와 현행가를 모두 한역했는데 특히 구가는 앞부분만 일부분 한역하고 나머지는 기록하지 않고 생략하였다.

이유원은 뜻만 살려 의역하였고 정현석이 한역한 권주가 "新調"의 경우, 첫머리 "進酒進酒此酒一杯"는 〈권주가〉 現行歌의 초두인 "자부시오

자부시오 이술 한잔 자부시오"의 한역이며 그 다음 "不老草釀爲酒 瑤池蟠桃作肴來"는 현행가 초두와 끝부분에 나오는 문구를 한역한 것이고 나머지는 모두 그 당시 새로 유행하게 된 노래를 한역한 것 같다. "舊調"의 경우, 앞부분은 〈권주가〉 현행가의 앞부분 중에서 "百年을 假使人人壽라도 憂樂中分未百年을 살았을 때 잘 놉시다"를 한역한 것이고 그 다음은 구가의 중간 부분인 "藥山東臺 이지러진 바위 꽃을 꺾어 籌를 노며 무궁무진 먹사이다"를 한역한 것이다.

<br>

　　　　舊調

百年假使人人壽　　百年을 可使人人壽ㅣ라도
憂樂中分未百年　　憂樂中分未百年을 살았을 때
　　　　　　　　　잘 놉시다　　　　　　　　　－이상 '現行歌'
寄蜉蝣於天地　　　寄蜉蝣於天地 하니
渺滄海之一粟　　　渺滄海之一粟이라
不飮酒而何爲
藥山東臺缺巖　　　藥山東臺 이지러진 바위
折花爲籌　　　　　꽃을 꺾어 籌를 노며
無窮無盡飮　　　　무진무진 먹사이다.　　　　　－이상 '舊歌'
(餘不盡記)

<br>

　이렇게 볼 때, 정현석이 살던 시대에는 〈권주가〉의 현행가와 구가 간에 혼동되어 불리기도 하고 〈권주가〉의 노래말이 새로 창작되어 불렸던 것 같다.

## 2.8. 〈處士歌〉의 한역

　〈처사가〉는 〈춘면곡〉, 〈상사별곡〉과 함께 가사체 형식으로 된 12가사이다. 이유원은 7언절구로 〈처사가〉의 부분 부분을 선택하여 의역하였고 정현석은 〈처사가〉 끝부분을 생략하고 직역하였다. 정현석은 압운도 하지 않고 장단구로 다음과 같이 정확히 축조, 한역하였다.

| | |
|---|---|
| 天生我才無用 | 평싱아지 쓸데 읍셔 |
| 辭來世上功名 | 세상공명 하직(下直)허고 |
| 兩間受命 | 양간 슈명허여 |
| 作雲林處士 | 구승갈포 몸에 걸고 |
| 手執九節竹杖 | 슘절죽장 손의 쥐고 |
| 落照江路景好處 | 낙조강호 경 죠흔 뒤 |
| 芒鞋緩步下去 | 망혜완보로 나려가니 |
| 寂寂松關閉 | 적적송관 다덧는데 |
| 寥寥杏園犬吠 | 요요힝원 기 진난다 |
| ………… | ………… |
| 南北孤村兩三家 | 남국고촌 두세 집이 |
| 落霞暮烟沉 | 낙화모연 잠계셰라 |
| 箕山潁水非此耶 | 긔산영슈 예 안인가 |
| 別有天地卽此處 | 별우던디 여긔로다 |
| 淵明種五柳耶 | 연명오류 심우신 데 |
| 千絲柳枝垂 | 처사유지 느러젓다 |
| 餘不記 | |

－고대본 악부 〈처사가〉

## 2.9. 〈梅花歌〉의 한역

〈매화가〉는 권용정, 이유원, 정현석에 의해 한역되었는데 권용정은 7언절구로 〈매화가〉의 제2연을, 이유원은 7언절구로 〈매화가〉의 제2, 3

연을 부분적으로 한역하여 〈매화사〉라 이름하였다. 정현석은 〈매화타령〉이라 하여 〈매화가〉의 첫 연을 장단구로 직역하였다.


[1]

譯官新自北京回　　乞得眞紅絲作媒

纖纖結就風流網　　網得山中處子來


[2]

梅花春節古査回　　白雪紛紛開未開

五色鮮絲新結網　　細鱗任去巨鱗來


[3]

梅花古査　春節回

舊開枝枝　宜開來

春雪紛紛　開未開

(餘不記)


　　梅花 녯 등걸에 봄節이 도도라온다 녯뛰던 가가지마다 뛰염즉도 ᄒ다마는 春雪이 亂紛紛ᄒ니 뛸지 말지 ᄒ다마는 北京가는 譯譯官들아 唐絲실 ᄒ테 부붓침ᄒ세 그물밋세 그그물밋세 唐絲실로 그그물 밋세 그물치세 그그물치세 練光亭에 그물치세 걸니소서 걸니소서 잔쳐여란 솔솔 다 ᄲᅡ지고 굴근 처女만 걸니소서　　　　　－육당본 청구영언 〈매화가〉


　　권용정의 한역가 [1]은 12가사 〈매화가〉 제2연의 각 행을 기, 승, 전, 결구로 직역에 가깝게 한역하였으나 "唐絲실"을 "眞紅絲"로, "굴근 처女"를 "산중 處子"로 전환하여 표현하였다. 이유원의 한역가 [2]는 〈매화가〉

의 제1연을 기, 승구로, 제2연을 전, 결구로 축약하여 한역했는데 "唐絲"를 "鮮絲"로, "잔처여"를 "細鱗任", "굴근 처女"를 "巨鱗(女)"로 시어를 바꾸어 놓았다. 한편, 정현석은 〈매화가〉 제1연을 축조적으로 충실히 직역함으로써 〈매화가〉 자체의 의미 전달에 중점을 두었음을 알 수 있다.

## 3. 12가사 한역의 의미

이상에서 논의한 바와 같이 12가사에 대한 한역은 권용정에 의하여 4편, 이유원에 의하여 9편, 육용정에 의하여 1편, 정현석에 의하여 7편 등 21편이 이루어졌으며 작품별로 보면 〈상사별곡〉이 5편으로 가장 많이 한역되었으며 다음으로 〈권주가〉와 〈매호가〉가 3편씩, 〈황계사〉, 〈춘면곡〉, 〈길군악〉, 〈처사가〉가 2편씩 한역되었는데 이 12가사들은 이별의 한, 상사연정, 인생의 허무를 주제로 하고 있다. 그런데 〈죽지사〉, 〈수양산가〉, 〈양양가〉 등 3편의 12가사는 한 번도 한역되지 않았는데 이 노래들은 주로 고사성어의 나열이 많거나 한시구로 구성되었고 주제도 이별의 한이나 상사연정이 아닌 노래였기 때문에 당시에 다소 인기가 없었던 12가사였다 볼 수 있다.

12가사 한역가의 한역의 양상을 작품을 중심으로 살펴 본 결과, 권용정은 이별의 한과 상사연정을 소재로 한 12가사를 한역 대상으로 삼고 7언절구 형식으로 소악부 창작의 기법을 통하여 각 작품의 핵심되는 부분을 택하여 그 의미는 살리면서 한시적인 표현과 기법을 살려 시어나 시구를 생략하거나 첨가하고 전환하여 재형상화하는 특징을 보여 주었다.

이유원은 12가사를 포함하여 〈장진주〉 〈초한가〉 〈명산사〉 등 당시에 유행되던 잡가를 후세에 길이 전하고자 하는 뜻에서 '속악' 16편을 한역했다고 볼 수 있는데[29] 12가사 9편의 한역은 각 작품의 요지를 살리면서 내용을 축약시키거나 전후를 전도시키는 등 시상을 재구성하여 漢詩化한 것이 특징이다.

육용정은 〈상사별곡〉을 〈사군곡〉이라 하여 장단구로 한역했는데 원가사의 내용을 충실히 반영하려고 노력하면서도 시구와 표현을 새롭게 하여 재구성하였다.

정현석은 4인의 12가사 한역자 중에서 원가사의 내용을 가장 정확히 한역한 작가였다. 장단구 형식을 취하여 직역하다시피 하였다. 〈권주가〉의 한역가만 上平聲 十灰韻을 취할 뿐이고 다른 한역가는 운도 달지 않고 한역에 충실하였다.[30] 〈권주가〉 新調의 경우, 가집들에 전하지 않는 새로운 내용이 상당히 많은데 정현석의 한역 태도로 볼 때, 이 부분도 정현석의 창작이라기 보다는 당시에 이런 내용의 노래가 불렸다고 보아야 한다. 특히 순수 가사체 12가사인 〈춘면곡〉과 〈처사가〉는 원가사를 축조 한역하였고 각 한역가마다 끝에 "餘不記" 또는 "餘不盡記"라고 표기해 놓은 것을 볼 때, 정현석은 각 작품의 전편을 직역하듯 충실히 한역했다는 것을 알 수 있다. 그리고 이를 통해 후세에 가사의 내용을 정확히 전승하려는 정현석의 한역의도를 엿볼 수 있다. 정현석이 "시구가 촉급하여 말이 남기도 하고 혹은 말이 짧아 글자를 부연하기도 했다"[31]고 언급한 것처럼 정확히 한역하기 위해 시구를 첨삭하기도 하는 등 세심한 주의와 노력을 경주했음을 알 수 있다.

12가사와 시조가 가곡과 더불어 민속악 중에서 정악에 속하지마는 12가사는 시조와 더불어 가곡에 비해 격이 떨어져 주로 가객들이 부르던 노래인데 고관대작, 사대부 문인들이 한역했다는 것은 12가사가 이들이

---

29 余之所編 今則無人不誦 而如過幾年 與古調 縱然有間 此時調亦無差等之殊 是古風雅變
正之所由作也(李裕元, 小樂府序)

30 정현석은 당시 잡가로 불리던 판소리 허두가사 1편을 한역하였는데 이 〈단가〉는 〈還山
別曲〉을 七言古詩體로 한역한 것으로 七陽韻 一韻到底格을 취하고 있다.

31 就歌謠中可采者 輒成詩句若干首 或句促而言餘 或辭短而字衍 要不失其本質(鄭顯奭, 教
坊歌謠敍)

생존했던 19세기에 널리 가창되었다는 것은 물론이려니와 고관대작, 사대부 문인들이 12가사를 비롯한 우리 고유의 노래에 대한 가치를 높이 평가하고 이를 후대에 전하려는 강렬한 의도를 드러낸 것이라 할 수 있다.

우리의 고유 노래와 한시 사이의 괴리를 극복하고 조화시키려는 노력은 예로부터 부단히 지속되어 왔다. 신라때에는 향찰체를 개발하여 향가문학을 창출하였고 고려때에는 균여대사의 〈普賢十種願王歌〉를 崔行歸가 한시 偈頌으로 번역하였으며 이제현과 민사평은 소악부를 짓게 되었다. 그리고 고려말엽 나옹화상의 〈僧元歌〉가 이두체로 전해지게 되었다. 조선조에 들어와서도 중인 가객층이나 민간에서는 주로 우리말 노래를 부르고 양반사대부층은 한시를 본령으로 삼아 餘技로 우리말 노래를 불렀으나 한편으로는 노래문학[歌文學]과 한시문학[詩文學]의 양식적인 괴리를 극복하고 양자를 접목시키려는 노력도 부단히 전개되었다. 한시에 토를 달거나 한문과 국문을 혼용하기도 하였으며, 한시를 언해하거나 가사체로 번역하기도[32] 하였다. 그리고 하나의 노래를 歌와 詩로 병기하기도 하고 우리말 노래에 이두체를 섞어 표현하기도 하였다. 그러나 가장 뚜렷한 결과는 우리말 노래를 한시로 번역하여 새로운 한역가를 창작하였다는 사실이다. 우리 노래의 한역은 시조, 가사, 12가사, 잡가, 민요, 판소리 등 다방면에 걸쳐 오랜 시간동안 지속적으로 이루어졌는데 특히 서민문학이 흥성하고 '우리것'에 대한 자각이 일기 시작한 조선조 후기에 집중적으로 행하여졌다. 우리 시가의 한역가가 장기적으로 다량 창작됨으로써 우리 시가와 한시 사이에 상호 이해와 수용의 폭이 확대되었을 뿐만 아니라 노래말을 잃은 우리시가의 원형을 파악하는 데 직접적인 자료가 되었던 것이다.[33]

---

32 白樂天의 〈長恨歌〉, 高應陟의 〈浩浩歌〉, 작자미상의 〈懶婦歌〉 등을 들 수 있다. 漢譯歌辭 〈長恨歌〉에 대해서는 姜銓燮의 "飜譯歌辭 長恨歌의 點檢"(한국언어문학 26, 1989) 참조.

결국 12가사의 한역가는 시조, 가사, 잡가, 민요의 한역가와 함께 한시의 한국화라는 한시의 영역 확대라는 측면뿐만 아니라 우리 가요와 한시의 상호교섭 및 구전가요의 전승이라는 측면에서 의의가 크다고 할 수 있다. 따라서 12가사를 비롯하여 시조, 가사, 잡가, 민요 등의 한역가에 대한 연구가 더욱 심화되어야 하리라 본다. 그리고 12가사는 음악적인 측면에서는 일반 가사문학 및 잡가와 차이점이 드러나지만 문학적인 측면에서는 이들과의 관계가 다소 불분명한 점이 없지 않다. 앞으로 이러한 점을 중심으로 12가사의 성격이 더욱 분명하게 규명되어야 할 것이다.

---

33 김문기, "歌辭 漢譯歌의 現況과 漢譯樣相", 慕山學報 10, 1998.

# 제5장 서민가사의 표현과 미의식의 특성

　유교를 통치 이념으로 내세운 조선조는 중앙집권적 양반 관료체제를 강화, 정착시켜 나갔는데 이에 따라 피지배 계층인 서민들은 인격은 물론이고 생존조차 보장받을 수 없었다. 그리고 서민들은 스스로 양반들에게 노동력을 제공하고 각종 세금을 전담하는 등 온갖 뒷바라지를 하는 신분으로 생각해 왔었다.

　그러나 임진왜란과 병자호란을 거치면서 양반의 허위와 무능이 드러나게 되었고 서민들은 차츰 자아의식을 가지게 되었다. 한편, 성리학의 공허성을 배격하고 실사구시를 부르짖는 실학사상이 등장하게 되고 중인들이 하나의 사회 계층으로 자리를 잡으면서 소위 委巷文學을 형성하였으며 평민가객들에 의하여 사설시조가 지어지게 되었던 것이다. 그리고 구비전승의 문학인 판소리가 등장하게 되고 서민 소설이 나오게 되었다. 이와 같이 서민의식의 성장과 실학사상을 바탕으로 위항문학, 사설시조, 판소리, 서민소설 등이 나오게 되었는데, 서민문학의 일환으로 서민가사도 17세기 말엽에 등장하게 되었던 것이다.

　서민문학의 하나인 서민가사는 양반 사대부가사에 비하여 내용, 형식은 물론이고 표현 및 미의식에 있어서도 상반되거나 아주 특이한 양상을 나타내고 있다는 사실을 저자가 이미 밝힌 바가 있다.[1]

　이 글에서는 서민가사에 나타난 표현상의 특징과 서민가사의 미의식

---

1 김문기, 庶民歌辭 研究, 형설출판사, 1983.

의 특징을 주로 사대부가사와 비교하여 살펴보았다.


## 1. 표현상의 특성

사대부가사에 비해 서민가사의 표현상의 두드러진 특성은 해학성과 사실성 및 반복성이라 할 수 있다. 그런데 해학성과 사실성은 조선조 후기 서민예술의 공통된 특성이기도 하다. 이는 우리의 주요한 예술형태인 회화, 음악, 시가 등이 18세기에 접어들면서 다같이 전통적인 양식을 지양, 극복하고 새로운 양식을 모색한 끝에 제각기 신흥예술을 완성하게 되었는데[2] 이러한 신흥예술을 창출할 수 있었던 서민정신을 발휘하는 데는 바로 해학적인 수법과 사실적인 수법이 가장 적합했기 때문이다. 그리고 반복성은 구비문학에 있어서 공식적 표현구(formula)의 주요한 요소[3]라는 것을 생각해 볼 때, 서민가사는 구비전승을 주된 속성으로 하는 서민문학의 표현상의 특성을 그대로 지니고 있다고 할 수 있다.

그러면 서민가사의 표현상에 나타난 해학성, 사실성, 반복성에 관하여 자세히 살펴보기로 한다.


### 1.1. 해학성

해학은 풍자와 함께 골계[4]의 하위 범주로서 사설시조, 판소리, 가면극

---

2 鄭炳昱, 한국고전의 재인식, 홍성사, 1979, p.290.
3 Albert B.Lord, The Singer of Tales, New-York:Athenaum, 1965, p.30.
  Ruth Finnegan, Oral Poetry, Cambridge Univ. Press, 1977, pp.58-87.
4 골계는 풍자적 골계와 해학적 골계로 나눌 수 있는데 둘 다 理想으로 행세해온 경화된 관념을 파괴하고 생의 현실성을 그대로 인정하지만 이상의 파괴 쪽에 관심을 집중하는 것이 풍자이고 현실의 긍정 쪽에 관심을 집중하는 것이 해학이라 할 수 있다.(조동일, 우리문학과의 만남, 홍성사, 1978, p.105 참조.)

의 대사, 민요 등 서민문학의 주요한 표현상의 특성인데,[5] 이는 서민가사의 주요한 표현상의 특성이 되고 있다. 서민가사는 양반가사와는 달리 유교 도덕과 같은 기존관념을 파괴하고 삶의 현실을 강조함으로써 골계를 형성하는데, 서민가사에 쓰인 골계는 사회적 통념의 파괴에 관심을 두는 풍자보다는 현실의 긍정에 관심을 두는 해학이 대부분이다. 모순된 현실을 비판한 〈갑민가〉〈거창가〉〈합강정가〉〈기음노래〉 등에는 풍자성이 다소 보이기는 하나 대개 단순하고 직설적인 비판이나 폭로에 그친 것이고 예리한 풍자는 나타나지 않고 있다. 이는 '直敍와 鋪張'이라는 가사문학 자체의 속성과도 관련이 있는 것 같다.

> 거충이　　폐충되고　　지가가　　방가로다
> 진수가　　다사ᄒ고　　티슈가　　원수로ᄃ
> 졔리가　　갈니되고　　칙방이　　돈방된다
>
> 　　　　　　　　　　　　　　　　　－〈거창가〉의 일부

　이것은 거창지방이 관료들의 횡포로 인하여 폐읍이 되고 말았음을 지적한 것인데 가벼운 풍자가 수반되기는 했으나 관리들의 작폐 사실을 예리하게 풍자하지 못하고 주로 직설적으로 폭로함으로써 결국 언어유희(pun)를 통한 해학이 되고 말았다.
　서민가사 중에서 해학성이 가장 두드러진 작품은 〈용부가〉와 〈우부가〉이다.

> 여긔져긔　　무릅맛침　　쏫홈질노　　세월이라
> 남의말　　말젼쥬와　　들며는　　음식공논
> 제조상은　　부지허고　　불공허기　　위업혈졔

---

5　金烈圭, 韓國人의 유머, 중앙신서 26, 중앙일보사, 1978.

| 무당쇼경 | 푸닥거리 | 의복가지 | 다녀쥬고 |
|---|---|---|---|
| 남편모양 | 볼쥭시면 | 삽살기 | 뒷다리요 |
| 즈식거동 | 볼쥭시면 | 털버슨 | 솔기미라 |

- 〈용부가〉 일부

부인은 정숙해야 하고 황당무계한 미신은 배제해야 하며 유교 외에 다른 것은 믿어서는 아니되고 항상 부지런해야 한다는 것이 조선조 사회의 통념인데 이를 거부하고 욕망대로 행동하는 뺑덕어미의 삶의 모습이 해학적으로 묘사되어 있다. 싸움질하고 말전주하고 불공드리고 푸닥거리하고 게으름피우는 용부의 우행을 구체적이고 해학적으로 표현함으로써 웃음을 유발시키고 인간의 본능적 행위를 긍정적으로 드러내고 있다. 남편의 모양을 "털삽사리 뒷다리"라 하고 자식의 거동을 "털버슨 솔기미"라고 하는 표현에 이르러서는 웃음을 터뜨리지 않을 수 없고 언어구사를 통한 해학의 묘미를 만끽하지 않을 수 없다.

| 쥬체로 | 못먹든밥 | 칙녁보아 | 밥먹는다 |
|---|---|---|---|
| 양복기는 | 어디가고 | 쓴바귀를 | 단쑬쌔듯 |
| 쥭녁고 | 어디가고 | 모쥬한잔 | 어려워라 |
| 울타리가 | 쎌나무요 | 동닉소곰 | 반찬일세 |
| 각장장판 | 소라반ㅈ | 장지문이 | 어디가고 |
| 벽써러진 | 단간방의 | 거격즈리 | 열두님에 |
| 호젹조희 | 문바르고 | 신쥬보가 | 갓곤이라 |

- 〈우부가〉의 일부

개똥이가 투전질과 외입등으로 타고난 유산을 탕진한 후에 극도로 찌든 삶을 영위하면서도 체면은 물론 양심의 가책조차 느끼지 않는 모습을 해학적으로 묘사한 것이다.

| | | | |
|---|---|---|---|
| 곳곳히 | 곱던얼굴 | 검버섯 | 무슴일고 |
| 玉곳히 | 희던술은 | 動土등걸 | 되얏고나 |
| 삼단곳히 | 기던머리 | 불앙당이 | 터갓고나 |
| 볼다기 | 잇던술은 | 麻姑할미 | 쑤어가고 |
| 새별곳히 | 붉던눈은 | 판수거의 | 되야간다 |
| 설째곳이 | 곳던허리 | 질마곳히 | 무슴일꼬 |
| 流水곳히 | 조턴말은 | 半벙어리 | 무슴일꼬 |
| 얼는ᄒ면 | 듯던귀가 | 層岩絶壁 | 막혓고나 |
| 덩강이를 | 것고보니 | 七首劍 | 느리셧다 |
| 풀짜시울 | 들고보니 | 垂楊버들 | 느러뎟다 |
| 무슴일 | 보왓느냐 | 눈물이 | 귀쥐ᄒ다 |
| 毒한感氣 | 드럿는가 | 코물도 | 추비ᄒ다 |

- 〈노인가〉의 일부

늙는 것은 누구든지 다 싫어하나 피할 수 없는 숙명이기 때문에 그 내용이 비극적이지만 해학적인 표현을 깃들임으로써 슬픔을 객관화 하고 있다. 일종의 '슬픈 유우머'라 할 수 있다. 이러한 슬픈 유우머는 〈노처녀가Ⅱ〉와 〈원한가〉에도 나타나고 있다.

| | | | |
|---|---|---|---|
| 내비록 | 병신이나 | 남과가치 | 못할소냐 |
| 내얼굴 | 얽다마소 | 분칠하면 | 아니흴가 |
| 한편눈이 | 머럿스나 | 한편눈은 | 발가잇네 |
| 바늘귀를 | 능히꿰니 | 보선볼을 | 못바드며 |
| 귀먹다 | 나무러나 | 크게하면 | 아라듯고 |
| 천둥소래 | 능히듯네 | | |
| 오른손으로 | 밥머그니 | 왼손하야 | 무엇할고 |
| 왼편다리 | 병신이나 | 뒤깐출입 | 능히하고 |

| 코꾸녕이 | 맥맥하나 | 내음새 | 일수맡네 |
|---|---|---|---|
| 입시울 | 푸르기는 | 연지빛을 | 발라보세 |
| 엉덩뼈가 | 너르기는 | 해산잘할 | 장본이오 |
| 가슴이 | 뒤앗기는 | 진일잘할 | 기골일세 |

- 〈노처녀가Ⅱ〉의 일부

병신이기 때문에 쉰 살이 다 되도록 시집 못 간 노처녀가 자기의 불구를 극구 변명하고 신체적 현실을 긍정적으로 해석하는 대목인데 자랑으로 내세운 것이 기껏해야 '뒷간 출입'을 할 수 있고 냄새를 '일수' 맡을 수 있다는 것이므로 예기했던 기대와 엄청난 차이를 나타냄으로써 웃음을 자아내고, 엉덩뼈가 너르고 가슴이 뒤앗긴 기형적인 신체를 두고 '해산잘할 장본'이라고 예상 밖의 엉뚱한 해석을 내림으로써 쓴웃음을 금치 못하게 한다.

| 홍두께에 | 자를매여 | 갓씨우고 | 옷입히니 |
|---|---|---|---|
| 사람모양 | 거의같다 | 쓰다드머 | 세워노코 |
| 새저고리 | 긴치마를 | 호기있게 | 떨쳐입고 |
| 머리우에 | 팔을드러 | 제법으로 | 절을하니 |
| 눈물이 | 종행하야 | 이븐치마 | 다적시고 |
| 한숨이 | 복발하야 | 곡성이 | 날듯하다 |

- 〈노처녀가Ⅱ〉의 일부

결혼이라는 평생의 소원을 모의로라도 성취해 보려고 하는 우발적 행위에서 연민의 정과 함께 失笑를 머금게 된다. 기발한 발상과 가장의 과정과 "제법"으로 예를 치르는 과정에서 해학이 이루어지고 있다. 우스우면서도 애닲고 애달프면서도 우스운 '눈물의 해학을 유발시키고 있다.

그리고 〈원한가〉에서는 노인을 남편으로 맞이하여 불행한 삶을 사는 젊은 여인이 남편의 늙고 흉물스런 모습을 교묘한 언어 구사를 통하여 해학적으로 묘사하고 있다. 자신의 불행한 처지를 희화함으로써 작품외적 자아로 하여금 슬픔에 몰입함을 막고 객관적 거리를 유지하도록 하고 있다.

| | | | |
|---|---|---|---|
| 두불갱끼 | 팥상투는 | 뒤통시로 | 귀양가고 |
| 둥실둥실 | 수박머리 | 빈탕함이 | 아니런가 |
| 힘없는 | 목고개는 | 앞으로 | 땡겨들고 |
| 쫄작하신 | 두무럽은 | 귀우에 | 높이솟아 |
| 근력이 | 할이없어 | 꼬글시고 | 앉인거동 |
| 전체가 | 동실동실 | 물형으로 | 삼겼습네 |
| ………… | ………… | ………… | ………… |
| 짜른한숨 | 긴한숨 | 궁청치통 | 품은다시 |
| 궁성궁성 | 하는소리 | 저승기별 | 문답일세 |
| 육천마디 | 뿌러진가 | 꼼작하면 | 애고애고 |
| 난장맞고 | 와기신가 | 숨차기도 | 무서워라 |
| 수전증은 | 어이나서 | 두손결 | 벌벌하니 |
| 나름때를 | 잡으신가 | 골맥이를 | 나리신가 |

－〈원한가〉의 일부

한편, 〈오섬가〉에서는 성희의 장면을 낯뜨거울 정도로 적나라하게 해학적으로 묘사함으로써 '비속한 웃음'을 자아내게 하고 있다.

| | | | |
|---|---|---|---|
| 동방화촉 | 깁푼밤에 | 금금요석 | 펼쳐녹코 |
| 져희두리 | 훨신벗고 | 말동질도 | ㅎ여보며 |
| 틱견질도 | ㅎ여보며 | 다리시름 | ㅎ여보며 |
| 니도령이 | 츈향안고 | 왼방안을 | 그딕면서 |

| | | | |
|---|---|---|---|
| 숀치질 | 톡톡치며 | 이라이라 | 이말식기 |
| 츈향이는 | 외발늬쳐 | 이용이용 | 흐은작난 |
| 두숀목 | 셔로잡고 | 밧고츠고 | 탁견질 |
| 다리실음 | 어울너져 | 춘향을 | 가만뉘고 |
| 쥬장군을 | 투기씨여 | 옥문관을 | 돌입ᄒᆞ여 |
| 좌츙우돌 | 덤벙이여 | 춘향목을 | 담숙안고 |
| 쥬홍갓튼 | 셔를물고 | 바드득 | 썰어보며 |
| 빅옥갓튼 | 졋통이를 | 만질만질 | 문지르며 |
| ᄉᆞ랑가로 | 농츙인다 | | |

―〈오섬가〉의 일부

이 〈오섬가〉는 까마귀 ‘금오’와 두꺼비 ‘옥섬’이 중국 역대의 지극한 사랑과 애틋한 이별의 사례를 문답식으로 엮은 것인데 후반부에 이도령과 춘향, 배비장과 애랑, 골생원과 매화의 사랑의 기쁨과 이별의 슬픔을 읊고 있다. 너무나 외설적이어서 작품적 가치가 다소 추락되고 語戱化되어 있다. 이도령과 춘향의 육정적인 사랑은 춘향전에 나오는 양인의 초야 장면보다 훨씬 적나라하게 묘사되어 있다.[6]

그런데 해학은 내용 속에 함축되어 있는 경우와 언어 표현을 통하여 이루어지는 경우로 나눌 수 있는데, 전자를 내용적 해학이라 한다면 후자는 수식적 해학이라 할 수 있다. 서민가사에 쓰인 해학은 이상의 분석

---

6 츈향의셤셩옥슈바드시겸쳐잡고으복을콩교하게벽기난듸두손길셕놋틴이춘향가은허리을담숙안고나상을버셔라츈향이가쳠음이릴뿐안이라북그러워고기을슈겨몸을틀졔이리곰슬져리곰실녹슈에홍연화마풍맛나굼이난듯도련임초미벽겨쳐쳐노코바지속벽길젹의무한이실난된다이리굼실져리굼실동회쳥용이구부를치난듯아고노와요좀노와요에이안된마리로다실난홍옷은씰너발가락으짝걸고씨여안고진든시눌으며지지긴쓰니발길아리쩌러진다오시활신버셔니형산의빅옥쩐니이우에더할소냐오시활신버셔지니도련님임거동을보라하고실금이노으면셔아차차손바졋다춘향이가침속으로달여든다도련님왈칵조차들어누어져고리를벽겨늬여도련임옷과모도한틤둘둘뭉쳐한편구석의던져두고두리안고마조누워슨니그더로잘이가잇나골심닐졔삼승이불춤을추고시별요강은장단을마추워쳥그룽졍졍문고루난달낭달낭등잔불은가물가물(〈열녀춘향슈졀가〉의 初夜場面)

에서 살펴 본 바와 같이 내용적인 해학보다는 수사적인 해학이 우세하다.

## 1.2. 사실성

사실적인 표현은 18세기의 회화와 음악에도 두루 쓰인 기법이다. 회화의 경우, 18세기에는 풍속화와 眞景山水畵, 寫景山水畵가 유행했는데, 이들은 한결같이 고답적이고 관념적인 주제, 특히 중국 산수화나 신선도 따위가 아닌, 자기가 처해 있던 사회와 풍토를 깊이 호흡하면서 이 땅에 사는 즐거움을 사실적으로 표현하거나 현실적인 서민들의 생태, 젊은 남녀들의 성과 애정을 가림이 없이 적나라하게 그렸다.[7] 음악의 경우도 전문적인 가객의 창인 가곡으로부터 전문적인 창자가 아니라도 쉽게 부를 수 있는 시조창이 대두되어 대중화했으며 이 시기에 유행된 판소리도 단조롭고 규범적인 전통음악이 도저히 따를 수 없는 고도한 사실성을 띠게 되었다.[8] 시가의 경우, 사설시조와 판소리 사설의 표현이 매우 사실적이며 서민가사도 양반가사와는 달리 그 표현이 대단히 구체적이고 사실적이다.

---

7 鄭炳昱, 한국고전의 재인식, 홍성사, 1979, p.290.
8 "판소리 예술의 기본적인 구성요소에는 '창'·'아니리'·'발림'의 3대 요소가 있다. '창'이란 곧 성가(聲歌)를 이름이고, '아니리'란 음곡을 배제한 서술이고, '발림'이란 몸짓을 뜻한다. 이 세 가지 요소를 적절하게 구사함으로써 판소리는 극적인 효과를 거둘 수 있게 마련이다. 그리고 판소리의 운영은 음악적인 율동의 지속(遲速)·완급(緩急)을 나타내는 〈長短〉으로써 진행되는 바, 이 〈長短〉에는 〈진양조〉, 〈중머리〉, 〈중중머리〉, 〈엇머리〉, 〈잦은몰이〉, 〈휘몰이〉의 6가지가 있다. 이 6가지의 〈長短〉을 사설(文學的)의 내용에 따라 교용(交用)하기 때문에 그 표현이 多岐로울 수밖에 없게 되어 있다. 게다가 같은 장단일지라도 문학적인 사설의 내용에 따라서 평조(平調)나 우조(羽調)로 부르기도 하고 계면조(界面調)로 부르기도 하며, 분위기를 살리기 위해서는 〈덜렁제〉니 〈경드림〉이니 또는 〈강산제〉니 하는 특수한 창법까지도 등장시키기 때문에 더욱 복잡한 표현이 가능하기도 하다. 이러한 표현기법의 변화는 오로지 〈이면〉 즉 사실성을 기준으로 하고 있기 때문에, 단조롭고 규범적인 전통음악이 도저히 자유분방한 판소리의 음악성을 따르지 못할 것은 말할 나위도 없는 것이다."(정병욱, 앞의 책, pp.299-300.)

| | | | |
|---|---|---|---|
| 뇨상으로 | 볼쥭시면 | 뵈젹슘이 | 깃문남고 |
| 허리아러 | 구버보니 | 헌즘방이 | 노닥노닥 |
| ………… | ………… | ………… | ………… |
| 빅두손 | 등의디고 | 분계강호 | 나려가셔 |
| 살이썻거 | 누디치고 | 익갈나무 | 우등놉고 |
| 흐ㄴ님게 | 츅수ㅎ며 | 손신임게 | 발원ㅎ여 |
| 물치츌을 | ㅈㅈ초곳고 | 스망일기 | 원망ㅎ되 |
| 닉녕셩이 | 불급ㅎ디 | 스망실이 | 아니붓니 |
| 뷘손으로 | 도라서니 | 숨디연이 | 잘참이라 |
| 닙동지논 | 숨일후의 | 일야셜이 | 스못오니 |
| 대즈깁희 | ㅎ마너머 | 스오보을 | 못옴길니 |
| 양딘ㅎ고 | 의박ㅎ니 | 압희근심 | 다썰티고 |
| 목슘술려 | 욕심ㅎ여 | 디스위훈 | 길을허여 |
| 인가쳐를 | 츠즈오니 | 검쳔거이 | 첫목이라 |
| 계초명이 | 이윽ㅎ고 | 인ㄱ적적 | 흔즘일네 |

― 〈갑민가〉의 일부

이는 갑산지방의 백성이 군정에 못견디어 도망치는 모습과 인징으로 인하여 13인분의 군정을 물기 위해 獙皮를 구하려고 백두산의 눈속을 헤매다가 초죽음이 되어 돌아오는 처량한 신세를 묘사한 것이다. 극도로 군정에 시달린 서민들의 생활상을 눈으로 보는 듯하다.

한편, 〈우부가〉와 〈용부가〉에서는 개똥이, 뺑덕어미 같은 인물의 생활상을 구체적으로 묘사함으로써 조선조 후기 서민의 가치관과 시대상을 잘 대변해 주고 있다.

| | | | |
|---|---|---|---|
| 릉라쥬의 | 어듸가고 | 동지셧달 | 베창옷세 |
| 슴복다름 | 바지거쥭 | 궁둥이논 | 울근불근 |

| | | | |
|---|---|---|---|
| 엽거름질 | 병신갓치 | 담비업는 | 빈연죽을 |
| 소일조로 | 손의들고 | 어슥비슥 | 다니면서 |
| 남에문젼 | 걸식ㅎ며 | 역질펑계 | 졔슈펑계 |
| 야속허다 | 너의인심 | 원망혈ㅅ | 팔ㅈ타령 |

― 〈우부가〉의 일부

| | | | |
|---|---|---|---|
| 엿쟝ㅅ야 | 썩쟝ㅅ야 | 아히펑계 | 다부르고 |
| 물네압히 | 션합품과 | 씨아압히 | 기지기라 |
| 이집져집 | 이간질과 | 음담픽셜 | 일숨는다 |

― 〈용부가〉의 일부

　한계 상황에 이른 匹夫匹婦의 삶을 다소 과장하여 서술한 것이라 하겠으나 이는 당시 양반들의 등살에 희망과 삶의 지향점을 잃은 일반 서민들의 군상을 사실적으로 그린 것이라고 할 수 있다.

　〈노처녀가Ⅱ〉와 경북대 도서관 소장본 〈덴동어미 화젼가〉에도 시집 못가 안달하는 노처녀의 불안한 심정과 네 번이나 개가를 한 팔자 사나운 아낙네가 花煎가서 참꽃을 따는 모습이 생생하게 묘사되어 있다.

| | | | |
|---|---|---|---|
| 밋친증이 | 대발ㅎ여 | 벌떡니러 | 안ㅈ면셔 |
| 닙은치마 | 다시찾고 | 신은보션 | 쏘츠즈며 |
| 방츄돌을 | 엽히씨고 | 짓는기를 | 쓰릴다시 |
| 와당퉁탕 | 닙둘젹의 | 업더지락 | 곱더지락 |
| 바람벽의 | 니마밧고 | 문지방의 | 코를씨며 |
| 면경셕경 | 셩격홈을 | 늣늣치 | 다씨치고 |

― 〈노쳐녀가Ⅱ〉의 일부

| | | | |
|---|---|---|---|
| 탕탕ㅎ다 | 창꼿치요 | 싁싁ㅎ다 | 창꼿치라 |

| | | | |
|---|---|---|---|
| 치마옵페도 | 싸다무며 | 바구니의도 | 싸다무니 |
| 호줌싸고 | 두줌싸니 | 春광이건 | 치롱中乙 |
| 그중의 상놈이 | 쑥쑥걱거 | 양작손의 | 갈나쥐고 |
| 자바쓰들맘이 | 건여업서 | 향기롭기 | 이상ᄒ다 |
| 손으로답삭 | 쥐여도보고 | 몸의도툭툭 | 터러보고 |
| 낫테다살작 | 문터보고 | 입으로흡박 | 무러보고 |

- 〈화전가〉의 일부

그리고, 농사꾼 이용식이 1885년 무렵, 함경남도 갑산군 진동면의 구리 광산에서 제련 청부를 맡아 3년간 활동하면서 겪은 체험을 읊은 〈동점별곡〉[9]에는 채석하는 광부인 연군과 제련하는 편수와 별패들이 4,50길 깊은 굴속에서 튀는 돌가루와 관솔불 냄새 때문에 고생하는 처참한 모습이 여실히 묘사되어 있다.

| | | | |
|---|---|---|---|
| 편수별패 | 연군들은 | 벌떼같이 | 날아들어 |
| 백호등에 | 혈을파고 | 개암같이 | 출입할제 |
| 사오십장 | 깊은혈에 | 정망치를 | 갖초들고 |
| 청화동에 | 마주앉아 | 좌우수로 | 죄겨낼제 |
| 한번치고 | 두번치면 | 석수갈피 | 날아들제 |
| 눈에들고 | 목이메니 | 화연내에 | 기막힌다 |

- 〈동점별곡〉의 일부

이와 같이 구체적이고 사실적인 표현은 양반 사대부가사에서는 도저히 찾아 볼 수 없는 것이다. 이러한 서민가사의 사실성은 서민가사인 〈농부가〉와 사대부가사인 〈농가월령가〉 중에서 추수 모습을 읊은 대

---

9 정렬모 편주, 가사선집, 조선고전문학 선집 3, 1964, p.323.

목을 상호 비교해 보면 더욱 극명하게 드러난다.

| | | | |
|---|---|---|---|
| 시벽밥 | 먹고나니 | 상풍도 | 잘도친다 |
| 손도령 | 풀을뷔여 | 화토불 | 즈로놋소 |
| 발벗고 | 드러스니 | 살어름 | 소릭난다 |
| 훈두번 | 뷀적에는 | 손시려 | 어렵더니 |
| 심들여 | 일을허니 | 등골에 | 쌈이난다 |

— 〈농부가〉의 일부

| | | | |
|---|---|---|---|
| 物色은 | 좋거니와 | 秋收가 | 時急하다 |
| 들마당 | 집마당에 | 개상에 | 탯돌이라 |
| 무논은 | 베어깔고 | 건답은 | 베두드려 |
| 오늘은 | 졈근벼요 | 내일은 | 사발벼라 |
| 밀따리 | 대추벼와 | 등트기 | 경상벼라 |

— 〈농가월령가〉의 일부

이 두 가사는 다같이 가을 추수를 모티브로 삼고 있다. 그러나 〈농부가〉는 벼를 베는 모습을 구체적으로 묘사하고 있는데 비해 〈농가월령가〉는 추수를 전제로 한 계획과 의도를 제시해 놓고 있다. 따라서 〈농부가〉는 동적이요, 〈농가월령가〉는 정적이다. 그리고 〈농부가〉는 일하는 사람의 관점에서 구체적인 경험을 읊었는데 비해, 〈농가월령가〉는 일을 시키는 사람의 관점에서 추상적인 생각을 읊었다. 그러므로 〈농부가〉는 그 표현이 사실적이고 〈농가월령가〉는 표현이 관념적이다. 이와 같이 서민가사의 표현은 대체로 사실적인데 비해 사대부가사의 표현은 관념적이다.

그런데 서민가사의 사실적인 표현은 가창가사에서 더욱 두드러지게 나타나고 있다.

| 원산은 | 첩첩 | 틱산은 | 쥬춤ᄒ여 |
|---|---|---|---|
| 긔암은 | 층층 | 장송은 | 낙낙 |
| 에이 | 구부러져 | 광풍에 | 흥을겨워 |
| 우쥴우쥴 | 춤을춘다 | | |
| 층암 | 절벽상에 | 폭포슈은 | 괄괄 |
| 슈졍렴 | 드리온듯 | 이골물이 | 주루루룩 |
| 져골물이 | 쌀쌀 | 열에 | 열골물이 |
| 한ᄃᆡ | 합수하야 | 천방져 | 디방져 |
| 소코라지고 | 펑퍼져 | 넌츌치고 | 방울져 |
| 져건너 | 병풍셕으로 | 으르렁 | 쐴쐴 |
| 흐르는 | 물결이 | 은옥갓치 | 흐터지니 |

― 〈유산가〉의 일부

풍성한 의성어와 의태어 및 교묘한 언어의 구사를 통하여 사실적인 표현의 극치를 이루고 있다.

이상과 같이 사실성은 서민가사의 표현상 가장 큰 특징의 하나로서 경험적 사실을 구체화하여 개성적인 시를 형성시키고 있으며 특히 서민가창가사에서는 가창의 효과를 거두고 있다. 사실적인 표현의 수단으로 의성어, 의태어 및 교묘한 언어를 구사하는 수가 많은데, 의성어와 의태어는 리드미컬한 문체와 유포니를 형성하기 때문에 낭송의 효과도 크다고 할 수 있다.

## 1.3. 반복성

구비가요(oral poetry)의 공식적 표현구는 문맥 속에서 반복, 열거, 대조, 비유 등의 모습으로 나타나는데[10] 구비가요의 일종인 서민가사에서는 반복이 많이 나타나고 있다. 서민가사에 쓰인 반복은 동일형태의 반복과 동일의미의 반복으로 나누어진다.

먼저 동일형태의 반복, 즉 형태적으로 단어나 어구가 반복되는 경우를 살펴보기로 한다.

| | | | | |
|---|---|---|---|---|
| (ㄱ)어려워라 | 어려워라 | 기다리기 | 어려워라 | 〈규원탄〉 |
| (ㄴ)보고지고 | 보고지고 | 님의얼굴 | 보고지고 | |
| 듣고지고 | 듣고지고 | 님의소리 | 듣고지고 | 〈청춘과부곡〉 |
| (ㄷ)파이로다 | 파이로다 | 이내걸음 | 파이로다 | 〈한별곡〉 |
| (ㄹ)조흘시고 | 조흘시고 | 常平通寶 | 조흘시고 | 〈합강정가〉 |
| (ㅁ)나는간다 | 나는간다 | 손아리로 | 나는간다 | |
| 나는슬타 | 나는슬타 | 가스바랑 | 나는슬타 | 〈거스가〉 |

단어의 반복은 율격미를 갖추는 구실을 하면서 강조의 효과를 거두고 있다. 즉, '기다리기 어려워라', '님의얼굴 보고지고', '이내걸음 파이로다', '常平通寶 조흘시고' 등의 2음보를 기저로 하여 4음보격을 이루고자하는 노력에서 동어반복이 오게 된 것이다.

이와 같은 'aaba'식 반복구조는 민요를 비롯한 고려속요, 판소리 사설 등 서민문학에 두루 나타나는 현상인데[11] 이는 가창과 밀접한 관련이 있다.

동일의미의 반복은 형태적으로는 다르면서 내포적인 의미가 같은 어

---

10 Albert B. Lord, 앞의 책, p.54.

11 (ㄱ)날오란다네 나오란다네 산꼴처자가 날오란다네 (居昌地方 民謠)
　　늦었다오 늦었다오 점슴참이 늦었다오 (安城地方 民謠)
　(ㄴ)가시리 가시리잇고 나는 ᄇ리고 가시리잇고 (〈가시리〉 : 麗謠)
　　살어리 살어리랏다 靑山애 살어리랏다 (〈靑山別曲〉 : 麗謠)
　(ㄷ)나는마다 나는마다 錦衣玉食 나는마다 (『歷代時調全書』 127 : 辭說時調)
　　씌오리라 씌오리라 세벽스 뉴모얼네 당스슬감아 씌오리라
　　　　　　　　　　　　　　　　　　　　　　(『歷代時調全書』 943 : 辭說時調)
　(ㄹ)살려주오 살려주오 우리승상 살려주오 (〈赤壁歌〉 : 판소리 辭說)
　　떠들어온다 떠들어온다 점심바구니 떠들어온다 (〈春香歌〉 : 판소리 辭說)

구가 반복되는 경우와 두 반행이 의미상으로 반복되는 경우로 나누어진다.

전자의 경우는 형태적으로 동일단어나 동일어구의 반복만큼 많이 나타나지는 않지만 동일형의 반복에 의한 단순성을 극복하고 변화를 주기 위해 쓰이는 표현 방법이다.

   (ㄱ)자나깨나   깨나자나   주야장천   놀고지고   〈이별곡〉

   (ㄴ)업더지락   곱더지락   문지방에   코를깨며   〈노처녀가〉

   (ㄷ)지성껏   바랐더니   할일없고   큰일없다   〈단장이별곡〉

   (ㄹ)이날가고   저날가고   육백네날   다지낸들   〈청춘과부곡〉

(ㄱ)은 단어의 전후 위치를 바꾸어 변화를 부여했고 (ㄴ)의 '업더지락'과 '곱더지락', (ㄷ)의 '할일없고'와 '큰일없다'는 같은 내용의 다른 표현이며, (ㄹ)의 '이날'과 '저날'은 상반된 의미를 내포한 듯하나 실은 同意로 쓰이고 있어 이들이 변화를 통하여 형식미를 추구한 결과임을 알 수 있다.

다음은 후자의 경우, 즉 두 반행이 의미상으로 반복되는 표현법에 대해 살펴보기로 한다.

   (ㄱ)이리가도   슯흔소리   져리가도   슯흔소리   〈과부가〉

   (ㄴ)웃음웃을   날이없고   눈물마를   날이없네   〈청춘과부곡〉

   (ㄷ)흐르나니   눈물이요   지이느니   한슘이라   〈과부가〉

   (ㄹ)반야산   가즈하니   마고집   멀어잇고

      셔왕모   찻자ᄒ니   쳥됴시   아득ᄒ다   〈상사진정몽가〉

   (ㅁ)부친ᄒ나   반편이오   모친ᄒ나   숙믹불변   〈노처녀가Ⅰ〉

   (ㅂ)앞집에는   신랑오고   뒷집에는   신부왔네   〈노처녀가Ⅰ〉

   (ㅅ)산밧게   손이오   물밧게   물이로다   〈거스가〉

(ㅇ)뷔거니    묵거니    이거니    디거니    〈기음노래〉

(ㅈ)하늘로    나럿는가    쩐으로    소삿는가  〈거스가〉

(ㅊ)밥못먹어  비곱푸지  옷못닙어  등시리지 〈치산가Ⅰ〉


　(ㄱ)의 '이리'와 '저리'는 형태적으로는 반대이나 그 의미상으로는 '어디'라는 뜻에 다함께 내포되고 (ㄴ)의 '웃음웃을'과 '눈물마를'은 모두 화평의 뜻에 귀일하므로 의미의 반복이 되고 있다. (ㄱ), (ㄴ)은 의미상 'baca'식 표현구조라 할 수 있다.

　(ㄷ)은 '흐르나니'와 '지이느니', '눈물'과 '한숨'이 유사 의미의 다른 표현이므로 의미의 반복이 이루어져 있고, (ㄹ)도 전후 반행 사이에 각기 의미의 유사관계가 이루어지기 때문에 두 행간에 의미의 반복이 이루어지고 있다. (ㄷ)과 (ㄹ)은 의미상 'aba'b'식 표현구조라 하겠다.

　(ㅁ)과 (ㅂ)의 '부친'과 '모친', '앞집'과 '뒷집'은 어휘 자체의 의미는 상반되지만 '부모'와 '이웃'의 분화된 의미로 쓰였고 '반편'과 '숙믹불변', '신랑'과 '신부'가 의미상 유사하므로 (ㅁ)과 (ㅂ)도 역시 'aba'b''식 표현구조라 할 수 있다.

　(ㅅ)은 '산'과 '물'이 연첩되어 있는데 산과 물은 '산수', 즉 '자연'으로 귀일되기 때문에 의미의 반복이 되고 있으며, (ㅇ)도 '뷔거니', '묵거니'는 논에서 벼를 베는 동작이요, '이거니'와 '디거니'는 운반하는 동작인데, 이들은 모두 '추수'라는 개념을 가지므로 역시 의미의 반복이 되고 있다. 'aa'bb''식 표현구조이다.

　(ㅈ)의 '하눌'과 '쩐', '나럿는가'와 '소삿는가'의 개별적 의미는 서로 상반되나 앞 반행 '하눌로 나럿는가'와 뒷 반행 '쩐으로 소삿는가'는 문맥상 '意外'라는 의미를 표상하기 때문에 (ㅈ)도 의미의 반복이라 할 수 있다. (ㅊ)도 같은 경우이다. 결국, (ㅈ)과 (ㅊ)은 'a b -a -b'식 표현구조라 할 수 있다.

　이러한 의미의 반복은 장식적 이미지를 형성하고 강조의 효과를 나타낸다.


## 2. 미의식의 특성

미의식이란 개인의 감성적 인식을 뜻하는 것이 아니라 삶 전체와의 상관하에서 통합된 미적 경험이라 할 수 있다.[12] 따라서 미의식은 개인의 미적 감각에 대한 기호의 차와 삶을 영위하는 방식, 인생관과 경험의 차이에 의하여 상이하게 나타나게 된다.[13] 그런데 이러한 미의식은 미적 범주의 표상으로써 나타나기 때문에 미의식 구조[14]는 미적 범주를 통하여 살펴볼 수 있다. 미적 범주론에는 버어크(Ed.Burke)와 칸트(I.Kant)에 의해 주장된 숭고와 미의 2분법과 졸거(K.Solger), 핏셔(F.Vischer), 할트만(N.Hartmann) 등에 의해 주장된 미와 숭고, 희극적인 것(das Komische)의 3분법 및 데소아(M.Dessoir)의 숭고미(Erhaben), 비극미(Tragish), 우아미(Niedlich), 희극미(Komisch) 등 4분법[15]이 있고, 자이징(A.Zeising)과 폴겔트(J.Volkelt)에 의해 제기된 다분법[16]도 있다. 여기서는 데소아의 미적 범주론에 의거하여 국문학계에서 널리 수용하고 있는 숭고미, 비극미, 우아미, 희극미 등 4분법에 따라 고찰하기로 한다.

---

**12** John Dewey, Art as Experience, New York : Minton,Balch & Co., 1934, pp.35-57.
  V.C. aldrich, Philosophy of art, Englewood Cliffe, N.J.: Prenkice Hall, 1963;
  김문환 역, 藝術哲學, 玄岩社, 1975, pp.21-67.
**13** 김학성, 韓國古典詩歌의 硏究, 圓光大學校 出版局, 1980, pp.25-26.
**14** 여기서의 '구조'는 단순히 체계나 유형의 뜻으로 사용하였다.
**15** 조요한, 藝術哲學, 法文社, 1974, pp.94-110.
  백기수, 美學, 서울대학교 출판부, 1978, pp.70-92.
**16** Adolf Zeising은 기본미를 순수미, 희극미, 비극미로 3분하고, 순수미와 비극미의 중간미를 애교미, 희극미와 비극미의 중간미를 해학미, 순수미와 비극미의 중간미를 숭고미라 했으며, 이 6가지의 미적 범주의 하위범주를 각각 또 3분 하였다. 한편, J.Volkelt는 기본미를 내용미, 형식미, 유형미, 리상미, 숭고미, 우아미, 감성미, 정신미, 감동미, 비극미, 희극미 등 11가지 범주로 나누고 다시 각기 몇 가지씩 하위범주를 설정하였다. (백기수, 앞의 책, pp.95-98.)

조동일은, 모든 문학작품은 '있어야 할 것'을 '있는 것'과 관련시켜 나타내거나 '있는 것'을 '있어야 할 것'과 관련시켜 나타낸다고 전제하고, 이 두가지는 작품에 따라서 서로 융합될 수도 있고 상반될 수도 있는데 융합과 상반의 방법에 따라 4가지의 기본적인 미적 범주가 구분된다고 보았다. 즉, 숭고는 '있어야 할 것'에 '있는 것'의 융합이고, 우아는 '있는 것'에 의한 '있어야 할 것'의 융합이며, 비장은 '있는 것'을 부정하고 '있어야 할 것'을 긍정하면서 이루어진 상반이고, 활계는 '있어야 할 것'을 부정하고 '있는 것'을 긍정하면서 이루어진 상반이라고 했다. 그리고 한 가지 기본 범주로 이루어진 작품도 있으나 두 가지 기본 범주가 공존하는 작품도 있는데 공존은 결합공존과 비결합 공존이 있다고 했다.[17]

한편, 김학성은 조동일의 견해를 전적으로 수용하면서 핵심미와 표출미로 나누어 미의식을 분석함으로써 기본미의 결합관계를 보다 합리적으로 설명하고 있다.[18] 김학성은 '있어야 할 것'을 '이상적인 것'으로, '있는 것'을 '현실적인 것'으로 그 용어를 대체하고 이 두 대립하는 지향의 상관관계에 의하여 기본미를 설정하였다.

이러한 견해에 따르면 서민가사에 나타난 미의식은 우아미, 비극미, 희극미 등 3가지로 구분된다. 양반 사대부가사의 경우 희극미는 하나도 나타나지 않고[19] 숭고미와 우아미가 우세한데 비해 서민가사는 비극미와 희극미가 우세하며 숭고미는 나타나지 않는다.[20] 서민가사를 미의식 별로 살펴보면 다음과 같다.

---

**17** 조동일, "美的範疇", 韓國思想史大系Ⅰ, 成均館大學校 大東文化研究院, 1973, pp.469-527.
**18** 김학성, 앞의 책, pp.50-53.
**19** 김학성, 앞의 책, p.227.
**20** 다만, 판소리 허두가사류 중에서 〈태평가〉〈숭유가〉〈궁장가〉 등에 숭고미가 우아미, 悲劇味와 결합공존으로 나타나고 있는데, 이는 광대들이 양반들의 기호에 맞추기 위해 의식적으로 노력한 결과 나타난 미의식이므로, 순수한 서민들의 미의식이라고는 볼 수 없다.

## 2.1. 우아미

우아미는 '현실적인 것'에 의한 '이상적인 것'의 융합으로 조화를 이룰 때 나타나는 미이다. 즉, '이상적인 것'보다 '현실적인 것'이 우세한 상황에서 '현실적인 것'을 추구할 때 우아미가 구현된다. 이러한 서민가사로는 〈농부가Ⅰ〉〈농부가Ⅱ〉〈농부가Ⅲ〉〈용가〉〈치산가Ⅰ〉〈치산가Ⅱ〉〈명당가〉〈양신화답가〉〈유산가〉〈새타령〉 등이 있다.

〈농부가Ⅰ,Ⅱ,Ⅲ〉은 모두 다 자신들이 士民과는 달리 농민이라는 사실을 자각하고 주어진 환경 속에서 열심히 살아가는 모습을 읊은 작품인데 농민으로써 마땅히 해야 할 것과 현실적으로 이들이 하는 생활이 조화를 이룸으로써 우아미를 표출하고 있다. '우리는 글못배와 범민준수 못될'것 임을 알고 '차라리 밧츨갈아 부모봉양 하오리라'고 생각해서 밤이오면 잠간 쉬고 잠을 깨면 일터로 나가서 못자리하고 보리베고 모심고 가꾸어서 가을이면 나락베어 타작하고 콩도 꺾고 면화도 따서 겨울준비를 한다. 단순히 괴로운 노동만 하는 것이 아니라 술 먹고 노래 부르고 춤추며 마음껏 즐기기도 하고 수수떡, 강엿, 인절미를 만들어 먹고 꿀을 받아 부모를 정성껏 모시기도 한다.

| | | | |
|---|---|---|---|
| 방아다리 | 아즈머니 | 선소리나 | ㅎ여보소 |
| 쵸셩조흔 | 목소리에 | 산유화로 | 화답ㅎ니 |
| 듯기조흘 | 뿐일넌가 | 이소리에 | 일붓는다 |
| 신명겨운 | 돌진이네 | 입방귀로 | 장단치구 |
| 즛구진 | 금녜자친 | 궁둥츔이 | 볼만ㅎ다 |

- 〈농부가Ⅱ〉의 일부

농부들의 소박한 꿈을 현실화하는 우아한 모습이다. 이상적인 것과 현실이 융화를 이루고 있다. 이 〈농부가Ⅰ,Ⅱ,Ⅲ〉은 정학유가 양반적 관점에서 지은 〈농가월령가〉하고는 미의식이 다르다. 〈농가월령가〉는 현실적인 삶의 노래가 아니라 이상을 읊고 있으므로 숭고미를 바탕으로 한 우아미의 표출이니 숭고미에 가까운 결합공존이라고 볼 수도 있다.

〈용가〉는 방아 찧는 일을 소재로 하여 농민으로서의 긍지를 나타낸 작품으로서 부지런히 일하며 곡식을 찧어 팔아 유용하게 쓰자는 농민다운 이상을 나타내고 있어 이상적인 것과 현실이 조화되는 우아미를 표출하고 있다. 농민들은 대동미, 각종 환상을 바치고 장리와 사사로운 빚을 갚기 위해서도 쌀이 필요하고 '돈 쓸 때도 이 쌀'이고 '밧칠때도 이 쌀'이므로 고생은 당연히 해야 한다고 생각하고 있으며 농사가 천하의 대본임을 잊지 않고 있다. 어려운 현실에서도 갈등없이 소망을 지향하는 모습이 그려져 있다.

〈치산가 I 〉과 〈치산가 II 〉는 모두 근검, 절약으로 재산을 모아 편안히 잘 살아보자는 뜻을 읊은 작품이다. 줄줄이 과목심고 고물고물 채소를 심고 추진 데는 논 만들고 마른 데는 밭을 만들어 종자를 깊이 넣고 '오줌똥'도 한데 보지 말고 검부적(티끌)도 다른 곳에 가지 않도록 모아 거름이 되도록 해야 한다고 하여 근면을 바탕으로 한 구체적이고 현실적인 치산의 방향을 제시하고 있다. 특히 나무와 염장을 아껴쓰고 도장에 들어가면 곡식을 떠서 저축하고, 불을 놓고 자지말고, 자치베도 버리지 말고 절약해야, 부귀는 얻지 못해도 빈천은 면할 수 있다고 했다. 이러한 일은 현실적으로 실현할 수 있는 것으로 우아미가 나타나고 있다.

〈양신화답가〉는 佳期를 맞이하여 남녀가 사랑을 속삭이며 천정배필의 인연을 맺어 백년해로 할 것을 언약하는 내용이다. 청춘남녀가 사랑하는 것은 인간의 기본적 욕망이요, 남녀가 천정배필을 구하여 백년해로하는 것은 인간의 이상이므로 '현실적인 것'이 '이상적인 것'과 조화됨으로써 우아미를 구현하고 있다.

## 2.2. 비극미

비극미는 '현실적인 것'과 '이상적인 것'이 갈등을 이루면서 '현실적인 것'을 부정하고 '이상적인 것'을 긍정할 때 표출된다. 즉 '이상적인 것'보다 '현실적인 것'이 우세한 상황에서 전자를 추구하려 할 때 나타나는 미이다. 여기에 속하는 작품으로는 〈갑민가〉〈거창가〉〈기음노래〉〈합강정가〉〈한시절곡〉〈동점별곡〉〈과부가〉〈관등가〉〈과부청산가〉〈청상가〉〈청춘과부곡〉〈단장이별곡Ⅰ〉〈고상사곡〉〈사미인곡〉〈사미인곡〉〈사랑가〉〈상사별곡〉〈상사진정몽가〉〈싀골색씨셜은타령〉〈원부사〉〈이별곡〉〈진정편〉〈청루별곡〉〈청루원별곡〉〈한별곡〉〈춘면곡〉〈단장이별곡Ⅱ〉〈규수상사곡〉〈단장사〉〈노처녀가Ⅰ〉〈노처녀가Ⅱ〉〈화전가〉〈녹의자탄가〉〈원한가〉〈석별가〉〈노인가〉〈송녀승가〉〈재송녀승가〉 등을 들 수 있다.

〈갑민가〉는 북방 변경인 甲山의 한 백성이 苛政에 견디지 못하여 군사도망을 하는 참경을 그린 작품이다. 이 갑민은 여러 族人이 학정에 견디지 못하여 도망갔기 때문에 族徵을 당하여 3명 분을 매년 물어야 했으나 田土와 家藏을 다 팔아도 갚지 못하여 아내가 관가에 끌려가 옥중에서 죽게되자 노모를 이끌고 정처없이 도망을 가면서 악정을 폭로하고 있다. 이 갑민이 추구하는 '이상'은 가벼운 세금을 통한 선정이나, '현실'은 가혹한 악정이 계속되므로 '이상적인 것'과 '현실적인 것'이 갈등을 일으켜 비극미가 구현되고 있다.

〈거창가〉는 양반관료의 부정부패와 가렴주구, 아전 무리의 농간을 폭로한 작품이다. 관료들에게 갖은 명목으로 수탈당하고 인명까지 암살당하는 현실과 선정을 추구하는 서민들의 이상 사이에 상반이 생김으로써 비극미가 표출되고 있다. 이 〈거창가〉의 이본이라고 보이는 〈정읍군 민란시 여항청요〉에는 관료의 수탈상이 더욱 구체적이고 사실적으로 묘사되어 있어 비극미를 한층 더해 주고 있다.

〈기음노래〉는 농사일의 고됨과 농촌 경제의 피폐상 및 관료들의 토색
질과 수탈상이 사실적으로 표현된 작품이다.

| 들가온디 | 익은누른구름 | 네녁으로 | 혼빗치라 |
| 윈녀름 | 주린비속 | 먹지아녀 | 절로부리 |
| ………… | ………… | ………… | ………… |
| 공ᄉ치 | 다갈희면 | 남은거시 | 얼마칠고 |

– 〈기음노래〉의 일부

이들의 이상은 풍요로움과 관료의 선정인데 현실은 이와 상반되어 갈
등을 일으킴으로써 비극미가 구현되고 있다.

〈합강정가〉는 전라감사 鄭民始가 민정을 순시한다는 명목으로 순창
지방을 거쳐 합강정에서 뱃놀이 할 때 일어난 각종 폐단과 하급 관료들
의 과잉충성과 아첨, 뇌물의 橫行과 과징을 폭로한 작품이다. 감사 일인
의 뱃놀이로 사방 십리 안의 鷄犬이 멸종되고 집집마다 세금을 매겨 유
흥비를 충당하느라고 방아품 팔아 놓은 한 두 되 곡식까지 탈취해 갔으
므로 드디어 감사를 '만민의 怨讐'라고 했고, '民怨이 徹天한다'고 했다.
서민들은 감사의 순시로 인해 악정이 고쳐지리라 기대했으나 오히려 반
대 결과가 나타났던 것이다. 선정을 기대했던 이상은 현실 앞에 여지 없
이 좌절됨으로써 비극미가 강하게 표출되고 있다.

〈한시절곡〉은 돈과 곡식이면 모든 것이 해결되는 타락된 사회풍조와
족징의 폐단과 인심의 험악함을 한탄한 작품이다. 후덕한 인심과 정의로
운 사회가 되기를 바라고 있으나 현실은 중한 죄도 전곡으로 도모하고,
인심이 흉악하여 4,6촌은 물론 부모 동생도 몰라보게 되었으니, 이상과
현실사이에 갈등이 일어나지 않을 수 없다. '현실적인 것'이 우세한 상황
에서 '이상적인 것'을 추구함으로써 비극미가 드러나고 있다.

〈동점별곡〉은 고진동 구리 광산의 제련 청부업자인 성령주가 원시적

인 채광방법과 관리들의 가렴주구, 광산주변의 모리배들로 인하여 파산한 슬픔을 노래한 작품이다. 돈을 벌어 잘살아 보겠다는 이상이 불가항력의 현실 앞에서 허망하게 끝장남으로써 비극미가 형성되고 있다.

〈과부가〉, 〈청춘과부곡〉, 〈과부청산가〉, 〈청상가〉, 〈관등가〉는 청춘에 과부가 된 고독한 심사와 괴로움을 애틋하게 그린 비극적인 가사이다. 〈과부가〉는 15세에 시집가서 보름만에 과부가 된 후, 눈물과 한숨으로 세월을 보내는 고뇌를 읊고 있고, 〈청춘과부곡〉은 청춘에 과부가 되어 남편에 대한 그리움과 외로움으로 전동같이 고운 허리가 거미줄이 될 정도로 되어 결국에는 불문에 귀의하게 됨을 읊고 있다. 〈과부청산가〉는 16세에 결혼했으나 남편은 유복자를 남겨두고 夭死하여 한많은 삶을 영위하는 모습을 그렸고, 〈청상가〉는 비녀 팔고 달비 팔아서 약을 지어 병든 남편을 간호했으나 만사가 허사가 되어, 청춘과부로서 그리움과 고뇌에 몸부림치다가 결국 모든 것을 체념하고 마는 모습을 그리고 있다.

〈관등가〉는 정월부터 섣달까지 세시기마다 님과 함께 동락하지 못함을 한스럽게 여기며 님을 간절히 그리는 심정을 읊고 있다. 이 가사들에서 '이상적인 것'은 남편과의 백년해로이나 죽음이라는 현실적 장벽 앞에 좌절되고 말므로 비극미가 표출되고 있다.

〈단장이별곡Ⅱ〉는 남자가 부인을 사별한 슬픔을 비극적으로 표현한 작품인데, 고독과 그리운 심정은 과부의 심정과 동일하게 묘사되어 있다.

〈고상사곡〉, 〈고상사별곡〉, 〈사미인곡〉, 〈사랑가〉, 〈상사별곡〉, 〈상사진정몽가〉, 〈싀골색씨셜은타령〉, 〈원부사〉, 〈이별곡〉, 〈진정편〉, 〈청루별곡〉, 〈청루원별곡〉, 〈한별곡〉은 모두 남편을 생이별한 후 외로움과 그리움에 간장을 태우는 심정을 비극적으로 읊은 작품이다. 다만 〈청루별곡〉과 〈청루원별곡〉은 기생으로서 남편을 맞아 살다가 생이별한 후의 그리움을 읊은 작품이다. 〈단장이별곡Ⅰ〉과 〈춘면곡〉은 남자가 부인과 생이별한 후 외롭고 그리운 심정을 읊은 작품이다. 〈춘면곡〉은 청루에서 만난 기생과 평생을 언약했으나 新情이 미흡하여 이별하게 된 슬픔을 읊고 있다. 이상의 가사에서는 '이상적인 것'이 님과의 재회이지만 현실에 의하여 좌절당하고 말기 때문에 비극미가 구현되고 있다.

〈규수상사곡〉과 〈단장사〉는 모두 남자가 사랑을 이룰 수 없는 처지에 놓인 여인을 사모하여 상사병이 깊이들어서 죽게 되었음을 호소하는 비극적인 작품이다. 그런데 〈규수상사곡〉은 총각이 남의 부인을 사모하는 경우이고, 〈단장사〉는 기혼 남자가 여인(결혼여부 미상)을 사모하는 경우이다. 이 두 가사의 '이상적인 것'은 사모하는 여인과 사랑을 이루는 것인데 현실적 장벽에 의해 좌절되므로 비극미가 표출되고 있다.

〈노처녀가Ⅰ〉과 〈노처녀가Ⅱ〉는 혼기를 놓친 노처녀가 시집 못가 애태우는 심정과 시집가고 싶은 간절한 소원을 비극적으로 그린 작품이다. 〈노처녀가Ⅰ〉은 마흔이 되도록 부모의 체면치레 때문에 시집을 못가서 갖은 수단으로 시집을 가고자 하나 현실에 부딪혀 좌절되고 마는 비극적인 가사이고, 〈노처녀가Ⅱ〉는 병신이라는 현실적 장벽때문에 쉰살이 다되도록 시집가지 못하는 비극미가 주로 구현되고 있으나 자신의 적극적인 노력으로 마음에 드는 김도령과 결혼하는 우아미도 나타나고 있다. 한편 노처녀의 심리를 해학적으로 묘사함으로써 희극미도 겸하고 있다. 그래서 〈노처녀가Ⅱ〉는 비극미, 우아미, 희극미가 결합공존을 이루고 있다고 볼 수 있다.

〈화전가〉는 덴동어미가 네 번이나 시집을 갔으나 끝내 과부를 면치 못한 기막힌 일생을 적나라하게 그린 비극적인 가사이다. '이상적인 것'은 남편과 백년해로하며 부귀영화를 누리는 것이고, '현실적인 것'은 결혼만 하면 남편이 죽어 유리걸식하게 된 사실이다. '현실적인 것'이 우세한 속에서 '이상적인 것'을 추구함으로써 비극미를 표출하고 있다.

〈원한가〉는 17세의 꽃다운 나이로 백발 늙은이에게 시집가 사는 불우한 처지를 읊은 작품이다. '이상적인 것'은 젊은 남편을 만나 아기자기하게 사는 것인데, '현실적인 것'은 백발이 성성하고 징그럽기 그지없는 늙은이와 사는 현실이므로 이상과 현실이 서로 상반되고 '이상적인 것'은 '현실적인 것'에 좌절당하고 말므로 비극미가 표출된다. 그러나 그 표현이 해학적이기 때문에 해학미도 드러나고 있으므로 〈원한가〉의 미의식은 엄격한 의미에서 비극미와 희극미의 결합공존을 이루고 있다고 볼 수 있다.

〈노인가〉는 노인이 백발이 늘어나 점점 늙어감에 인생의 무상함을 탄식한 작품이다.

| | | | |
|---|---|---|---|
| 蜉蝣갓흔 | 이世上의 | 草靈굿흔 | 우리人生 |
| 七八十 | 산다호들 | 一場春夢 | 꿈이로다 |
| 어와 | 可憐홀샤 | 물우희 | 萍草로다 |
| 우리人生 | 可憐ㅎ다 | | |
| 이몸이 | 늙어디면 | 다시젊기 | 어려웨라 |

− 〈노인가〉의 일부

늙지 않고 영원히 젊음을 유지하는 것이 이상이지만 백발은 늘어가고 인생은 늙기 마련인 것이 현실이므로 비극미가 나타나고 있다. 그러나 그 표현이 해학적으로 되어 있어 희극미도 함께 드러나고 있다. 비극미와 희극미의 공존결합으로도 볼 수 있다.

〈송녀승가〉와 〈재송녀승가〉는 장안의 한 남자가 女僧에게 연정을 느껴 사랑을 호소한 작품이다. 여승과 사랑을 하고 싶은 욕망이 상대가 여승이라는 현실적 장벽 앞에 좌절되므로 비극미가 나타나고 있다. 이 가사도 인간의 기본 욕구를 숨김없이 펴는 면에서는 우아미도 나타나므로 비극미와 우아미의 공존이라고 볼 수도 있다.

## 2.3. 희극미

희극미는 '현실적인 것'과 '이상적인 것'이 갈등을 이루면서 '이상적인 것'을 부정하고 '현실적인 것'을 긍정할 때 표출된다. 즉, '현실적인 것'이 '이상적인 것'보다 열세한 상황에서 전자를 추구할 때 나타나는 미이다. 여기에 속하는 작품으로는 〈용부가〉 〈우부가〉 〈거사가〉 〈오섬가〉 〈십장가〉 〈토끼화상〉 〈곰보타령〉 〈맹꽁이타령〉 〈바위타령〉 등이 있다. 희극미가 다른 미와 결합되어 나타나는 경우는 앞에서 언급한 바와 같이 상당 수 있다.

〈용부가〉는 욕망대로 살아가는 뺑덕어미의 비행을 사실적이고 해학적인 방법으로 표현하고 있는 작품이다. 기존 유교적 관념이 우세한 상황속에서 부인이 지켜야 할 유교적 도덕을 거부하고 본능적 욕구대로 행동하여 기존 이념을 파괴함으로써 희극미를 드러내고 있다.

〈우부가〉는 개똥이, 꼼생원, 꾕생원 같은 우부의 비행을 사실적이고 해학적으로 읊은 작품이다. 이 작품도 유교적 도덕이 우세한 상황에서 세 우부가 인간의 욕망대로 살아가며 기존 관념인 유교 도덕을 부정하고 파괴하는 데서 희극미가 구현되고 있다.

〈거사가〉는 산중에서 도를 닦던 居士가 죽은 남편을 이장하고자 명산을 찾아다니던 과부의 아름다운 자태에 현혹되어 파계하고서 목탁과 가사를 버리고 부인과 함께 산 아래로 내려가 속세 생활을 하는 모습을 희극적으로 표현한 작품이다. 수도에 전념해야 할 거사가 속세의 유혹에 빠져 파계하는 것은 불교의 계율과 사회의 통념을 부정하고 전락시키는 행위이므로 여기에서 희극미가 나타나게 된다.

〈오섬가〉는 남편인 까마귀(烏)와 두꺼비(蟾)가 중국과 우리 나라의 역대의 유명한 사랑과 이별의 애틋한 얘기를 대화체로 읊고 있는 작품이다. 중국의 경우는 전쟁터에 나가는 군병들의 부부간 이별, 초패왕과 우미인의 사랑과 이별, 한태조와 척부인 및 한무제와 이부인의 사별, 왕소

군의 怨別, 당명황과 양귀비의 사랑과 이별, 안록산과 양귀비의 사랑 등이 그려져 있고, 우리 나라의 경우는 이도령과 춘향, 배비장과 애랑의 사랑과 이별 및 골생원과 기생 매화의 사랑이 차례로 묘사되어 있으나, 사랑 장면은 물론 이별의 슬픈 장면도 해학적으로 처리되어 희극미를 표출하고 있다. 특히, 이도령과 춘향의 적나라한 성희의 묘사와 배비장과 애랑간의 이별시의 외설 및 골생원의 裸身 묘사를 통해 성을 타부시하는 위선적 기존 관념과 정숙을 표방하는 유교적 도덕을 전면 부정하고 완전 전락시키는 데서 희극미가 표출되고 있다. 애틋한 이별을 통해 비극미도 드러나지만 희극미에 압도당하고 있다.

이상에서 살펴 본 바와 같이 서민가사의 미의식은 우아미, 비극미, 희극미 등 3가지 유형으로 나타나는데, 작품의 수적인 면에서 볼 때 비극미가 압도적으로 많다는 것과 사대부가사에서는 한 편도 찾아볼 수 없었던 희극미도 대단히 많이 나타난 것이 특징이다. 그리고 비극미가 표출되는 작품 중에도 상당수에 있어 희극미가 공존의 형태로 나타나고 있으므로 서민가사의 미의식을 대표하는 것은 희극미라 하겠다.

제6부

# 轉換期의 시가문학

# 제1장 의병가사와 의병한시

우리나라의 의병의 역사는 그 연원이 삼국의 대외 항쟁과 백제 및 고구려 유민의 부흥운동, 고려 민중의 대몽항쟁 등에 있으나 본격적인 의병항쟁은 조선조 임진왜란으로부터 시작되었다고 할 수 있다. 1592년 임진왜란이 일어나자 군비를 소홀히 했던 관군은 왜군의 침입을 막지 못하여 1개월 만에 수도 한성이 왜군에게 함락 당하고 임금이 의주로 피란을 하게 되는 지경에 이르자 무능한 관군의 역할을 대신 맡고 나선 것이 의병이었다. 섬 오랑캐인 왜적을 물리쳐서 국란을 극복해야 한다는 사명감에서 '나라를 돕는다'는 소위 勤王精神을 발휘하여 의병이 일어난 것이다.[1] 정묘, 병자호란이 일어났을 때에도 같은 정신에서 의병이 봉기하였으며 한말에는 서양세력을 막고자 하는 衛正斥邪論의 대두와 함께 尊王攘夷의 기치아래 일본의 침략을 물리치려고 의병이 전국적으로 봉기하여 왜군은 물론이고 관군과도 싸우지 않으면 안 되었다. 구한말의 나라를 지탱하는 유일한 세력이 의병이었으며 합방 후에도 저항운동을 치열하게 전개함으로써 조국 광복을 맞이할 수 있는 역량을 키우고 독립의 당위성을 확보할 수 있었던 것도 의병전쟁이었다.

이와 같이 민족사를 지탱한 실체요 민족 주체성의 정화인 의병에 대한 중요성을 역사학계에서는 일찍이 자각하여 이 방면에 대한 연구가 매우 활발하게 이루어졌다. 그러나 국문학계에서는 의병문학에 대해 거의 등

---

1 국방부전사편찬위원회, 의병항쟁사, 1984, p.3.

한시 해 왔다. 그 원인은 무엇보다도 의병관계 작품의 희귀함과 작품발굴의 소홀함에 있었다고 볼 수 있다. 한시 연구의 측면에서는 의병과 관계가 있는 몇몇 사람에 대한 논의가 있었으나[2] 의병한시에 대한 연구는 거의 찾아 볼 수 없다. 의병가사에 대해서는 단편적인 논문이 몇 편[3] 나와 있지만 본격적으로 의병문학을 하나의 갈래로 설정하여 체계적으로 논한 바는 없다.[4] 그리고 특히 의병수필, 의병민요, 의병설화 등에 대해서는 연구는 물론 자료 수집도 집중적으로 이루어진 적이 없다.

그 어느 문학 갈래보다도 시대상황이 투철히 반영되어 있고 民族 主體 意識이 명확히 드러나 있는 의병문학 작품을 가능한 한 모두 발굴하여 그 실상과 의의를 밝히고 깊이 있고 체계적인 연구를 해야 할 필요가 있다.

그동안 저자는 각 시대의 의병장을 중심으로 의병항쟁과 관계있는 문학작품들을 관계문헌과 그 활동지 및 유적지의 답사를 통하여 발굴, 조사하고, 이를 바탕으로 하여 의병문학의 전모와 특징, 의병문학에 투영된 사상을 분석하여 의병문학의 국문학사적 위상을 정립시키려고 노력해 왔다.

이글에서는 의병가사와 의병한시를 중심으로 작품의 현황 파악과 작품 분석을 통하여 의병문학의 형성과정 및 민족문학사적 의의를 진단해 보고자 한다.

---

2 梅泉 黃玹과 勉菴 崔益鉉의 한시는 저항시적 관점에서 상당히 많은 논의가 있었다.
3 김용직, "항일저항시 신의관 창의가", 문학사상 5, 1973.
_____, "분통가의 의미와 의식", 한국학보 15, 1979.
정재호, "告兵丁歌辭考", 한국가사문학론, 집문당, 1982.
4 조동일은 한국문학통사4(지식산업사, 1986) "의병투쟁의 체험과 문학"에서 의병의 격문, 일기, 한시, 가사 등에 관하여 검토한 바 있고 이동순도 "한말저항시가의 주제와 유형"(어문론총 13·14)에서 개괄적으로 살핀 바 있다.

## 1. 의병문학의 형성

한말의 의병은 1895년부터 1915년까지 약 20여 년 동안 전국 방방곡곡에 걸쳐 치열하게 전개되었다. 초기 의병은 이른바 乙未義兵으로 1895년 10월의 명성황후 민비 시해사건과 11월의 단발령 강행이 직접적인 원인이 되어 일어났다. 1894년 8월에 이미 공주의 유생 徐相轍은 유림의 고장인 안동에 가서 의병을 모아 청풍 등 충북지방으로 북상하다가 광주의 곤지암 전투에서 패전하여 해산한 바 있고 9월에는 평안도 祥原에서 의병을 모아 장수 산성을 점령하고 싸운 바가 있으나[5] 실질적인 의병봉기는 1895년 10월 11일 文錫鳳이 보은에서 起義한 것이 시초가 되어[6] 경기도에서는 閔承天, 朴準泳, 金河洛이 중심이 되어 활약하였고 충청도에서는 金福漢, 李偰, 安炳瓚 등이 홍주에서, 柳麟錫, 金百先 등이 제천에서 궐기하여 큰 성과를 거두었고 경상도 문경에서 李康秊, 선산에서 許蔿, 상주에서 徐相說이, 안동에서 權世淵, 金道和가, 진주에서 盧應奎가 봉기하였고 강원도 춘천에서 柳重教, 柳弘錫, 李昭應이, 원주에서 安承祐, 강릉, 양양에서 閔龍鎬가, 전라도에서 奇宇萬이 起義하는 등 의병항쟁이 전국으로 확산되어 관군에게 큰 타격을 주었다. 그러나 1896년 아관파천으로 김홍집 내각이 무너짐에 따라 단발령이 철회되고 전국에 선유사를 보내어 의병해산을 권유하자 유인석, 이강년 부대를 제외한 대부분의 의병들은 거의의 명분을 잃고 해산하게 되었다. 의병장들이 해산한 후에도 반봉건적 성향을 띤 민중 의병들은 '東匪' '火賊' '活貧黨' '西學黨' '英學黨' 등의 이름으로 투쟁형태를 전환하여 지속적인 저항 운동을 펼쳤다.[7]

---

5 조동걸, 한말 의병전쟁, 독립기념관 한국독립운동사연구소, 1989, p.26.

6 金海人文錫鳳 聚衆于湖西報恩等地 聲言擧義討賊 隣邑儒生 皆巾袍赴人 未幾見獲于公州府(黃玹, 梅泉野錄)

7 황현, 앞의 책, 권2, 建陽 元年 丙申條 및 권3, 光武 3년 己亥條 참조.

중기 의병은 1905~06년에 재기된 이른바 乙巳義兵으로서 일제에 의하여 강제로 체결된 을사보호조약이 직접적인 계기가 되어 일어났다. 1905년 9월에 元容八과 鄭雲慶이 일제의 수탈과 고문정치에 반발하여 봉기하였고 11월에 강제조약이 체결되자 호서지방으로부터 시작된 의병은 전국적으로 요원의 불길처럼 타올랐다. 민종식은 정산에서 기의하여 홍주를 점령하는 등 위세를 떨쳤으며 당시 유림의 거봉인 최익현이 전라도 태인에서 봉기하여 순창 등지를 점령하는 등 세력을 떨쳤으나 진위대의 공격을 받고 "동족끼리 서로 죽이는 일은 차마 못하겠다"하여 林炳瓚 등 13명과 함께 싸우지도 않고 스스로 체포당하여 대마도에 감금되어 순절하였다. 최익현 의병진의 실질적인 전투성과는 미미했으나 전국 의병항쟁에 가장 큰 영향을 미쳤을 뿐 아니라 항일 독립운동에 정신적 지표가 되었다. 한편 영남에서는 시종관 鄭煥直이 고종으로부터 비밀 조서를 받고 그의 아들 鄭鏞基와 함께 山南義陣을 결성하여 영천을 중심으로 크게 활약하였고 평민 의병장인 신돌석은 영해지방을 중심으로 한 경상도 동북부지역에서 신출귀몰한 유격전을 벌여 중기 의병 가운데 가장 훌륭한 전과를 거둔 부대가 되었다.

후기 의병은 1907년 6월 헤이그밀사 사건으로 고종이 강제 퇴위 당하고 7월에 정미 7조약이 억지로 체결되어 8월에 군대 해산이 이루어지자 유림과 농민은 물론 상인, 해산된 관군까지 합세하여 봉기함으로써 전민족적 의병전쟁으로 비화하였다. 특히 해산관군이 의병화되어 의병의 전술이 향상되고 무기가 확충되었을 뿐만 아니라 상반된 입장을 취하였던 의병과 관군이 하나로 뭉쳐져 대일 항쟁의 명분과 전투력이 한층 강화되었던 것이다. 閔肯鎬가 이끄는 원주 진위대가 의병화 된 것이 후기 의병의 도화선이 되어 제천과 문경 지방에서 이강년이 일어났고 역시 영남에서 중기부터 활약해 오던 정환직 부자와 신돌석이, 경기도에서 許蔿가

---

김윤식, 續陰晴史, 권8, 建陽 元年 丙申條 및 光武 元年 丁酉 10月條 참조.

의병을 주도하였다. 1908년 2월에는 강원도의 李麟榮을 창의대장으로 한 13도 연합의병대가 결성되어 서울 탈환작전을 개시했으나 민긍호와 이강년 부대가 일본군과의 전투로 제때 이르지 못했고 창의대장 이인영이 부친상을 당하여 돌아가는 등의 이변이 생겨 성과를 거두지는 못했으나 일제를 크게 당황케 하였다. 호남지방에서는 의병 봉기가 다소 늦었으나 가장 큰 위세를 떨쳤다. 高光洵이 화순에서, 李錫庸이 진안에서, 奇參淵과 全垂鏞이 고창에서 활약하였으며 沈南一과 安圭洪이 장흥과 보성지역에서 유격전을 전개였고 함경도 지방에서는 洪範圖 부대가 산수와 갑산을 중심으로 유격전을 전개하여 큰 성과를 거두었다. 해외의 의병으로는 李範允이 安重根과 함께 연해주에서 의병대를 조직하여 두만강을 건너 국내 진입작전을 펼쳤으며 특히 안중근은 1909년 하얼빈에서 이등박문을 사살함으로써 의병의 기개를 드높이 떨쳤다. 1909년 9월 일본의 남한대토벌작전으로 의병활동은 크게 위축되었으나 1910년 경술국치 후에도 1915년까지 의병항전은 지속되었다. 1913년 9월 임병찬, 이인순, 전용규 등의 주창에 따라 독립의군부를 조직, 전국 8도에 도대표를 두고 우선 전라도에는 군대표까지 선임하였으나 1014년 5월에 발각되어 의병활동은 큰 타격을 받아 무력항쟁의 무대는 만주, 북간도, 연해주로 옮겨져 그곳에서 독립군에 의한 독립전쟁이 전개되었던 것이다.[8]

이상에서 살펴 본 바와 같이 의병은 민족의 위기 때마다 위력을 발휘하여 "국가보다 소중한 민족사"[9]를 연면히 잇게 했으며 민족의 주체성과 자존의식을 한껏 발휘했던 것이다. 그러나 한민족의 일대 자랑거리인 의병항쟁에 관한 기록은 영성하기 짝이 없고 이에 관한 문학작품은 더더욱 적다. 전쟁이라는 절박한 상황에서 관련된 작품을 창작하기란 그리 쉽지 않다는 점과 일제의 가혹한 감시와 강압으로 전승이 어려웠다는 점이 그

---

8 독립운동사 5, 독립군전투자 (상), 독립운동사편찬위원회, 1975, pp.147-161 참조.
9 滄江 金澤榮은 "역사 망하는 것보다 더 슬픈 것이 없고 나라 망하는 것은 그 다음이다 (哀莫大於史亡 國亡次之)"라고 하였다.

큰 원인이 되겠지마는 의병문학에 대한 가치를 일찍이 깨닫지 못하여 발굴과 보존에 소홀한 점도 지적하지 않을 수 없다. 임란 이전은 물론이고 임, 병 양란 때도 설화를 제외하고는 의병문학 작품들이 극히 드문 편이다.

　여기에서 말하는 의병문학이란 의병과 의병활동을 소재나 주제로 다룬 문학작품을 뜻한다. 이러한 의병문학의 범주에 해당하는 문학 유형으로 의병한시, 의병가사, 의병민요, 의병수필, 의병설화를 설정할 수 있다. 의병장들이 주로 유생들이기 때문에 의병한시가 많을 듯하지만 생각만큼 많지 않으며 의병가사와 의병민요의 경우는 의병들의 사기진작과 민중 설득에 매우 긴요하기 때문에 많이 창작되고 향유되었을 것인데도 전해지는 작품은 드물다. 의병수필은 통문, 격문, 효유문, 일기, 열전, 행장 등의 형태로 전하고 있는데 거의 한문으로 되어 있고 의병설화는 유명 의병장을 중심으로 한 인물전설이다.


## 2. 의병가사

　현재 전해지고 있는 의병가사는 모두 19편이다. 이들은 모두 한말 의병 때의 가사들이다. 임, 병 양란 때에도 의병가사가 많이 지어졌을 것이나 전하지 않고 있다. 현전 의병가사 중에서 최초의 작품은 윤희순이 1895년[乙未]에 지은 〈붕어중〉이다. 윤희순은 이외에도 의병가사 8편을 더 지어 모두 9편의 가사를 남겼다. 그리고 유홍석은 〈고병정가사〉를, 정용기는 〈권세가〉를, 민용호는 〈회심가〉를 지었고 전수용과 이석용은 각기 〈통유가〉와 〈격중가〉를 지어 격문으로 대신했다. 우덕순은 〈의거가〉, 신태식은 〈신의관창의가〉, 조애영은 〈山村鄕歌〉 등을 지었다. 한편 기좌창의장군행소의 〈창의가〉도 남아있다. 가사의 창작 연대순에 따라 작자별로 검토해 보기로 한다.

의병가사 9편을 쓴 尹熙順(1860~1935)은 毅堂 柳弘錫의 며느리요 恒齋 柳濟遠의 부인이다. 그는 어려서부터 성품이 명민하고 효순하였으며 16세에 시집간 후에도 조상의 법도를 어기지 아니하고 가내를 화기롭게 하여 향리에서 칭송해 마지않던 현부인이요 여장부였다.[10] 시아버지 외당선생이 종제 의암 유인석과 함께 의병항쟁에 나서자 산위에 단을 만들고 전쟁에 나간 시아버지가 이기게 해달라고 정성을 다해 빌었을 뿐아니라 왜장들에게 〈외놈더중보거릭〉 〈오룡키들릭 경고흔득〉는 격문을 보내어 민비 시해의 죄를 크게 꾸짖고 하루속히 물러나라고 엄중 경고하였으며 부왜한 병정들에게는 〈외놈압즈비들으〉 〈금수들으 바더보거릭〉라는 글을 보내어 "자식이 있다면 무슨 낯으로 대하며 후대에 자식들이 무슨 낯으로 이 나라에서 산단 말이냐"고 질책하면서 지은 죄를 뉘우치고 애국자가 되라고 신신 당부하였다.[11]

윤희순은 1895년[乙未] 12월 19일[12]에 청년들에게 의병에 참가하기를 강력히 권유하는 〈붕어중〉이라는 가사를 지었다.

| 국도이서 | 천지ᄀ | 무너지는뜻 | 의병을ᄒ는딩 |
| ᄀ믄이 | 보고믄 | 잇슬쏜야 | |
| ᄂ도ᄂᄀ | 으병을ᄒ여 | ᄂᄅ찾고 | 분을푸식 |
| ᄒ번 | 죽더리도 | 떳떳ᄒ기 | 주거보식 |
| 조선으기 | 청연들으 | 뿔리ᄂ와 | 으병ᄒ여보식 |
| 온ᄂ닉도 | ᄂ와 | 으병을 | 도우는딩 |
| ᄒ물며 | 우리 | 청연들리 | ᄂᄅ를 일코 |
| ᄀ믄니 | 잇슬손야 | 너도ᄂᄀ고 | ᄂ도ᄂᄀᄌ |

---

10 박한설 편, 毅堂先生三世錄, 尹氏實錄, 行狀(吳浣根 撰), 1983.

11 〈외놈더중보거릭〉는 글은 1895년에 지은 것이고 그 외 3편의 글은 1896년에 지은 것이다.

12 가사 끝에 "을미년 십이월 십구일 윤희순"이라고 창작일이 분명히 명시되어 있는데 엄격히 따진다면 乙未年 12월 19일은 양력으로는 실제 1896년 정월쯤이 될 것이다.

느른읍시    술수인느    죽더리도    느ᄀ보식[13]

　30행으로 된 이 가사는 일반 가사작품들과는 달리 하고 싶은 말로 직
핍하여 구어체로 설유하듯이 간곡히 토로함으로써 큰 감동을 일으키고
있다. 이 앞부분에서는 왜놈들이 강성하여 민비를 살해하고 안사람을 농
락하는 등 행패가 심하여 살수 없을 뿐 아니라 짐승같은 왜놈들을 받들
고 살 수 없으니 눈치보지 말고 의병하여 왜놈을 몰아내자고 하였다.
　〈온스롬 ᄋ병ᄀ〉와 〈익돌픈 노릭〉도 1985년에 지어진 같다. 윤희순
의 가사는 외당선생삼세록 중 유씨실록에 대개 창작연대 순서로 필사되
어 전하는데 〈붕어중〉 바로 앞에 이 두 가사가 실려 있기 때문이다. 〈안
스롬 ᄋ병ᄀ〉에서는 남녀가 유별하다고 하더라도 나라 없으면 소용이
없고 여자들도 뭉치면 왜병 잡기가 쉬우므로 의병에 참가하자고 호소하
고 〈익돌픈 노릭〉에서는 관군들이 왜놈의 앞잡이가 되어 의병과 싸우는
한심한 상황을 개탄하였다.

익돌도ᄃ    ᄋ돌도ᄃ    형지ᄀ의    ᄊ움이요
부자ᄀ의    ᄊ움이요    이런일이    어딕인느
우리조선    빅셩들이    이러ᄄ이    어두운ᄀ
제인군을    버리고서    눔익인군    섬길손야
우리조선    버리고서    눔익느ᄅ    섬길손야[14]

　싸울 대상을 모르고 의병을 공격하는 관군들은 마치 자기 처를 버리고
서 남의 처를 사랑하는 것과 다름이 없다고 하면서 "분훈ᄆ음 볼수읍써
닉ᄀ슴을 두드리니 닉ᄀ슴ᄆ 앞플소ᄅ"고 애통해 하였다. 1906년[丙申]

---

**13** 박한설, 앞의 책, p.258.
**14** 박한설, 앞의 책, p.257.

봄에 지은 〈병정노리〉도 관군들이 왜놈편이 되어 싸우는 것을 꾸짖고 있다. 병정들에게는 오랑캐를 잡자고 했더니 내 사람을 잡게 되었다고 한탄하고 죽더라도 서러워하지 마라고 경고하였고 왜병들에게는 죽어서라도 복수를 하겠다는 결연한 의지를 천명하였다.

| 오롱키를 | 줍즈후니 | 니스룸을 | 줍키군나 |
| 즉더리도 | 서러워 | 후지므ㄹ | |
| 우리 | 으병들은 | 금수를 | 줍는거시ㄷ |
| 우리 | 으병들은 | 주거서ㄹ도 | 느익기 |
| 복수를 | 훌커시ㄷ[15] | | |

〈으병군ㄱ〉 2편과 〈병정ㄱ〉 〈온스룸 으병ㄱ 노리〉도 이 즈음에 지었다. 〈의병군가〉에서는 나라, 인군, 조상 없이는 살 수 없으므로 왜놈을 잡아 이를 찾자고 하면서 왜병 잡는 의병 만세를 부르짖었다. 〈병정가〉에서는 일본 오랑캐들을 우리 대에 잡지 못하면 후대라도 꼭 잡을 것이라는 강렬한 의지를 보이면서 원수같은 왜놈들을 잡아 살과 뼈를 갈아 조상의 분을 풀자고 호소하였다.

| 우리조선 | 스룸들은 | 느이들을 | 살여보니 | 주디오고 |
| 분을 푸러 | 보니리라 | | | |
| 느이놈들 | 오랑키야 | 너주글줄 | 모루고서 | 왜완느냐 |
| 느익들을 | 우리디이 | 못즈부면 | 후디이도 | 못즈부랴 |
| 원수갓튼 | 외놈들으 | 느익놈들 | 즈버ㄷㄱ | |
| 술를갈고 | 뼈를ㄱ러 | 조숭님끠 | 분을푸시[16] | |

---

15 박한설, 앞의 책, p.261.
16 박한설, 앞의 책, p.264.

또한 〈안사람 의병가 노래〉에서는 안사람들은 의병들이 돌아오면 의복, 버선 손질하고 따뜻이 위로하는 등 뒷바라지를 열심히 하자고 노래하였다. 위의 네 작품은 5~9행으로 짧으면서 〈의병군가〉의 한곳을 제외하고는 모두 1음보가 4음절로 맞춰져 있는데 이는 군가로 노래 부르기 쉽게 하기 위함이었다. 그러나 가사의 4음보격 율격을 벗어난 곳이 더러 있으며 오기도 간혹 있다.

윤희순은 한일합방이 이루어지자 시아버지 유인석과 함께 전가족이 만주로 이주하여 그 곳에서도 의병활동을 전개하던 중, 1913년에 유인석이 별세하고 2년 후에 남편마저 세상을 떠났으니 그 슬픔과 외로움은 극에 달하였다. 그 후에도 가난과 일제의 탄압 속에서도 아들 돈상은 독립군에 들어가 활동하였고 자신은 〈의병가〉와 〈안사람 의병가〉를 요동의 동포들에게 보내어 애국의 의기를 격려하고 독립정신을 고취하였다. 그는 1923년 〈신시탄령〉을 지어 만리 타국에서 독립운동을 벌이는 의병들의 고초, 조국의 독립을 희구하는 애절함, 고향을 그리는 애닮은 심정을 꾸밈없이 서술하였다.

<br>

| | | | |
|---|---|---|---|
| 익둘도둑 | 익둘도둑 | 우리으병 | 익둘도둑 |
| 이역말리 | 찬브롬의 | 발작므둑 | 어름이요 |
| 발끗므둑 | 빅서리르 | 눈솝므둑 | 어름이르 |
| 수염므둑 | 고두르미 | 눈동즈는 | 별빗치르[17] |

<br>

다른 8편의 가사는 주로 질책, 회유, 호소 등의 서술방법을 취하고 있기 때문에 다소 생경한 감이 있는 데 비해 이 〈신시탄령〉은 체험에서 우러난 심회를 솔직하게 읊었기 때문에 깊은 감명을 주고 있다.

毅堂 柳弘錫(1841~1913)은 의암 유인석의 종형이며 윤희순의 시아버

---

17 박한설, 앞의 책, p.273.

지다. 55세 때인 을미의병에 유인석과 함께 기의하여 마음을 다하여 군무를 모두 주재하였는데 충청도와 황해도 곡산, 평안도 영변, 초산 등지에서 항쟁하였다. 1896년 봄에 관군들이 왜병을 도와 오히려 의병을 공격하므로 〈告兵丁歌辭〉를 지어 준엄하게 꾸짖었다. 이 가사는 210행이나 되는 장편으로서 24개 항목으로 구성되어 있다. 먼저 충효의 중요성을 전제하고 짐승같은 왜놈들이 우리나라를 침략하는 데도 조정에서는 왜만 추종하고 있어 의병이 일어나는 것은 천의라는 점과 병정들이 실정을 잘 모르고 오히려 의병을 치니 애닯다고 지적하고 미혹에서 깨어나라고 호소하고 있다.

| 너희는 | 何心事로 | 一國의서 | 각각논화 |
| 스람을 | 져브리고 | 禽獸와 | 和同ᄒ며 |
| 類類相從 | 아니ᄒ고 | 愛黨할쥴 | 모르논가 |
| 포군언 | 엇지ᄒ여 | 義氣예 | 용밍잇고 |
| 너희논 | 무삼일노 | 不義랄 | ᄒ랴논냐 |
| 익닮도다 | 익닮도다 | 愚迷홈이 | 익닮도다[18] |

끝으로 "거의改悔 홀연이와 設使不聽 할지라도 그졔논 할슈없다 自速罪戾 어이하랴 甲兵을 가다듬어 一時陷沒 할이로다"하여 끝내 깨닫지 못하면 쓸어 없애겠다는 단호한 의지를 천명하고 있다. 曉諭의 말을 여러 가지 측면에서 거듭함으로써 긴요성과 절박감이 잘 드러나 있으며 당시 의병들이 가졌던 현실인식의 실상을 적나라하게 보여주고 있다.

〈回心歌〉는 閔龍鎬(1865~1922)가 1896년 4월에 지은 가사이다. 그는 위정척사론자인 蘆沙 奇正鎭의 문인인 족숙 閔致亮에게 수학하고 훗날 화서 이항로의 문인인 朴文五에게도 사사하여 노사, 화서 양학파에

---

18 정재호, 앞의 책, p.224.

접맥되는 인물로서 강릉을 중심으로 한 관동창의군 의병대장이 되어 강원도와 함경도 일대에서 명성을 떨쳤다. 1896년 8월에 북상 도중, 함흥 지경을 지날 때 많은 주민들이 나와 일행을 환영해 주는 것을 보고 감읍하여 〈회심가〉를 지었다.[19] 140여행을 지었다고 했으나 현재 127행만 전하고 있는 이 가사는, 우리나라가 예로부터 문물과 예교가 빼어나 소중화를 이루고 있었는데 원수같은 왜놈들이 임란 때의 수치를 잊고서 다시 침략해서 개화라는 명목 하에 저지른 만행을 대화 수법을 통하여 여러 모로 지적하고서 이 때문에 의병을 일으켰으니 마음을 고쳐 충의를 다하자고 당부하고 있다.

| 얼인妻子 | 빈고푸고 | 늘근父母 | 봉양하기 |
|---|---|---|---|
| 죽도사도 | 못하여서 | 兵丁의 | 일음걸어 |
| 國料를 | 먹어더니 | 萬古의 | 져倭놈 |
| 울이멀이 | 깟길소냐 | 外貌은 | 變할진정 |
| 中心조차 | 變할소냐 | 쫄쫄이꼴 | 아무기는 |
| 竹馬故友 | 알아떠니 | 이늬멀이 | 깟긴후에 |
| 路上에 | 잠간만니 | 數語하고 | 얼능가니 |
| 눈치야 | 몰을소냐 | 變形도 | 왼통커든 |
| 친구조차 | 일얼소냐 | 英雄烈士 | 오넌날에 |
| 늬의丹衷 | 暴白하지[20] | | |

이는 당시 단발령이 내려져 머리 깎이는 것을 모두들 큰 수치로 여겼는데 왜병의 앞잡이가 된 병정에게 "자네 어른은 국사에 충신인데 어찌 머리를 깍게 되었느냐"고 힐문하자 병정이 호구지책으로 단발은 하였으

---

19 余入客舍 見周豊漢沛之楣 自然感懷下淚 乃作回心歌一百四十餘行 揭於四門(閔龍鎬, 關東倡義錄, 國史編纂委員會, 1984.)
20 민용호, 위의 책, p.74.

나 친구로부터도 멸시를 당하는 모욕을 당하게 되는 등 마음의 갈등을 토로한 대목이다. 이와 같이 喬木世臣, 豪傑男子, 居鄕士夫, 樵童牧豎, 兵丁 등 제3자의 입을 통하여 일제의 행패를 폭로하는 수법을 취함으로써 민중들을 더욱 감동시켰다.[21]

산남의진 창의대장 鄭鏞基(1862~1907)는 어릴 때부터 성격이 활달하고 의협심이 강하여 대흉년을 맞아 기아에 허덕이던 고아들을 구호하기도 했고 양반에 억압받는 상민들을 돕기도 했는데[22] 고종의 밀지를 받은 부 정환직의 명을 받아 1906년 정월에 영천으로 가 지우들과 거의 계획을 세우고 〈권세가〉를 지어 각지로 보내어 의병에 참여할 것을 권유하였다. 서두에 "세상만사 다버리고 출사표를 노래하고"라 하여 결연한 의지를 드러내면서 충효와 예지가 충만한 우리나라가 오적들의 역적행위로 말미암아 나라가 망하게 되었음을 개탄하고서 망국역적을 치죄하고 문명제국을 회복하고자 창의소를 배설하였다고 하였다. 특히 역대 충신과 임, 병란 시의 의병장들로 의병대를 조직하여 통감부를 파쇄하고 역적을 도육하니 임금과 백성들이 대희한다고 하여 가상적 기법으로 창의 목적을 보여주고 있는 점이 특이하다. 이 대목의 일부 앞부분을 보면 다음과 같다.

| 충분있는 | 사람으로 | 창의소를 | 배설하니 |
|---|---|---|---|
| 어느사람 | 모였는고 | 충신열사 | 뿐이로다 |
| 민계정의 | 혈죽끝에 | 대한국기 | 높이달고 |
| 최면암의 | 금석필로 | 창의통문 | 지어내어 |
| 만국에 | 통고보내고 | 천고충혼 | 초청하니 |
| 정포은은 | 대장이요 | 목은야은 | 참모되고 |

---

21 이 가사 바로 다음에 "이 가사를 읽은 사람들은 모두 눈물을 흘렸다(觀者無不灑淚)"고 씌어져 있다.
22 한국언론사, 山南義陣遺史, 문협출판사, 1970, pp.184-185.

| 사육신은 | 종사이오 | 삼학사는 | 집사로다 |
| 도원수는 | 권합이요 | 도원수는 | 곽망우라[23] |

이에서 그치지 않고 이들 충의지사를 거느리고 왜국을 쳐서 일본놈의 주구들을 잡아죽여 만민의분을 풀고 민족의 정의를 세계에 자랑하겠다고 하였다. 발상이 기발한 만큼 맺힌 울분이 깊고 설욕의 기개가 높음을 보여주고 있다. 정용기는 이 가사 외에도 〈國債報償斷煙會義捐金勸告歌〉를 지어 나라가 없어지면 가정도 없어진다고 하여 국채보상운동에 동참하기를 호소하였으며 〈혈죽가사〉를 지어 민영환의 순절을 애도하였다.

호남지방 후기 의병의 대표적인 인물의 하나인 李錫庸(1878~1914)은 잔반의 후예로서 일찍이 구국항전의 유적지를 유람하면서 민족의식을 굳히고 명유지사들을 탐방하여 위정척사 정신을 견지하게 되어 1907년 8월 집을 떠나 의병을 일으켰다.[24] 이때 그는 〈檄衆歌〉를 지어 대의를 표방하고 의병항쟁을 고취하였다.

| 冤讐놈이 | 倭놈이요 | 冤讐놈이 | 奸臣이라 | |
| 三千里 | 우리江山 | 五百年 | 우리宗祀 | 엇지할가 |
| 아마도 | 義兵을 | 이러내켜 | 倭놈을 | 쏘차내고 |
| 奸臣을 | 打殺하야 | 우리수上 | 奉安하고 | |
| 우리百姓 | 保全하여 | 三角山이 | 숫돌되고 | |
| 漢江水가 | 씌되도록 | 질기고 | 노라보새[25] | |

23 한국언론사, 앞의 책, p.239.
24 윤병석, 항일 의병장 열전, 독립기념관 한국독립운동사연구소, 1991, pp.292-295 참조.
25 이석용, 정재 이석용 창의일록, 국사편찬위원회 편, 독립운동사자료집 2, p.895.
   다음부터 국사편찬위원회 편 독립운동사자료집은 [자료집]이라 약칭한다.

왜놈을 몰아내고 간신을 타살하여 황제 받들고 백성 보전하자는 말과 이 앞 대목에서 "원수놈이 왜놈이요 원수놈이 간신이라"는 표현에서 당시인의 시대인식을 엿볼 수 있다.

海山 全垂鏞(1878~1910)은 영광, 함평을 주심으로 의병활동을 벌인 걸출한 의병대장으로 대동창의단을 이끌면서 1909년 정월에 〈통유가〉를 지어 왜놈의 앞잡이들인 일진회원들과 헌병, 보조원들을 曉諭하였다. 세계를 유람하고 돌아와 보니 소중화이 문명지국이 왜놈들에 의하여 짐승의 나라가 되었다고 한탄하고 이적 중에서도 왜국은 군신부자를 모르는 난적이고 더욱 부왜하는 일진회원과 순사 보조원들이 우리 민족을 멸한다고 날카롭게 지적하고 있다. 그리고 폴란드, 이집트, 월남의 망국을 교훈삼아 깨달으라고 호소하였다.

| 그厚料을 | 바다다가 | 妻子먹겨 | 무엇할랴 |
| 幡然悔悟 | 어렵잔타 | 제銃들고 | 제칼가져 |
| 눈도업고 | 발업는놈 | 倒戈殲滅 | 反掌事라 |
| 스라셔난 | 孝子忠臣 | 죽어셔난 | 義鬼로다 |
| 느의禍福 | 너알라셔 | 오리執迷 | 마라셔라[26] |

폭도편책에 1907년 10월 13일 기좌창의장군행소의 이름으로 내놓은 일문으로 된 〈창의가〉가 있다.[27] 경상도 일대에 널리 유포되어 있었다는 이 가사는 모두 35행으로 되어 있는데 국문으로 재번역한 것을 보면 "대한천지 우리나라 성자신손 계승하여"로 시작하여 우리나라가 충효를 근간으로 문명치세를 이루어 왔다고 문화적 우월심과 자존심을 과시한 후, 대한광무 갑오년에 왜적이 침범하여 개화를 시작하니 인심이 산란하고

---

**26** 전수용, 전해산 진중일기, [자료집 2], p.865.
**27** 박성수, 독립운동사연구, 창작과비평사, 1980, p.78.
조동일, 한국문학통사 4, 지식산업사, 1986, p.183.

수많은 親日會들이 일어나 亂國難民하니 팔도에 의병이 일어나게 되었다고 의병봉기의 동기를 밝히고 있다. 그리고 난신적자의 목을 자르고 왜적을 퇴송하여 안민보국 하기 위해서 모두 의병에 나서야 하고 친일무리들은 하루속히 창의소로 돌아올 것을 간절히 외치고 있다.

| | | | |
|---|---|---|---|
| 대소인민 | 막론하고 | 동심동력 | 일어나면 |
| 의병두자 | 높은이름 | 천하에 | 내놔보라 |
| 조야가 | 일심하면 | 무엇인들 | 못할손가 |
| 돌아오라 | 돌아오라 | 창의소로 | 돌이오라 |
| 만일만일 | 오지않고 | 왜적에 | 종사하여 |
| 불행히도 | 죽게되면 | 황천에 | 돌아가서 |
| 무슨면목 | 가지고서 | 선황선조 | 뵈올소냐[28] |

끝으로 집에 있는 사람들도 화포, 화승 제조하여 의병을 후원하고 반심을 가지지 말고 의병진을 접대하라고 간곡히 부탁하고 있다.

제천출신 독립운동가인 禹德淳(1876~?)은 1909년 10월 안중근과 함께 이등박문 암살을 결의할 때 참여하겠다는 응답으로 〈義擧歌〉를 지었다. 이등박문을 만나기 위해 수륙만리를 천신만고 달려 와서 우리민족을 멸망시킨 원수를 암살코자 하는 비장한 각오를 말하고 왜놈들을 하나 둘씩 보는 대로 모조리 처단하겠다는 결연함을 보이고 있다.

| | | | |
|---|---|---|---|
| 至今네命 | 끊어지니 | 너도冤痛 | 하리로다 |
| 甲午獨立 | 시켜놓고 | 乙巳締約 | 한然後에 |
| 오늘네가 | 北向할줄 | 나도亦是 | 몰랐도다 |
| 德딱으면 | 德이오고 | 罪犯하면 | 罪가온다 |

---

28 윤병석, 의병과 독립군, 세종 대왕 기념 사업회, 1977, p.40.

네뿐인쭐   아지마라   너의同胞   五天萬을

오늘붓터   始作하여   하나둘식   보난대로

내손으로   죽이리라[29]


지금까지 살펴 본 의병가사들은 대개 의병운동의 당위성, 동참 권유, 관군을 비롯한 왜병의 앞잡이들에 대한 경고와 회유 등을 격문이나 연설조 읊은 것인데 비해 문경출신 의병장 申泰植(1864~1932)의 〈申議官倡義歌〉는 의병투쟁의 체험을 생생히 그린 가사이다. 그는 부유한 집안에서 태어나 각지로 다니며 풍류도 즐기면서 中樞院議官을 지내다가 1896년경부터 항일투쟁을 벌였다. 1907년 정미의병 때에 본격적으로 의병투쟁에 임하다가 1912년 총상으로 포로가 되어 사형을 선고받았다가 감형되어 10년간 옥고를 치르고 1919년에 자유의 몸이 되었다. 그 후로도 의용단 사건에 가담하여 투옥되기도 했고 임시정부를 위한 군자금 모금운동에 나서기도 하였다.[30]

〈신의관창의가〉는 1920년에 3년간의 의병투쟁과 10년간의 옥살이를 치르면서 겪었던 사실과 느낀 감회를 읊은 것으로 4음보 1행으로 총 628행이나 되는 장편가사이다. 서두 부분에서는 조선조 오백년이 인의예지와 삼강오륜으로 덕화가 잘 이루어졌음을 지적하고 이어서 오적의 농간으로 을사조약이 맺어져 국가가 어지러워지고 백성들이 편안치 못하게 되어 의병에 참가하게 되었다고 동기를 밝혔다. 문경 갈평의 장터에서 첫 접전을 벌인 후, 영월, 단양, 강릉, 충주, 울진, 제천, 양양, 안변, 횡성, 화천, 포천 등 중부 전역을 누비면서 항전을 벌인 과정을 실감나게 사실적으로 묘사하고 있으며 영평 싸움에서 적의 기습을 받아 다리에 총상을 입고 부하들에게 너희들은 살아가 내 시체를 찾다 양지바른 곳에 묻어

---

29 송상도, 騎驢隨筆, 國史編纂委員會, 1971, p.155.
30 정휘창, 〈신의관창의가〉, 〈강산편답가〉 pp.56-60 해설 참조.
　김용직, 한국현대시연구, 부록, 抗日抵抗詩 申議官倡義歌, pp.390-432 참조.

달라면서 죽는 사정보지 말고 날 버리고 빨리 가라고 호령하는 대목에서는 의병장으로서의 죽음을 초월한 기개와 전쟁터의 살벌함과 위기감을 실감케 한다.

나는이미 　죽더레도 　너의덜은 　사라가서
적병튀진 　하거덜랑 　내신체 　차자다가
네손어로 　염섭허여 　향양지지 　무더놋코
내집어로 　기별허여 　혼귀고토 　씨겨다고
죽난사정 　보지말고 　날바리고 　밧비가라[31]

그 다음에 포로가 되었을 때의 분하고 처참한 심경, 재판을 받을 때의 울분, 당시의 충신열사들을 기리고 난신적자들을 증오하면서 보내는 옥중 생활, 석방후의 감회 등을 술회하고 있다. 이 〈신의관창의가〉는 한말 의병투쟁의 객관적이고 사실적인 생생한 사료로서의 가치가 지대할 뿐 아니라 의병문학으로서도 전형을 이루고 있다고 할 수 있다.

조지훈의 숙모 隱村 趙愛泳은 많은 가사작품을 지어 1971년에 회갑기념으로 隱村內房歌辭集을 편찬한 바 있다. 그 중에 실린 〈산촌향가〉는 그의 조부가 일월산 아래 주실에서 의병대장으로 활약했으나 민씨들이 집권한 후로 도리어 반역자로 몰려 종조부가 대신 귀양을 가게 되었고 합방이 되자 실망한 조부는 단식투쟁으로 돌아가게 된 슬픈 사연을 그가 15세 때인 1925년에 술회한 것이다.

주실동리 　모인의병 　초지불변 　용전이라
마루밑에 　흙을긁어 　화약탄약 　다맨들고
수은비상 　유황봉지 　묻어놓고 　격전할때

---

31 독립기념관 한국독립운동사연구소, 한말의병자료집, pp.369-370.

| | | | |
|---|---|---|---|
| 멋모르고 | 오는의병 | 주실와서 | 몰살이요 |
| 동구숲에 | 흩인시체 | 머리없는 | 적군이라[32] |

－〈산촌향가〉 일부

　가족의 슬픈 역사를 어릴 때 직접 체험했거나 주위로부터 듣고 서술한 것이겠으나 전투의 모습이 너무나 실감나게 그려져 있고 한말 당시의 혼돈상이 잘 반영되어 있다. 조애영은 또 다른 가사에서 왜병들의 잔혹함을 다음과 같이 읊었다.

| | | | |
|---|---|---|---|
| 총끝에는 | 칼을꽂아 | 번개처럼 | 번쩍이며 |
| 의병들이 | 숨었는가 | 샅샅이도 | 뒤지는데 |
| 누구든지 | 붙잡히면 | 꽁꽁묶어 | 끌고가서 |
| 무궁화와 | 대추남에 | 상하없이 | 묶어놓고 |
| 독립군의 | 행방대라 | 장작불을 | 부쳤으니 |
| 됴규섯씨 | 아저씨가 | 혼절하고 | 말았고야 |
| 나라잃은 | 슬픔일세 | 갑인왜란 | 애통하다 |
| 야수광란 | 왜병앞에 | 청년의병 | 가시는가[33] |

　이는 조애영이 왜병들의 공격을 받은 자기 고향 주곡동의 1914년의 참상을 술회한 것으로 의병들에 대한 철저한 수색과 고문의 잔혹함을 여실히 보여 주고 있다.

　가사는 자기주장을 펴고 교훈을 주는데 가장 적합한 교술문학이고 의병장들은 대개 양반 유림이지만 의병들은 농민을 비롯한 민중들이므로 한문보다는 쉬운 가사를 통하여 의병을 모집하거나 왜병과 그 앞잡이들

---

32 조애영, 隱村內房歌辭集, 금강출판사, 1971, p.62.
33 조동걸, 한말 의병전쟁, p.201.

을 효유하는 것이 효과적일 수 있다. 그래서 의병전쟁 당시나 그 이후에
도 많은 의병가사가 지어져 널리 유포되었을 것으로 생각되나 이상에서
살펴 본 바와 같이 타른 문학 갈래에 비해서는 다소 많다고 하겠으나
예상보다는 빈약하기 그지없다. 악랄한 일제의 감시아래 창작도 쉽지 않
았을 것이고 유포하거나 전승하기도 매우 어려웠을 것이며 또한 일찍이
이 방면에 관심을 가지지 못하여 발굴과 조사가 소홀했기 때문에 거개가
산일되거나 유실된 것 같다.


## 3. 의병한시

의병한시는 주로 의병부대를 조직하고 전투를 지휘한 의병장들에 의
해 지어졌다. 대부분 한시 창작의 소양을 갖추고 있는 의병장들은 자신
들이 직접 체험한 격동기적 역사현실을 한시를 통하여 반영하였던 것이
다. 의병장들은 대개 지방의 유림처사이거나 낙향한 관료 출신으로서 그
들은 일관되게 외세를 배격하고 매국적 개화관료를 처단할 것을 주장하
여 왔는데 을미사변이 일어나고 단발령이 공포되자 일본침략세력의 구
축과 국권수호의 기치를 내걸고 의병전쟁을 일으켰다.

의병의 지도자들은 대개가 지방의 유생들이었기 때문에 의병부대의
조직에는 화서학통의 유인석과 최익현 및 그 문도의 모임과 같이 학통적
성격이 강하고 또 친족, 문중과 서원, 향약조직 등을 그 기반으로 함으로
써 향토적 성격을 띠게 마련이었다.[34] 그래서 유인석의 堤川義陣, 이강년
의 聞慶義陣, 허위의 金山義陣, 김도현의 英陽義陣, 김복한의 洪州義陣,
정환직의 山南義陣, 신돌석의 寧海義陣 등과 같이 특정 지역을 중심 기
지로 하여 의병전투가 전개되었으며 의병의 지도자들은 친족관계로 연

---

34 조동걸, 한국민족주의의 성립과 독립운동사 연구, 지식산업사, pp.28-32 참조.

결되는 경우도 많았다. 그 결과 의병한시도 이러한 학통 및 지역성과의 연관성을 보여주고 있다. 여기서는 학통과 향토성을 바탕으로 한 전투의 진 중심으로 대표적인 의병한시를 살펴보기로 한다.

을미의병의 중심인물은 義菴 柳麟錫(1842~1915)이다. 그는 화서 이항로의 문하에서 배운 철저한 위정척사론자로서 생애를 마칠 때까지 무력을 통한 항일투쟁을 주장하고 몸소 실천하였다.

| | |
|---|---|
| 竭心盡力惟吾爾 | 마음과 힘 다하는 것만이 우리의 도리이니 |
| 利刃鈍兵且次之 | 무기가 예리하고 둔한 것은 그 다음 일이라 |
| 只患淺深誠未到 | 다만 정성이 이르지 못할가 근심일 뿐 |
| 莫云强弱勢難爲 | 세력의 강약으로 어렵다 하지 말라 |
| 有名禮義朝鮮國 | 예의로 이름난 우리 조선나라요 |
| 徒尙欺邪海島夷 | 속임수만 일삼는 바다 섬 오랑캐라 |
| 傾否虧盈天可待 | 기울고 서며 비고 차는 것이 하늘에 달렸다 해도 |
| 克修人事念言妶[35] | 저마다 사람이 할 일 힘써야 하느니라 |

이 시는 의병의 투쟁 자세에 대해 읊은 것이다. 마음과 정성을 다하는 것이 중요할 뿐 병기의 상태나 세력의 강약은 그 다음 문제이며 예의의 나라 조선이 섬 오랑캐의 침략에 맞서 싸우는 것은 승패의 문제를 떠나서 사람이 마땅히 해야 할 도리라고 주장함으로써 위정척사의 명분론에 입각하여 일본 침략세력에 대한 투쟁의식을 고취하고 있다. 유인석은 이밖에 〈洋砲〉〈詠五七賊〉〈悼倭奴合邦時死節諸公〉〈憂國〉 등의 많은 애국적 작품을 지어 우국충정의 감회와 침략자에 대한 적개심, 매국노에 대한 분노의 감정 그리고 의리를 지켜 순절한 인물들에 대한 추모의 정을 토로함으로써 무력 항쟁과 아울러 한시창작을 통해서도 애국심과 외

---

35 유인석, 毅庵集 상권, 景仁文化社, 1973, p.35.

세에 대한 투쟁의식을 진작시켰다.

雲岡 李康秊(1858~1908)은 을미의병 때 문경에서 기병하여 안동 관찰사의 목을 베는 등 기세를 올렸고 을사조약 후, 단양에서 다시 기병하여 "병신년 이래 13년, 두 번 의로운 깃발을 세워서 피를 뿌려 적을 쳐 큰 싸움 30여 회에 적의 머리 100여를 베었던"[36] 대표적 의병장이다. 적탄에 다리를 맞아 체포되면서 전사하지 못하고 적에게 욕을 당하는 통분의 심사를 토로하고[37] 제천에서 서울로 호송되어 다음과 같은 臨絶詩를 남기고 순절하였다.

| | |
|---|---|
| 五十年來判死心 | 오십 평생을 목숨 던져 싸워 온 이 마음 |
| 臨難豈有苟求心 | 죽음에 임하여 구차히 살려는 마음 있으리 |
| 盟師再出終難復 | 맹세하고 다시 나섰지만 끝끝내 못 찾은 나라 |
| 地下猶餘冒劍心[38] | 지하에서도 남아 있을 칼날 같은 이 마음 |

나라위해 죽을 작정으로 싸워 왔으니 구차하게 죽음을 모면할 마음은 없지만 다만 국권을 수호하겠다고 맹세하고 두 번씩 떨쳐나섰으나 끝내 나라를 되찾지 못했으니 저승에서라도 나라 찾을 마음을 버리지 않으리라는 서슬 퍼런 결의가 나타나 있다. 더욱이 압운구에 모두 '心' 자를 놓아 칼날 같은 마음이 응결되어 있다. 이처럼 한말에 활약한 의병장들은 거의 모두 순절하면서 나라에 대한 걱정과 뜻을 이루지 못한 안타까움 그리고 왜적에 대한 적개심과 칼날같이 매서운 선비의 절의를 담은 임절시를 남겼으니 유인석, 이강년, 허위 등과 같이 항일투쟁을 전개한 李麟榮(1867~1909)과 李殷瓚(1878~1909)도 각각 임절시를 남겼다[39]

---

36 박정수, 雲崗先生倡義日錄, [자료집 1] p.725.
37 丸子太無情 踝傷足不行 若中心腹裏 毋辱到瑤京(朴貞洙, 앞의 책.)
38 송상도, 騎驢隨筆, 국사편찬위원회, 探求堂, 1971, p.125.
39 分明日月懸中州 四海風潮濫 流 蚌鷸緣何相持久 西洲應無漁人收(宋相燾, 앞의 책.)

| 湖南三月李花飛 | 호남 삼월달에 오얏꽃 날리는데 |
| 報國書生解鐵衣 | 보국하려는 서생 갑옷을 벗는다 |
| 山鳥何知時事急 | 산새는 어찌하여 근래 일 위급한 줄 모르고 |
| 終宵喚我不如歸[40] | 밤새도록 나를 불러 돌아가라 하는고. |

이는 旺山 許蔿(1855~1908)가 을미의병 때 김천에서 李殷贊 등과 같이 기병하였다가 진천에서 임금의 칙명을 받들어 부대를 해산하고서 애통한 마음을 토로한 작품이다. 유생 출신인 허위는 왕명을 거역할 수 없어 휘하 장병을 타일러서 해산시켰으나 사태의 심각성을 깨닫지 못하고 국권을 지키지도 못하면서 오히려 나라 위해 일어선 백성을 해산시키는 처사에 대한 안타까움과 통분의 심정을 이와 같이 나타낸 것이다. 그는 정미의병 때 다시 의병을 일으켜서 13도창의연합진을 주도하여 서울로 진격 동대문 밖 30리 지점까지 쳐들어가는 등 맹활약을 하였다. 이 시기에 지은 〈拔病齒有感〉에서는 일본놈 살을 씹어 삼킬 마음으로 싸워야 원수를 죽여 없앨 수 있다고 하여 왜적에 대한 강한 적개심을 다지고 있는데[41] 허위는 전형적 유학자이며 고위 관직에도 오른 바 있으나 그의 작품에는 늘 무인다운 기개가 넘치는 것이 특징이다. 그의 많은 시문 저작은 유실되고 〈旺山先生文集〉에 우국충정과 기개를 노래한 한시 16수가 있다.

다음은 영남의 의병장들이 남긴 한시를 살펴보기로 한다. 먼저 부자 의병대장으로 유명한 영천 山南義陣의 鄭煥直, 鄭鏞基가 있다. 정환직 (1854~1907)은 영천 출신으로 벼슬하여 임금의 총애를 받았는데 고종의 밀지를 받아 아들 용기에게 지시하여 산남의진을 편성하였다. 정용기가 영일 전투에서 전사하자 정환직은 아들에 이어 2대 산남의진대장이

一枝李樹作爲船 欲濟蒼生泊海邊 未得寸功身先溺 誰算東洋樂萬年(宋相燾, 앞의 책.)

40 許蔿, 國譯許蔿全集 1, 亞細亞文化社, p.318.

41 許蔿, 앞의 책.

되어 청하, 홍해, 신녕, 의흥, 영덕 등지에서 전투를 벌이다가 영덕에서 체포되었다. 64세의 늙은 의병대장 정환직은 영천에서 朝服을 입고 태연히 최후를 마쳤다. 다음은 정환직의 절명시이다.

身亡心不變　몸이 죽다한들 마음이야 변할소냐
義重死猶輕　의리가 중하니 죽음이야 오히려 가벼운 것
後事憑誰託　남아 있는 뒷일을 누구에게 맡길거나
無言坐五更[42]　새벽에 홀로 앉아 할 말을 잊었노라

자식을 나라에 바치고 뒤를 이어 자신도 왜적에게 죽음을 당하면서 비록 몸은 가더라도 나라 위한 마음은 변할 수 없다는 절의를 다지고 의리가 소중할 뿐 목숨이야 가벼운 것이지만 다만 남아 있는 부하들과 나라가 걱정된다고 하였다. 전사한 아들의 부대를 이끌고 원수와 싸우다 순국하는 노병의 눈물겨운 충정이 절실하게 나타나 있다.

영남 의병 가운데 그 활약이 가장 두드러져서 전설적 인물이 된 평민 의병장 신돌석이 있다. 을미의병 때는 19세의 나이로 金河洛의 利川義陣에 들어가 중군장이 되어 활약했으며, 을사조약이 체결되자 영해에서 다시 일어나 교남창의대장이 되어 영천, 영양, 안동의 의병과 긴밀히 협조하면서 영남의 의병 투쟁을 주도해 나갔다. 다음은 그가 지은 한시이다.

登樓遊子却忘行　정자에 오른 나그네 갈 길을 잊고서
可歎檀墟落木橫　단군 터 앞 비껴 쓰러진 낙목을 한탄하노라
男兒二七成何事　사나이 스물일곱 이룬 일이 무엇이냐
暫倚秋風感慨生[43]　잠시 추풍에 기대니 슬픈 감회 일어나네

---

42 독립운동사편찬위원회, 독립운동사자료집 3, 山南義陣遺史.
43 광복회 대구경북 연합지부, 대구경북항일독립운동사, 1991, p.47.

을미의병 때 같이 싸우던 김하락이 전사하고 부대가 흩어진 후에 월송정에서 읊은 것이다. 그는 이 때 날래기가 비호와 같아 필마 단기로 수많은 일본군을 죽이고 전주를 뽑아 일본 병사들을 때려 눕혔으며 부산항에 정박 중인 일본 배를 뒤집어 부수었다고 하였으니[44] 바로 민중이 염원하는 영웅이 출현한 것이다. 큰 일을 해 낼 비범한 능력과 원대한 포부를 지닌 영웅이 단군의 제단 앞에 이파리를 잃고 쓰러져 있는 나무를 보고 기울어져 가는 국운을 생각하며 한숨짓고 공을 이루지 못한 안타까운 심사를 토로하고 있다. 부대를 잃고 울적한 심정으로 실의의 나날을 보내고 있는 정처 없는 나그네와 국조 단군의 단 앞에 쓰러진 낙목의 형상은 좌절한 영웅과 꺼져가는 조국의 운명을 상징하여 처연한 비감을 느끼게 한다. 그러나 비애를 딛고 빛나는 공을 세우고야 말겠다는 기개가 암시되어 있어 앞으로의 눈부신 활약을 예고하고 있다. 위정척사론으로 무장한 유림과 달리 처음부터 출중한 능력을 드러내 보인 민중적 영웅 신돌석은 거의 자체에 중점을 두기보다 반드시 큰 일을 이루어야 한다고 하였고 이를 위하여 신출귀몰한 능력을 발휘하였다.

이 밖에 영남의병 가운데 나라가 망한 뒤에 스스로 목숨을 끊은 碧山 金道鉉(1815~1914)이 있다. 그는 영양에서 봉기하여 권세연의 안동의병과 민용호의 관동의병과도 합류하여 싸웠으며 '왜인이 이 땅에 있는 한 항전을 포기할 수 없다'하여 해산 명령에 불응하고 을미의병 가운데 가장 늦게까지 저항하였다. 후기 의병 때도 여러 차례 기병하려다가 체포되어 뜻을 이루지 못하고 부친상 卒哭을 마친 뒤 동해바다에 몸을 던져 목숨을 나라에 바쳤다. 그의 의병항쟁기록으로 〈碧山先生倡義眞末〉이 전하며 많은 절명시를 남겼는데 그 하나를 보기로 한다.

---

44 독립운동사 편찬위원회, 독립운동사 1, 의병항쟁사, 1971, pp.574-576.

| 我生五百年 | 오백년 왕조 마지막에 태어나 |
|---|---|
| 赤血滿腔腸 | 붉은피 끓어 창자에 가득하였네 |
| 中間十九歲 | 그 사이 십구년을 뛰어 다니다 |
| 鬚髮老秋霜 | 머리털 세어 가을 서리 되었네 |
| 國亡淚未已 | 나라 잃고 흘린 눈물 마르지 않았는데 |
| 親沒痛更張 | 어버이마저 떠나시니 애통한 마음 더욱 서러워 |
| 獨立故山碧 | 홀로이 고향 산에 올라 서 보니 |
| 百計無一方 | 아무리 생각해도 방도가 없도다 |
| 欲觀萬里海 | 만리라 바닷길 보고파 했더니 |
| 七日當復陽 | 이레 만에 햇살이 돋아서 오네 |
| 白白千丈水 | 천길 만길 저 바다 물 속 |
| 足吾一身藏[45] | 내 한 몸 묻히기 꼭 알맞구나 |

　을미의병 때 일어나 끝까지 싸웠지만 결국은 부대를 해산시켜야 하였고 을사, 정미 때도 뜻을 이루지 못했으며 나라가 망하자 죽으려 했으나 그것마저 이루지 못하고, 백발이 다 된 몸으로 실의의 나날을 보내다가 자식의 도리를 다하고는 백방으로 생각해도 다른 길이 없어 죽음을 결심하고 오랑캐 땅이 된 곳에 묻힐 수 없다 하여 바다에 몸을 던진 충절이 너무도 처절하여 충격을 준다.

　호서의병의 중심지였던 홍주에서 의병을 일으켰던 인물들의 한시가 있다. 홍주는 초기의병 때부터 의병활동이 가장 활발하게 일어났던 곳으로 특히 많은 유림이 참여하여 큰 희생을 치렀던 곳이다. 志山 金福漢 (1860~1924)은 강직한 관료 출신으로 을미의병 때 홍주의진의 대장에 추대되어 홍주성을 점거하고 한 때 그 기세를 크게 떨쳤다. 그러나 거짓 의병진에 가담한 관찰사 李勝宇의 배신으로 체포 투옥되었고 정미의병

---

45　조지훈, 民族運動史, 韓國文化史大系 1, p.626.

때 閔宗植과 홍주에서 다시 일어나 싸웠으며 李偰, 安炳瓚, 宋秉稷, 李相
麟, 洪楗 등과 홍주 6의사로 불리었다.

| 獨坐悄然讐公談 | 초연히 홀로 앉아 누구와 말을 할까 |
| 面墻無路見終南 | 담벽만 보노라니 남산을 못보겠네 |
| 報國人少堅如竹 | 대쪽 같은 절개로 나라 위하는 사람 적고 |
| 誤國姦多醜似藍[46] | 파랗게 된 추한 얼굴로 나라 그르치는 놈만 많구나 |

이는 김복한이 이설의 시에 차운한 것으로 나라가 위태로운데 같이
국사를 도모할만한 인재는 드물고 자신의 안일만 돌보고 지조를 바꾸는
무리만 많다고 탄식하고 있다. 실제 그가 거사를 준비하는 과정에서 협
조를 완강히 거절하는 자도 있었고 결국은 배신을 당해 한 때 홍주부
산하 17개 군에 장정 동원령까지 내릴 정도로 기세를 떨쳤던 홍주의진이
해산되는 일을 겪었던 것이다.

| 誰家義旅赴洪東 | 홍주 동쪽 달리는 의병 어느 부대인가 |
| 云是當年刎頸公 | 당년에 목을 찔러 죽으려던 분이라네 |
| 可笑時人休竊笑 | 가소롭다 세상 사람들 돌아서서 웃지 마소 |
| 坐談龍肉有何功[47] | 앉아서 말만 해서 무슨 공이 있다던가 |

이는 復菴 李偰(1850～1911)이 을미의병 때 같이 기병하였던 안병찬
이 다시 의병을 일으켰다는 소식을 듣고 기뻐서 지은 작품이다. 이설은
김복한과 內外從間으로 벼슬을 버리고 낙향하여 홍주의병을 일으켜 싸
우다가 체포되었고 이후 김복한과 함께 격문과 상소 등으로 반일투쟁을

---

46 김복한, 志山集.
47 임한주, 洪陽紀事, 독립운동사편찬위원회, 독립운동사자료집 2.

계속한 홍주의 유생이다. 이 때 그는 을사 이후 김복한과 상경하여 상소를 올려 조약의 파기와 매국 5적의 처단을 주장하는 등 반일투쟁을 벌이던 중 경무청에 중 투옥되었다가 석방되어 내려와서 누워 있었다. 나라가 왜적의 손에 넘어가는 판국에 앉아서 좋은 말만 한다고 무슨 소용이 있겠느냐는 것이다. 그는 안병찬이 을미의병 실패 후 자결하려 목을 찔렀을 때 깨어나지 못할 것이라 여겨 輓狀을 짓기도 하였다. 〈홍양기사〉에는 그의 열렬한 투지와 왜적에 대한 적개심을 토로한 시가 12수 실려 있다.

유인석과 함께 한말 의병을 대표하는 인물이 勉菴 崔益鉉(1833~1906)이다. 역시 이항로의 문하에서 배출된 척사파의 거두로서 을사조약 후 〈請討五賊疏〉를 올리고 일흔넷의 고령으로 호남의 泰仁으로 내려가 제자인 임병찬 등과 의병을 일으켜 싸우다 순창에서 왜군에 체포되어 서울로 압송되고 대마도에 수감되었는데 적이 주는 음식을 거부하고 적지에서 순국하였다. 철저한 위정척사론자로서 유림의 숭앙을 받았던 그가 의병을 일으켜 싸우다가 적지 대마도에 잡혀가서 단식으로 목숨을 끊었다는 소식은 온 나라에 엄청난 충격을 주었으며 그는 의병의 상징적 존재가 되었다.

| | |
|---|---|
| 皓首奮畎畝 | 백발에 밭고랑에서 뛰쳐나온 것은 |
| 草野願忠心 | 초야의 충성심을 다하고자 함이라 |
| 亂賊人皆討 | 왜적을 치는 것은 사람마다 할 일이니 |
| 何須問古今[48] | 어찌 구태여 고금을 물으리오 |

이 작품에는 백발의 老軀를 이끌고 항일의병전쟁을 벌여야만 했던 당위성이 극명하게 나타나 있다. 이 작품은 면암이 서울의 일본감옥에 갇

---

[48] 최익현, 勉菴集, 2.

혀 있을 때 지은 〈日獄中默會五絶十四首〉 가운데 하나인데 면암이 대마
도 감옥에서 구술하여 제자들이 외우고 있다가 귀국하여 기록한 것으로
그 서문에서 나라가 비상한 사태에 처해 있는데 불구자가 아닌 다음에야
제 집에 가만히 있다면 이는 사람이라고 할 수 없으니 비록 국가 방위의
책임이 없고 80된 나이로 전쟁에 나설 일이 아니지만 의병전쟁에 일으켰
다고 하였다.[49]

| 萬里行旅隣虎屈 | 만리길 떠나와 범의 굴을 이웃했고 |
| 百年懷抱撫龍泉 | 백년 회포에 용천검을  만지도다 |
| 國讐未雪男兒老 | 나라 원수 못 갚고 몸이 먼저 늙었으니 |
| 一嘯臨風更謂然[50] | 바람앞에 다달아 탄식하고 휘파람 분다 |

이는 대마도에서 같이 잡혀간 종인들과 회포를 풀기 위해 각각 절구
2수씩 지은 것의 하나이다. 만리나 되는 적의 소굴에 잡혀가서 용천검을
만지며 백년 한을 달랜다고 하고 나라 원수를 갚지 못하고 몸이 늙고
말았으니 바람 앞에 탄식한다고 하였다. 평생을 항일투쟁에 바쳐온 노
투사가 적국에 구금되어 있으면서 80 고령에도 기개는 추호도 쇠하지
않았으나 나라는 기울어 가는데 국치를 씻지 못하고 몸만 늙게 되었음을
탄식하는 안타까운 마음이 나타나 있는 작품이다. 그는 疏, 箚 등을 통하
여 의리를 밝히는 데 힘쓰고 한시창작에는 주력하지 않았으나 일본 감옥
에 있을 때 지은 한시에는 그가 평생 추구한 위정척사정신과 우국충정이
담겨있다. 특히 대마도에 잡혀가 있을 때의 울분과 통한의 심정을 읊은
것이 勉菴集, 馬島日記, 對馬島日記 등에 약 50여 수가 전한다.

---

**49** 임병찬, 對馬島日記, [자료집 2], pp.138-139 참조.
**50** 유준근, 앞의 책.

| | |
|---|---|
| 秋盡鴈稀夜抵年 | 가을 다하여 기러기 드문데 밤은 깊으니 |
| 寒燈獨坐耿無眠 | 찬 등불에 혼자 앉아 부질없이 잠 못 이루네 |
| 家國荒涼老師病 | 나라와 집안이 황량하고 늙은 스승 병들었으니 |
| 祇將香願訴蒼天[51] | 다만 향원을 가지고 창천에 하소연하네 |

이는 면암의 제자로 을미의병 때도 기병하였고 을사 이후 태인에서 면암과 같이 의병을 일으켜 싸우다가 함께 체포되어 대마도에 같이 잡혀 갔다가 스승의 유해를 모시고 환국하였던 林炳瓚의 작품이다. 적지에 갇혀서 잠 못 이루는 심회를 나타내었는데 집안과 나라가 모두 황량한데 존경하는 스승은 병이 중하다고 절박한 상황을 말하고 포로로 잡혀있는 몸이니 하늘에 하소연할 밖에 다른 도리가 없다 하였다. 그는 다른 시에서 아들의 제삿날을 당하여 죽었을 때도 가보지 못하고 제사에도 못 가보니 만리 적국에 닭은 울어 새벽을 알리는데 홀로 앉아 끝없이 눈물만 흘린다 하여 처참한 심회를 토로하였다. 임병찬의 시는 그가 기록한 대마도일기와 유준근의 마도일기에 20수가 전한다.

최익현이 대마도에 압송되어 가기 전에 이미 먼저 잡혀와 있던 인물들이 있었다. 李拭, 安恒植, 柳濬根, 李相斗, 申鉉斗, 崔相集, 申輔均, 南奎振 등이 그들인데 이들은 1906년 홍주 의병전쟁에 참가하였다가 홍주성이 함락되자 일본군에게 체포되어 대마도에 감금되어 있었던 것이다. 이들을 모두 명망이 있는 유생들로 적국에 잡혀 와 겪는 체험과 이국의 풍정 그리고 고향에 대한 향수와 나라 위한 충절의 감회를 한시로 피력하였다. 특히 최익현과 임병찬이 압송되어 오자 이들은 면암을 정신적 지주로 받들어 저항을 하면서 서로 격려하며 절의를 다지고 적지에서의 시름을 달래었던 것이다. 유준근이 기록한 마도일기에는 이들이 지은 한시가 각기 20여수 내외씩 실려 있다.

---

51 임병찬, 앞의 책.

寤寐難忘故國思　　자나 깨나 못 잊는 건 조국뿐이라
九人心緒有誰知　　아홉 사람 속마음을 어느 뉘 알리
鐘聲又是初長夜　　종소리 들어라 밤조차 긴데
鳥語如何欲曙時[52]　　새벽녘 까마귀 왜 울어대는가


羨彼高松十丈身　　부럽다 저 열길의 늙은 소나무
特立窮冬綠染人　　겨울철에 우뚝 서서 한결 푸르네
勸君莫愛梧桐樹　　그대는 오동나무 사랑을 마소
秋後看來不是春[53]　　가을철에 볼라치면 봄과는 달라

　첫째 작품은 李相斗의 것으로 밤에 듣는 종소리와 까마귀의 형상을
통하여 조국에 대한 향수와 나라 걱정, 적지 생활의 암울한 심회를 나타
내었다. 두 번째 것은 文奭煥의 작품인데 소나무와 오동나무를 대조시켜
조국을 향한 굳은 절의를 그려내었다. 이들은 적지에서 다지는 충절의
마음을 흔히 소나무 대나무 국화 등이 갖는 전통적 이미지를 동원하여
형상화하였는데 이들의 작품에서는 그들이 처한 절박한 상황과 연결되
면서 일반적 영물시가 갖는 의경과는 다른 심각한 의미와 한결 고고한
격조가 느껴진다. 이 밖에 뒤에 압송되어 온 최익현, 임병찬 등 그리고
동료들과 서로 수창한 작품이 많은데 그 중에는 지금은 비록 국운이 비
색하여 적지에서 눈물을 흘리고 있지만 언젠가는 지는 태양이 다시 떠오
르듯이 조국이 빛을 되찾을 날이 있으리라는 희망을 노래하기도 하였
다.[54] 이들 대마도에 갇혀 있던 의병장들은 다만 암울한 비애의 감정을
토로하는 데에 그치지 않고 위대한 스승을 모시고 생사를 같이 한 동료

---

52　유준근, 앞의 책.
53　유준근, 앞의 책.
54　病如司馬況途窮 欲哭先看涕淚同馬卿 若使太陽明萬里 英雄豈倒積陰中(柳濬根, 앞의 책,
　　安恒植 作).

들과 함께 문화적 자존심을 지키면서 서로 격려하며 매서운 선비의 지조를 더욱 굳히고 밝은 희망적 전망을 보여주는 작품을 많이 남겼다. 이렇듯 이들은 적지에서 스승과 함께 겪었던 참혹한 체험과 북받치는 감정을 한시로 표현하였는데 마도일기는 전편이 이와 같은 한시로 이루어져 있다.

다음은 호남의 의병장이 남긴 한시를 보기로 한다. 다른 지방은 1908년에 대체로 의병활동이 종식되었는데 전라도에서는 1909년까지 의병의 투쟁이 줄기차게 지속되었으며 대단한 세력을 떨쳐 전설적 의병장들이 나타났다. 李錫庸(1878~1914)은 임실 출신 유생으로 정미의병 때 진안에서 전수용 등과 함께 의병을 일으켜 크게 기세를 떨쳐 지리산, 덕유산을 끼고 진안, 용담, 장수, 남원, 전주 등지에서 싸웠고 1913년에도 재기를 도모하다 체포되어 대구에서 순절하였는데 자신이 직접 쓴 倡義日錄에 한시 몇 수가 전한다. 먼저 그 하나를 보자.

> 冤血讐天碧劍痕　붉은피 파랗도록 원한이 치미니
> 枕邊不睡痛胸捫　밤마다 잠 못 들고 쓰린 가슴 문지르네
> 野馬獨夫將繫頸　원수놈 목을 베어 말머리에 달고 와서
> 梟懸我國市南門[55]　간대 끝에 매달아 남대문에 꽂고 말리

원한이 하늘에 맺혀 잠 못 이루며 원수의 목을 남대문에 매달고 말겠다는 열렬한 투지를 나타내었다. 그러나 적과의 싸움은 극한상황의 연속이었다. 장수는 수저 없이 밥을 먹고 병사는 홑옷으로 진흙길을 걷는다 하고 또 상복 입고 어버이 그리워 눈물을 흘리고 나라 걱정으로 잠을 못 이룬다면서 몸이 진중의 기둥이 되니 어버이께 잔을 올릴 길이 없다고도 하였다.

---

55 이석용, 靜齋李錫鏞倡義日錄, [자료집 2], p.896.

| 書生何事着戎衣 | 서생이 무슨 일로 갑옷을 입었던고 |
| 太息如今素志違 | 품은 뜻 어그러져 한숨만 나오네 |
| 痛哭朝廷臣作孽 | 조정 간신 하는 짓 통곡만 나오고 |
| 忍論海外賊侵圍 | 침노하는 바다 밖 도적 차마 다 말하리 |
| 白日吞聲江水西 | 백일하에 눈물 삼켜 강물은 흐르고 |
| 靑天咽淚雨絲飛 | 청천에 목메인 눈물 뿌려 실비가 내리네 |
| 從今別却榮山路 | 영산포 고향길 이제 떠나가노니 |
| 化作啼鵑帶血歸[56] | 내 두견새 되어 피울음 울며 돌아 리라 |

같은 임실 출신 海山 全垂鏞(1878~1910)의 임절시다. 그는 정미의병 때 이석용과 같이 봉기하여 싸우다 장성으로 남하 대동창의단을 편성 대장에 추대되어 바다에서 내륙까지 함평, 영광, 고창, 장성, 광산, 나주 일대를 석권하는 눈부신 활약을 하였다. 그러나 결국 일제의 대대적인 토벌로 부대를 해산하고 체포되어 대구에서 순절하였다. 먼저 글하는 선비가 나라 위해 떨쳐 일어났으나 뜻을 이루지 못한 울분과 나라에 대한 근심 그리고 왜적을 향한 강한 적개심을 토로하고 후반에서 적에게 죽음을 당하게 되는 원통한 심정과 고향과 나라에 대한 뜨거운 사랑을 선명한 시적 형상을 통하여 절실하게 나타내었다.

역시 호남의병으로 크게 이름을 떨쳤던 沈南一(1871~1910)이 있다. 그의 부대는 강진, 장흥, 남평, 능주, 영암, 해남, 남평, 보성 등지에서 싸울 때마다 큰 승리를 거두어 호남 일대에서는 전설적인 인물이 되었다. 그러나 결국 일본군이 전라도 지방에 대한 '남한대토벌작전'을 벌이게 되자 일단 일본군의 토벌을 피한 다음 다시 모여 재기하기로 약속하고서 부대를 해산하고 사태를 관망하던 중 체포되어 대구에서 순절하였다. 心南一實記에는 한시 9수가 들어 있는데 임절시 〈訣故國江山〉을 든다.

---

56 黃玹, 梅泉野錄, 黃玹全集 下, 亞細亞文化社, 1978, p.523.

| | |
|---|---|
| 文明日月此江山 | 문명이 일월같이 밝던 이강산 |
| 忽入腥塵晻曖間 | 홀연히 먼지에 들어 어두워지네 |
| 未覩一晴歸地下 | 한번 맑게 개이는 날 못보고 지하로 가니 |
| 千秋化碧血痕班[57] | 천추에  한맺힌 핏자욱 푸른 피 되리라 |

　찬란한 문명을 꽃피웠던 조국 강토가 오랑캐의 침입으로 더럽혀지는 현실을 한탄하면서 국권이 회복되는 것을 보지 못하고 적의 손에 죽게 되매 원한 맺힌 붉은 피가 천추에 푸른 피 되어 남으리라고 하였다. 모든 백성이 떨쳐 일어나 왜적과의 투쟁을 전개하노라면 반드시 일본을 물리칠 수 있으리라고 굳게 믿고 끝까지 싸웠던 영웅적 투사의 뜨거운 나라사랑과 통한의 심회가 나타나 있다. 심남일의 죽음으로 호남에서 불길처럼 타올랐던 의병의 기세도 꺾이고 이제 의병은 국외로 무대를 옮겨 새로운 형태의 투쟁을 계속하게 되었다.

　의병한시는 의병장들의 전사와 체포, 처형 등으로 제대로 수습되지 못하고 일제 식민통치 기간을 거치는 동안 상당부분이 인멸되어 지금은 그 일부가 전하고 있을 뿐이다. 그러나 의병전쟁을 조직 지휘하였던 인물들의 문집과 수많은 의병 관련 기록을 통하여 적지 않은 작품을 확인할 수 있었다. 이들 의병한시의 작자는 대부분 의병전쟁의 주도적 역할을 담당했던 유림 출신 의병장에 의해 지어졌다. 이들은 모두 한시창작을 생활화 해 왔기 때문에 그들의 체험과 심회를 익숙하게 한시로 표현하였다. 따라서 의병문학 가운데 한시에는 의병부대 지도층의 의식이 담겨 있다고 볼 수 있다. 그리고 이들은 화서학파의 유인석, 최익현과 그 문도 그리고 南塘 韓元震의 학통을 이은 홍주의진의 김복한, 이설 등과 같이 같은 학맥으로 맺어지는 경우가 많았고 철저한 위정척사 정신으로 무장하여 이를 일제에 대한 투쟁으로 전개시켜 나갔던 것이다. 그 결과 의병

---

**57** 오준선, 앞의 책.

한시에는 당시 유림의 이러한 사상적 경향이 그대로 반영되고 있는 것이다.

한편 의병한시는 5,7언 절구나 율시 등 근체시가 대부분이다. 극한적 상황에서 많은 말을 길게 늘어놓을 수가 없었다. 게다가 짧은 시도 반드시 격식에 맞추기 보다는 뜻을 나타내는 데에 주력한 경우가 많았다. 최익현이 서울의 감옥에서 지은 오언절구 14수를 외우면서 "염이나 격을 맞추지 않고 마음 내키는 대로 사실을 기록한 것이 있으니 마땅히 외워 전하게 했다가 그대들이 살아 돌아가는 날에 각 집에 나누어 주도록 하라"[58]라 한 것처럼 절박한 처지에서 격률을 따질 겨를이 없었던 것이다. 흔히 의병장들은 문학 수업을 專主로 하지 않았기 때문에 작품 자체는 拙朴한 것이 대부분이며 言外의 言을 찾아볼 수 있는 漢詩學의 오묘를 느낄 수 없다[59] 하나 의병장 가운데 한시를 남긴 인물들은 각기 유림에서 명망이 높았던 이들이 대부분이며 한시창작은 그들의 기본적 소양이었다. 작시의 상황에 따라 격률을 돌아보지 않고 뜻만 나타낼 경우가 있지만 많은 경우 격정적 의지와 서정적 형상성이 잘 조화를 이루고 있는 것이다.

의병의 한시는 목숨을 바쳐 나라를 지키려 한 의병들의 피와 한이 맺힌 기록으로 그 자체로서 피어린 현장 기록일 뿐 아니라 부단히 민족적 저항을 환기시키는 역할을 수행하였다. 요컨대 의병한시는 한문학이 고식적인 표현의 인습을 벗어버리고 역사창조의 충만한 경험과 만날 수 있게한 의의를 가지며[60] 민족사의 수난기에 격동적 역사현실을 충실이 반영한 민족문학의 소중한 유산이다.

---

58 임병찬, 앞의 책.

59 민병수, "開化期의 憂國漢詩", 開化期의 憂國文學, 신구문화사, 1986, p.56.

60 조동일, 한국문학통사 4, 지식산업사, 1986, p.171-177.

# 제2장 정용기의 의병활동과 창의가사


이민족의 침략을 받아서 나라가 위태로울 때마다 목숨을 걸고 항쟁함으로써 우리의 민족정기를 바로 세우고 外敵을 격퇴하거나 국권을 회복하는 데 결정적인 역할을 담당한 것이 바로 의병이다. 이러한 의병의 역할이 두드러지게 드러난 때는 임진왜란과 한말이라 아니할 수 없다.

특히 한말의 의병 항쟁은 단순히 왜적과 투쟁한 것이 아니라 동족인 관군과의 싸움이 됨으로써 더욱 처절하고 비극적인 전쟁이 되지 않을 수 없었다. 따라서 한말 의병은 잃어버린 국권을 회복하는 원동력이 되었을 뿐만 아니라 한민족의 구국 정신과 주체성을 만방에 과시한 민족사의 표본이 되었다.[1]

한말 의병항쟁은 1895년 10월 명성황후 민비 시해사건과 11월의 단발령이 직접 원인이 된 소위 을미의병이라고 일컬어지는 초기의병, 1905년 11월에 강제로 이루어진 을사늑약으로 일어난, 을사의병이라고 부르는

---

1 최초로 義兵傳을 지은 뒤바보는 "義兵이라하면 그名詞만하야도 훌늉한 大價値가 잇다"고 그 首言에서 전제하고 의병의 사적 의의를 다음과 같이 말하였다.
　　"究竟에 成敗나 利鈍이나 그것은 如何턴지 且 隊伍의 井井 號令의 肅肅한 그것은 如何턴지 다 勿論하고 비록 竹창席旗 그것도 업스면 비록 赤手單拳으로라도 言正名順한 大義의 旗幟를 擧하야 그 反面되는 不義의 仇敵을 討伐하는 그時에 不義 그者의 勢力이 크게 頑强하야 設或 義人의 槍劍이 불어지고 銃彈이 盡하야 그陣容이 敗滅되거나 따라서 그生命이야 죽거나 말거나 義는 義대로 그냥 잇고 繼하야 義는 마참내 奏捷할날이 有할터이다. 또 義로 죽는 그네는 仰하야도 天이 愧할것 업고 俯하야도 人이 작할것 업다. 그러면 義의 죽음은 敗屈한 죽엄이 아니다. 참말 勝利의 죽엄이니라. ― 더욱 義旗의下에서 勝利한者 또 犧牲한者 그네가 鳳毛麟角의 最高位를 占有하고 가장 後人의 信仰崇拜함을 受하는터이다"(뒤바보, 義兵傳, 韓國學報 1, 1975.)

중기의병, 1907년 6월 헤이그 밀사사건으로 고종이 강제 퇴위되고 7월의 丁未 7조약 체결로 군대 해산이 이루어짐으로써 봉기하게 된, 정미의병이라고 불리는 후기의병 등 크게 3기로 전개되었다.[2]

그런데 정용기는 중기의병과 후기의병 기간에 걸쳐, 영남지방의 의병항쟁 중에서 시기적으로 가장 빠르고 규모와 활동지역이 가장 크고 넓으며 활동기간이 제일 긴 山南義陣[3]의 의병대장으로서 혁혁한 공로를 세웠을 뿐만 아니라 〈勸世歌〉〈血竹歌辭〉〈國債報償斷烟會義捐金勸告歌〉 등 3편의 창의가사를 지은 가사 작가라는 점을 주목하지 않을 수 없다.

이 글에서는 학계에 알려지지 않은 정용기가 지은 가사[4] 3편의 창작배경이라 할 수 있는 그의 의병활동과 항일정신을 살펴 본 후, 이 가사 3편의 구성과 내용의 분석을 통하여 정용기 가사의 특징과 문학사적 의의를 평가해 보고자 한다.


## 1. 정용기의 의병활동과 항일정신

정용기의 자는 寬汝, 호는 丹吾라 하고 일명 鎭宅이다. 1862년(고종 2년, 壬戌) 음력 12월 13일에 도찰사 東厂 鄭煥直의 장남으로 경상북도 영천군 자양면 검단리(현 충효동)에서 태어났다. 그는 성격이 활달하고 도량이 넓으며 힘이 장사였고 재주가 빼어나 힘써 배우지 아니 했으나 학행이 숙달하였고 書畫音律에 두루 통했다.[5] 그는 일찍이 금릉군 봉계리에 우거한 적이 있었는데 15세 되던 丙子년에 큰 흉년이 들어 경상도

2 김문기, "義兵文學의 形成과 투영된 思想 硏究", 국어교육연구 25, 1993.
3 배용일, "山南義陣考", 포항실업전문대학 논문집 6, 1982.
4 정용기의 창의가사 3편에 대해서 저자가 위의 논문에서 의병가사인 〈권세가〉를 언급하면서 거명한 바 있다.
5 山南倡義誌 권하, 14장.

일대가 거의 몰사할 지경에 이르게 되었다고 한다. 그 때 부모를 잃은 고아 수십 명이 거리에서 울고 방황하므로 그는 애련한 마음이 일어 마을 빈집 한 채를 수리, 고아들을 집단 수용하고 마을 父老들을 방문하여 구호책을 간청하니 모두 구휼에 협력하였을 뿐 아니라 그를 장차 救世할 인물이라 칭송하였다. 그리고 그는 반상의 차별이 심한 시대에 살면서도 상민들에게 인자하게 대하고 적극 도와주었으며 물질에 아주 청렴하였고 시대를 匡救하고자 하여 관직 구하는 데는 무심하였다.[6]

그는 부친을 따라 서울에 머물면서 국운이 점차 그릇되는 것을 보고 비분강개한 마음으로 국민들에게 애국심을 고취시키고자 종로 각처를 순회하며 시국에 대한 구급책을 대중들에게 강연하기도 하였다. 그리고 서면으로 당시의 집정자들에게 실책을 탄핵하기도 하였다. 특히 황실의 권위를 높여라(尊帝室), 간사한 자를 축출하라(逐奸細), 사술을 금지하라(禁邪術), 백성을 보호하라(保生民), 놀고 먹는 자를 금지하라(禁遊食者), 잡류들을 축출하라(逐雜類) 등 6개조로 된 당시 風敎 矯正의 방안을 의정부에 서면으로 보냈으며 내부대신의 失政을 痛駁하기도 하였다.[7]

1905년 10월 19일 을사늑약이 체결되자 우리나라를 식민지화 하려는 일본의 야욕이 노골화 되므로 고종은 정환직에게 '華泉之水'[8]의 밀지를 내렸다. 고종의 밀명을 받은 정환직은 아들 정용기에게 "아비는 한번 죽음으로써 皇에 보답하고자 하니 너는 집으로 돌아가라"[9]고 하면서 의병을 일으킬 뜻을 전하자 정용기는 아버지 정환직에게 애걸하여 아버지 대신 자기가 擧義에 앞장서기로 하였다.[10]

---

6 山南義陣遺史, 山南義陣遺史刊行委員會, 韓國言論社, 1970, pp.184-186.

7 山南倡義誌 권하, 33장 및 山南義陣遺史, pp.211-219.

8 춘추전국 시대에 齊나라 頃公이 여러 제후국의 집중공격을 받아서 체포될 경지에 이르렀을 때 車右將 逄丑父가 경공의 수레에 올라가서 경공과 옷을 바꾸어 입고 경공을 돌아 보면서 "내가 목이 마르니 華泉의 맑은 물을 떠 오라"고 명령하였다. 경공이 심부름 가는 것처럼 빠져나와 도피하게 되었고 逄丑父가 대신 붙잡히게 되었다는 故事.

9 독립운동사 편찬위원회, 독립운동사 자료집 3, 산남의진사, p.382.

10 乙巳勒約之後로 上下人心이 沸騰하고 大少政事을 敵이 無不干涉이라 帝嗚咽曰卿이 華泉之

아버지의 명령을 받은 그는 1905년 음력 12월에 고향 영천으로 내려와 李韓久, 鄭純基, 孫永珏 등과 擧義策을 세운 뒤, 항일의식을 고취하고 민심을 경성시키고자 영남 각지로 通諭文과 사림에 대한 激勵文, 招討官과 各陳隊長에 경고문 등을 발송하고 본격적으로 모병에 들어갔다. 1906년 3월에 진호를 山南義陣이라 정하게 되었고 정용기는 대장으로 추대되었다.[11]

1906년 3월 5일에 행진을 시작하여 각 지방의 부대들을 모두 강원도 오대산에 부합되도록 연락하고 본부는 영천, 청송 등지를 경유하여 북으로 향하기로 하였다. 이때 申泰浩(돌석) 의병진으로부터 적을 흥해, 청하 등지로 유인해 달라는 요청을 받고 길을 동해안으로 취하게 되었다. 4월 28일에 청하읍 공격을 목표로 하고 신광에 당도했을 때 경주진 병정이 參領 申錫鎬의 편지를 전하였는데 "어느 대관이 서울에서 피체되었다 하니 尊公의 大人이 아닌가"하는 내용이었다. 그는 중군장 이한구에게 뒷일을 위탁하고 경주로 독행하였다. 그러나 이것은 정대장을 체포하려는 경주 진위대의 속임수였고 정용기는 신석호의 회유를 물리치고 피체되어 대구 경무청으로 압송되었다.[12] 이리하여 산남의진은 정대장이 귀환하면 다시 집합하기로 약속하고 일단 해산하게 되었다.

정용기 대장은 부친 정환직의 적극적인 주선으로 그해 8월 3일에 석

---

水을知乎아以朕望二字로下賜하시거늘此時에敵之監視甚酷故로無言含淚而出하야謂長子鏞基曰吾受國家重命하야身死以報하린이汝는歸家하라하니鏞基以君臣父子同一之義로泣陣하난지라綱常大道을私情으로서强挽치못하고送鏞基下嶺南하야擧義커하고(山南倡義誌 권하 6~7장.)

11 이 당시의 山南義陣의 부서편성은 다음과 같다.(산남의진유사, p.259.)

| 대 장 : 鄭鏞基 | 중군장 : 李韓久 | 참모장 : 孫永珏 |
| 소모장 : 鄭純基 | 도총장 : 李鍾崑 | 선봉장 : 李龜爕 |
| 후봉장 : 徐鐘洛 | 좌영장 : 李景久 | 우영장 : 金泰彦 |
| 연습장 : 李圭弼 | 도포장 : 白南信 | 좌익장 : 鄭致宇 |
| 우익장 : 鄭來儀 | 좌포장 : 李世紀 | 우포장 : 鄭完成 |
| 장영수위:崔 錄 | 군문집사: 李斗圭 | |

12 山南倡義誌 권下 19장.

방되었다. 정대장은 기왕의 실패와 장래의 진전을 고려하여 비분과 결심을 억제치 못하던 때에 동엄선생이 서울에서 대구의 정대장 석방의 일을 해결한 후, 향리로 돌아와서 요인들을 소집하여 그동안 서울에서 노력한 상황과 위급한 나라의 형세를 설명하고 저상된 사기를 부추기며 산남의 진을 다시 재편하여 다음해 5월에 강릉에서 서울부대와 회합하기로 약정하였다.[13] 그 후, 정용기는 울화병이 발작되어 병석에 눕게 되어 5월까지 강릉에 도착하기로 한 약속은 지키지 못하였다. 그러나 국민들에게 호소하는 경고문과 警告文을 반포하였고 고종에게 창의의 배경과 정당함을 밝히는 상소를 올렸다. 드디어 각지에서 의병이 운집하고 군수품과 화약이 운입되었으며 안동, 동해지구, 의성, 경주, 신녕지방에서 활약하던 부대들이 입진하여 기세를 크게 떨치게 되어 부서를 재편하였다.[14]

척후장, 유격장 등의 부서가 신설됨으로써 조직이 일층 강화되었고 군령 또한 엄중히 하여 군령을 위반하는 자는 철저히 군율로서 다스리게 되었다. 1907년 7월부터 본격적인 활동을 시작하여 1대는 죽장을 경유하여 泉嶺을 넘게 하고 다른 1대는 신광을 경유하여 麗嶺을 넘어서 야반에 청하읍을 습격, 창고의 무기 등속을 압수하고 적의 분파소와 건물을 소각시키고 적 수명을 포살한 다음 노획한 무기는 천령에 감추어 두었다. 8월 초순에 청송읍을 공격하려다가 장마로 뜻을 이루지 못하고 신령, 안동, 의성, 청송 등지로 부대를 이동시키다가 8월 24일 일군이 영천 官炮를 데리고 紫陽으로 들어갔다는 정보가 입수되어 2路로 적을 포위하여 왜장과 관포들을 사로잡게 되었다. 이때 장군은 "관포들은 우리 동포이다. 죽이지 말라"고 하고는 관포는 모두 석방시키고 왜장은 참수하여 깃대에 머리를 달고 지방 인사들의 축하를 받으며 친척 고구에게 안도를 부탁했다고 한다.[15] 이와 같이 산남의진은 관군이나 일본에 앞장선 동포

---

13 山南義陣遺史, 山南義陣遺史刊行委員會, 韓國言論社, 卷下, p.264.

14 山南倡義誌, 卷下 21장.

15 山南義陣遺史, 山南義陣遺史刊行委員會, 韓國言論社, p.290.

들이라도 이들은 결코 공격하지 않고 오직 일군만을 공격의 대상임을 명백히 하였다. 그 후, 영천을 함락하려고 했으나 군기와 탄약의 부족으로 결행하지 못하였다.

이와 같이 관동으로의 북상이 지연되자 동엄선생이 다시 영천에 와서 "국가 危急 存亡이 頃刻에 놓였으니 完, 不完을 논할 때가 아니라고 하고 북상 계획을 정하라"[16]고 독촉하였다. 그러나 추위를 대비한 군복준비와 지방연락을 위하여 10일 후에 북상하기로 의논을 모았다. 북상 준비를 위해 보현산 주위에 진을 치고 있을 때 적병들은 검단리로 들어가 촌락에 방화하는 바람에 정대장 부자의 본가와 서적이 모조리 불타고 말았다. 의병에 대한 왜병의 탄압과 만행이 얼마나 철저한가를 짐작할 수 있다.

정용기는 본부의병 100여 명을 인솔하고 매현리에 주둔하고 있었는데 30일 이른 새벽에 將旗 2개가 전복되는 괴변이 일어나 군심이 불안해지자 정대장은 吳, 楚의 고사를 들어 안심시켰다. 그날 저녁 적병이 청송으로부터 입암에 도착했다는 말을 듣고 모든 부대가 출장나갔기 때문에 金一彦, 禹在龍, 李世紀 부대를 복병시켜 새벽에 습격, 全獲할 계획을 세웠다. 이때 이세기가 입암 뒷산을 경유하여 광천으로 나아가 입암을 내려다보니 적병이 식사를 하고 있는데 그 수가 많지 않으므로 새벽까지 기다릴 필요가 없다고 하고 공격을 하여 인근에 잠복하고 있던 적병에 포위되어 간신히 도주하게 되었다.

정용기 장군은 이때 복병 부대를 파견하고 정보를 기다리고 있다가 입암에서 갑자기 포성이 들리므로 급히 입암으로 출발하였는데 때는 벌써 초하루 삼경이 되었고 구름이 자욱한 산골짜기는 지척을 분간할 수 없을 정도로 캄캄하였다. 정대장이 입암 원촌에 이르니 적들은 석벽을

---

16 乙巳以後로國家危急存亡이在頃刻이어늘此時則不可擇完不完而進之之時也라遂定北上之計하라(山南倡義誌, 卷下, 25장.)

의지하여 백색의복을 분별하여 사격을 가하는지라 전군을 독촉하고 분신역전하다가 중군장 李韓久, 참모장 孫永珏, 좌영장 權奎燮 등과 함께 순절하였다.[17]

아들 정용기 대장의 순국 소식을 들은 아버지 정환직은 급히 귀향하여 진세를 다시 정비하고 아들의 뒤를 이어 산남의병 대장에 올라 항일 의병투쟁을 전개하였다. 역사상 아들의 뒤를 이어 의병대장이 되어 의병항쟁을 한 예는 이들 부자 외에는 그 유례를 찾아 볼 수 없다.

정용기의 이와 같은 투철한 항일정신과 의병투쟁은 위정척사 사상에 뿌리를 둔 勤王精神과 충효사상에서 비롯되었다고 할 수 있다. 근왕정신은 山南義陣의 의병투쟁이 고종의 밀조를 받아 이루어지게 되었다는 점과 정용기 대장이 상소를 올려 "황제의 遺命에 의한 擧義임"[18]을 밝히고 있는 데서 찾을 수 있고 충효사상은 정환직이 고종의 밀조를 받고 아들에게 거의의 계책을 전하고 집안의 후사를 부탁할 때 정용기가 대신 나서겠다고 연 3일을 애걸하여 허락을 받아내는 데에서 그의 충성심과 효심이 확연히 드러나고 있다.

임금이 신하에게 부탁하는 칙명과 어버이가 자식에게 지휘하는 명령이 그 의리는 동일한 법이요 대의는 국가를 구하는 연후에 사가를 보존하는 것이 도리어 마땅한 일이며 하물며 이 중대하고 모험되는 일은 젊은 자들의 할 일이오 노쇠하신 어른께서는 감당 못할 밥니다 바라건대 大人께서는 집안일을 걱정하시지 마시고 이 일을 小子에게 맡겨 주시면 저는 힘을 다하여 나라를 구하고 집을 보존하겠습니다.[19]

17  山南義陣遺史, 山南義陣遺史刊行委員會,  韓國言論社, pp.296-299  참조.
18  復召前日之衆  決死復結者  事乃陛下之遺命  責是臣父之受囑矣(〈上疏〉, 山南義陣遺史, p.281.)
19  山南義陣遺史, 山南義陣遺史刊行委員會,  韓國言論社, p.145.

아들과 아버지가 의병대장의 직위를 서로 이어받으면서 어느 의병진의 항쟁보다도 긴 4년간이나 투쟁을 계속할 수 있었던 것은 정용기 부자의 빼어난 충효정신에 기인한다고 볼 수 있다.[20]

## 2. 정용기의 창의가사

정용기는 충효심이 남달리 투철한 의병대장일 뿐 아니라 서화음률에 달통한 예술인이었고 문학작가였다. 그는 애국 계몽운동, 의병항쟁 등으로 동분서주 하면서도 67수[21]의 한시와 追悼歌, 追悼文, 다수의 通文, 宣傳文, 曉諭文, 上疏文을 남겼으며 더욱 〈勸世歌〉〈血竹歌辭〉〈國債報償斷煙會義捐金勸告歌〉 등 3편의 가사를 지었다는 점이 특이하다.[22]

그러면 이들 가사 3편의 창작연대 및 창작배경, 구성과 내용 등에 대해 고찰해 보기로 한다.

### 2.1. 血竹歌辭

이 가사는 1906년 음력 7월에 閔泳煥이 순국한 후, 衣劍 유처에서

---

20 鄭鏞基 부자가 태어난 곳이 永川郡 紫陽面 檢丹里였는데 이들 부자가 장렬히 순사한 후인 1908년 가을에 鄕會가 열려 인근 유생들이 부자 의병대장의 忠孝精神을 기리기 위해 洞名을 忠孝洞으로 고치기로 결의하여 檢丹里가 忠孝洞으로 바뀌었다. 당시 유림들의 주장이 너무나 엄중하여 일제와 그의 앞잡이가 된 관청에서도 이를 막을 수 없었다고 한다.

21 정용기가 지은 漢詩로는 어릴 때 지은 것이 17수, 서울에서 생활하면서 지은 것이 30수, 귀향 도중에 지은 것이 6수, 대구 감옥에서 지은 것이 14수로 총 67수가 전하고 있다. (삼남의진유사 참조)

22 산남의진유사 p.260에 軍歌가 실려 있는데 鄭鏞基의 孫子인 鄭喜永씨의 증언에 의하면 이는 정용기가 지은 것이 아니고 당시에 의병들이 많이 부르던 군가인데 산남의진유사 편찬시에 산남의진의 의병이었던 이모의 강요에 의하여 부당한 줄 알면서 부득이 싣게 되었다고 한다.

血竹이 솟아나자 이를 참관하고 그 의절에 감복하여 지은 것이다.

1905년 11월 18일 을사늑약이 이루어지자 서울의 상인들은 모두 철시를 하고 각급 학교는 폐문을 한 채 선생과 제자들이 통곡하였으며 신문에는 통분이요 거리는 격문으로 가득 찼었다. 특히 황성신문 사장 장지연의 '是日也 放聲大哭'이란 논설은 전국민을 울리게 하였다. 그리고 을사 5조약 체결에 찬성한 5大臣을 5賊으로 매도하는 원성이 빗발치듯 하였고 李完用의 집은 불이 붙었고 李根澤의 뒤에는 자객이 따르게 되자 일제 헌병의 총칼은 더욱 번쩍였다. 그러나 전국민들은 굽히지 않고 거부와 항쟁을 계속했으니 의정부 參贊 李相卨의 상소를 필두로 李裕承, 安秉瓚, 趙秉世, 閔泳煥, 崔益鉉 등이 을사 5조약을 거부, 취소할 것을 강경히 상소하였다.[23]

민영환은 조병세와 백관을 인솔하고 궁궐로 나아가 오적을 처형하고 조약을 파기해 줄것을 요구했으나 일본 헌병들의 강제해산으로 실패하자 종로 白木廛都家에 疏廳을 열고 상소를 의논하던 중, 아무리 상소를 해도 효력이 없고 어떤 방법으로도 만회할 도리가 없음을 깨닫고 죽음으로써 국은에 보답하는 동시에 국민을 경각시키고자 비장한 유서 2통[24]을 남기고 11월 30일 自刎殉國하였다.[25] 민영환이 순국한지 8개월 후인 1906년 7월에 그의 사저에는 순국 당시의 혈의를 봉안해 둔 마루 틈에서 4枝 48葉의 靑竹이 솟아올라 이 소문이 신문에 보도되자 하루 수천 수백 명이 참관하였다.[26]

정용기도 신문보도를 보고 그 이튿날 혈죽이 솟아난 실지를 참관하고 〈血竹歌辭〉와 함께 實地參觀, 喟然長歎, 追億 등의 산문과 〈血竹歌〉라

---

23 震檀學會, 韓國史 現代篇, 을유문화사, 1973, pp.926-928.
24 朴殷植, 韓國痛史, 博英社, 박영문고, pp.6-7.
25 宋相燾, 騎驢隨筆, 국사편찬위원회 편, 한국사료총서 2, p.61.
　金聲均, 血竹의 殉節, 韓國의 人間像 6, 신구문화사, 1965, pp.72-73.
26 國史編纂委員會 편, 閔忠正公遺稿, 附錄, pp.3-4.

는 長短句를 지어[27] 민영환의 우국 순절을 기리고 온 국민으로 하여금 추도심을 일층 돋우었다.

총 28句로 된 이 〈혈죽가사〉는 다음과 같이 기, 승, 전, 결의 4단으로 구성되어 있다.

1) 起詞; 혈죽 구경을 가자          (1~3행)
2) 承詞; 桂庭의 혈죽을 찾아가다      (4~11행)
3) 轉詞; 혈죽은 愛國 精靈의 표상이다  (12~19행)
4) 結詞; 혈죽의 뜻을 살려 역사를 빛내자 (20~28행)

승사에 해당하는 제2단에서 桂庭竹을 찾아가는 과정을 역사상의 충신들의 자취를 추상하며 정포은의 선죽교를 지나서 이르게 함으로써 민영환의 충절을 伯夷叔齊, 魯仲連, 鄭圃隱에 비기고 있다.

백이숙제 백세청풍    고죽국에 부터오고
아황녀영 애원청곡    소상죽에 염해오고
로중연의 제진수치    화죽성에 전해오고
유비군자 마탁공부    기욱죽에 모해와서
귀거래사 한곡조로    삼경중에 길을 떠나
낭음일두 대취하여    칠현죽에 잠깐 쉬어
포은충혼 조상하고    선죽교를 건너서서
동방원기 찾아가니    개정죽이 푸르구나

그리고 결사 부분에서는 혈죽을 잘 길러 장죽에는 대한의 기치를 높이 걸고 세죽은 화살을 만들어 간신배의 눈을 쏘고 파죽은 책을 엮어 충신

---

27 山南義陣遺史, 山南義陣遺史刊行委員會, 韓國言論社, 下卷 pp.224-231.

열사의 이름을 싣자고 함으로써 작자의 매국 간신들에 대한 증오와 간절한 우국의 염원을 아주 잘 드러내고 있다.

삼각토로 북을 주고　한강수로 물을 주어
조조석석 배양하여　아손죽이 무성커든
장죽은 기간이 되어　대한기치 높이 걸고
새죽은 궁시로 되어　간세배의 눈을 쏘고
파죽은 책을 엮어서　충신열사 재명하여

매국노들에 대한 작자의 증오심은 장단구 한시인 〈血竹歌〉에도 강렬히 표현되어 있다.

我願此竹　今日長一尺　明日長一尺　長至幾千尺　作爲落落之長竿
卦盡世間妄臣頭　　舞之靑天白日之藁街　以與我一般國人　唱此血竹之歌

願我此竹　今日生一枝　明日生一枝　生得幾萬枝　作爲片片之勁箭
穿盡世間愚頑胸　灌之以忠臣烈士之肝膽　以與我一般國民　唱此血竹之詞

나는 원컨대 오늘 한자 길고 내일 한자 길어서 길이가 몇 천자 되면 간들간들한 긴 장대를 만들어 간신들의 머리를 꿰어 청천백일 넓은 거리에서 춤추어 우리 국민들과 더불어 혈죽노래를 부르고저. 나는 원컨대 이대가 오늘 한 가지 생기고 내일 한 가지 생겨 몇만 가지 생기게 되면 굳센 화살 만들어서 세간의 어리석고 완악한 가슴을 뚫어 충신열사의 가슴으로 물을 대어 주어서 우리국민과 더불어 혈죽가사를 부르고저[28]

---

28 山南義陣遺史, pp.229-230. 血竹歌는 당시 皇城新聞에 실린 것이 있어 閔忠正公遺稿 附錄에 전재되어 있다. 정용기가 지은 한시 〈혈죽가〉중 인용한 부분은 내용이 서로 같다. (국사편찬위원회 편, 閔忠正公遺稿, pp.221-225 참조.)

〈血竹歌辭〉는 한자 어구와 고사성어를 적절히 인용하고 호소적 어조를 통하여 작자의 충혼과 시대적 정서를 효과적으로 드러내고 있기 때문에 당시 국민들로 하여금 민충정에 대한 애도의 마음과 매국 간신들에 대한 증오심을 유발시켜 충성심과 애국심을 고취하는데 크게 기여하였다고 본다.

## 2.2. 國債報償斷煙會義捐金勸告歌

1907년 2월부터 국채보상 운동이 처음 대구에서 전개되었다. 대구 광문사에서 徐相敦과 金光濟가 중심이 되어 일본에 대한 구한국의 당시 외채가 1300만원에 이르러 국가의 재정으로는 도저히 보상할 수 없었기 때문에 이를 갚기 위해 단연회를 조직하고 각 도에 격문을 띄워 그 운동을 전국적인 규모로 확대시켜 나갔다. 1인당 1개월간의 담배 소비액이 20전이기 대문에 국민 모두가 3개월간 금연을 하면 1300만원을 모금할 수 있다는 계산에서 이 운동이 전개되었다.

정용기도 이 국채보상 운동에 적극 동조하여 영천지방의 회장에 추대되어[29] 지방을 순회하며 모금운동을 벌였는데 이 때 그는 國債報償斷煙會通文[30]을 각지로 띄우고 〈국채보상단연회의연금권고가〉를 지어 국민모두가 의연금 출연에 동참하도록 호소하였다. 그러니까 정용기가 대구옥에서 풀려난 후, 再擧義를 준비하던 1907년 2~3월에 이 〈국채보상단연회의연금권고가〉를 창작한 것으로 보인다.[31]

---

29 名曰國債報償斷煙會라本郡이推以爲會長하다(산남창의지, 권하, 16장.)

30 "通文에는 국채보상 운동의 당위성과 전개 상황을 자세히 설명하고 결론적으로"대한에 신민된 僉君子는 勿以唱導者不人히 廢言하고 국가를 위하여 대세를 돌보아서 누구를 막론하고 한사람이 열사람에 열사람이 백사람에 전하여 전지천만에 一夫一婦라도 不聞不知의 한탄이 없도록 하여 집집마다 분발하여 비록 十전 五전이라도 모두 의연하여 국채를 보상하고 개명발달에 점진하여 자주독립 하기를 千萬부탁하노라"고 호소하였다.(山南義陣遺史, pp.221-222.)

31 山南倡義誌 卷下 및 山南義陣遺史에는 정용기가 國債 報償을 위한 斷煙會 활동에 참여

그런데 53행으로 된 이 가사도 다음과 같이 기, 승, 전, 결의 4단 구성을 이루고 있다.

1) 起詞; 문화 민족의 긍지          (1~9행)
2) 承詞; 債務國의 처지와 償債運動    (10~22행)
3) 轉詞; 義捐金 출연의 당위성      (23~38행)
4) 結詞; 자발적인 의연금 출연 권고   (39~53행)

이와 같이 기사에서는 우리 민족이 예의와 효제충신을 바탕으로 사천년의 역사를 가지고 성자신손과 영웅열사들이 이어져 문무겸전의 문화국가를 만들어 왔다는 민족의 긍지를 읊었고 승사에서는 이러한 유구한 문화 민족이 불행히 일본에게 큰 빚을 지게 되었으니 국채를 갚는 것이 상책이라 하였다.

이천만의 우리동포    예의근본 민족이오
사천년의 우리역사    세계사상 자랑이라
역대군왕 성덕으로    인의예지 터를 잡아
효제충신 집을 짓고    성자신손 전수하니
영웅열사 이력이요    문무겸전 제도로다
선현재시 교훈으로    가가현송 대한백성

---

한 것이 을사 5조약 체결 이전인 것으로 서술, 편찬되어 있으나 을사늑약은 1905년에 체결되었고 국채보상운동은 1907년 2월에 대구에서 처음 시작되었기 때문에 정용기의 단연회 활동은 을사늑약 체결 이후, 1907년 2월에서 3월사이에 이루어진 것 같다. 1907년 4월부터 再擧義하여 동년 9월 1일에 순절했기 때문이다. 그리고 이 勸告歌의 끝부분에서 "민계정의 혈죽끝에 대한국기 높이 달고 이천만 동포 모아서 만세태평 송축하세"라 읊은 것을 볼 때 을사늑약 체결이후에 창작된 것이 확실하다.
　大韓每日新報 1907년 4월 14일자에 端川郡 南門 밖 國債報償所 發起人인 리병덕과 김인화가 지은 國債報償歌가 실려 전하는 것을 볼 때 1907년 2월 국채보상운동이 전개되면서 국채보상 운동을 지지, 장려하는 노래가 상당히 많이 창작되었음을 짐작할 수 있다.(金根洙 편, 韓國開化期詩歌集, 태학사, 1985, pp.314-315 참조.)

| | |
|---|---|
| 효부충군 근본이요 | 입절사의 행세로다 |
| ...................... | ...................... |
| 전지자손 무궁하여 | 억만세전 하자더니 |
| 우리국운 불행하여 | 일본채전 졌었도다 |
| 탕진되는 우리국재 | 일철만원 어찌하리 |
| 말초귀경 생각하니 | 애급월남 복철이라 |
| 매국했는 역적놈들 | 원망해도 쓸곳 없고 |
| 사이지차 하였으니 | 갚는 것이 상책이라 |

　　그리고 전사에서는 국민 모두가 의연금을 출연하여 국채를 갚아야 나라를 보존하고 상등국민이 될 수 있고 부모를 편히 봉양하고 처자를 지킬 수 있다고 하는 의연금 출연의 필요성과 당위성을 부르짖었다.

| | |
|---|---|
| 우리들도 일심하여 | 일본채전 갚고보면 |
| 세계상에 자랑하고 | 상등국민 되어보세 |
| 이빚을 잘 갚고보면 | 국가 보전뿐 아니라 |
| 부모봉양 편히 하고 | 처자사랑 온전하며 |
| 이빚을 다 못갚어서 | 이민으로 되고보면 |
| 부모처자 각산되어 | 상사불견 고혼되고 |
| 예의좋은 우리백성 | 설명할 곳 전혀 없오 |

　　결사에서는 나라가 없으면 가정이 있을 수 없고 강토가 있어야 민족이 있을 수 있으므로 귀천없이 성의껏 의연하여 국채를 갚은 후에 태평세월 누려보자고 하면서 국채 보상운동에 적극적으로 참여하기를 권고하고 있다.

| | |
|---|---|
| 유국이면 유가이고 | 무국이면 무가이다 |

거상이 태평하서야 　　사가집도 보존하고
강토를 보전하여야 　　인종도 보호하리라
국가사를 뒤에 두고 　　자기 일만 생강해도
무후하고 유후함이 　　이 돈에 관계가 있오
이 돈을 어서 모아서 　　우리 국채 갚은 후에
자주독립 탑을 모아 　　대황제 전좌하시고
민계정의 혈죽 끝에 　　대한국기 높이 달고
이천만 동포 모아서 　　만세태평 송축하세

이 권고가는 당시에 전개되던 국채보상을 위한 단연운동의 필요성과
당위성을 기승전결의 형식으로 논리적인 서술을 함으로써 설득력을 발
휘하고 있으며 중간중간 "의연하소 의연하소"라는 반복 어구를 사용하여
참여의식을 더욱 분발시키고 있다.

## 2.3. 勸世歌

이 가사는 1907년 4월 再擧義 직전에 의병을 모집하기 위하여 지은
것이다. 山南義陣遺史에는 정용기가 1906년 12월에 부친의 명을 받고
영천으로 내려와 의병을 모집할 때 지은 것으로 편집되어 있으나[32] 가사
내용으로 볼 때 재거의 때에 지은 것이 분명하다.

민계정의 혈죽 끝에 　　대한국기 높이 달고
최면암의 금석필로 　　창의통문 지어내어
만국에 통고 보내고 　　천고충혼 초청하니

---

32 山南義陣遺史, 山南義陣遺史刊行委員會,　韓國言論社, pp.234-240 참조.

桂庭 閔泳煥이 순국한 때는 1905년 11월 30일이었으나 그의 衣劍 遺
處에서 혈죽이 솟아 난 때는 1906년 7월이었다. 정용기가 의병을 처음
일으킨 것은 1906년 3월이었으므로 민계정의 혈죽이 솟아난 것은 정대
장의 첫 의거 이후의 일이라 하겠다. 따라서 이 가사는 재거의 시에 창작
한 것이라 할 수 있다.

그런데 이 〈勸世歌〉는 총 68행으로서 역시 다음과 같이 기, 승, 전,
결의 구성으로 짜여져 있다.


　　1) 起詞; 태평성대를 누려온 大韓　　　　（1~7행）
　　2) 承詞; 난신적자로 망국적 처지에 이름　（8~26행）
　　3) 轉詞; 忠義之兵으로 역적과 일본 응징　（27~65행）
　　4) 結詞; 의병 지원 권유　　　　　　　　（66~68행）


기사에서는 역대 군왕의 성덕으로 삼천리 강토가 인의예지와 충효정
신으로 충만하여 당우시절과 같은 태평성대가 이어져 왔음을 강조한 후,
승사에서 평화스런 강토가 李址鎔, 李根澤, 朴齊純, 權重顯, 李完用 등
을사 5적과 같은 亂臣賊子들 때문에 문명종사가 전복될 위기에 이르게
되었음을 한탄하고 이들을 원망하고 꾸짖고 있다.


　　희고세계 빛난 일월　　　전지만세 바랐드니
　　천운인가 지운인가　　　난신적자 어인일고
　　개같은 저 왜놈들이　　　자칭문명 자랑하고
　　예의조선 우리국을　　　제임의로 처단하니
　　문명종사 전복되고　　　억만생영 어육이라
　　어느 놈의 소위런고　　　오적놈들 주사로다
　　이놈 이놈 이지용　　　　아이놈 이놈 이근택아
　　………………………　　　………………………

쥐만 못한 박제순과          개만 못한 권중현과

궁흉극악 이완용과          염치없는 민영기야

애잔하고 가련하다          우리문명 마다하고

만속에 붙인 네면목          부모유체 아니런가


　전사에서는 이런 망국역신을 治罪하고자 倡義所를 배설하니 충의열사
들이 모여 들었다고 전제하고 천고의 충혼의백을 초청하여 다음과 같은
忠義隊를 조직, 왜왕성을 쳐서 일본을 군현삼고 일본으로 달아난 역적놈
들을 잡아 젖을 담구어 싣고 팔도를 순회함으로써 만민의 분심을 풀고
민족의 정의를 세계에 자랑하리라고 비원을 토로하고 있다.


대　　장 … 鄭圃隱　　　　참　모 … 牧隱, 冶隱

종　　사 … 死六臣　　　　집　사 … 三學士

도 원 수 … 權　慄　　　　선봉장 … 郭再祐

수군도독 … 李舜臣　　　　육군도독 … 金應河

유 격 장 … 林慶業　　　　절충장 … 金德齡

운주대신 … 柳成龍　　　　체찰사 … 金誠一

병절교위 … 宋象賢　　　　임시군사 … 金尙容

운 량 관 … 李德馨　　　　청병사 … 李恒福

영좌의병 … 權應銖,鄭世雅　도로장 … 元容八

후 군 장 … 柳麟錫　　　　좌우영 … 閔宗植, 林炳瓚


　위와 같이 역대의 충신과 의사로 구성된 충의대를 만들어 역적과 일본
을 응징하는 가상적 시나리오에는 당시에 충의심이 강한 의병대를 조직
하여 난신적자를 벌주고 왜군을 기필코 몰아내려는 작자 정용기를 비롯
한 의병들의 강렬한 염원과 꿈이 투사되어 있음을 알 수 있다. 또한 역사
적으로 이름난 충신과 의사들을 은연중 의병들과 동일시함으로써 의병

지원자들에게 용기와 신념을 불러일으키고 있다.

역대 충의지사로 의병대를 조직하여 외국과 적신들을 討罪하는 상상의 수법은 沈義가 〈大觀齋夢遊錄〉에서 역대 문인들을 등장시켜 문인왕국을 건설, 이상세계를 추구한 것과 趙友懃이 〈大明復讐歌〉에서 역대 충신들을 동원하여 청나라를 토벌하여 명나라를 다시 세움으로써 글을 통해 이상을 실현코자하는 의도와 상통하고 있다.

결사에서 "어화 동포 형제들아 의병으로 가자스라"고 호소함으로써 의병 지원을 효과적으로 유도하고 있다. 대중 설득적인 측면에서 볼 때 이 가사는 매우 성공한 작품이라 평가할 수 있다.


## 3. 창의가사 3편의 특징과 의의

정용기가 창작한 〈혈죽가사〉〈국채보상단연회의연금권고가〉〈권세가〉 등 3편의 공통적인 특징과 가사문학사적 의의를 살펴보면 다음과 같다.

첫째, 정통 유학자의 가사 전통을 그대로 지니고 있다. 위정척사 사상과 충효정신을 근본으로 한 유학자의 우국충정이 구구절절이 짙게 베어 있어 듣는 이와 읽는 이로 하여금 충성심을 자아내게 하고 있다. 그리고 한자어와 고사성어가 많이 쓰여 중후한 문체를 이루고 있는데 이 점도 양반가사의 전통을 이어받은 면이라 하겠다. 그러나 양반가사의 특징인 2·4조 혹은 3·4조보다는 거의 4·4조로 되어 있고 또한 〈국채보상단연회의연금권고가〉의 종장만이 "이천만 동포 모아서 만세태평 송축하세"와 같이 양반가사가 가지는 종장의 결사형식을 지니고 있을 뿐, 다른 2편의 가사는 양반가사의 종장형식을 취하고 있지 않다. 이렇게 된 것은 1970년을 전후하여 산남의진유사를 편찬할 때에 편찬자의 식견부족으로 가사의 원형을 훼손하여 고어체를 당시의 철자로 바꾸고 가능한 한 4·4

조로 고친 결과라 하겠다.[33]

둘째, 실용적인 목적으로 가사를 창작했을 뿐 아니라 실제로 대중 설득에 사용했다는 점이다. 〈권세가〉는 의병을 모집할 때에 각지로 통유문과 격려문을 보낼 때 함께 발송했으며[34] 〈혈죽가사〉의 경우는 "이때에 將軍은 閔公에 대하여 哀詞各種을 저작하여 全國民으로 하여금 追悼를 一層 더 돋우었다."[35]고 한 것을 보면 민간에 널리 이 가사를 보급한 것 같다. 소위 〈권고가〉는 "국채보상 단연회를 조직하고 애국자들이 각도로 출장할 그때에 將軍은 경상도를 담당하여 순회하였다"[36]고 하므로 국채보상을 위해 금연운동을 펼 당시에 권고용으로 널리 반포하여 읽게 했던 것이라 하겠다. 가사의 교술성을 깊이 인식하여 효과적으로 활용했다고 평가할 수 있다.

셋째, 가사 각편들이 모두 기, 승, 전, 결의 4단 구성방식을 취함으로써 주제가 논리적으로 전개된 점이다. 가사 각편의 특징을 검토하는 과정에서도 드러난 바와 같이 가사 3편이 "평화로운 文明之國－일본의 침략으로 危機局面－義兵, 國債報償, 血竹精神 강조－적극 참여 또는 愛國勸誘"와 같은 논지를 폄으로써 민중들을 적극 설득하고 있다. 또한 이와 같이 가사 3편을 논리적 구성방식으로 전개시킨 것은 가사 창작의 목적이 실용적인 데 있다는 사실을 뒷받침하고 있다고 할 수 있다.

넷째, 분절과 4·4조 위주의 개화 가사가 풍미하는 시기에 고전가사의 전통을 잘 계승하고 있으며 의병가사의 맥을 이어주고 있다는 점이다.

---

33 의병의 후손들이 다 그러했듯이 정용기의 손자인 정희영씨도 밥을 굶어가면서 先代의 문집을 10년에 걸쳐 몇 페이지씩 찍어 1970년에 삼남의진유사를 겨우 완간하게 되었는데 정씨는 "그 당시 너무 무식하여 고어를 모두 고치고 4자로 맞추었다"고 증언하였다. 그리고 가사의 원본을 좀 볼 수 없겠느냐고 했더니 "그 가치를 잘 몰라서 보존하지 못하여 후회스럽기 짝이 없다"고 하였다.

34 산남의진유사에는 이 〈권고가〉를 "각지로 발부한 권세가"라 표기되어 있다.(산남의진유사, p.239 참조.)

35 산남의진유사, 山南義陣遺史刊行委員會, 韓國言論社, p.224 참조.

36 산남의진유사, 山南義陣遺史刊行委員會, 韓國言論社, p.219 참조.

1900년을 전후로 독립신문에 실린 애국가류와 대한매일신문에 실린 사회등 가사와 같은 개화가사들이 주류를 이루고 있을 때 지어진 정용기의 가사는 이들 개화가사와는 달리 전통적인 양반가사의 내용과 형식상의 특징을 그대로 잘 계승하고 있는데 이 점은 가사의 장르적 변모를 막는데 기여했다고 볼 수 있다. 그리고 의병가사 문학상 정용기의 〈勸世歌〉는 尹熙順의 가사에 이어 1896년에 柳弘錫의 〈告兵丁歌辭〉와 閔龍鎬의 〈回心歌〉가 창작된 후, 10년간의 공백을 이어준다는 점에서도 매우 귀중한 작품이라 하지 않을 수 없다.[37] 의병가사를 비롯한 창의가사는 창작과 유포의 과정이 매우 어려운 점을 감안 할 때 정용기의 3편 가사는 우리 가사문학사에 있어 매우 의의 있는 작품이라 하겠다.

---

**37** 김문기, 義兵文學의 形成과 투영된 思想 研究, 국어교육연구 25, 1993.

# 제3장 상주 동학교와 동학가사 책판 및 판본

　金周熙(1860~1944)가 1915년을 전후하여 설립한 동학교의 교당이 상주시 은척면 우기리에 소재하고 있는데 이곳에는 289종 1425점의 동학관련 유물이 보관되어 전하고 있다. 이처럼 많은 동학관련 유물이 전하고 있음에도 불구하고 이에 대한 조사나 연구가 정밀히 이루어지지 못하였다. 그 동안 동학교당의 유물 중에서 동학가사 판본에 대한 조사는 이루어진 바가 있으나[1] 동학교당 유물 전체는 물론이고 동학가사 책판에 대한 세밀한 조사와 연구는 이루어진 바가 없었다.

　그리하여 저자는 지난 2003~2005년에 걸쳐 상주 동학당의 동학가사 책판과 판본을 중심으로 유물 전체에 대한 학술조사를 6차례 실시하였다.[2] 유물에 대한 정밀한 조사를 실시한 결과, 상수 동학교당 유물 289종 1425점 중, 동학가사 책판은 총 56종 709판이 소장되어 있었는데 국문판

---

1　상주 동학교당 소장 동학가사 판본에 대한 조사는 유탁일 교수가 1973년과 1974년 2차례(柳鐸一, "東學敎와 그 歌辭", 한국학논집, 1976.), 최정여 교수 등이 1978년 11월과 12월에 현지를 방문하여 김병학, 김덕용 옹과의 면담조사와 동학가사 판본을 조사한 바가 있다. (崔元植, 동학가사 I, 해제, 한국정신문화연구원, 1979.) 또한 배현숙 교수도 2000년에 판본 조사를 실시한 바가 있다.(裵賢淑, "尙州 東學敎堂 刊行과 收藏 書籍考", 서지학연구 22, 2002.)

2　제 1차 학술조사는 2003년 12월 15일부터 16일까지 상주 동학교당 소장 동학가사 판본 및 사본에 대한 조사를 실시하였고, 제2차 학술조사는 2004년 1월 12일부터 15일까지 상주 동학교당 소장 동학가사 책판을 정밀 조사하였다. 제3차 학술조사는 2004년 7월 22일부터 23일까지 동학경전 책판 및 판본 조사와 병행하여 당시 동학교당에 『용담유사』 영인본이 없었기 때문에 22판에 대한 영인 작업을 실시하였다. 제5차 학술조사는 2005년 7월부터 8월까지 전체 유물에 대한 계량, 계측작업을 실시하였으며 제6차 학술조사는 2006년 1월 7일부터 12일까지 유물 사진 촬영과 보완조사를 실시하였다.

동학가사 책판이 27종 355판,[3] 국한문판 동학가사 책판이 29종 354판이었다.[4] 그리고 전적은 135종 172점 보관되어 있었는데 이 중에는 동학경서가 11종 19책, 동학가사가 87종 93책이 소장되어 있었다. 동학가사는 국문 판본이 37종 39책, 국한문 판본이 34종 35책이 소장되어 있었고[5] 필사본 동학가사가 15책이 전하고 있었다.

이 글에서는 6차에 걸친 상주 동학교당 유물 조사를 통하여 동학가사의 책판과 판본의 현황 및 특징을 분석, 고구함을 주목적으로 하면서 동시에 상주 동학교의 설립 과정과 종교 사상, 동학가사의 간행과 유통과정에 대해서 규명해 보려고 한다.

## 1. 상주 동학교와 동학가사

### 1.1. 상주 동학교의 설립과정과 사적 전개

동학은 1860년 4월에 水雲 崔濟愚(1824~1864)에 의하여 창도된 서민적이고 민족적인 신흥종교이다. 처음에는 천주교 즉 서학에 대립되는 개념으로 '동학'으로 불렸으나 후에 동학이 북접과 남접으로 나누어지면서 최시형의 북접에서는 손병희에 의하여 천도교, 김용구에 의하여 시천교, 김연국에 의하여 상제교 등으로 불렸고, 남접에서는 경천교, 동학교, 청림교 등으로 불리게 되었다.

---

3 龍潭遺詞卷之七 〈내수도〉(11판)는 실제 歌辭가 아니므로 이를 제외한다면 국문판 동학가사 책판은 26종 344판이고 따라서 순수한 동학가사 책판은 총 55종 698판이라 할 수 있다.

4 상주 동학교당 소장 文化財 指定告示 資料에는 국문판 동학가사 책판이 27종 370판, 국한문판 동학가사 책판이 28종 339판이 동학당에 소장되어 있는 것으로 기록되어 있다.

5 〈내수도〉는 가사 작품이 아니지만 편의상 동학가사 통계에 포함시켰다.

최제우는 젊은 시절 문장과 도덕이 탁월했으면서도 벼슬을 하지 못한 아버지 崔鋈에 대한 동정심과 출세 길이 막힌 서출로서의 비애감, 생모의 비천한 신분에 대한 열등감 등으로 내적 갈등을 겪으면서 구도의 길에 올랐다. 1844년 울산 유곡에 은거, 수도하기 시작하여 1856년에 천성산 내원암에서 49일 기도하고 1857년에 천성산 적멸굴에서 49일 기도한 후, 1859년에 경주 용담정에서 수도한 끝에 하늘에서 들려오는 소리를 듣고 득도하여 侍天主, 後天開闢을 부르짖으며 輔國安民, 布德天下, 廣濟蒼生을 기치로 동학을 창시하였다.

최제우는 天과 人을 道의 근원으로 삼고 誠, 敬, 信을 도행의 본체로, 수심정기를 수도의 요결로 삼아 포교 3년 만에 신도가 14接 3,000여 명에 달하였으나 좌도난정의 죄로 체포되어 1864년 3월에 참수되었다.

최시형(1827~1898)이 도통을 이어 은복포교를 지성으로 행함으로써 수운 사후 급격히 쇠퇴했던 교세가 충청도, 전라도까지 크게 확장되자 관의 탄압 이 더욱 심하여 '동학당'이라면 잡아다가 생명과 재산을 마구 빼앗는 지경에 이르게 되었다. 그러나 1892년 소극적인 포교 방법을 지양하고 敎祖伸寃運動을 전개하여 포교의 자유를 요구하였다. 교조신원운동은 점차 체제개혁으로 치닫게 되었고 1894년 남접 전봉준(1854~1895)이 동학농민혁명을 일으키자 최시형은 처음에는 소극적으로 대처하다가 나중에 적극적으로 가담하였다. 동학농민혁명이 청국과 일본의 개입으로 실패로 끝나자 동학의 교세는 급격히 쇠퇴하였으며 북접 교주 최시형은 도피하다가 1898년 원주에서 체포되어 참형되었다.

3대 교주가 된 손병희는 '道卽天道 學卽東學'을 표방하여 천도교로 개칭하고 교세확장에 힘썼으나 남·북접의 대립은 더욱 노골화되어 도통 전수에 불만을 품은 동학의 원로들이 분파하여 一進會, 進步會, 侍天敎, 上帝敎, 元倧敎, 天天敎, 靑林敎, 大華敎, 人天敎, 白白敎, 水雲敎, 大同敎, 天命道, 平和敎, 無窮道, 无極大道敎, 天法敎, 大道敎 등 독립된 교당을 설립하였다.[6]

1890년 최시형이 북접도주가 되자 이에 반발한 金時宗이 남접도주라 자처하고 안동지방에서 포교하기 시작하였고 그 제자 金洛春을 거쳐 손제자 金周熙에 이르게 되었다고 알려져 있으나[7] 김시종과 김낙춘은 허구적인 인물이라 할 수 있기 때문에 남접은 실질적으로 당시 동학의 대도를 크게 깨쳤던 김주희에 의하여 주도되었다고 할 수 있다.

『朝鮮의 類似宗教』에서뿐만 아니라『青林教沿革史』,[8] 『朝鮮諸宗教』,[9] 상주 동학교의 『東學의 由來』[10]와 동아일보 광고[11]에서도 김주희의 스승으로 金時宗, 鄭侍宗, 金侍宗을 들고 있으나 당시 동학에서 青林이라고 우상적으로 추앙되던 허구적인 인물을 수의적으로 명명하여 부르게 되었다고 본다.

청림선생이라 불리는 金時宗, 金侍宗, 鄭侍宗 등은 동일한 인물로서 이들이 허구적 인물이라 할 수 있는 근거는 ①時宗이나 侍宗은 교주나 교의 지도자란 일반 명칭이며, ②이들이 실제로 생존했던 동학의 유명한 지도자였다면 그들의 업적이나 그들에 관한 기록이 조금이라도 전해질 것인데 이러한 기록을 일체 찾아 볼 수 없다는 점, ③이들의 행적이 김주희의 행적과 유사하다는 점, ④동학의 유명한 지도자였다면 왜 이름은

---

6 이돈화, 天道教創建史, 천도교중앙종리원, 1933.
　村山智順, 朝鮮의 類似宗教, 최길성·장상언 공역, 계명대학교출판부, 1991.

7 村山智順, 앞의 책, p.195.

8 南接道主 青林先生 鄭侍宗 自甲子(1864) 以後 隱居金剛山 潛心修道矣 當於甲午(1894) 北接撥亂之際 隱密通諭於南派名布中 戒勿訓動 使之修潛伏修道焉. 甲辰(1904)春 弟子 中鄭壽基 自願下山 傳道興權秉·吳淵龜·徐秉坤·金世應 等 設立敬天教(韓泰洙, 青林教沿革史, 청림교중앙총부, 1923, p.22.)

9 敬天教 教主 金青林(金時宗, 金侍宗, 鄭侍宗은 동일한 인물임)의 祖宗은 한학자며 시문과 역학에 능했던 韓青林(韓悟, 韓昨, 南正은 동일한 인물임)이다.(吉川文太郎, 朝鮮諸宗教, 朝鮮興文會, 1923, p.318.)

10 故로 先生계서 從其斯門之禮하시와 以法憲 崔時亨氏로 定其化接大道主하시고 以青林 金侍宗씨로 定其南接道主하시와 以鄕衆人傳道布德矣러니(時警歌 附由來 全, 東學의 由來)

11 東學第一世教主 水雲先生姓崔氏 名濟愚 慶州人 第二世教主 青林先生 姓金氏 名侍宗○ 州人(동아일보, 1922년 5월 29일자 광고: 柳尙和, "상주 동학가사의 문헌적 연구", 고려대 석사학위논문, 1993, 재인용.)

물론 姓마저 다른가 하는 점, ⑤이들을 靑林先生으로 부르는데 당시 靑
林을 자청했던 인물들이 많았다는 점, 예컨대 三道峰의 尹靑林, 大興의
金靑林, 鷄龍山의 韓靑林, 湖西의 林靑林과 太靑林, 妙香山의 朴靑林[12]
등인데 '靑林'이란 주역에 나오는 후천개벽이나 선천회복을 뜻하는 말이
니, 모두 최제우의 遺訓(?)으로 알려진 "須從白兎走靑林"이란 문자와 최
제우가 최시형에게 도통을 전할 때 사용한 북접주인이란 모호한 명칭에
서 배태된 것이라 볼 수 있기 때문이다[13] ⑥김주희가 지은 상주 동학가사
에 '청림선생'이라 지칭하는 말이 나오므로 청림선생은 김시종이라 봐야
한다는 주장이 있으나 이는 동학가사를 필사하거나 판각할 때, 교주가
神氣를 받아 시름시름 앓으면서 가사를 단숨에 지어 부교주에게 주면 부
교주는 교정을 하여 정서를 했기 때문에[14] 포교를 위해 교도들의 입장에
서 상황에 맞도록 "청림선생"이라고 고쳐 썼다고 볼 수 있다는 점, ⑦상
주 동학교법에 "2세교주 청림선생"[15] 이라고 분명히 밝히고 있기 때문이
다. 이런 점으로 볼 때 '김시종'은 허구적인 인물이며 '청림'은 동학에서
우상적인 존재로 막연히 추앙되다가 남접의 정통임을 자처하는 상주 동
학교에서 신비감과 권위를 확보하기 위하여 교주 김주희를 청림선생으
로 부르게 되었다고 본다.

　남접 동학의 교주 김주희(1860~1944)는 본관 경주, 자 敬天, 호 三豊,
존호 청림선생으로 1860년 10월 충남 공주군 신상면 달동(현 유구면 신
달리)에서 부친인 允集(1823~1881)[16]의 둘째 아들로 태어나 아버지를
따라 어릴 때부터 동학에 입도하였다. 그의 부친 윤집은 永福의 셋째 아

---

12　이돈화, 靑林沿革史, pp.20-21. 참조.

13　최원식, "東學歌辭 解題", 東學歌辭 Ⅰ, 한국정신문화연구원, 1979, ⅶ~ⅷ장 참고.

14　홍순원 씨(당시 89세, 구미시 거주)의 증언 재인용.(柳尙和, "상주 동학가사의 문헌적
　　연구", 고려대 석사학위논문, 1993.)

15　第一世教主 龍潭淵源 水雲大先生主 無極大道大德 第二世教主 道統淵源 河圖弓乙 靑林
　　先生主 無極大道大德의 淵源 有홈(東學教法).

16　『追遠錄』에 의하면 윤집의 字는 致瑞, 癸未(1823)년 5월 16일에 태어나 辛巳(1881)년
　　2월 25일에 졸하였다. 부인은 丹陽 禹氏이다.

들로서 태어났으나 종손인 당숙 永秀에게 양자로 가게 되었는데[17] 당질 중에서도 셋째가 종손이 되자 말썽이 일어났다. 이로 인해 윤집은 적서 차별 철폐, 계급의 철폐를 부르짖는 동학에 들어가게 되었고 입교하여 열성적으로 동학의 가르침을 實踐躬行하고 적극적으로 포교를 행함으로써 수운으로부터 인정을 받은듯하다. 이는 윤집이 살았던 충남 신상면 달동, 계룡면 경천리, 논산군 두마면 흑석리 등지의 주민들이 거의가 동학교인들이었다는 사실과 수운선생으로부터 "文閥과 獻誠節次 등을 다수 전수받고 배웠다"[18]는 기록 등으로 짐작할 수 있다. 동학에 열성적이던 윤집은 자기가 중농의 아들로 태어나 배우지 못했기 때문에 아들 주희에게는 학문에 주력하도록 적극적으로 노력했던 것 같다. 그리하여 김주희는 계룡면 경천리로 이사 한 후, 계룡산 갑사 밑에 있는 암자에서 수도에 매진하였고 동학혁명 때에는 동학군에 가담하여 활동하다가 피신하여 논산군 두마면 흑석리 골짜기로 들어가 살았으며 다시 처가가 있는 충북 영동군 양광면 지촌리 내공으로 피신하게 되었다. 그는 다시 속리산으로 피신하여 수도하다가[19] 1904년경에 十勝地의 하나로 알려진 상주군 화북면 장암리로 들어가서 敬天敎를 조직하여 교당을 세우고 포교활동을 전개하였다. 자신은 일경의 지목을 받아 공공연히 활동을 할 수 없었기 때문에 부득이 鄭壽基[20]를 교주로 내세우고 낮에는 속리산에 들어가 숨어 있다가 밤에 몰래 하산하여 교리를 가르치고 교당의 사무 처리를 지시하는 등 은밀히 실질적인 교주 역할을 하였다. 그러나 정수기

---

17 慶州金氏族譜 권2 p.74, p.515 참조.

18 水雲先生두先生을 直接承顔하셧스며多數한文閥과獻誠節次等等을一一히밧고배우셔現敎主先生게傳해왔는바(東學의 由來, 時景歌 附由來 全)

19 當時 李朝末期 國政의 紊亂, 甲午 東學革命 等 世態 紛擾함으로 隱居山林(俗離山)하야 修道爲主러니 一朝 恍然大悟하니 曰 體天行道라. 故로 南接이라 稱하시다.(崔元植, "東學歌辭 해제", vi면, 東學歌辭 I, 한국정신문화연구원, 1979.)

20 鄭廣德이라고도 하는데 나이는 김주희보다 10세쯤 많고 원래 동학과 무관한 떠돌이로 어느 물방앗간에서 김주희와 만나 동학에 입도한 언변이 좋은 사람이었다고 한다.(김정선씨의 증언)

가 獻誠 陳設式을 陣法으로 하는 등 교단을 군대화하여 항일 의병활동을 전개하려고 하자 1907년경에 결별을 선언하고 속리산에 은거, 수도하였다.[21] 김주희가 떠난 후, 경천교는 일제의 탄압과 더불어 정수기가 1912년 경, 보은 의병에 참가했다가 체포되어 청주형무소에서 참형을 당하자[22] 해체되었다.

김주희는 속리산에서 수도하면서 體天行道를 크게 깨닫고 제자 朴齊八, 蔡明鎭, 蔡萬鎭, 郭東一, 金大容, 金洛世 등의 간청으로 하산하여 상주군 송현리 채경석의 집에 잠시 머물다가 안동, 청송 등지로 피신하여 포교하면서[23] 동학교를 설립할 뜻을 가졌으나 교당 건립 등 경제적인 문제가 해결되지 않아 길을 모색하던 중, 1910년경에 상주 利安에서 부교주 김낙세를 만나 동학교 설립하기로 합의하고 김낙세의 경비 주선으로 부지 매입에 들어갔다. 1915(龍潭布德 56년, 乙卯)년 6월 29일에 터를 닦고[24] 7월 11일에 원채인 乾坐巽向의 北齋 상량식을, 10월 8일에 坤坐艮向의 西齋 상량식을 가짐으로써[25] 상주 동학교당이 설립되었던 것이다. 그리고 1919년경에 전체 교당[26] 건립이 완성되었고[27] 이때 정수기파의 일

---

21 교주 김주희의 손자인 金正善씨의 증언에 의하면 김주희 선생은 동학농민혁명 때에 수많은 동학교도들이 무참히 희생당하는 것을 목격했기 때문에 무모하게 무력행사를 하는 것은 교도들의 억울한 목숨을 빼앗는 무모한 지이라 판단했기 때문이라고 한다.

22 정수기의 제자 들 중에 金相峈 등 몇몇이 1920년경에 청림교를 설립하였다.

23 이때가 1907년경이라 할 수 있다. 朝鮮 類似宗敎의 각 교별 교도수 통계에서 상주동학교의 경우, 1907년에 처음으로 교도수가 남 10명, 여 2명으로 나타나기 때문이다.

24 獻誠室創立之宜 今慈良辰 謹奉禮幣 獻酌開基(『祝式』, 第五雜記篇, 第四開基祝.)

25 靑林布德五十六年乙卯七月十一日甲申申時立柱上樑乾坐巽向庚申生成造運 有司姓名某 木手姓名某(北齊, 上樑文, 筆寫本 및 『祝式』, 第五雜記篇, 第五上樑祝.)
靑林布德五十六年乙卯十月初八日己酉巳時立柱上樑坤坐艮向申生成造運 有司金周熙 木手金應鉉(西齊 上樑文 筆寫本.)

26 교당은 주위의 지형 지세를 동학교적 논리로 해석하여 서쪽 七峰山과 그 주변 산들에 의해 형성된 山丁字型 山勢와 마을의 東南角에서 合水하여 東南向으로 흐르는 물 흐름의 丁字形 水勢가 합쳐진 山丁字丁 先天形局의 亞字型 地勢의 중앙에 위치한다.(金一鎭, 李鎬列, 尙州 東學敎 敎堂 建築에 관한 硏究, 대한건축학회, 1987.)

27 1919년(己未) 4월 9일 申時上樑, 1919(己未) 5월 3일 西偏內堂成, 1919(己未) 5월 8일 西偏外堂成, 1919(己未) 5월 9일 外舍廊間障成, 1919(己未) 7월 11일 夜築西偏翼廊岱基

부도 상주 동학교로 편입되었으며 1922년 5월 29일에 조선총독부로부터 인가를 받아 개교식을 거행하게 되었다.[28]

상주 동학교의 교당이 완성되고 조선총독부로부터 비공식적인 것이지만 인가를 받아 개교하자 교도들이 급격히 증가하게 되었다. 1907년부터 1914년 까지는 교도수가 12명 정도로 진척이 없다가 1915년부터 차츰 증가하여 1920년에는 76명으로 늘어나고 1922년에는 447명으로 급격히 불어나게 되었다.[29]

1919년 이후, 일제는 '文化統治'라 하여 다소 유화정책을 펼치는 바람에 상주 동학교가 비공식적인 인가를 받게 되었으나 그 과정은 매우 까다롭고 복잡하였으며[30] 인가를 받은 후로도 일제의 탄압은 여전하였다.

그러나 교도수가 증가하자 1926년에는 『祝式』[31]을 제정하여 의례의 기준과 절차를 마련하였으며, 지부를 결성하고[32] 각지로 포교사를 파견하여 교세를 확장하는 데 박차를 가하였다.[33] 1928년에는 교도수가 1500

---

新家牆垣及翼廊四間, 1919년(己未) 8월 25일 新家牆垣及前廡四間粗成, 1919(己未) 8월 1일 韓氏以八人牛運來椽木百介, 1919(己未) 8월 2일 崔達先以七人牛運椽木, 1919(己未) 8월 4일 達先氏又以九又運椽木(부교주 김낙세 일기 1919.3.1~1920.6.20)

28 大正十一年 壬戌正月二十九日에 東學本部敎堂 看板을 걸고 開校式을 擧行하엿으니 凡 十五年前이엿다(東學敎 由來, 1937.)

29 安泰賢, "尙州東學村의 展開過程을 통해 본 民衆的 理想社會의 像과 實際", 안동대학교 석사학위논문, 1998, p.26.

30 개교를 위해 경찰당국의 양해를 얻는 과정은 김낙세의 일기(1922.7.1~1924.9.12.) 중 '西征日錄'에 잘 기록되어 있다.

31 祝式은 木版本 단권으로 되어 있는데 獻誠, 婚禮, 喪禮, 祭禮 및 回甲, 上樑, 禮帖 등의 절차와 행사를 거행할 때 쓰는 축문 및 서식을 적어 놓은 儀禮書이다. 제1獻誠篇에는 분향축, 참회축, 치성축, 시식축, 제세축, 전수축, 예장전수축, 신호전수축, 예첩전수축, 개교헌성축, 대교주헌성축, 지부교당설립축, 지부개교축, 원일헌성축. 천지합덕축 등의 축문이 실려 있고, 제2婚禮篇에는 관례축, 초례축, 우례축 등의 축문이, 제3喪禮篇에는 발인축, 평토축, 반혼축, 가토축등이, 제4祭禮篇에는 제일헌성축, 명정차사축, 첨원제일축 등이, 제5雜記篇에는 갑일헌성축, 개기축, 상량축, 예첩식 등의 축문 서식이 실려 있다.

32 村山智順의 『朝鮮의 類似宗敎』에는 1831년 경에 상주 동학교에는 8개 지부가 존재한다고 되어 있으나 당시 실제로는 안동지부 1곳밖에 없었다.

33 당시의 포교사로는 예천에서 우홍창, 안영칠, 권상득, 영양에서 박화식, 배성주, 권재익, 안동에서 김용대, 권기도 등이 활동하였다. 문집 배부의 일은 최진홍. 김원락, 박화석,

명에 달하였고[34] 이러한 교세는 1931년까지 유지되었다. 당시 교당의 건립, 교의 인가, 전적의 출판, 포교, 교도관리 등 교당의 대소사는 부교주 김낙세[35]가 주도하였다. 이 당시 교세는 상주를 비롯하여 문경, 예천, 안동, 봉화, 영양, 영덕, 영주, 의성, 청송 등 경북 북부지방이 중심이 되었고 충북, 충남은 물론 강원도까지 미치게 되었다. 소수이기는 하나 경기도와 전라도에도 교도들이 있었다고 한다. 교도들은 부교주, 誠敎長, 敬敎長, 信敎長 등 지도자들의 추천을 받아 입교하였는데 대개는 가족 단위로 입교하였고[36] 가족 전체가 교당 근처로 이주하여 安東村 등 집단촌을 형성하기도 하였다.

상주 동학교의 교세가 날로 번창하자 일제의 탄압은 더욱 심하여 교도들의 동정을 감시하고 구타하거나 교당을 불법 수색하였으며, 교주를 비롯하여 교도들을 구금하기도 하고 동학경전이나 동학가사를 검열, 압수하기도 하였다.[37]

이에 따라, 1932년 이후 상주 동학교는 교도수가 절반으로 줄어들었

---

지용출 등과 경교장이 주로 담당하였다.(김낙세 일기 참조.)

34 村山智順, 앞의 책, p.440, p.548 참조. 부교주 김낙세는 그의 일기에서 1927년 6월 말 당시 남녀 교도수가 1244명, 1928년 12월 말 당시 남녀 교도수가 1304명이라고 하였다.(『收桑錄』一 참조.)

35 金洛世(1869~1944)는 일명 金洛應, 자는 世淑, 호는 河華이며 貫鄕은 豊山이다. 高麗判相事 文迪의 25세 손으로 안동군 豊山面 五美洞에서 태어나 일찍이 한학을 수학하고 1900년(32세) 경에 동학에 입도하였으며 1915년에 안동에서 우기리로 거주를 옮겨 본격적으로 포교에 종사하였다.(追遠錄 및 判決文 참조.)

36 『東學敎籍』一, 二 참조.

37 몇 가지 대표적인 사례를 김낙세 일기에서 찾아보면 다음과 같다
·昨日丈室受困(1917. 2. 9.)
·外西金達鎔 與新來補助員一人 內庭突入 不法毆打 奪去伯嫂氏所覽신화가一冊(1919. 2. 28.)
·尙州警察署警部補 內地人大石直一 率其部下日鮮巡査共九人來 請家宅搜索而押去文閥 及書類共一箱(1924. 7. 27.)
·午後 四時頃 保勒系主任 小柳田彦助 通譯尹亨柱 兩氏列席 安心歌 辨論(1924. 9. 5.)
·不許可인룡담유수로하여 駐在所에暫間불예가다(1927. 2. 28.)
·本面巡査 以尙署要求 誘去龍潭遺辭三冊(1927. 3. 5.)

고 이에 따라서 교세는 급격히 쇠퇴하게 되었다.[38] 이는 일제가 침략전쟁을 치루면서 정책적으로 더욱 노골적인 탄압을 가하여 유사종교의 집회를 엄격히 제한함으로써 이 무렵 동학교당은 포교에 큰 타격을 받게 되었고 일본 경찰에 의하여 큰 고생을 겪게 되었기 때문이다. 더욱이 1936년에는 경찰 당국에 의해 공인취소 및 집회금지 통고를 받게 되었는데, 이를 어기고 집회를 몰래 해 오다가 1943년 10월 28일 수운선생 탄신일에 獻誠式을 거행하던 중, "불온한 언설을 유포한 죄"[39]로 교주, 부교주가 구속되고 경전, 가사 등 동학교 관련 자료를 압수당하는 대탄압을 받게 되었다. 이듬해인 1944년에 교주는 병보석으로 석방되었으나 病死하였으며 부교주 김낙세는 대구법원에서 옥사하였다. 이렇게 교주와 부교주가 동시에 세상을 떠났을 뿐만 아니라 집회가 불법화 되고, 후계 지도자가 양성되지 못했으며 재정적으로 자립할 수 있는 기반을 갖추지 못했기 때문에 상주 동학교는 사실상 종교로서는 종말을 고하게 되었다.

## 1.2. 상주 동학교의 종교사상

김주희가 창도한 동학교는 1922년에 총독부로부터 공인을 얻게 되었고 이때를 전후하여 1932년까지 동경대전을 비롯한 『弓乙經』, 『通運歷代』, 『道源經』, 『道和經』, 『敎正經』, 『道正經』, 『道修經』, 『道誠經』, 『祝式』 등 9종의 경전과 112편의 동학가사를 간행하는 사업을 펼쳐 적극적으로 포교에 임하였다.

상주 동학교에서 발간한 경전과 가사를 통해 볼 때, 상주 동학은 천도를 배우고 익혀서 體天行道를 실천함으로써 선천시대의 태평성대를 열

---

38 村山智順의 朝鮮의 類似宗敎 8장 연도별, 도별 교세 통계에 의하면 상주 동학교의 교도 수가 1931년에 1488명이던 것이 1932년에는 687명으로 감소되었고 그 이후 이러한 추세는 계속되었다.

39 判決文. 昭和 9년 刑 제134호.

고 廣濟蒼生하는데 그 목적을 두었다.

先天이 回復되시는 運數에는 天根 五行이 用事키로 我東方에서 聖人 崔
水雲 大先生이 木德王運을 알으시사 東學을 發明하셨으니 東學은 卽 天皇
氏 木德旺運 펴시는 人皇氏 九兄弟 分長九州로 밝혀 가시는 것슬 學而時習
히서 體天行道하즈는 것이라 …… 泰平泰平 世界되면 廣濟蒼生 안일넌가[40]

| | | | |
|---|---|---|---|
| 易卦定數 | 數質하스 | 先天後天 | 슘히신後 |
| 天道回復 | 다시되야 | 木德以旺 | 째를알고 |
| 天旺節文 | 밝혀닉스 | 오는運數 | 일찌주고 |
| …… | | …… | |
| 時運時變 | 째를짜라 | 上律天時 | 違其말고 |
| 至於至善 | 行하오면 | 聖人道德 | 조흔富貴 |
| 仁者無敵 | 빗는마음 | 萬世榮樂 | 눌일틔니[41] |

이러한 뜻은 상주 동학교의 교법에 "시세 변천을 묻지 아니하고 정치
득실에 관여하지 않을 뿐만 아니라 오로지 하늘의 도를 계승하여 그 표
준을 세운다"[42]는 동학목적에도 뚜렷이 나타나 있다. 이는 투쟁적이고 혁
명적이었던 전봉준의 남접은 물론이고 敎政一致를 주장하던 천도교[43]와
도 다른 것으로 상주 동학교가 영적 구원 위주의 종교 운동을 지향하고

---

40 東學教 由來, 1937.

41 龍潭遺辭 권17, 『修德活人警世歌』〈警世歌〉

42 本教는不問時世變遷하고不干政治得失하고單純한繼天立極으로目的함(東學教法)

43 天道教는 全的 生活을 사람에게 教示하고 그 法理에 依-하야 政法事와 道德事는 人生
問題의 根底에서 決-코 分離하야 볼 것이 아니오, 唯一의 人乃天 生活의 表現에서 그가
制度로 나타날 때에는 政이 되고 그가 教化로 나타날 때에 教가 된다함이니 그럼으로
天道教는 世上을 새롭게 함에 있어 精神教化를 尊重히 아는 同時에 物質的 制度를 또한
重大視하야 그 兩者를 倂行케 함을 教政一致라 함(李敦化,『天道教創建史』천도교중앙
종리원, 1933, p.67.)

있었음을 분명히 밝히고 있는 것이다.

그렇다고 상주 동학교가 일제에 대해 무저항, 무비판으로 일관한 것은 결코 아니다. 일경으로부터 끊임없는 감시와 압박을 받았을 뿐만 아니라 1936년에는 공인취소와 집회금지 조치를 당하였고 1943년에는 일본이 멸망할 것이라고 공언함으로써 교주, 부교주 및 교인들이 구속되기도 하였다.

신통력에 의하여 천지가 전도되고 조선의 일월이 만국을 비추어 난세를 태평하게 하는 날이 오면 나의 교도들은 고위고관이 된다. 지금은 선천 삼천년이 후천 삼천년으로 전환되는 시기이므로 곧 천지가 전도될 것이다. 고로 제 외국과 아군 그리고 서양은 수덕국이고 일본은 화덕국이니 수와 화가 서로 만나면 아국과 서양제국은 일본을 멸망시키고 결국에는 오직 조선, 노서아, 중화민국 삼국이 잔존하고 오등인은 영원히 행복을 누릴 것이다.[44]

일제에 대한 비판과 저항은 동학가사 〈춘강어부사〉 〈경세가〉 〈시세가〉 및 필사본 〈찬시가〉에도 나타나 있다.

| 無情혼 | 이歲月을 | 無言이 | 보니드니 |
|--------|----------|--------|----------|
| 億兆蒼生 | 童謠소리 | 亡國調를 | 일솜기로[45] |
| | | | |
| 瀛州蓬萊 | 조흔景에 | 鶴髮仙官 | 우리先生 |
| 億兆蒼生 | 童謠소리 | 亡國調를 | 들으시고[46] |

---

44 판결문 참조.
45 龍潭遺辭 권15, 『漁父辭』〈春江漁父辭〉
46 龍潭遺辭 권15, 『漁父辭』〈警世歌〉

| | | | |
|---|---|---|---|
| 殺害人物 | 조와하여 | 武力政治 | 崇尙할제 |
| 劍戟으로 | 政治하고 | 劍戟으로 | 治民타가 |
| 제劍戟에 | 지가죽고 | 제劍戟에 | 져망힛네[47] |

| | | | |
|---|---|---|---|
| 倭야倭야 | 못씰倭야 | 無辜人民 | 害치말고 |
| 於序바삐 | 돌아가서 | 늬즉분을 | 직히셔라 |
| 職分일코 | 안될틔니 | 職分딕로 | 도라가리 |
| 만일글이 | 안이타간 | 明哲하신 | 하날님니 |
| 四震雷 | 震靂椎로 | 一時예 | 消滅하여 |
| 永不出世 | 식히리라[48] | | |

특히, 〈춘강어부가〉와 〈경세가〉의 "童謠소리 亡國調", 〈시세가〉의 "武力政治 崇尙할제 劍戟으로 政治하고 劍戟으로 治民타가' 등의 극단적인 비판 문구는 삭제를 한 후, 검열을 받았던 것이다.[49] 특히, 1924년 7월에는 〈안심가〉 때문에 문제가 일어나서[50] 1924년 이후에는 문제된 구절을 삭제하거나 아니면 『龍潭遺辭』에서 아예 〈안심가〉를 제외시키기도 하였다.

이와 같이 상주 동학교가 일제에 대해 강력한 저항의식을 가졌음에도 불구하고 폭력과 투쟁을 거부하고 무저항, 비타협으로 일관한 것은 갑오동학농민운동을 통해 동학도의 일방적인 희생과 처참한 말로를 목격했을 뿐만 아니라 갑오동학농민운동 이후, 동학운동이 궤멸 상태에 이르자 위기의식을 느끼게 되었고 또한 공인을 얻기 위해서는 불가피했기 때문

---

47 龍潭遺辭 권30, 『擇善修德歌』 〈時勢歌〉
48 김낙세 필사본 가사 〈찬시가〉
49 유상화, "상주 동학가사의 문헌적 연구", 고려대 석사학위논문, 1993, p.61.
50 〈안심가〉 중에 "긴갓흔 왜적놈아 너의신명 도라보라", "긴갓흔 왜적놈이 전세임진 왓다가셔", "대보단네 밍세흐고 한의원슈 갑허보세" 등의 문구가 문제가 되었다.

이라 생각된다. 결국, 방편적으로 세속과의 단절, 정치에의 불간여를 선언하고 종교적인 차원을 지향코자 했던 것은 당시의 모든 문제를 해결할 수 있는, 지상선이라 여겼던 동학을 영원히 지속 발전시키려는 교주 김주희의 굳은 신념에 기인한 것이라 할 수 있다.

그러면 이러한 상주 동학교의 종교사상을 신관, 수신관, 우주관 등의 측면에서 좀 더 자세히 살펴보기로 한다.

최제우는 『東經大全』〈布德文〉에서 유신론적 신비경험을 완벽히 드러내면서 上帝, 즉 神을 절대타자로 설정하고 있다.

뜻밖에도 4월에 마음이 선뜩해지고 몸이 떨려서 무슨 병인지 집중할 수 없고 말로도 할 수 없고 형상하기도 어려울 즈음, 신선의 말씀인지 문득 귀에 들리므로 깜짝 놀라 캐어 물어본 즉, 대답하기를 두려워 말고 저어하지 말라, 사상 사람이 나를 상제라 부르는데 너는 상제를 알지 못하느냐.[51]

이와 같이 최제우는 이원론적 신관을 나타내면서도 상제의 '내 마음'과 수운의 '네 마음'이 하나라 하여 '內有神靈'의 관점을 암시함으로써 일원론적 세계관을 내재시키고 있다. 이러한 일면적인 일원론적 신관과 최시형의 '事人如天'의 개념에 입각하여 손병희는 '人乃天'을 주장하여 일원론적 신관을 보여주고 있다.

이에 비하여 김주희는 '하눌님'을 사람 속에 내재하는 것이 아니라 사람의 바깥에 존재하는 외재적 실재로 파악함으로써 상주 동학교의 신관은 이원론적 신관을 드러내고 있다.

상주 동학교의 신관은 體天主義로 대변되는데 김주희는, '사람은 본시 小天이기 때문에 하늘은 아버지요 사람은 아들이므로 아들이 아버지를 모시고 그 도를 밝히고 그 덕을 닦쟈는 것이 동학의 체천주의라고 하였다.

---

51 『東經大全』〈布德文〉 제4절.

사람은 本是 小天이라 何故오하면 天有四時에 人有四肢하고 天有五行에 人有五臟하고 (중략) 周代난 服色을 尚赤하엿시니 이것은 한 時代를 두고 體天함이 天은 人의 父요 人은 天의 子라 아들이 아부지를 모시고 明其道而修其德하야 行自止 말자는 것이 즉 東學의 體天主義라[52]

아버지와 같은 하늘, 즉 天道는 절대적인 것이므로 오로지 공경하고 본받아서 도를 실천해야 한다는 것이다. 이러한 상주 동학교의 이원론적 세계관은 동학가사에도 잘 나타나 있다.

| | | | |
|---|---|---|---|
| 예로부터 | 聖賢君子 | 至誠精誠 | 發心하와 |
| 敬天하기 | 심을써서 | 濟渡衆生 | 하서씨니 |
| 우리亦是 | 이세상에 | 已前聖賢 | 本을바다 |
| 一心精氣 | 다하여서 | 明明하신 | 하날님前 |
| 至誠으로 | 祝願하세[53] | | |

그런데 '하눌님'을 공경하는 것은 지성으로 덕을 닦으면 가능하고 道의 창성, 국가의 흥패, 사람의 화복 등은 하늘에 달려 있으니 경천하라[54]고 하여 절대자로서의 하늘, 즉 천도를 설정함으로써 최시형의 '良天主', 천도교의 '인내천' 사상과 달리 종교로서의 면모를 뚜렷이 하였다.

이어서 상주 동학교의 수신관에 대하여 살펴보기로 한다.

『弓乙經』에서는 천지의 운행은 궁을의 음양이 오행을 겸비하여 十干, 十二支와 응합함으로써 가능하며 오행이 궁을의 조화에 실려야 만물이 생겨나고 四時가 때에 맞게 운행된다고 하고, 만물이 생기고 춘하추동

---

52 『趣旨』, "東學의 體天主義" 참조.
53 龍潭遺辭 권19, 『解運歌』〈解運歌〉.
54 是以 天也助應 何事不服 何所不成 是故 道之昌也 國之興弊 人之禍福 在於天 至誠修道 而極爲敬天(『弓乙經』 권1, 15・16장.)

사시가 때에 맞게 운행되는 것은 오행이 상생하여 至誠無息함으로써 소리도 냄새도 없이 자연히 無爲而化한다고 하였다.

天弓地乙 弓弓 有陰陽 乙乙 有陰陽 故 弓弓乙乙之中 兼備五行 以十干 應合十二支 隨時行道 然而 一六水 二七火 三八木 四九金 五十土가 載於弓弓乙乙之化 萬物生生 四時盛衰 無時不中 弓乙之造化 無窮無窮焉 弓乙造化 五行相生 至誠无息 无聲无臭 而自然無爲而化[55]

김주희는 無爲而化의 수행을 위해서는 "守其心하고 正其氣하면 率其性하고 受其敎함으로써"[56] 가능하다고 하여 유학의 원리를 그대로 따르고 있다. 그리고 이 수심, 정기의 근본은 誠, 敬, 信에 있으며 誠敬信으로 심성을 수련하면 지혜가 광활해지기 때문에 사람의 지극한 근본은 心學에 있다고 하였다.[57] 이는 유학의 수신관과 일치한다고 볼 수 있다. 그러나 동학의 근본이 심학에 있다는 점에서는 동학이 유교와 대동소이하지만 동학이 '새로운 시대의 운을 타고 나타났다'는 점에서 유교와 다르다고 하였다.[58]

상주 동학교의 종교사상 중에서 여타 동학계 종교단체와 두드러지게 다른 점은 시대변혁에 대한 인식이다. 최제우, 최시형, 손병희 등은 후천개벽을 주장하였으나 김주희는 선천회복을 주장하였다. 천도교 등에서는 수운이 득도하기 이전을 선천, 득도 이후를 후천이라 보았는데 이는

---

55 『弓乙經』 권1, 1장.

56 曰吾道 無爲而化矣 守其心 正其氣 率其性 受其敎 化出禦自然之中也(『東經大全』 5장, 〈論學文〉)

57 守心正氣之本 在於誠敬信 誠敬信 念念不忘 明明道德 則心和氣和 氣有正而心有定(『弓乙經』)
道理如此故 以此誠敬信 心性修練 則智慧廣闊 故人之至本 都在心學(『弓乙經』 권1, 8장)

58 受於東 布於東 以道言之 則曰東道 以學言之 則東學 究其本 則曰心學也 然道理 則與儒道 大同小異 亦如一理也 然乘運之道也(『歷代通運』 21~22장.)

선천을 타락한 세상, 후천을 선천의 타락을 극복할 세상으로 인식했기 때문이다. 그러나 상주 동학교에서는 先天을 日의 精氣를 받는 天道의 시대로, 後天을 月의 精氣를 받는 地道의 시대로 보아, 天地人 三才의 원리에 따라 人道의 시대가 되면 다시 천도의 시대인 선천으로 회복된다는 것이다. 즉 三皇 五帝로부터 孔孟을 거쳐 전국시대에 천도의 시대가 끝나고, 秦始皇 때로부터 地道의 시대가 시작되어 청나라 말로 끝이 난 후, 수운 최제우로부터 人道의 시대가 열려 음양의 원리에 의하여 천도의 선천시대가 회복되기 시작했다고 보았다.

天道陽明之氣 始生於東 故天皇氏 以木德旺 此是言也 故斯時之運 則仁仁之德 彌於乾坤之間 神人自木運 始生 無爲而治陽明之氣 純柔純弱 故陰盛陽衰 天下人物之性 自然昏滅 故子思孟子 以道德 不得敎人 子思作中庸 孟子作孟子七篇…天道陽明之氣 極衰 入於戌亥已盡 反爲陰也…六國並發 干戈不絶 秦始皇 受出於戌亥純陰强剛之氣 故不考天道順行禮法 焚詩書坑儒生 天道已盡 地道始生於戌亥逆行之理…大明以後 無日月之精 是以 北胡乘時以出 剛强無敵 故掃除明國 卽位於北境 天下之民 隨其無月夜精 仁之性情 暗暗無極…天道回復之理 循環於震下則連 則陽明之氣 始生於東 故聖人 受出於東方先明之氣一天道回復之理 細細成文 是以 名曰東經大全 名曰歌辭八篇 以傳其道[59]

다시 말하면 天道時代는 하늘과 땅이 개벽되고 인물이 개명된 후, 先天數가 壬子에서 생하여 天道純陽의 氣가 一六水에 응함으로써 一陽六陰으로 성정이 禽獸와 흡사하였고, 천운이 三八木으로 순환하여 三陽八陰이 됨으로써 천도의 양명한 기가 木德인 東에서 生하고, 天皇氏는 木德으로 旺하여 仁의 덕으로 無爲以治하였으며 有巢氏, 燧人氏, 伏義氏,

---

59 『歷代通運』16~22장.

神農氏, 黃帝氏 등이 나타나 각자의 덕에 맞는 역할을 함으로써 백성들이 心和氣和하여 저절로 다스려졌다는 것이다. 다시 천도의 양명한 기가 二七火南으로 순환하여 二陰七陽이 됨으로써 해의 정기가 최고조에 달하게 되어 少昊, 顓頊, 帝嚳, 堯舜과 같은 聖人들이 나타나 백성들이 요순처럼 되었으며. 천도가 四九金으로 순환하여 四陰九陽이 됨으로써 이는 金風簫簫한 형상이므로, 禹湯, 文王, 武王이 나타났으며, 孔子는 夕陽의 운을 받아 나와 도를 천하에 펴지는 못했으나 글로 繼往開來 함으로써 그 공이 무궁하게 되었고 曾子를 거쳐 子思와 孟子가 지는 해의 운을 받아 중용, 맹자를 저술하여 천도의 末運을 드러내었으나 천도 양명의 기가 극히 쇠하여 日落西山의 운으로 전국시대 六國이 함께 나타나 전쟁이 그치지 않았으니 이것이 天道의 끝이 되었다는 것이다.[60]

地道時代는 진시황이 戌亥 純陰의 氣를 받고 나타나 焚書坑儒를 함으로써 地道가 始生하였고 太陰의 기가 辛酉로 역행하여 초승달이 西天에 밝음으로써 漢高祖가 태음이 처음 밝아지는 기를 받아 布衣로서 帝業을 이루었다고 한다. 地道는 西로써 南을 삼기 때문에 火德으로 旺하여 無爲以治하였으니, 이는 이치로 따져보면 地皇氏라 할 수 있으므로 이 때문에 佛道가 西域에서 발생하여 漢明帝 때에는 중국을 휩쓸었으나 大亂이 극심하게 되었다는 것이다. 太陰의 도를 말로 다 풀어낸 것이 바로 佛道요, 陰精이 佛道라 할 수 있다는 것이다. 밝은 陰의 氣가 丙午로 역행하여 陰精이 점차 끝없이 밝아져 唐高祖가 이 運으로 나타나 和家爲國하고 宋太祖도 이 운을 이어받아 濂洛關閩에서 여러 현인이 배출되었으나 그 쓰임을 얻지 못했으며 朱子가 四書五經을 註했으니 이는 太陰이 克明한 결과였다고 한다. 그 후, 초저녁에 月精이 없는 형상이 되어 元나라가 이 운을 받아 宋을 멸망시키고 잠시 천하를 다스렸으나 太陰이 甲卯로 역행하게 되어 明나라 태조가 陰明의 정기를 받고 나타나 다스렸으

60 『歷代通運』 16~19장.

나, 運이 巽己의 운과 같으므로 太陰의 精氣가 새벽의 빛을 西洋에 먼저 쪼임으로써 西道가 잠시 나타나게 되었지만 그 빛을 얻지 못하고 淸나라 가 나타나게 되었는데 달의 夜精이 없고 북극은 음양의 정기가 미치지 아니하는 고로 사람의 성정이 한없이 어둡고 어두워지게 되었으니 이는 地道의 末이면서 동시에 地道가 극쇠하매 오히려 양으로 변하여 天道의 시발점이 되므로 이것이 바로 天道가 반복 중흥하는 이치라고 보았던 것 이다.[61]

天道가 이미 북방으로부터 시작되었으나 양이 음을 제압할 수 없으므 로 인물의 성정에 음의 요소가 강하여 재물을 탐하고 호색하며 법도가 어지러워지게 되고 어리석은 백성들은 시운을 알지 못하여 각자가 마음 대로 행하며 동서와 남북으로 갈라지게 되었는데 천도 회복의 이치가 震 下連(즉 龍, 木)으로 순환하여 陽明의 氣가 東에서 다시 생겨나서 聖人 [崔濟愚]이 동방의 先明之氣를 받고 나타나 인류의 예법을 상고하여 誠 敬信으로 修心과 正氣의 방법을 정했으며 呪文 二十一字[62]로써 心法을 전수하고 백성들에게 禮樂을 가르쳐 天道 回復의 이치를 『東經大全』과 『龍潭遺辭』를 통하여 동학의 도를 전하였으니 이는 天皇氏로 더불어 同 體요 同德이라 할 수 있다고 하였다.[63]

이와 같이 상주 동학교의 先天回復에 대한 해석은 최제우나 최시형의 북접, 손병희의 천도교에서 말하는 後天開闢과 큰 차이를 드러낸다. 후 천개벽론에서는 타락한 세상인 선천과 타락을 극복할 세상인 후천으로 나누고 최제우 이전을 선천으로 보았으나, 상주 동학교에서는 최제우 이 전에 陽의 氣가 勝하던 天道의 시대와 陰의 氣가 승하던 地道의 시대가 지나가고 최제우로부터 人道의 시대가 열리는 시기인데, 인도의 시대는 三才 相應의 원리에 따라 천도의 시대로 순환하는 것으로 보았다. 그리

---

61 『歷代通運』19~21장.
62 至氣今至 願爲大降(降靈呪), 侍天主造化定 永世不忘萬事知(本呪)
63 『歷代通運』21~22장.

고 상주 동학에서는 天道시대를 모두 조화로운 세상, 地道시대를 모두 타락한 세상으로 보지 않고 천도시대는 해의 精氣가 주로 비추고 지도시대는 달의 精氣가 주로 비추므로 天道시대는 日精이 오행의 순행에 따르고, 地道시대는 月精이 역행으로 순환하는데 그 日精과 月精이 비추는 정도에 따라 세상의 질서가 조화롭기도 하고 타락하기도 한다고 보았던 것이다. 예로서 천도시대에도 天道가 四九金으로 순환한 때에는 일정이 가을빛 정도로 비추므로 선악이 相半하여 공자와 맹자와 같은 성현이 나타났는가 하면 桀紂와 같은 폭군도 나타났으며, 지도시대에도 地道가 丙午로 역행하여 월정이 극히 밝을 때에는 唐高祖가 和家爲國하여 無爲以治하였고 宋太祖 때에는 周嫌溪, 二程형제와 朱子가 나타나 儒學을 중흥시켰다는 것이다.

따라서 상주 동학교가 주장한 선천회복은 선천이 단순히 조화로운 세계이고 후천이 타락한 세계이기 때문이 아니라 천도와 지도의 운행 원리에 따라 이미 지도의 시대는 지나가고 시운이 천도의 시대로 접어들어 일정이 차츰 바로 비추게 됨으로써 질서 있고 조화로운 세계가 열리게 될 것이라는 순환적 역사관으로서 미래에 대한 확실한 전망을 제시한 것이라 할 수 있다.

## 1.3. 동학가사의 간행과 유통

동학사상은 최제우가 저술한 『東經大典』과 『龍潭遺詞』에 잘 드러나 있다. 특히 용담유사는 최제우가 득도한 1860년 4월 5일 이후, 체포 구금되기 전인 1863년까지 그의 종교체험과 사상을 〈용담가〉〈안심가〉〈교훈가〉〈권학가〉〈흥비가〉〈도수가〉〈몽중노소문답가〉〈도덕가〉〈검결〉 등 9편의 국문 가사작품으로 창작하여 엮은 책인데 이는 자신의 사상을 민중들에게 전하려고 지은 동학사상집이라 할 수 있다. 그리하여 이 용담유사는 무식한 서민과 아녀자들로 하여금 쉽게 읊고 외우는 가운데 동학사상을 자연스럽게 터득케 하여 단기간에 동학교도의 수를 급격하게 늘어나게 함으로써 동학의 교세를 크게 확장시키는 구실을 하였다.

그러나 『동경대전』과 『용담유사』는 최제우가 순교한 1865년 이후, 원전은 모두 불타서 없어지고 사적 기록으로 전하거나 구전으로 전해질 뿐이었는데 최시형이 암송하였던 것을 대필하여 오늘에 전해지게 되었다. 최시형이 1880년 강원도 인제군에 경전간행소를 만들어 동경대전을 간행하였고 이듬해인 1881년 6월에 충북 단양군 남면 동천 呂圭德의 집에서 용담유사 목판본을 간행하였다. 그런데 현재 전하는 간본으로는 1883년 경주접에서 간행한 목활자본과 1893년 충북 보은군에서 간행된 목판본이 있다.[64]

『용담유사』 외의 대부분의 동학가사는 상주 동학교당에서 창작, 간행되었다. 상주 동학교의 동학가사 창작과 필사를 통한 유통은 그 전신인 경천교 당시부터 활발히 이루어지다가 1915년 상주 동학교 설립 이후 본격화 되어 1922년에 거의 완료되었다고 본다.

우리역시    이세상에    이전성인    본을바다
성인문에    수학하여    무극대도    경텬교에
슈도슈신    하와서루    경텬순텬    하여보세[65]

선성의 실마리를 밝히고 그 법을 정하여 포덕한 지 50년에 어떤 이는 소문을 듣고 오고 어떤 이는 논을 배우기 위하여 오니 그 도를 받고 그 덕을 밝히는 자가 수다하였다. 이리하여 선생은 제자들을 가르쳤으니 교의 이름은 경천교였다.[66]

---

64 배현숙, 앞의 논문.
65 龍潭遺辭 권12, 〈논학가〉
66 明其先聖之緒 定其德布德五十年 或聞風而來 或學論而來 受其道而明其德者 數多矣 是以 先生下教弟子 教名敬天教(『聖經』 권1)

위 〈논학가〉의 내용으로 볼 때, 이 가사는 김주희가 경천교 시절에 지은 것이 분명하고 『聖經』 권1의 인용문에서는 '포덕한 지 50년'이라 했으니 1909년에 『聖經』 권1을 지은 것이 명확하다. 이런 점으로 미루어 볼 때, 김주희는 포교를 위하여 자기가 실질적인 교주였던 경천교 시절에 이미 경전과 가사를 창작했음을 알 수 있다. 그리하여 1915년 김주희가 상주 은척에 자리잡아 포교할 즈음부터 시작하여 교당이 설립될 무렵에는 대부분의 작품이 필사되었던 것이다. 김낙세의 일기를 통해 보면 1917년부터 1922년 사이에 『內修道』, 『신화가』, 『林下遺書』, 『漁父辭』, 『警和歌』, 『勸農歌』, 『昌德歌』, 『警運歌』, 『職分歌』, 『變易歌』, 『昌善歌』, 『春修歌』, 『論學歌』, 『道德歌』, 『信心篇』, 『昌道歌』, 『年時歌』, 『虛荒歌』, 『勸農歌』, 『解運歌』, 『明察歌』, 『虛中有實歌』, 『昌明歌』, 『心學歌』, 『擇善修德歌』, 『夢中書』, 『弓乙道德歌』 등 26종이 필사되었음을 알 수 있다.

・朝洛文改名河遵氏受道　奉內修道一冊而去(1917.1.8.),　・外西金達鎔與新來補助　員一人內庭突入不法奪去伯嫂氏所覽신화一冊(1919.2.8.), ・建姪書問林下遺書一冊謄成(1920.11.11.), ・南達借去道源經漁父詞二冊(1920.12.20.), ・警和歌一冊謄成(1921.1.10.), ・韓桂錫奉道和經去歌辭一冊勸農歌一冊謄成(1921.2.9.), ・相埛謄漁父辭一冊允九發去梧東(1921.4.16.), ・相埛謄警運歌一冊(1921.4.23.), ・職分歌一冊謄成(1921.4.28.), ・變易歌一冊謄成相埛謄警和歌一冊(1921.5.12.), ・相埛謄昌善歌一冊(1921.5.24.), ・建姪翻春修歌相埛謄論學歌(1921.6.6.), ・建姪翻道德歌一冊(1921.6.24.), ・信心篇一冊謄成(1921.7.21.), ・朴時哲來借去文閥二冊昌道가年時가(1921.8.17.), ・金敎辰借去虛荒勸農二冊(1921.10.28.), ・解運歌一冊謄成(1921.11.11.), ・宋童持春修歌明察二冊下去安東(1921.11.26.), ・心學歌一冊을謄草하다(1922.5.25.), ・擇善修德歌一冊奉命謄成(1922.12.1.), ・夢中書一冊謄成(1922.12.7.), ・弓

乙道德歌 奉命謄成(1922.12.26.)[67]

그리고 1922년경부터 교도수가 증가하자 상주 동학당에서는 동학경전과 동학가사의 필사본으로는 수요를 충족시킬 수 없었기 때문에 대대적으로 경전과 가사의 간행사업을 전개하게 되었다.

동학의 시조 최제우씨의 문도이던 김주희씨는 십여년 동안 경상북도 상주군 은척면 우기리에 가서 그 근처사람에게 전도를 하였는데 그동안 경찰의 압박으로 전도가 여의치 못하더니 지난 육월경에 그 교의 성교장 김하응씨의 주선으로 경찰당국의 양해를 얻어 그 교의 교서 삼십팔권중 중요한 것 네 권을 당국에 제출 하여 출판코자 하다가 두권은 압수되고 두권은 발행하게 되어 근일 각각 천권씩 인쇄하야 전기 상주에 본부를 두고 노력한다 하더라.[68]

벌써 1922년 6월에는 35권의 문벌을 경찰 당국에 출판을 신청, 인가를 얻어 22권을 출판할 수 있게 되었던 것이다.[69]

동학관련 전적의 출판은 석판본, 목판본, 목활자본, 연활자본 등 다양한 형태로 이루어졌으나 동학가사는 목판본으로만 간행되었다. 경전의 경우는 1922년에 최초로 동경대전과 궁을경 2책이 석판인쇄로 출판되었고 동학가사는 『창덕가』가 1924년에 처음으로 刻板, 印刊된 후, 모든 가사작품들이 1928년까지 거의 출간 되었다.

---

67 金洛世 日記 중, 丁巳, 己未, 庚申, 壬戌 日記 참조.

68 동아일보 제766호, 1922년 10월 3일자.

69 ・大全弓乙經警和歌三冊을以三生名義로 接受于京畿道廳호다(1922. 4. 22.)
   ・文閥三冊은불是日出來 而趣旨規則二件은濡在道廳일새探其理由 則以秘密調査事로姑
    無定限云호니 此非好事多廳耶아 (1922. 5. 20. 「西征日錄」)
   ・令鐸兒로接受印刷物三件과餘門閥三十二冊于京畿道廳(1922. 윤 5. 24. 西征日錄」)
   ・前月二十四日 接受文閥 三十二冊內十九冊許可狀出到(1922. 6. 20.)

동학가사의 간행을 연대별로 살펴보면, 1924년에 『창덕가』가 출간되었고 1925년에 『닉수도』,[70] 『시격권농가가』, 1926년에는 『경화가』가 간행되었으며 1927년에는 『룡담유사』, 『궁을신화가』, 『창화가』, 『논학가』, 『인선수덕가』, 『도덕가』, 『수기직분가』, 『지시명찰가』 등이, 1928년에는 『신심편』, 『경운가』, 『심학가』, 『어부사』, 『연시가』, 『상화대명가』, 『해운가』, 『춘수가』, 『수덕활인경세가』, 『개명공산가』 등이 각판, 간행되었고 1927년에는 『지시명찰가』가 간행되었다.

따라서 동학가사의 간행사업이 가장 활발했던 시기는 1927년부터 1928년 사이[71]라 할 수 있다. 물론 이런 가사들이 각판되고 인간되었다고 하더라도 널리 공간을 하기 위해서는 日警의 검열과 허가를 얻어야 하기 때문에 공식 적인 발행년도는 다를 수 있다. 따라서 간기의 발행년도를 기준으로 본다면 동학교당의 전적은 몇몇 가사[72]를 제외하고는 1929년과 1932년에 집중적으로 간행했다고 할 수 있다.[73] 이는 실질적인 刊行年度가 아니라 공식적인 간행년도라 하겠다.

목판으로 간행된 동학가사는 식자층을 위한 국한문혼용체와 하층 서민들을 위한 순국문체 2종류로 판각되었는데 간기에 책값이 명기되어 있음을 볼 때, 유료화 하여 대대적으로 판매, 유통되었음을 알 수 있다.

---

**70** 내수도는 산문으로 되어 있으므로 가사집이 아니지만 '龍潭遺辭卷之第七닉수도'로 간행되었기 때문에 편의상 동학가사로 논의한다.

**71** 김낙세의 일기를 보면 1927년에는 『경화가』, 『논학가』, 『용담유사』, 『통운역대』, 『논학가』, 『직분가』, 『도덕경』, 『동경대전』, 『도원경』, 『인선슈덕가』, 『昌和歌』, 『명찰가』 등이 각판되었고 1928년에는 『동학취지』, 『警運歌』, 『춘수가』, 『경운가』, 『신심편』, 『창화가』, 『年時歌』, 『昌德歌』, 『해운가』, 『상화대명가』, 『開明共産歌』 등이 각판되었다.

**72** 간기의 발행년도로 보면 『昌德歌』는 1925년에, 『시경가』는 1951년에 간행되었다.

**73** 刊記에 의하면 1925년에는 『창덕가』, 1929년에는 『허황가』, 『경운가』, 『논학가』, 『연시가』, 『경화가』, 『춘수가』, 『도덕가』, 『창선가』, 『수기직분가』, 『수덕활인경세가』 등이 간행되었고 1932년에는 『임하유서』, 『허황가』, 『신심편』, 『내수도』, 『창도가』, 『궁을신화가』, 『창화가』, 『심학가』, 『시격권농가』, 『인선수덕가』, 『어부사』, 『상화대명가』, 『해운가』, 『안심치덕가』, 『명찰가』, 『몽중서』, 『창명가』, 『택선수덕가』, 『송구영신가』, 『운산시호가』, 『신실시행가』, 『궁을십승가』, 『지시명찰가』, 『궁을가』가 간행되었으며 1951년에는 『시경가』가 간행되었다.

특히 필사본 동학가사가 많이 있는 것으로 보아 동학교도 사이에 필사에 의해서도 동학가사가 상당히 전파된 것 같다. 그리고 동학가사는 정연한 4음보격으로 이루어져 있기 때문에 낭독은 물론 일부는 노래와 같이 낭송되어 여럿이 함께 모여 집단적으로 향유했을 가능성도 있다. 궁을가의 경우, 서사를 제외하고는 매기는 소리 4음보 다음, "弓弓乙乙 成道하세"란 후렴구가 반복됨으로써 전편이 선후창이 가능하도록 짜여져 있다.

| | | | |
|---|---|---|---|
| 공을성신 | 조인하에 | 만법귀종 | 조화로다 |
| 궁궁을을 | 성도로다 | | |
| 만성도사 | 엄명하에 | 수도수신 | 도통하세 |
| 궁궁을을 | 성도로다 | | |
| 광제중생 | 치덕하에 | 주류팔방 | 웃씀이라 |
| 궁궁을을 | 성도로다[74] | | |

따라서 동학가사는 일부 종교의식에도 사용되기도 하는 등[75] 동학교의 전파와 교리의 이해에 크게 기여하였다고 본다.

## 2. 상주 동학가사 책판 및 판본의 현황과 특징

상주시 은척면 우기리 428번지에 소재하는 상주 동학교당(지방문화재 민속자료 111호)에는 동학경전을 비롯한 각종 전적, 동학경전과 동학가사를 목판에 새겨 놓은 책판 등 상주 동학관련 유물이 고스란히 보존되어 있어서 1999년에 지방 문화재 민속자료 111호로 지정되었고,[76]

---

**74** 龍潭遺辭 권36 『궁을가』 참조.
**75** 吾師父靑林先生主生長獻誠也 平明 備禮行事 飯畢獻壽 而誦關雎鹿鳴弓乙歌(金洛世, 東學日記, 1923.10.3. 자)

2013년 12월에는 국가기록원의 국가지정기록물 제9호로 지정되었다.

상주 동학의 전적, 책판 등의 유물은 일제시대에 압수당하기도 하고 검열 과정에서 유실되거나 회수하지 못한 자료가 다수 있기는 하나 그 외에는 잘 보존되어 동학가사 연구는 물론 민속 연구의 귀중한 자료가 될 뿐만 아니라 항일 민족운동의 생생한 역사적 사료가 되고 있다.

저자가 2005년에 상주 동학교당 유물을 조사한 결과, 상주 동학교당에 소장된 유물은 총 289종 1425점으로 밝혀졌다.[77] 이들 유물을 종류별로 보면 동학관련 이 135종 172점, 복식이 8종 38점, 책판이 65종 793판, 기타유물이 81종 422점이다.

이들 유물 중에서 동학가사의 책판과 판본의 현황과 특징을 살펴보면 다음과 같다.

## 2.1. 책판의 현황과 특징

현재 상주 동학교당에는 793판의 책판이 보관되어 있는데 이 중에는 동학 경전 책판이 7종 32판,[78] 동학가사 책판이 709판, 기타 책판이 2판[79] 이다.

동학가사 책판으로는 국한문가사 책판이 354판, 국문가사 책판이 355판 소장되어 있다. 원래는 39종의 가사책을 국한문 책판과 국문 책판 2종

---

[76] 1999년 12월 30일 전적류 131점, 동학경서 및 동학가사 판목 792점, 의복류 31점, 교기와 인장 등 기타 자료 130점 등 177종 1084점이 일괄적으로 경상북도 지방문화재 민속자료 111호로 지정되었다.

[77] 민속자료 111호로 지정될 당시 유물의 種과 數보다 대폭 늘어난 것은 문화재로 지정된 이후, 동학일기, 민구 등이 새로 많이 발굴되었고, 또한 본 조사에서는 필사본 동학가사는 별도의 종으로 설정하는 등 유물의 종 구분을 세분화했기 때문이다.

[78] 동학경전 책판은 『東經大全』이 13판, 『弓乙經』(弓乙經圖 및 天道弓乙至 포함)이 15판, 『通運歷代』가 12판, 『道源經』이 10판, 『聖經』이 17판, 『道誠經』이 8판이다. 『聖經』 책판 17판은 『聖經目次』 1판, 『教正經』 4판, 『道正經』 7판, 『道修經』 5판으로 구성되어 있다.

[79] 기타 책판 2판은 禮張 1판과 信張 1판이다.

류로 새겨 간행했는데 일경과 총독부의 검열을 거치는 가운데 유실되거
나 반환받지 목한 책판들이 있었기 때문에 현재는 39종의 가사책 중에서
국한문 책판과 국문 책판이 모두 남아 있는 것은 龍潭遺辭之第5『심신
편』, 제8『창도가』, 제9『궁을신화가』, 제12『논학가』, 제14『인선수덕
가』, 제16『연시가』, 제17『경화가』, 제18『상화대명가』, 제20『춘수가』,
제21『도덕가』,제22『창선가』, 제24『수기직분가』, 제25『명찰가』, 제27
『수덕활인경세가』, 제28『창명가』, 제29『개명공산가』, 제30『택선수덕
가』, 제32『운산시호가』, 제33『신실시행가』, 제34『궁을십승가』, 제35
『지시명찰가』 등 21종이며 제10『창화가』, 제26『몽중서』, 제36『궁을
가』, 제37『지시개명가』 등 4책의 책판은 국한문 책판과 국문 책판 2종류
모두 없어지고 말았다. 나머지 14종의 가사책 책판은 국한문 책판이나
국문 책판 중에서 어느 한 가지의 책판 만 남아 있다. 그리고『택선수덕
가』의 국문 책판은 원래 8판으로 되어 있으나 新版(二重板)이 8판 더 보
관되어 있기 때문에 실제적으로는 16판이 소장되어 있다.(〈표1〉 참조)

**표1 상주 동학가사 책판 현황**

| 권차 | 제명 | 국문판 | | 국한문판 | | 권차 | 제명 | 국문판 | | 국한문판 | |
|---|---|---|---|---|---|---|---|---|---|---|---|
| | | 유무 | 판수 | 유무 | 판수 | | | 유무 | 판수 | 유무 | 판수 |
| 1 | 용담유사 | ○ | 22 | | | 21 | 도덕가 | ○ | 19 | ○ | 19 |
| 2 | 임하유서 | | | ○ | 10 | 22 | 창선가 | ○ | 13 | ○ | 11 |
| 3 | 창덕가 | ○ | 28 | | | 23 | 안심치덕가 | | | ○ | 7 |
| 4 | 허중유실가 | | | ○ | 23 | 24 | 수기직분가 | ○ | 9 | ○ | 9 |
| 5 | 신심편 | ○ | 20 | | 20 | 25 | 명찰가 | ○ | 10 | ○ | 10 |
| 6 | 경운가 | | | ○ | 14 | 26 | 몽중서 | | | | |
| 7 | 내수도 | ○ | 11 | | | 27 | 수덕할인경세가 | ○ | 11 | ○ | 10 |
| 8 | 창도가 | ○ | 20 | | 20 | 28 | 창명가 | ○ | 14 | ○ | 13 |
| 9 | 궁을신화가 | ○ | 14 | ○ | 14 | 29 | 개명공산가 | ○ | 11 | ○ | 11 |
| 10 | 창화가 | | | | | 30 | 택선수덕가 | ○ | 16(重8) | ○ | 8 |
| 11 | 심학가 | ○ | 14 | | | 31 | 송구영신가 | | | ○ | 10 |
| 12 | 논학가 | ○ | 10 | | 10 | 32 | 운산시호가 | | 8 | | 8 |
| 13 | 시격권농가 | | | ○ | 11 | 33 | 신실시행가 | | 7 | | 7 |
| 14 | 인선수덕가 | ○ | 10 | | 10 | 34 | 궁을십승가 | | 9 | | 9 |
| 15 | 어무사 | ○ | 15 | | | 35 | 지시명찰가 | | 6 | | 6 |
| 16 | 연시가 | ○ | 13 | | 13 | 36 | 궁을가 | | | | |
| 17 | 경화가 | ○ | 13 | | 15 | 37 | 지시개명가 | | | | |

| 18 | 상화대명가 | ○ | 11 | ○ | 11 | 38 | 시경가 | ○ | 11 | | |
|---|---|---|---|---|---|---|---|---|---|---|---|
| 19 | 해운가 | | | ○ | 13 | 39 | 불역 | | | ○ | 22 |
| 20 | 춘수가 | ○ | 10 | ○ | 10 | 40 | 본의[80] | | | | |
| 합계 | 국문판 27종 355판, 국한문판 29종 354판, 총 판수 709판. | | | | | | | | | | |

　현존하는 가사 책판들은 보관 상태가 양호한 편이나 일부 책판은 판이 뒤 틀리거나 판면의 중앙이 불룩 솟아오른, 이른바 배불룩 현상이 나타나기도 했으며 판면이 부분적으로 균열된 것도 있다. 판면이 뒤틀리거나 배불룩 현상이 나타난 책판은 『창덕가』, 『창도가』, 『어부스』, 『년시가』, 『安心致德歌』, 『送舊迎新歌』, 『運算時呼歌』 등이고 판면이 일부 균열된 책판은 『창덕가』, 『신심편』, 『창도가』, 『론학가』, 『어부스』, 『년시가』, 『경화가』, 『상화딕명가』, 『츈수가』, 『슈기직분가』, 『택션수덕가』, 『신실시행가』, 『시경가』, 『昌道歌』, 『弓乙信和歌』, 『年時歌』, 『解運歌』, 『明察歌』, 『修德活人警世歌』, 『送舊迎新歌』, 『運算時呼歌』, 『不易』 등이다.

　동학가사 책판의 규격은 동학경전에 비하여 다소 작고 두께도 얇은 편인데 각 가사책 책판들은 일정하지 않고 다양한 편이다. 판의 길이는 대체로 45～46cm(마구리 포함) 정도인데 『닉수도』와 『년시가』가 47cm, 『츈수가』 47.3cm, 『修德活人警世歌』 47.1cm, 『職分歌』와 『運算時呼歌』 47.8cm, 『도덕가』 48.2cm로 다소 길다. 판너비는 30cm 정도이나 『츈수가』가 24.8cm, 『도덕가』 25cm로 매우 좁고, 『룡담유사』는 31.5cm로 다소 넓은 편이다. 판두께는 2cm 전후인데 특히 『운산시호가』는 1.5cm로 얇고 『닉수도』는 3.5cm, 『심학가』 3cm로 다소 두껍다. 판무게는 1.5kg 정도인데 특히 『챵덕가』는 1.1kg로 가벼운 편이고, 『닉수도』는 2kg, 『심학가』 2.2kg, 『명찰가』 2kg으로 다소 무겁다. 刻字部 版面은 33×32cm 정도이고 마구리는 대체로 너비가 2～3cm인데 『창선가』는 4.4cm, 『수기직분가』는 4cm로 마구리가 넓으며 마구리 두께는 5～6cm 정도인데 『창

---

80　本義는 東經大全總目錄에는 龍潭遺辭之第四十으로 등재되어 있으나 이는 1933년 이후에 추록된 듯하고 실제로 刻板은 되지 않았다. 현재 필사본만 전하고 있다.

선가』는 4cm, 『수기직분가』는 4.5cm로 매우 얇은 편이다. (〈표2〉 참조)

版心은 下向四瓣花紋魚尾(40.6%)와 上下內向四瓣花紋魚尾(34.9%)

가 주종을 이루고 있으며 그 외 상하내향흑어미(9.1%), 상하향사판화문하상향흑어미(6.3%), 상하향흑어미(5.8%), 상하내향사판흑어미, 상하향이판화문어미, 상하향흑어미, 하상향흑어미 등으로 매우 다양하다. 동일한 가사책 내에서도 서로 다른 판심이 사용되기도 하였다. 이렇게 판심이 동일하지 않고 다양한 것은 경비의 부족으로 인하여 상주 동학교당에서 일률적으로 각판사업을 추진한 것이 아니고 경우에 따라서는 안동 등 다른 지방에서 판을 새겨 오기도 했고[81] 오랜 기간 동안 登梓主務者의 찬조를 받아 각판사업을 펼쳤으므로 각 가사책의 판을 새길 때마다 임의로 판심을 새겼기 때문이다. 동학가사 책판의 行字數를 살펴보면, 대체로 10행 18자로 되어 있으나 『내수도』는 9행 16자, 『수덕활인경세가』 10행 19자, 『警運歌』 10행 17자, 『警和歌』 10행 16자, 『昌善歌』 10행 20자, 『昌明歌』 10행 20자로 되어 있어 특이하다. 字徑은 1.5~1.7cm이나 『논학가』, 『경화가』, 『상화대명가』, 『도덕가』, 『창선가』는 자경이 1.1cm로 확연히 글자 크기가 작다.

동학가사 책판의 재질은 주로 참죽나무[杶木], 돌배나무[梨木], 소나무[松木][82] 및 감나무[柿木]인데 이런 재목들이 冊版材로 쓰인 것은 상주를 비롯한 경상북도 지방에서 이들을 쉽게 구할 수 있었기 때문이다.

---

**81** 孫扶翼金在春 負已鋟梓版來(김낙세 일기, 1928. 8. 21.)
　　崔海鎭 負창화가刻板十二枚來(김낙세 일기, 1928. 9. 2.)
**82** 安東松板二十片 買來之意爲言 是夕 人與物俱到 而代金十五圓(김낙세 일기, 1926. 2. 24.)
　　使敎嚴正植等諸人　斬運杶木壹株于池洞侍庵丈所有田　卽板材所用也(김낙세 일기, 1927. 9. 10.)
　　昨冬 以蔡氏紹介 出八圓貨 買置版材梨木于佳山李氏許矣(김낙세 일기, 1928. 2. 4.)
　　送敎嚴及守陽裁截 下新里洪生員家 梨木板材(김낙세 일기, 1928. 2. 8.)
　　瓦洞全童炳 出乙卯 負草掩一宮來(김낙세 일기, 1928. 6. 28.)
　　日前 朴炳九所上梨木版材(김낙세 일기, 1931. 4. 13.)

**표 2** 동학가사 책판 규격 조사표[83]

| 국문 책판 | | | | | | | 국한문 책판 | | | | | | |
|---|---|---|---|---|---|---|---|---|---|---|---|---|---|
| 룡담유스 권차 | 책명 冊名 | 판수 版數 | 판길이 (cm) | 판너비 (cm) | 두께 (cm) | 무게 (kg) | 龍潭遺辭 卷次 | 책명 冊名 | 판수 版數 | 판길이 (cm) | 판너비 (cm) | 두께 (cm) | 무게 (kg) |
| 1 | 룡담유스 | 22 | 45.5 | 31.5 | 2 | 1.4 | 2 | 林下遺書 | 10 | 45.4 | 30.4 | 1.5 | 1.3 |
| 3 | 챵덕가 | 28 | 46 | 26 | 1.8 | 1.1 | 4 | 虛中有實歌 | 23 | 45.7 | 30.4 | 2.1 | 1.4 |
| 5 | 신심편 | 20 | 47.3 | 29.3 | 2.1 | 1.5 | 5 | 信心篇 | 20 | 45.6 | 30.3 | 2 | 1.6 |
| 7 | 니슈도 | 11 | 47 | 29 | 3.5 | 2 | 6 | 警運歌 | 14 | 45.7 | 29.8 | 1.8 | 1.8 |
| 8 | 챵도가 | 20 | 48.6 | 29.5 | 2 | 2 | 8 | 昌道歌 | 20 | 46 | 30.5 | 1.9 | 1.7 |
| 9 | 궁을신화가 | 14 | 45.7 | 30.2 | 2.3 | 1.6 | 9 | 弓乙信和歌 | 14 | 45.3 | 30.4 | 1.7 | 1.4 |
| 11 | 심학가 | 14 | 46 | 28.5 | 3 | 2.2 | 12 | 論學歌 | 10 | 45.6 | 30.4 | 1.7 | 1.2 |
| 12 | 론학가 | 10 | 46.3 | 29 | 2.7 | 1.9 | 13 | 時格勸農歌 | 11 | 46.2 | 30.4 | 1.8 | 1.4 |
| 14 | 인션슈덕가 | 10 | 45.2 | 30.4 | 2.2 | 1.7 | 14 | 仁善修德歌 | 10 | 46 | 30.1 | 1.9 | 1.5 |
| 15 | 어부스 | 15 | 45 | 28 | 2.5 | 1.8 | 16 | 年時歌 | 13 | 45.2 | 30.5 | 2 | 1.5 |
| 16 | 년시가 | 13 | 47 | 29 | 2.5 | 2 | 17 | 警和歌 | 15 | 45.3 | 27.1 | 2.5 | 1.5 |
| 17 | 경화가 | 13 | 45.3 | 29.5 | 2.3 | 1.6 | 18 | 相稍代明歌 | 11 | 44.8 | 30.5 | 1.8 | 1.2 |
| 18 | 샹화대명가 | 11 | 45.6 | 30.4 | 2 | 1.4 | 19 | 解運歌 | 13 | 45 | 29.4 | 2.5 | 1.7 |
| 20 | 츈수가 | 10 | 47.3 | 24.8 | 1.8 | 1.8 | 20 | 春修歌 | 10 | 45.4 | 30.4 | 2.1 | 1.7 |
| 21 | 도덕가 | 19 | 48.2 | 25 | 2.4 | 1.7 | 21 | 道德歌 | 19 | 45.5 | 30.2 | 2.2 | 1.7 |
| 22 | 챵션가 | 13 | 45.8 | 29 | 1.6 | 1.5 | 22 | 昌善歌 | 11 | 45 | 30.9 | 2.2 | 1.7 |
| 24 | 슈기직분가 | 9 | 44.5 | 29.2 | 2 | 1.9 | 23 | 安心致德歌 | 7 | 45.7 | 30.1 | 2.2 | 1.5 |
| 25 | 명찰가 | 10 | 46.3 | 30.8 | 2.2 | 1.8 | 24 | 職分歌 | 9 | 47.8 | 27 | 1.8 | 1.3 |
| 27 | 슈덕활인경세가 | 11 | 46.3 | 30.8 | 2.3 | 1.4 | 25 | 明察歌 | 10 | 46 | 30.2 | 2 | 2 |
| 28 | 챵명가 | 14 | 45.8 | 30.2 | 2.5 | 1.8 | 27 | 修德活人醫世歌 | 10 | 47.1 | 29.3 | 2.5 | 1.6 |
| 29 | 개명공산가 | 11 | 45 | 30 | 2.2 | 1.8 | 28 | 昌明歌 | 13 | 45.6 | 30.2 | 2.1 | 1.6 |
| 30 | 틱션수덕가(古) | 8 | 47.4 | 30.6 | 2.2 | 1.6 | 29 | 開明共産歌 | 11 | 45.7 | 30.2 | 2 | 1.4 |
| 30 | 틱션수덕가(重) | 8 | 45.3 | 30.3 | 2 | 1.5 | 30 | 擇善修德歌 | 8 | 45.5 | 30.2 | 1.9 | 1.4 |
| 32 | 운산시호가 | 8 | 46 | 30.5 | 2.1 | 1.8 | 31 | 送落迎新歌 | 0 | 44.5 | 29 | 2.2 | 1.5 |
| 33 | 신실시행가 | 7 | 45.2 | 29.8 | 1.5 | 1.6 | 32 | 運算時呼歌 | 8 | 47.8 | 27 | 2.6 | 1.8 |
| 34 | 궁을십승가 | 9 | 45.5 | 30.4 | 2 | 1.6 | 33 | 信實時行歌 | 7 | 44.8 | 30.3 | 1.6 | 1.2 |
| 35 | 지시명찰가 | 6 | 46 | 29.2 | 2.5 | 1.8 | 34 | 弓乙道德歌 | 9 | 46.2 | 30.1 | 2 | 1.5 |
| 38 | 시경가 | 11 | 46 | 29.2 | 2 | 1.4 | 35 | 知時明察歌 | 6 | 45 | 30 | 1.5 | 1.2 |
| | | | | | | | 39 | 不易 | 22 | 46 | 30.2 | 2 | 1.4 |

---

83 책판의 규격 및 무게의 수치는 각 권 첫판의 규격과 무게를 측정한 것이다.

## 2.2. 판본의 현황과 특징

상주 동학교당에 소장된 동학가사로는 필사본 가사책, 판본 가사책, 두루마리 가사 등 3종류가 있다. 필사본 가사책은 다시 동학가사 책판 권1부터 권40까지[84]의 가사를 필사한 것과 몇 가지 가사를 임의로 모아 엮은 가사집으로 나누어지는데 전자는 15책이, 후자는 3책이 전하고 있다. 판본 가사책은 동학가사 책판 권1부터 권40까지를 찍어낸 가사책으로서 국문본과 국한문본으로 나누어지는데 국문본 동학가사책은 37종 39책이, 국한문본 동학가사 책은 34종 35책이 전하고 있다. 두루마리 가사는 〈은하구곡가1〉 〈은하구곡가2〉 〈님오삼월화전가〉 〈지시경세가〉 〈찬시가〉 〈도덕논설가〉 등 5종 6표이 소장되어 전하고 있다.

필사본 동학가사 중에서 『용담유사』, 『창덕가』, 『논학가』, 『인선수덕가』, 『년시가』, 『경화가』, 『상화대명가』, 『수기직분가』, 『개명공산가』, 『신실시행가』, 『지시개명가』, 『본의』 등 15책은 국문 필사본이고 『궁을신화가』, 『몽중서』, 『시경가』, 『불역』 등 4책은 국한문 필사본이다. 동학가사를 임의로 모아 엮은 가사책으로는 『東學敎書』, 『訓家詞』, 『知止歌』 등 3책이 있는데 이 중, 『東學敎書』에는 27편[85]의 동학가사가 필사되어 있고 『訓家詞』에는 용담유사 9편과 〈연원가〉가 필사되어 있는 것

---

84 권7 『닉수도』는 〈효부모장〉 〈경군자장〉, 〈동기우애장〉 〈사련장〉 〈태교장〉 〈청수말원장〉 〈삭망치성장〉 등 윤리, 수신에 관해 서술한 산문이고, 『본의』는 수운 최제우의 득도 과정과 동학의 명칭, 유교, 불교, 도교와 다른 점, 동학의 사상과 원리를 밝히고 상주 동학교주 김주희가 일조에 대각하여 동학을 계승, 가사를 많이 지어 도덕 을 밝히고 사람들에게 순수천명(順隨天命)케 하여 성덕(盛德)을 밝힌 사실과 선천회복의 원리를 설명한 산문이기 때문에 가사책이 아니지만 용담유사지 권7과 용담유사지 권40으로서 동학가사총서의 일환으로 간행되었기 때문에 편의상 동학가사로 논의한다.

85 『동학교서』에 실려 있는 27편의 가사는 〈경탄가〉 〈道成歌〉 〈륙십화갑즈가〉 〈年月歌〉 〈지지가〉 〈八卦變易歌〉 〈근농가〉 〈警世歌〉 〈원시가〉 〈時呼歌〉 〈몽즁가〉 〈天理順數開明歌〉 〈딕션슈덕가〉 〈時勢歌〉 〈청운거스문동요시호가〉 〈송구영신가〉 〈몽경시화가〉 〈運算時呼歌〉 〈送舊迎新歌〉 〈信實施行歌〉 〈지시슈덕가〉 〈弓乙十勝歌〉 〈텬지부부도덕가〉 〈知時明察歌〉 〈지시기명가〉 〈弓乙歌〉 〈안심가〉 등이다.

이 특징이다.

판본 동학가사책 중에서 국문본은『용담유사』,『임하유서』,『창덕가』,
『신심편』,『경운가』,『내수도』,『창도가』,『궁을신화가』,『창화가』,『심
학가』,『논학가』,『시격권농가』,『인선수덕가』,『어부사』,『연시가』,
『경화가』,『상화대명가』,『해운가』,『춘수가』,『도덕가』,『창선가』,『안
심치덕가』,『수기직분가』,『명찰가』,『몽중서』,『수덕활인경세가』,『창
명가』,『개명공산가』,『택선수덕가』,『송구영신가』,『운산시호가』,『신
실시행가』,『궁을십승가』,『지시명찰가』,『궁을가』,『지시개명가』,『시
경가』등 37종 39책이 전래하고 있으며 제4『허중유실가』, 제39『불역』,
제40『본의』는 전하지 않고 있다. 국한문본은『林下遺書』,『虛中有實
歌』,『信心篇』,『警運歌』,『昌道歌』,『弓乙信和歌』,『昌和歌』,『論學歌』,
『時格勸農歌』,『仁善修德歌』,『漁父辭』,『年時歌』,『警和歌』,『相和代明
歌』,『解運歌』,『善修歌』,『道德歌』,『昌善歌』,『安心致德惠』,『守氣職
分歌』,『明察歌』,『夢中書』,『修德活人警世歌』,『昌明歌』,『開明共産
歌』,『擇善修德歌』,『送舊迎新歌』,『運算時呼歌』,『信實施行歌』,『弓乙
十勝歌』,『知時明察歌』,『弓乙歌』,『知時開明歌』,『不易』등 34종 35책
이 전래하고 있으며 제1『용담유사』, 제3『창덕가』, 제7『내수도』, 제11
『심학가』, 제38『시경가』, 제40『본의』는 전하지 않고 있다. (〈표 3〉참
조)

동학가사 판본의 규격은 일정치 않으나 대체로 31×21cm인데 특히
『창덕가』는 33×21.5cm로 다른 책에 비해 규격이 크고『몽중서』는
28.4×19.1cm로 규격이 비교적 작다. 半匡도 일정치 않으나 대체로
21×15.5cm인데 그 중,『昌善歌』는 22.7×15.9cm로 반광이 가장 넓고,
『警和歌』는 19.7×15cm로 반광이 가장 좁다. 內題와 版心題가 다른 것도
상당히 많은데 대개 판심제는 내제보다 간략히 표기되어 있다.『슈기직
분가』는 '직분가'로,『슈덕활인경세가』는 '경세가'로,『虛中有實歌』는 '虛
荒歌'로,『弓乙信和歌』는 '信和歌'로,『時格勸農歌』는 '勸農歌'로,『修德活

人警世歌』는 '警世歌'로 약칭되었으며 『몽중서』는 '몽중셔', '명운가', '히동가' 등 3가지의 작품명이 판심에 표기되어 있으며 『궁을십승가』는 '십승가'와 '부부도덕가'로 나누어 작품명이 표기되어 있다. 특히 『漁父辭』의 판심에는 '漁父辭', '和流歌', '時景歌', '夢警歌', '警世歌', '格物歌' 등 6가지 작품명이 구체적으로 새겨져 있고 『夢中書』의 판심에는 '雲山夢中書', '明運歌', '海東歌' 등 3가지 작품명이 표기된 것이 특이하다. 그리고 용담유사지 제34 『궁을십승가』의 국한문본 書名은 『弓乙道德歌』로 다르게 표기되어 있다.

卷次가 동일한 국문 가사책과 국한문 가사책은 대개 張數가 동일하지만 권13 『시격권농가』, 권15 『어부사』, 권17 『경화가』, 권21 『도덕가』, 권22 『창선가』, 권26 『몽중서』, 권27 『수덕활인경세가』, 권28 『창명가』, 권35 『지시명찰가』 등 9가지 가사책은〈표 3〉과 같이,

표 3 상주 동학교당 소장 동학가사책 현황

| 龍潭遺辭卷次 | 書名 | 필사본 | | 국문版本 | | 국한문版本 | | 龍潭遺辭卷次 | 書名 | 필사본 | | 국문版本 | | 국한문版本 | |
|---|---|---|---|---|---|---|---|---|---|---|---|---|---|---|---|
| | | 소장유무 | 張數 | 소장유무 | 張數 | 소장유무 | 張數 | | | 소장유무 | 張數 | 소장유무 | 張數 | 소장유무 | 張數 |
| 1 | 龍潭遺詞 | ○ | 44, 45, 50 | ○ | 42 | | | 21 | 道德歌 | | | ○ | 37 | ○ | 37 |
| 2 | 林下遺魯 | | | ○ | 19 | ○ | 19 | 22 | 昌善歌 | | | ○ | 25 | ○ | 22 |
| 3 | 昌德歌 | ○ | 42 | ○ | 54 | | | 23 | 安心致德歌 | | | ○ | 14 | ○ | 14 |
| 4 | 虛中有實歌 | | | | | ○ | 46 | 24 | 守氣職分歌 | ○ | 21 | ○ | 17 | ○ | 17 |
| 5 | 信心篇 | | | ○ | 39 | ○ | 39 | 25 | 明察歌 | | | ○ | 19 | ○ | 19 |
| 6 | 警運歌 | | | ○ | 27 | ○ | 27 | 26 | 夢中魯 | ○ | 33 | ○ | 26 | ○ | 24 |
| 7 | 內修道 | | | ○ | 22 | | | 27 | 修德活人警世歌 | | | ○ | 21 | ○ | 20 |
| 8 | 昌道歌 | | | ○ | 40 | ○ | 40 | 28 | 昌明歌 | | | ○ | 28 | ○ | 25 |
| 9 | 弓乙信和歌 | ○ | 34, 28 | ○ | 28 | ○ | 28 | 29 | 開明共產歌 | ○ | 24 | ○ | 21 | ○ | 21 |
| 10 | 昌和歌 | | | ○ | 24 | ○ | 24 | 30 | 擇善修德歌 | | | ○ | 15 | ○ | 15 |
| 11 | 心學歌 | | | ○ | 28 | | | 31 | 送舊迎新歌 | | | ○ | 20 | ○ | 20 |
| 12 | 論學歌 | ○ | 23 | ○ | 20 | ○ | 20 | 32 | 運算時呼歌 | | | ○ | 16 | ○ | 16 |

| | | 필사본 | | 국문 版本 | | 국한문 版本 | | | | 필사본 | | 국문 版本 | | 국한문 版本 | |
|---|---|---|---|---|---|---|---|---|---|---|---|---|---|---|---|
| 13 | 時格勸農歌 |  |  | ○ | 28 | ○ | 22 | 33 | 信實施行歌 | ○ | 18 | ○ | 14 | ○ | 14 |
| 14 | 仁善修德歌 | ○ | 19 | ○ | 19 | ○ | 19 | 34 | 弓乙十勝歌 |  |  | ○ | 17 | ○ | 17 |
| 15 | 漁父辭 |  |  | ○ | 29 | ○ | 31 | 35 | 知時明察歌 |  |  | ○ | 11 | ○ | 12 |
| 16 | 年時歌 | ○ | 32 | ○ | 26 | ○ | 26 | 36 | 큰乙歌 |  |  | ○ | 17 | ○ | 17 |
| 17 | 警和歌 | ○ | 37 | ○ | 26 | ○ | 29 | 37 | 知時開明歌 | ○ | 19 | ○ | 15 | ○ | 15 |
| 18 | 相和代明歌 | ○ | 11 | ○ | 22 | ○ | 22 | 38 | 時警歌 | ○ | 26 | ○ | 21 |  |  |
| 19 | 解運歌 |  |  | ○ | 25 | ○ | 25 | 39 | 不易 | ○ | 39 |  |  | ○ | 44 |
| 20 | 春修歌 |  |  | ○ | 19 | ○ | 19 | 40 | 本義 | ○ | 42 |  |  |  |  |
| 합계 | 필사본 16종 19책, 국문 版本 37종 39책, 국한문 版本 34종 35책 | | | | | | | | | | | | | | |

국문 판본과 국한문 판본의 장수가 다르다. 이렇게 서로 장수가 다른 것은 행자수가 다르기 때문이다. 상주 동학가사의 행자수는 10행 18자가 일반적인 것인데 권13 국문본 『오힝시격권농가』는 9행 16자이기 때문에 한문본에 비해 6장이 줄었고 권17 국한문본 『警和歌』는 10행 16자이기 때문에 국문본보다 3장이 줄어들었다. 권22 국한문본 『昌善歌』는 10행 20자이기 때문에 국문본보다 3장 줄어들었고 권26 국한문본 『夢中書』는 10행 20자이기 때문에 국문본보다 2장이, 권27 국한문본 『修德活人警世歌』는 第6張 後面부터 10행 19자가 되어 1장이 줄었으며 권28 국한문본 『昌明歌』도 10행 20자이기 때문에 국문본보다 3장이 줄었다. 특히 권15 국문본 『어부스』는 일제를 비난하는 내용[86]인 끝부분 1장 半정도가 생략되어 국한문본 『漁父辭』보다 2장이 짧아지게 되었으며 권34 국한문본 『知時明察歌』는 작품명 1줄을 추가하여 국문본에 비해 결국 1장이 늘어나게 되었다.

그리고 장수가 다른 가사책은 물론이고 장수가 동일한 가사책들도 국문본과 국한문본 간에는 語句는 상호 동일하였으나 한자어 표기는 물론이고 우리말 단어의 표기가 다른 것이 많았다.[87] 이는 板下本을 만들 때

---

86 만고없는 더兇賊이 국정을 참예힉셔/불충군왕 뜻슬두고/외각국에 반간노와 협천자하와 셔루/이령제후 하여늬여 부모국을 망힉노니/우리대한 충의열사 의기남자 모와드러/그 흉적을 멸하랴고 장안대도 일포성에/(이하 생략)

87 권2 『임하유서』 첫머리의 표기 차이를 보면 다음과 같다.

동일본을 보거나 국문본은 국한문본을, 국한문본은 국문본을 보면서 한 자 한자 필사한 것이 아니라 옆에서 불러주는 것을 듣고 필사했음을 알 수 있다.

## 3. 상주 동학가사 책판 및 판본의 가치와 의의

상주 동학교당 소장 유물에 대한 금번의 정밀조사를 통하여 이들 유물들이 양, 질적 측면에서 매우 지대한 가치와 의의를 지니고 있음을 알게 되었다.

특히, 상주 당학교당 소장 유물은 동학 연구에 없어서는 안 될 귀중한 자료라는 점이다. 동학의 분파는 많으나 동학 유물을 이처럼 많이 소장한 곳은 상주 동학당이 유일하다. 타 종파에서는 상주 동학교처럼 경서 등을 통하여 교리를 체계화 하고 관련 서적을 대대적으로 출판하지 못했기 때문에 유물이 많이 남아 있지 않고, 그 전수도 동학당만큼 완벽히 이루어진 곳이 없기 때문이다. 『궁을경』, 『도원경』, 『도화경』, 『교정경』, 『도정경』, 『도수경』, 『도성경』, 『통운역대』 등의 상주 동학경전은 『동경대전』에서 대체적으로 밝힌 동학의 원리를 매우 체계적이고 합리적으로 부연, 해석함으로써 동학교의 교리를 거의 확립했다고 해도 과언이 아니다. 특히 『통운역대』에는 체천사상에 대한 설명이 구체적으로 되어 있기 때문에 동학의 개벽사상, 상주 동학의 체천사상, 상주동학의 차별성을 연구하는데 귀중한 자료가 될 수 있다. 이 외에도 축식과 각종 동학복식을 비롯한 교기, 인장, 총칙, 동학교법, 동학취지서, 훈경, 본의, 취지, 삼

---

• 국 문 본 - 잇셔씨니, 하여보소, 무서더라, 슈도하소, 째가잇서, 네가묘치, 내됴을까, 다살닐ぐ
• 국한문본 - 잇셔시니, 하여보쇼, 무셥쩌라, 슈도하쇼, 째가잇서, 네기조치, 내조을까, 다살일ぐ

재감응도, 오방기치웅위차서, 신호, 당호 등은 동학의 교리체계와 조직의 구성, 宗位, 獻誠節次와 儀禮, 나아가 동학의 우주관과 세계관, 신관 등을 연구하는데 매우 유용한 자료가 될 수 있기 때문이다.

그리고 이들 유물들은 상주 동학교의 반일 민족운동 양상과 역할을 규명하는 귀중한 사료가 된다는 점이다. 특히 부교주 김낙세가 1890년부터 1943년까지 쓴 동학일기 17권은 아직 세상에 잘 알려지지 않은 유일 필사본으로서 동학교당의 설립 경위와 경전 및 동학가사의 필사, 판각, 간행 과정 및 보급, 교당의 행사와 포교활동은 물론이고, 서적 출판의 검열과정, 동학관련 서적의 압수와 교주와 부교주 및 교도들의 구속 등 일제의 감시와 탄압상이 자세히 기록되어 있어서 한말 격동기에 상주 동학이 취한 강렬한 반일의식과 靜中動의 자세로 보여준 민족운동의 실상을 잘 파악할 수 있는 중요한 사료가 될 수 있기 때문이다.

또한 상주 동학교당 유물은 한말의 민속을 한눈에 살필 수 있는 사료가 집대성되어 있다는 점이다. 37종 229점이나 되는 많은 민구가 소장되어 있어 가히 민속 소박물관의 역할을 함으로써 한말의 서민 풍속은 물론 서민의식을 파악하는 크게 도움이 될 수 있기 때문이다.

그러면, 상주 동학교당 소장 유물이 지닌 이러한 가치와 의의를 바탕으로 하여 특히 상주 동학교당 소장 유물의 핵심이라 할 수 있는 동학가사 책판과 판본의 가치와 의의를 살펴보기로 한다.

첫째, 동학사상과 동학의 사적 변모과정을 연구하는데 직접적이고 구체적인 자료가 된다는 점이다. 앞에서 언급한 바와 같이『궁을경』,『도원경』,『성경』등 상주 동학경전은 동학의 교리를 부연, 해설해 놓았기 때문에 동학사상을 밝히는 데 크게 도움이 되지만 추상적이고 이론적인 서술로 일관되어 있어서 모호한 점도 없지 않은 데 비해 상주 동학가사에는 동학사상을 구체적인 사례와 보다 자세한 설명을 반복적으로 노래함으로써 동학사상을 체득하는데 크게 유익하기 때문이다. 앞으로 상주 동학가사와 상주동학 경전 및 동학일기를 상호 면밀히 대조, 분석한다면 더욱 자세한 동학의 변모과정이 밝혀지리라 생각한다.

둘째, 가사문학 연구, 특히 동학가사 연구를 위한 자료의 보고라 할수 있다. 상주 동학교당에는 56종 709판의 가사책판과 이 판으로 찍어낸 87종 93책의 판본 가사집, 여기에 실린 112편의 동학가사 작품이 현전하고 있어서 가사문학 최대의 작품군을 형성하고 있다. 따라서 이들 가사책판과 가사책은 가사문학 연구는 물론 종교가사 연구의 필수불가결한 귀중한 자료가 될 뿐만 아니라 나아가 종교문학과 민족문학 연구에도 크게 기여하는 자료가 된다. 상주 동학가사처럼 동일 유형의 작품들이 이렇게 방대한 양으로 현전하는 예는 찾아볼 수 없으며 더욱 가사책과 함께 709판이나 되나 가사 책판이 전함으로써 가사의 창작, 향유, 유통의 과정을 연구하는데 크게 기여하게 될 것이다.

셋째, 서민문학의 특징과 한말의 서민의식을 밝히는 결정적인 자료가 된다는 점이다. 상주 동학교도들은 90% 이상이 가난한 빈농의 평민들이 었고[88] 이들을 위하여 특히 국문본 동학가사가 창작되었으므로 상주 동학가사는 문장이나 서술방법이 서민성이 짙고 서민적 취향을 잘 드러내고 있기[89] 때문이다.

넷째, 한국 인쇄문화 연구의 귀중한 자료 역할을 한다는 점이다. 총 709판의 동학가사 책판을 위시하여 7009자의 한자대활자, 232자의 한자중활자 및 한자소활자와 한글대자, 한글중자, 한글소자 등의 木活字, 조판대, 각판대, 목활자 재료제작대, 목판받침대, 조판대판, 長尺, 表紙 菱花版, 활자 작두, 조판재료함, 영인솔, 활자솔, 척지솔, 조판소도구함, 먹물단지, 먹물주걱, 실꼬는틀, 궁굴대, 제책대, 제책용 망치 등 각종 인쇄용구가 완벽하게 소장되어 있어서 우리의 고유한 인쇄문화를 종합적으로 연구하는데 크게 기여할 수 있기 때문이다.

---

88 최원식, 앞의 해제.
89 유탁일, 앞의 논문.

# 찾아보기

## 【ㄱ】

가객  39
가곡원류  392, 440, 441
가사  15, 16, 17, 18, 19, 20, 22, 23
  35, 38, 39, 40
가사체 구곡가  353
가사한역가  433
歌聖德  173
가성덕  36, 168, 185
嘉時理  160
가시리  32, 138, 153, 159
嘉梧藁略  445
迦智山派  110
覺破三生偈  48, 84
간인  55
簡子歌  49
간자가  51
갈래  13, 14, 15, 16, 17, 18, 19, 20,
  21, 22, 23, 53, 62, 65, 66, 68,
  135, 441, 442, 498
감군은  35
減音步  83
갑민가  469, 488
강복중  37, 39
江上懷人  447
강촌별곡  38

江湖歌道  314
강호가도  37
강호연군가  37
개화가사  41, 551
거사가  493
居士戀  139
거사련  140
거창가  469, 488
게송  30, 47, 48, 52, 68, 75, 84, 100,
  101, 106, 115, 119, 178, 187
偈頌  47
격몽요결  310
격중가  502
橄衆歌  510
訣故國江山  529
경긔엇더ᄒ니잇고  173
경기체  163
경기체가  32, 34, 35, 36, 135, 137,
  149, 162, 163, 165, 166, 187, 375
景幾何如  170
경기하여가  163
경기하여가체  163
경세가  563
經濟文監  242
敬次武夷櫂歌  354
敬次武夷櫂歌十首  354

경천교 553, 558, 572, 573

璟興 84

계녀가 40

계랑 37

계원필경 85, 86

桂苑筆耕 85

古今歌曲 440

고대시가 25

高麗歌詞 135

고려가요 17, 31, 164, 166

高麗歌謠 135

고려사 樂志 138

고려사 27, 28, 32, 33, 34, 48, 51,
56, 57, 58, 59, 61, 138, 139, 140,
141, 142, 147, 150, 153, 243

高麗史節要 142

고려사절요 243

高麗俗歌 135

고려속가 32, 33, 35

高麗俗謠 135

高騈 85

고병정가 41

고병정가사 502

告兵丁歌辭 507

姑射九曲 351

姑射九曲詩 351, 356

고산구곡 296, 352

高山九曲歌 284, 301, 366

고산구곡가 37, 296, 297, 298, 299,
300, 301, 302, 303, 304, 305, 307,
308, 354, 355, 366, 367, 377, 415,
435

고산구곡담기 299

高山九曲圖 300

고산구곡시 305, 307, 355, 436

高仙寺誓幢和尙碑 90

고운선생문집 96

고응척 37, 39

谷雲九曲歌 369

谷雲九谷圖 300

공무도하가 26

공식적 표현구 468

功臣宴曲 232

과부가 40, 490

과부청산가 490

過音步 83

관동별곡 34, 168, 170, 184, 403,
404, 424, 435, 448

관등가 490

관북본 392, 393, 394, 398, 399, 402

關北本 398

관서본 392, 401, 402, 404

關西本 392, 400

慣習都鑑 156

광대 40

광덕 30

廣濟蒼生 554

교술 18, 19, 20, 21, 22, 23, 34, 164,
215, 219, 300, 340

教祖伸寃運動 554

교학불교 89

교훈가 41

九曲園林  344, 351, 369, 377

龜嶺別曲  162

구령별곡  186

구북관본  392, 393, 395, 402

舊北關本  393

구비가요  480

구월산별곡  36, 185

구작삼편  42

구지가  26, 49

九天  139

국문 구곡가  353

國朝寶鑑  243

국채보상 운동  543

義捐金勸告歌  510, 533

의연금권고가  543

國通鑑  138

軍馬大王  139

窮獸奔  157, 231

궁수분  35

권근  35, 231

권도  231

權尙夏  305

권선지로가  38

권섭  40, 352

권세가  502, 509

勸世歌  533

권용정  442

權用正  442

권제  231, 247

권주가  439

勸酒歌  439

權好文  315

권호문  36, 314, 315, 316, 317

歸去來型 文人  314

歸依偈  48

귀호곡  159

規戒之義  248

규방가사  40

규수상사곡  40, 491

규원가  40

균여  30, 47

균여전  46, 62, 64, 66, 69, 71

귤산고략  445

勤王精神  497, 538

근천정  35

근체시형  305, 413, 418

금강성  140

錦城別曲  162

금성별곡  185

金地藏  48

及庵先生詩集  138

氣發理乘說  284

기생  40

騎牛牧童歌  162

기우목동가  36, 185, 202

기음노래  469, 489

기정진  424

氣包理說  294

기행가사  40

畿湖學派  355

기호학파  356

己和  187

기화 36

길군악 439, 440, 442, 443, 446,
  449, 450. 451, 455, 463

길軍樂 439

金剛城 139

김굉필 285, 286

김구 36

김낙세 558

김낙춘 555

金道鉉 521

김득연 37

金洛世 558

金洛春 555

金立之 93

金福漢 522

김상숙 416, 424

김수온 202

金壽增 305

金壽恒 305

김시종 555

金時宗 555

김원상 165

김인겸 40

金仁問 93

김종서 231

김종직 55, 285

김주희 41, 555, 556, 558, 561

金周熙 552

김중건 41

金昌翕 305

김천택 39

김흥운 29

꽃두고 42


【ㄴ】

儺禮 139

나례가 32, 33

나옹화상 35, 191

羅整庵 288

낙도가 35

낙지가 38

南基畹 300

男女相悅 137, 142,

男女相悅之詞 157, 158, 159

남숙관 416

남접 553

남훈태평가 441

納氏歌 157, 231

납씨가 35

낭도승 30

朗慧和尙 88

朗慧和尙碑 93

내당 33

內堂 139

내원성 27

念佛作法 188

노인가 492

노처녀가 40, 471, 477, 488, 491

논학가 573

농가구장 40

농가월령가 427, 478

농부가 478, 486

592

누항사 38

## 【ㄷ】

斷俗寺神行禪師碑 90

단심가 34

단장사 491

단장이별곡 40, 490

달도곡 60

大空靈塔 92

대구화상 48

大國三 139

大國二 139

大國一 139

智證大師寂照之塔碑銘 107

大道曲 49

대도곡 50

大同江 139

대동시선 48

大東詩選 84

대동운부군옥 48, 57, 61

大朗慧 93

對馬島日記 525

대명산구곡 352

대성악 25, 31

大崇福寺碑片 86

大樂署 144

大樂後譜 138

大安寺寂忍禪師塔碑 90

大王飯 139

대왕반 33

大學綱目箴 285

대학곡 37

대한매일신보 41

더벅머리 삼패 40

덕계구곡 352

덕사내 29

덴동어미 화전가 477

道德歌 307

도덕가 38, 302, 571

도동곡 36, 186

도령가 55

도산구곡 352, 353, 359, 360

도산구곡가 353

陶山九曲歌 359

陶山十二曲 334

도산십이곡 37, 300, 301

都城形勝曲 231

도솔가 28, 30

悼倭奴合邦時死節諸公 517

도이장가 31

都人頌禱曲 231

도천수대비가 30

都波歌 49

도파가 50

獨樂八曲 312

독락팔곡 36, 186, 328

독립신문 41, 551

동거계亽 308

同居戒辭 308

同居戒辭飜文 307

동경가 56

東經大全 565, 570

동계구곡 352

동구 443

東謳 443

東國年代歌 231

동국여지승람 48, 55, 57, 61, 62

東國輿地勝覽 84

東國通鑑 243

動動 139

동동 32, 138, 140

동문선 47

東文選 88

冬栢木 139

동백목 140

東史綱目 88

동점별곡 478, 489

동학가사 책판 577

동학가사 41, 552, 553, 556, 560, 561, 563, 566, 571, 572, 574, 588

동학경전 560, 576, 586, 587

두루마리 가사 582

득오 30

登雲 48, 84


【ㄹ】

류중교 352


【ㅁ】

馬島日記 525

마성린 417

莫然松 416

만분가 38

萬葉集 45

만전춘별사 32, 138, 145, 148, 149, 150, 152, 154

만횡청류 39

末繼智블 202

말계지은 36

매화가 439, 441, 444, 446, 449, 450, 461, 462

梅花歌 439

맹사성 37, 156, 231, 232, 240, 315

勉菴集 525

면앙정가 38, 417

면앙정단가 417

銘詞 100, 101, 106, 108, 115, 116, 119, 120

명주 27

명주가 59

明皇戒鑑 232

明品 84

摸小有亭揭號額字說 388

모죽지랑가 30, 63

목주가 57, 59, 160

木州歌 160

沒柯斧歌 49

몰가부가 51

夢金尺 157, 231

무가 19, 32, 33, 49, 52, 68, 140

무등산 28

武烈之曲 231

無旱 139

무애가 51

무이구곡가 297, 302, 303, 304, 305, 307, 344, 349, 350, 360, 366, 368, 377, 378, 379

무이구곡도가 302, 303, 305, 307, 345, 347, 360

武夷九曲櫂歌 305

무이산 303

武夷精舍 345

무이정사 347

무이정사잡영 346, 347

無旱歌 49

무흘구곡 352

武屹九曲歌 360

問群曲 49

문군곡 50

文德曲 157, 231

문덕곡 35

文明之曲 231

文乘煥 527

文心雕龍 130, 265

文以載道 314, 342

勿稽子歌 49

물계자가 52

物外閑情 336

彌陀經讚 162

미타경찬 36, 178, 185, 187, 199, 209, 211, 212

彌陀讚 162

미타찬 36, 178, 185, 187, 192, 209, 211, 212

閔圭 186

閔思平 137

민사평 33, 138, 151, 465

민용호 502

閔龍鎬 507

【ㅂ】

朴龜元 351

박승동 354

박인로 37, 38, 385, 386

朴仁老 383

박인범 47

朴仁範 84

박제상 54, 58, 60

朴河淡 351

反對 74, 121, 122, 123, 124, 125, 265, 266, 267, 268

반조화전가 40

拔病齒有感 519

方丘樂章 230

訪桃源 318

방등산 28

방등산가 59, 62

方外人 문학 314

배천곡 185

白鷗詞 439

백수회 39

白月葆光 93

번화곡 61

伐谷鳥 139

벌곡조 140

範淸 93

범패  47, 63, 68, 100, 128

梵唄  47

法文歌  190

碧山先生倡義眞末  521

변계량  35, 231

변려문  120, 121, 123, 126, 130

別大王  139

병정노리  505

保東方  231

普照禪師彰聖塔碑  90

普賢十願歌  33, 71

普賢十種願王歌  47

鳳來儀  271

봉선화가  40

智證大師寂照塔碑  85, 96

鳳凰吟  157, 231

봉황음  35, 158

부설  48

浮雪  84

부여노정기  40

不憂軒歌  232, 235, 238, 240

부운  48

浮雲  48, 84

浮雲送童子下山  48

不軒軒曲  232

북접  553

憤怨詩  48, 84

불설아미타경  213

불우헌곡  36, 168, 185

불찬가  30

비극미  484, 485 488

鄙俚之詞  157

碑銘幷序  97

빈공과  85, 88, 90, 91, 106

붕어중  502, 503, 504


【ㅅ】

4갈래설  16

사계축  40

4구체  28, 30, 31, 33, 47, 65, 67, 76,
    79, 80, 147

思君曲  447

사내기물악  29

사내악  29

사뇌가  28, 29, 30, 31, 32, 33, 46,
    47, 48, 50, 53, 59, 64, 65, 66, 67,
    68, 180, 181

事對  74, 265, 266

사대부가사  468

사대부시가  25

蛇龍  139

사룡  140, 141

四六  120, 121

沙里花  139

사리화  140

沙林寺弘覺禪師碑  90

사림파  313, 343, 344, 376

思母曲  160

사모곡  32, 138

사미인곡  38, 403, 408, 410, 416,
    417, 488, 490

蛇福  48, 84

596

四浮詩 48

四山碑銘 85, 96

사설시조 39, 380, 443, 467, 468,
475

四時八景圖 300

사실성 468, 475, 478, 480

사육변려체 74

四六騈儷體 72

數大葉 35

삭대엽 25, 38, 39

散曲 31, 33

山南義陣 500, 516, 519, 533, 535,
538

산남의진유사 549

산중잡곡 37

山村鄕歌 502

산촌향가 514

散花歌 49

산화가 52

3갈래설 15, 16, 17, 19, 22, 23

三句六名 46, 80

삼구육명 46, 69, 70, 71

삼국사기 29, 50, 52, 55, 61, 62, 64,
66

삼국유사 28, 47, 48, 49, 53, 60, 62

三國遺事 84

三代目 28

三城大王 33, 139

三藏 139

삼장 140

삼진작 138

상대별곡 35, 175 184

相思 137

상사별곡 439, 440, 442, 444

相思別曲 439

상저가 32, 138

상주 동학교 552

상주 동학교당 552, 558

상춘곡 38

西京 139

서경별곡 32, 138, 145, 147, 148

서동요 30

黍離歌 49

서리가 51

서민가사 39, 155, 287, 467, 468

서민시가 25

서민의식 39, 186, 587

西方歌 162

서방가 36, 185

서왕가 35

徐花潭 288

석남사내 29

석담구곡 296

石潭九曲歌 296

石潭語錄 308

석문구곡 352

石門九曲歌 363

석문구곡도가 355

石門九曲次武夷櫂歌韻 355

석별가 29

惜別曲 447

석천경 165

석천보 165
선운산 28
선유구곡 352
선종 88, 89, 106, 110
선천회복 556, 567, 571
先天回復 570
성고구곡 352
城皐九曲歌 361
性理淵源撮要 285
성산별곡 38, 403, 408, 410, 416
성우계 290
성주본 392, 392, 399, 402, 403
星州本 392, 399
朗慧和尙白月葆光塔碑 85
聖住寺碑 93
聖住山派 93
聖澤 231
성해응 424
성혼 37
城隍飯 139
성황반 33
世宗實錄 138
瀟湘夜雨歌 416
小樂府 137
소악부 31, 33, 412, 414, 418, 432,
436, 463
소용 39
小有亭 383
소유정가 383, 385, 387, 388
小有亭歌 383
小有亭板上次韻詩 384

俗歌 135
속당대엽 39
속미인곡 38, 403, 408, 416
俗樂歌詞 135
속악가사 25, 31
속악십육가사 445
俗樂十六歌詞 445
俗樂呈才 32
俗謠 135
송강가사 390, 391
松江別集追錄遺詞 392
頌孔子 232
宋奎濂 305
송녀승가 492
송달수 424
頌禱 35
頌禱歌 224
송도시 176, 223, 245, 280
頌禱詩 223
頌禱時調 231, 232
頌禱之詞 151
松山 139
송순 37, 38, 315, 416
송시열 305, 307, 352, 367, 370,
415, 435
宋疇錫 305
頌體 238
頌祝歌 224
수락대구곡 352
수로 부인 49
수명명 35

受寶錄　157, 231

修飾　120

수양산가　439

首陽山歌　439

수작시조　40

受貞符　231

宿衛　88

숭복사　94, 118

숭복사비명　94, 116, 118, 125

崇儒斥佛　242

승원가　35

시경　229

시세가　563

시용향악보　136, 138, 159

時用鄕樂譜　138

시조창　39

시조체 구곡가　353

시조한역가　431

侍天主　554

신시탁령　506

신공사뇌가　30, 50

身空詞腦歌　49

신권　231

新都歌　157, 231

신도가　35, 159

新都八景詩　231

新都形勝曲　157

신돌석　500, 156, 520

신라시가　47

신의관창의가　42, 502, 513

申議官倡義歌　513

신장　231

신체시　41, 42

신충　30

신태식　42, 502

申泰植　513

申泰浩　535

신흥사대부　342

신흠　37

신흥관료　37

失傳歌謠　48

실혜가　54, 61

沈南一　529

心南一實記　529

深妙寺碑　93

심우가　35

10구체　28, 30, 33, 47, 65, 67, 76,
　　79

십이가사　439

眞鑑禪師大空塔碑　85, 96, 97

쌍벽가　40

쌍화점　32, 138, 145, 150

【ㅇ】

阿道碑　90

雅頌文學　224, 225,

雅樂署　144

阿諛文學　223

雅體　237

樂貧歌　307

樂章　223

악장　35, 152, 156

악장가사 32, 136, 161, 440
樂章歌詞 138
樂志歌 307
악학궤범 136, 160, 263
樂學軌範 138
樂學都監 156
樂學便考 138, 160
안강가 57
안강곡 61
安東紫靑 139
안동자청 140, 161
안민가 30, 50
안사람 의병가 41, 506
안심가 41
安養讚 162
안양찬 36, 185, 196
안지 231, 247
안축 34
狎鷺亭記 384
仰和朱夫子武夷九曲詩韻 354
애경당십이월가 417
애달픈 노래 41
앵무가 30, 50
鸚鵡歌 49
夜深詞 139
양산가 29, 54
양신화답가 487
양양가 439
襄陽歌 439
楊州 139
養眞偈 48, 84

洋砲 517
어부사 363, 439, 446, 450, 456
漁父詞 439
어부사시사 37
漁父四時詞 376
言對 74, 126, 265, 266
언롱 39
엄연곡 36, 186
엇노리 160
여나산 62
여나산가 58
與民樂 271
여민락 36
여음 32, 153, 380, 456
餘音 153
연시조 37, 296, 324, 335, 355, 366,
  371, 377
연양 27
연형제곡 36, 168, 185
염불작법 188
纓縷辭 147
詠五七賊 517
영재 30
靈照 84
영희 48
靈熙 84
禮成江 139
예조 36
五冠山 139
오관산 140
오대구곡 352

梧臺漁父九曲歌　380

오대익　352

오륜가　37, 168, 185

오륜곡　36

오섬가　473, 493

오잠　165

옥계구곡　352

玉溪九曲歌　372

옥계조　355, 373, 378, 380

玉樓宴歌　307

옥산구곡　352

왕거인　48

王居仁　84

王業艱難　248

외선유구곡　352

용담가　41

龍潭遺辭　564, 570

용담유사　41, 571, 582

용부가　469, 476, 493

龍飛御天歌　223, 231, 238

용비어천가　36, 224, 234, 245

용사음　38

用典　120

우국가　417

우덕순　502

禹德淳　512

우부가　469, 476, 493

偶數　264, 272, 276

우식곡　29, 54

우아미　484, 486

우이동구곡　352

우적가　30

우탁　34

雲門九曲　351

雲門九曲歌　351, 358

雲上人　30

운암구곡　352

운포구곡　352

원가　30

圜丘樂章　230

원림 구곡가　353

원성왕　30

원왕생가　30

원천석　350

圓測　84

원한가　471, 491

元驗　84

원효　48, 51, 84

元興　139

원흥곡　161

월명사　30, 52, 64

月印千江之曲　223

월인천강지곡　36, 224, 237

月精花　139

월정화　140

위백규　40

衛正斥邪論　497

위홍　48, 94

유구곡　32, 138

大崇福寺碑銘　116

유배가사　38, 40

儒佛識者層　177

유사눌 231

유사춘 40

유영 36

柳麟錫 517

유협 265, 268

유홍석 41, 502

柳弘錫 506

육두품 88, 99, 104, 106

陸象山 288

陸用鼎 442

六言絶句體 238

육용정 443

육현가 36, 186

윤선도 37

윤회 35, 231

윤희순 41, 502

尹熙順 503

栗谷 284, 374

栗谷新歌 307

으병군ㄱ 505

隱求之樂 325, 327, 329

隱求型 文人 314

은일가사 40, 309

의거가 502

義擧歌 512

의병가사 41, 497

의병한시 497

義相和尙 187

의상화상 36, 162, 178

의성본 392, 395, 402, 403

義城本 396

義寂 84

이가순 353

2갈래설 15

李康秊 499, 518

이견대가 58, 62

理氣之妙 290, 292, 293

理氣互發說 284

이덕일 37, 417

이도복 352

理發氣隨說 284

이방원 34

이산구곡 352

駟山九曲歌 373

이상곡 32, 138, 153, 158, 161

李相斗 527

이색 34

이서 38

李崙 305

이석용 502

李錫庸 510, 528

李選本 391

이설 523

李偰 523

이양렬 424

이언적 286

李蓮坊 288

이원조 352

이유원 442

李裕元 442

李殷瓚 518

李玽 284

이이 37, 284

李麟榮 518

이정보 40

李齊賢 137

이제현 33

이조년 34

이존오 34

이중경 352

이중실 40

理通氣局說 284

이한응 352

이현보 37

李衡祥 138

이형상 352

이황 37, 286

李喜朝 305

益齋亂藁 138

因物起興 300, 303, 378

人心道心說 284

일동장유가 40

일연 52

日獄中默會五絶 525

林炳瓚 526

臨絶詩 518

임하필기 444

林下筆記 444

入道次第 378

온스룸 으병구 504

익둘픈 노러 504

【ㅈ】

自警別曲 307

자경별곡 38, 296, 310

紫殿之曲 231

紫霞洞 139

잡가 39, 412, 423, 425, 436

雜處容 139

장경세 37

長湍 139

長短詞 417

장르 13

葬母偈 48, 84

長生浦 139

장생포 140

掌樂署 156

掌樂院 156, 158

長巖 139

장암 140

장진주사 39, 403, 409, 410

장한성가 58

載道之詩 303

재송녀승가 492

적멸시중론 202

寂滅示衆論 202

전수용 502

全垂鏞 511, 529

典樂署 156

전환기시가 25

절명사 40

점필재시집 55

정과정 31, 138, 140, 165

鄭瓜亭　139

정과정곡　31

정구　352

정극인　36, 231

正對　74, 265, 266

정도　424

정도전　35, 231

靖東方曲　157, 176, 231

정동방곡　35

정만양　352

정몽주　34

定山　139

정서　31

정석가　32, 138

정수기　557

鄭壽基　557

정여창　286

정용기　502, 510, 519, 533

鄭鏞基　509, 532

정읍　28

정읍사　138, 153, 159, 161

정인지　231, 247

정종로　354

정철　37, 38

정초　231

정토사상　46, 188, 191, 208

淨土思想　208

鄭顯頊　442

정현석　443

鄭澔　305, 393

정환직　520

鄭煥直　533

정훈　37, 38

제망매가　30

濟危寶　139

제위보　140

조광　286

조광조　286

朝鮮盛德歌　231

曹世傑　300

조식　37

조애영　502, 515

趙愛泳　514

조위　38

조흥구　153

助興句　153

宗廟樂章　232

주세붕　36, 186 340, 358

住五天竺國傳　48

죽계구곡　352

죽계별곡　34, 168, 170, 175, 184

죽지사　439

竹枝詞　439

中大葉　35

중대엽　38

中山覆簣集　85

增補文獻備考　138

증보문헌비고　54, 56, 59

지리산　28

智水拈筆　440

지증대사　109

지증대사비명　108

眞鑑禪師　92
眞鑑禪師碑　92
진감선사비명　97
진본청구영언　39
嗔雀歌辭　231

## 【ㅊ】

次高山九曲潭詩　354
嗟辭　29, 53
차운 구곡시　353
차천로　38, 315
찬기파랑가　30
찬시가　563
參與型 文人　314
창가　19, 22, 23, 41
창덕가　574
창의가　502, 511
倡義日錄　528
창작 구곡시　353
蔡應麟　383
채헌　352
책판　552
처사가　439
處士歌　439
처사문인　37, 314, 342, 343
處士文學　313
處容　139
처용가　33, 81, 138
處容歌　81
隻辭　38, 380, 386
天鑑　157

천감　35
천관원가　61, 62
청구영언　39, 308
청루별곡　490
청루원별곡　490
청산별곡　32, 138, 452
靑山別曲類　135, 163
청산별곡류　32, 164
청상가　490
청석령가　430
청춘과부곡　490
請討五賊疏　524
體天行道　561
楚辭體　238
초사체　35, 230, 237, 413, 416, 419
叢石亭　139
총석정　140
최광유　47
崔匡裕　84
崔光胤　91
최남선　42
최립　299
최승우　47
崔承祐　84
최시형　553
崔愼之　91
崔益鉉　524
최제우　41, 554, 565
崔濟愚　553
최치원　47, 84
최항　231, 246

최행귀　30, 64, 71

최현　38

축성수　168, 175

춘강어부사　563

春眠曲　439

춘면곡　439, 490

춘양구곡　352

春陽九曲歌　364

충담사　30

忠孝歌　162, 182, 183

醉豊亨　271

취풍형　36

치산가　487

치술령곡　60

致和平　271

치화평　36


**【ㅌ】**

托興寓意　300, 303

탄궁가　38

탄식가　40

태평곡　36, 140, 186

太賢　84, 208

통유가　502, 511


**【ㅍ】**

판본 동학가사　583

판소리단가　39

팔관회　31

8구체　28, 29, 33, 47, 65, 76, 79

편낙　39

篇尾述偈　48

편삭대엽　39

編章　144

平相對　120

포구락　31

布德天下　554

포천구곡　352

布川九曲歌　365

풍요　30

風入松　139

필사본 동학가사　553, 576, 582

芯篘　93


**【ㅎ】**

하륜　35, 231

賀聖明曲　231

하여가　34

賀皇恩曲　231

하황은곡　35

하회구곡　352

漢江詩　231

閒居讀武夷志次九曲櫂歌韻　354

閑居十八曲　312

한거십팔곡　324, 325

翰林別曲　139

한림별곡　32, 34, 163, 168

한림제유　34

한문 구곡시　353

한산거사　40

漢城花柳歌　447

寒松亭　139

한송정가  59
한시절곡  489
한양가  40
한역 구곡시  353
한역기법  412
한역시가  412
涵虛堂  187
涵虛堂得通和尙語錄  192
합강정가  39, 469, 489
合戰頌  232
해가  49
海歌  49
해동역사  48
海東繹史  84
해론가  54
해에게서 소년에게  42
海州九曲棹歌  296
향찰체  30, 64, 73, 465
許蔿  519
허초희  40
獻南山之曲  231
헌화가  30, 81, 83
獻花歌  81
玄琴抱曲  49
현금포곡  50
현도원  300
현화사비음기  66
혈죽가사  510, 541
血竹歌辭  533
慧星歌  81
혜소  92

慧昭  92
혜초  48
慧超  84
호남가단  37
홍랑  37
홍량호  352, 416
홍양기사  524
和歌  45
화랑  30
화랑세기  29, 30
華山  157, 231
화산  35
花山別曲  162
華山別曲  173, 231
화산별곡  35, 168, 185
화양구곡  352
華陽九曲歌  367
화운 구곡시  353, 354
화전별곡  36, 168
화지구곡  352
花枝九曲歌  371
換韻  101, 120
黃江九曲歌  370
黃江九曲用武夷櫂歌韻  355
황계사  439
黃鷄詞  439
황성신문  41, 540
황조가  27
황주본  392, 394, 402
黃州本  394
황진이  37

회고가  37

會禮文武樂章  231

회소곡  28, 53

회심가  502, 508

回心歌  507

횡계구곡  352

橫溪九曲歌  362

후전진작  141

後天開闢  554, 570

훈민가  37, 403, 415, 418

훈민시조  37

興法寺廉巨和尙碑  90

희곡미  484, 485, 493

희명  30

曦陽山派  92, 94